HERANÇA

Obras da autora publicadas pelo Grupo Editorial Record

Série Uma Chama Entre as Cinzas

Uma chama entre as cinzas
Uma tocha na escuridão
Um assassino nos portões
Um céu além da tempestade

Série Herança

Herança

Toda a minha ira

SABAA TAHIR

HERANÇA

Tradução
Fernanda Dias

1ª edição

Galera
RIO DE JANEIRO
2025

PREPARAÇÃO
Thaís Entriel

REVISÃO
Júlia Moreira
Paula Prata

DIAGRAMAÇÃO
Abreu's System

TÍTULO ORIGINAL
Heir

CIP-BRASIL. CATALOGAÇÃO NA PUBLICAÇÃO
SINDICATO NACIONAL DOS EDITORES DE LIVROS, RJ

T136h

Tahir, Sabaa, 1983-
Herança / Sabaa Tahir; tradução Fernanda Dias. – 1. ed. – Rio de Janeiro: Galera Record, 2025.

Tradução de: *Heir*
ISBN 978-65-5981-587-6

1. Ficção americana. I. Dias, Fernanda. II. Título.

CDD: 813
25-98852.0 CDU: 82-3(73)

Meri Gleice Rodrigues de Souza – Bibliotecária – CRB-7/6439

Texto revisado segundo o Acordo Ortográfico da Língua Portuguesa de 1990.

Direitos exclusivos de publicação em língua portuguesa somente para o Brasil
adquiridos pela
EDITORA GALERA RECORD LTDA.
Rua Argentina, 120 – Rio de Janeiro, RJ – 20921-380 – Tel.: (21) 2585-2000,
que se reserva a propriedade literária desta tradução.

Impresso no Brasil

ISBN 978-65-5981-587-6

Seja um leitor preferencial Record.

Atendimento e venda direta ao leitor:
sac@record.com.br

EDITORA AFILIADA

Para Cathy Yardley, que há uma década navega comigo
pelo caos das minhas ideias. Seu apoio e amor são um presente.
Obrigada por me lembrar de que tenho coisas importantes a dizer.

E para Sami, minha Luz de Eärendil peludinha.

PARTE I

A QUEDA

1

Aiz

Kegar, continente do sul

Aiz não queria sentir tanto ódio por seus inimigos, porque isso dava a eles poder sobre ela. Mas ela nasceu e cresceu nas sarjetas de Kegar, que formavam criaturas resilientes e ressentidas, sempre prontas para atacar, conspirar ou se esgueirar pelas sombras — a depender da situação.

O que não se encontrava nas sarjetas, porém, era sorte. Apenas deuses eram capazes de concebê-la.

Pouco antes do amanhecer, Aiz atravessou em silêncio os corredores repletos de vigas de madeira aparentes do claustro e saiu em direção ao pátio de pedra. O calçado fino e a saia surrada não a protegiam da grossa camada de neve que havia caído durante a noite. Ainda assim, ela avançava, franzindo o rosto para o vento cortante que castigava o pico das montanhas e arrancava seu fôlego. Quem sabe ele também não arrancaria sua raiva. Mais do que nunca, ela precisava da mente tranquila.

Porque Aiz bet-Dafra estava prestes a cometer seu primeiro assassinato.

Os órfãos que viviam no claustro e os clérigos que cuidavam deles ainda dormiam. Kegar, uma cidade abarrotada com 250 mil habitantes, estava silenciosa. Aiz estava sozinha, tendo apenas a própria fúria como companhia, enquanto observava os restos de madeira escurecidos em um dos lados do pátio. O lado da ala dos órfãos que ainda estava em ruínas, dez anos depois de ter sido destruída pelas chamas.

Sentiu um aperto no peito. Ainda conseguia ouvir os gritos das crianças que morreram no local. Fincou as unhas nas coxas, na pele enrugada sob a saia de retalhos. Na maior parte do tempo, ela ignorava as cicatrizes. Mas em alguns momentos ainda sentia que elas ardiam.

"Sua raiva vai acabar matando você", disse Cero, seu amigo mais antigo, anos antes. Ele já a tinha visto perder a paciência muitas vezes para ter uma opinião diferente. "Você tem que se controlar. *Consiga* o que precisa. Esqueça o resto."

Ela precisava de vingança. De justiça. Precisava que o plano funcionasse.

Aiz parou diante da estátua no centro do pátio: uma mulher vestindo uma túnica com mangas esvoaçantes, olhando na direção das montanhas. Seu rosto de pedra tinha bochechas fundas, lábios finos e testa vincada, seu cabelo estava todo jogado para trás. Usava na cabeça um adorno reluzente em forma de meio sol. Aiz gostava de imaginar que a mulher da estátua, assim como ela, tinha cabelos castanhos e olhos claros.

A mulher tinha muitos nomes. Invólucro da Fonte. Primeira Rainha da Travessia. Mas ali, na favela de Dafra, onde tantos se tornavam órfãos por conta dos recrutamentos do exército, de doenças e da fome, ela era Madre Div.

A placa da estátua estava repleta de buracos e desgastada pela ação do tempo. Mas Aiz havia decorado os dizeres quando criança:

> ***Abençoada seja Div, Salvadora de Kegar, que guiou nosso povo ao refúgio das torres destas montanhas quando um grande desastre consumiu nossa terra natal do outro lado do oceano.***

— Madre Div, por favor. — Aiz juntou as mãos, suplicante. — Não me deixe falhar. Já esperei demais. Se eu for presa ou torturada, tanto faz. Se eu morrer, que seja feita sua vontade. Mas antes eu preciso que dê tudo certo.

Aiz sabia que era estranho pedir à guardiã da luz e da bondade que abençoasse um assassinato. Mas Madre Div também amava os órfãos. Ela teria desejado vingança pelos mortos no incêndio. Aiz tinha certeza disso.

No alto, passou um Veleiro, cuja sombra se assemelhava à de um pássaro gigante, e seguiu voando para o norte. Tiral bet-Hiwa, comandante nobre dos esquadrões aéreos, mandava patrulheiros sobrevoarem a favela. Um lembrete de que Narcejas que viviam no local estavam sendo vigiados. E uma promessa de que, se tivessem sorte, poderiam se juntar aos vigias. Aiz observou a aeronave por um bom tempo e sobressaltou-se quando ouviu som de passos atrás de si.

Irmã Noa caminhava pela neve, arrastando a saia de lã desfiada.

— Luz das Torres, pequena — cumprimentou a idosa.

— Que sempre nos guie — respondeu Aiz.

Irmã Noa ergueu uma sobrancelha, levou a mão enrugada à testa de pedra de Madre Div e enrolou o lenço que carregava consigo no pescoço de Aiz, desconsiderando os protestos da garota.

— Você vai trabalhar no campo aéreo — afirmou Noa — enquanto eu descanso.

— Tomando chá com biscoitos — ironizou Aiz, já que o claustro era carente demais para ter chá ou biscoito — e dando ordens aos seus criados.

Com os olhos escuros brilhando sob as nuvens brancas da nevasca, Noa sorriu para aquela mentira. Como clériga no maior claustro da favela de Dafra, havia passado o dia todo de pé, não muito diferente de um criado: supervisionando lições, cuidando da cozinha, atendendo a qualquer pessoa que recorresse ao claustro em busca de ajuda. E tremendo de frio o tempo todo, sem dúvida.

Ela acariciou o cabelo de Aiz com as mesmas mãos que lhe davam bofetadas quando a garota roubava frutas e que a acolheram quando esteve aos prantos pela morte da mãe. Naquela época, Noa já parecia velha. Nesse momento, estava curvada e enrugada como uma árvore secular.

A clériga olhou para Aiz.

— Você parece apreensiva, minha querida. Me conte um sonho.

Aiz sorriu diante do pedido já conhecido.

— Sonho com uma primavera em Kegar. E a barriga cheia de carpa ao curry.

— Que Madre Div realize — replicou Irmã Noa. — O sol está nascendo. Vá para o campo aéreo. Se for com Cero, você chegará antes que os mestres de voo te designem um esconderijo.

Noa assentiu, olhando para o portão do claustro. Do lado de fora, um cavalo batia as patas no frio. A silhueta ao lado do animal andava em círculos, igualmente impaciente. Era Cero.

A calma que o toque de Noa havia dado ao coração de Aiz evaporou, substituída pela lembrança de certa noite, já fazia seis meses, antes do anúncio de uma nova leva de pilotos. Cero e ela esperando no alojamento dele para descobrir se haviam sido selecionados para o esquadrão de Veleiros de elite. Aiz andava da cama até a janela, incapaz de ficar sentada, até que Cero segurara sua mão. O toque dele tinha despertado uma faísca, um beijo, a estranheza seguida de encanto, risos e esperança.

Na manhã seguinte, Cero se tornou piloto e Aiz não se tornou nada.

— Não entendo por que ele mora aqui — reclamou Aiz. — Ocupando uma cama. Comendo nossa comida. Ele pode ficar com os outros pilotos.

— O claustro é o lar dele — retrucou Irmã Noa. — *Você* é o lar dele. Não o puna porque foi a vontade de Madre Div que ele virasse piloto. Agora, pode ir andando, querida.

Aiz devolveu o lenço para Noa, envolvendo-o ao redor de seu cabelo branco e curto. Ela precisava daquilo mais do que Aiz.

— Vá para dentro, Irmã. Aqueça seu corpo mais um pouquinho.

Quando Irmã Noa se afastou, Aiz olhou para Cero, que aguardava do lado de fora do portão do claustro. Ele ainda não a tinha visto.

Ela deu as costas e saiu de fininho pelos fundos.

Quando Aiz chegou, o campo aéreo e suas pistas estavam repletos de pilotos, mestres de voo, engenheiros e sinalizadores. Os demais trabalhadores, reles Narcejas assim como ela, corriam de um lado para o outro em meio ao caos, carregando baldes, varas e trajes de voo cobertos de gelo.

Para além do campo aéreo, o pátio de construção de Veleiros também estava movimentado, lotado de andaimes e rolos de barbante, resmas de lona e pilhas de junco. O Ninho ficava logo ao lado, projetando sua enorme sombra azulada. Como muitos dos edifícios de Kegar, o telhado era inclinado, feito de madeira e pedra, no formato de uma pena. Abrigava centenas de pilotos e encarregados.

— Narceja! — Um mestre de voo pegou Aiz pelo cotovelo e a arrastou até os estábulos. Ele era um Falcão, um nobre, como a maioria dos chefes do Ninho. — Limpe as baias, depois se apresente no primeiro hangar. Tem um monte de Veleiros que precisam ser impermeabilizados.

Bufando, Aiz pegou um forcado. Trabalhar no estábulo era uma função fedorenta, mas pelo menos o edifício era bem construído, com paredes de pedra que ofereciam proteção contra o vento e entradas amplas, com visão para o campo aéreo.

Do lado de fora, nas plataformas de lançamento, dezenas de Veleiros aguardavam os pilotos. Ali, de onde Aiz estava, as aeronaves pareciam uma pilha de gravetos e lonas, farfalhando ao vento. Mas ela sabia a verdade.

Todas as pessoas nascidas em Kegar, independentemente da origem, ao completar catorze anos, passavam por testes para saber se possuíam a habilidade de controlar o vento. Quando Aiz demonstrou seu talento, os mestres de voo a colocaram em um Veleiro e enviaram-na ao Ninho para receber treinamento.

Ela nunca esqueceria a sensação de estar na cabine individual de comando: a tigela fria de loha, o metal que fluía em líquido ao toque dela, fundindo-se à sua mão até disparar através da estrutura oca do Veleiro; as asas curvas e triangulares erguendo-se como uma gaivota. A maneira como seu sangue corria, frenético, ao sabor do vento... até ela despencar em direção ao chão, sem querer, incapaz de controlar a própria magia.

Ela havia passado anos tentando dominar a habilidade... mas nada funcionou.

Cheia de raiva, Aiz testemunhava Veleiros e mais Veleiros se abrirem e ganharem vida, lonas se esticando enquanto as estruturas de bambu se enchiam de metal vivo. Os pilotos dos Veleiros voariam para o norte, do outro lado das montanhas, para lançar bombas em vilarejos estrangeiros mais distantes. O exército kegariano de plantão saquearia grãos e mercadorias, que seriam enviados para casa. Assim, Kegar sobreviveria a mais uma estação.

Já fazia muito tempo que o povo de Aiz tinha parado de produzir comida suficiente para se alimentar. Durante o último século, as incursões eram frequentes e mais necessárias do que nunca. Bem como os pilotos que as conduziam.

E isso significava que, se a pessoa nasceu um Narceja desvalido, um Pardal de classe média ou um Falcão nobre, tornar-se piloto garantiria alimento, abrigo, vestimentas e treinamento. Significava que teria uma vida, um futuro.

Ela ouviu rédeas tilintando e se virou. Era Cero, conduzindo sua montaria, Tregan, para o estábulo. O cabelo escuro dele estava amarrado em um coque alto. Olheiras escuras faziam as íris verdes parecerem pretas. Vestindo trajes de voo em tons de azul, ele conseguia emanar tanto beleza quanto seriedade, mesmo quando encarava Aiz.

— Fiquei esperando por você.

Aiz deu de ombros e lançou uma quantidade enorme de feno imundo por cima do ombro, quase acertando Cero.

— Isso é problema seu, não meu.

— Pelas Torres, Aiz, como você é difícil. — Cero costumava parecer uma montanha de tão apático, mas dessa vez ele soava quase irritado.

— E você está rabugento. — Ela o espiou pelo canto do olho. — Não sei por quê.

— Óbvio, porque eu sou piloto. — Cero guiou Tregan até a baia, e ela protestou, revoltada. Aiz abriu um sorrisinho. A égua sempre preferira Aiz a Cero. — O custo de ter minhas necessidades básicas atendidas é mostrar subserviência à Triarquia — continuou ele — e dedicar minha vida a malditos megalomaníacos que não deveriam cuidar sequer de um canil, que dirá de um exército.

— Fecha essa matraca! — Aiz olhou em volta, frenética.

Os estábulos estavam vazios, mas isso não significava que ninguém tinha ouvido. Lorde Tiral bet-Hiwa liderava os esquadrões de voo. Ele também era herdeiro de um dos Triarcas que comandavam Kegar. A família dele tinha espiões em todos os cantos.

— O que ele vai fazer? — questionou Cero, recostando-se na parede grossa do estábulo. — Me jogar no Tohr? O esquadrão de Veleiros vai partir amanhã. Tiral precisa que eu esteja lá bombardeando gente inocente, e não mofando na prisão.

Cero parecia ressentido, não orgulhoso. Seu poder de controlar o vento, a habilidade de dobrar as correntes de ar com um comando, era extraordinário. Por isso ele havia sido selecionado para pilotar um Veleiro.

Ele não imaginava que Aiz seria deixada para trás. Mas, enquanto Cero conseguia controlar o vento, Aiz o enfurecia. Enquanto Cero erguia um Veleiro em uma espiral perfeita, Aiz despedaçava as lonas das asas. Ela conseguia mudar o rumo de um aroma e invocar uma brisa, mas qualquer coisa além disso fazia o vento se voltar contra ela.

Não fazia sentido se lamentar pelo que poderia ser diferente. Aiz encontrou outro propósito.

— Ele merece nosso respeito — mentiu, em um tom ríspido.

O que Tiral merecia era uma facada na jugular, exatamente o que Aiz planejava fazer em algumas horas. Mas, se Cero descobrisse o plano, ele tentaria impedi-la. Diria que era perigoso demais.

— Tiral é o comandante da frota. — continuou ela, pensando na faca escondida na saia, afiada na escuridão dos túneis abandonados do claustro. — Se não fosse por ele, a gente morreria de fome.

— Ele não está nem aí pra gente. — Cero encarou Aiz, que teve dificuldade de desviar o olhar. — Toma cuidado com ele.

Aiz ficou imóvel. Cero nunca falava nada à toa. Ele devia ter visto quando ela entrou nos aposentos de Tiral. Ou quando saiu. Pensou no que o lorde havia dito meses antes, quando Aiz ainda o deixava acreditar que estava sendo seduzida por ele. "Guarde bem nossos segredos, Narcejinha. Não quero que nada aconteça com você."

A expressão no rosto de Cero era severa o bastante para Aiz se perguntar se tinha algo entre seu amigo e Tiral. Ela não fazia a menor ideia de com quem Cero se envolvia. Ele havia tido um caso tão discreto com uma costureira que Aiz só descobriu quando a mulher apareceu no claustro, pedindo para chamá-lo.

— Eu não dou a mínima para os seus flertes, Aiz. — A indiferença de Cero era dolorosa. — Mas nunca dê como certo nada que acha sobre Tiral. A única pessoa com quem ele se importa é consigo mesmo.

Enquanto falava, ele girava o anel no dedo. Aiz costumava ter um igual. Um aaj. Era uma das muitas invenções de Cero e permitia que se comunicassem sem falar. Tinha devolvido o seu a Cero quando ele virou piloto.

— Terminou o sermão? — retorquiu ela em um tom gélido, e juntou mais feno. — Tenho que trabalhar.

Algo pareceu se fechar no olhar de Cero, e ele deixou o estábulo. Sabendo que havia magoado o amigo, Aiz ficou chateada e, ao mesmo tempo, satisfeita. Não podia perder tempo com Cero. Dessa vez, só tinha olhos para um homem.

A espera era uma tortura, as horas se arrastavam em um borrão feito de feno imundo, Veleiros impermeabilizados e ofensas dos mestres de voo. Em dado momento, as nuvens brilhantes e rosadas, repletas de neve, se moveram em direção ao sul e os rugidos do vento diminuíram até se tornarem apenas sussurros. Anoiteceu. Aiz estava ajudando a iluminar os campos aéreos quando um dos sinalizadores alertou:

— Atenção!

Ele apontou para as Torres cobertas de neve que cercavam a capital, projetando-se em direção ao céu como punhos triunfantes. A luz da lua destacava os Veleiros que se aproximavam, e Aiz sentiu o coração acelerar.

— Acendam essas lamparinas, seus ratos malditos! — rugiu o mestre de voo mais próximo, estalando o chicote.

Em questão de segundos, dezenas de sinalizadores tomaram conta do campo, erguendo a chama azul.

Os Veleiros aterrissaram com perfeição. Exceto o de lorde Tiral, o maior de todos — ele girou o Veleiro na ponta da asa não só uma, mas duas vezes, enquanto inspecionava o esquadrão. Não aterrissou até que o restante da frota tivesse pousado.

Aiz correu pelas plataformas, recolhendo óculos, boinas e recipientes de loha vazios. Enquanto isso, observava Tiral e tentava identificar algum ponto fraco. Cansaço ou ferimento. Algo que facilitasse a tarefa de enfiar a faca nele.

A única estranheza que notava já era bastante familiar: a mão dele firme em cima do livro fino que sempre ficava preso sob seu cinto. Quando percebera isso pela primeira vez, meses antes, Aiz tinha achado que se tratava de *Nove Contos Sagrados*, as parábolas de Madre Div para guiar seu povo. Se não isso, um diário ou um caderno de anotações. Porém, o volume se assemelhava mais a um livro infantil, na verdade, inútil para ela a menos que pudesse usá-lo para espancar o homem até a morte.

Infelizmente, era pequeno demais para esse objetivo.

Enquanto Tiral rodeava seu Veleiro, marchando e apontando para os mestres de voo os danos que havia sofrido, Aiz andava nas sombras de um lado para o outro, tomada por ódio.

Ela nunca havia entendido por que Madre Div dera a Tiral a habilidade de controlar o vento se ele desprezava tudo o que ela representava. Se ele deixava crianças órfãs ao recrutar seus pais e zombava dos clérigos que faziam um bom trabalho em nome de Madre Div.

Tiral ergueu o olhar, como se sentisse a ira de Aiz. Ele tinha vinte anos, ombros largos e altura mediana, cabelo claro e um nariz torto que o tornava marcante em vez de feio. Seu olhar predador se fixou nela. Aiz precisou fazer um esforço monumental para manter a expressão serena. Ele assentiu uma vez.

Ela sabia o que Tiral queria. E dessa vez ficaria feliz em dar isso a ele.

Aiz seguiu para o Ninho, passando pelas forjas onde os metalúrgicos fundiam o loha usado nos Veleiros, e fez uma careta ao sentir o fedor. Corria um boato de que o suprimento de loha, economizado por mil anos, estava acabando.

Sem loha, não haveria Veleiros. Sem Veleiros, as incursões seriam um fracasso. E assim todos morreriam de fome, quer fossem Falcões ou Narcejas.

Aiz entrou no Ninho por uma porta lateral e seguiu rumo às câmaras de banho. Nos últimos seis meses, ela havia aprendido a andar com destreza pelo labirinto de passagens dos serventes. No caminho dos aposentos de Tiral, viu outros como ela. Narcejas de olhar vazio em trajes provocantes, fazendo o necessário para sobreviver. Fingiam não enxergar uns aos outros.

Ela serpenteou pelas entranhas da fortaleza até a porta secreta que levava aos aposentos de Tiral. As pedras dos túneis eram antigas, e Aiz moveu uma para o lado a fim de esconder a faca. Então bateu na porta três vezes.

Ele a fez esperar. Nenhuma novidade. Ele gostava de imaginá-la tremendo ali no túnel, sem saber se a deixaria entrar ou não. Aiz tinha se esforçado bastante para cultivar a imagem da Narceja apaixonada. Nas noites em que ele a deixava do lado de fora, ela choramingava e implorava.

Porco. Ele se achava tão poderoso... Dessa vez, descobriria como era impotente.

Logo, ela ouviu um movimento. A porta se abriu, e uma luz azul e fraca banhou pela entrada. A pele de Tiral brilhava como se parte dele fosse um espectro.

— Aiz — ronronou e a pegou pelo braço.

— Meu senhor — sussurrou ela. *Fala logo. Fala pela última vez.* — Obrigada por me deixar entrar.

— Decerto que sou generoso, Narceja.

Lorde Tiral a conduziu por seus aposentos, os sofás de pele estavam cobertos de botas e trajes de voo limpos. Viu a si mesma de relance no espelho, franzina, a pele clara, o cabelo escuro cascateando pelas costas, as íris azuis e brilhantes. Ele a empurrou para a cama. A cabeça de Aiz afundou no travesseiro de penas de ganso, que poderia bancar grãos para uma semana inteira.

Pelo menos ele era rápido. Como a maioria dos parceiros de cama de Aiz, ele caiu em um sono profundo quando terminaram. Aiz o observou com um sorriso nos lábios.

Para seu povo, Tiral era um bravo comandante. Mas, para Aiz, ele era o garoto assassino que, anos antes, havia se esgueirado para dentro do claustro na calada da noite e ateado fogo nos quartos dos órfãos. Ele tinha ouvido os gritos enquanto chamas os consumiam, tudo porque o fizeram de bobo na frente do pai durante uma visita oficial.

Os clérigos, incluindo Irmã Noa, recorreram à Triarquia. Imploraram àqueles monstros corruptos por justiça. Até mesmo Dovan, Alta Clériga de Kegar e líder dos vários claustros da cidade, tinha feito um apelo veemente.

A Triarquia não havia feito nada. Com o tempo, todos se esqueceram dos órfãos mortos, até mesmo Cero, que quase tinha morrido naquela noite.

Aiz não esqueceu.

Ela se levantou da cama, vestiu a blusa e a saia e foi até o corredor para pegar a faca. Estava quase chegando no esconderijo quando Tiral se mexeu. Aiz se virou em direção à mesa, fingindo interesse em seus pertences. Se ele acordasse, só a veria bisbilhotando. Em meio aos pergaminhos, penas e ordens militares, seu olhar se fixou em um livro. *Aquele* livro.

Ela acariciou a capa. O couro era liso, como a pele de uma criatura marinha submersa por muito tempo. A inscrição na capa era triangular e a lembrava das florestas labirínticas das Torres. Aiz sentiu os pelos da nuca se arrepiarem, embora não soubesse bem por quê. Ela abriu o livro.

O Falcão e o Ladrão

No eterno cair da noite das regiões do norte, um falcão solitário voava para casa depois de uma longa e...

Ah. É só uma história. Aiz fechou o livro, atenta aos roncos de Tiral, antes de ir até a entrada e recuperar a arma.

A cama afundou quando ela retornou, e Tiral murmurava enquanto dormia.

Aiz segurou a faca com firmeza. *Consiga o que precisa. Esqueça o resto.* Quanto mais rápido, melhor. Bem no pescoço. Muito tempo antes, Cero a ensinara onde deveria atingir. "Ninguém pode nos proteger o tempo todo", dissera ele. "Nem mesmo os clérigos."

— Em nome de Madre Div — sussurrou ela —, eu clamo minha vingança.

Aiz desceu a lâmina.

E arquejou de surpresa quando Tiral ergueu a mão, agarrando-a pelo punho com uma agilidade impressionante. Ele abriu os olhos e sorriu.

— Ah, Aiz — disse ele. — Como você é idiota.

2

Quil

Império Marcial, Continente do Norte

Zacharias Marcus Livius Aquillus Farrar, herdeiro do trono Marcial e príncipe do Gens Aquilla, não precisava de quatro Máscaras completamente armados em seu encalço, seguindo-o aonde quer que fosse.

Quil, como preferia ser chamado, havia lutado em nome da tia, a Imperatriz Helene Aquilla, nas fronteiras do sul aos treze anos. Desde os quinze, ele tem derrotado, com certa facilidade, pelo menos dois assassinos por ano. Ele cruzou as dunas do deserto tribal e as florestas de Marinn umas cem vezes acompanhado apenas pelo melhor amigo, Sufiyan. Ali, nos movimentados mercados da maior cidade portuária do Império, não era diferente.

Ainda mais porque ele já havia percebido muito tempo antes que estava sendo seguido, enquanto os Máscaras não notaram nada. Nomeados por causa das coberturas faciais prateadas, os Máscaras eram os soldados de elite do Império e os mais temidos. Mas não significava que não cometiam erros.

— Para de encarar os pobres guardas, Quil — ralhou Sufiyan diante da expressão carrancuda do príncipe. — Vai assustá-los.

— São Máscaras — retrucou Quil. — Eles não têm permissão para ficar assustados.

Entretanto, talvez eles devessem ficar assustados, pensou Quil, levando em conta quantos deles haviam morrido de maneiras brutais e nem um pouco naturais nos últimos meses. Em geral, eram os Máscaras que empunhavam as lâminas. Porém, no dia anterior, outros dois haviam sido encontrados dilacerados, de acordo com o relatório que Quil recebera de um capitão da guarda.

Ele não conseguia parar de pensar nas informações, mas não podia compartilhar nenhum detalhe com Sufiyan, porque tia Helene havia lhe dito para manter a morte dos Máscaras em sigilo.

O príncipe se sentia como um marinheiro recém-chegado à terra firme depois de uma longa temporada no mar. Meio desequilibrado. Inquieto. E, ainda por cima, algum delinquente encapuzado estava em seu encalço.

De qualquer jeito, Sufiyan não tinha nada a ver com tudo aquilo, então Quil procurou remoer o mínimo possível enquanto caminhava com o amigo pelo movimentado mercado noturno de Navium.

Quil não gostava muito de cidades movimentadas, mas a população animada de Navium, o mar azul e a comida deliciosa tornavam difícil apontar defeitos. A hora do jantar se aproximava, e o estômago de Quil roncou com o aroma de camarão com limão e pimenta, picadinho de frango grelhado sobre montanhas de arroz branco e uma especialidade de Navium: pasteizinhos triangulares recheados com legumes defumados.

Em um canto da praça, lamparinas tribais multicoloridas reluziam; um kehanni, um Tribal contador de histórias, encenava um conto. Era um dos preferidos de Quil: sobre os heróis chamados Laia de Serra e Elias Veturius que, junto da Imperatriz Helene, salvaram o mundo de um djinn desesperado pelo sofrimento e pela traição. O público vibrava quando chegou à parte em que os três se consagravam vencedores.

Ao lado dele, Sufiyan sorria. Já Quil analisava a multidão, as barracas que lotavam a praça e as carroças atrás do kehanni.

Ali, viu um lampejo de movimento no alto. A pessoa que o perseguia subiu em direção aos telhados.

Os guardas não haviam notado nada. Ao contrário de Quil, eles estavam com a atenção voltada para o mercado noturno, que estava abarrotado de turistas vindos de todos os cantos do Império e além das fronteiras: Tribais orientais vestidos em trajes de viagem feitos de couro bordado, vendendo armas e sedas; Eruditos, que governaram esta terra antes dos Marciais, discutindo filosofia e política. Os Marciais também estavam presentes: Mercadores vendendo produtos; Ilustres ricos pechinchando com eles; e Plebeus, muitos dos quais usavam cores identificando as famílias Ilustres para as quais trabalhavam.

De um jeito ou de outro, todos eram parte do povo de Quil, ainda que nem sempre tenha sido assim. Seu pai fora um Plebeu, mas Quil não havia passado pelas mesmas dificuldades. Sua mãe era uma Ilustre, mas as famílias das classes mais nobres desprezavam o sangue plebeu de Quil. Ele havia sido criado pelos Tribais para a própria segurança, acolhido pela família de Sufiyan, a tribo Saif. Mas, no fim das contas, ele não deixava de ser um Marcial, um lembrete do Império que havia reinado sobre os Tribais.

"Eu não pertenço a lugar nenhum", afirmara Quil a tia Hel quando era criança e ainda compartilhava suas chateações sem medo de ser julgado.

"Você pertence ao seu povo", ela havia respondido. "Ao povo do Império."

Sufiyan parou para comprar um cone doce, enchendo de elogios a chef de olhos claros. Uma faixa sobre a barraca exibia um pedaço de pão cruzado com um talo de trigo. Ela devia ser de uma grande família de Mercadores, talvez o Gens Scriba, ou o Gens Vesta. Passou o olhar por Quil e, em seguida, reparou nos guardas. Ela arregalou os olhos e fez uma reverência.

— Sua Alteza — saudou ela, com as bochechas rosadas. Quil xingou mentalmente, porque as pessoas ao redor começaram a se virar. — Glória à imperatriz. Minha gratidão por seu cuidado.

Sufiyan revirou os olhos; mas foi ele quem resolveu parar, afinal de contas. Quil sorriu e logo seguiu em frente, colocando o capuz e tentando se livrar da inquietação. Ele sentia falta de ser anônimo.

— Recuem — ordenou ao capitão da guarda sem explicações, usando o tom objetivo que a tia recomendara. Quando pequeno, ele dizia "por favor", mas isso deixava os Máscaras desconfortáveis.

O capitão da guarda hesitou, como se estivesse colocando na balança o que era pior: a possível ira da imperatriz mais tarde ou a ira do príncipe da Coroa naquele momento. Depois de um instante, o capitão e seus homens desapareceram na multidão. Todo o corpo de Quil relaxou.

Sufiyan ofereceu um doce ao amigo.

— Soltaram sua coleira e você está alimentado — brincou ele. — Vamos focar no que importa.

— Para satisfazer a eterna ganância de um conhecido inútil a quem estou preso há dezoito anos — rebateu Quil, enquanto o vulto que o perseguia desaparecia outra vez, saltando de um telhado e entrando em um beco.

Sufiyan balançou a cabeça.

— Você está aqui para ser generoso e adquirir um símbolo da sua estima à pessoa mais próxima que você tem, que é quase um irmão, como marco da próspera ocasião da décima oitava primavera dele. Seu bruto ingrato.

— Você esqueceu do Tas. Conheço ele desde que nasci.

— Estou falando literalmente da pessoa mais próxima. Eu estou do seu lado, e Tas está sabe-se lá onde.

Zacharias.

Seu nome chegou a ele como um sussurro carregado pelo vento. Quil olhou para cima, surpreso. Ninguém o chamava pelo primeiro nome, exceto tia Helene, ou Suf, quando queria provocar. O príncipe se virou para Suf, mas o amigo estava ocupado acariciando uma adaga cravejada de rubis que devia custar o salário do mês inteiro de toda a Quinta Legião.

— Um belo presente. — Sufiyan girou a adaga com destreza entre os dedos. Costumava usar o arco como arma, mas, assim como Quil, Suf havia sido treinado para se defender com qualquer ferramenta. Certa vez, quando um Ilustre imbecil zombou de sua ascendência, ele deixou o homem inconsciente usando a pura frieza e uma flauta de barro.

— Meu príncipe. — O vendedor de adagas assentiu para Quil. — Tem minha gratidão. Sou de uma família de Plebeus… — Seu rosto enrugado se encheu de orgulho ao olhar para seus produtos. — Recebi um Presente do Príncipe para começar meu negócio.

Com isso, Quil se animou. Ele havia criado o incentivo no ano anterior, depois de ver tão poucos Plebeus vendendo produtos nos mercados.

O vendedor ofereceu a adaga.

— Leve, com meus cumprimentos.

Mas Quil balançou a cabeça e abaixou a voz.

— Atrás de mim, tem uma mulher chamada Mater Candela. Ela é mais rica que a imperatriz e coleciona objetos brilhantes. Espero que cobre dela o dobro do que isso vale e consiga fechar a venda.

O vendedor sorriu e deu um tapinha no ombro de Quil.

— Você tem o coração de um Plebeu daqueles, meu príncipe. Sempre gostei de você.

Quil ficou satisfeito com o elogio. Às vezes, ele se perguntava como as pessoas o enxergavam. Talvez como o filho obediente de um homem monstruoso. Ou a sombra por trás de uma imperatriz radiante. *Um Plebeu daqueles*. Quil preferia isso a qualquer uma das opções anteriores.

Um espelho prateado brilhava na mesa ao lado, e Quil o encarou por tempo suficiente para ter certeza de que ainda conseguia visualizar a sombra em seu encalço, antes de oferecer o objeto a Sufiyan.

— Mais adequado, não acha? Já que você é obcecado pela própria aparência.

— Eu tenho a beleza, você tem o título real. Nada mais justo. — Sufiyan analisou o próprio reflexo. — Falando em realeza, você já falou com a sua tia?

O príncipe balançou a cabeça. Houve um tempo em que ele contava tudo à imperatriz. Agora, ele mal sabia como começar uma conversa com ela. Os dois discordavam de tudo, especialmente do futuro dele.

— Da última vez que eu disse a palavra *abdicar* — Quil saiu da barraca de joias e seguiu em frente, Sufiyan o acompanhou —, ela ficou sem falar comigo por um mês.

— Você tem vinte anos, Quil — rebateu Sufiyan. — Se continuar enrolando assim, quando menos esperar vai ter uma coroa na cabeça, uma imperatriz de fazer arrancar os cabelos, uma prole de bebês chorões e nenhuma vontade de ouvir a palavra *abdicar*.

Uma imperatriz... Um rosto surgiu de repente na mente de Quil. Cabelo curto e escuro, olhar cauteloso e um sorriso raro. A determinação de Ilar o fascinou desde o momento em que a conheceu. Com ela, nada era monótono. Teria sido uma grande imperatriz.

Mas fazia mais de um ano que ela estava morta. A tristeza quis dominá-lo, mas Quil já estava familiarizado com ela. Ele a afastou, empurrando-a para o fundo da mente, onde seus outros segredos habitavam.

Uma das muitas torres de tambor espalhadas pela cidade começou a ressoar. Quil traduziu a série de batidas com facilidade: *Quarta Legião, Segunda Patrulha de Infantaria, reporte-se ao Quartel do Ancoradouro do Sul.* O príncipe franziu a testa.

— A Quarta Legião não deveria estar em Antium?

— Vai ver eles se cansaram de congelar o traseiro e voltaram pra pegar um solzinho.

Zacharias. Saia da praça.

O príncipe levou um susto ao ouvir a voz, incisiva como se alguém tivesse gritado ao pé do ouvido. Sufiyan continuou tagarelando, distraído.

— Pelos céus, *eu* que não iria querer patrulhar aquele lugar congelante dos infernos.

Quil segurou a cimitarra, a lâmina longa e estreita era uma extensão de seu corpo tanto quanto os próprios braços. Ele havia aprendido muito tempo antes que, se ouvisse vozes na cabeça, deveria prestar atenção.

E algo naquela voz parecia familiar. Soava impaciente, quase irritada.

— Suf… — Quil se virou para a saída da praça. — Vamos…

Ouviu um grito em meio à multidão. E depois outro.

Zacharias, seu moleque tonto. Saia já daí.

— Fica aqui — ordenou Quil para Sufiyan e foi se enfiando no meio da aglomeração em direção aos gritos. Já havia saído do mercado quando finalmente viu o que estava causando todo o alvoroço.

Um menino. Ele tinha uns treze anos, usando roupas largas demais e botas maltrapilhas. Não tinha nada de especial, era perfeitamente comum, exceto pelo buraco no peito e pela ruína fumegante que era seu coração.

Quil deu as costas e se afastou, com um lampejo na memória de dois outros corpos que ele havia visto um ano antes. Em seguida, lembrou-se do relatório da manhã sobre os Máscaras.

Ambos os soldados haviam sido assassinados da mesma forma: como se um atiçador em chamas tivesse queimado o coração deles.

O assassino estava ali. No meio da multidão.

Se você não vai sair daí, pelo menos faça Sufiyan ir embora!

A voz fez Quil despertar do choque. Ele alcançou Sufiyan, que estava logo atrás, e o levou até os guardas, que abriam caminho na multidão para chegar até o príncipe.

— O que está acontecendo? — Suf tentou espiar sobre o ombro de Quil. — O que foi?

— Tem uma pessoa ferida! — gritou um freguês. — Um menino. Era só um menino.

A pele marrom de Sufiyan ficou assustadoramente pálida.

— Um… um menino? Quantos anos? Quil, o que…?

Se fossem outros tempos, Sufiyan teria ficado imóvel como um carvalho, observando a situação pronto para lançar um comentário ácido a qualquer momento. Mas, assim como Quil, Sufiyan havia mudado no ano anterior. Ele disfarçava a tristeza com brincadeiras e sorrisos. Usava os braços de amantes e o suor nos treinamentos de cimitarra para se esquecer do psicológico abalado. Quil, porém, conhecia Sufiyan Veturius desde que nasceu. Um ano antes, algo se estilhaçou dentro de Sufiyan. Quil detestava o fato de não poder consertar isso.

Mas ele podia garantir que a situação não ficasse pior.

— Meu príncipe — o capitão da guarda alcançou Quil —, aqui não é seguro para você.

— Leve Suf para o palácio. — Quil baixou o tom de voz e fitou os olhos do guarda, interrompendo os protestos. — Não estou pedindo.

O capitão da guarda suspirou e fez um sinal para os outros Máscaras. Em questão de segundos, eles haviam desaparecido.

Quil voltou para perto do corpo, onde uma Plebeia enxugava as lágrimas diante do menino morto.

— Com licença. — Quil chamou a atenção dela com gentileza. — Você o conhecia?

Ela assentiu com a cabeça.

— Ele vivia nas ruas. Cuidava de umas crianças pequenas.

A mulher o encarou, torcendo os lábios ao reconhecer Quil.

— Ilustres desgraçados — sussurrou ela. — Vocês não dão a mínima pra gente. Ele não é o primeiro a morrer desse jeito.

Quil dispensou o insulto e concentrou-se na última parte do que ela disse. Os Máscaras também haviam morrido dessa forma, o coração transformado em cinzas — ainda que essa informação estivesse guardada a sete chaves.

— Como…

Mas a mulher havia desaparecido na multidão. Antes que Quil pudesse segui-la, a voz invadiu sua mente.

Chega! Preciso falar com você. Tem um boticário na esquina ao sul da praça. Me encontre lá dentro. Rápido. Não tenho o dia todo.

Quil ponderou o risco de responder à voz e a vontade de satisfazer a própria curiosidade. A última venceu. Quando entrou no prédio escuro pouco tempo depois, a cimitarra desembainhada, uma figura encapuzada emergiu das sombras atrás do balcão empoeirado do boticário.

— Guarde esse facão, garoto.

Quil reconheceu a mulher no mesmo instante.

— Bani al-Mauth.

O príncipe embainhou a cimitarra e fez uma reverência. *A Escolhida da Morte*. Ela havia sido uma fugitiva, uma revolucionária, uma escravizada e uma assassina.

Nesse momento, era uma figura sagrada que guiava espíritos inquietos desta vida para a próxima. Ela tirava a dor que os ancorava ao plano humano e lançava-a para outra dimensão, para o Mar do Sofrimento, e assim os fantasmas podiam seguir em frente, em paz. A tarefa a confinava principalmente a uma floresta assombrada, localizada às margens do Império Marcial. O Lugar de Espera, como era chamado pelos fantasmas que não queriam sair dali.

Quil já havia encontrado a Bani al-Mauth outras vezes. Com frequência, quando ela visitava a Imperatriz Helene. Mas na maioria das vezes, quando ela ia às terras tribais para ver a família, incluindo Sufiyan, seu neto, e os pais dele, Laia de Serra e Elias Veturius.

Tinham se encontrado em ocasiões mais recentes também, lógico. Mas quase no mesmo instante em que o pensamento lhe ocorreu, a mulher rosnou para ele.

— Pode tirar isso da cabeça, garoto. — Ela deve ter lido a expressão no rosto dele. — Você sabe muito bem como é. Sabe o preço disso.

Ele sabia. Mas as sensações ainda permeavam a mente dele, lembranças que ele não queria reviver daquela noite, meses antes. As montanhas. Uma caverna. O sabor metálico do sangue. Tão pungente, como se tivesse entrado em um matadouro.

Mas, pensando bem, de fato ele havia entrado.

— Você. — Ele se esforçou para afastar aqueles pensamentos; ficara melhor nisso desde a última vez em que a vira. — Você estava me seguindo.

— Achei que fosse perceber mais rápido. Estou colada em você feito uma sombra desde o palácio.

Bem, isso era bastante constrangedor.

— Devo ir buscar Sufiyan? — Quil sentiu o rosto esquentar. — Ele ia querer...

— Meu neto e a família dele não querem saber de mim — cortou a Bani al-Mauth. — Vim pedir sua ajuda.

— Minha ajuda? — Quil balançou a cabeça. — Era você quem sabia do menino morto, não eu. Como?

— Senti que ia acontecer — respondeu ela. — Me conte o que você sabe sobre os outros que morreram desse mesmo jeito.

Quil encarou aqueles olhos azul-escuros. A imperatriz o havia proibido de comentar sobre a morte dos Máscaras. *Especialmente com Sufiyan ou a família dele.* Não foi preciso falar duas vezes. As irmãzinhas de Sufiyan tinham apenas quinze e treze anos. E Laia e Elias já tinham passado por maus bocados.

Mas a Bani al-Mauth era diferente. Quando Quil era criança, ela chegou a Antium e exigiu conversar com a imperatriz. Ele estava lá apenas de visita, vindo das terras tribais, e esperava uma negativa da tia diante de exigências tão ríspidas. Em vez disso, ela cancelou todos os outros compromissos para atendê-la.

— Talvez a gente deva ir falar com a tia Hel juntos — sugeriu Quil, mas a Bani al-Mauth dispensou a sugestão.

— Sua tia está fingindo que tudo vai bem. Não está fazendo nada a respeito dos assassinatos.

Quil ficou indignado. Ele até poderia ter ressentimentos da tia Hel, mas jamais deixaria qualquer outra pessoa dizer uma palavra sequer contra ela.

— Aqueles Máscaras mortos eram jovens e Ilustres e foram assassinados nas terras tribais. Ela manteve isso em segredo porque sabia que poderiam suspeitar dos Tribais. Ela não queria famílias ilustres exigindo vingança.

— Não estou falando dos Máscaras — retorquiu a Bani al-Mauth. — Estou falando das crianças. Ruh foi o primeiro... — Sua voz falhou, mas ela pigarreou. — Depois foi a sua garota, Ilar.

Quil sentiu o peito se contorcer ao ouvir os nomes, que evocavam rosto, cheiro, voz. *Pare. Não pense neles. Ignore isso.*

A Bani al-Mauth continuou.

— Duas outras crianças foram encontradas no dia seguinte em Nur. Moleques de rua, sem família. Mais uns dez depois disso, por todos os cantos das terras tribais e do sul do Império. Meses se passaram sem que nada acontecesse. Até agora.

Catorze crianças mortas. Quil não soube de nenhuma delas. A loja, empoeirada e escura, parecia ter ficado mais fria.

— Três morreram em Serra, algumas semanas atrás — prosseguiu ela. — Dois em Navium. Quatro mais para norte, nos arredores de Silas. Todos com menos de vinte anos, o mesmo ferimento e o coração reduzido a cinzas. Essas foram as mortes de que eu fiquei sabendo.

— Tiveram seis Máscaras também. — O estômago de Quil embrulhou diante da lembrança do relatório daquela manhã. — Dois deles foram encontrados ontem na fronteira. Você fala com espíritos. Não ficou sabendo desses?

A Bani al-Mauth o analisou.

— Nem todo espírito passa pelo Lugar de Espera.

— Isso não foi uma resposta.

— Você me lembra sua tia. Um pé no saco aquela garota, mas afiada como uma cimitarra. Sabia mais do que demonstrava. Aposto que você também…

— Não fiquei sabendo dessas crianças — replicou Quil. — Ela não me contou nada.

— Me faça um favor — pediu Bani al-Mauth —, da próxima vez que a encontrar, pergunte a ela o motivo. E mais uma coisa — o tom de voz dela se suavizou —: como você está, garoto?

Era uma pergunta simples. Que suscitava uma enxurrada de pensamentos.

Quil não tinha o costume de se permitir pensar em Ruh e Ilar, mas, naquele momento, era o que estava fazendo: as mãos de Ruh quando ele narrava anedotas sobre ghuls assustadores e contadores de histórias malignos. A risada de Ilar, tímida como se não risse com frequência. A maneira como ela sempre conseguira enxergar além do que Quil mostrava e como o conquistava com suas perguntas, como se nada do que ele dissesse pudesse entediá-la. "Conta do palácio em Antium. Conta da vez em que você se perdeu no porto de Navium. É verdade que existem ruas inteiras de fabricantes de pipas em Serra?"

— Estou fazendo o que você pediu — respondeu Quil. — Tento não pensar nisso.

— E a sua magia? Você vai ser treinado pelos Jaduna?

Quil ficou tenso diante da menção aos Jaduna.

— Você me falou para esquecer o que vi aquela noite — rebateu Quil. — Em troca, eu não quero falar sobre magia. Nunca.

A Bani al-Mauth deu de ombros e espanou a poeira da capa.

— Como quiser. Preciso voltar para o Lugar de Espera. Não comente sobre esse encontro com ninguém. E, garoto…

Ela inclinou a cabeça. As sombras do boticário pareciam mordiscar o contorno da figura dela.

— Se cuida. Tem algo errado no ar. Os fantasmas estão inquietos. Alguma coisa está para acontecer.

Não, pensou Quil enquanto ela desaparecia na escuridão. *Alguma coisa já está acontecendo.*

3
Sirsha

Sirsha sabia que não devia ter passado tanto tempo no Poleiro do Pirata. O assentamento apodrecia como uma praga esquecida no sopé da cordilheira Serrana, uma fossa de mentirosos, ladrões e tipos ainda piores.

Sirsha estava em um dos becos horríveis e encharcados de chuva do Poleiro na calada da noite, cercada por uma gangue de malfeitores. Estava desarmada e, para piorar, sem suas botas, com nada além da astúcia para evitar a completa penúria.

Ou, quem sabe, a morte. Mas naquele momento ela estava mais preocupada com a possibilidade da indigência.

Sirsha passou os últimos sete anos economizando cada centavo para ir embora de vez daquele maldito Império. Queria morar em um lugar com um clima quente, águas cristalinas e uma pousadinha simpática para administrar nas Ilhas do Sul. Ela não estava disposta a abrir mão do próprio sonho por causa de um bando de maltrapilhos imbecis.

— Passa a grana, rastreadora — exigiu a líder dos delinquentes, uma garotinha pálida chamada Migva. Mais forte do que deixava transparecer, ela sacudia a mão, dolorida depois da surra que tinha dado em Sirsha. — Eu tô exausta, com fome e cansada de te bater.

Sirsha olhou além da garota, na direção do barraco em que estava vivendo fazia alguns meses. Era um lugar feio e decrépito, mantido de pé por pura teimosia e pela sujeira, como a maioria dos lugares do Poleiro. Havia alugado de um contrabandista de pedras preciosas, um homem gigantesco e assustador demais para que qualquer rato do Poleiro tentasse desafiá-lo. Os dois haviam feito um trato: enquanto estava em outros trabalhos, ela rastrearia itens ou pessoas para ele, que, por sua vez, espantaria qualquer um que tentasse assaltá-la. Em uma terra sem lei como o Poleiro, era um acordo bem conveniente.

Tudo estava correndo bem, até que o contrabandista tinha sido flagrado traindo seu amante com um belo vendedor de chá da região. Uma hora depois, o contrabandista jazia morto e seu companheiro havia fugido com as joias. Depois disso, os urubus passaram a rodear.

— Já te falei, eu não tenho... *AI!* — Migva desferiu um golpe baixo, e Sirsha caiu de joelhos, tentando recuperar o fôlego. O cabelo escuro e empapado estava grudado na testa, e a lama escorria por entre os dedos nas meias molhadas. Céus, havia algo mais nojento do que a sensação de uma meia molhada?

— Você já veio atrás de mim milhares de vezes — conseguiu dizer Sirsha. — Eu não tenho nada.

— Você deve achar que eu tenho merda na cabeça — retrucou Migva. — Você escondeu o que eu quero. Se não me falar onde está, eu te arrebento e espalho seus restos pelo Poleiro. Você é uma estrangeira nojenta. Ninguém vai te ajudar.

Sirsha encarou Migva com o olho que não estava inchado. A ratazana do Poleiro se provou uma ladra mesquinha, mendigando as migalhas deixadas para trás por criminosos maiores. Era evidente que Sirsha havia subestimado aquela bruxa. Migva era mais esperta do que imaginava. Mais desagradável também. De perto, tinha um brilho ávido que Sirsha conhecia bem. O brilho nos olhos de um predador; de alguém que, muito tempo antes, aprendeu a machucar e matar por necessidade, mas descobriu que gostava disso.

Já não era a primeira vez que Sirsha desejava que sua magia funcionasse com outras coisas além de apenas rastrear ladrões de joias.

Migva estava acompanhada de um garoto magricelo. No mês anterior, ele havia tentado vender rubis falsos ao contrabandista de pedras preciosas. Sirsha convenceu o grandalhão a poupá-lo.

— Você. Garoto — chamou Sirsha. — Eu salvei sua vida de merda quando estava enrolando o contrabandista de joias.

O garoto mudou o apoio de um pé para o outro, a adaga trêmula na mão.

— Migva, e se a gente...

Migva girou, deslizando a lâmina pela garganta do garoto tão rápido que o sangue já estava encharcando a lama antes que Sirsha pudesse entender o que tinha acontecido. Ela ponderou: sua vida ou as economias. Gostaria de levar anos para juntar ouro suficiente e deixar esse império ferrado? Não. Mas seria melhor do que virar café da manhã dos urubus? Com certeza.

— O dinheiro está no quarto dos fundos — revelou Sirsha. — Dentro do cofre atrás do quadro de cachorro feio. Olhando bem agora, Migva, ele parece um pouquinho com você. Você já posou para algum quadro...

Sirsha se dobrou quando a outra deu um chute em sua barriga. Mesmo com o rosto na lama e uma ou duas costelas quebradas, ela sorriu ao escutar as risadinhas dos membros da gangue de Migva.

— O que está esperando? — rugiu Migva para o ladrão mais próximo dela. — Entra lá!

O garoto fitou o companheiro morto e correu para dentro. Meio minuto depois, ele retornou.

De mãos vazias.

Migva agarrou o cabelo de Sirsha e a arrastou para a parede externa do barraco, prensando-a ao lado de um barril e de um ancinho enferrujado.

— Que brincadeira é essa?

— Brincadeira nenhuma! — Ela ofegou. — O amante do cara deve ter pegado. Eu juro que guardei aí. — Sirsha não se preocupou em disfarçar a voz estridente de medo. No mínimo, poderia ajudar a impedir Migva de decapitá-la.

A cabeça da gangue soltou Sirsha, enojada.

— Você é muito burra. *E* patética. — Então gesticulou na direção de outro membro da gangue. — Acaba com ela.

— Não! Não, por favor! — implorou Sirsha, de um jeito bem convincente, em sua opinião.

Até um dos capangas de Migva agarrá-la pelo pescoço.

Naquele momento, Sirsha agarrou o ancinho e golpeou as partes baixas do homem, maravilhando-se com o uivo de raiva e dor do babaca antes de girar a ferramenta na lateral da cabeça dele. Sirsha o empurrou para cima de Migva e correu para dentro do barraco, trancando a porta assim que entrou. Isso não seguraria o bando por muito tempo, mas poderia atrasá-los o suficiente para ela dar o fora dali.

Ela pegou as botas, as lâminas e a mochila antes de correr para o quarto. O quadro horroroso estava jogado no chão e o compartimento secreto estava aberto, vazio. *Ah, poxa vida.*

Sirsha se jogou no armário, tateando uma pequena trava no chão enquanto a porta da frente se abria. A trava cedeu e Sirsha entrou, mal conseguindo fechá-la antes que os capangas de Migva invadissem o cômodo. Ela seguiu por um túnel estreito e atravessou uma porta secreta que dava em um beco. Uma vez do lado de fora, Sirsha pisou na lama, parando em uma reentrância na parede algumas casas adiante a fim de olhar para trás. Ninguém.

Tirou as meias e calçou as botas de couro vermelho-escuro. Provavelmente ficaria com bolhas, mas a pele se recuperaria. As botas serviam nela com perfeição e já a haviam acompanhado por centenas de quilômetros. Não estava disposta a sujar a parte de dentro.

Enquanto se afastava da reentrância, alguém gritou à frente dela.

— Ela está ali!

Sirsha atirou uma de suas lâminas envenenadas no agressor e correu, um gemido baixo confirmou que ela acertou em cheio o alvo.

Saídas. Saídas. Sirsha conhecia bem o Poleiro, melhor do que a maioria das pessoas que passava pelo lugar. O problema era que Migva também morava ali. Havia incontáveis caminhos menos movimentados que levavam para fora dali e a maioria deles era arriscada demais.

Sirsha sabia de um trajeto que nenhuma pessoa sensata se atreveria a encarar. Seguiu em direção a ele, correndo de beco em beco, sempre conferindo a retaguarda. Quando pensou ter visto um movimento, abaixou-se para se esconder às sombras ao lado de uma taverna. Ninguém apareceu, então ela continuou em frente até alcançar a fronteira leste do assentamento.

O Poleiro ficava espremido em um espaço estreito entre duas montanhas imensas. Ao longe, as rochas apontavam para cima e pareciam intransponíveis. Sirsha sabia que não eram bem assim. Ela passou pelas cabanas e tendas situadas nos limites do povoado e alcançou uma fissura na pedra. A abertura era larga o bastante para que ela passasse. Calçou as luvas e começou a galgar a subida perigosa.

A chuva tornou a escalada ainda mais traiçoeira, e ela logo começou a suar. Conforme pegava ritmo, ouviu um arranhão vindo de baixo.

Um rosto a encarava. Mesmo de longe, Sirsha reconheceu as feições lupinas de Migva, em uma cara fechada como se estivesse prestes a rosnar.

— Malditos infernos — murmurou Sirsha.

Ela preferia pensar que Migva poderia escorregar e cair rumo a uma morte repentina. Mas aquela garota era como uma maldita barata jibautiana: maldosa, resistente e impossível de matar. Sirsha olhou para o pouco de céu que conseguia ver, as nuvens carregadas iluminadas por relâmpagos. Tudo doía. Seus ossos pareciam cacos de vidro. Mas estava se aproximando da saída.

Sirsha contorcia o rosto enquanto escalava. Toda vez que olhava por cima do ombro, via que a ratazana miserável chegava cada vez mais perto. Quando emergiu da fresta no topo da fenda rochosa, Sirsha ofegava, exausta, e Migva estava a apenas seis metros de distância. Ela seguiu em frente, semicerrando os olhos no escuro para enxergar melhor.

A rocha à frente descia em direção aos Jutts, uma região em que o terreno parecia ter espinhos brotando da terra. Mais à frente estava a cordilheira Serrana. Seria uma burrice absurda atravessar os Jutts com esse clima.

Por isso Sirsha seguiu cambaleando até lá. O caminho até os Jutts era íngreme, mas, se seguisse com cuidado, ela não cairia de cabeça no abismo enorme e enfim alcançaria uma das estreitas pontes de pedra que ficavam naquela direção.

— Volta aqui! — gritou Migva, as mãos esfoladas pela escalada.

— Quando foi que alguém já te obedeceu, ô cara de cachorro?

Sirsha escorregou e derrapou encosta abaixo na direção do abismo, a queda interrompida quando se chocou com o topo de uma rocha, trêmula de pavor. Com o lampejo de um relâmpago, ela pulou no que parecia ser uma figura à sua frente, enorme e desajeitada, parada perto de uma área plana ao lado de um rochedo.

Um momento depois, tudo já estava escuro de novo e ela não tinha certeza do que viu. Mas a distração custou caro: Migva a atingiu, deixando-a completamente sem fôlego.

O olhar da ladrazinha se deteve na correntinha de ouro ao redor do pescoço de Sirsha, que cambaleou para a frente. Os olhos de Migva faiscaram com uma ganância repentina, e ela se lançou em direção ao acessório, fazendo as duas rolarem encosta abaixo. Estavam se aproximando do abismo cada vez mais rápido.

— Para, sua idiota! — gritou Sirsha enquanto Migva tentava arrancar a correntinha. — Você vai matar nós duas!

Mas Migva já não se importava, nem um pouco, e tudo o que Sirsha conseguia fazer era tentar afastá-la com um dos braços enquanto lutava para se segurar com o outro. Sentia algumas saliências nas pedras, galhos, reentrâncias. Se conseguisse se agarrar a qualquer um, poderia evitar a queda.

Pouco antes de a encosta desembocar no desfiladeiro, os dedos de Sirsha se engancharam em algo áspero. Era uma velha videira morta, e ela sentiu um amor súbito e verdadeiro pela sua existência. Agarrou-se ao seu galho e, embora ele se esticasse enquanto a gravidade as puxava para a beira do penhasco, manteve-se firme e não arrebentou. Sirsha enfiou o polegar no olho de Migva e chutou-a com força. Aquela rata do Poleiro a soltou, pega de surpresa com o ataque inesperado. Então Migva despencou na escuridão, seu grito de pânico ecoando até ser interrompido de repente.

— É, eu te avisei — murmurou Sirsha.

Não ousou se mover. Estava praticamente na vertical, sem fazer ideia do que ancorava a videira. Com cuidado, tateou em busca de outro ponto de apoio.

Ao se inclinar para o lado, sentiu a videira afrouxar.

Sirsha caiu, despencando para a morte.

Infernos. Ter que dividir a cova com aquela vaca imbecil. Que belo fim, pensou.

Até que, de repente, ela estava pairando. Viva. A videira, amor da sua vida, estava esticada ao máximo e Sirsha se agarrou a ela com vontade, pendurada acima da boca dos Jutts. Sem qualquer explicação, a videira começou a subir devagar.

Não, percebeu Sirsha. Alguém a *puxava* para cima. Rápido. Depois de apenas alguns minutos, ela estava longe da fenda e tentou dar uma olhada em quem a havia salvado. Viu uma luz e uma figura enorme antes que a chuva embaçasse sua visão. Segundos depois, alguém a puxou para um ponto mais plano na encosta rochosa onde quase havia morrido.

— Já pode se soltar. Você não vai cair daqui. — A voz era um estrondo profundo e grave que Sirsha não reconheceu. Um relâmpago cruzou o céu, e ela teve um vislumbre do homem desconhecido. Era mais alto do que ela, de olhos claros e cabelos escuros. Tinha um rosto sombrio, marcado pela tristeza. Parecia ter o dobro da idade dela.

— Você é Sirsha Westering? — perguntou ele. — A rastreadora?

Antes que ele pudesse sequer pensar em sacar uma cimitarra, ela pressionou uma faca junto ao pescoço dele — era a lâmina que havia escondido sob uma faixa amarrada ao punho.

— A pronúncia é *Sir-shah*. E quem é que quer saber?

Esperava que ele ficasse com raiva ou irritação. Homens não costumam gostar de ser superados por gente como ela. Mas ele sorriu e olhou para baixo. Estava segurando uma lâmina bem na barriga dela. Tão rápido quanto a arma havia surgido, ele a guardou de volta no cinto e ergueu as mãos.

— Sou um cliente — respondeu ele. — Tenho um trabalho para você.

4
Aiz

Ah, Aiz. Como você é idiota.

Aiz não conseguia se mexer. Não conseguia enfiar a faca no pescoço de Tiral, não conseguia se mover nem um centímetro sequer. Tiral sorriu, apertando seu punho até ela gritar e largar a lâmina.

Ele agarrou a arma e, com a outra mão, golpeou Aiz com tanta força que ela voou para longe da cama. Uma palavra ficou ecoando na mente: *não. Não. Não.*

— Você achou mesmo que podia me matar?

Tiral parecia quase maravilhado enquanto a humilhação tomou conta de Aiz. Ele a chutou na barriga e a fez cair de joelhos ao som da risada dele.

— Melhor assim. Pode implorar pelo meu perdão, e eu garanto a você uma morte rápida, sem que ninguém no seu claustro tenha que sofrer as consequências da sua estupidez.

Aiz não estava preocupada com ter uma morte rápida. Tudo o que queria era fazer Trial sentir dor, para que ele sentisse na pele o sofrimento. No entanto, ela sabia que aquela oferta era um presente, ainda que derradeiro. O claustro, os clérigos, os órfãos... Não havia levado em conta o que ele poderia fazer com todos caso ela falhasse.

— Ou não implore, se preferir. — Tiral sorriu. — E eu deixo os Interrogadores destroçarem você, arrancando cada membro do seu corpo no Tohr ao lado de todos os seus preciosos clérigos.

Aiz olhou para as próprias mãos, marcadas pela infância na favela de Dafra. Sentiu uma mecha do cabelo cobrir o rosto e ficou imóvel. As celas infestadas de vermes do Tohr estavam repletas de Narcejas esfarrapados que tinham desafiado a Triarquia. *Sua raiva vai acabar matando você.*

Matando você.

Então ela sentiu a pele das cicatrizes e o calor das chamas. Ouviu os órfãos gritando e, naquele momento, só conseguia pensar em quanto odiava esse homem desprezível. O ar no cômodo ficou diferente enquanto Aiz reunia forças, rezando à Madre Div para que, daquela vez, o vento ouvisse sua prece.

Por um momento glorioso, o vento disparou como um chicote, firme e brutal. Aiz o brandiu mentalmente com força. Tiral agarrou o próprio pescoço, tossindo.

No segundo seguinte, Aiz foi jogada para trás, chocando-se na parede de pedra. O ar ao redor dela parecia agulhas incandescentes, golpeando sua pele. Ela gritou, segurando o próprio rosto com tanto desespero que não ouviu Tiral até que ele estivesse na frente dela. Ele a ergueu pelo cabelo e se inclinou, aproximando-se dela, o hálito quente soprando em sua orelha.

— Eu nunca abaixo a guarda, Narceja.

Aiz se encolheu, deixando-o acreditar por um instante que estava amedrontada.

Então cuspiu na cara dele.

A mão dele se afrouxou o suficiente para que ela conseguisse se soltar e dar uma joelhada no meio das pernas. Ele se dobrou para a frente, gemendo. Aiz apelou para o vento novamente, mas dessa vez, não tentou controlá-lo. Pelo contrário, ela alimentou a ira que sentia e o poder explodiu dela.

O vento rugiu e derrubou Tiral, rasgou a cama em retalhos, partiu a mesa ao meio e deixou a lareira em escombros. A janela que dava para as montanhas se estilhaçou. Uma faísca se acendeu e lançou chamas no sofá. Aiz gritou de alegria. *Isso!* Ela *sabia* que era capaz de controlar o poder dentro de si. Sempre soube. Finalmente, ele estava ao seu alcance.

Em um piscar de olhos, tudo havia acabado. Aiz caiu de joelhos, tão drenada que pensou que sua pele murcharia.

Levanta.

Ela já conseguia ouvir gritos distantes de alerta. Arrastou-se pelos escombros em direção à passagem secreta. Ainda conseguiria escapar e alertar Irmã Noa para evacuar o claustro, impedindo Tiral de machucar as pessoas.

Suas mãos tremiam enquanto tentava alcançar a maçaneta. Não estava girando. Ela tentou mais uma vez, gritando de frustração, até alguém bater na porta de Tiral.

— Comandante Tiral? Comandante!

Sentiu uma onda de calor. O fogo havia se espalhado pelos destroços da cama de Tiral e consumia a madeira, cada vez mais rápido.

— Madre Div, me ajuda. — Aiz tossia por causa da fumaça. — Me ajuda, por favor. — Lágrimas de desalento escorriam pelo rosto dela. Não havia escapatória, ela morreria ali dentro. E, embora Aiz acreditasse que estava pronta para deixar a terra se pudesse levar Tiral consigo, naquele momento ela se pegava pensando em Cero. Em tudo o que não haviam dito, em tudo que ela o impedira de falar. Pensava na Irmã Noa, que choraria a morte de Aiz como se tivesse perdido a própria filha. Nos órfãos e nas histórias de Madre Div que nunca teria a chance de contar a eles.

As chamas a cercavam, a fumaça dominando o ambiente. Aiz se abaixou e tocou algo com uma textura estranha e macia em meio aos escombros.

Era o livro de Tiral. O padrão gravado nele refletia as labaredas crescentes.

As vigas do cômodo rangeram e a pedra sob a janela estilhaçada desmoronou. O ar repleto de neve girava em torno de Aiz, por sorte refrescando o cômodo destroçado.

— Obrigada, Madre Div — soluçou ela. — Obrigada. — Ela rastejou em direção à abertura, mas, quando o fez, Tiral respirou fundo. O desgraçado ainda estava vivo.

E isso significava que, ainda que Aiz conseguisse escapar dali, ele a perseguiria.

Aiz olhou para o livro, as chamas quase o alcançando. Ela não sabia por que aquele objeto era tão precioso para ele, mas talvez pudesse usá-lo para tentar tirar vantagem. Ela o agarrou, embrulhou-o na capa protetora e o enfiou na saia. Em seguida, deslizou em direção ao rombo na parede e foi se esgueirando para fora dali.

Sentiu o estômago se contorcer quando olhou para o chão coberto de neve lá embaixo, para a rocha escorregadia. Mas era a única saída. Ela cravou os dedos em uma viga de madeira e começou a descer.

O vento a golpeava, implacável e em completo descontrole, um inimigo determinado a derrotá-la. Parecia estar zombando dela. Rindo, uivando seu nome. *Aiiiiz.*

A pedra em que apoiava o pé esquerdo desmoronou e, de repente, sua perna estava balançando ao ar livre. Ela tateou a parede, mas era lisa feito vidro, sem nem uma rachadura sequer na qual pudesse enfiar a ponta do sapato.

Madre Div, me ajuda. Por favor.

Os braços de Aiz doíam com o esforço de sustentar o próprio peso. Seus dedos ficaram dormentes. Então seu pé escorregou.

É melhor morrer assim do que morrer de fome ou apodrecer na prisão, pensou enquanto o vento a atingia. *Pelo menos será uma morte rápida.*

Uma risada brotava do peito, estridente e desesperada, até que, ao cair, se transformou em um grito.

— Aiz. *Aiz!* Que merda, acorda.

Forçar as próprias pálpebras a se abrirem foi, provavelmente, o maior esforço que Aiz já havia feito em toda a vida. O rosto bonito e pálido de Cero pairava sobre ela, com a expressão mais furiosa que Aiz já tinha visto.

— Você é uma tonta! — vociferou ele. — Onde você estava com a cabeça quando decidiu escalar isso aí? E por que o Ninho está pegando fogo?

A cabeça de Aiz latejava, e ela levou a mão à nuca. Estava encharcada de sangue, ainda que não conseguisse sentir qualquer ferimento.

— Não encosta! — esbravejou Cero, ajudando-a a se sentar.

Ela reconheceu as paredes cinza e imponentes do claustro. Estavam em uma das antecâmaras que contornavam o pátio. Por uma das janelas, Aiz viu Irmã Noa preparando o fraco café da manhã.

— Quanto… quanto tempo faz que…?

— Horas. Estava esperando você acordar para chamar Noa. Não queria que ela tivesse um ataque do coração vendo seu estado. Você despencou mais de dez metros de altura. É um milagre não ter morrido.

— Não… não. — Aiz tentou se levantar. — Não posso ficar aqui. Ele vai vir atrás de mim…

Cero a manteve sentada, a expressão irada se desfazendo.

— Aiz, você está toda machucada. E nada do que está dizendo faz sentido. Respira fundo e me conta o que aconteceu.

— Você virou piloto — sussurrou Aiz. — E eu, não. Isso… isso não é justo…

— Você nasceu sabendo que o mundo não é justo. E você sempre se vira.

— Não dá! — disse Aiz, suplicando às Torres que conseguisse pensar com clareza. — Tenho que ir embora, Cero. Tentei matar Tiral. E ainda peguei uma coisa que era dele.

Cero empalideceu.

— Me diz que ele morreu.

Aiz balançou a cabeça.

— Ainda estava vivo quando saí de lá. Ele sabia que eu tinha planejado matá-lo para vingar os órfãos. Eu dormi com ele esse tempo todo para tentar ganhar a confiança dele. E ele *sabia.*

— Pelas Torres, Aiz. Eu poderia ter avisado a você que ele usa as pessoas. — Cero desviou o olhar, suas palavras evidenciando seu ressentimento. — Ele finge se importar para poder brincar com elas.

— Ele também fez isso com você? — sussurrou Aiz, sentindo-se estranhamente aliviada quando Cero assentiu.

— Uma vez, depois que não selecionaram você para o esquadrão de voo — revelou ele. — Pensei que, se conversasse com ele, se me aproximasse, poderia convencê-lo a deixá-la treinar mais um pouco. — Cero soltou uma risada amargurada. — Fui tão ingênuo. Ele me usou e, quando eu levei você para lá, ele…

Cero calou-se com o barulho repentino no portão do pátio. Uma voz zombeteira ecoou.

— Clérigos — bradou Tiral do lado de fora do muro do claustro. — Vamos, me deixem entrar. Gostaria de trocar uma palavrinha com uma das suas protegidas.

— Você não devia ter me trazido para cá — reclamou Aiz. — Se me achar aqui, ele vai descontar no claustro inteiro.

Cero a ajudou a se levantar, oferecendo apoio quando as pernas de Aiz cederam como se fossem de borracha.

— Ele não vai achar você — afirmou. — Vem.

Enquanto Irmã Noa se aproximava do portão, Cero guiava Aiz pelos corredores sinuosos do claustro. Alcançaram um pequeno lance de escada e chegaram à despensa da cozinha.

— Você vai ter que sair da cidade — disse Cero.

— Não. Eu roubei esse livro dele — replicou Aiz. — Vou escondê-lo e implorar por misericórdia para ele poupar o claustro. O livro é minha moeda de troca. Tiral vai me matar, mas eu já estou morta de qualquer jeito, Cero. Seja de fome ou lutando em uma das guerras dele.

Cero ficou tenso enquanto atravessavam uma porta para um corredor do claustro que ela nunca havia visto.

— Não seja ridícula — retrucou ele. — Você é pior que os Falcões. No instante em que as coisas ficam um pouco mais difíceis, você desmorona.

— Você acha que isso é *um pouco mais difícil*? — Ela o encarou. — De que jeito você chama toda a nossa existência?

— Chamo de presente — retrucou ele. — Anda mais rápido.

As palavras dele a despertaram, fazendo-a parar de se lamentar, e aquilo era tão típico de Cero que ela quis abraçá-lo. Mas ele já estava se movendo, e Aiz correu para acompanhar suas passadas longas, seguindo-o por uma abertura estreita entre os escombros e por um corredor esculpido com runas. Aquilo era parte da antiga estrutura erguida após a migração — ou pelo menos essa era a história que Irmã Noa havia contado a Aiz quando ela ainda era pequena.

— Cero. Escuta. — Estavam nas profundezas do claustro, onde havia poucas tochas acesas. — Está ouvindo isso? — sussurrou ela. — Vozes. Os soldados de Tiral já estão aqui nos túneis. A gente tem que se separar. Não podem ver você comigo.

— Paciência, Aiz — falou Cero. — Estamos quase lá.

Ele os guiou para uma parte ainda mais profunda do claustro, onde o chão estava escorregadio por conta da umidade. Ao longe, ouvia água correndo.

— Como consegue se lembrar disso tudo? — perguntou Aiz. — Eu não saberia achar o caminho de volta para o claustro nem se fosse para salvar meu pescoço.

— Nunca se perguntou o que eu fazia enquanto você implorava para os clérigos contarem contos de fadas?

— Não são contos de fadas — rebateu Aiz. — Seu desprezo é…

— O menor dos nossos problemas agora.

Cero dobrou mais um corredor, atravessando uma grade incrustada de gelo, e entrando em uma passagem estreita. A cada momento que passava, Aiz conseguia enxergar tudo perfeitamente. Os túneis tinham um fim. Em algum momento, Tiral os encontraria. Conseguiria encurralá-los. Quando isso acontecesse, não poderia estar com Cero. Tiral até precisava dos pilotos, mas jamais perdoaria Cero por ajudar a assassina que havia tentado matá-lo.

Os sons da perseguição ficaram mais altos e a palma das mãos de Aiz, suada, escorregou na rocha enquanto ela tentava rastejar por um espaço pouco mais largo que os ombros de Cero. O estrondo de água ressoava em algum lugar perto dali. Então eles chegaram a um abismo. Um rio passava logo abaixo, a correnteza de um branco leitoso. Aiz parou abruptamente.

— Eu não sei nadar.

— Eu vou junto — declarou Cero. — Tira os sapatos e a capa para não puxarem você para o fundo. O rio desemboca perto das docas...

— Aparece logo, Narcejinha! — A voz de Tiral ecoou pelo túnel, e Aiz se sobressaltou, quase caindo no rio.

— Se ele encontrar nós dois juntos — ponderou Aiz —, vai te matar. Se eu pular, e ele encontrar você sozinho, vai saber que você me ajudou e vai te matar.

— Tira logo os sapatos, Aiz!

Mas Aiz balançou a cabeça. Ela não sabia como era viver sem Cero. A diferença de idade entre eles era de apenas poucas semanas. Ambos foram criados por somente um dos pais. Quando o pai de Cero e a mãe de Aiz foram recrutados, seus filhos se aproximaram em busca de consolo. Aiz havia lhe contado as Histórias Sagradas, mesmo que ele nunca tivesse acreditado nelas. E ela sempre achou que as invenções de Cero eram geniais, mesmo quando mal as entendia.

Por mais furiosa que Aiz estivesse nos últimos meses, não era com Cero. Era consigo mesma e com a certeza de que seus sonhos, de se tornar piloto e de salvar o claustro, estavam arruinados.

Aiz tirou o livro protegido pela capa de dentro da roupa e o enfiou na camisa de Cero.

— Fique com o livro e esconda ele bem. É a única moeda de troca que tenho.

— Pare de falar bobagem. A corrente é forte, mas...

Aiz girou o corpo e deu um chute no peito dele, forte o bastante para atirá-lo na água. Seus braços se arquearam, gracioso mesmo diante do empurrão surpresa da melhor amiga, e ele desapareceu na correnteza. Após alguns segundos, sua cabeça emergiu na superfície uns seis metros adiante. Ele tentou se segurar nas laterais do rio, mas não havia nada em que pudesse se agarrar, e Aiz o observou até ele desaparecer na escuridão.

Então ela se virou, ficou de joelhos e abaixou a cabeça, mantendo os braços estendidos ao lado do corpo. Foi exatamente assim que Tiral a encontrou, quando surgiu do túnel alguns instantes depois.

Ele encostou a ponta da espada no peito dela.

— Cadê meu livro?

Aiz pretendia negociar com ele. Se ela negociasse bem, poderia salvar o claustro de uma vingança. Mas seu lado teimoso se negou, e uma voz dentro da sua cabeça lhe dizia para não falar do livro. Ela não conseguiria mais matar Tiral. Mas, pelo menos, tinha em sua posse algo que ele queria.

— Que livro? — perguntou ela, fazendo uma expressão confusa e aturdida.

Tiral a subestimava tanto, que acreditou.

Os soldados dele a espancaram, vendaram, amordaçaram e a arrastaram para fora do claustro e por toda a cidade. Suas roupas ficaram em farrapos, os sapatos, perdidos pelo caminho. Quando removeram a venda, ela se viu no amplo salão do Ninho. O edifício era simples e austero, com janelas altas e embaçadas pela névoa e um longo teto com vigas de madeira.

O piso de pedra estava frio, e ela, trêmula. Três tronos estavam diante dela, um para cada um dos Triarcas, embutidos na base de uma escada.

Aiz só teve tempo de notar dois dos tronos ocupados, porque Tiral empurrou seu rosto para o chão.

— Curve-se diante dos seus superiores, Narceja — sibilou ele.

Ao ficar de cara com a pedra, ocorreu a Aiz que não deveria estar ali, diante dos Triarcas do Reino. Ela não passava de lixo do esgoto. A punição deveria ser a morte, se Tiral quisesse acabar logo com a situação; ou tortura em uma masmorra, se quisesse se demorar mais um pouco.

— Comandante Tiral, você deveria estar providenciando comida o suficiente para nos sustentar ao longo do mês — soou uma voz feminina fria. A Triarca de cabelos pretos do Clã Oona, cujos membros detinham o poder de controlar o sangue. Em certa época, eles costumavam atuar como curandeiros, mas perderam essa habilidade muitas gerações antes. — Do que se trata?

Tiral ofereceu à Triarca Oona uma breve reverência.

— Essa Narceja tentou me assassinar. Ela é uma ameaça para todos nós.

— Seu clã deve lidar com isso diretamente — retrucou o Triarca Ghaz, com uma expressão severa. Era um homem jovem trajando vestes de voo, o cabelo encaracolado formava uma auréola castanha ao redor da cabeça. — Você nos tirou de uma reunião com o embaixador ankanês.

— E com o excelente vinho ankanês que ele trouxe — murmurou a Triarca Oona.

O Triarca Ghaz olhou Aiz de cima a baixo.

— Quer nos convencer de que essa garota é um perigo para a Triarquia?

O Clã Ghaz já detivera o posto de guardião do poder de controle da mente, mas, assim como aqueles que controlavam o sangue, havia perdido essa habilidade. Contudo, o Triarca Ghaz havia conquistado o trono após ludibriar todos os membros de seu clã. Aiz olhou para baixo, preocupada que ele pudesse vasculhar sua mente e perceber o quanto ela odiava os Triarcas... incluindo ele.

— Ela é uma ameaça. — Tiral andava atrás de Aiz feito um cão de caça. — Porque não acredito que tenha agido por conta própria.

Tiral assentiu para os guardas e, um momento depois, eles arrastaram os clérigos salão adentro. Os trinta clérigos ali presentes eram do claustro de Dafra. Eles haviam apreendido todo o clero. Estavam amarrados e amordaçados, a Irmã Noa entre eles, com o olho ensanguentado. Aiz estremeceu. Era evidente que a senhorinha havia resistido e dado trabalho.

Atrás dela, a Irmã Olnas mancava, seu cabelo grisalho soltando-se do coque normalmente tão arrumado. Clérigos não se casavam, mas o relacionamento de Olnas e Noa era o mais próximo que poderiam chegar disso. Olnas deve ter ficado furiosa com o ferimento de Noa.

— Não! — gritou Aiz. — Eles não tiveram nada...

Tiral desferiu um tapa nela, e o sangue do lábio já ferido respingou no chão.

— Calada, sua ratazana.

Os Triarcas nem sequer fitaram Aiz. Tinham o olhar fixo em uma mulher que seguia os clérigos, escoltada, mas não amarrada.

Sua pele e seu cabelo brilhavam, e eram tão brancos quanto o loha usado para mover os Veleiros. Ela vestia uma túnica simples cor de creme e bordada com o símbolo do meio sol de Madre Div. Apesar de estar cercada por soldados, parecia serena. Ela fez uma mesura, cumprimentando os Triarcas.

— Luz das Torres, Triarcas.

— Que sempre nos guie — entoaram os Triarcas.

Aiz a encarou, boquiaberta. A Alta Clériga era a pessoa viva mais sagrada de Kegar. Aiz só a tinha visto de longe, liderando os Ritos de Verão para abençoar as incursões.

— Santos Triarcas — clamou Tiral. — Eu afirmo que os clérigos do claustro de Dafra planejaram o assassinato para tomar o poder. A garota era apenas um peão. Me diga, Alta Clériga: por que seu clero conspirou contra um filho de Kegar?

— Meu povo não fez nada disso — respondeu a Alta Clériga Dovan. — Triarcas, imploro que ouçam a razão. O Comandante Tiral vê sombras e ameaças onde não há nada.

— Meu filho comanda os esquadrões de voo de Kegar — rosnou uma voz próxima à porta. Era o Triarca Hiwa, pai de Tiral, ao entrar no salão silenciosamente. — Ver sombras e ameaças é o trabalho dele, é o que alimenta nosso povo.

O Triarca Hiwa, loiro como o filho, ofereceu a Tiral um aceno de cabeça antes de caminhar até o trono, acompanhado pelos guardas. Sua testa era larga e seus lábios, crispados, como se estivesse descontente a todo momento.

O coração de Aiz estava acelerado. Era estranho como, em um só momento, as imagens do pesadelo vivido anos antes voltaram todas de uma vez. A visita do Triarca Hiwa ao claustro. *Vamos ver o que essas crianças sabem fazer.* Os clérigos apresentando os órfãos. Um deles cantava. Outra exibia a tecelagem. Ros demonstrou sua habilidade com o arco.

"Você daria um bom soldado", o Triarca Hiwa havia dito a Ros. Em seguida, tinha se virado e caçoado do próprio filho. Tiral era um pouco mais velho do que Ros. "O Narceja sabe atirar melhor que você, garoto", zombou o Triarca Hiwa, dando uma bofetada no rosto de Tiral.

Naquela noite, Tiral entrou escondido no claustro e ateou fogo em toda a ala dos órfãos. Apenas Aiz e Cero sobreviveram.

Menos de um ano depois, o pai de Tiral o nomeou como seu herdeiro.

O Triarca Hiwa já estava sentado em seu trono. Seu nome significava "vento", e seu clã era conhecido pela única habilidade que ainda restava aos kegarianos: a capacidade de controlar o vento. Ele pousou o olhar em Aiz com o peso de um punho. Ela manteve o rosto abaixado e a raiva contida. Já tinha prejudicado os clérigos o suficiente.

— Então essa aí é a sua assassina… — prosseguiu o Triarca Hiwa. — Ela não aparenta ser lá grandes coisas. Dito isso, uma tentativa de assassinato de fato faz a Triarquia parecer fraca. Não concorda, Alta Clériga?

Enquanto Aiz olhava de um nobre para o outro, percebeu que estava testemunhando uma batalha por poder muito além de sua posição. Uma batalha iniciada muito antes do que pudesse imaginar. Não importava o que tinha feito, pois havia uma guerra maior ali, e ela e os clérigos foram pegos desprevenidos.

Aiz seguiu o olhar de Tiral em direção ao trono esculpido no topo da escada atrás dos Triarcas. Era o maior de todos, porque pertencia à Madre Div, que controlava três elementos: sangue, mente e ar.

"Em nossa hora de maior necessidade", os clérigos diziam às crianças, "Madre Div retornará no corpo de Tel Ilessi, o Invólucro Sagrado. E Tel Ilessi nos guiará de volta à terra natal de onde fugimos, há tanto tempo".

Fazia mil anos que o trono estava vazio, desde que Madre Div deixou Kegar para seus três filhos, os progenitores dos Clãs Oona, Ghaz e Hiwa.

Tiral olhava para o trono como um Narceja olha para um pão que acabou de sair do forno.

— Aiz bet-Dafra estava sob os cuidados dos clérigos quando cometeu a tentativa de assassinato — observou a Triarca Oona, o manto vermelho farfalhando enquanto unia a ponta dos dedos. — Eles deviam estar cientes de alguma coisa.

A Alta Clériga Dovan pareceu espantada. Voltou sua atenção para o Triarca Ghaz, que ainda não havia se manifestado contra ela.

— Triarca Ghaz, você já rezou comigo para Madre Div. Testemunhou os benefícios dos claustros e como educamos os órfãos. Você nos conhece.

Hiwa falou antes que Ghaz pudesse responder.

— Comandante Tiral, já que o atentado foi cometido contra você, qual punição aplicaria a assassina e aos cúmplices?

— Devem ser enviados ao Tohr para interrogatório — respondeu Tiral sem hesitar. — Vamos descobrir o tamanho dessa conspiração. Se os clérigos não tiverem nada a esconder, então não precisam temer. Quanto à garota… — Tiral rodeava Aiz. — A morte seria um destino fácil para ela. Se sobreviver ao interrogatório, ela pode viver o resto de seus dias no Tohr, pensando nos crimes que cometeu.

Aiz começou a tremer. Não por medo do que aconteceria com ela, não dava a mínima se iria viver ou morrer, mas pelo que os clérigos teriam que passar nas mãos dos Interrogadores do Tohr.

— Não há necessidade disso. — A voz da Alta Clériga falhou. — Lorde Tiral, podemos conversar…

— Talvez — interrompeu Tiral. — Mas não agora.

— O que… o que vai acontecer com as crianças? — indagou Irmã Noa. — Se formos presos.

— É melhor para os órfãos servirem no exército do que aprenderem a conspirar sob a tutela dos clérigos — retorquiu Tiral. — Ora, não se espante assim. Eu era mais novo do que muitos deles na primeira vez que lutei ao lado do meu pai. Muitas nações treinam suas crianças ainda mais jovens. Os Jaduna começam as aulas de magia de batalha aos quatro anos. A Imperatriz dos Marciais foi para uma academia militar aos seis anos.

— A garota e os clérigos serão interrogados — sentenciou Hiwa. — Os órfãos serão recrutados. Todos testemunham e concordam? — Ele se virou para os companheiros Triarcas.

A Triarca Oona assentiu.

— Testemunho e concordo.

O Triarca Ghaz olhou para os clérigos, seu semblante evidenciava uma infinidade de protestos. Nenhum deles saiu por seus lábios.

— Testemunho e concordo — disse.

O Triarca Hiwa assentiu para os guardas.

— Podem levá-los para o Tohr.

5

Quil

Naquela noite, Quil deu para Sufiyan um caderno de desenho e lápis por sua décima oitava primavera, um presente singelo o bastante para não parecer um fardo. Suf não comentou nada sobre o que havia acontecido no mercado. Ele agradeceu a Quil pelo presente e desapareceu nos corredores arqueados do palácio real de Navium. Quil torcia para que ele tivesse ido desenhar. Ou mais provavelmente ido esquecer a tristeza nos braços de quem estivesse disponível ali por perto.

Por sua vez, Quil deveria encontrar a tia e perguntar sobre as mortes que ela escondera dele. Mas não daria para ele simplesmente perguntar, com todas as palavras, porque ela se esquivaria. Quil precisaria ser esperto.

Caminhou pelos jardins imperiais, respirando o frio ar marinho. Quil havia passado tantas noites sob as estrelas que a maioria dos palácios marciais pareciam prisões. Mas o de Navium era diferente.

Tia Helene tinha sido enfática ao pedir terrenos extensos com piscinas feitas de mosaicos de azulejo, flores suspensas em arcos elevados e sebes bem-cuidadas, florescendo em um vermelho ardente durante o outono. Ela resmungava, falando que os zeladores que tiravam proveito daquilo tudo. Mas, quando passava por esses espaços primorosos, sempre permanecia por um bom tempo, assim como Quil fazia naquele momento.

O príncipe diminuiu o ritmo ao chegar ao jardim das esculturas, que representavam guerreiros humanos lutando contra os djinns, criaturas mágicas talhadas para parecerem fogo sem fumaça. Em um canto, um Erudito oferecia um cavalo entalhado a uma criança Marcial. Em outro, um falcão urrava em triunfo, com as asas abertas.

Alguém havia acendido as lamparinas ao longo do caminho de pedra escura, e Quil seguiu até três figuras esculpidas em mármore cinza-claro.

Todas estavam de cabeça baixa e mãos entrelaçadas, em súplica. Seus avós maternos, mortos muito tempo antes, e a tia, Hannah. Todos haviam perecido nas mãos de seu pai, o imperador Marcus Farrar.

O homem mais odiado de toda a história Marcial.

Seu pai havia sido um homem cruel, um assassino, além de um governante incompetente. Ele quase perdeu o Império quando os bárbaros karkauns invadiram o território vinte anos antes. Às vezes, Quil tinha certeza de que Marcus era a razão pela qual sua tia o enviara para as terras tribais, em vez de permitir que ele ficasse ao seu lado. Ela não queria ter que olhar para nada que a lembrasse do monstro que destruiu sua família.

A maior parte do que Quil sabia a respeito do pai, ele havia descoberto às escondidas, escutado por acaso em conversas de outras pessoas ou encontrado em livros de História antes que sua tia os banisse.

A única pessoa que havia falado abertamente sobre Marcus com Quil foi sua avó paterna. Quando criança, os dois se sentavam juntos na cozinha e comiam biscoitos de amêndoa. Ele se reconhecia nos cílios longos e na pele dela, nas ondas escuras do cabelo, nas maçãs do rosto salientes e na forma comedida de se expressar.

"Seu pai também amava esses biscoitos", comentara ela certa vez, enquanto ele os devorava. "Ele e seu tio Zak... Os dois eram meninos lindos. Bons meninos. Bom, pelo menos, até Blackcliff."

Então era isso que ele sabia a respeito do pai: o reinado curto e desastroso e o fato de que ele amava biscoitos de amêndoa. Não havia nenhum quadro retratando Marcus. Nenhum busto ou escultura. Certamente não em Navium.

Havia, no entanto, uma estátua da mãe de Quil, Livia Aquilla. Ele parou diante dela, buscando um lembrete familiar, talvez, de que ele não era apenas filho de seu pai. Algum tipo de segurança, porque estava cansado de temer o futuro.

— É esse o meu destino, então, mãe? — Ele observou a testa proeminente que herdara, o lábio superior carnudo. — Tomar o trono? Nunca me ver livre dele?

Sentiu um arrepio ao considerar a ideia. Não apenas por causa das restrições intermináveis impostas pela Coroa — a própria tia de Quil mal conseguia ter um minuto sequer para si mesma —, mas porque já havia lido o bastante para saber como o poder corrompe as pessoas. Seu pai, que havia governado antes da tia Helene, era prova disso.

— E se eu acabar igual a ele?

"Não necessariamente o poder corrompe. Não se você for sábio, em vez de inconsequente."

Foi o que Tas dissera. Quil desejou que o amigo estivesse por perto, porque Tas o ajudava a organizar os pensamentos. Tas, um órfão como Quil, era pai, irmão e sangue de uma forma que poucas pessoas eram.

Anos antes, depois que Elias e Laia se casaram, a tribo Saif adotou Tas, que cresceu junto de Quil. A primeira lembrança do príncipe era de estar deitado em uma esteira trançada ao lado de Tas enquanto o menino mais velho apontava para as constelações.

"Está vendo aquela coisa grande que parece um pássaro? É o falcão. *Aquillus.* É o símbolo da sua família." Quando Tas percebeu o quanto Quil odiava seu nome, ele começou a chamá-lo de Aquillus, de Quil, e se recusou a parar, não importava o que a tia Hel dissesse. Eventualmente, todos passaram a chamá-lo assim.

Mas Tas não estava ali, estava em outra missão para a tia Helene. "Gastando metade do Tesouro", resmungava a tia. Tas tinha gostos caros. Cheio de charme, habilidoso com lâminas e inteligente, ele era o espião oficial que não parecia nem Erudito, nem Marcial, e sim um pouco dos dois. Quil sentia falta de seu humor irreverente, das histórias de suas aventuras. Não tinha notícias de Tas havia meses.

Na verdade, a presença de Tas não faria diferença. Quil não abdicaria, não importava o quanto desejasse. Não depois de tudo que tia Helene teve que suportar para garantir o trono. Não depois de tudo que ela perdeu por causa dele.

— Primo! Estava procurando você.

Quil se afastou da estátua, embora a pessoa que se dirigia a ele não o julgasse por falar com o monumento.

Enquanto Quil crescia, tia Helene tentou criar proximidade com os muitos membros da família de Marcus. Um deles era a garota que caminhava na direção dele com um martelo debaixo de um dos braços e uma catapulta em miniatura no outro.

— Prima Arelia. — Ele estendeu a mão para cumprimentá-la, mas ela revirou os olhos e o abraçou, derrubando o martelo em seu pé.

Ela usava um macacão azul-escuro, os bolsos cheios de todo tipo de apetrechos barulhentos de engenharia; seu cabelo esvoaçante, castanho-claro, estava preso em um coque, e sua pele tinha um tom mais intenso, mais próximo da pele de Sufiyan. Quil tendia à reflexão e ao controle, enquanto Reli estava sempre resmungando sozinha e flertando com ideias perigosas, o caos sempre à espreita. Ambos tinham a mesma mandíbula bem definida e os olhos castanho-claros característicos da Gens Farrar.

— Que bom que achei você. — Arelia o soltou. — Vi um diagrama muito estranho na mesa da sua tia enquanto a atualizava sobre as restaurações da ponte. Segura aqui meu trabuco. — Reli empurrou o objeto contra ele e tateou o próprio macacão, puxando um martelo de prata, uma tira de couro para cabelo e uma moeda estrangeira, depois balançou a cabeça. — Eu tinha um esboço aqui em algum lugar... Já era. Pode ser uma arma, mas espero que seja um meio de transporte, porque os Céus sabem que o gado e as barcas são lentos demais. No sul, os kegarianos viajam pelo ar. Pelo ar!

— De que servem as aeronaves se elas só são usadas para atacar e saquear? — retrucou Quil.

Sua tia havia expressado preocupação com Kegar, uma nação tão problemática que, mesmo a milhares de quilômetros ao sul, estava afetando os aliados do Império com sua belicosidade.

— Se pudéssemos dar uma olhada nos transportes deles...

— Boa sorte — ironizou Quil. — Eles só falam com os ankaneses. Toda vez que o povo de Marinn envia um navio para lá, ele desaparece. São piores que os malditos karkauns.

O sorriso sumiu do rosto de Reli.

— Ninguém é pior que os karkauns. — Como a maioria dos Marciais, seu ódio pelos vizinhos do sul do Império era profundo. Era isso que uma ocupação selvagem causava em um povo. — Sua tia concordaria comigo! Aliás, ela está procurando você. O que andou fazendo para deixá-la tão irritada?

— Tenho certeza de que ela vai me dizer — murmurou Quil.

— Você deveria se desculpar. Estão correndo boatos de que ela recebeu um relatório do embaixador ankanês, alertando-a sobre a movimentação em Kegar. Pouco detalhado, mas a deixou de péssimo humor. E chegou uma Raan-Ruku Jaduna hoje cedo, então ela também está ansiosa.

Arelia estremeceu com a menção dos Jaduna, um grupo de feiticeiros tão poderosos, tão envoltos em mistério, que até mesmo a tia Helene lidava com eles cautelosamente.

Quil franziu a testa. As Raanis, as seis mulheres que governavam o povo Jaduna, não costumavam deixar suas terras. Em vez disso, enviavam seus Raan-Ruku, os *Lobos da Mãe*, como emissários. "Possuem magia forte", havia dito tia Hel a ele, anos antes. "Nunca devem ser desafiados. Você os reconhecerá pelo formato de suas moedas, triangulares com um círculo no meio."

Mas eles não visitavam o Império com frequência. Geralmente só em caso de emergência.

Quil e Arelia se viraram ao ouvir o tilintar de metal atrás deles. O príncipe paralisou ao ver uma Jaduna loira usando um manto bordado com mangas esvoaçantes e um cocar dourado. Era decorado com moedas triangulares com um único círculo no centro.

Ela fixou os olhos delineados com kajal em Quil como se quisesse perfurar seu cérebro. O suor escorria pelas costas dele. Certa vez, leu uma antiga lenda popular sobre uma substância que suprimia a magia. Ele desejou que as histórias fossem verdadeiras, desejou poder se envolver em tal substância para que a feiticeira Jaduna não soubesse o que habitava em seu interior.

Mas era tarde demais. A Jaduna devia estar ciente de sua magia e já teria contado à tia Hel. E ele seria obrigado a treinar com elas...

Mas a Jaduna apenas inclinou a cabeça e continuou andando. Quil disparou para o quarto, olhando para trás para ter certeza de que ela não o havia seguido. Arelia acompanhou o ritmo, tão ansiosa para escapar da Jaduna quanto ele. A magia a deixava desconcertada, porque era algo que não conseguia desmontar para fuçar.

— Ah. — Arelia tirou um pequeno livro do macacão. *Lembranças*, de Rajin de Serra. — Roubei isso de você uns dias atrás. Eu sabia que você levaria mais três anos para terminar de ler.

Quil fez uma careta enquanto entravam no corredor que levava aos seus aposentos.

— Peguei na biblioteca não faz nem uma semana. — Ele cumprimentou os Máscaras que guardavam o salão com um aceno de cabeça.

— Se você passasse menos tempo batendo escudos com aquele seu amiguinho que adora uma cimitarra...

— O nome dele é Sufiyan, como você bem sabe, e ele é mais curandeiro do que guerreiro...

— Então talvez — ela abriu a porta do quarto de Quil e ergueu o livro para ele — você o tivesse terminado mais rápido. Tem muito folclore e contemplação egocêntrica para o meu gosto, mas achei os desenhos das máquinas de guerra bem interessantes.

BUM. Ouviram uma porta bater e passos começarem a ecoar pelo corredor.

— Está bem — disse Arelia. — Vou indo nessa.

— Covarde! — gritou ele enquanto ela se afastava.

Um minuto depois, tia Helene passou pela porta, fechando-a com um chute.

— Tia — saudou ele. — Vi uma Jaduna Raan-Ruku...

— Visita de rotina. Sente-se. — Ela apontou para um sofá elegante. — Agora.

Ela falou com a frieza inexpressiva de uma Máscara, algo a que ela voltava a recorrer quando dava ordens ou precisava reprimir a própria raiva. A frustração de Quil aumentou. Não estava no clima para ouvir outro sermão.

Ainda assim, ele se sentou, observando tia Hel andar de um lado para o outro. Para a angústia dos alfaiates da corte, a Imperatriz Helene usava principalmente fardas pretas simples com uma cimitarra atada às costas. A única indicação de sua patente era um diadema prateado preso à trança que circundava o topo da cabeça. Quil já tinha visto o diadema jogado na lateral de um campo de treinamento, perdido no meio da roupa suja e, certa vez, por mais estranho que fosse, apoiado na cabeça de uma gárgula bem feia no telhado do palácio em Antium.

Os dois riram quando ele o encontrou na gárgula, mas a imperatriz estava muito longe de rir no momento. Ela cruzou os braços e o encarou fixamente com seus olhos azul-claros.

— Ouviram você hoje no mercado — começou ela. — Falando com Sufiyan sobre abdicar.

— Você estava espionan...

— Eu não precisei espionar. Metade da cidade ouviu você. Incluindo os paters dos Gens Candela, Duria e Visselia.

— A gente só estava conversando, tia. Eu não quis dizer...

— Esses homens comandam seus gens com punhos de ferro. Seus herdeiros sequer espirram sem permissão. No entanto, aqui estou eu, imperatriz e mater da minha própria família, e não consigo nem mesmo fazer meu sobrinho manter o decoro em público. Você não pode agir como um revolucionário delirante conspirando para derrubar o governo!

Você costumava ser revolucionária também, tia. Você, minha mãe, Laia e Elias, pensou ele.

Vinte anos antes, quando um djinn conhecido como Portador da Noite tentou dizimar a humanidade, tia Helene desafiou as famílias poderosas do Império e conduziu suas tropas na batalha. Quil queria lembrá-la disso. Mas seria tão sábio quanto desfilar com um manto escarlate na frente de um touro irritado. Ele manteve a boca fechada.

— Você é o príncipe herdeiro. O futuro imperador, Zacharias.

O som daquele nome era tão agradável quanto o som estridente de um machado estilhaçando madeira. Fazia com que ele se lembrasse do maldito pai, que assassinara o próprio irmão gêmeo, cujo nome dera ao filho.

— Como pôde ser tão descuidado? — A imperatriz parou de andar de um lado para o outro. — Você sabe o que esse trono custou. Vai jogar tudo fora porque não quer a responsabilidade?

— Não é uma questão de responsabilidade — replicou Quil. *Eu não quero ser como meu pai. Mas, se eu disser isso, você vai me ignorar, porque odeia falar dele. Então não tem sentido discutir.* — Abdicação não é algo inédito. A princesa herdeira de Sunn...

— Abdicou porque os rebeldes sunnenses ameaçaram regicídio — interrompeu tia Hel. — Ainda assim eles a mataram, e agora a população está morrendo de fome. Estão implorando por grãos e mal conseguiram reunir uma defesa quando os kegarianos atacaram no ano passado.

— Os ankaneses...

— Têm um governo representativo supervisionado por um líder espiritual.

Embora fosse quase quinze centímetros mais alto que a tia, Quil se sentiu pequeno de repente. Reduzido a um aluninho que não se lembrava da lição do dia. Era por isso que não havia conversado com ela sobre abdicar. Ele queria pesquisar a respeito. Para ter argumentos e explicações legítimos. Queria falar com tanta propriedade que ela seria obrigada a levá-lo em consideração.

— Consegui abafar todos os boatos a respeito do seu... passo em falso — declarou a imperatriz. — Mas isso me leva a outro assunto: seu capitão da guarda disse que você ordenou que ele o deixasse sozinho e, em seguida, foi correndo para o meio de um tumulto.

Finalmente, uma brecha.

— Aconteceu algo terrível na praça...

— Sim. Uma criança morta. E, antes que você pergunte, não vou dar mais detalhes.

— Por quê? — indignou-se Quil. — Por que, se outras crianças morreram e você não fez nada?

— É exatamente por isso que você precisa dos guardas — sustentou tia Helene.

A forma como ela se esquivava da questão era tão irritante que ele quase arremessou alguma coisa na cabeça dela. Mas isso só a faria ir embora furiosa e ele nunca conseguiria as explicações que desejava. Quil baixou a voz para não parecer petulante.

— Eu não preciso de guardas.

— Só porque você foi treinado para lutar...

— Pelo maior guerreiro do Império.

A imperatriz comprimiu os lábios.

— Eu não o chamaria de *o maior*...

Quil bufou.

— Todo ano você e Elias têm aquele duelo ridículo, e todo ano ele vence.

— Eu o venci três anos atrás! E pare de mudar de assunto. — As bochechas da imperatriz enrubesceram e as duas cicatrizes ficaram evidentes em seu rosto.

Eram os únicos resquícios de sua máscara, o metal líquido que havia coberto seu rosto e a marcado como soldado de elite do Império, como uma Máscara. Sempre que Quil queria reclamar a respeito de seus deveres como herdeiro, ele se lembrava de que tia Hel havia treinado e sofrido por catorze anos na Academia Blackcliff. Ela reverenciava os Áugures Sagrados que haviam fundado a escola e cujas previsões guiaram o Império ao longo de vários séculos. Ela havia se ajoelhado quando os Áugures colocaram a máscara de metal vivo em seu rosto.

Tia Hel confiara nos Áugures, mas eles a enganaram. Quil ficava aliviado por nunca ter tido que conhecê-los. Estavam mortos. Mas Blackcliff ainda treinava os recrutas com rigor e Máscaras continuavam existindo. O metal era retirado do rosto de soldados abatidos e remodelado para novas tropas a cada ano.

Quando tia Hel tocou as cicatrizes, Quil sabia que ela estava lutando contra a vontade de gritar em resposta, mesmo que ele desviasse o próprio olhar. A tia o amava, de fato, mas havia dias em que parecia fazê-lo por pura obrigação, e não porque queria. Algumas vezes, achava que tia Hel nunca deixaria de ver a irmã morta no rosto de Quil e o pai dele nos olhos do sobrinho.

No fundo, Quil experimentava uma sensação familiar: um desenrolar, cálido, como se tivesse tomado uma bebida forte no meio de uma tempestade de neve. Era sua magia respondendo à frustração, sedenta para ser usada, para ler as emoções e as memórias de tia Helene, para influenciá-la da maneira que ele desejasse.

Quil conteve o impulso como se o empurrasse para dentro de uma caixa. Memórias são particulares, feitas para serem oferecidas, não tomadas à força. Emoções devem ser experimentadas ou compartilhadas, não roubadas e manipuladas. Quil não conseguia se forçar a invadir a mente de alguém sem permissão. Parecia algo que seu pai faria, se possuísse magia. A violação era inconcebível.

A imperatriz estalou os dedos e caminhou até a janela. Observou as sacadas e os parapeitos da residência real. Ela estava sempre vigilante; era um hábito que nunca perderia.

— Desculpe por ter ficado tão brava — disse ela depois de um minuto, a voz quase suave enquanto se virava e se sentava ao lado dele. — Escute. Por favor.

Um arrepio percorreu a coluna de Quil com a mudança de comportamento. O que quer que fosse dizer ela previu que ele odiaria ouvir.

— Você tem vinte anos — prosseguiu ela. — Já tem idade suficiente para assumir o trono. Daremos uma festa em cinco dias para marcar o Rathana. Planejo usar a festividade para anunciar sua coroação na primavera. Você está pronto. E para mim… chega. — Ela gesticulou na direção do diadema e, depois, da residência real. — Já desisti de muita coisa na minha vida em prol do Império. Há muito tempo, jurei que o conduziria ao trono. É hora de cumprir a promessa.

Quil sentiu como se algo o dragasse para dentro de um oceano gelado, puxando-o bem fundo, para muito longe da superfície. Não conseguia encontrar palavras, apenas um mar de negação que lhe tirava o fôlego.

— Sei que você não quer isso, sobrinho — prosseguiu a imperatriz. — Os céus sabem que eu também não queria. Mas vai ser bom para você. Sei que não deixa transparecer, mas tem caminhado na companhia das sombras por muitos meses. Você amava Ilar e Ruh. E perdê-los...

Helene balançou a cabeça, e Quil sabia que a tia estava se lembrando do amor que ela própria havia perdido, morto havia vinte anos.

— Eu entendo. De todas as pessoas no mundo, eu entendo. Governar lhe dará um propósito para além da tristeza. Você nasceu de um Plebeu e uma Ilustre. Foi trazido ao mundo por um Erudito. Criado em meio às tribos. Você é o melhor do Império. E o Império precisa de você. Lembre-se do lema da sua gens.

Leal até o fim.

A imperatriz se levantou com leveza, empertigada, olhos abrasadores iguais a uma chama azul, como se não carregasse o peso de milhões de almas sobre os ombros. Quil se perguntou se ele carregaria a coroa assim, com tanta facilidade. Se ele teria a certeza de estar exatamente onde deveria.

Talvez, sim. Ou talvez seu coração se tornasse frio, seu rosto, rígido. Talvez ele se tornasse ressentido e amargo como o pai, ou como qualquer imperador Marcial que era mais monstro do que humano.

— Por que você não me contou? — perguntou Quil outra vez quando ela estava na porta. — Sobre as crianças mortas.

A tia parou, de costas para ele.

— O luto parece uma fera estranha. Alguns lutam contra ele e têm a alma marcada por seus maus-tratos. Alguns o enterram e vivem a vida esperando que ele reapareça. E alguns mergulham com o luto como se ele fosse um peso amarrado ao pescoço. Cada lembrete o torna ainda mais pesado. — Ela se virou ligeiramente, seu rosto de perfil. — Você e eu mergulhamos, meu sobrinho. E eu não quero ver você se afogar.

No segundo seguinte, a imperatriz havia partido. Quil pensou nos terrenos amplos nas terras tribais. Em correr por aquelas enormes planícies desérticas, dormir sob aquele céu noturno estrelado. Já que estava se torturando, ele permitiu que seus pensamentos se desviassem para Ilar, a maneira como ela vagava por horas à noite e voltava para ele, um meio-sorriso no rosto, o cheiro de brisa e rosas no cabelo.

Ele sentia falta dela, sentia falta daquela vida. Queria tanto voltar para ela que conseguia sentir o calor e pegar as estrelas entre os dedos.

Mas não importava o que ele queria.

"Lembre-se do lema da sua gens", dissera a imperatriz.

E ele era leal. Até o fim.

Cinco dias depois, Quil se viu esperando a tia em um longo corredor de pedra do lado de fora da sala do trono do palácio, em busca de serenidade, mas parecia incapaz de encontrá-la.

Ele puxou a gola da túnica, que lhe servia tão bem quanto o garrote de um assassino no pescoço. Pelo menos era azul e prata, as cores da Gens Aquilla. O alfaiate imperial tentou forçar Quil a usar um traje preto e dourado — um gesto para a Gens Farrar e um lembrete nada sutil das origens plebeias de Quil.

Mas ele não era burro. A festa já seria ruim o bastante sem seus inimigos resmungando a respeito de sua situação indigna como herdeiro.

Sob o olhar dos guardas, Quil andava de um lado para o outro. Levara consigo *Lembranças*, o livro de Rajin de Serra que Arelia andava importunando-o para que terminasse de ler, mas ele não conseguia se concentrar, até que desistiu e enfiou-o no bolso.

Dois invernos antes, ele havia passado o Rathana com a tribo Saif em Nur. Eles celebraram o solstício de inverno com lançadores de chamas, acrobatas e veados assados no espeto. Laia, a kehanni da tribo, contadora e guardiã de histórias, tinha narrado mais de dez contos. As irmãs de Sufiyan venceram um duelo, Sufiyan e seu irmãozinho liquidaram a barraca de bolo.

Foi o Rathana mais feliz de que Quil conseguia se lembrar.

Mas ali estava ele, vestindo roupas que não lhe serviam bem e cheio de olheiras. Sua coroação seria anunciada à noite. Seu destino estaria selado.

O som constante das botas no piso foi uma distração abençoada, e ele ergueu os olhos quando sua tia dobrou o corredor. Ela usava a armadura cerimonial e a coroa, o cabelo loiro-prateado preso em uma trança que rodeava a cabeça.

— Teve notícias de Tas? — perguntou Quil antes que a tia pudesse falar. Melhor descobrir logo, antes que fosse levada por todos os membros da corte que queriam um pouco da atenção dela.

— A Águia de Sangue deve chegar amanhã de Antium — respondeu tia Helene, referindo-se a seu braço direito. — Perguntaremos a ela.

Quil conhecia tia Hel bem o suficiente para perceber que ela estava escondendo alguma coisa. Ele a ouviu brigando com Tas fazia quase seis meses, um dia antes de ele partir em uma missão da qual nunca retornou. Quase todo mundo da corte ouviu, já que a discussão aconteceu bem na sala do trono.

"Qual é o sentido de ter um conselheiro se você nunca ouve os conselhos?", Tas havia reclamado com a imperatriz.

"Diga algo que valha a pena ouvir, seu bêbado idiota", retrucara tia Helene, "e quem sabe eu ouço".

Não havia dúvidas de que Tas era um libertino. Ele conseguia encontrar todas as vantagens que poderia haver no ofício da espionagem e aproveitava-as ao máximo. Mas ele havia passado muitos anos cumprindo missões em nome de tia Hel e, ainda assim, ela o mantinha a certa distância.

— Tas é como um irmão para mim, e eu gostaria de saber a verdade — insistiu Quil. — Mesmo que vocês dois nem sempre se deem bem.

As sobrancelhas da tia se ergueram.

— Tas é um servo leal do Império — afirmou ela. — E eu sou profundamente grata por tudo que ele sacrificou. Como eu disse, perguntaremos à Águia.

Tão diplomática. E enigmática. Essa era a tia Hel, sempre insinuando algo sem dizer abertamente. Quil queria gritar, mas engoliu o próprio descontentamento.

Sua tia o pegou pelo braço, e eles caminharam até as enormes portas duplas, entalhadas com o falcão da Gens Aquilla, que levavam à sala do trono. Helene parou para respirar fundo, como havia feito na primeira vez em que ele se juntou a ela em um evento público. Ele tinha sete anos, estava sério e tenso como um dois de paus ao lado dela, alisando a camisa de maneira incessante, porque queria deixá-la orgulhosa.

"Você se importa se esperarmos um momento?", ela havia perguntado a ele. "Às vezes fico nervosa antes de entrar. Se eu parar para respirar por um segundo, ajuda."

— É uma batalha do outro lado, sabia? — comentou ela, com a voz suave. — Mas não do tipo para o qual treinei durante toda a minha juventude. Sua mãe era muito melhor nisso.

— Você é melhor do que acha, tia.

Ela abriu um sorriso fraco.

— Você será ainda melhor. Pronto?

Por um momento, a distância entre os dois diminuiu, e ele sorriu de volta, sua covinha solitária um espelho da dela.

— Tanto quanto possível. — Era a resposta que ele sempre dava. Ela acenou para os guardas, e as portas se abriram. Todas as cabeças se viraram para eles quando um arauto os anunciou.

— Imperatriz Helene Aquilla, Alta Comandante do Exército Marcial, *Imperator Invictus* e Soberana do Reino, e seu sobrinho e herdeiro, Zacharias Marcus Livius Aquillus Farrar, Tenente Comandante do Exército Imperial e Príncipe Herdeiro do Reino.

— Que baita palavreado — murmurou tia Hel enquanto todos no salão se curvavam.

Ela deu um meio aceno magnânimo em saudação, depois gesticulou para os músicos, que prontamente começaram a dedilhar os instrumentos. Mal entrou na sala e já havia sido cercada por dezenas de vozes que clamavam por sua atenção.

Quil deu um passo para trás e observou a festa. Centenas de lamparinas tribais coloridas lançavam uma luz suave no espaço. Havia uma mesa abarrotada de iguarias de Eruditos, como nozes açucaradas embrulhadas em massa folhada bem fininha, carne moída coberta com folhas de chá temperadas. Os músicos também eram Eruditos. Quil não via muitos elementos Marciais naquele evento. A maneira como os Plebeus se mantinham às margens da multidão, talvez. Ou o fato de quase todas as pessoas estarem armadas.

À distância, através das janelas abertas que mantinham a temperatura amena, Quil ouviu os tambores ressoando, marcando a troca da guarda da cidade.

— Saudações, príncipe herdeiro.

Quil curvou a cabeça para a mulher de túnica verde e cabelos brancos que havia terminado de falar com a imperatriz. As joias em formato de pera que adornavam seu manto brilhavam à luz.

— Embaixadora Ifalu — cumprimentou-a. — Você vai voltar para casa amanhã, certo? Sentiremos sua falta na corte. Minha tia especialmente.

— Sentirei falta do Império e da imperatriz. Ela tem sido uma boa amiga durante todos esses anos que passei aqui. — A embaixadora olhou para a imperatriz com carinho. — Mas sinto falta de Ankana. Você já viu a beleza de nossa capital. Minha família está lá. Meus pais e primos. Meu dever para com eles me chama de volta para casa.

A embaixadora era filha única de uma família ankanesa de alto escalão. Eles esperavam que um dia ela fosse nomeada Alta Vidente.

— Pelo que ouvi por aí, eu lhe devo parabéns — acrescentou a embaixadora. — Está feliz?

Era uma pergunta que Quil não poderia responder com honestidade.

— Eu sou o herdeiro — replicou ele.

— Entendo. — As sobrancelhas da embaixadora se curvaram em compreensão. — Você não usa a Máscara, mas foi treinado como um. "O dever em primeiro lugar, até a morte", não é esse o lema? Sempre me impactou, porque eu também devo obediência. Não tema, príncipe. Você fará o bem para este mundo. *Emifal Firdaant.* — Ela ofereceu as tradicionais palavras ankanesas de despedida, "Que a morte me leve primeiro", e desapareceu na multidão.

Momentos depois, Quil ouviu uma voz às suas costas.

— Que os céus me perdoem, Quil, mas quem fez essa túnica para você? O caimento está todo errado.

Quil sorriu e se virou para o homem alto e de cabelo escuro que se destacou da multidão de convidados. Musa de Adisa. Para a maioria dos presentes, ele era o embaixador de Marinn, um reino marítimo na região leste do Império. Havia dias em que a imperatriz se referia a Musa como "meu querido", e em outros como "seu demônio tocado por djinns". Para Quil, ele era simplesmente um amigo.

— Não pensei que você viria — Quil saudou Musa.

— Sua tia me pediu. — Musa deu de ombros. — Sou, como sempre, um humilde criado. Ao contrário do alfaiate do castelo, que obviamente tem algo contra você. Juro pelos céus, aquele velho não tem a menor noção do que é moda. Aqui. — Musa afrouxou o botão de cima da túnica de Quil e ajeitou o próprio cachecol em volta do pescoço do jovem. Ele fitou nos olhos de Quil. — Como estamos nos sentindo hoje? Não estamos planejando nada imprudente?

Quil riu, embora o riso soasse falso.

— Quando é que já fui imprudente?

— Talvez esse seja seu problema. — Musa seguiu Helene com o olhar enquanto ela se movia pelo salão. — Você é um príncipe exemplar, Quil. Ela deixa você ir a uma festa, você chega cedo. Ela diz para você lutar contra os karkauns, você toma suas cidades e expande o Império em nome dela. Ela diz que você será imperador, e... — Ele deu de ombros.

— Eu sei do meu dever, Musa.

— Ah! Sim, dever... — Musa pegou umas batatas fritas de um garçom próximo. — Sua família dá muita importância ao dever. Mas você tem vinte anos, Quil. Não deveria estar acorrentado ao trono. Ou aos caprichos da sua tia. Você pode dizer a ela que eu falei isso. — Musa deu uma piscadela e uma mordida. — Ela e eu estamos prestes a ter uma boa e longa... discussão.

Quil engasgou com a insinuação conforme Musa se afastava, rindo. Um minuto depois, o príncipe, ainda enojado, foi abordado por um pater que havia acabado de falar com a tia Helene.

— O que acha do plano da sua tia, Vossa Alteza? — Pater Vissellius avançou, dando um tapinha no ombro do jovem. — Nenhuma objeção?

— Faça o favor de calar a boca, Vissellius. — Uma mulher com argolas enormes nas orelhas e dedos manchados de ghas apareceu ao seu lado: a velha e astuta Mater Andricar, uma criatura de quem Quil sempre havia gostado.

Ela tirou uma cigarrilha fina do corpete e a acendeu em um braseiro próximo.

— O garoto apoia a tia. A imperatriz só está sendo razoável. — Mater Andricar soprou a fumaça de ghas no rosto pálido de Vissellius. — Ela deve proteger a linhagem.

Vissellius tossiu, afastando a fumaça.

— Mas isso é exigir bastante, considerando que ela nunca teve filhos. Por que tem que ser uma estrangeira?

— Para estabelecer uma aliança forte! A garota é bem-nascida, ouvi dizer. Se for feito antes da coroação, melhor ainda. A noiva do príncipe irá...

Quil, que estava começando a se esquivar dos fofoqueiros, estacou.

— Desculpem — interrompeu ele. — Que história é essa de noiva?

Vissellius e Andricar trocaram olhares. O primeiro logo tomou um grande gole de vinho para esconder a alegria que mal conseguia disfarçar e que exalava por todos os poros de seu corpo.

— Ora, meu caro príncipe, a imperatriz não lhe contou? — Andricar, verdade seja dita, pareceu genuinamente surpresa. — Você está noivo.

6
Sirsha

Para um cliente, o homem era surpreendentemente educado, até mesmo enigmático. Havia explicado de um jeito evasivo os detalhes do serviço. Enquanto alguns poderiam entender isso como desonesto, Sirsha via como um sinal de inteligência. Qualquer um que confiasse o bastante para colocar todas as cartas na mesa ao lidar com uma completa estranha era ingênuo demais para ser um bom parceiro de trabalho.

Sirsha estendeu as mãos para o fogo que, apesar da umidade, o homem conseguia manter aceso. Depois que ele a salvou das garras dos Jutts, eles foram para o acampamento dele ao sul do Poleiro, em uma das muitas cavernas daquelas colinas. No caminho, ele explicou o trabalho: rastrear um assassino. Que tinha crianças e jovens como alvos.

— Como você sabia onde me encontrar? — perguntou ela.

Ele ficou de olho na tempestade do lado de fora, de costas para a parede enquanto ela aguardava a resposta. Sua cautela era estranhamente reconfortante. Pela primeira vez em semanas, talvez meses, Sirsha não sentia que estava prestes a levar uma facada no meio das costas.

— Fui perguntando por aí — respondeu o homem. — Ouvi sua falecida arqui-inimiga conspirando contra você. Achei que acabaria sendo obrigada a fugir para os Jutts, no fim das contas. O caminho que você seguiu é o que eu teria escolhido.

Sirsha supôs que, na cabeça dele, isso era um elogio, mas ela não gostou de ser tão previsível. Por outro lado, também não gostava de lidar com gente estúpida. Ela teria que agir com cuidado.

— Migva não era minha arqui-inimiga. Só uma ratazana gananciosa do Poleiro.

Ele partiu um pedaço do pão que havia aquecido no fogo e deu uma mordida. Em seguida, entregou o restante para ela. Ela o analisou enquanto comia. Havia algo familiar nele, algo que a incomodava. Em algum momento ela descobriria o que era. O que precisava saber naquele instante era quanto estava disposto a pagar e se valia a pena.

Ele era um Marcial, era evidente. Tinha a constituição corporal de um soldado e estava em boa forma, com uma mecha prateada atravessando o cabelo escuro. Botas elegantes, uma cimitarra bem trabalhada presa às costas. Ele provavelmente era um Ilustre, um membro da classe Marcial mais alta. Ela decidiu que pediria o dobro do que quer que ele oferecesse.

— Você não está me contando tudo a respeito do serviço — prosseguiu ela. — Ou de você. Eu gostaria de saber para quem estou trabalhando. Você tem um nome?

O homem deu de ombros.

— Isso não importa. Eu já falei tudo o que precisa saber.

— Você me dá migalhas de informação e eu tenho que adivinhar o resto? — Sirsha riu. — Não gosto de joguinhos.

O rosto dele ficou imóvel e, ali, no repentino vazio de seus olhos claros, Sirsha enxergou todas as suas perdas. Todos os seus fantasmas. O fogo tremeluziu e o vento uivou na caverna, um aviso sobrenatural.

— Não é um joguinho — declarou o homem. — Dezesseis crianças estão mortas. Talvez mais.

— Não sou uma caçadora de recompensas — advertiu Sirsha. — Eu vou atrás de cônjuges infiéis. Parceiros de negócios traidores. Ladrões de joias. Se as crianças estivessem desaparecidas, eu poderia ajudar. Rastrear assassinos me parece uma maneira bem rápida de acabar com uma faca no fundo do olho. De todo jeito, não posso arrastar um assassino de um esconderijo qualquer…

— Rodinius Lucius.

Sirsha se sobressaltou com o nome, mas logo se recuperou.

— Não sei quem…

— Ele enganou um vilarejo inteiro para roubar ouro, em Marinn. Ele e a gangue mataram uma família quando estavam saindo da cidade. As autoridades não conseguiram ajudar. O chefe do vilarejo viajou para Taib em busca de alguém que pudesse fazer justiça e encontrou você. Você caçou Lucius, retomou o ouro e o arrastou de volta para encarar os moradores do vilarejo. Matou três parceiros dele. Você tinha o quê…? Quinze anos na época?

— Espera, olha aqui, eles tentaram *me* matar primeiro...

— Não vou julgar você por matar alguém em legítima defesa. — O rosto do homem endureceu e Sirsha olhou para a cimitarra. Parecia bem gasta. — Não aja como se não pudesse fazer esse trabalho — continuou. — Você é melhor do que isso. — Ele se inclinou para a frente. O fogo conferiu um brilho laranja a seus olhos. — Encontre esse assassino de crianças. Enfie uma faca na garganta dele ou traga-o vivo para mim e eu mesmo faço o que for preciso, não me importo. Eu pago mil marcos de um jeito ou de outro.

Sirsha quase se engasgou com o pão. Mil marcos a permitiriam sair do Império para sempre. Daria para arranjar uma bela casinha nas Ilhas do Sul. Com o tempo, ela poderia contratar ajudantes. Poderia até largar o serviço de rastreadora.

Liberdade, pensou ela, desesperada, *finalmente*. Ela sabia que o anseio estava estampado em seu rosto, mas não se importava.

— Dois mil — barganhou ela, mais por hábito do que por achar o valor baixo. — E temos um acordo.

— Mil e trezentos — replicou o homem. — E vou incluir o suficiente para custear transporte e suprimentos.

Sirsha ergueu a sobrancelha. Ela não esperava que ele cedesse tanto assim. Uma voz lá no fundo da sua mente, uma que garantia sua sobrevivência desde que ela começou a se virar sozinha, aos doze anos, sussurrou: *Cuidado, Sirsha*.

A habilidade dela não consistia apenas em rastrear, mas em rastrear magia, e controlá-la. No entanto, ela não usava mais a própria magia, sob pena de morte. Foram as condições impostas quando foi exilada de seu povo.

Um Marcial não saberia de tudo isso. Ainda assim, Sirsha não queria perguntar diretamente se o assassino tinha poderes mágicos. Seu cliente iria querer saber por que ela se importava com isso. E Sirsha, por sua vez, precisaria mentir. E era nítido que ele não era o tipo de homem que tolerava mentiras.

— Esse assassino... — começou ela, hesitante — não há nada... anormal nele, há? Ele não é um djinn, digamos? Ou algum tipo de entidade sobrenatural que vai arrancar minhas tripas?

O homem franziu o cenho, incrédulo.

— É claro que ele é não é normal. Ele mata crianças por puro prazer. E os djinns ficam na deles lá na Floresta do Anoitecer. Eles não querem saber de nada do mundo mortal.

Não posso julgá-los por isso.

— Metade do dinheiro agora — exigiu Sirsha.

Ele soltou o ar em zombaria.

— Para você fugir com ele? Vou dar cem marcos agora, mais vinte para os suprimentos.

Ele puxou da capa uma pequena bolsa de couro com moedas e jogou para ela. O objeto caiu na palma da mão de Sirsha com um tilintar satisfatório. Havia pelo menos cento e vinte marcos ali dentro. Talvez mais. Era um terço da quantia que ela tinha economizado nos últimos oito anos. Sirsha mordeu o ouro. Era verdadeiro.

— Antes que eu me esqueça, pegue isto. — Ele tirou um anel de um dos dedos da mão direita, plano e prateado, com um "X" entalhado. — Quando encontrar o assassino, leve-o para qualquer tropa Marcial, embaixada Tribal ou Marinn. Eles vão ajudar você a carregá-lo, ou a cabeça dele, até mim. Eu pago o resto quando o serviço estiver concluído.

— Eu não desisto depois de aceitar um trabalho. — Sirsha examinou o anel antes de guardá-lo. — Pode perguntar a qualquer pessoa para quem já trabalhei.

— Então você não se importará em fazer um juramento...

Sirsha não o viu sacar a lâmina. Ela só percebeu que o homem pegou a arma quando ele abriu um corte na própria mão, virou a faca e ofereceu a ela.

Ela o analisou diante do fogo. Ele era astuto. Ligeiro. E sabia mais a respeito dela do que deixava transparecer. Para o povo de Sirsha, juramentos de sangue não eram feitos em vão.

— Quem é você? — perguntou ela.

— Um homem em busca de justiça. — Ele estendeu a faca novamente, mas ela não a pegou.

— Você conseguiu me rastrear, então é óbvio que é habilidoso — retrucou ela. — Aposto que é bom de luta. Por que não mata esse assassino você mesmo?

— Eu tentei caçá-lo — revelou o Marcial. — Por meses. Mas ele conseguiu me despistar. — Então desviou o olhar, a mandíbula tensa. — Não posso mais caçar. Preciso voltar para minha família. Viajarei com você até que encontre o rastro. Depois seguirei meu caminho. Preciso de você, Sirsha Westering. Não tenho mais tempo para negociações. — Ele ofereceu a faca pela terceira vez. — Você vai me ajudar?

De um lado, mil e trezentos marcos. Do outro, um juramento de sangue que ela jamais poderia quebrar, a não ser que esse camarada morresse ou dissesse as palavras que a libertariam. Se tentasse virar as costas, o juramento forçaria seu corpo e sua mente de volta à promessa. Comer, dormir, tomar banho, tudo isso ficaria em segundo plano diante do objetivo de caçar o assassino e enfiar uma faca no peito dele ou arrastá-lo até seu cliente.

Ah, que seja.

Não era como se ela tivesse muitas opções. Pelo que o Marcial descrevera, o assassino era humano, o que implicava uma perseguição até que bem rápida.

Ela pegou a lâmina, cortou a mão e pegou a dele antes que pudesse pensar duas vezes. Antes que o alerta sussurrado em sua mente se tornasse um grito desesperado.

Sentiu um breve calafrio quando tocaram as palmas, como se tivessem mergulhado a mão na neve. No instante seguinte, a sensação já havia desaparecido. O frio se alastrou pelo pescoço de Sirsha e a fina corrente de ouro que usava pareceu mais pesada. Ela ficou inquieta. Fazia anos que sua magia não conjurava uma moeda de juramento. Sentiu a frieza do voto que havia feito afundar em seu âmago e se perguntou o que, pelos céus, tinha se comprometido a fazer.

Eles saíram do Poleiro em cavalos que o Marcial havia providenciado. O céu pairava sobre eles, ameaçador. Ao sul e leste, cortinas grossas de chuva borravam o horizonte. Por volta do meio-dia, os cavalos estariam cheios de lama até os tornozelos. Sirsha olhou para as nuvens pesadas.

— Me mudei para o deserto justamente para não ter que lidar com a maldita chuva — declarou ela.

— Isso deve atrapalhar o rastreio.

— Hum — Sirsha soltou um resmungo ininteligível.

O Marcial não precisava saber que ela não era de ficar analisando o chão à procura de pistas. A habilidade de Sirsha consistia em interpretar a linguagem dos elementos naturais: a maneira como a areia se movia, o vento sussurrava e a chuva caía, como a terra se contorcia para lhe mostrar uma imagem do passado. Do que havia ocorrido ali e quando.

A terra, o vento e a água estavam sempre se comunicando. Sirsha era uma das raras pessoas que sabia como interpretá-los.

Seu povo chamava isso de Inashi. *Farejar*. Mas ela não usava essa palavra, porque para ela remetia a cães de caça, sujeitos à vontade de seus mestres. Não, ela preferia "rastrear", e isso a permitia localizar sua presa muito mais rápido do que aqueles que confiavam em métodos mais tradicionais. Também implicava que, com sorte, terminaria esse trabalho antes do fim da semana, seu juramento seria cumprido, e ela logo estaria a bordo de um navio que a levaria para longe do Império, com um saco recheado de ouro nas mãos.

Isso *se* a terra se dignasse a lhe contar seus segredos, de qualquer forma. Toda magia, não importava quem a conjurasse, exigia duas coisas: um sentimento e um elemento. Sirsha tinha sentimentos de sobra. Desejo, curiosidade, raiva, irritação, ganância. Se focasse o suficiente, qualquer um deles serviria.

Os elementos, no entanto, eram variados e cheios de vontade. Como crianças pequenas ou cabras, eles nem sempre cooperavam. Ler a terra era simples. O solo projetava um mapa do terreno ao redor em sua mente e dizia onde estava a caça. Mas o vento e a água eram completamente diferentes.

Falem comigo, ela invocou os elementos. *Quem andou por aqui? Que tipo de violência carregava consigo?*

— Chove muito no oeste, não é? — A pergunta do cliente a distraiu do trabalho, e ela franziu a testa, irritada.

— Eu vou lá saber...

Sirsha se recusava a confirmar qualquer informação que ele pudesse ter ouvido a respeito de sua origem. Ela não gostava de pensar no assunto e, de qualquer modo, não era da conta dele. Além disso, ela *de fato* não sabia. Oito anos haviam se passado desde que ela vira a Floresta das Nuvens, perto de onde ficava seu lar. Talvez o lugar tivesse estiado.

— Se não se importa — acrescentou ela —, estou trabalhando. Seria ótimo um pouco de espaço. E silêncio.

Ela se virou antes que ele pudesse responder e refletiu sobre as informações dos assassinatos que ele havia se disposto a compartilhar. O número de mortos. De que jeito haviam morrido. Quando tinha certeza de que o Marcial estava bem distante e não podia vê-la ou ouvi-la, ela começou a sussurrar o que sabia. A terra estava sempre ouvindo.

À sua volta, sombras emergiram da paisagem. Sombras que ela sabia que o homem não podia ver. Aos poucos, uma silhueta tomou forma. Ela esperava que fosse marcada pela violência, assim como os mortos. Mas surgiu sozinha. Estava estranhamente assustada, e ela se esforçou para vê-la melhor, mas lhe escapava à visão. Quando tentou olhar direto, com os olhos da mente, a figura desapareceu.

Que estranho… Seu poder era confiável, na maior parte das vezes. Sirsha dizia aos elementos o que queria. Pelo menos um deles mostrava uma trilha — às vezes todos. Ela usava o bom senso e suas lâminas envenenadas para manter os encrenqueiros na linha. Quando entrava em apuros, ela geralmente bajulava a terra ou o vento para que a ajudasse. A maioria dos serviços não levava mais de uma semana.

Sirsha diminuiu a velocidade do cavalo e olhou ao redor, esperando que um rastro surgisse, que a terra lhe mostrasse outra coisa.

— Podemos ir para o oeste, para Serra — sugeriu o homem à sua frente, e Sirsha se deu conta de que não fazia ideia de há quanto tempo ele estava falando. — As últimas vítimas estavam lá, então o assassino também poderia estar. Ele pode até…

Ela. Não ele.

Para a surpresa de Sirsha, foi o vento que falou. O vento era taciturno e, apesar de testemunhar praticamente tudo o que acontecia, preferia observar em vez de ajudar.

Para que lado devo ir?, perguntou Sirsha, e não se surpreendeu quando sua resposta foi o silêncio. Ela deduziu que não faria diferença. Não conseguiu exatamente o que precisava, mas descobriu o suficiente para perceber que não deveria ir para o oeste.

— … ele é implacável nos ataques. Ele…

— Antes de mais nada — Sirsha impeliu a montaria à frente para se aproximar —, quem está cometendo os assassinatos não é *um homem*.

Diante da surpresa dele, ela bufou.

— Não acha que mulheres podem ser brutais nesse nível? Ou que o assassino sequer seja homem ou mulher?

— Eu sei muito bem que mulheres são capazes de ser brutais. — O homem enrijeceu os ombros. — *Ele* era um termo genérico. Sou amigo da pessoa que ocupava o cargo da embaixada de Ankana. Elu é dona'i e o povo delu tem diversas classificações de gênero…

— Não precisa ficar ofendido — falou Sirsha. — A pessoa que cometeu esses assassinatos não é homem nem dona'i. É uma mulher. Além disso, ela não foi na direção oeste. Foi para o sul. Se não se importa, vou tomar meu rumo e você pode tomar o seu. Sei como encontrar você.

O homem virou a montaria para ela enquanto a observava por baixo do capuz. Ela o encarou de volta, mas foi outra vez atingida por uma sensação repentina de familiaridade. Sabia que nunca o tinha visto antes. Era um homem grande, de aparência que não era fácil esquecer. E ainda assim...

Sirsha olhou para ele, procurando um vestígio no ar que revelasse a presença de magia. Nada. Mas isso não significava que ele não a detinha. Por vezes, pessoas de mente forte conseguiam disfarçá-la tão bem que nem mesmo uma gota dela vazava.

— Se conhece alguém na embaixada, você tem amigos poderosos — comentou Sirsha. — Por que não recorre a eles?

— Há um limite para o que podem fazer. E isso é um assunto pessoal.

Sirsha parou a montaria, embora a chuva estivesse se aproximando e ela soubesse que se arrependeria do atraso.

— Pessoal como? — quis saber ela.

— Para o sul, você disse. — Ele olhou para o deserto. — Devo ir para o oeste, para Serra, então seguirei meu caminho.

— Ainda não. — Sirsha guiou a montaria a fim de parar na frente dele. — Por que você está guardando tantos segredos?

— Já falei o que você precisa saber — afirmou o homem, categórico. — Qualquer outra informação não faria nada além de colocar você em perigo.

— Não pode ignorar minhas perguntas! Me contratou para rastrear...

— Rastrear — interrompeu o homem, segurando com firmeza as rédeas do cavalo. — Palavra interessante. Mas acho que não é a mais adequada.

Ele sabe. Seja quem for, ele sabe o que você é de verdade.

Quando Sirsha era criança, uma de suas tias foi rejeitada pelo Kin Inashi, a família de Sirsha, por motivos que a menina nunca descobriu. Como a maioria dos renegados, tia Vee foi obrigada a abrir mão da própria magia ou enfrentar as consequências.

O Kin Inashi era amplo, composto por dezenas de famílias menores. Mas os parentes de primeiro grau de tia Vee eram conhecidos pela habilidade de rastrear. Ela acreditava que poderia usar a magia para esconder o próprio rastro.

A irmã mais velha de Sirsha, R'zwana, ajudou a localizar tia Vee dias depois que foi exilada. Ela havia se afogado, e seu corpo foi deixado para apodrecer de modo que nunca mais retornasse à terra onde tinha crescido.

Anos mais tarde, quando o Kin Inashi expulsou Sirsha, sua mãe deixou uma brecha por acaso. Ou talvez não tivesse sido por acaso, Sirsha nunca soube dizer. A menina havia sido instruída a nunca mais usar a magia para caçar *como seu kin sempre caçou.*

Já que eles utilizavam as habilidades que Sirsha possuía — mas que ela evitava usar — para caçar perigosos usuários de magia, ela imaginava que estaria livre.

Ainda assim, ela esperou um ano, até completar treze, e estar a milhares de quilômetros de distância para rastrear. E mesmo ali, sete anos depois, ela não aceitaria um trabalho se corresse o risco de cruzar o caminho com um membro de seu kin, não importava a quantidade de dinheiro envolvida. Nenhum de seus empregadores sabia de suas origens ou como rastreava. Se percebesse o menor indício de magia, ela desistia do acordo.

Mas esse sujeito sabia mais a seu respeito do que deixava transparecer. E poderia usar isso contra ela, se quisesse. Porque, embora Sirsha ainda pudesse utilizar magia oficialmente, ela não tinha dúvidas de que, se por acaso certos membros de seu kin descobrissem que ela rastreava, eles a matariam sem pensar duas vezes.

Aquela bruxa da irmã dela seria a primeira da fila.

— Não é a mais adequada — repetiu ela. — O que quer dizer com isso?

— Quero dizer, Sirsha Westering, que eu vou deixar você com seus segredos, se você me deixar com os meus. — Ele gesticulou para a terra ao sul e para as nuvens carregadas que se adensavam no horizonte. — Para o sul, é o que você disse. É melhor seguir seu rumo se quiser chegar antes da tempestade.

— Sul — murmurou Sirsha entre dentes, antes de virar o cavalo e ir embora.

7
Aiz

Para o povo de Aiz, o Tohr era o lobo mau das historinhas de criança, uma bocarra fétida da qual poucos saíam ilesos.

A prisão havia sido construída em uma grande montanha de granito que ficava na fronteira a oeste da capital. Duas enormes placas de pedra preta e roxa ladeavam um portão de ferro, com uma terceira placa ajustada no topo. Quando Aiz cruzou a porta, sua habilidade já instável de controlar o vento desapareceu por completo. A rocha da montanha bloqueava a magia.

Diziam que os ossos dos inimigos de Madre Div haviam sido moídos e misturados à poeira dos níveis mais baixos do Tohr e que os espíritos assombravam as profundezas da prisão.

Pouco depois de entrar na fortaleza, Aiz começou a suspeitar de que as histórias eram verdadeiras. Enquanto o carcereiro caminhava com Aiz, a Irmã Noa e mais dezenas de outros clérigos pelos corredores, as rochas pareciam se aproximar, sussurrando: *você morrerá aqui. Aqueles que você ama morrerão aqui. A culpa é sua.*

Aiz olhou de volta para as rochas.

— Pode até ser que eu morra — murmurou ela. — Mas não vou deixar que eles morram.

Um dos carcereiros, um homem baixo e barbudo cuja pele parecia a de um peixe podre, sorriu para Aiz. Faltavam em seu sorriso metade dos dentes.

— Já está falando sozinha, é? Vai se encaixar direitinho aqui.

— Aiz, meu amor — sussurrou Irmã Noa. — Não tenha medo. Madre Div está conosco.

— Cala a boca! — vociferou a outra carcereira, uma mulher de ombros largos e cicatrizes no rosto. — Não se atreva a invocar Madre Div. *Amaldiçoados são os traidores, aqueles que me renegaram.*

— Pode citar os Nove Contos Sagrados — disse a Irmã Noa. — Eles nos dão coragem.

— Nove — resmungou a carcereira. — Nunca entendi por que chamam de Nove Contos se são só oito.

Noa sorriu, um fonte de luz em meio à escuridão.

— Também costumava me perguntar isso. Qual é seu nome, criança?

Aiz se preparou para entrar na frente de Noa, imaginando que a carcereira a açoitaria. Com uma veia pulsando na têmpora, a mulher levantou o chicote, mas deu uma olhada de Aiz para Noa, que foi empurrada para a frente com brutalidade.

— Temos uma cela especial para você, velhota — disse o homem barbudo. — Fecha a matraca e anda.

Aiz pensou nas palavras de Irmã Noa. "Madre Div está conosco." Só que ela não estava, certo? Não mais. Madre Div permitiu que Aiz falhasse. Não fez nada enquanto os homens de Tiral agrediam e aprisionavam seus clérigos leais, aqueles que carregavam os Contos Sagrados.

Se Aiz queria tirar os clérigos dali, teria que descobrir como fazer isso sem a ajuda divina.

Eles atravessavam corredores longos e repletos de celas, dentro das quais rostos sujos, iluminados por lamparinas de um azul espectral, os encaravam. Os carcereiros pararam em uma câmara grande e escura, e a mulher empurrou Aiz, Noa e Olnas para dentro. Fazia muito tempo que haviam deixado para trás qualquer coisa que lembrasse a luz solar. Aiz mal conseguia enxergar os catres e o balde para dejetos no canto.

Os carcereiros desapareceram com o restante dos clérigos, e Aiz se virou para a Irmã Olnas, que estava pálida e suando.

— A perna dela. — Irmã Noa gesticulou para que Aiz segurasse Olnas pelo ombro, e as duas a ajudaram a se deitar. — Ela precisa parar de apoiar o peso nela.

— Sinto muito, Irmã Noa — lamentou Aiz. — Eu não sabia que eles iriam... Não achei que...

— Está feito, criança — declarou Noa. — Madre Div também teve provações. E sobreviveu. Assim como nós vamos sobreviver. — Ela inclinou a cabeça, como um pássaro com um brilho no olhar, mesmo em meio à tamanha escuridão.

— Me conte um sonho, meu amor.

Vingança, pensou Aiz.

— Tirar você e os outros clérigos daqui — respondeu ela.

— Que Madre Div realize.

Noa avistou algo por cima do ombro de Aiz e arregalou os olhos. A garota se virou, esquadrinhando as sombras.

Sombras que, Aiz percebeu, horrorizada, estavam se movendo.

— Irmã Noa — alertou ela. — Se afaste.

Mas Noa deu um passo para a frente, com cuidado.

— Venham, pequenos — instou ela. — Não vamos machucar vocês.

Três crianças, esquálidas e cobertas de sujeira, emergiram da escuridão. Aiz as encarou, incrédula.

— Por que... por que tem crianças aqui? O que elas podem ter feito...?

— Não fizemos nada — defendeu-se uma delas, uma menina. Era pequena, quinze centímetros mais baixa que Aiz, e tinha a cabeça grande demais para o próprio corpo. No entanto, seus olhos azuis eram aguçados, e Aiz percebeu que ela puxava as demais crianças para trás dela, protegendo-as. — Foram nossos pais que fizeram. Eles estão mortos.

— Quanto tempo faz que vocês estão aqui? — perguntou Aiz.

— Fiz uns riscos aqui. — A garota gesticulou em direção à parede atrás do catre de Olnas. — Eu faço uma marca todo dia pra não esquecer. Acho bom vocês não machucarem a gente. — Ela olhou para seus dois protegidos. — Podem ser maiores que nós, mas a gente morde.

— Jamais machucaríamos vocês. Eu sou a Irmã Noa. Essas são Aiz e Irmã Olnas. Podem me dizer o nome de vocês?

— Eu sou Hani — respondeu a menina depois de uma pausa longa e avaliativa. — Estes são Jak e Finh. — Jak era menor, mas ambos os meninos tinham olhos escuros e cabelo ruivo e curto. Jak sorria tímido para Aiz, revelando o espaço de alguns dentes que caíram. Aiz notou que Finh mancava.

— São irmãos — anunciou Hani. — E eu protejo eles. — Desafiadora, ela encarou Aiz. — Você não é uma clériga.

— Não — confirmou Irmã Noa. — Mas ela sabe contar histórias lindas. Melhor do que eu, até. Querem ouvir uma?

— É história de terror? — perguntou Finh. — Quero uma história de terror.

— Não pode ser de terror — retrucou Hani. — Jak é muito pequeno.

— Não sou, não! — rebateu Jak. — Também gosto de histórias de terror!

— Talvez seja melhor não contar história nenhuma. — Ansiosa, Hani deu uma olhada para os carcereiros. — Kithka deixa a gente em paz, ela não é tão ruim. Mas o outro guarda, Gil, ele joga a gente no Vazio se alguém criar encrenca. — A menina estremeceu. — As pessoas que voltam de lá, quando voltam, não ficam bem.

— Não vão jogá-la no Vazio por causa de uma historinha — assegurou Irmã Noa gentilmente e se virou para Aiz. — Fale do Primeiro Conto Sagrado. Sempre foi seu favorito.

Não posso ficar contando histórias! Preciso tirar vocês daqui.

— Irmã Noa — Aiz baixou a voz —, você sempre disse que é sacrilégio narrar os Contos Sagrados quando a gente não acredita neles. Estou com muita raiva. De Tiral, dos Triarcas e de mim mesma. E mais ainda de Madre Div.

— A raiva também faz parte da fé, Aiz — explicou Irmã Noa. — Fale do conto. Não por você, mas pelas crianças. Div sabe que eles devem receber pouquíssima instrução aqui.

Aiz cravou os dedos na própria coxa, a raiva consumindo sua mente, exigindo ser extravasada. Mas a única pessoa que merecia sua ira era ela mesma, então sentou-se no chão de pedra sujo e gesticulou para que as crianças se aproximassem dela.

— Juntem-se, juntem-se e ouçam bem, pois a voz de Madre Div não deve ser esquecida — proferiu ela como todos os Contos Sagrados começavam. — Há muito tempo, do outro lado do oceano, havia uma bela terra verde que era só nossa. No coração dela, havia a Fonte de luz dourada, e essa era a origem da nossa magia.

Ela contou às crianças sobre o cataclismo que atingiu o velho país séculos antes. Sobre a busca desesperada de Madre Div por uma nova terra para seu povo. Sobre a alegria de descobrir Kegar, um pedaço de terra cercado por enormes torres rochosas.

As crianças escutaram, e Aiz ouviu um farfalhar na cela ao lado, notando um movimento através das barras enquanto outros prisioneiros se aproximavam. Em dado momento, alguém soltou um alerta e Aiz parou de falar até que Kithka, batendo o chicote em sua calça de couro, passou por eles. Quando terminou a história, Hani, Jak e Finh observavam Aiz, boquiabertos. Os prisioneiros murmuravam nos blocos de celas por todos os lados.

— Isso foi lindo — soou uma voz grave do outro lado do corredor. A julgar pela pronúncia aberta das vogais, era um Narceja de Dafra. — Conta mais uma, garota? Ajuda a passar o tempo para os pequenos.

Aiz queria recusar, mas as crianças em sua cela a encararam cheias de esperança.

— Mais uma, então — concordou ela. Para sua surpresa, sentiu um peso sair do peito. Talvez as histórias que significavam tanto para ela quando criança não fossem tão inúteis assim. — Juntem-se, juntem-se e ouçam...

— *Shhh!* — sibilou alguém. — Interrogadores!

O pânico se espalhou pelo ar como estilhaços enquanto os prisioneiros recuavam para a escuridão de suas celas. As crianças gritavam e logo eram silenciadas. Súplicas ecoavam pelas celas — "Madre Div, por favor" — enquanto os passos dos Interrogadores ficavam cada vez mais altos.

E mais próximos. Até que finalmente pararam diante da cela de Aiz. Ela olhou para cima, evocando a própria ira. Aiz não deixaria que esses malditos vencessem.

Os Interrogadores estavam vestidos de azul e preto, rostos escondidos. Um deles deu um passo à frente, a mão apoiada no chicote preso ao cinto.

— Clérigas. — A voz era de uma suavidade ameaçadora. — Levantem-se.

A raiva de Aiz se transformou em pânico.

— Não! — exclamou ela. — Elas não fizeram nada. Fui eu quem... quem planejou tudo. Fui eu quem...

— Quanto mais você falar — advertiu o Interrogador —, pior vai ser para elas.

Aiz segurou a língua, as mãos trêmulas enquanto Irmã Olnas cambaleava para ficar de pé, Noa a seu lado, e os Interrogadores agarravam cada uma pelos pulsos e as levavam pelo corredor até um lugar distante dos olhos de Aiz.

Os Interrogadores conduziram Noa e Olnas de volta para a cela algumas horas depois. Elas mal conseguiam andar, as roupas estavam cobertas de sangue, lágrimas e sujeira.

— Olhem para lá — ordenou Aiz às crianças.

Jak e Finh obedeceram, cobrindo o rostinho. Hani pegou uma caixa no canto e ofereceu a Aiz. Dentro, havia uma garrafa de álcool, gaze e alguns panos limpos.

— Kithka me deu — explicou Hani. — Disse que era para fazer a gente gritar menos.

— Obrigada, Hani. — Aiz se virou para Olnas, mas ela a dispensou.

— Hani pode me ajudar. — Olnas estremeceu enquanto passava os dedos pelo cabelo emaranhado. — Noa levou a pior. Cuide dela primeiro.

Aiz limpou os ferimentos de Irmã Noa: hematomas que levariam semanas para cicatrizar, cortes e lacerações que levariam meses.

Madre Div, permita que ela se cure. Madre Div, permita que seja rápido.

— Aiz — sussurrou Jak, tendo se afastado de Finh. Ele encarava a Irmã Noa. — Ela vai morrer? Quando a mãe morreu, ela estava amarela e doente bem desse jeito. Eu… eu estou com medo.

Aiz pegou a mão do menino, sentindo o coração apertado ao ver como ele estava trêmulo.

— Está tudo bem, amorzinho — sussurrou ela. — Me faz um favor, sim? Me conta um sonho. Um desejo.

— Um sonho? — Jak parecia ter esquecido o significado da palavra.

— Bom… Eu sonho com sapatos. Grossos, bem quentinhos e com forro de pele por dentro. — Aiz mexeu os dedos dos pés no escuro e os cantos da boca de Jak se ergueram em um pequeno sorriso.

— Eu sonho com doce — revelou ele. — O pai trouxe uma vez. Do mercado.

— Eu sonho com frango. — Finh foi mancando até eles. — Um bem grande e suculento, com pimentão e muito sal.

Ao lado de Olnas, Hani falou sem olhar para eles:

— Eu sonho com o vento. Sinto falta do barulho dele na primavera.

— Que Madre Div ouça vocês — desejou Aiz. — E realize todos os seus lindos sonhos.

— Aiz, querida. — A voz de Noa era fraca. Aiz estremeceu de alívio por ver a clériga viva, mas logo foi tomada pela fúria de saber que ela poderia ter morrido.

— Lamento muito, Irmã — sussurrou Aiz, tentando controlar a própria raiva. — Lamento muito, mesmo…

— Não! — Noa a encarou, séria, e segurou o pulso de Aiz com tanta força que ela se sobressaltou. — Não ouse desistir, menina — murmurou Noa. — Agarre-se à sua raiva.

Aiz acariciou o cabelo curto da clériga.

— Você nunca sente raiva, Irmã.

Noa sorriu.

— Eu sinto raiva o tempo todo. Do mundo, dos Triarcas, e de nós, Narcejas, por nos conformarmos com essa vida. Sinto raiva por mim e por você. A raiva é melhor do que o desespero. É o que vai nos ajudar a enfrentar tudo isso.

Perdendo as forças, ela caiu, e Aiz balançou a cabeça. Não havia como *enfrentar tudo isso*. A única alternativa era os Interrogadores finalmente entenderem que os clérigos não tinham nada a ver com a tentativa de assassinato. Quanto mais rápido Aiz conseguisse com que a levassem, mais rápido poderia convencê-los desse fato.

Porém, ao amanhecer, os Interrogadores levaram mais dois clérigos. E mais dois a cada nascer do sol seguinte. Repetidas vezes, Aiz observou enquanto arrastavam os clérigos, atormentados e espancados, de volta à cela após os interrogatórios. Em dado momento, os Interrogadores levaram Olnas para o Vazio. Ela ficou lá por apenas algumas horas, mas, depois de retornar, passou dias sem falar uma palavra sequer.

— Me levem! — implorava Aiz aos Interrogadores, depois argumentava e, por fim, gritava. — Fui eu que tentei matar o Tiral!

Eles a ignoravam como se ela fosse um inseto morto, insignificante demais para sequer ser chutado para fora do caminho.

— O que eu posso fazer? — Aiz abraçou Noa na segunda vez que a clériga foi levada. Ela estava frágil demais, como se qualquer mínima pressão pudesse desmantelar seus ossos. — Como eu resolvo isso?

— Conte as histórias, meu amor. — Noa apertou a mão de Aiz. — Todos nós precisamos ouvi-las. Conte com ira. Conte com ódio. Mas não desista. A desesperança é a morte.

Naquela noite, quando Aiz narrou um dos Contos Sagrados, sua voz tremia de raiva. Ela não se importava se os carcereiros escutariam e a puniriam por isso.

— Juntem-se, juntem-se e ouçam bem! — rosnou ela. — Pois a voz de Madre Div não deve ser esquecida!

Aiz havia narrado os Nove Contos Sagrados muitas vezes, e a cadência de sua voz logo silenciava aqueles que a ouviam. Ao passo que a fúria explodia dela como uma onda, rostos surgiam por entre as barras das celas. Narcejas adoecidos, feridos e desesperançosos ainda a escutavam.

E assim os dias seguiam. As semanas passavam. Quando os clérigos retornavam do interrogatório, espancados e arrasados, Aiz ocupava seu lugar próximo à entrada da cela e contava as histórias, pregava os Contos Sagrados dominada pela vontade tão forte de fazer justiça que fazia até os prisioneiros mais debilitados se sentarem para ouvir.

Sua raiva se tornava incendiária, algo fora de controle. Contar histórias ajudava, mas não era suficiente. Depois de semanas no Tohr, Aiz sentia a ira borbulhar, exigindo liberdade. Ela se via perdendo a paciência com Hani, com Noa e até mesmo com a inofensiva Olnas.

Maldito Tiral por encarcerar os clérigos, quando os Interrogadores com certeza sabiam que eles eram inocentes! Malditos Triarcas, descendentes da Santa Div, que não faziam nada enquanto os discípulos de Div eram torturados! Malditos carcereiros que mantinham crianças como Hani, Jak e Finh presos naquela escuridão tóxica pelo crime de terem nascido Narcejas!

Certo dia, quando Aiz terminou de narrar o Oitavo Conto Sagrado, Hani a interrompeu.

— Aiz, por que só tem oito contos se eles são chamados de Nove Contos Sagrados? E o nono?

— Ainda será revelado — elucidou Aiz. — Madre Div sussurrou o Nono Conto Sagrado para o vento em um lugar distante. Quando o vento der a volta na terra e retornar a Kegar, nós enfim o ouviremos. Essa revelação anunciará o Retorno à nossa terra natal.

— Até lá — acrescentou Olnas enquanto penteava o cabelo de Jak com os dedos —, voltamos para o início a fim de procurar o que deixamos passar.

Aiz sorriu.

— Há muito tempo e em um lugar bem longe daqui...

Ela estava no meio da história quando uma figura emergiu da escuridão. Era Kithka. Aiz não sabia quanto tempo a mulher estivera espreitando nas sombras, mas não importava. Ela se recusou a parar.

— E Madre Div ordenou que os primeiros construtores erguessem as fundações de nossa capital: antes de tudo e mais importante, o claustro em Dafra.

Enquanto Aiz falava, Kithka agarrou o chicote, disparou o olhar de cela em cela, nitidamente sem saber o que fazer com todos aqueles prisioneiros ouvindo Aiz.

— Pelas Torres, o que é que está acontecendo? — gritou Gil pela porta no final do corredor, atrás de Kithka. — Que algazarra é essa?

Como se aquela voz a tivesse afastado da indecisão, Kithka abriu a porta da cela de Aiz.

— Chega de tagarelar. — A carcereira agarrou Aiz pelo pescoço e enfiou-lhe um pano na boca. — Você vai para o Vazio.

8
Quil

Noivo.

A palavra ecoou nos ouvidos de Quil como o grito de um espectro moribundo. Só mesmo uma vida inteira sendo obrigado a fazer aulas de etiqueta o impedia de agarrar Mater Andricar pelo ombro envolto em seda e exigir que se explicasse.

— Mater, pater — conseguiu dizer com os lábios entorpecidos. — O que quer que a imperatriz tenha providenciado para mim será o melhor. A única preocupação dela, e a minha, é a prosperidade do Império. Se me dão licença. — Ele abriu um sorriso frio enquanto se afastava, com os dedos formigando pelo esforço de parecer imperturbável.

Outras pessoas se aproximaram, mas ele se esquivou, vasculhando com os olhos o ambiente à procura da tia. Ele precisava encontrá-la, conversar, arrancar respostas dela.

Em geral, ele lamentava a altura que o fazia se destacar na multidão. Mas naquele momento, ele estava grato. Viu de relance o cabelo loiro-prateado. Ela estava cercada, porém, devia ter sentido a raiva emanando dele, porque logo ergueu o olhar na direção de Quil.

Por um instante, só havia os dois naquele lugar, ligados como de costume quando se trata de laços de sangue. Ela acenou indicando uma porta nos fundos que dava para uma sacada privativa e levantou a mão.

Cinco minutos.

Quil assentiu e virou-se. Sentia a sala girar.

Embora ele tentasse impedir, sua magia, acorrentada como uma fera raivosa nas profundezas da mente, revolveu-se. Ele respirou fundo e, com um tremor, empurrou a magia de volta. *Agora não! Aqui não!* O esforço foi imenso e, por um momento, ele pensou que cairia de cara no chão, desmaiado, humilhando a si mesmo, a tia, e todo o gens.

Até que Sufiyan apareceu a seu lado, sacudindo Quil pelo ombro, e a magia retrocedeu.

— Você está com cara de quem comeu e não gostou. — Sufiyan o arrastou para o canto, abrindo espaço bruscamente entre as pessoas pelo caminho. — Desembucha — ordenou quando conseguiram se afastar da multidão. — O que aconteceu? É algo com o Tas?

Quil balançou a cabeça. Ele havia se esquecido completamente de Tas.

— A imperatriz providenciou um casamento. O meu.

— *O quê?* — Sufiyan quase gritou, e os convidados mais próximos se viraram para encará-los, escandalizados.

— Cala a boca — sibilou Quil. — Mater Andricar que me contou. Talvez esteja enganada.

— Ela é uma velha intrometida, mas não costuma se enganar — afirmou Sufiyan.

— Talvez a tia Hel fosse me contar — arriscou Quil. — Talvez não tenha tido uma oportunidade.

— *Uma oportunidade?* E quando ela gritou com você na semana passada por falar em *renunciar* em público? — exasperou-se Sufiyan. — Espero que você mande ela ir se ferrar.

Quil suspirou.

— Eu não vou mandar ela se ferrar.

— Pelos infernos, por que não? — Sufiyan olhou para o amigo como se ele tivesse aceitado se casar com um repolho. — Pode ser que ela force você a se casar com alguém que nem conhece. Pode ser uma pessoa violenta. Ou burra. Ela pode ter uma obsessão bizarra por cabras. Você não se importa com nada disso?

O sorriso de Ilar brilhou na mente de Quil, o doce som da risada dela.

— Lógico que me importo. — Quil afastou a lembrança. — Mas um casamento arranjado sempre foi uma possibilidade no meu caso. Para manter a estabilidade do Império.

Sufiyan levou a mão à têmpora, como se apelasse para reservas extras de paciência.

— Não estou dizendo que o Império não é importante. Mas você sabe que sou o herdeiro de um dos gens mais poderosos, certo? E ainda assim meus pais não estão me obrigando a casar com qualquer Ilustre com cara de cavalo para preservar a linhagem.

— Não é todo mundo que tem três irmãos para garantir que a linhagem se...

— Dois. — Sufiyan baixou a voz ao desviar o olhar do amigo.

Quil retesou ao perceber o erro cometido. Óbvio. Ruh era o irmão mais novo de Sufiyan. E estava morto.

— Ah, céus. Como eu sou idiota.

— Olha, a Arelia vem ali.

— Desculpa...

— Pode parar. — Sufiyan enfiou as mãos nos bolsos e olhou para baixo, o cabelo escuro toldando seus olhos. — Isso só piora. Está tudo bem. Sério.

Quil se censurou por não pensar antes de abrir a boca, sentindo-se grato quando a prima apareceu. Ela usava um vestido justo na cintura que era uma profusão de tons de verde, os cachos soltos nas costas. Quil encarou o grupo de rapazes encantados que a seguia, e eles logo se dispersaram. Quil não precisava de nenhum intrometido por perto.

Arelia, mais do que ninguém, ignorou os admiradores. Seu olhar havia se fixado em Sufiyan, parcialmente nas sombras, com os olhos escuros brilhando em aprovação ao vê-la. Ele assentiu, cumprimentando-a.

— Belo vestido — murmurou ele.

Arelia corou um pouco.

— Eu detestei. Não tem bolsos. Mas a tintura é bem rara. Vem de conchas de Ogfaso moídas em pedra, deixadas para secar por três meses, até serem misturadas com tinta de lula para formar uma cor tão pigmentada assim. Cheira a ovo podre.

Sufiyan assentiu com perplexidade, ou talvez zombando dela. Era difícil dizer. Aborrecida, Arelia bufou, provavelmente presumindo que fosse a segunda opção.

— Mater Andricar disse que você ficou chateado com algo que ela disse. — Arelia se virou para Quil. — Ela não me contou mais que isso.

— Ah... bom... — Quil pensou no que dizer. Como engenheira da corte, Arelia percorria a cidade inteira e ouvia coisas que outras pessoas não ouviam. Mas se ela soubesse do noivado e não tivesse falado nada...

Sufiyan deixou escapar um som de impaciência.

— Mater Andricar falou ao Quil que ele vai ficar noivo, e estou tentando convencê-lo a mandar a imperatriz se ferrar.

— Noivo? — A surpresa de Arelia foi tão genuína que Quil teve certeza de que a prima sabia tanto quanto ele. — Tem que haver alguma explicação para isso. Ela jamais pediria para você fazer algo fora do escopo das suas obrigações.

— Marciais — resmungou Sufiyan. — Vocês e suas malditas obrigações.

— *Vale lembrar* que você mesmo é meio Marcial. — Os olhos claros de Arelia faiscaram, exibindo uma rara evidência de irritabilidade.

Quil viu de relance a armadura da tia. Ela estava a caminho da sacada.

O príncipe deixou os amigos discutindo e esgueirou-se pela multidão, mantendo o rosto impassível para desencorajar novas conversas.

Assim que chegou à área externa, desejou estar usando sua capa. O frio do inverno já havia chegado até mesmo ali, tão ao sul, e Quil estremeceu. Os jardins do palácio se estendiam além da pedra esculpida da sacada, iluminados por centenas de pequenas lamparinas.

Quil conhecia três caminhos para entrar nos jardins, quatro caminhos para sair, dois dos quais somente ele e a imperatriz usavam.

Tia Hel havia lhe mostrado aquele caminho quando os dois eram mais próximos. Na época em que ela lhe contava tudo. Quil gostava das visitas a Navium, Serra, Antium... todas as cidades onde ela tinha residências. A imperatriz se mudava com frequência, e ele costumava pensar que era porque ficava entediada.

"É porque todas as cidades têm fantasmas", ela lhe dissera uma vez, enquanto caminhavam ao longo das margens do rio Rei. "Se eu ficar muito tempo, eles ficam irritados e me incomodam."

Ele não tinha entendido como sua tia, tão destemida, poderia se incomodar com alguns fantasmas. Afinal, ela o havia ensinado a escapar de uma sala com só uma saída e uma dúzia de guardas bloqueando-a. A atravessar os telhados de uma cidade e desaparecer na multidão, sem se importar com a altura. A navegar guiando-se pela luz das estrelas, içar uma vela, atirar com um arco e cavalgar cento e vinte quilômetros em um dia sem se matar nem matar o cavalo.

"Sua melhor proteção e a mais confiável é esta." Ela batia com a ponta do dedo na cabeça dele quando ele era criança. "E estas aqui." Ela segurava as mãos dele, muito menores que as dela. "Nunca dependa de mais ninguém para mantê-lo seguro, sobrinho. É você quem deve manter as outras pessoas seguras."

Junto de Elias, ela o transformou em um Máscara sem que ele tivesse que passar um dia sequer na Academia Militar Blackcliff.

Ainda assim, ela fazia os guardas o seguirem aonde quer que fosse. Ela tomava decisões por Quil. Não conversava com ele. Não mais.

— Sobrinho. — Tia Helene surgiu da escuridão. — Está tudo bem?

Ela estava tão calma. Já ele tinha vontade de gritar. Quando Sufiyan e sua irmã Karinna estavam implicando um com o outro sem parar, um mês antes, Laia perdeu a paciência e disse a eles que, se não calassem a boca, ela colocaria um ninho de aranhas saltadoras ankanesas nos sapatos de cada um. Quem dera Quil pudesse gritar com a tia sem se importar com quem ouvisse, e ela pudesse ameaçá-lo com animais venenosos, como pessoas normais.

— Você ia me contar que pretende me casar? — questionou ele.

Ela o encarou com a boca entreaberta e, por um breve instante, Quil teve esperanças de que ela riria da cara dele e perguntaria onde tinha ouvido aquele boato tão absurdo. Mas ela fez algo muito estranho: fitou primeiro as portas da sacada e, em seguida, olhou para as sombras iluminadas pelas lamparinas do jardim. E contraiu os lábios.

— De fato, recebi um comunicado da Triarquia kegariana. Um dos Triarcas tem uma filha que...

— Você pretendia me contar? — interrompeu Quil. — Ou me arrastaria para conhecer minha noiva no dia do casamento?

— Você está sendo dramático. Quando soube?

— Eu... É isso que você quer saber? Depois de planejar tudo pelas minhas costas?

— Quero saber — disse a imperatriz, com cada sílaba marcada pela irritação —, porque os kegarianos pararam de nos responder no outono e não temos mais nenhuma informação a respeito do que está acontecendo. Tas estava tentando descobrir, mas... — Ela balançou a cabeça. — Quando foi que você soube?

— Descobri hoje — respondeu Quil. — Mater Andricar comentou. De todas as pessoas do mundo, imperatriz, por que justo os kegarianos? Tudo o que sabemos a respeito deles é o prazer que sentem em massacrar o próprio povo e em roubar comida dos vizinhos.

— Zacharias. — A voz de tia Hel estava baixa, urgente, e ela se aproximou do sobrinho. — Não é o que você está pensando. Os kegarianos...

— Como entramos em contato com eles? Ninguém conhece o idioma deles, tia Hel, porque praticamente não existem textos de referência. Como vou me comunicar com minha futura esposa?

A imperatriz passou a mão pela trança no topo da cabeça.

— Não quero discutir isso com você. Não é a hora nem o lugar.

Mais segredos.

— Então quando vai ser? — insistiu Quil. — Tas disse que os kegarianos...

— Tas se importa mais com você do que com o próprio dever como agente do Império.

Quil assimilou as palavras da tia.

— Ele me defendeu. — Ele sentiu emergir uma onda de gratidão pelo amigo. Era bom saber que pelo menos alguém se importava com o que Quil queria. — Porque nem todo mundo é como você, tia. Disposto a jogar os familiares aos lobos para cumprir com seu dever.

A imperatriz recuou, as cicatrizes nas bochechas ficaram lívidas em contraste com a pele já pálida. Quil abriu a boca, estava com as palavras na ponta da língua, prontas para explodir a qualquer momento. Anos de coisas não ditas. Anos de medo, raiva e frustração. Anos escondendo o que estava dentro dele porque era isso que sua tia o ensinara a fazer.

Mas algo mudou no ar. Os ruídos das criaturas noturnas cessaram, a brisa diminuiu.

Tia Hel enrijeceu quando uma batida de tambor ecoou pela cidade, repentina e frenética.

Ataque...

O som se interrompeu, e Quil olhou nos olhos da tia. Tudo ficou em silêncio.

E então o céu explodiu em chamas.

9

Sirsha

A assassina parecia esperta e astuta, esquiva como uma enguia. Diferente de qualquer um que Sirsha tivesse caçado antes.

Talvez ela devesse ter se irritado. Em vez disso, estava intrigada, como não ficava desde criança, quando ainda estava descobrindo suas habilidades. Depois de ser exilada pelo próprio povo, os trabalhos de Sirsha passaram a ser simples. Até demais. Era comum pegar um segundo serviço enquanto ainda se ocupava do primeiro, porque ficava entediada.

Seis dias depois de ter se separado de seu cliente, Sirsha se ajoelhou no sopé amarelado pelo frio localizado a um dia de distância de Navium, a cidade portuária mais ao sul do Império. Ela havia conseguido evitar os pequenos vilarejos ao longo do rio Rei, onde as pessoas poderiam lhe fazer perguntas indesejadas. De longe, ela pareceria estranha: uma garota de pele marrom e cabelo preto preso num coque alto, olhando para o nada como se estivesse pensando em um namorado ou sonhando acordada.

Na verdade, ela estava decifrando as trilhas que serpenteavam pelo ar e pela terra ao redor. Nas últimas centenas de quilômetros, ela seguiu o caminho de uma mulher solitária que rumava para o sul. Às vezes, ele ficava mais complicado, mas acabou por levá-la até ali.

A trilha parecia se dividir. A assassina poderia ter encontrado alguém. Mas, se fosse esse o caso, Sirsha enxergaria pistas e a direção da qual teriam surgido. A menos que aparecessem do nada.

Mesmo assim, a magia revelaria um rastro.

Sirsha examinou o terreno diante de si. Um vento forte da montanha alisou o mato, com força suficiente para ter varrido as trilhas normais muito tempo antes.

— Fale comigo — pediu ela. — Me conte o que estou vendo.

Mas tudo o que o ar fez foi bagunçar seu cabelo, provocando-a antes de correr para longe. Todos os sentidos dela estavam completamente confusos.

Sua magia estava em seu sangue. Desde o nascimento. Era tão natural quanto respirar ou ter pele. Ou tinha sido, até o momento.

Sirsha caminhou mais adiante na encosta, deixando o cavalo que o cliente lhe dera para pastar nas gramíneas esparsas do inverno. Ela tocou a terra. Nada. Mil fios, mil trilhas, mas nenhum deles importava. O vento fazia as folhas mortas girarem em torno dela, jogava poeira em seus olhos.

— Se você não vai me ajudar — Sirsha tossiu e afastou a poeira —, pode cair fora.

Um silvo baixo e mal-humorado soou. *Siga os ossos.*

Ela examinou a vegetação rasteira, a terra repleta de rachaduras e buracos. Os sussurros do vento nunca eram em vão. Se os ossos não estivessem por perto, ele não teria dito nada. Sirsha caminhou pela grama seca e coberta por uma fina camada de neve até um ponto que descia para um barranco. Lá no fundo, ela viu um lampejo de branco opaco.

— Te peguei — murmurou ela, descendo para olhar mais de perto.

Os ossos estavam limpos. Eram menores que os de um adulto, embora não muito. De uma pessoa jovem, mas não uma criança. Sirsha se ajoelhou ao lado deles, fechou os olhos e tocou a terra.

Sua visão se afunilou e, depois de um clarão, se transformou em uma figura em disparada, correndo desesperada para escapar da assassina em seu encalço. Um rugido. Um grito.

Alma despedaçada. Podre. Monstruosa. Assassina de tenros rebentos, morte no sangue, morte nos ossos, um oceano de morte...

Sirsha arquejou com a fúria da terra. Ela já tinha ouvido a terra rosnar antes, e sussurrar. Havia momentos em que ela ria e provocava Sirsha. Certa vez, muito tempo antes, Sirsha a ouviu chorar. Mas nunca a ouvira rugir.

Uma série de imagens cruzou sua mente. Uma capa cinza. Um cantil e uma boina caídos na terra, derrubados por uma mão trêmula. Uma sombra. Era humana? Ou de uma criatura sobrenatural? A terra se encolheu com a lembrança de quem quer que tenha passado pelo local. Não lhe deu mais nada.

Mas Sirsha tinha conseguido o rastro. Era forte, nítido e a guiava diretamente para o sul, rumo à cidade de Navium.

Já estava amanhecendo quando Sirsha se juntou a dezenas de outros viajantes na estrada principal que levava a Navium. Por ainda ter o mínimo de decência, ela enterrara os ossos. Como resultado, estava exausta e mal-humorada, precisando muito de uma refeição, um banho e um cochilo. E talvez de roupas novas.

Mas, quando Navium surgiu adiante, suas esperanças foram frustradas. O portão da frente estava tomado por uma multidão confusa de adultos, crianças, cavalos, carroças e até mesmo um rebanho de gado.

Um jovem carregando um bebê junto ao peito cavalgava por perto, e Sirsha o chamou.

— O que está acontecendo na cidade?

— É o Rathana. — O homem apontou para uma bandeira azul-escura tremulando alto nos portões. — Aquele é o estandarte do Gens Aquilla. Nossa imperatriz está aqui. Os guardas só deixam um portão aberto para poder inspecionar quem passa.

Ele lançou a Sirsha um olhar desconfiado, como se ela pudesse esfaquear sua preciosa regente.

— A imperatriz Helene é uma boa mulher. Eu estou muito feliz por ela estar passando o Rathana conosco.

— Que bom para você — murmurou Sirsha quando ele voltou para a estrada.

O fato de a imperatriz estar na cidade era uma complicação que ela não havia previsto. Isso já tinha acontecido, mais de um ano antes, quando Sirsha estava em Sadh. O rastreamento tinha sido um pesadelo, a cidade estivera tão movimentada que ela não conseguia ter uma noção boa da trilha que precisava seguir. Os agentes do cais estavam mais rigorosos, as patrulhas da cidade, mais vigilantes. Havia Máscaras, cavalos e curandeiros em todos os portões, caso a imperatriz se ferisse ou precisasse fugir de uma tentativa de assassinato. Todos os cais estavam fechados, até mesmo o menorzinho que vendia o melhor bacalhau frito das terras tribais.

Foi uma confusão. Em Navium não seria diferente, ao que parecia.

Quando Sirsha enfim conseguiu convencer um guarda no portão de que não estava planejando tirar a vida da imperatriz nem de seu sobrinho, o príncipe herdeiro, já passava do meio-dia. Ela cheirava a esterco de vaca e acreditava estar prestes a desmaiar de fome.

Uma Inashi novata teria entrado em colapso a essa altura do campeonato. Mas Sirsha era treinada desde criança, e poucos teriam tamanha resistência. Ela usou magia para analisar a cidade, procurando sinais de seu kin. Ela encontrou vestígios de alguns dias antes, mas nada recente. Quando se certificou de que estava segura, foi em busca de uma pousada.

Normalmente, ela se refugiava na Braços de Tório, perto do enorme porto em forma de chave no lado leste de Navium. Era ali que o Império mantinha a frota, e as docas de barcos mercadores do local eram as maiores depois das de Marinn. Era fácil passar despercebida ali.

Mas seu cliente lhe dera ouro suficiente para suprimentos, mais do que ela poderia gastar no tempo que a missão levaria. Portanto, ela seguiu para o elegante distrito central de Navium, onde as ruas, que até então eram um lamaçal seco, passaram a ser de paralelepípedos bem-cuidados. Deixou para trás o mau cheiro da multidão que cercava o portão e começou a aproveitar a caminhada, diminuindo o ritmo ao passar por um enorme mural.

A Batalha de Sher Jinaat

As palavras estavam estampadas na parte de baixo do mural. De um lado, estavam a Imperatriz dos Marciais e a contadora de histórias Laia de Serra, com o apoio de um exército de Eruditos, Tribais e Marciais. Nas sombras, empunhando cimitarras, espreitava a figura encapuzada do famoso guerreiro Elias Veturius, que convenceu a imperatriz a lançar mão de armas durante a guerra. Em frente a eles, do outro lado do mural, o Portador da Noite se aproximava, um vórtice cinza-esbranquiçado de rostos agonizantes às suas costas, seus olhos faiscando.

Sirsha buscou seu povo no restante do mural, mas não estavam representados em lugar algum, ainda que nenhum dos heróis idolatrados tivesse qualquer chance de derrotar o Portador da Noite sem eles. Sirsha ficava irritada ao vê-los ignorados, mesmo que não fizesse mais parte do grupo.

Ela continuou andando e parou em uma pousada adorável com um vitral que exibia uma sereia de aparência alegre.

O dono da hospedaria Repouso da Sereia não pareceu satisfeito ao pôr os olhos — ou ao sentir o odor — em Sirsha, mas logo ficou mais receptivo quando ela pagou com um marco de ouro e não pediu o troco. Ao anoitecer, sua montaria descansava no estábulo, ela estava com a barriga cheia de frango ao curry, havia conseguido uma mochila melhor, além de suprimentos e roupas novas, e estava mergulhada até o pescoço em uma banheira que cheirava a lírios.

Isso, pensou Sirsha enquanto fechava os olhos, *é assim que todos os trabalhos deveriam ser.* Fazia séculos que não tinha dinheiro para tomar um banho decente. Na maioria das vezes, ela se esfregava em água fria e torcia para as camas em que dormia não estarem infestadas de pulgas.

Era uma vida muito diferente da que tinha levado na Floresta das Nuvens. Sua mãe era uma Raani do Kin Inashi, uma mulher que comandava dezenas de famílias com possíveis dons de rastrear. Ela era uma farejadora, como suas filhas, e uma das mais poderosas. Embora Sirsha não tivesse usado esse fato para se exibir perante às outras crianças como sua irmã fazia, ela havia aproveitado as vantagens que a posição de sua mãe proporcionava. Tinha sedas, vestidos, armas lindas e a própria banheira.

A irmã zombava dela por isso.

"Você é preguiçosa, estúpida e lerda. Prefere se esconder no banho a servir ao kin."

Sirsha gemeu, frustrada. Era a segunda vez no dia que pensava na família, e isso era o equivalente a duas vezes mais do que deveria pensar. Ela repeliu as memórias, porque elas nunca levavam a nada de bom.

Em vez disso, concentrou-se no trabalho. Conseguira sentir a trilha quando entrou na cidade, mas, como antes, parecia ter desaparecido. Era possível que a assassina tivesse passado por lá muito tempo antes. Ou talvez ela ainda estivesse por perto, escondida.

O vento sacudia a janela de Sirsha. Era uma noite gelada e de luar, e ela estava feliz por não estar lá fora passando frio…

Crac.

A janela se escancarou, estilhaçando uma das vidraças. O ar soprou, fedendo a uma sepultura recém-aberta, gélida e pútrida, e envolveu Sirsha, sibilante.

Morte e dor, sangue e gritos. Siga os ossos.

O mundo girou, e Sirsha foi dominada por uma onda de náusea. Ela passou os braços pela barriga enquanto cambaleava para fora da banheira.

— Quantos mortos? — perguntou ela ao vento. — E por que você se importa tanto com isso?

Mas o vento apenas soprou, puxando-a para que o seguisse.

Sirsha vestiu roupas limpas e calçou as botas. Após pensar por um instante, ela pegou a mochila recém-abastecida, trançou o cabelo molhado e saiu. A terra a incitava, levando-a em direção ao sul pelas ruas lotadas de Navium, até que o oceano surgiu à frente, suas ondas ressoando em um rugido estrondoso.

Quando chegou à ampla faixa de areia da praia, ela olhou ao redor. Não havia ossos ali. Então se ajoelhou e apoiou a mão na areia, macia feito açúcar.

Siga os ossos.

Não era o vento que uivava dessa vez, mas a terra. Era tão raro quando os dois repetiam o que o outro falava que Sirsha não sabia como deveria proceder. O cliente havia dito que dezesseis jovens foram assassinados em todo o Império, mas Sirsha sentia os ossos, mesmo que não conseguisse vê-los. Somente em Navium, dezenas de vidas haviam sido ceifadas. Eram tantas que, se ela encontrasse todos os corpos e os enterrasse, passaria semanas ali.

Os ossos estavam enterrados nas profundezas da terra, nos esgotos que compunham outro mundo sob a cidade.

Sirsha se levantou, perplexa. O vento a empurrara até ali; a terra havia falado. Devia haver alguma razão para isso. Atrás dela, uma fileira de lojas à beira-mar começava a se movimentar.

Mercadores acendiam lanternas de fogo azul, iluminando a noite com um brilho cerúleo. À esquerda de Sirsha, um longo cais se estendia até o mar, com dezenas de embarcações amarradas a ele, seus mastros ondulando e rangendo com a maré de inverno.

Eram barcos de passeio, principalmente usados pela elite de Navium. Cada um era adornado com o brasão de um Gens Ilustre. Sirsha franziu a testa enquanto os observava. Talvez os elementos estivessem dizendo que a assassina era uma Marcial rica. Ela não se surpreenderia se uma Ilustre entediada começasse a assassinar crianças.

À sua direita, outro cais serpenteava por trás de uma formação rochosa. Dois Máscaras vagavam perto dele. Talvez a assassina fosse uma Máscara. Era de conhecimento geral que Blackcliff os criava com violência, ainda que suas habilidades fossem lendárias.

Mas não, não via nenhum vestígio da trilha ao redor dos Máscaras. Embora tivesse acabado de jantar, ela se aproximou das lanchonetes à beira-mar atraída pelos aromas de bolo de amêndoas, damascos cozidos e chá quente. Mas, quando estava prestes a abrir a porta de uma padaria, o ar se agitou e revelou um fio branco incandescente: a trilha da assassina. Seu alívio ao reencontrar o rastro com tanta nitidez ofuscou o fato de que o caminho não levava às docas ou à cidade, mas diretamente ao mar.

— Pelos dez infernos — murmurou, atraindo o olhar de um dos Ilustres atrás dela. Sirsha não sabia dizer se a trilha levava a leste, oeste ou sul. Não importava. Ter que rastrear no mar implicava um trabalho mais demorado. Os ventos marítimos eram mais difíceis de decifrar e a água era seu elemento mais fraco. A trilha era tão estranha que Sirsha não sabia se conseguiria rastreá-la pelo oceano.

Mas havia conseguido capturar o rastro e, mesmo se não tivesse feito aquela maldita promessa ao Marcial, sua curiosidade já era maior que tudo. Sirsha *queria* encontrar aquela mulher. Queria entender como ela conseguia esconder seus rastros sem usar magia. Por isso, embora um quarto quente a aguardasse, Sirsha fechou mais a capa junto ao corpo, ignorando a geada no cabelo molhado, e foi para o porto a leste para alugar uma embarcação.

O vento a beliscava como se estivesse irritado, e até a terra se contorcia sob seus pés conforme ela caminhava.

— Tá bom, tá bom — disse ela aos elementos. — Vocês querem que eu deixe Navium, mas eu não consigo voar, então precisamos ir para as docas.

As ruas estavam iluminadas com lamparinas tribais e barracas de comida. Parecia que todos estavam nas ruas para o Rathana. Até mesmo as docas, que costumavam ser mais tranquilas à noite, estavam lotadas de famílias e amigos celebrando o festival de inverno do Império.

A rastreadora abriu caminho por entre a multidão, passando por escunas de Marinn gigantescas e veleiros ankaneses milenares, suas velas adornadas com um olho enorme. Ela avistou um navio de Thafwan, mas os thafwaneses seguiam regras à risca. Ela precisava de algo pequeno, rápido e discreto.

O vento a cutucou, e ela apertou o passo. Era uma noite clara de luar, embora fria o suficiente para fazer os dentes doerem. Uma inquietação a corroía. Quanto mais tempo ela passava nas docas, mais era tomada por uma sensação de agitação.

Uma aura estranha contaminava o ar. Alguma coisa que não se encaixava. Sirsha fitou o céu escuro. Suas cores estavam diferentes, como se fosse por causa do clima, mas não havia nuvens. Em vez disso, parecia que as estrelas estavam escondidas.

O vento silvava nos ouvidos de Sirsha, repentino e inconfundível.

Corra, rápido, sibilou o vento. *Corra, pequena.*

Ela disparou sem pensar, sem hesitar. Em segundos, deixou as docas e entrou em um dos poucos becos que não estavam abarrotados de pessoas. Ela olhou para trás, por cima do ombro.

Músicos tocavam, famílias dançavam e malabaristas lançavam tochas acesas no ar enquanto as crianças gargalhavam de alegria. Tudo parecia bem. Exceto por um som, estranho demais, como uma abelha zumbindo, porém mais penetrante, que ficava mais alto a cada segundo, até parecer um clamor invadindo seu cérebro.

Ela tampou os ouvidos. A música parou. Outras pessoas também cobriram a cabeça. E então, em um coro terrível, todos ao redor começaram a gritar.

10

Aiz

Kithka arrastou Aiz para as profundezas da prisão, onde mal se via um feixe de luz sequer. As celas eram geladas e horripilantes, buracos no chão com uma porta trancada por cima e uma vala de latrina no canto.

Aiz pensou que os carcereiros a deixariam lá dentro por um ou dois dias. Ela sobreviveria. Tinha a raiva como companhia, para acalmá-la, alimentá-la e fortalecê-la para o que quer que precisasse enfrentar.

Contudo, assim que entrou, ela foi tomada por náusea e confusão. No Vazio, a única luz vinha do minério roxo retorcido que permeava a pedra cinza. O minério parecia pulsar como o coração enfraquecido de um cervo recém-abatido. Quando o tocou, Aiz se sentiu infinitamente pior.

Não ouvia nenhum som. Nenhum sussurro de outros prisioneiros, nenhum passo sequer. Nem mesmo os ratos. Era apenas um silêncio tão profundo que ela gritava de vez em quando para se lembrar de que estava viva.

Um dia se passou. Três. Talvez mais, no entanto, depois de um tempo, Aiz não conseguia mais acompanhar. As paredes pareciam pressioná-la, e ela lutava para respirar.

Na favela de Dafra, Aiz afiava sua ira no amolador implacável da miséria, mas ali, nas entranhas mais profundas do Tohr, a raiva se transformava em desespero. Ela não sabia o que aconteceria com as Irmãs Noa e Olnas. Com as crianças ou os demais clérigos.

Ela tentou narrar para si mesma os Contos Sagrados, tentou se inspirar na força de Madre Div durante a fuga da Antiga Kegar, quando ela não sabia se encontraria um novo lar ou se se perderia em um mar impiedoso. Então, Aiz ouviu a voz ácida de Cero ecoando em sua mente: *Madre Div não renascerá como Tel Ilessi, Aiz. Ela não vai nos salvar.*

Talvez Tiral tivesse descoberto que Cero estava com o livro. Se fosse assim, seu amigo morreria e Aiz teria mais essa culpa nas costas. Sua impulsividade privaria o mundo da criatividade dele, de seu humor ácido e de seus sonhos, que, apesar de guardados a sete chaves, eram lindos. "E se usássemos o sol para cultivar plantas no inverno? E se transportássemos mercadorias com nossos Veleiros para outros países e trocássemos por comida?"

Sinto muito, Cero, pensou Aiz. *Queria que estivesse aqui. Estou perdida, sem ter ideia do que fazer.*

Kithka levava comida em intervalos irregulares e, quando Aiz parou de comer, ela arrancou a garota do buraco, deu uma surra nela e forçou a comida em sua boca.

— Os Triarcas não querem que você morra, garota — contou ela. — Querem que você sofra. Então você vai comer. E, se não comer, vou enfiar goela abaixo de novo.

Depois da surra, Aiz ficou deitada no chão de terra, com o corpo tremendo e a visão turva. Ela fora tão ingênua ao acreditar em Madre Div! "A morte é honrosa a serviço da crença." Era uma citação do Oitavo Conto Sagrado e a mais pura baboseira.

Esse processo horroroso, fétido e humilhante de esvanecer até virar nada, *isso* era a morte. Não era nobre. Não era a serviço de nada. Era ser renegada e esquecida nas profundezas de uma prisão onde desapareciam os criminosos mais odiados de Kegar. *Você tinha razão, Cero. Era tudo mentira.*

Então ouviu uma voz.

Aiz.

Estava distante, um sussurro ao vento. Aiz tentou se sentar, mas o corpo parecia coberto por pedras. Ao redor da prisioneira, a luz fraca da cela se agitou. Desapareceu e transformou-se no céu noturno, tremulando em feixes de luz roxa, vermelha e verde. O silêncio no Vazio não era mais a quietude ameaçadora da morte, mas o murmúrio gentil de flocos de neve caindo.

A mente de Aiz era um Veleiro, voando para longe. Ela pensou na mãe. Em como a mulher parecia sempre cansada. Que estranho... fazia anos que não se lembrava do rosto dela, fino e comprido como o de Aiz, mas suave de alguma forma. Ela morrera durante um ataque, depois de ter sido alistada à força. Aiz tentou se agarrar a ela enquanto os soldados a arrastavam para longe, mas ainda era muito pequena.

Aiz, me escute.

— Quem… quem é você? — Ela pestanejou.

Aiz, minha filha, finalmente venho até você, em seu momento de tanta necessidade.

— Mãe? Quem está aí? — indagou Aiz, perplexa, porque não via ninguém.

Não me conhece, filha de Kegar?

Uma figura pairou sobre ela, alta e encapuzada, de rosto velado, uma coroa sobre a cabeça. Aiz não conseguia enxergar suas feições, mas ela já vira aquela silhueta em estátuas, frisos e moedas. Aiz a conhecia tão bem quanto o próprio rosto.

— Madre Div?

Perdeu a fé tão rapidamente, Aiz bet-Dafra?

Ela sabia que as pessoas tinham visões antes da morte. Quando os órfãos no claustro queimaram, Aiz ouviu muitos deles chamando suas mães em seus últimos instantes de vida. Não por dor ou medo, mas em saudação.

— Aqui não é lugar de fé — sussurrou Aiz. — Apenas de morte. Apenas de escuridão.

Escuridão talvez, pois há beleza, além de força, nas sombras. Mas não morte, filha de Kegar. Ainda não. Ouça bem. A corrupção está devorando o coração da nossa terra. Ela cresce feito um vírus entre aqueles que governam nosso povo. Um traidor do meu sangue busca cumprir minha profecia de um Tel Ilessi. Um vil impostor para quem as vidas kegarianas importam menos que um grão de areia.

— Tiral — murmurou Aiz.

A figura entrava e saía de foco. Aiz tentou se livrar do torpor que pesava em seus ossos. Ela precisava ver melhor. Não tinha como aquela imagem ser real.

É real, criança. Se não fosse, como eu leria seus pensamentos? Meu sangue tinha o poder de controlar a mente. Se eu não fosse real, como saberia que Tiral bet-Hiwa planeja reivindicar o lugar de Tel Ilessi antes da próxima lua cheia?

O nojo de Aiz penetrou a névoa que tomava sua mente, reacendendo sua sede por vingança. O cruel e cético Tiral como Tel Ilessi? O assassino de órfãos, tão preciosos para Madre Div, atuando como o hospedeiro de seu espírito? Era repugnante. Uma profanação da bondade de Div, de seu amor. Mas, antes que Aiz pudesse protestar, a silhueta voltou a falar.

Escute. A Triarquia está corrompida e não pode ajudar nosso povo. Só você pode.

— Como? — perguntou Aiz.

Os nobres chamam os pobres de Narcejas miseráveis, mas nós somos Estorninhos que se movem juntos como um só. Os desprezados, os esgotados, os esquecidos, os famintos, eles serão seu escudo, sua espada, seu exército, o coração que bate dentro de você. Busque força neles. Não deixe a blasfêmia de Tiral prevalecer. Porque, enquanto ele perseverar, não conseguiremos voltar para casa. Não conseguiremos deixar este pedaço de terra amaldiçoado e alcançar as orlas douradas de nossos antepassados.

Aiz arquejou. Madre Div estava se referindo ao Retorno. A promessa sedutora ao final de cada Conto Sagrado. "Madre Div retornará no corpo de Tel Ilessi, o Invólucro Sagrado. E Tel Ilessi nos guiará de volta à terra natal de onde fugimos, há tanto tempo."

— Eu falhei em matar Tiral — lembrou Aiz. — Mesmo se eu conseguir impedi-lo, não temos Veleiros ou loha suficientes para deixar Kegar.

Você sabe o que Dafra, *o nome do seu lar, significa?*

Aiz negou com a cabeça.

Era o nome da Estrela da Tarde, a mais brilhante em todo o céu, na terra em que nasci. Aiz bet-Dafra, você é filha da Estrela da Tarde. Não nasceu para ficar presa. A desesperança é a morte. Derrote-a. Alimente sua raiva. Fuja. Mate o impostor. Leve nosso povo para casa.

— Os clérigos...

Não deixarei meus servos mais leais desamparados. Fuja. Jure.

— Eu... eu juro.

Madre Div tocou a mão de Aiz, o toque frio da clériga era tão real quanto se ela estivesse presente na cela. Aiz sentiu uma dor repentina. Ela olhou para baixo e encontrou um corte irregular da letra "D" na pele entre o polegar e o indicador.

Eu marco você, filha da Estrela da Tarde. É minha ungida. Não fracasse.

Madre Div deu um passo para trás, depois outro, até desaparecer, a luz ao seu redor se esvaneceu, e Aiz ficou sozinha no escuro.

Kithka guiou Aiz de volta ao pavilhão principal da prisão horas depois, bufando impaciente enquanto Aiz mancava pelos corredores do Tohr atrás da carcereira.

— Pensei que ela fosse ficar mais uma semana. — Gil olhou para Aiz de seu posto no final do pavilhão, cutucando uma pulga na barba.

— São ordens — informou Kithka.

Aiz a observou, perguntando-se quem teria dado tais ordens e se sua libertação do Vazio era obra de Madre Div.

Aiz tocou a letra feita na mão. Talvez ela estivesse alucinando. Suas unhas estavam ensanguentadas. Ela deveria ter feito a marca na própria pele.

Ou foi mesmo Madre Div quem fez isso e seu destino não é morrer aqui. Encontre uma saída, Aiz.

Antes, ela havia pensado que o teto daquele bloco de celas era baixo, as sombras repletas de pesadelos, mas, depois da escuridão e do silêncio do Vazio, a tocha cuspindo fogo no lado extremo do corredor parecia um milagre. Os prisioneiros a observavam enquanto ela passava. A prisão estava abarrotada com ainda mais pessoas, incluindo clérigos que não eram do claustro de Dafra.

Sussurros ecoavam enquanto Aiz passava.

— É a contadora de histórias.

— É Aiz. Ela está viva.

— A contadora de histórias vive.

— Fechem a matraca! — rosnou Kithka, a voz retumbando. — E você — ela empurrou Aiz para dentro da cela —, da próxima vez que abrir a boca, eu enfio uma faca enferrujada nela.

Assim que a carcereira desapareceu de vista, Noa, Olnas e Hani cercaram Aiz, ajudando-a a se deitar, puxando um cobertor puído sobre seu corpo trêmulo. Diante de todas aquelas mãos cuidadosas e acolhedoras, ela sentiu vontade de chorar.

Jak ficou para trás, tímido, mas Finh, o ruivo cujo cabelo mal estava visível por baixo de toda a sujeira, ofereceu a Aiz uma maçã murcha.

— Eu guardei — falou ele. — Para você.

Aiz pegou com gratidão.

— Eu estava tão preocupada. Eu pensei…

— Estamos bem. — Noa acalmou Aiz, embora os hematomas em seus braços mostrassem o contrário. — Tiral enviou mais uns cem clérigos para cá. Todos aqueles que pediram à Triarquia que nos libertasse. Nosso povo está se rebelando. Um bairro nobre foi incendiado.

Os desprezados, os esgotados, os esquecidos, os famintos, eles serão seu escudo, sua espada, seu exército...

— Aiz — sussurrou Jak, esfregando o ombro dela do jeito que Hani fazia quando ele tinha pesadelos. — Quer que eu conte uma história?

Aiz beijou o menino na testa.

— Outro dia, Jak.

— Deixem-na descansar. — Olnas afastou as crianças gentilmente. — Ela precisa é de uma boa noite de sono.

Contudo Aiz não pegou no sono, mesmo quando todos os demais estavam dormindo na cela. Em vez disso, ela rememorou a estranha visita até que cada palavra ficasse gravada em sua mente. Ela se sentiu tão consumida pela confusão que finalmente chamou Noa.

— No Vazio — contou Aiz quando a mulher se acomodou ao lado dela. — Na escuridão, eu... eu vi uma coisa.

Enquanto revelava à clériga o que havia acontecido, Aiz teve certeza de que sua mente desesperada devia ter conjurado tudo aquilo.

— Eu sei que parece uma mentira absurda — acrescentou ela quando terminou de contar. — Mas, Irmã, tudo pareceu tão real...

— Porque foi real. — Noa pegou as mãos de Aiz com delicadeza, para enfatizar o que estava prestes a dizer: — "Dar um salto no abismo e saber que Madre Div estará lá para segurar você... isso é fé." O Sétimo Conto Sagrado. Você foi escolhida, Aiz. Eu sei disso no fundo do meu coração, é a maior certeza que já tive na vida. Escute, criança...

Irmã Noa mexeu nas roupas surradas e exibiu um longo grampo.

— Caiu do cabelo da Interrogadora ontem à noite. Peguei, pensando em dar para Olnas. Mas... — Ela olhou para a fechadura da cela. Noa sabia muito bem que Aiz tinha aprendido a arrombar fechaduras e roubar comida quando criança. — Era um presente de Madre Div. Um sinal. Você precisa agir logo. Precisa ir embora. Imediatamente, Aiz. Hoje à noite.

Aiz balançou a cabeça.

— Eu não vou conseguir.

— Onde está sua fé? — Noa se levantou, e Aiz viu mais uma vez a mulher que sobreviveu ao trabalho e às dificuldades de Dafra e ainda tinha força suficiente para ser gentil. — Você sempre acreditou e agora, justo quando precisa agir com fé, vai hesitar?

— Eu acredito nas histórias — afirmou Aiz. — É do meu próprio coração que duvido.

— Pois não duvide! — Noa agarrou a mão de Aiz e entregou-lhe o grampo de cabelo. — Porque esse é o mesmo coração que se lembra das crianças mortas, daquelas que todos os outros já tinham esquecido. É o mesmo coração que primeiro dá, depois pede. Eu conheço a força que vive dentro do seu coração, Aiz bet-Dafra. É hora de você conhecer também.

— Eles vão te castigar por isso.

— Madre Div cuidará de nós. Se Tiral planeja se declarar Tel Ilessi, esse é um sacrilégio que exige uma resposta. *Você* é a resposta de Madre Div. *Vá*.

Se Noa morresse por ajudar Aiz a escapar, seria só a primeira de muitas perdas. Se ela desmoronasse todas as vezes que isso acontecesse, nada mudaria para seu povo. Tiral venceria. Narcejas continuariam passando fome, morrendo em incursões que pareciam alimentar apenas os nobres. Os kegarianos ficariam presos naquele lugar impiedoso, e jamais voltariam para casa.

A Irmã Noa inclinou a cabeça como se soubesse que Aiz estava à beira de um precipício.

— Me conte um sonho, meu amor.

Aiz respirou fundo.

— Eu sonho com a liberdade da tirania — sussurrou ela. — Com uma vida melhor para todos nós.

— Madre Div realizará — afirmou Noa.

Aiz assentiu, pegou o grampo e pensou, *Madre Div, se eu conseguir quebrá-lo em dois para enfiar na fechadura, vou arrombar a porta*.

O objeto se partiu com facilidade. Aiz se levantou devagar e foi até a porta da cela. Lá, ela pensou, *Madre Div, se eu conseguir abrir a fechadura, vou passar pela porta*.

A fechadura era antiga e pesada, mas, depois de tentar por apenas um minuto, ela abriu. As mãos de Aiz tremiam. Ela respirou fundo e cruzou o batente. Moveu-se como se estivesse sendo arrastada para a frente, como se uma grande corda a puxasse. Quando passou por seus companheiros, ouviu sussurros.

— Luz das Torres.

— Que a Luz te guie, contadora de histórias.

— Que Madre Div abençoe.

— Corre, contadora de histórias do Tohr! Vamos guardar seu segredo.

Cada voz era como um empurrão, incentivando-a a seguir adiante. Ela chegou ao fim do corredor e parou. Uma porta com barras de ferro levava às câmaras dos Interrogadores; lembrava-se bem disso, porque eles haviam passado por ali inúmeras vezes. A porta do meio levava ao Vazio. Aiz empurrou a terceira porta, entrando em um corredor baixo de pedra.

O ambiente estava silencioso, o ar, pesado, como se carregado por uma tempestade. Uma tocha acesa perto dali iluminava uma porta aberta e, quando Aiz se inclinou para espiar, encontrou uma despensa mal abastecida. Um rato correu para longe quando ela se aproximou.

Siga adiante, dizia-lhe o instinto, e ela entendeu o motivo pouco depois. O Tohr havia sido construído em uma montanha, mas sua arquitetura lembrava Aiz do claustro de Dafra. Madre Div havia construído ambos, afinal de contas.

A cozinha está logo adiante, pensou ela, e, confirmando a expectativa, a porta seguinte levava a um cômodo escuro de onde Aiz podia ver o brilho de uma enorme panela. Mas foi nesse momento que a bênção de Madre Div parecia ter chegado ao fim.

Dois carcereiros saíram da sala de jantar localizada à sua esquerda, um aposento que ela não tinha notado. Gil, carrancudo e armado até os dentes, e Kithka.

A primeira vez que Madre Div testa minha determinação de verdade.

O corpo de Aiz doía por causa das surras. Seus músculos estavam fracos e atrofiados pela falta de movimento. Mas, ainda assim, ela havia sido criada nos becos inclementes de Dafra. Totalmente surpresos ao vê-la fora da cela, os guardas a encararam, chocados.

Aiz atacou Gil, arrancando a faca do cinto dele e cortando seu pescoço antes que pudesse pensar duas vezes. Ela se sentiu enjoada pela forma como a pele do homem se abriu ao arrastar a lâmina contra o osso. Ela puxou a faca, arrancando junto com o objeto pedaços de músculos e tendões. Gil desmoronou e Aiz quase não conseguiu desviar do punho de Kithka quando a mulher se lançou sobre ela.

— Você vai morrer por isso. — Kithka girou, rodeando Aiz com as adagas em mãos. — Você e os seus clérigos.

A carcereira saltou outra vez, tão rápido que Aiz não conseguiu escapar. Ela bateu com a cabeça na parede do túnel e deixou a faca cair. Aiz piscou repetidas vezes, tentando desanuviar a visão enquanto Kithka a atacava.

Ela deixou o corpo relaxado e então bateu com ambas as mãos o mais forte que pôde na barriga de Kithka.

Aos gritos, a carcereira se curvou para a frente, até que Aiz puxou a faca e atingiu a mulher no ombro. Aiz a empurrou contra um pilar e levou a lâmina ao pescoço da mulher.

— Faz logo, Narceja de merda — vociferou Kithka. — Mas faz rápido.

Aiz olhou para Kithka, observando o corpo desnutrido, a pele amarelada, os hematomas no pescoço e a tatuagem no pulso, um círculo de quatro flores, cada uma com um corte para marcar as crianças que havia perdido. Era uma tatuagem comum na favela de Dafra. Natimortos, febre, doença, fome. Havia muitas maneiras de crianças morrerem em Kegar.

Tenha misericórdia, Madre Div parecia sussurrar.

— Eu não vou matar você. — Aiz abaixou a faca. — Eu sou você. Somos filhas da Estrela da Tarde. Você não merece a morte. Merece segurança. Seus filhos nos braços. Comida na mesa. Uma casa quente.

— Eu... — A mulher não parecia irritada, mas confusa. Seus olhos se encheram de lágrimas. — Minha mãe dizia que somos filhas da Estrela da Tarde. Como você...

— Fomos feitas para uma vida melhor do que isso aqui.

Embora a infância de Aiz em Dafra tenha lhe ensinado que o melhor seria manter a adaga a postos, aquela voz em sua cabeça dizia para entregá-la a Kithka, que pegou a arma, perplexa.

— Você ouviu os Contos Sagrados — declarou Aiz. — Escutou aquele dia. Nosso povo merece mais. E eu pretendo dar a eles. Me deixe ir, me diga como saio daqui.

A guarda fitou o companheiro morto.

— Ele era cruel com os prisioneiros — comentou ela. — Principalmente com os pequenos. Eu o odiava por isso. Mas o que posso fazer? Minha família precisa comer.

Aiz se calou. Uma palavra errada e acabaria com aquela adaga no próprio peito. *Dê um instante a ela*, alertou a voz interior. *Seja benevolente*.

— Você conversa com Madre Div, não é? — indagou Kithka. — Você conta as histórias como uma clériga, mesmo que não use as vestes...

Um guarda gritou no final do corredor.

— Kithka? Gil? Eu ouvi um barulho.

A carcereira abaixou a voz.

— Peça à Madre Div para guiar o espírito dos meus filhos até a Fonte, garota. Para que possam passar a vida após a morte banhados na luz daquele lugar. — A carcereira a empurrou em direção a uma porta na sala de jantar. — Por ali. No final do corredor. Última câmara à esquerda. Parece um armário, mas tem uma porta. Passe por ela.

— Obrigada — disse Aiz. — Kithka...

— Vá. — A sentinela se moveu em direção à voz que havia chamado. — Antes que eu reconsidere.

Aiz passou pela porta, andando com dificuldade. Não tinha planos caso saísse da prisão. Ela congelaria naqueles trajes. Não tinha comida nem sapatos. Nenhuma forma de contatar Cero ou qualquer outra pessoa do claustro. Isso se ainda existisse um claustro.

Mas a empolgação ainda a dominava. Ela poderia ter sido impedida, morta, capturada. Mas não foi. *Filha da Estrela da Tarde.*

Aos tropeços, ela entrou no armário, abarrotado de algemas e correntes. Estremeceu quando os moveu para o lado, tentando abrir caminho para a porta.

Vai. Vai. Vai. Ouviu vozes em seu encalço, no corredor. Ela agarrou a maçaneta, endurecida pela sujeira e pela falta de uso. O som ficou mais alto, mas a porta estava emperrada. Ela firmou os pés e a puxou com todo o peso do próprio corpo. Faltava tão pouco para sair dali...

— Madre Div, por favor — murmurou ela. — Me ajude mais uma vez.

A porta rangeu e abriu-se para um túnel completamente escuro. O medo pulsava em suas veias, uma lembrança do Vazio.

Há beleza, além de força, nas sombras.

Aiz passou pela porta e a fechou, cambaleando para a frente, com uma das mãos estendida. Caminhou até sentir os pés queimarem e, depois, ficarem dormentes. A cada passo que dava, ela ficava mais fraca. Percebeu o motivo quando viu veias púrpuras nas paredes de pedra do túnel. Aiz estendeu a mão para tocar a substância e recuou. Parecia queimar.

Um assobio fraco ecoava pelo túnel. Ficou mais e mais alto conforme ela avançava. Mais forte.

Vento.

Ela estava de joelhos, rastejando porque os pés não conseguiam mais sustentá-la. Não era mais em Madre Div que Aiz pensava. Era no ódio que sentia por Tiral e pelos Triarcas, um trovão que corria por suas veias feito chamas revoltadas. Eles eram a razão pela qual Kithka chorava a morte dos filhos, e Cero, a do pai. Eles eram a razão pela qual os claustros passavam fome e Narcejas não tinham esperança.

E Aiz jurou por Madre Div que, se sobrevivesse, destruiria cada um deles.

Ela fez uma curva fechada. O túnel foi tomado por uma luz abençoada. Com os joelhos sangrando, Aiz soluçava e, aos prantos, saiu da caverna em meio a uma tempestade furiosa, com o vento uivando ao seu redor como se estivesse possuído.

Talvez ela devesse ter medo do frio ou da fome. Ou da morte. Mas uma figura emergiu da escuridão, segurando-a antes que caísse, e Aiz sorriu quando se deparou com um par de olhos verdes faiscando na direção dela, o cabelo castanho esvoaçando em torno do rosto diante dela.

— Você a ouviu, Cero? Ela também te visitou?

Cero assentiu e tirou a capa, do mesmo tom de cinza das pedras que os rodeavam, e a colocou sobre os ombros dela.

— Venha, Aiz. Precisamos ir logo... A gente vai morrer se não achar um abrigo.

— Há beleza nas sombras. — Aiz estendeu a mão e tocou o rosto de Cero. — E força. Mas não morte. Ainda não.

11
Quil

A explosão nas docas de Navium foi tão gigantesca, a nuvem de fumaça e chamas se ergueu tão alto, que Quil teve dificuldade de entender o que estava acontecendo. As possibilidades passaram em sua mente: um incêndio no depósito de madeira; uma explosão em um navio petroleiro de Sadh; um experimento fracassado.

Quando a onda de choque os atingiu, jogando tanto Quil quanto a imperatriz de costas no chão, ele logo soube que não se tratava de nada do que havia imaginado. Que sua vida fora um castelo de areia e gravetos erguido na praia, e a explosão, a onda destruidora e implacável que o fez desmoronar.

O Império estava sob ataque.

Ele rastejou em direção à tia, que se encolhia contra a parede do palácio. Ela estava imóvel, e Quil entrou em pânico.

— Tia Helene! — Ele se ajoelhou ao lado dela, sacudindo-a pelo ombro. — Imperatriz!

Ela não podia estar morta. A última interação com ela havia sido uma briga estúpida que ele começou. Por que ele não parou um segundo para pensar direito? Por que…

Sua magia ganhou força e gritou por liberdade, entrando em um frenesi incitado pelo pânico. Parecia que uma parte de sua mente estava fora de controle. *Pegue os pensamentos dela*, a magia demandava. *As memórias. É a última chance de manter viva alguma parte dela.*

A voz da tia o despertou e a magia desapareceu.

— Qu-Quil… — Ela abriu os olhos. Sua voz estava fraca, arrastada, mas ela estava viva e Quil a teria abraçado se ela não estivesse agarrando seu braço, tentando se erguer.

— Graças aos céus, tia Hel.

A porta da sacada se abriu de repente e Musa cambaleou para fora, com a túnica coberta de poeira. Arelia e Sufiyan surgiram logo atrás, parando ao ver a imensa bola de fogo.

— As… as docas — murmurou Arelia. — As munições devem ter explodido.

— Munições? — Musa encarou a coluna de fogo. — Acha que foi pólvora? Pólvora, não…

BUM.

A explosão seguinte, do ancoradouro protegido onde os navios militares estavam atracados, derrubou todos eles no chão. Gritos irromperam do salão e os guardas de tia Hel apareceram, empunhando cimitarras. O mais importante entre eles era Rallius, um Máscara que havia sido capitão da guarda pessoal da imperatriz por quase vinte anos.

— Imperatriz — seu olhar varreu os jardins atrás dela, procurando ameaças —, precisamos levá-la para a sala de segurança.

— Envie unidades para todas as torres de tambores — ordenou Tia Hel. — Já deveríamos estar com dor de cabeça, a esta altura do campeonato, de tanto receber alertas. Quero saber o que aconteceu com os operadores. Leve uma mensagem para a minha Águia de Sangue. Ela deve permanecer…

— A Águia saberá que não deve vir para cá — interrompeu Rallius. — Os líderes do gens já estão se reunindo na sala de segurança.

— Musa. — A imperatriz se virou para ele. — Eu quero informações. Quaisquer que consiga obter.

Musa assentiu e desapareceu pela sacada, rumo ao jardim no andar de baixo. Tia Helene não olhou para ele, nem para o sobrinho, nem para a cidade queimando atrás dela. Passou por Rallius e entrou no salão.

— Venham. — Rallius gesticulou para Quil, Sufiyan e Arelia entrarem. — Rápido.

— A gente devia ir até a cidade — retrucou Quil para Sufiyan por cima do ruído de pandemônio instaurado no salão. — Para as docas. Pode haver gente ferida. Precisando de ajuda.

O rosto de Sufiyan estava inexpressivo. Mas Arelia olhou para Quil como se ele tivesse sugerido que cada um deles cortasse a própria cabeça.

— Os guardas da cidade vão cuidar das pessoas. — Ela olhou para o teto que estava rachando. — Temos que sair daqui se quisermos sobreviver.

Outro estrondo ecoou pelo salão e um lustre chacoalhou, as velas tremeluzindo e despencando no chão, seis metros de queda. O solo rugia.

Rallius puxou Quil para longe das chamas que estavam se alastrando pelo salão, e eles entraram em um corredor comprido e repleto de pilares.

— Espere, meu príncipe! — Rallius olhou para as janelas altas que iluminavam o corredor, onde as vidraças começavam a trincar de forma ameaçadora. — Eu vou primeiro.

Rallius estava dez passos à frente quando um ruído grave ressoou no alto, como o bater das asas de um pássaro, mas cem vezes mais alto. Mais intenso. O chão estremeceu com tanta violência que as janelas se estilhaçaram.

Quil se agarrou a um pilar, mas Arelia trombou em Sufiyan, derrubando-o de costas e caindo sobre ele.

— Desculpa...

Sufiyan empurrou Arelia para longe e ficou de pé, imóvel, e então Quil percebeu que o amigo estava em choque.

— Aquela explosão foi perto demais — observou Quil. — Não é um navio portando munição, Arelia. Suf, vamos sair... — A gritaria se intensificou, uma nova onda de sofrimento explodindo a cada novo ataque.

As portas se abriram de súbito e uma horda de convidados passou correndo, sem dúvida tentando escapar do palácio e voltar para casa.

Quil começou a segui-los de perto, em um impulso desesperado de ir para as ruas de Navium e fazer o que pudesse para ajudar. Os gritos de seu povo ecoavam como uma lufada infernal. As mãos do príncipe tremiam de raiva e tristeza.

— Vamos, vocês três! — Rallius cambaleou em direção a eles. — Estamos sendo atacados e vocês estão facilitando para os nossos inimigos!

"Alguma coisa está para acontecer", havia dito a Bani al-Mauth. Quil sentira em seu âmago a verdade daquela declaração, mas ele nunca poderia ter imaginado isso.

— Não pode ser um ataque. — Arelia mancava ao lado de Quil. — As torres de observação teriam visto navios. Explosivos dessa magnitude não caberiam em catapultas marítimas. Não é poss...

— Quil!

Sufiyan o puxou para trás, a boca aberta em um grito silencioso enquanto outra explosão balançava o palácio e um lado do salão desmoronava, as pedras despencando no espaço onde Quil estava. Ar congelante soprava do céu escuro de inverno. No jardim de estátuas logo abaixo, esculturas inestimáveis estavam destruídas, reduzidas a pó. A sacada onde Quil estivera com a tia havia desaparecido completamente.

Quil via perfeitamente o portão externo, lotado de guardas e convidados da festa, todos tentando escapar. Para além dele, a cidade queimava e o céu brilhava em um tom de laranja berrante. Um lampejo apareceu nas alturas.

Tudo ao redor se transformou em um clarão branco quando um objeto brilhante se chocou contra o portão do palácio e explodiu, arremessando para o alto tudo o que havia em um raio de cem metros. Os ouvidos de Quil zumbiram e sua visão escureceu.

Quando ele abriu os olhos, não entendeu se estava de pé ou caído de costas, se estava olhando para um céu ou para um dos infernos. Seu coração ficou apertado, em pânico. A última vez que se sentiu assim havia sido um ano antes, após entrar em um cômodo repleto de sangue.

Não pense nisso. Não.

Em seus ouvidos ecoou um apitar estranho e agudo e, depois de alguns segundos de silêncio, o ruído soou novamente.

O rosto de Sufiyan pairou sobre ele, ensanguentado e sujo de fuligem.

— De novo não — murmurou ele, enquanto sacudia Quil. — Outro irmão, não. E-eu não consigo…

Quil tossiu e agarrou o ombro do amigo.

— Estou bem, Suf — garantiu ele. — Onde está Arelia?

— Aqui. — Arelia cambaleou em direção a eles, o vestido rasgado da cintura até a bainha. Quil empalideceu ao ver o sangue escorrendo no rosto dela. — Não foi nada — declarou a prima, passando um dos braços de Quil por cima de seus ombros. Sufiyan ficou do outro lado dele e, com Rallius à frente, eles seguiram aos tropeços pelo corredor.

Quando chegaram à sala de segurança, Quil ainda mancava, mas já não se apoiava nos amigos para caminhar. De certa maneira, ficou surpreso por ainda conseguir andar, por seu corpo continuar funcionando enquanto tudo ao redor desmoronava.

Uma fileira de Máscaras barrava a porta, mas, ao ver Quil e Rallius, saíram do caminho. O príncipe entrou e deparou-se com uma multidão de generais gritando entre si a respeito das defesas da cidade. Ofegantes e em pânico, mensageiros entregavam recados, cada um convencido de que seu comunicado era o mais urgente.

Bastou um olhar em direção à tia para Quil entender que ela estava prestes a sair cortando a cabeça de todo mundo.

— Sobrinho. — Ela assentiu quando ele entrou, mas não demonstrou nenhum alívio ao vê-lo.

Em vez disso, olhou por cima do ombro dele, por onde entrava Musa com sangue escorrendo pela bochecha. Quil viu um lampejo de algo iridescente se movendo perto da cabeça do homem. Eram as asas de um diabrete, pequenas criaturas humanoides famosas por serem desconfiadas e tímidas, exceto com Musa. Foram espiões para ele durante a guerra contra os karkauns vinte anos antes. Desde então, só recorria a elas em casos emergenciais. A presença dos diabretes explicava por que ele havia retornado tão rápido: eles tinham notícias.

Musa encarou os paters.

— Todos para fora — ordenou Helene. — Rallius, leve os generais para as casas seguras fora da cidade. Sigam pelos túneis. A Quarta Legião está posicionada ao norte. O único propósito dela é manter nosso governo em segurança. Garanta isso.

Maters e paters começaram a protestar, mas Rallius acenou para os guardas, que, depois de conseguirem arrastar alguns dos paters, persuadiram os restantes a adotarem uma atitude mais obediente. Rallius já começava a conduzir Quil, Suf e Arelia para fora quando Musa os interrompeu.

— Espere. Sufiyan, Arelia, fiquem. Quil, vocês precisam ouvir isso.

— Ele não precisa — retrucou a imperatriz, ríspida. — Ele…

— … é herdeiro de um trono que você está prestes a perder — interrompeu Musa.

Tia Helene desviou o olhar de Musa para Rallius, que os encarava, boquiaberto, e devia estar se perguntando o mesmo que Quil: por que a imperatriz não havia repreendido Musa por aquele comentário tão ultrajante?

— Rallius, vá. — Ela balançou a cabeça quando ele começou a protestar. — Não se preocupe comigo. Eu encontro vocês depois.

Assim que Rallius fechou a porta, Musa voltou a falar:

— A força kegariana soma mais de trinta mil…

— Kegariana? — questionou Quil. — Mas o casamento…

Tia Hel ergueu a mão, e Quil ficou em silêncio.

— Eles voaram com aqueles Veleiros de merda até aqui — prosseguiu Musa, e Quil tentou se lembrar do que Arelia havia dito sobre o transporte kegariano, além do fato de ser aéreo. — Os diabretes dizem que dividiram as forças. Um terço para Navium. O restante espalhado por todo o Império. Estão fora da cidade.

— Trinta mil não é pouca coisa, mas nosso exército é inúmeras vezes maior — ponderou Quil. Ele não entendia por que ainda não tinham enfrentado os kegarianos. — Temos duas legiões em Navium, uma centena de Máscaras…

Mas Musa manteve o olhar fixo na imperatriz.

— Eles têm duzentos Veleiros de Batalha.

O rosto da tia Hel ficou pálido.

— Duz… *Duzentos…*

— Isso só em Navium — continuou Musa. — Eles enviaram pelo menos cem para Silas e Serra. Mais duzentos para Antium. Pelo menos isso foi o que os diabretes conseguiram detectar. Cada Veleiro tem capacidade para uma carga bastante significativa. Eles conhecem as cidades, imperatriz. Melhor do que deveriam.

— Eles passaram de cinquenta para quinhentos em poucos meses — observou tia Helene. — E nossas defesas para dispersar lanças não estão finalizadas. Não recebemos o carregamento de pólvora.

— Você sabia? — Quil se colocou na frente da tia para que ela o encarasse. — Desse ataque.

— Não tinha certeza — respondeu Tia Hel. — Ouvimos rumores. Eu… Tas passou quase um ano tentando descobrir mais, desde que… — Ela parou de falar, e Quil queria gritar por tudo o que ela não havia dito.

— Você sabia disso — deduziu Quil — e ainda tentou me arranjar um casamento…

— O casamento não era real. Tinha um espião entre nós. — A tia abaixou a voz e Quil mal conseguia ouvi-la. — *Tem* um espião. Alguém contando aos kegarianos tudo sobre nós, nossas defesas, nossas cidades. Tas sugeriu que anunciássemos um casamento para fazer o maldito se revelar, mas… — Ela fez um aceno como se dispensasse Quil. — Musa, os diabretes podem dizer algo sobre as tropas reservas kegarianas? Se formos obrigados a encarar um motim, precisamos saber com o que estamos lidando a longo prazo.

Quil trocou um olhar com Arelia. Em um motim, os Marciais seriam rebeldes no próprio Império. Então a imperatriz estava levando em conta a possibilidade de o ataque ser bem-sucedido. Por mais de quinhentos anos, o Império prevaleceu. O príncipe não conseguia conceber a ideia de um colapso em questão de horas.

— Ainda não sei onde ficam os acampamentos principais — replicou Musa. — Mas há reservas a sudoeste, em Jibaut. Não sabemos quantas.

Tia Helene soltou uma risada amarga.

— Eles prometeram aos piratas a primeira investida em nossas cidades costeiras, sem dúvida. Em quanto tempo podemos esperar informações dos diabretes?

— Semanas, no mínimo. Não peço a ajuda deles há anos.

— Imperatriz! — A porta se abriu de repente e uma mensageira entrou, com guardas em seu encalço. — É urgente. — Tia Helene abriu o recado assim que a garota se foi. Ela o entregou a Quil.

Operadores das torres de tambores do leste e do norte massacrados. Muro a leste invadido. Mandem ajuda.

— Ajuda — ecoou a imperatriz. — Não temos ajuda a oferecer.

— Você tem um plano. — Musa apertou o ombro de tia Hel. — É melhor do que nada.

— Como... — Helene balançou a cabeça. — Como deixei isso acontecer? Durante cinco séculos nós controlamos todas as intempéries vindas de dentro ou de fora. E sou eu que verei tudo desmoronar.

O palácio estremeceu, e gritos ressoaram do lado de fora da sala de segurança. Uma rachadura se abriu no teto.

Musa olhou para cima.

— É melhor a gente se mexer antes que tudo desabe. Que jeito mais ridículo de uma imperatriz morrer, soterrada pelo próprio palácio...

O chão trepidou e uma fissura se formou, de baixo para cima, na parede. A imperatriz se lançou sobre o sobrinho, derrubando-o de costas quando a parede colapsou. A maior parte dos lustres no cômodo se estilhaçou no chão e a escuridão repentina foi sufocante. Quil tossia e tia Hel o ajudou a se levantar.

Ela se virou para Musa, que acendeu uma lamparina.

— Fale a verdade — pediu ela. — Sem os dispersadores de lanças, conseguiremos enfrentá-los?

Musa negou com a cabeça, e Quil achou que jamais esqueceria a expressão da tia naquele momento, uma espécie de calma apática tomando conta enquanto a esperança se esvaía e seu mundo, o mundo de todos eles, ruía.

Mas tia Helene havia sobrevivido à morte da própria mãe. Do pai. Da irmã do meio. Da irmã mais nova. Do amor da vida dela. De seus companheiros de batalha. Um após o outro, todos foram tirados dela. Ela vira a própria cidade desmoronar, o seu povo ser dizimado. E conseguiu se reerguer. Ela seria capaz de fazer isso de novo. Quil tinha certeza. Ela daria alguma ordem que reverteria o jogo.

A imperatriz se virou para ele.

— Você precisa sair da cidade, Quil. Deixar o Império. Preciso que você...

— Tia Hel, você não pode me mandar embora enquanto a nossa cidade arde em chamas sem nenhuma explicação.

— Os kegarianos virão atrás de mim, sobrinho. Pegue Sufiyan e Arelia. Eles ficarão mais seguros com você, e os céus sabem que não quero encarar Elias e Laia se alguma coisa acontecer com o menino deles.

Quil balançou a cabeça e observou o teto, que não aguentaria por muito tempo.

— Não vou te deixar.

— E eu não vou se ele não for — soltou Sufiyan, e aquela era a primeira vez que falava em um tom alto o bastante para outras pessoas além de Quil ouvirem.

O príncipe olhou para Arelia, que estava afastando o cabelo do rosto.

— Eu também não.

Mas tia Hel não olhou para eles. Em vez disso, encarou Quil com a mesma tristeza de quando ele retornou às terras tribais e ela se despediu dele. Por um instante, ele enxergou tudo o que ela havia escondido por tanto tempo. O poço de sentimentos que a fazia migrar de cidade em cidade, o que a levava ter momentos em silêncio profundo, às vezes durante dias.

— Eu vou lutar — afirmou ela. — Os céus sabem que eu vou. Mas, sobrinho, se eu cair...

— Você não vai...

— Se eu cair, você se tornará imperador. É seu destino. Você *precisa* sobreviver.

— Eu... Eu não... — *Eu não quero*. As palavras estavam na ponta da língua, mas Quil não conseguiu dizê-las ao ver o quanto a tia estava disposta a morrer pelo Império e por seu povo. Tão disposta a morrer por ele.

Ouviu-se um grito agudo e, com ele, outra explosão. O teto começou a ruir. Tia Hel estendeu a mão por cima do ombro, desafivelando a tira das costas. A lâmina que se soltou tinha um punho peculiar, que podia ser feito por apenas um ferreiro em todo o Império.

— É uma cimitarra telumana. — Ela empurrou o objeto nas mãos de Quil. — Uma das armas de Elias. Eu a solicitei… para a sua coroação.

Em qualquer outro momento, ele ficaria encantado com o presente. A cimitarra era uma obra de arte e as espadas gêmeas de Elias estavam com ele havia vinte anos.

— Imperatriz! — chamou Musa. — Não temos tempo.

— Salve a gente, Quil. — Helene o puxou para perto para que apenas ele pudesse ouvi-la, e sua voz estava grave. Assustada. — Salve o Império. Descubra o máximo que puder sobre nossos inimigos. Mas o mais importante — ela olhou ao redor, como se temesse ser ouvida: — traga… traga de volta. É a única coisa que pode destruí-los.

— Traga o que…

— Tas! — sibilou ela. — Ele está com os ankaneses. Encontre-o. Você vai saber onde ele estará. Está na posse dele. Traga de volta. Como puder. Não posso dizer mais nada. É por *isso* que você precisa ir embora. Não confio em mais ninguém para cumprir essa tarefa.

— Me deixa ficar com você. Mande a Águia de Sangue… Mande uma mensagem para Tas…

— Não posso arriscar. O espião pode ser qualquer um e não podemos correr o risco de interceptarem uma mensagem para Tas. A sobrevivência do Império depende de você, Quil. Não falhe com nosso povo. Somos o Gens Aquilla. Somos…

— Leais — completou ele. — Até o fim.

Ela encostou a mão no rosto dele.

— Meu menino. Meu herdeiro. Meu sangue. Você tem as melhores partes de mim. Eu sei que vai conseguir.

A terra tremeu com tanta violência que Quil sentiu os ossos chacoalharem. Sufiyan o manteve firme enquanto Arelia avançava, tentando encontrar o caminho mais seguro por entre os escombros. Quil tropeçava logo atrás dos dois e virou-se para trás uma única vez, mas a imperatriz e Musa tinham desaparecido nos destroços do palácio que desmoronava.

12
Sirsha

Sirsha estava deitada no galho de uma árvore, olhando para o céu azul através da copa. Sua mãe a encarava, severa como sempre, mas seu rosto não exprimia nenhum vestígio do ódio que Sirsha lembrava do dia em que havia sido expulsa do kin.

Volte para mim, pequena, sussurrou sua mãe. *Sinto sua falta.*

Sirsha tentou mover a boca. Tentou dizer *também sinto sua falta, mãe*. Mas um zumbido invadiu seus ouvidos, como o som de uma imensa queda-d'água, só que meio distorcido. Ela pôs as mãos na cabeça, encarando-a de forma apática enquanto a mãe esperava sua resposta.

— Sirsha — chamou a mãe. — Acorde.

Ela abriu os olhos e viu o céu em chamas. Seus ouvidos zumbiam com os gritos de pessoas feridas, e suas roupas estavam manchadas de sangue — o dela, percebeu com uma careta. Um caco de vidro do tamanho de um polegar estava cravado pouco acima do quadril. Tremendo, ela rasgou um trapo da própria roupa e arrancou o vidro, sem se preocupar em abafar o grito.

Enfaixou o ferimento e rolou para o lado, grunhindo enquanto os destroços espalhados pela rua feriam seu braço. Ficou perplexa com a catástrofe diante dela.

Navium estava desabando. As docas eram uma parede sólida de chamas. Se o vento não tivesse avisado Sirsha, ela estaria assando em uma pira fúnebre coletiva, acompanhada de centenas de outras pessoas.

Todas aquelas famílias... Elas estavam alegres apenas um minuto antes...

Algo grande e escuro sobrevoava o perímetro ali perto, iluminado por um momento. Era um Veleiro kegariano. Já tinha visto um daqueles, muito tempo antes, quando ainda rastreava para o kin. *A magia faz com que eles voem*, sua mãe lhe dissera. *A magia do vento.*

Mais tarde, ela se perguntaria por que os kegarianos estavam bombardeando um império a milhares de quilômetros da terra natal deles. Saber o que era aquilo no céu, do que era capaz, fez com que ela se pusesse logo de pé. Sirsha cambaleava pelas ruas destruídas pelos mortais mísseis kegarianos, pisando em bonecas e sapatos de dança, em alimentos que nunca seriam comidos, em peles que jamais se aqueceriam outra vez.

Ela correu até ficar bem distante do porto de comércio. Ouvindo o silvo de um Veleiro nos ares e o zumbido de um míssil caindo, Sirsha sabia que precisava sair de Navium e do Império. Em qualquer hora ou lugar que os kegarianos atacassem, deixavam apenas morte pelo caminho.

Pense! Um caminho por terra para fora dali a deixaria em um campo repleto de refugiados e tropas kegarianas em poucos dias — se não horas. Além disso, a trilha da assassina levava ao mar. Seguir por terra atrasaria a missão em meses se os kegarianos conseguissem tomar os portos próximos.

Até mesmo pensar em algo que pudesse impedir a missão fez sua moeda de juramento causar um incômodo. Ela tinha que seguir a assassina.

Sirsha precisava de um barco pequeno e rápido o suficiente para passar despercebido pelas patrulhas aéreas kegarianas, mas forte o bastante para aguentar uma viagem marítima.

Obviamente, aqueles malditos ladrões haviam bombardeado as docas militares e mercantes primeiro. Não eram estúpidos. A julgar pelas chamas subindo na direção sul, os kegarianos também haviam destruído as docas onde os barcos de passeio ficavam atracados.

Eles não podiam ter arruinado todas as embarcações do porto. Havia muitas docas. Barcos de pesca, navios de contrabando, até um tronco mofado. Tinha de haver *alguma coisa* que ela pudesse roubar.

Então uma lembrança surgiu: a cidade de Sadh, mais de um ano antes. Fechada, assim como Navium, porque a Imperatriz Marcial estava visitando. Sirsha queria ir ao seu restaurante de frutos do mar favorito, mas os Máscaras no cais mandaram todos saírem do perímetro. O barco que estavam protegendo não tinha bandeira. Nenhuma marca, apenas um pássaro estampado na proa.

Pensando a respeito, Sirsha se deu conta do que o barco devia ser. Uma garantia. Uma alternativa caso a imperatriz precisasse fugir por um caminho que não fosse por terra.

Se tinha um barco em Sadh para a imperatriz, ela teria um ali também. Provavelmente em um lugar incomum. Um cais menor, mas bem protegido. Como o que tinha visto perto da pousada, onde dois Máscaras estavam perambulando.

O vento a empurrou em direção ao sul, como se dissesse: *Finalmente, você entendeu. Idiota.*

Lógico que ela ainda precisaria roubar o maldito barco. De nada mais, nada menos do que dois Máscaras. E isso se o barco ainda estivesse lá.

Ah, bom, ela descobriria tentando. Como sempre. Pelo menos ela estava com a mochila.

Os paralelepípedos esburacados foram diminuindo, os armazéns deram lugar a fontes e avenidas largas, ainda intactas.

— Corram! — gritava Sirsha enquanto os moradores saíam das casas, com os olhos cansados e confusos. — Fujam da cidade! Ela está sendo atacada!

O fogo no ancoradouro era tão gigantesco que, apesar do frio, o suor escorria pelas costas de Sirsha. Finalmente, quando ela pensou que seus pulmões iriam explodir, enxergou o cintilar do oceano adiante. Ele brilhava como lava, espelhando as enormes labaredas nas docas dos barcos de passeio. A fumaça era tão espessa que Sirsha precisou se abaixar sob aquela nuvem para não morrer sufocada.

Ela com certeza aceitava os trabalhos mais desesperadores de todos.

Quando se afastou dos edifícios de Navium, ela se dirigiu para o pequeno cais que tinha visto antes. Ambos os Máscaras que o guardavam estavam mortos; com os rostos arrebentados. O ar ao redor parecia estranho e distorcido, mas Sirsha o ignorou; ela não havia sido contratada para vingar Máscaras. Correu até o cais, sem se importar com nada além de alcançar a embarcação, xingando de alívio quando viu o paquete de duas velas. *EF II* estava estampado na lateral.

O capitão também apareceu, um homem de ombros largos que parecia capaz de derrubar Sirsha com um só golpe de sua mão enorme. Com passos firmes, ele andou até a borda da prancha, de olhos arregalados, com uma cimitarra em uma mão e um lenço molhado na outra para proteger-se da fumaça sufocante.

— Mas quem é você?

— Ah — replicou Sirsha, com a voz rouca, tossindo. — Eu venho do... do palácio. — A culpa a atormentava, mas ela precisava sair dali. A imperatriz devia ter um milhão de alternativas para escapar. Além disso, se a governante estava fugindo do Império ao primeiro sinal de dificuldade, ela não devia ser grandes coisas em sua função. — Eu tenho uma... missão urgente. A imperatriz disse que você deve me levar.

No que dizia respeito a mentiras, não era uma das suas melhores. Ainda assim, o capitão assentiu.

— Apenas me mostre a ordem e seguiremos nosso caminho. — Ele estendeu a mão.

— Você acha que ela teve tempo de me escrever uma ordem neste caos? Me leva logo pela rota mais rápida para fora daqui ou então... ou então tudo estará perdido.

O capitão olhou para ela.

— Você não sabe nem para onde a gente tem que ir?

Sirsha zombou.

— Eu só poderia contar depois de partirmos, no caso de haver espiões na sua tripulação.

— Tripulação? — O capitão estreitou os olhos e acenou para a popa do paquete. — Este barco é movido por um motor de minério mehbahnês. Não precisa de tripulação. Quem...

Ele ficou súbita e profundamente calado. No segundo seguinte, sangue começou a jorrar de sua boca. Sirsha viu a lâmina fina cravada na garganta bem a tempo de se abaixar, quando outra passou por cima do ombro dela e atingiu o coração do capitão. Ele tombou para a frente da prancha e caiu como uma pedra nas águas rasas do mar do Sul.

— *Dilitali unsiva va tuus!*

Eram os kegarianos. Quando a mãe de Sirsha a fez rastrear um kegariano com poderes mágicos, anos antes, ela passou semanas nas montanhas localizadas no Continente do Sul. Sirsha reconhecia o idioma, embora não conseguisse compreender o significado daquelas palavras.

Mas como ambos os invasores estavam correndo na direção dela completamente armados, expressões ameaçadoras e espadas brilhando, não foi necessária uma tradução.

— *Va tuus, beh!*

Sirsha abaixou-se sob o corrimão da embarcação e caminhou como um caranguejo em direção a um dos mastros. Ela seria capaz de enfrentar um soldado Marcial ou até três, e ratos do Poleiro não eram nada. Mas ela sabia pouco sobre estratégias de batalha kegarianas. A julgar pelos gritos apavorantes vindos da cidade, ela preferia não descobrir.

— *Rue la ba Tel Ilessi!*

Ela se agarrou ao mastro, o suficiente para esconder o corpo esguio. Até que lâminas brilharam ao lado dela como estrelas cadentes assassinas e ela sacou as adagas.

Algumas pessoas, como sua irmã, nunca se cansavam de ver sangue. Mas Sirsha não gostava muito de matar. Ela já havia ficado farta disso fazia muito tempo.

Ainda assim, ela aceitaria ter que lidar com um pouco de sangue nos sapatos se, em troca, conseguisse se manter viva.

Estavam quase chegando até ela. De seu esconderijo, Sirsha tentou descobrir os pontos fracos das armaduras.

Quando chegaram ao convés, ela se levantou e lançou três de suas lâminas. Duas delas ricochetearam inofensivas na armadura do soldado maior, mas a terceira afundou em seu peito.

A soldado menor avançou com uma velocidade impressionante. Sirsha gritou, mal se esquivando do reflexo prateado que brilhou ao passar bem perto de seu rosto.

— *Rue la ba Tel Ilessi!*

A mulher saltou na direção dela com uma expressão feroz. Derrubou Sirsha no chão com as adagas, fechando os punhos ao redor do pescoço da rastreadora.

O pulso da mulher brilhou com uma substância branca que vertia da pele como tinta. O líquido deslizou e envolveu o pescoço de Sirsha, fluindo como um metal frio.

A mulher sorriu e a soltou, segurando-a pelos ombros enquanto o laço se apertava ainda mais.

Em termos de técnicas de combate corpo a corpo, Sirsha odiava estrangulamento. Demorava tempo demais, pelo menos alguns minutos, e era necessário ficar cara a cara com o inimigo o tempo todo, observando os vasos sanguíneos estourarem nos olhos. Mas essa mulher parecia gostar daquilo e estava sorrindo enquanto o metal assassino apertava o pescoço de Sirsha com uma firmeza sobre-humana. Luzes brilharam em sua visão periférica. Cada som se reduzia a um estranho gorgolejo: estava lutando desesperadamente para respirar.

Ela deveria ter deixado o Império muito tempo antes, com ou sem dinheiro. Ankana era linda. Água morna, comida boa, homens bonitos. Ela sempre gostou de lá. mesmo que fosse muito perto de...

Um som. Um esguicho, na verdade. E a agressora de Sirsha enrijeceu e foi arrancada de cima dela, levando consigo o maldito líquido estrangulador. Sirsha arquejou, inspirando o ar, enquanto uma mão grande segurou a dela, colocando-a de pé. Ela olhou para o rosto de um Marcial alto e de ombros largos, vestindo uma túnica elegante e segurando uma cimitarra ainda mais elegante. O cabelo escuro caía sobre as maçãs do rosto, quase obscurecendo o amarelo dos olhos, os cílios eram pretos e grossos.

— Você está bem?

Sirsha respondeu puxando-o para o convés enquanto uma saraivada de lâminas kegarianas voava pelo espaço onde a cabeça dele estivera. O rapaz quase caiu em cima dela, parando a centímetros de distância, um antebraço de cada lado da cabeça dela no convés, músculos tensos enquanto as facas passavam por cima deles. Sirsha fitou a veia pulsando no pescoço dele e, em seguida, olhou para cima, encontrando seus olhos claros fixos nos dela. O pulso de Sirsha acelerou, e ela se sentiu estranha. *Provavelmente porque você está prestes a morrer.* Olhou por cima do ombro dele e viu mais meia dúzia de kegarianos surgirem em direção ao cais, perseguindo outras duas pessoas.

— Malditos infernos! — exclamou ela ao seu salvador. — Você trouxe o exército inteiro com você?

— De nada. — Ele saltou para enfrentar os atacantes com a sutileza de um urso furioso.

— Você é burro? — gritou Sirsha, certa de que ele seria atingido. — O que você está... ah...

O Marcial atacou o kegariano e o deixou em pedaços, atingindo-o com tanta velocidade que ela precisou se esforçar para acompanhar os golpes. Outro lutador se aproximou e desferiu movimentos igualmente graciosos, um garoto mais jovem e mais magro que o Marcial, mas tão letal quanto o primeiro.

O homem mais jovem, um Tribal pela aparência das roupas, embainhou a lâmina e sacou um arco, aparentemente ao mesmo tempo, e uma saraivada de flechas cortou o ar. Ele logo se lançou à luta, pelo jeito sem se importar com o próprio corpo.

— Você vai acabar se matando, Sufiyan!

Uma garota de cabelos cacheados usando um vestido verde todo rasgado gritou para o arqueiro enquanto passava por perto, correndo, embora ele não parecesse estar ouvindo. Ofegante, ela pulou para dentro do paquete. Quando avistou Sirsha, seu alívio foi quase palpável.

— Marinheira, graças aos céus — comemorou a garota de vestido verde com a voz rouca, a garganta nitidamente comprometida pela fumaça. — Achamos que eles iam matar todo mundo. Onde estão as cordas? A âncora?

— Pelos infernos, como... — *eu saberia*, Sirsha quase disse, mas percebeu que, se a garota pensasse que era uma marinheira, ela e seus amigos musculosos não a jogariam para fora do paquete. Pelo menos, não tão cedo. — Ali. — Ela apontou para uma corda que parecia estar prendendo a embarcação ao cais. — E essa é a manivela da âncora e, no caso, como é a âncora, provavelmente precisa estar, é... no barco...

Por sorte, a garota não percebeu que a suposta marinheira estava balbuciando como tagarela. A Marcial se lançou em direção à corda, enquanto, nas docas, o guerreiro Marcial alto lutava contra dois kegarianos.

— Sufiyan, ajude Arelia! — gritou o Marcial para o arqueiro. — Marinheira, ligue o motor!

Céus, o homem mandava como se fosse um general. Embora ele não estivesse errado de agir assim em uma situação como a deles. O problema era que Sirsha não fazia a mínima ideia de como ligar um motor de minério mehbahnês. Ela nunca tinha ouvido falar disso até alguns minutos antes.

Sufiyan pulou no barco e içou a âncora. Ao olhar mais de perto, Sirsha percebeu que ele só estava vestido como um Tribal. Tinha as feições marcantes e a altura de um Marcial, mas os olhos escuros de um Erudito. Ela percebeu que o estava encarando, mas não conseguiu desviar os olhos porque havia algo de familiar em seu rosto.

— Quil — gritou Arelia para o Marcial mandão, que ainda estava preso em uma batalha de cimitarras. — Vamos logo! — Ela se virou para Sirsha. — Marinheira, onde fica a sala de máquinas? O que aconteceu com o Capitão Tanlius?

— Ah... Ele... ele morreu — revelou Sirsha. — Os kegarianos pegaram ele. Eu... eu era a segunda no comando. — Ou seria primeira?

Arelia lançou-lhe um olhar desconfiado, mas Sirsha apontou para a popa do barco, assim como o coitado e morto Tanlius havia feito quando mencionou o motor especial.

— Você se importa de… ligar? — arriscou Sirsha, rezando aos céus para que a garota entendesse alguma coisa sobre motores. — Eu vou… *Malditos infernos, Marcial, à sua esquerda!*

Enquanto o agressor kegariano saltava e corria pelas pedras no cais, o Marcial chamado Quil girou a cimitarra e chutou o chicote de metal do oponente para longe. No instante seguinte, ele rasgou o pescoço do invasor com uma faca.

Quil saltou para o convés, chutou a prancha para fora e encarou Sirsha com aquele olhar ameaçador.

— E então? — incitou ele, impaciente. — Vamos!

— Sim! — exclamou Sirsha. — Porque eu sou a marinheira.

O metal que apertou seu pescoço deve ter confundido seu cérebro. Ela sentiu um zumbido repentino — do motor — e subiu a escada correndo até o tombadilho, porque já tinha viajado de barco o bastante para saber que precisava encontrar a porcaria do leme.

Havia acabado de encontrá-lo e segurá-lo quando sentiu um arrepio: o cheiro de morte, de morte antiga, e de ossos.

Ela está aqui.

O mar, que raramente falava com Sirsha, sussurrou tão baixo que ela congelou, sem ter certeza de que o tinha de fato ouvido. O ar mudou, ficou estático e abafado. Sirsha ouviu Quil, que parecia distante, chamando por ela. Ela viu mais kegarianos se aproximando, seus chicotes serpenteando como correntes brancas vivas.

Tudo desapareceu sob o cobertor sufocante de maldade que se instalou na mente de Sirsha. *A assassina está aqui.*

Mas, não: Sirsha percebeu quase no mesmo instante que essa não era a verdade.

"Para os elementos, passado, presente e futuro podem se misturar. Você precisa aprender a diferenciá-los." Uma das primeiras lições que a mãe havia lhe ensinado sobre o rastreamento, gravada na mente de Sirsha.

Às vezes, alguém deixava uma marca tão poderosa a ponto de parecer recente, mesmo que tivesse acontecido meses antes. Sirsha tinha um talento especial para descobrir quando se via diante de uma trilha antiga em vez de uma nova. Por isso havia sido tão valiosa para seu kin.

Era o caso diante dela naquele momento: era um rastro antigo. E ainda assim o ar de morte que Sirsha caçava naquela semana estava próximo.

Devagar, ela se virou para Sufiyan e Quil. Um garoto, de olhos escuros e uma boca risonha que a lembrava de alguém, e um jovem, com feições esculpidas e roupas salpicadas de sangue kegariano, dizendo algo que ela não conseguia ouvir.

A assassina estivera perto desses dois homens, havia os marcado de alguma forma, com tristeza ou violência. Sirsha sentiu-se enjoada e estendeu a mão para o Marcial, agarrando seu ombro tenso. Imagens passavam na sua mente: uma mulher de cabelos curtos e escuros cuidando de um cavalo; uma criança que parecia Sufiyan, o rosto delicado e redondo. E depois... depois...

Uma sombra com dentes e garras.

Uma assassina, encharcada de sangue.

Comprimindo-se e contraindo-se.

Explodindo e serpenteando pelo campo de uma forma que nenhum humano seria capaz.

Sirsha finalmente entendeu como a assassina havia se camuflado. Por que a trilha havia se dividido fora de Navium. Não era uma assassina genial. Ela tinha poderes.

Era uma magia estranha, habilmente oculta e diferente de tudo que Sirsha já havia rastreado. Mas, ainda assim, era magia.

E Sirsha não tinha permissão para caçar magia. A menos que quisesse morrer de um jeito impiedoso nas mãos das pessoas que antes chamava de família.

Ela se perguntou por que não sentira o poder da assassina desde o início da maldita caçada. Era difícil esconder magia, ainda mais de uma Inashi tão habilidosa quanto Sirsha. Mas até aí, fazia anos que ela não rastreava uma entidade mágica. Ela devia estar ficando meio enferrujada.

O mar, que raramente se interessava por Sirsha, estava agitado, e o barco se afastava do cais. Ela conseguiu identificar o rastro, nítido como se estivesse iluminado pela luz das estrelas. Levava para o oeste, em direção ao Continente do Sul. O lugar que Sirsha passou os últimos oito anos tentando evitar a todo custo.

Mas era para lá que ela precisava ir. Caçar uma assassina com poderes mágicos, para sua absoluta *sorte*. Justo o que estava proibida de caçar e, lógico, como era uma completa idiota, ainda havia feito um voto de sangue para capturar a criminosa ou matá-la. Não podia nem embolsar o dinheiro e desaparecer. A porcaria da promessa não a deixaria.

Pensou no cliente de olhos claros, na resposta que deu quando ela perguntou se havia algo de anormal no assassino. "É claro que ele é não é normal. Ele mata crianças por puro prazer." Maldito seja, ele devia ter suspeitado da natureza da assassina. E ele *sabia* dos poderes dela. Só um Inashi tinha a habilidade de rastrear uma entidade mágica. Mais importante, só um Inashi conseguiria capturar uma entidade mágica.

Isso se fosse capaz de identificar a entidade. Sirsha não tinha ideia do que estava caçando. No geral, um companheiro Inashi descobriria, mas, como ela não tinha ninguém, precisaria de ajuda...

— *Marinheira!* — Quil a sacudiu, e Sirsha percebeu que estava de joelhos, trêmula.

O Marcial se ajoelhou diante dela, o rosto tomado por uma expressão severa, como se estivesse pronto para espancar quem quer que tivesse causado aquilo a ela. Atrás dele, Sufiyan havia assumido o leme e estava no comando com o rosto franzido e os olhos vidrados.

— Desculpe. — O Marcial tirou as mãos quentes dos ombros dela. Ela sentiu o frio tocar sua pele. — Você está bem? Seus olhos...

— Quil, saia de perto dela.

Arelia o afastou de Sirsha, e ela soube que, no momento, a assassina era o menor dos seus problemas.

— Seus olhos... — observou Arelia. — Eles ficaram completamente brancos. Um fenômeno incomum e raro, que costuma acontecer quando alguém é possuído por um espírito. Você não é marinheira. Onde está o Capitão Tanlius, e quem é você?

— Estou viajando. — Sirsha levantou as mãos, pensando que deveria ter guardado uma faca na manga. — Desesperada para sair daquele inferno, assim como vocês.

Quil tocou o pescoço de Sirsha com a cimitarra, a boca crispada em uma linha ameaçadora.

— Você matou Tanlius?

— Não! — exclamou Sirsha enquanto ele pressionava ainda mais a cimitarra. — Juro, foram os kegarianos!

Quil olhou para o rosto de Sirsha, procurando sinais de mentira.

— Você é uma kegariana?

— Eu estava lutando contra eles! — afirmou ela. — E, de qualquer forma, você já viu um kegariano? São doentios e pálidos, parecem cadáveres, a maioria deles. Acho que nunca viram um dia de sol sequer na vida. — Sirsha estendeu o braço, forte e de pele marrom. — Eu não sou kegariana. Estava de passagem e vi o barco por acaso.

— Ninguém vê este barco *por acaso*. — Quil se endireitou. — Ele pertence à m…

— À Imperatriz dos Marciais — interrompeu Arelia, lançando um olhar para Quil que Sirsha não conseguiu decifrar.

— Se pertence a ela — rebateu Sirsha —, vocês têm tanto direito a fazer uso dele quanto eu. A menos que algum de vocês seja a imperatriz disfarçada…

— Suf, revista os pertences dela — ordenou Quil. — Vou amarrá-la.

Ele logo tentou prendê-la, mas Sirsha o empurrou para longe, estremecendo quando a ferida no quadril reabriu. Por fim, ele foi forçado a passar o braço musculoso em volta dos ombros dela, enquanto Arelia a amarrava pelas mãos.

— Aposto que você gostou disso. — Sirsha sorriu para Quil, porque suspeitava de que ele fosse o tipo de arrogante certinho que considerava repulsivo ter prazer em coisas assim.

Como previsto, ele borbulhou de raiva e virou-se para o outro lado e, como Sirsha não estava livre da mesquinhez, ela achou aquela reação bem gratificante.

Arelia assumiu o comando do barco enquanto Sufiyan vasculhava em silêncio a mochila de Sirsha, que, embora balançasse a cabeça, aparentemente despreocupada, ficava cada vez mais inquieta.

— Para de se preocupar comigo e leva a gente para longe do litoral — pediu Sirsha. — Estamos muito perto da cidade. Se os kegarianos nos avistarem, estamos ferrados.

Quil a ignorou e, atrás deles, Sufiyan soltou um palavrão, surpreso. Sirsha suspirou, imaginando que ele teria encontrado o estoque de ouro que o cliente lhe dera para os suprimentos necessários. Ela teria que dizer adeus àquele montante, mas pelo menos teve o bom senso de manter o restante do ouro consigo. Ela lutaria até a morte se tentassem tirar isso dela.

Mas Sufiyan não estava falando do ouro. Em vez disso, ele ergueu o anel que o cliente dera a Sirsha.

— Onde você conseguiu isto? — Era a primeira vez que ela ouvia a voz dele. — Como conseguiu?

— Isso não é da sua...

Sufiyan saltou mais rápido do que Sirsha pensou ser possível, jogando-a para trás, e pressionou uma adaga em seu pescoço. Ele não estava mais com o rosto inexpressivo, mas tremia de raiva, como se a visão do anel o tivesse arrancado de um transe.

— Responde! — Ele cravou a lâmina na pele dela, e ela mal conseguia engolir. — Ou eu acabo com você. Como conseguiu isto?

— Tira ele de cima dela! — gritou Arelia do leme, alarmada. — Quil, ele vai...

— Sufiyan! — Quil tentou afastá-lo. — Sufiyan Veturius, pare...

— Um cliente me deu! — exclamou Sirsha quando Quil finalmente conseguiu arrancar Sufiyan de cima dela. — Eu sou rastreadora.

— Rastreadora — repetiu Sufiyan. — Mas por que o meu pai...

Foi então que Sirsha entendeu. Os ombros largos, o sorrisinho, o cabelo escuro e as feições simétricas. Não era à toa que ele parecia familiar: o rapaz era filho do cliente dela.

E seu nome era Sufiyan Veturius.

Veturius.

— Por todos os infernos! — exclamou Sirsha. — Você é filho do Elias Veturius? Herói do Império? Foi *ele* que me contratou?

E, diante da expressão no rosto de cada um deles, dando-se conta da situação tão ridícula quanto improvável, Sirsha caiu na gargalhada.

PARTE II

A CAÇADA

13
Aiz

Aiz e Cero desceram a montanha aos tropeços, sentindo o vento cortante golpear o rosto. Aiz se curvou para a frente, protegendo as mãos debaixo dos braços enquanto Cero a cobria com a própria capa. Depois de passar a vida inteira na favela de Dafra, ela havia aprendido que, em uma tempestade daquelas, era possível perder os dedos em questão de minutos.

— Para a esquerda — bradou Cero atrás dela, quase inaudível por conta do vendaval estrondoso. — Tem um Veleiro.

— A gente não pode voar nisso!

— Podemos se nós dois conduzirmos — gritou ele. — Você invoca o vento. Eu direciono.

Aiz nunca tinha ouvido falar de algo do tipo, mas confiava em Cero. Ela avistou o pedaço de lona ao lado de uma enorme saliência de rocha e cambaleou naquela direção.

Cero passou por ela e içou o Veleiro nas costas, que o envolveu como uma capa marrom gigantesca.

— Eu mesmo fiz — explicou ele, e Aiz queria fazer mil perguntas sobre quando e como, mas não havia tempo. — Vamos! — Ele amarrou Aiz à sua direita e enfiou a mão na tigela de loha. O metal obedeceu no mesmo instante, fluindo em um brilho branco que se enrolou nos braços de Cero, acionou o motor e disparou pela estrutura de bambu do Veleiro. A lona tomou forma e o motor ganhou vida.

— Invoque o vento — gritou Cero, e Aiz invocou o vento para si, segurando-o firme, ainda que ele tentasse escapar como um cavalo arredio. Aiz sentiu um aperto no peito. Sua falta de habilidade para controlar seu maldito poder destruiria o Veleiro.

Mas, com calma, Cero entrelaçou os poderes dos dois para criar uma corrente e ganhar altitude. A habilidade e o controle dele eram de uma elegância arrebatadora. Em questão de segundos, já haviam se distanciado, e a terra se tornou indistinguível olhando do céu.

O Veleiro mergulhava e serpenteava na nevasca, e a neve era tão espessa que Aiz não conseguia mais enxergar o rosto dele. Alimentando esperanças de que o amigo os impediria de colidir contra uma montanha, ela fitava o terreno, tentando detectar qualquer sinal de perseguição, mas a escuridão do Tohr havia se perdido no meio da tempestade.

Eles pousaram horas depois em uma caverna próximo a uma praia ao sul da capital. Aiz desabou nas pedras úmidas assim que seus pés tocaram o solo. Ela devia ter desmaiado, porque, quando acordou, horas depois, estava deitada de costas e a iluminação era diferente. As nuvens furiosas de neve rosada haviam se afastado para o norte, dando lugar a uma garoa cinzenta suave. Aiz não tinha forças para se mover, ainda que estivesse tremendo.

— C-Cero?

Ele não estava em lugar nenhum, e ela olhou em volta, examinando a caverna à beira-mar. Era imensa, com uma praia em formato de meia-lua e, atrás dela, túneis que se ramificavam.

Aiz se sentou e encarou seus pés e suas mãos. Estavam imundos. O Tohr era escuro demais, portanto fazia semanas que ela não conseguia enxergar a si mesma. Então tentou se situar. Eles não estavam longe das docas da cidade. Ela conseguia enxergar os mastros, não muito longe dali. Deviam estar a oeste do porto.

Uma brisa suave chamou sua atenção quando um Veleiro passou na frente da caverna. Poucos minutos depois, Cero apareceu. O cabelo escuro ainda estava bagunçado, e as feições pálidas pareciam exaustas.

Ele deixou uma mochila diante dela e um par de sapatos finos. Não olhou para ela. Talvez porque o tivesse tratado tão mal antes de ser capturada. Ela não sabia mais por que tinha ficado com tanta raiva. Era *Cero*. Imprevisível e amigável na mesma medida, pelo menos para a maioria das pessoas. Mas Aiz o vira alimentar gatos de rua antes mesmo de ele próprio comer; sentira sua mão fria na testa quando ela estava com febre. Na primavera repleta de flores do ano novo, ele acendeu velas para o pai morto, para a mãe de Aiz e para os pais de todos os órfãos do claustro.

E ela havia se voltado contra ele. Ao se lembrar disso, ficava morta de vergonha. Se tivesse pedido ajuda para ele com os planos do assassinato, talvez tudo tivesse dado certo.

— Você não tem muito tempo. — Ele ergueu os sapatos para ela, que os calçou. — Tiral partiu para o norte poucos dias depois de mandarem você para o Tohr. Se cansou de atacar Struri e Diyane e foi atrás de um prêmio maior.

— Quantos Narcejas morreram?

— Muitos. Faz semanas que o exército está causando estrago a mando dele. O inimigo sucumbiu, e ele deixou a maior parte do exército por lá. Está retornando para se gabar da vitória e convocou uma reunião no Ninho. E exigiu que os clérigos participem.

— É para anunciar que ele é Tel Ilessi. — Aiz tinha certeza disso.

— Os clérigos precisariam nomeá-lo — comentou Cero. — E os Triarcas jamais aceitariam. Ele teria que provar o próprio poder, teria que comprovar que controla sangue, vento e mente. Ele jamais conseguiria...

— Tiral não vai precisar dos Triarcas. E não vai ter que provar nada — interrompeu Aiz. — Não se a Alta Clériga Dovan testemunhar a favor dele. E ela vai fazer isso. Ele prendeu mais uma centena de clérigos no Tohr. Um quarto de todo o clero. Ela não vai ter escolha. E, quando o declarar, o povo vai acreditar nela, porque é a Alta Clériga.

O olhar de Cero ficou vidrado enquanto ele assimilava a informação.

— Ninguém pode manipular uma pessoa de fé como se fosse um cético — declarou ele. — A gente subestimou a audácia dele.

— Preciso pará-lo — afirmou Aiz. — Eu já fracassei uma vez, mas agora Madre Div está comigo. Essa é a minha missão. Você consegue me arrumar um Veleiro grande o bastante para desafiar ele?

— Você não pode enfrentar Tiral. — Cero andava de um lado para o outro, agitado. — Muito menos em um Veleiro. Você viu o poder dele. Quase morreu por causa disso.

— Santa Div não me deixou morrer no Tohr. Ela não vai me deixar morrer agora.

— Eu sei que acha que Div falou com você — As palavras de Cero eram mais cuidadosas do que Aiz estava acostumada, o que a deixou irritada. — Mas você conseguiu sair daquela prisão, Aiz! É mais forte do que pensa.

— Você precisa acreditar em mim, Cero. Eu fui escolhida. Madre Div veio até mim e até você. De que outro jeito você teria conseguido me encontrar na montanha?

— Foi só um pressentimento. Mas não se preocupa com isso agora. — Cero se ajoelhou diante dela. — Olha para mim, Aiz — pediu ele, e ela o encarou, perdendo o fôlego.

Fazia tanto tempo que não fitava os olhos de Cero daquele jeito, tão de perto, que quase havia se esquecido daquela cor estranha, um verde profundo que espelhava o mar em dias de calmaria, e, ao mesmo tempo, era totalmente diferente.

— Eu acredito que você ouviu a voz de Div — prosseguiu Cero. — Vou te ajudar como puder, mas você precisa ir embora de Kegar. Não acho que Div quer que permaneça aqui. A Dama do Ar era muitas coisas, mas não era idiota. As lendas contam que ela também deixou nosso povo por um tempo.

Aquela era uma história antiga que os clérigos raramente contavam, e não estava em nenhum dos Contos Sagrados. Aiz sequer se lembrava dela por completo. Ficou surpresa por Cero conhecê-la.

— Eu devo salvar nosso povo das conspirações de Tiral. Não fugir. Madre Div disse…

— Não temos tempo para discutir. — Cero olhou para o mar. — Eu devia estar patrulhando a fronteira do norte a essa hora. Se descobrirem que sumi bem quando você conseguiu escapar, vão presumir que te ajudei. Tiral sabe que eu… que somos amigos.

— Amigos — murmurou Aiz.

Nos meses antes de Cero se tornar piloto, o relacionamento dos dois, tão sólido e confiável quanto as paredes do claustro, havia se transformado. Toques, antes casuais, passaram a ficar diferentes, ela se flagrava observando-o com mais frequência e, quando ele a encarava com aqueles olhos tempestivos, ela sentia um calor percorrer seu corpo.

Até que, na noite anterior à nomeação, eles se beijaram. Ela ainda sentia aquele toque. Aiz pensava que, se ambos fossem selecionados como pilotos, poderiam conversar a respeito do que havia ocorrido entre eles. Mas não foi o que aconteceu.

Cero ergueu Aiz, e ela seguiu o olhar dele em direção à costa. Em meio à escuridão, um navio se aproximava.

Estava silencioso demais, como se o rangido das cordas e o gemido da madeira tivessem sido abafados. Parecia não ter nome, o convés aparentava estar vazio e Aiz não sabia dizer se era real ou se a exaustão estava causando alucinações. Até que ela avistou a vela da embarcação, um tom forte de verde-floresta com um olho enorme estampado.

Era um navio ankanês.

— Tem uma vidente naquele navio — afirmou Aiz.

Os ankaneses só usavam velas verdes para alertar os piratas. Qualquer tentativa de abordagem de qualquer nação seria vista como um ato de guerra.

E nenhuma nação seria inconsequente o bastante a ponto de testá-los. Sua marinha e seu maquinário de cerco eram poderosos; seus videntes, ainda mais. A maioria dos ataques a eles havia sido dissipada antes de sequer começar. Os kegarianos não os desafiariam: os ankaneses eram os únicos estrangeiros com quem negociavam, e seu idioma era a única língua estrangeira falada em Kegar. Aiz a havia aprendido e a dominava de forma fluente, como todas as crianças do claustro.

— Eu conheço essa vidente. — Cero assentiu para o navio. — Ela visita Kegar há anos e me enviou uma mensagem uns dias atrás. Disse que eu precisaria dela. Fui procurá-la agora há pouco. O navio estava esperando, pronto para partir. Eu me certifiquei de que Tregan estivesse a bordo.

Aiz virou-se na direção dele, o coração saltando de esperança.

— Você vem comigo?

Mas Cero negou com a cabeça.

— Eu queria que você tivesse a companhia de um rosto amigo. Treg sempre gostou mais de você do que de mim.

Ele entregou a bolsa a ela.

— Alguns suprimentos e talas de prata ankanesas para o início da sua jornada. Guardei o livro de Tiral aqui também. Tentei destruí-lo, mas essa porcaria não queima. Talvez você consiga descobrir por que ele era tão fissurado nisso.

Um ruído de água soou do mar. Um barco a remo com uma figura solitária envolta em verde se aproximou. A embarcação se movia devagar, mais lenta do que deveria na arrebentação agitada. Ele parou perto de um agrupamento de rocha que se projetava do lado direito da caverna, um cais natural. Aiz vislumbrou a pele pálida por baixo do capuz verde. A figura a fitava de volta, imóvel.

De repente, Aiz caiu em si: Tiral estaria à procura dela. Ela estaria à deriva em terras estrangeiras. Não poderia falar em kegariano, porque ficaria muito na cara. Teria que se comunicar apenas em ankanês.

— Tiral pode contratar uma Jaduna para caçar você — comentou Cero. — Não use seu poder de controlar o vento, elas conseguem sentir a magia. Você vai saber quem são por...

— Eu já vi uma delas. — Aiz se lembrou do brilho de suas moedas e do fato de que a mulher passava tempo demais com os órfãos em Dafra. — Eu vou voltar, Cero. — Essa certeza trovejava em suas veias. — Vou derrotar Tiral.

— Aiz, tem algumas coisas que eu preciso te falar. — Cero respirou fundo e algumas linhas se revelaram em seu rosto que costumava ser tão controlado. — Mas não consigo dizer. Você não deve nada a Kegar. Não importa o que viu. Tem nas mãos agora uma chance de mudar de vida, de ter uma vida melhor longe daqui. Um dia eu vou conseguir ir embora também, então vou te encontrar. Tudo isso — ele apontou para os casebres distantes na favela de Dafra, uma mancha escura no nevoeiro — vai ser só uma lembrança ruim.

Então Cero entregou algo a Aiz: o aaj dela.

— Fica com isso — falou ele. — Não use a menos que esteja morrendo, os Jaduna conseguem rastrear essa magia também. Se você precisar mesmo de mim, vou estar ouvindo.

Ela se deu conta de que haviam chegado até o barco, depois de Cero tê-los conduzido lentamente até ali. Ele a levou até os braços da vidente de manto verde, que segurou Aiz com firmeza. O barco se afastou do cais de pedra.

— Espera... Cero...

Ela foi tomada por um medo repentino. O mais longe que já havia estado de Kegar fora em uma peregrinação para o claustro de Madre Div, que ficava ao pé das Torres. De repente, os dias que viriam pareceram longos e desconhecidos. Ela queria mergulhar na água e nadar de volta para Cero, para seu povo, para Div e para o trabalho sagrado que ela havia confiado a Aiz.

Mas o barco a remo alcançou a barcaça, e ela foi puxada para o convés. Então se afastou da costa com uma velocidade impossível. Aiz foi até a amurada procurar Cero, mas ele, a caverna, Kegar, tudo havia desaparecido na chuva.

14
Quil

Quil se recompôs enquanto limpava a mão e a cimitarra, encharcadas com o sangue de tantos kegarianos derrotados, no cachecol que Musa tinha dado a ele. O príncipe era habilidoso em ocultar seus sentimentos. Havia aprendido com as incumbências da vida na corte, onde cada expressão sua era minuciosamente observada e analisada.

Por isso, mesmo enquanto Navium queimava e o rugido das chamas marcava a destruição de seu mundo, ele se forçou a se concentrar no que estava diante dele: uma garota com uma gargalhada amarga, um amigo tão aterrorizado pela ideia de perder as pessoas que amava que estava disposto a matá-la e a possibilidade muito real de kegarianos aparecerem a qualquer momento e explodirem o paquete em pedaços se eles não ficassem longe da cidade.

— Quil. — Arelia examinou o oceano e os céus. — Precisamos escolher uma direção.

A rastreadora parou de rir.

— Da próxima vez que falar com o seu querido papaizinho — ela olhou feio para Sufiyan —, diga a ele que não gostei nem um pouco de ter me comprometido com uma missão sobre a qual ele não foi nada honesto. Pode dizer a ele também que, quando minha família me encontrar e me matar de um jeito brutal, meu fantasma vai perseguir e atormentar a vida dele até o fim dos tempos!

Sufiyan não havia soltado a faca, e Quil se enfiou entre ele e a rastreadora. Mais mortes não resolveriam nada.

— O que você fez com ele? — exigiu Sufiyan.

— Nada! Como se alguém pudesse tirar esse anel do seu pai. — A garota revirou os olhos castanhos e recuou para se distanciar de Sufiyan. Mesmo amarrada, ela se movia com graciosidade. — Você sequer conhece o homem direito? Ele conseguiria esmagar meu crânio com a própria mão, se quisesse. Eu já te disse, ele *me deu.*

Devagar, Quil tirou a adaga da mão de Sufiyan e o afastou um pouco, levando-o na direção de Arelia.

— Acho que ela não está mentindo, Suf. — O príncipe deu uma olhada para o litoral, onde os Veleiros faziam patrulha. — Vamos conseguir mais explicações depois. Agora, a gente tem que dar o fora daqui. Estou pensando em irmos para o sul.

Não deu mais detalhes. Ele havia contado a Suf e Arelia sobre as ordens de tia Hel assim que saíram do palácio. Se quisessem encontrar Tas, precisavam ir para Burku, a capital ankanesa.

Arelia entendeu os planos de Quil e girou o leme do paquete. A rastreadora balançou a cabeça.

— Vocês sabem geografia, certo? Os kegarianos estão vindo do sul.

— A gente tem uns amigos lá— falou Sufiyan. — Se bem que... talvez seja melhor ir para as terras tribais. Arrumar abrigo. Ou pedir ajuda aos djinns.

Do leme, Arelia levantou a voz.

— Eles não vão ajudar — garantiu ela. — Os engenheiros do palácio queriam visitar a capital deles, mas o conselho do governo deles mandou a gente se lascar. Não querem saber de humanos.

— Vá para o oeste. — A rastreadora se remexeu, puxando as amarras de uma maneira nem um pouco discreta. — Para Jibaut.

— Os kegarianos estão usando Jibaut para as tropas reservas. — Sufiyan estava mais calmo, apesar de se manter cauteloso com a garota. — Não podemos ir direto para a cova dos leões.

— Ninguém vai esperar que alguém saia de Navium e vá para oeste — insistiu a garota, e Quil pensou se estava imaginando o toque de desespero na voz dela. — Tenho amigos em Jibaut. Kade, um negociante de livros raros. Ele sabe de tudo que acontece naquela cidade, vai saber como evitar os kegarianos.

— Não vale sacrificar nossa vida. — Sufiyan se virou para Quil e Arelia. — Se fomos para leste, podemos arranjar um bom navio, roupas e armamentos. — Ele olhou para os próprios trajes, enojado. — A gente não tem nem armadura.

A rastreadora grunhiu.

— Dá para arrumar essas coisas em Jibaut! Eu posso...

— Jibaut é perigosa demais. — Quil a interrompeu e falou com firmeza, deixando nítido que ela não tinha direito de opinar. — As terras tribais não são um lugar seguro. Se os kegarianos atacarem...

— Precisamos estar lá — concluiu Sufiyan. — A tribo Saif está passando o inverno em Sadh. Temos que avisá-los.

— Musa já deve ter feito isso. — Arelia abaixou a voz. — Com os diabretes. Quil está certo.

— Vocês deveriam me soltar — pronunciou-se a rastreadora. — Para onde quer que a gente vá, precisamos ir mais rápido. Eu posso ajudar.

Quil a encarou, tentando entender suas intenções, tentando captar qualquer resquício de informação. Ela falava serrano com um leve sotaque, mas Quil não conseguia identificar de onde era. Era possível dizer que tinha os cílios longos como os Eruditos, ou as maçãs do rosto altas e o maxilar quadrado dos Marciais, mas ainda assim, olhando bem de perto, não se parecia com nenhum dos dois. Usava roupas de couro justas e botas vermelho-escuras e, apesar de alta, Quil era mais alto que ela. Era linda e, a julgar pelo sorrisinho no rosto, ele suspeitava que ela sabia disso.

— Gostou, Marcial?

Quil enrubesceu e desviou o olhar.

— O que a gente faz com ela? — perguntou Arelia em voz baixa. — Não dá para deixar ela amarrada até chegarmos a Ankana.

— Se Aba a contratou — falou Sufiyan —, quero saber por quê. Faz meses que ele está viajando à procura...

Do assassino. Sufiyan não concluiu, mas todos eles sabiam disso.

— Mas Ama pediu que ele voltasse para casa — prosseguiu Sufiyan. — Você sabe que ele nunca nega nada pra ela. Vai ver ele contratou essa rastreadora para continuar a caçada.

Se fosse o caso, Elias ia querer a garota bem longe de Sufiyan. Ele quis se juntar ao pai e caçar o assassino de seu irmão caçula, havia passado dias brigando com a mãe e as irmãs por causa disso, até ceder às suas vontades e ficar nas terras tribais.

Quil levou a mão à cabeça. Pelos céus, ele precisava de tempo para pensar, ponderar todas as consequências de manter aquela rastreadora na embarcação.

Bem à frente, o terreno era curvo e Quil conseguia distinguir uma fina faixa branca de praia. No sol, a água seria azul-claro.

Tia Helene o ensinara a nadar naqueles bancos de areia quando era pequeno. Ele temia as águas mais profundas, a forma como o oceano se estendia até longe e como não conseguia sentir nada sob os pés.

"Você precisa aprender", insistia ela. "Não pode esperar que outras pessoas te salvem. Cabe a você salvar os outros. Quanto mais o fizer, mais fácil será desenvolver um talento. Um instinto no qual você aprenderá a confiar."

Ele não seria capaz de jogar essa rastreadora no mar. O instinto que a tia havia tentado incutir nele estava dizendo que precisavam dar uma chance a ela.

— Ela vai ficar no barco — decidiu Quil.

— Ei, Marcial! — chamou a rastreadora do parapeito do paquete. — Por mais que eu esteja adorando ser amarrada por você, eu *realmente* acho que devia me soltar.

— Quil! — Sufiyan agarrou o braço dele.

A princípio, não conseguiu entender para o que o amigo estava apontando, até que enxergou o movimento no céu, ao longe, no encalço deles.

Veleiros kegarianos. Indo bem na direção deles.

— Não é possível que eles enxerguem a gente a essa distância — afirmou Arelia, mas não pareceu muito certa do que estava falando.

— Estão vindo direto para cá. — O sangue se esvaiu do rosto de Sufiyan. — Não tem mais nada ao redor.

O estômago de Quil embrulhou, do mesmo jeito que fazia quando ele precisava encarar um salão repleto de cortesãos. Mas, ao ver Sufiyan e Arelia encarando os Veleiros nitidamente aterrorizados, ele se forçou a falar com calma.

— Você consegue fazer esse negócio ir mais rápido, Arelia? — perguntou.

— Se eu tivesse passado um tempo mexendo um pouco no motor, talvez... Mas não vi nada além dos manuais.

— Você não vai conseguir ser mais rápida que eles — garantiu a rastreadora, encarando os Veleiros. — Nem se você tivesse dez motores. Me desamarra. Eu posso ajudar.

Sufiyan e Arelia a ignoraram.

— Não vamos conseguir chegar a terra firme — avisou Arelia, analisando a costa.

— Você precisa pular. — A voz de Sufiyan era fria. — Você e Quil. Vou ficar aqui e tentar distrair...

Arelia franziu a testa.

— Isso não tem sentido nenhum. As chances são…

Quil cerrou os punhos enquanto seus amigos discutiam. Eles não conseguiriam fugir. Não tinham como se esconder. Não poderiam nem lutar, porque os kegarianos fariam chover fogo e morte.

— Marcial — chamou a rastreadora, baixo o suficiente para que somente Quil a escutasse. Ela se remexeu, o pânico tomando conta de suas feições. — Eu diria que temos sete minutos antes de eles começarem a nos rodear. Mais três para eles lançarem uma daquelas bombas terríveis na gente. Me solta, eu juro que vou fazer a gente sair dessa. Pode confiar em mim, vou provar a você.

Quil se aproximou dela, receoso.

— Levanta minha camisa, quero que veja uma coisa — pediu ela e, diante da expressão escandalizada de Quil, bufou. — Não é o que você está pensando. Levanta logo!

Quil obedeceu e, ao levantar a peça, sentiu a pele quente dela na ponta dos dedos. Havia um ferimento acima do quadril e era possível notar, através da bandagem, que estava sangrando. Quil fez uma careta.

— Vou cuidar disso depois. — Ela deu uma olhada rápida para uma bolsa presa na cintura. — Solta isso — pediu ela. — Rápido.

Com o peso surpreendente da bolsa, o príncipe entendeu o que havia li dentro.

— Pelos infernos! — exclamou ele. — Quanto…

— São os dez por cento que Elias me pagou para aceitar a missão.

Ela falou com uma intensidade que assustou Quil. Ele não estava acostumado com aquilo. Provavelmente porque pouquíssimas pessoas estavam dispostas a olhá-lo nos olhos durante uma frase inteira.

— Você não me conhece. Já entendi isso — continuou ela. — Mas para e pensa: o pai do Sufiyan é um herói do maldito Império e confiou em mim a ponto de me contratar para esse trabalho. A ponto de me pagar por isso.

Se Quil estendesse a mão e tocasse nela, se soltasse a própria magia da jaula em que a mantinha, ele enxergaria as memórias dela. Em questão de instantes, saberia se ela estava falando a verdade.

Sim, sussurrou a magia dele.

Não, rugiu Quil de volta. Ele não tinha a menor intenção de se meter na mente de ninguém.

— Seu amigo estava certo, eu estou rastreando um assassino. — Sirsha olhou por cima do ombro de Quil, para os Veleiros que se aproximavam cada vez mais rápido. — Elias confiou em mim, porque sabe da minha reputação e porque dei a ele minha palavra.

Quil reprimiu a tristeza ao se dar conta de como Elias devia estar desesperado a ponto de contratar uma rastreadora sem histórico comprovado, vindo de sabe-se lá onde, para caçar o sanguinário que matara seu filho.

— Confia em mim como Elias confiou — insistiu a garota. — Me solta, por favor.

"Não pode esperar que outras pessoas te salvem. Cabe a você salvar os outros."

Às vezes, salvar era sinônimo de lutar, de defender. Mas o instinto lhe dizia que confiasse na rastreadora. Quil cortou as amarras com dois movimentos ágeis da adaga.

Sufiyan olhou para eles.

— O que está fazendo?

— Ela tem um plano — informou Quil. — O que é bem mais do que a gente tem. — Ele se voltou para ela. — Acho que devia nos dizer seu nome.

— Sirsha Westering — revelou ela, e talvez ele estivesse apenas imaginando, mas, quando o olhar dela encontrou o dele, Quil sentiu um leve arrepio, um lampejo de algo no rosto dela que não era puro desprezo. — Rastreadora e indesejada do barco. O prazer é todo de vocês, eu sei. Você — ela apontou para Sufiyan —, tira a camisa. Arelia, desliga o motor. Se parecer que estamos tentando fugir, eles só vão ficar mais furiosos. Dê uma olhada na cabine dos funcionários e veja se encontra algo mais discreto para vestir.

Arelia correu para a cabine, e Sufiyan se despiu, encarando Sirsha com um misto de curiosidade e desconfiança.

— Coloca os remos na água. — Ela direcionou Sufiyan para o banco dos remadores. — Quil — ela olhou para o príncipe —, rasga as mangas da túnica — instruiu ela. — E vira de costas.

— Eu não confio em você o bastante para fazer isso — afirmou ele.

Ela ergueu as sobrancelhas enquanto tirava um embrulho de pano da mochila.

— Então tá — retrucou ela, e começou a arrancar as roupas.

Quil se virou, sentindo as bochechas esquentarem, tentando esquecer a imagem breve, porém poderosa, da pele dela exposta. Um toque metálico ressoou, como sinos de vento. O som não era estranho a ele, embora não conseguisse se lembrar de onde o conhecia. O barco diminuiu a velocidade e, momentos depois, Arelia emergiu da sala de máquinas usando o uniforme azul amassado de uma empregada do palácio. Ao olhar para além de Quil, ficou boquiaberta e, mesmo tentando se segurar, ele se virou.

Sirsha não era mais a rastreadora desleixada que tentara roubar o barco deles. Estava trajando as vestes formais, inconfundíveis e totalmente bordadas, além do cocar feito de correntes de ouro de uma Jaduna.

Naquele momento, Quil entendeu que Sirsha ou era muito mais burra do que parecia ou ainda mais inconsequente.

— Você roubou de uma Jaduna? E como conseguiu sair impune?

— Ninguém rouba uma Jaduna e sobrevive para contar.

Quil pensou que a agitação na voz de Sirsha era medo, mas se deu conta de que era orgulho. Ele entendeu por que a garota parecera familiar. Ela carregava os traços distintivos de seu povo. A certeza no olhar, o caminhar altivo, a confiança de ser a pessoa mais poderosa do lugar.

— Você *é* uma Jaduna — deduziu ele. É lógico. Elias não confiaria em ninguém menos habilidoso para caçar o assassino de Ilar e Ruh. — Por que não se libertou sozinha? Você podia ter arrancado a nossa cabeça.

— A gente tem dois minutos até eles conseguirem nos enxergar direito. Três até pousarem. Não desperdiça o tempo me fazendo pergunta estúpida. — Sirsha ergueu a voz para Sufiyan e Arelia ouvirem. — Sou uma feiticeira Jaduna, viajando de Adisa, onde firmei um contrato. — Você — ela apontou para Arelia — é minha criada e fez um voto de silêncio. Sufiyan, eu te encontrei em Navium depois que o motor do meu barco quebrou. E você, Quil, é meu guarda-costas e lacaio.

Sufiyan sufocou uma risada ao ouvir o príncipe herdeiro sendo rebaixado a "lacaio".

— Não fica esquentadinho — censurou Sirsha enquanto Quil perdia a paciência. — Você é o melhor lutador aqui e, se chegar a esse ponto, vou precisar de você no convés esfaqueando essa gente.

Quil teve dificuldade de esconder tanto a satisfação por Sirsha ter notado sua habilidade em combate quanto o desconforto por ter sido reduzido a um mero assassino.

— Estou confiando em você — advertiu ele. — Não faça eu me arrepender.

— Ah, o riquinho colocou as garrinhas para fora — ronronou Sirsha para ele, o sorriso brilhando na escuridão. — Gostei.

Os kegarianos pairavam logo acima deles, o metal dos Veleiros enormes brilhava. Quil enfiou os punhos cerrados nos bolsos da túnica para esconder a raiva. "Sinto raiva a maior parte do tempo", dissera sua tia certa vez. "Mas isso não quer dizer que preciso demonstrar."

Sirsha se aprumou, o rosto endurecendo nas linhas imperiosas de uma feiticeira Jaduna. De pé atrás dela, ele deu um passo para trás. Os portadores de magia eram lendários. Até a imperatriz lidava com eles com muita cautela, insistindo que Quil aprendesse as complexidades das leis e etiquetas Jaduna para que soubesse lidar de forma adequada.

Cordas caíram do Veleiro e dois soldados kegarianos desceram de rapel, ágeis como acrobatas. Um era magro e tinha cabelos escuros; a outra tinha cabelos claros e sardas no rosto. Eles usavam coletes de couro e braceletes brancos e brilhantes.

Quil tentou não encarar os braceletes, mas, depois de lutar contra os kegarianos na cidade, ele sabia o que eram aqueles objetos: armas que se esticavam e se moviam com vida própria; armas que haviam dilacerado soldados do Império.

— Luz das Torres — Sirsha cumprimentou os kegarianos em ankanês.

Arelia trocou um olhar com Quil. Óbvio que uma Jaduna falaria ankanês, era o idioma principal de todo o Continente do Sul. Tia Helene havia insistido que Quil o falasse fluentemente, e Arelia tinha um talento especial para línguas. *Luz das Torres* não era uma frase desconhecida.

— Que sempre nos guie. — O kegariano de cabelo escuro ergueu as sobrancelhas para Sirsha. — Os Jaduna sempre foram cordiais com os kegarianos. Não sabíamos que seu povo visitava estas águas.

— Estou em uma missão sagrada — anunciou Sirsha. — De natureza urgente. — Ela não disse mais nada e os kegarianos não perguntaram, possivelmente tão desconfortáveis com os Jaduna quanto os Marciais.

— Os Jaduna não têm seu próprio transporte? Por que usar uma embarcação do Império?

— Não vou me justificar para vocês — retrucou Sirsha, devagar, como se conversasse com uma criança. — Nossos povos não interferem nos assuntos um do outro. Por favor, não atrapalhem séculos de tradição.

O kegariano inclinou a cabeça, analisando.

— Você está no meio de uma guerra, Jaduna. Estaria nos meus direitos mantê-la sob custódia até confirmar que você não é uma espiã dos Marciais.

— Você é dono dos mares tanto quanto das terras, kegariano? — retrucou Sirsha e o barco se agitou, como que em resposta.

A outra kegariana parecia inquieta.

— Vocês não têm direitos aqui. — Sirsha deu um passo adiante, aproximando-se do rosto do homem de queixo erguido, uma atitude tão característica de uma feiticeira Jaduna que Quil ficou se perguntando como havia deixado aquilo passar. — E sua *guerra* — ela soltou a palavra com desprezo — já me atrasou o suficiente. Sigam seu caminho. E quem sabe eu não conto a Raani Inashi-fa Ima S'rsha iy R'zwana que você se atreveu a insinuar que uma Jaduna agiria como espiã para qualquer nação.

Pelos infernos. Talvez Sirsha *fosse mesmo* inconsequente. As Raanis eram as Jaduna do mais alto escalão. As seis mulheres lideravam seu povo como uma só. Quil não conseguia imaginar que alguma delas aceitaria de bom grado ter seu nome usado como escudo.

O kegariano deu um passo para trás.

— Para onde seu navio está se dirigindo, honorável Jaduna? — Ele estava agindo de maneira bem mais educada. — Vou providenciar uma escolta para que não seja mais incomodada.

— Nenhuma Jaduna precisa de escolta...

— Ainda assim — insistiu o kegariano com um pouco mais de firmeza na voz —, é meu dever de honra providenciar isso para você. Pelo menos por alguns dias. Revna vai acompanhá-la. — Ele assentiu para a companheira.

O desgraçado tinha criado uma armadilha para Sirsha. Se ela rejeitasse a escolta, ele suspeitaria de que algo estava errado e o disfarce deles cairia por terra. Se aceitasse, ficariam presos com a kegariana em cima deles o tempo todo, provavelmente por semanas.

Sirsha, pelo jeito, estava pensando o mesmo que Quil.

Diga Ankana, rogou Quil, silenciosamente. *Diga que vamos para o sul.*

— Jibaut — respondeu ela, por fim, dando o nome da cidade onde toda a força reserva kegariana estava aguardando ordens.

Maldita garota dos infernos.

— Estou viajando para Jibaut — continuou ela. — E adoraria uma escolta.

15
Sirsha

O rato alado kegariano voou para longe do pequeno paquete Marcial e desapareceu na noite, mas sempre reaparecia por volta do meio-dia. No primeiro dia longe de Navium, Sirsha viu alguns navios piratas se aproximando da costa sul do Império. No terceiro dia, avistou dezenas deles. Ela se preparou para um ataque, mas o Veleiro kegariano que os sobrevoava servia como um aviso. Os piratas mantinham distância.

Eles não eram os únicos. Quil, Sufiyan e Arelia passaram a ignorá-la, ainda irritados porque decidiu levá-los para oeste em vez de sul, como queriam.

Da posição de Sirsha no comando do Effie — como ela passou a chamar a embarcação EF II —, ela podia ver o convés inteiro. Incluindo Quil, que estava consertando uma vela rasgada, e Sufiyan e Arelia, discutindo se os peixes deveriam ser capturados com uma linha ou com a armadilha que a garota havia construído.

Enquanto os observava, uma sensação estranha tomou conta dela, como fumaça preenchendo seu peito.

Culpa.

Ela bufou. Por que, em nome dos céus, deveria se sentir culpada? Se tivesse ouvido Quil e seus amigos, eles teriam ido para o território kegariano. Sirsha teria perdido o rastro da assassina.

Só de pensar nisso, a moeda de juramento queimava, um lembrete de que precisava levar a caçada até o fim.

Resoluta, Sirsha olhou para o oeste. Restavam apenas dez dias de viagem. Decidiu que simplesmente os ignoraria também.

Exceto naquele exato momento, quando Quil se aproximou.

De um jeito um tanto estúpido, ela olhou por cima do ombro. Ele pretendia falar com ela ou tinha outro assunto para resolver daquele lado da embarcação?

— Rastreadora. — Ele parou diante dela, de braços cruzados. A luz do sol atingiu o bracelete no punho dele, ofuscando a visão dela. — Preciso discutir uma questão com você.

Sirsha se recusou a olhar para ele. Para começo de conversa, ele era muito alto. Sirsha tinha pouco mais de um metro e oitenta, mas ainda assim precisou olhar para cima para conseguir encará-lo. Seu corpo, belo, firme e gracioso, parecia lançar uma provocação direta e despreocupada a Sirsha. *Você pode até não gostar de mim, mas tente desviar o olhar. Eu te desafio.*

— Finalmente disposto a conversar, não é? — Ela fungou. — Desculpe, não estou a fim.

— Você disse que Elias te deu uma missão para rastrear um assassino.

Nossa. A voz dele. Grave, acolhedora e segura, na contramão aqueles olhos insondáveis. Sentia um pouco de ódio dele.

— Eu só queria que você me soltasse. Então disse o que foi necessário. — Oito anos sozinha haviam ensinado a Sirsha que era melhor não falar muito de seus trabalhos. Ela não precisava de ninguém tagarelando sobre a missão para os ouvidos errados.

— Por que está se remexendo desse jeito? — Arelia chegou por trás de Quil, olhando Sirsha com desconfiança. — Você não tem piolho, tem? Sufiyan, me diga que você conhece uma boa cura para piolho.

— Raiz de nolgh e asas de besouro da seiva do solo. Fede como esterco de cavalo — replicou Sufiyan enquanto se juntava a Quil do outro lado. — Quem está com piolho?

— Ela...

— Eu *não tenho* piolho — retrucou Sirsha. — Só estou assim, porque...

— Porque está mentindo — declarou Quil. — Elias *te deu* uma missão para caçar um assassino.

— O que isso tem a ver com vocês?

Sufiyan pareceu surpreso, depois desolado.

— Meu irmão foi assassinado. — A voz dele estava terrivelmente apática. — Meu irmão mais novo. Ele foi a primeira vítima.

Fez-se um longo silêncio, e Sirsha disse a si mesma para contar até três antes de falar, em vez de meter os pés pelas mãos.

— Sinto muito — expressou ela. — Elias não falou disso. — Ela suspirou. Eles já sabiam, era mais fácil admitir tudo. — Ele me contratou para caçar quem fez isso. Não me disse que o filho foi morto. Nem que o assassino tinha uma natureza mágica.

Sirsha percebeu a surpresa em seus rostos.

— Vocês também não sabiam.

— Você caça magia, então — considerou Quil. — Como? Você consegue… sentir isso nas pessoas?

— Não é bem assim — respondeu Sirsha. — Não importa. Eu não *deveria* caçar seres com magia. Isso é para os Jaduna. É proibido para mim e, se descobrirem que eu aceitei essa missão…

— Pensei que você fosse uma Jaduna — comentou Arelia, que felizmente não estava mais olhando para Sirsha como se ela tivesse piolho.

— Não mais. — Sirsha tentou soar como se essa não fosse uma perda que ela havia passado oito anos lamentando.

— Por que está indo para Jibaut? — questionou Quil. — Acha que o assassino está lá?

— Pode ser que sim — disse Sirsha. O mar estava silencioso desde que deixaram Navium. O único jeito de saber se a assassina estava em Jibaut era identificando o rastro dela no local. — Mas tenho um amigo lá. Espero que ele possa ajudar.

— O livreiro — lembrou Quil.

— Não deixa ele ouvir isso. — Sirsha fez uma careta, imaginando a reação de Kade. — Ele negocia manuscritos raros e únicos, encantamentos, objetos mágicos e informações. A parte menos importante do que ele negocia são os livros. Se tem alguém cometendo assassinatos perto de Devan ou Odista, Kade saberá.

E, assim, talvez Sirsha pudesse ter uma ideia melhor do que estava caçando, afinal de contas. Um espectro ou, quem sabe, um efrit já amaldiçoado ou enfeitiçado. Duvidava que fosse um djinn, porque eles costumavam dar um jeito nos próprios transgressores, mas essa possibilidade não era carta fora do baralho.

O que quer que fosse, ela precisava descobrir. Para capturar uma entidade mágica, era necessário entender suas fraquezas. Tentar capturar um monstro sem conseguir identificá-lo era como tentar lançar uma flecha pendurado de cabeça para baixo em uma árvore, depois de ter levado uns tapas na cara.

Quil pigarreou e analisou Sirsha, pensativo.

— Obrigado por nos contar.

Sufiyan e Arelia assentiram, e Sirsha suspeitou que, qualquer coisa que Quil dissesse a seguir, ele já teria conversado com os demais.

— Vamos viajar juntos por pelo menos mais uma semana e meia. Achei que seria bom estarmos em paz.

Sirsha sorriu, hesitante.

— Uma trégua, então.

Ele estendeu a mão. Sirsha queria apertá-la com firmeza para selar o acordo. Mas, quando seus dedos tocaram os dele, uma faísca se acendeu entre os dois e ela perdeu o fôlego.

Surpresa, ela ficou um pouco boquiaberta. O olhar de Quil vacilou na direção dos lábios de Sirsha até encontrar o dela, deixando transparecer alguma emoção inescrutável.

— Trégua — retorquiu ele, e então soltou a mão dela e foi embora.

Depois disso, os ânimos no paquete se acalmaram. Sufiyan fez um chá para a câimbra de Sirsha e compartilhou remédios para dor de cabeça e músculos doloridos. Arelia falou sobre motores mehbahneses com entusiasmo e detalhes incompreensíveis.

Os dois, pelo menos, estavam relativamente tranquilos perto dela. Quil, por sua vez, já era um osso mais duro de roer.

Mesmo tendo sido ele quem sugeriu a trégua, Quil não falou muito com Sirsha. Quando ela tentava conversar, ele respondia com variações de "só um instante", "me dá licença um minutinho" ou "desculpa, preciso dar uma olhada na vela". Em resumo, a mensagem era bastante educada e direta: "Não encha meu saco."

No momento, ele estava na outra ponta do barco, o mais longe possível sem se jogar no mar. Enquanto Sirsha cuidava do leme, ele passou a maior parte da manhã cuidando de um molinete que a tempestade havia danificado. O dia não estava quente demais, mas ele havia tirado a camisa.

O que Sirsha não achou necessariamente ruim. Só a deixava distraída. Toda aquela pele exposta. O Marcial tinha um belo físico, e Sirsha era uma pessoa dedicada à admiração da beleza.

Ainda assim, ela tentou conter os olhares. Pelo menos, na maior parte do tempo. Quando o fitou, ela percebeu que ele havia deixado as ferramentas no chão e estava analisando algo na mão. Poderia ser uma arma que ele pretendia afiar e usar para atacá-la. Poderia ser um poema que ele havia escrito para dizer como ela era uma víbora traiçoeira.

Não que ela se importasse com o que ele pensava.

Sirsha olhou para o ponto quase invisível acima deles. Sua escolta kegariana se manteve contida, nunca baixava a altitude nem se comunicava com eles. Ainda bem. Sirsha pensou que precisaria amarrar Quil se aquela monstrenga resolvesse descer. Toda vez que ele olhava para ela lá no alto, dava para ver a ira exalando dele.

Mas ele a reprimia. O modo como Quil disfarçava os sentimentos, sufocando-os até morrerem, era fascinante.

— Rastreadora.

A garota deu um sobressalto.

— Desculpe se a assustei — disse Quil, e ela ficou um pouco decepcionada ao ver que ele estava vestido. Tão perto assim, dava para ver que a pele marrom-clara tinha sardas por causa do sol e o cabelo escuro, reflexos dourados. — Vamos chegar a Jibaut amanhã?

— Eu tenho nome, sabe. — Ela tentou encará-lo bem nos olhos, mas, como sempre, ele desviou o olhar, sem querer mostrar o quanto ela o irritava.

— Sirsha — soltou ele em voz baixa, quase paciente, e havia algo diferente no *jeito* que ele dizia o nome dela, rouco e íntimo mesmo sem querer, que a fez desejar ouvi-lo de novo. — Chegaremos a Jibaut amanhã?

— Devemos chegar à noite.

Ela observou o pergaminho que ele segurava. Então era para isso que estava olhando. Quil o guardou rapidamente.

— O que é isso?

Ele balançou a cabeça e fitou a escolta, enrijecendo o maxilar.

— Nada de bom.

Quil desapareceu nos aposentos da tripulação logo depois, sem dúvida para encontrar Sufiyan e Arelia.

Sirsha sorriu. Ainda havia terra na madeira do paquete e sua magia sempre a permitia ouvir esse elemento com mais nitidez. No meio das cidades ou através de longas distâncias, era difícil espionar usando sua habilidade ou, no mínimo, levava muito tempo. Mas em um barco, sem outras conversas por perto? Era moleza.

— … vamos fazer quando chegarmos a Jibaut? Ir para o sul? Voltar? — perguntava Sufiyan.

— Não sei — retrucou Quil. — Eu… Vamos ver o que diz isso aqui, aí a gente decide.

— Me dá isso aqui — ordenou Arelia. — Só para o caso de ter sido manipulado ou envenenado.

— Eu abro — declarou Sufiyan. — Se alguém aqui merece ser envenenado, sou eu.

— Sufiyan. — O tom de voz em geral pragmático de Arelia soou surpreendentemente gentil. — Isso não é verdade.

— Não foi um convite para conversar sobre meus sentimentos. — Ouviu-se o *crec* de um selo se partindo. — Olha só, não morri.

Silêncio. Alguém soltou um arquejo. Quil cambaleou para o convés e vomitou por cima da amurada da embarcação. A princípio, ela achou que ele havia sido envenenado. Até Arelia ler a mensagem que ele derrubara.

Navium caiu. Silas corre perigo. Serra e Antium sob ataque. Inundações na primavera. O Açougueiro vive, o Órfão ruge. Morte no leste, norte e sul. Procuram por você. Encontre-o. Fique longe. Fique vivo. — TH

Dava para entender parte do recado, mas o restante estava codificado. Sirsha não prestava atenção em política ou fofocas Marciais, mas Elias Veturius e o filho dele eram herdeiros de um gens poderoso. Eles deviam ter amigos poderosos. Quil devia ser filho de um oficial militar de alto escalão ou de um embaixador.

Ou ele poderia ser um espião.

Ela o observou. Espião era bem provável. Explicaria por que controlava os próprios sentimentos com maestria.

Ainda que não estivesse fazendo isso no momento. Ele parecia estranhamente vulnerável com as costas curvadas, os antebraços apoiados na amurada do paquete e o vento do mar bagunçando o cabelo escuro. Parecia estar carregando nos ombros um peso enorme que ninguém mais podia enxergar.

— Aqui. — Sirsha ofereceu a ele um pedaço de algo que parecia canela. — É lilângia — explicou ela. — Para aliviar a náusea.

Ele aceitou e pareceu ligeiramente menos enjoado depois de mastigar um pouco. O vento bagunçava o cabelo de Sirsha, soltando-o do coque em que estava preso. Seu olhar recaiu no bracelete dele, um medalhão amarrado com firmeza em couro preto, um sol dourado contra lápis-lazúli. Esse acessório e um anel de prata no dedo médio eram os únicos adornos que ele usava.

Sirsha tentou senti-lo com magia. Algo naquele bracelete estava falando com ela, tinha uma aura. Ela olhou para Quil, calculando que seria fácil roubá-lo dele. Kade havia ensinado o básico anos antes. Ela ergueu a mão para tocar o pulso de Quil como se quisesse reconfortá-lo...

Ele afastou o braço para longe dela.

— Espero que não esteja pensando em roubar isto. — O tom de Quil era mais pensativo do que acusatório, mas Sirsha se sentiu como uma criança repreendida.

Sentiu o rosto ficar quente de vergonha.

— Espero que não esteja me acusando de algo impróprio. Não é porque esse bracelete é precioso pra você que eu dou a mínima pra ele.

Ela esperou que ele se afastasse e fosse procurar outra coisa para fazer, como acontecia quando trocavam mais de duas palavras. Em vez disso, ele a encarou por um tempo, o suficiente para fazer a expressão zangada desvanecer do rosto dela. O suficiente para que ela quisesse desviar o olhar e descobrir que não conseguia, presa na repentina tempestade de sentimentos nos olhos dele, que desapareceu quase tão rápido quanto surgiu.

Ele deu um passo na direção dela, mas não havia raiva em seu rosto. Só curiosidade.

— Por que você faz isso? — Ele pareceu diferente, cuidadoso. Quase gentil. — Distrair. Desviar.

Ela enfiou as mãos nos bolsos, acanhada pela facilidade com a qual ele conseguia interpretá-la.

— Por que guarda tanta raiva se você se sentiria muito melhor extravasando?

— Porque eu sei me controlar.

— Ou — arriscou ela — porque você morre de medo de sentir e de ter que *tomar alguma atitude* em relação a isso. E você tem medo de *agir* e acabar tomando a atitude errada. Agora, se me der licença, Effie precisa de atenção.

— Effie? — Ele fez uma expressão confusa. — Quem...?

— O barco — falou Sirsha, como se ele fosse uma criança. — *EF dois.*

— Não é isso... — Uma tristeza tomou conta dele. — Não é isso que EF quer dizer.

Bom, então quer dizer o quê?

Ela não perguntou. Em vez disso, deu as costas e se afastou, com a certeza de que o havia frustrado outra vez.

Para sua surpresa, isso não a deixou nem um pouco contente.

Na manhã seguinte, a linha verdejante do Continente do Sul surgiu no horizonte a oeste e foi ficando cada vez maior e mais verde, até que a cidade de Jibaut estivesse diante deles. A estranha miscelânea de construções de madeira parecia murchar sob a chuva forte que começou quando ainda estavam em alto-mar.

A tempestade era terrível, mas pelo menos atenuava o fedor de esgoto que impregnava o porto. Jibaut era uma cidade nova, que havia prosperado por acaso. Apenas vinte anos antes, era um centro de comércio de peles para os karkauns. Mas desde que aqueles babacas atacaram o Império e foram derrotados pela Imperatriz Helene, eles se retiraram dali e nenhuma nação reivindicou o local.

Apesar do mau cheiro, Sirsha amava Jibaut. Ela amava que o lugar estivesse em constante mudança e costumasse refletir qual gangue ou família era mais forte no momento. Amava a maneira como os limites da cidade desapareciam nas colinas cobertas de neblina e repletas de pinheiros. Amava o fato de, durante o dia, Jibaut parecer abatida, mas à noite, com as lamparinas acesas e as facas reluzindo, a verdadeira vida da cidade resplandecer.

Mas o que ela mais gostava nessa cidadezinha suja era que, ao contrário do resto do sul, os Jaduna odiavam visitá-la. Por isso era o lugar perfeito para descobrir mais sobre a assassina que ela caçava.

Isso se Kade ainda estivesse na cidade, óbvio. Havia uma cratera na muralha externa de Jibaut e um setor das docas havia sido destruído, ficando coberto por mastros estilhaçados de navios meio afundados. A cidade não havia escapado ilesa da violência dos kegarianos. No topo de um edifício alto de telhas de madeira no centro da cidade, tremulava uma bandeira branca. Estava anoitecendo, e muitos dos edifícios que deveriam estar iluminados permaneceram escuros. Ou uma grande quantidade de moradores de Jibaut havia fugido, ou estavam escondidos.

Sirsha contava com o fato de que Kade havia batalhado demais e sacrificado muito por seu negócio, por isso não o deixaria. Ele estaria ali, ela só precisava encontrá-lo.

A Jaduna estava ansiosa para se afastar da pequena tripulação. Não que ela não gostasse deles, pelo contrário. Os três tinham estabelecido com ela uma camaradagem tranquila que Sufiyan e Arelia, pelo menos, facilitaram.

Mas esse mesmo afeto a deixava nervosa. Sirsha desejava esse sentimento. Precisava dele, até. Mas era uma rastreadora, e rastreadores precisavam se mover de um jeito rápido e autocentrado, sem pensar em nada além do objeto de sua caça.

Tendo chegado a Jibaut, a caçada recomeçou.

Enquanto Sufiyan manobrava o barco no cais, Quil apareceu. Ele usava um uniforme escuro e uma armadura de couro simples que havia encontrado armazenados no paquete. O capuz cobria grande parte de seu rosto, mas enquanto ele olhava para o céu, repleto de Veleiros kegarianos, as gotas da chuva escorriam pela linha firme de seu maxilar.

— Onde ela está? — Sirsha olhou para os Veleiros. — Todos eles parecem iguais.

Quil acenou para um ponto distante, ao norte.

— Ela mudou de direção faz uma meia hora — respondeu ele, a mão firme na cimitarra. — Pena que não se despediu primeiro.

Sirsha tirou a mão dele da cimitarra com um toque suave.

— Não chama atenção para isso. — Ela acenou para os kegarianos nos coletes de voo azuis, passando em meio aos poucos trabalhadores do cais que levavam a carga no meio da chuva torrencial. — Aqueles porcos voadores não farão prisioneiros.

— Você nos salvou quando saímos de Navium — admitiu Quil, e Sirsha olhou para ele, surpresa. Ele estava analisando a cidade, identificando os danos causados pelos kegarianos. — Sejam quais forem seus motivos, se tivéssemos rumado para o sul, provavelmente estaríamos mortos. Ou presos. Obrigado.

Já tinha passado da hora de reconhecer. Ela quase disse isso, mas se segurou no último instante. Ele estava sendo sincero, ela não ia morrer se retribuísse a gentileza.

— De nada.

O barco mareou ao chegar ao cais, e Sirsha perdeu o equilíbrio, agarrando-se ao braço de Quil. O cheiro almiscarado que ele exalava invadiu o olfato dela, que logo se afastou. Enquanto ajeitava a mochila, ela o fitou. Os olhos castanhos dele ainda estavam cautelosos, mas de um jeito mais ameno do que nas semanas anteriores. Sirsha queria saber o que ele estava pensando. Ou que ele tivesse conversado mais com ela. Ela queria...

A prancha pousou com um baque no cais quando Arelia a desenganchou.

— Então a gente se despede aqui. — Sirsha se afastou rapidamente. — Boa sorte em Ankana.

Ela não esperou a resposta dele. Em instantes, estava descendo pela prancha e se perdendo por entre os karkauns pintados de azul e os habitantes de Marinn em roupas de pele, os kegarianos de feições severas e os devaneses em trajes verdes. Ela se obrigou a afugentar qualquer pensamento sobre o garoto rico e a voz dele, seu corpo ou o calor da sua pele sob a mão dela.

Enquanto caminhava, ela se empertigou, jogou o cabelo para trás e encarou de volta qualquer um que ousasse olhar para ela com desdém. A única maneira de sobreviver a Jibaut era demonstrando ser mais inteligente, mais cruel e mais habilidosa com uma arma do que qualquer outra pessoa, e garantir que todos soubessem disso.

Por isso era uma pena que, naquele momento, Sirsha sentisse uma presença tão opressiva, como se uma mão enorme pressionasse sua cabeça. Seu passo vacilou e ela olhou em volta, à procura de um lugar em que pudesse se esconder e se recompor. Mas a multidão se fechava ao redor dela, mesmo quando o solo gritou para avisar que um monstro havia caminhado por aquelas ruas e deixado rachaduras nos ossos da terra.

Alguém tocou sua mochila e, apesar de estar desorientada, o instinto a fez se virar, com as armas afiadas em mão, rosnando para espantar o ladrão.

O criminoso logo recuou, mas haveria outros. Ela precisava de abrigo. Rápido.

Depois de passar pela rua principal, Sirsha caminhou aos tropeços por uma rua lateral, apoiando-se em uma parede para recuperar o fôlego. Ela não tinha certeza de quanto tempo ficou esperando para controlar a respiração, até que a sensação horrível cessasse. Mas o terrível mal-estar permanecia, um zumbido constante que a deixava enjoada. Ela sabia que deveria procurar pela presença dos Jaduna, por mais improvável que fosse. Mas estava fazendo o possível para permanecer de pé.

Sirsha olhou em volta, na esperança de identificar uma trilha em algum lugar, forte como se tivesse sido pintada com sangue. Mas não havia nada.

Ela pulou de susto quando sentiu algo roçar em sua perna, mas era apenas um gato, marrom e branco, com uma cicatriz em um olho, marca de alguma batalha antiga. Sirsha se ajoelhou e acariciou a cabeça peluda da criatura. Ele se esfregou na mão dela, ronronando.

Sirsha se forçou a se recompor, porque não estaria segura na rua por muito tempo. Ainda mais se alguém a tivesse seguido desde o cais. O lugar onde Kade morava ficava do outro lado da cidade.

Ela correu por um beco, examinando os tijolos dos prédios de cada lado, as janelas vazias. A presença da assassina havia sugado tanto suas energias que ela lutou para conseguir evocar a própria magia. Mas não precisava de magia para saber que havia algo de muito errado com a cidade.

Quase no fim da rua, quando sentiu um formigamento na nuca, ela parou e se virou.

O gato ainda a observava, o olho brilhando nas sombras. Mas a rua atrás dela parecia vazia, então Sirsha continuou seu caminho.

16
Aiz

O Oceano do Sul estava tão agitado e furioso que, naquelas condições, o navio ankanês não deveria ser nada além de pedaços de tábuas no fundo do mar. No entanto, ele rumava firme e forte para o sul, navegando nas ondas coléricas como pilotos de Veleiros navegavam nos ventos de uma nevasca.

Aiz fixou o olhar no horizonte sul, aceitando a umidade no rosto e o vento que emaranhava seu cabelo. A capitã do navio a conduzira a seus aposentos, entregando-lhe sabão e um balde de água para se lavar, além de roupas limpas. Kegar havia ficado para trás. Ela precisava determinar o que viria adiante.

— Você tem o ritmo do mar.

A vidente falou ao lado dela, ainda em suas vestes verde-escuras. Aiz deu um passo para trás, ressabiada.

— Eu sou Dolbra. — A vidente inclinou a cabeça. — Prometemos a Cero que a levaríamos para onde você quisesse depois de contornarmos o Cabo Timdra, amanhã. Pense bem, porque uma vez que você decidir, não mudaremos o curso.

Aiz esperava lutar contra Tiral, não fugir de Kegar. Mas a vontade de Madre Div a colocara em outro caminho, e ela ainda não conseguia entendê-lo muito bem. Talvez Aiz não estivesse pronta para enfrentar Tiral. Era possível que Madre Div preferisse um oponente digno para seu inimigo, e essa não era Aiz. Ainda não.

— Por que decidiu me ajudar? — Aiz tentou ganhar tempo. Se havia aprendido uma coisa com os Nove Contos Sagrados, era que Madre Div comunicava sua vontade de inúmeras maneiras. Fosse por meio de visões, lógico, mas também por meio de sinais. Só era necessário saber interpretá-los.

Dolbra segurou a grade enquanto o navio atingia a crista de uma grande onda e água respingava no convés. Os ossos dos nós dos dedos pressionavam a pele. Por um momento, dentro do capuz, a vidente pareceu quase cadavérica.

Ao redor, o estranho silêncio da embarcação se intensificou.

— Eu vi você — sussurrou Dolbra.

— Me viu onde? — indagou Aiz.

— Eles não devem ouvir. — O olhar de Dolbra percorreu seus compatriotas que estavam por todos os cantos do barco. — Eles não devem saber, porque nosso povo deve permanecer neutro em qualquer assunto. Mas você apareceu nas minhas visões, Aiz bet-Dafra. Você agarrou um vento antigo e o engoliu. Ele floresceu do seu peito e tomou a forma de uma mulher com as mãos erguidas. De sua clériga, Div.

— Seu povo — disse Aiz —, vocês conhecem Madre Div?

Dolbra assentiu.

— Ela nos visitou séculos atrás. Muito do que disse se perdeu, mas ela falou dos Nove Contos Sagrados. Ela não é uma figura sagrada para o nosso povo, mas é respeitada, porque conhecia o poder da clarividência. Olha…

Dolbra gesticulou para uma estrela brilhando baixo no horizonte.

— Essa é a Malitha, que se ergue para o renascimento e para a destruição — explicou ela, antes de traçar uma linha invisível até outra estrela. — E, quando está alinhada com a Jiragh, isso indica um retorno. Uma mudança.

Um arrepio percorreu os braços de Aiz. Havia sido uma estrela que levara Madre Div a uma nova terra natal, muito tempo antes: a Estrela da Tarde.

— Mas vejo outras estrelas. — Dolbra suspirou. — Nos sonhos, videntes mergulham para além do que enxerga o olho humano e para o empírico. Lá, emergem constelações que existem fora do nosso firmamento. — A vidente se aproximou de Aiz. — O Ceifador já se levantou uma vez, mais de mil anos atrás. Ele se levanta outra vez. Quando olho para você, vejo…

— Vidente Sagrada.

Aiz se assustou, estava tão atenta às palavras de Dolbra que não tinha percebido a capitã do barco se aproximando. Era pequena, tinha cabelos claros e olhar firme.

— Vidente Sagrada, é hora da prece do pôr do sol. — A capitã colocou a mão no ombro da vidente. — A tripulação está aguardando.

Com o toque da mulher, Dolbra pareceu sair de um transe. Ela se aproximou do restante da tripulação e, juntos, eles inclinaram a cabeça em direção ao céu enquanto a vidente entoava um cântico. Por um instante, enquanto todos os demais olhavam as estrelas, Dolbra parecia olhar para Aiz, do outro lado do navio.

Seu olhar estava fixo na garota kegariana. Assombrado.

Aiz se perguntou o que Dolbra teria visto.

Naquela noite, Aiz pegou o livro que havia roubado de Tiral.

Estava escrito em ankanês, e ela já havia lido inteiro uma vez. As histórias pareciam simples: "O demônio no casamento", "A tempestade e o contador de histórias", "O homem sábio e sua filha obediente", "O dragão da inteligência e da astúcia". O tipo de história que contavam às crianças para garantir que teriam juízo.

Certas palavras rodeavam sua mente: *Demônio. Crepúsculo. Vento. Norte. Canção.*

Tiral não teria tanto apego a esse livro se ele não tivesse importância alguma. Havia uma mensagem nessas palavras, e Aiz estava determinada a encontrá-la.

Ela terminou uma das histórias de que havia gostado, sobre um monstro que invade um casamento. O cenário por si só tinha sido bastante fantástico: as descrições da iluminação e da comida, do vestido da noiva, bordado para refletir os tons de roxo e azul vívidos do céu do deserto.

Aiz virou a página e deparou-se com um novo título:

O Invólucro da Fonte

Espantada, Aiz encarou as palavras. Já tinha lido o livro três vezes a essa altura, mas nunca viu aquela história. Ali, no primeiro parágrafo, aparecia o nome de Div.

Juntem-se, juntem-se e ouçam bem, pois a voz de Madre Div não deve ser esquecida. Ouçam-na no vento que se agita em seu sangue. Não a deixem cair no esquecimento, pois ela não se esqueceu de vocês.

Não, o texto certamente não estava no livro antes, do contrário Aiz já o teria memorizado. Quase sem perceber, ela devorou metade da história. Exceto pelo começo incomum, parecia espelhar o Primeiro Conto Sagrado quase completamente. A calamidade além-mar. A busca desesperada de Div por uma terra natal. As estrelas levando-a até o vale ao sopé das Torres, onde ela acomodou seu povo.

Mas o Primeiro Conto Sagrado terminava no claustro, com Div cuidando dos animais e dos órfãos, e jurando que um dia os kegarianos retornariam à sua terra natal. No livro, a história continuava.

Com o tempo, Div sentiu o chamado do vento novamente. Ela deixou Kegar e o fardo do comando para seus três filhos, Oona, Ghaz e Hiwa. Ela caminhou desarmada seguindo a direção do vento e deixou que ele a carregasse para terras desconhecidas, muito além das Torres de Kegar.

Formou alianças com Videntes de Ankana e kins Jaduna, Fantasmas de Karkaus e Senhores do Sol de Firan. Mas o vento ainda a puxava, até que um dia ela encontrou a traição e o encarceramento na forma das presas de um gigante. Div chorou, pois nenhuma criatura dotada de pelo ou pena ousava sequer pisar perto de sua prisão. A chuva não chegava àquele vazio ressequido, nenhum vento soprava ali para refrescar o ar estagnado.

Ali, em um lugar de morte sem fim, o espírito de Madre Div permanece, preso enquanto ela espera que alguém de seu Sangue a liberte. Só então ela pode retornar no corpo do Tel Ilessi, o Invólucro Sagrado. E Tel Ilessi guiará seu povo de volta à terra natal de onde fugiram, há tanto tempo.

O livro caiu das mãos de Aiz, pousando com um baque seco no convés. Ela fechou os olhos, sem acreditar no que havia lido.

Os clérigos nunca falavam da morte de Div. Apenas da passagem de governo para os três primeiros Triarcas, seus filhos. Aiz tinha ouvido a história de que Div deixara Kegar uma vez.

"Mais boatos do que fatos", dissera a Irmã Noa. "Div era dedicada ao seu povo."

Mas isso não significava que a história era mentira. O texto tinha o estilo de um Conto Sagrado.

Aizzzzz.

A voz... Aiz soube no mesmo instante que era a voz de Div. Virou-se, desesperada para ver a aparição da Santa Clériga e perguntar se a história era verdadeira.

Mas a voz estava diferente daquela que ouvira na prisão. Mais distante.

Ajude-me, filha. Encontre-me. Liberte-me e eu lhe darei poder muito além do que você poderia sonhar. Poder para fazer qualquer coisa. Poder para salvar seu povo.

— Poder — sussurrou Aiz. — O poder de controlar o vento?

Sim. Você tem a habilidade, só precisa dominá-la. Controlar o vento é só o começo, eu posso lhe dar mais do que isso. Qualquer poder que você tenha, eu o multiplicarei por cem.

— Você pode... pode me ajudar a destruir Tiral?

Como se ele nunca tivesse existido. Mas primeiro você deve me libertar. A jornada será difícil, Aiz. Haverá um grande sacrifício.

— Que... tipo de sacrifício?

Pode ser que precise trocar poucos pelo bem de muitos. É possível que deseje voltar atrás. Mas, se seguir o curso que designei a você, os pobres e miseráveis de Kegar nunca mais sofrerão.

— Sim — concordou Aiz, que conseguia enxergar tudo. Noa, Olnas e Hani enfim livres. O claustro prosperando, os órfãos alimentados. E ela, Aiz, seria a razão de tudo isso. — Diga-me o que fazer, Madre Div.

Leia a história. Encontre-me. Ninguém poderá nos deter, criança.

A voz de Madre Div esvaneceu e Aiz releu a passagem. *Um lugar de morte sem fim.* Aiz nunca tinha ouvido falar de um lugar desses, mas ela nunca tinha saído de Kegar. Dolbra poderia saber, ou a capitã do navio, que era muito viajada.

Algo ocorreu a ela: a visão da vidente. "Você agarrou um vento antigo e o engoliu." Aiz viu Hani na escuridão do Tohr perguntando por que havia Nove Contos Sagrados. "Madre Div sussurrou o Nono Conto Sagrado para o vento em um lugar distante. Quando o vento der a volta na terra e retornar a Kegar, nós enfim o ouviremos. Essa revelação anunciará o Retorno à nossa terra natal."

Seria esse o Nono Conto Sagrado?

Aiz virou as páginas e voltou para a capa do livro. Havia números e letras inscritos ali. 1006DI. Só dezenove anos antes. Mil e seis anos após o cataclismo que expulsou o povo de Aiz de sua terra natal. Abaixo da data, estava o nome da autora.

Se aquele *fosse* o Nono Conto Sagrado, ele havia sido registrado por uma estrangeira: *Laia de Serra.*

Aiz quase vibrou de empolgação. Era o sinal que ela estava buscando. O livro não era antigo, então Laia de Serra ainda poderia estar viva. Se estivesse, Aiz a encontraria para saber como ela havia descoberto o conto. Ela encontraria a prisão, libertaria Madre Div e provaria seu valor.

E então se tornaria algo além de uma pobre Narceja das sarjetas, fadada a morrer de frio e fome, valendo menos do que nada.

A garota correu para o convés, o livro embrulhado na capa protetora e junto ao corpo.

Quando chegou, o dia amanhecia em uma explosão repentina e brilhante no céu a leste, mais bonito do que nunca depois da chuva que acompanhava o grupo desde Kegar. Mais adiante, gotículas subiam no ar conforme o oceano quebrava contra os altos penhascos brancos do Cabo Timdra.

Dolbra estava no convés, cantando as preces do amanhecer. Sua voz estava baixa, em uma cadência ritmada como o chamado triste de uma ave marinha, a maré em um acorde mais baixo. Aiz esperou até que ela terminasse para começar a falar:

— Serra — expressou Aiz. — Eu desejo ir para Serra.

Dolbra ergueu as sobrancelhas, surpresa.

— Para o Império Marcial? Por quê?

Na verdade, Aiz sabia pouco a respeito dos Marciais. De acordo com os clérigos, Ankana considerava o Império uma sociedade atrasada, pois não fazia muito tempo que os Marciais haviam libertado seus escravizados, e ainda entendiam os dona'i — aqueles que não se identificavam como gênero masculino ou feminino, mas que haviam transcendido essa lógica — como aberrações.

Aiz endireitou a postura. Ela aprenderia o que fosse necessário.

— Estou em uma missão sagrada — explanou ela. — De suma importância. Preciso encontrar uma pessoa em Serra. — Ela pegou o livro de Tiral, a pele formigando com a maciez da capa. — Este livro tem uma história que pode ser importante para o meu povo. A autora é uma pessoa chamada Laia de Serra. Só ela pode me contar mais sobre o que está escrito, se ainda estiver viva.

A vidente observou Aiz, pensativa.

— Laia de Serra não mora em Serra — anunciou ela. — Ela é uma kehanni, uma contadora e guardiã de histórias da tribo Saif, das terras tribais, um vasto deserto a leste do Império Marcial. Se deseja encontrá-la, deve desembarcar em Sadh. Alguém de lá poderá fornecer mais informações sobre o paradeiro dela.

— Então é para lá que desejo ir — afirmou Aiz. — Sadh.

— Avisarei à capitã. — De punhos cerrados, a vidente olhou para o livro. — Cuidado, filha de Kegar. — Sua voz soava baixa outra vez, como se temesse ser ouvida, mas seus olhos brilhavam. — O que você carrega — ela levou a mão ao peito — é poderoso. Mas também projeta uma sombra.

Aiz olhou para o livro. Ela havia sentido certo desconforto ao lê-lo, como se algumas das palavras se alojassem no cérebro como pequenas farpas.

É mesmo *poderoso, criança*, sussurrou Madre Div, e havia um tremor em seu tom, algo como impaciência. *Apenas os fracos temem o poder.*

— Nem todas as sombras são ruins, vidente. — Aiz se lembrou da escuridão do Tohr. — Sem elas, não há luz.

Quatro semanas após a embarcação ankanesa contornar o Cabo Timdra, Aiz acordou sentindo cheiro de terra em vez de mar. A barcaça colidia preguiçosamente junto ao cais.

Levando os escassos pertences nas costas, ela chegou ao convés e foi logo atingida por uma rajada de ar quente e pelo sol escaldante. Haviam chegado a Sadh.

A princípio, Aiz estava confusa com o calor, mas percebeu que as estações estavam invertidas: em Kegar, era o início da primavera, e em Sadh, do outono. Esse era só o começo das diferenças entre os dois lugares.

Se Kegar existia em tons de obsidiana e cinza, Sadh se apresentava em tons suaves de umbra e marrom, o que deixava o azul do céu e as paredes brancas das casas ainda mais vívidos. A cidade inteira parecia se mover ao mesmo tempo: cortinas roxas e vermelhas ondulavam das janelas abertas, nuvens de poeira com cheiro de verniz permeavam o ar com as caravanas coloridas que serpenteavam rumo ao deserto, o porto estava repleto de pessoas e de animais, polias de madeira rangiam com o peso de caixotes enormes.

Aiz queria mostrar tudo aquilo a Cero. A Noa. Queria que pudessem escutar aquela cacofonia de conversas, risadas e agitação. Aiz não tinha percebido, até ouvir aqueles sons, que havia tantos tons de alegria em Sadh quanto de sofrimento nas favelas de Kegar. Uma onda de amargura turvou a admiração. Hani, Jak e Finh não tinham momentos de alegria como aqueles. Não, seu povo estava condenado à miséria.

Mas não seria para sempre. Não se Aiz encontrasse Laia de Serra e, com a ajuda dela, libertasse o espírito de Madre Div.

— Aiz bet-Dafra — chamou Dolbra atrás da garota, gesticulando para a prancha. — Nossa promessa foi cumprida. Sua montaria a aguarda. Dei a você minha própria sela. — Ela acenou para uma rampa mais baixa, onde um dos tripulantes ankaneses conduzia Tregan até o cais.

— Obrigada por tudo que me ensinou — agradeceu Aiz, porque Dolbra havia passado informações úteis sobre as tribos. — Quem sabe eu a vejo novamente um dia.

— Se precisar de mim, encontre um de meus companheiros videntes e pergunte por Dolbra. Eles conhecem meu nome. *Emifal Firdaant.* — A vidente ofereceu as tradicionais palavras ankanesas de despedida. "Que a morte me leve primeiro."

Aiz se aproximou de Tregan, que parecia tão feliz quanto ela própria por finalmente estar em terra firme. Elas avançaram juntas pelo longo cais e se mesclaram à multidão do porto, mas Aiz ainda sentia como se o chão oscilasse sob seus pés.

As pessoas abriam passagem, mas algumas faziam questão de dar uma segunda olhada em Aiz. Provavelmente porque seu cabelo castanho embaraçado estava penteado no estilo kegariano, os longos fios presos em coques trançados. As roupas que havia ganhado dos ankaneses pareciam puídas até mesmo em comparação ao traje tribal mais singelo.

Uma mulher tribal graciosa e vestida de escarlate se aproximou. Aiz ficou boquiaberta com a calça de lantejoulas que usava e o lenço repleto de joias enrolado no cabelo. Devia ser rica para usar uma roupa bonita como aquela.

Ou talvez tal elegância fosse comum por ali. À distância, outra mulher usando trajes idênticos cumprimentou um grupo de passageiros desembarcando de um navio.

A primeira mulher olhou por cima do ombro de Aiz na direção da embarcação ankanesa.

— Eu sou Neita, da tribo Sadh — apresentou-se a mulher em ankanês com um forte sotaque. — Bem-vinda à nossa cidade. Estou aqui para ajudá-la, como minha tribo ajuda todos os recém-chegados. O que posso fazer por você?

— Preciso de roupas — respondeu Aiz. — Um lugar para repousar minha montaria. — Ela olhou em volta. Estava chamando muita atenção. — E um corte de cabelo. Posso pagar. — Ela havia escondido as moedas de Cero por baixo da camisa. Não queria ser roubada. — Mas gostaria de sair da rua.

Neita assentiu, gesticulando para Aiz segui-la.

Seguiram para uma ampla avenida ladeada por tamareiras e carroças, lojas e restaurantes. Um arco-íris de roupas tremulava em varais no alto. Cada vitrine tinha um toldo de cor diferente, os comerciantes gritavam de dentro dos estabelecimentos tentando atrair clientes.

Mas foram as carroças enfileiradas na rua que desaceleraram os passos de Aiz: estavam repletas de comida.

Vegetais que ela nunca tinha visto brilhando com azeite e ervas. Carne no espeto, gordura pingando por cima de montanhas de arroz em uma combinação de dar água na boca. Cestas de pão dourado e fresquinho em formato de meia-lua.

Uma criança passou correndo por Aiz segurando um espeto de legumes assados. Na animação para seguir o amiguinho com quem brincava, a comida escorregou de sua mão. Ele mal olhou para os vegetais caídos e saiu correndo; Aiz agarrou o espeto sem diminuir o passo, embora sentisse o coração bater acelerado, na expectativa de que alguém a parasse e exigisse a comida de volta.

Mas ninguém percebeu. As crianças do lugar tinham bochechas rechonchudas e cabelo brilhante. Não brigavam por comida caída, porque não passavam fome. Alguns meses antes, ela abrira o portão da frente do claustro e vira o corpo de um homem que tinha morrido de fome durante a noite.

Sadh era um lugar milagroso. E obsceno. Aiz o queria para si. Mais do que isso, ela o queria para seu povo. Ela desejou roubar cada pedaço de comida e levar tudo para Kegar. Alimentar os claustros por meses.

Na hora certa, sussurrou a voz de Div em sua mente.

— Venha! — exclamou sua acompanhante, Neita, e Aiz correu para segui-la. — Peço desculpas pela aglomeração, mas você teve sorte de não ter chegado há quinze dias! A imperatriz Marcial estava aqui com o príncipe herdeiro e foi um caos. A cidade toda tentando conseguir uma audiência.

Aiz ouviu com atenção enquanto Neita falava, enfiando pedaços de vegetais na boca às escondidas. A estranheza daquele lugar era quase intimidante, mas Madre Div a havia enviado até ali por um motivo. Ela precisava descobrir tudo o que pudesse sobre aquelas pessoas.

Ao meio-dia, Tregan estava nos estábulos e Aiz havia devorado uma refeição enorme em uma estalagem. A estalajadeira, que se apresentou como esposa de Neita, cortou o cabelo de Aiz logo abaixo das orelhas com uma praticidade impressionante e, em seguida, preparou um banho para a hóspede.

Quando ela finalmente saiu do banho, segurando o livro, encontrou uma nova mochila de couro na cama, ao lado de uma bolsa transversal. Aiz correu os dedos por um conjunto de saia de montaria macia com um top verde e castanho. Dentro da mochila, encontrou uma capa cor de areia, com as bordas em verde, e no chão ao lado dela, botas de montaria lustradas. Estavam sobrando, mas eram os melhores sapatos que Aiz já tivera.

Mais uma vez, ela pensou em Kegar, mas Madre Div se pronunciou: *Não chore pela injustiça que seu povo enfrenta. Ou não terá forças para mudar a situação deles.*

Aiz se assustou com as palavras repentinas. Com a mordacidade delas. Talvez ela tivesse decepcionado Madre Div ao se concentrar nos prazeres materiais à sua frente, em vez de em sua missão sagrada.

Ela guardou os pertences na nova mochila, colocou-a sobre os ombros e desceu a escada, girando o aaj no dedo.

— Agora, sim, parece que você recebeu as boas-vindas apropriadas da minha cidade. — Neita gesticulou para Aiz se sentar ao lado dela diante da lareira da sala de estar. — O que a traz aqui, criança? Eu nem sei seu nome!

— Estou procurando uma pessoa — respondeu Aiz. — Laia de Serra.

Foi como se todas as luzes tivessem se apagado ao mesmo tempo. O rosto da mulher se fechou e, de repente, tornou-se ameaçador. Ela trocou olhares com a esposa, que passava um pano no balcão.

— O que você quer com Laia de Serra? — questionou Neita. — Vou te dar um aviso: como kehanni, ela é bem protegida pela tribo Saif.

— Neita! — zangou-se a estalajadeira, balançando a cabeça.

Kehanni. Dolbra havia contado a Aiz sobre os diferentes papéis nas tribos: os zaldars eram os líderes de cada tribo; os fakirs cuidavam dos mortos; e os kehannis guardavam as histórias.

— A tribo Saif — repetiu Aiz. — Eles estão aqui na cidade?

Foi a pergunta errada.

— Qualquer um que procure a kehanni por motivos torpes não é bem--vindo aqui. — Os punhos de Neita se fecharam, e Aiz ergueu as mãos, alarmada.

— Não quero causar nenhum mal a ela! — Aiz quase pegou o livro para lhes mostrar, mas algum instinto lhe disse que essa não seria uma boa ideia. Não podia correr o risco de cobiçarem o exemplar e o tirarem dela. E certamente não podia dizer que precisava de Laia para encontrar o espírito preso de Madre Div. Achariam que ela tinha perdido o juízo. — Estou interessada em uma história que ela contou. Queria falar sobre isso.

Os lábios de Neita se estreitaram, e ela levou a mão à espada em sua cintura.

— Sadh é um lugar bem distante para visitar só por causa de uma história.

— Olhe para mim. — Ela estendeu os punhos magros. — Eu não poderia fazer mal a ela.

— Problemas podem surgir em pacotes estranhos. — A estalajadeira trocou outro olhar com Neita, e elas pareceram chegar a uma decisão silenciosa.

— Agradecemos a visita — dispensou-a Neita. — Mas é melhor você encontrar alojamento em outro lugar hoje à noite.

Em instantes, Neita estava empurrando Aiz porta afora e de volta para as ruas empoeiradas de Sadh. Tregan também foi posta na rua, e ambas se viram encarando o portão do pátio, fechado e trancado diante delas.

Tregan relinchou, sentindo a irritação de Aiz, e a garota fez um carinho entre as orelhas da égua.

— Teremos que achar outro jeito de fazer isso.

O dia estava escaldante o suficiente para que Aiz ficasse tentada a invocar o vento, só uma leve brisa, para refrescar um pouco. Mas poderia haver uma Jaduna nas ruas de Sadh, por isso ela resistiu, suando enquanto perambulava pela cidade, em mercados e estalagens, procurando pessoas que falassem ankanês. Não seria tola de falar o nome de Laia outra vez. Em vez disso, abordava desconhecidos com conversa-fiada, tentando aprender sobre o deserto além de Sadh. Ouviu uma kehanni contar uma história em uma praça e pagou alguns centavos a um jovem assistente de comerciante pela tradução.

— Não foi um estranho que me contou esta história, nem a ouvi ao redor de uma fogueira. Eu a descobri no extremo oeste — narrou a kehanni —, depois de procurar um dos feiticeiros azuis de Karkaus. — A mulher falava como se a história fosse algo vivo, como se a tivesse caçado. Aiz guardou a informação.

Ela comprou roupas, grãos para Tregan, um cantil, pederneira, estopa, carne seca. Ela ouvia e observava tudo o que a rodeava, aprendendo que cada tribo vendia um pouco de tudo, mas a maioria tinha especialidades. A tribo Nasur era conhecida pelos tapetes. A tribo Nur pelas lamparinas e também pelos tapetes.

E a tribo Saif pelos remédios e curas.

— Você fala ankanês? — perguntou Aiz a uma mulher que vendia uma porção de ervas e compressas. A mulher assentiu, e Aiz sabia que sua resposta seria positiva, porque fazia quase uma hora que a estava observando.

— Minha mãe tem uma doença nos pulmões. — Aiz deixou o desespero transparecer na voz. — Eu tentei raiz de sangue, íris verde e seiva de rosa sagrada. Nada funciona.

A mulher examinou os próprios produtos, sem parecer muito confiante.

— Eu tenho curas básicas, senhorita. Eu sugeriria leite de chama de anis, mas você só conseguiria em uma das caravanas.

— Eu vim do sul, não conheço ninguém aqui.

Ela deixou uma lágrima cair e a mulher deu um tapinha gentil em seu ombro.

— Você pode tentar a tribo Salah. Eles ficam no extremo leste da cidade, perto do portão. Eu sugeriria a tribo Saif, que tem as melhores curas, mas eles deixaram Sadh já faz alguns dias.

— Vou tentar a sorte com a tribo Salah — afirmou Aiz e, após fingir hesitar, acrescentou: — Se eles não tiverem, sabe me dizer onde a tribo Saif pode estar? Minha mãe é a única pessoa que tenho neste mundo. Farei qualquer coisa para ajudá-la, viajarei a distância que for necessária.

A mulher apoiou a mão no peito.

— Ela tem sorte de ter uma filha como você. — Sua voz estava carregada de emoção. — A tribo Saif foi para o norte. Vão tentar chegar a Nur antes das tempestades de inverno. Mas tome cuidado na estrada, está cheia de coiotes e efrits.

Quando o sol se pôs, Aiz já tinha tudo de que precisava. Ela e Tregan se juntaram a uma grande caravana de carroças que também estava saindo da cidade. Os guardas do portão a deixaram sair sem olhar duas vezes. Assim que passou, ela conduziu Tregan em um trote, e logo deixou a caravana e a cidade de Sadh para trás.

17
Quil

Os kegarianos estavam por todos os lados em Jibaut. Nos céus, mas também se esgueirando pelas docas em suas armaduras de escamas azuis, murmurando uns para os outros no próprio idioma enquanto gritavam ordens em ankanês para todas as pessoas ao redor. Agentes de cais, estivadores e corsários observavam os recém-chegados com hostilidade em vez de desafio. A selvageria do ataque kegariano havia reprimido até mesmo os moradores mais ousados de Jibaut.

A maioria dos piratas partiram para atacar as cidades do sul do Império. Os únicos navios no porto eram de Marinn.

— Também não tem nenhum Marcial. — Arelia olhou em volta, analisando a cidade com Quil enquanto mastigava um de seus cachos. — Os kegarianos vão cercar nosso povo para interrogar ou matar. Continua usando esse capuz, primo.

— Você vai ficar bem sozinha? — perguntou Quil. A preocupação o consumia enquanto ele pensava na mensagem da tia. *O Açougueiro vive, o Órfão ruge.* Códigos antigos se referindo a tia Hel e Laia. Musa havia enviado os diabretes, então ele também estaria vivo, mas a queda de Navium assombrava Quil. Ao pensar que algo também poderia acontecer com Arelia ou Sufiyan, quase se desesperou. Mas a prima o tranquilizou.

— O agente do cais vai garantir que ninguém roube o barco — assegurou Arelia. — Preciso entender melhor esse motor. Se for para nos levar até Ankana, ele tem que durar. Não precisar ficar com medo, se eu ficar entediada, posso reler *Lembranças*, de Rajin.

Quil sorriu. Aquele livrinho era o único objeto de Navium que ele carregava, além das próprias roupas e da cimitarra.

— Não se esqueça do meu macacão. — Arelia olhou com desgosto para o vestido que estava usando. — Nem da willadonna.

De forma alguma. A erva dilatava as pupilas, o que permitiria que Arelia e Quil, com aquelas íris claras distintamente marciais, evitassem chamar atenção. Quil odiava a ideia de usá-la, de ter que se esconder e se disfarçar para sobreviver enquanto, no Império, seu povo lutava.

— Fique de olho nesse aí. — Arelia indicou Sufiyan com a cabeça, que estava pagando o agente do cais. — Parece que ele quer morrer.

Quil ergueu as sobrancelhas.

— Então está finalmente começando a gostar desse meu amigo que adora uma cimitarra?

— Passar uns dias com um grupo pequeno de pessoas não detestáveis faz a gente desenvolver uma tolerância. Eu aturo você, não é verdade? — Arelia desapareceu no interior da embarcação, e Quil encontrou Sufiyan no cais.

— Você parece chateado — comentou Sufiyan.

Quil olhou para ele, surpreso, porque havia sufocado tanto o que estava sentindo, que quase havia se esquecido.

— Os kegarianos — confessou Quil. — A presença deles…

Ele conteve um impulso de agarrar a cimitarra e respirou fundo para controlar os ânimos, como sempre fazia quando se via diante de emoções intensas. Ele ouviu a voz de Sirsha em sua mente:

"Você morre de medo de sentir e de ter que *tomar alguma atitude* em relação a isso. E você tem medo de *agir* e acabar tomando a atitude errada."

Talvez as palavras dela não devessem tê-lo afetado tanto, mas elas o lembraram da noite em que Ilar morreu. Ela havia brigado com Quil porque ele não contara sobre ela para tia Helene. A imperatriz não aprovaria que o príncipe herdeiro se apaixonasse por uma garota ankanesa sem título. Eles não tinham futuro.

"Você diz que quer ficar comigo, Quil, mas, se quisesse mesmo, contaria à sua tia sobre mim. E me levaria com você para a capital. Você me apresentaria à imperatriz."

Ele havia respondido à acusação com silêncio, com receio de que as palavras erradas pudessem afastá-la para sempre. Não importava mais. Porque, naquela mesma noite, ela estaria morta. Dizimada pelo mesmo assassino que chamuscou o coração de Ruh.

— Você vai dizer alguma coisa ou só vai ficar aí com essa cara de quem quer matar um? — Sufiyan olhou para ele de soslaio, e Quil percebeu que estava paralisado, com os nós dos dedos brancos na empunhadura da cimitarra.

— Eu já fugi de Navium. — Quil quase sufocou com uma onda repentina de autodesprezo e, ali, naquele porto pirata ao lado de seu melhor amigo, ela transbordou. — Abandonei minha família, meu dever e o Império, e *não ouse* — ele levantou a mão diante dos protestos de Sufiyan — dizer que não foi o que eu fiz, porque eu odiaria ouvir você mentindo. Eu fiz isso porque minha tia ordenou, e eu sou bom em obedecer às regras. Mas isso não vai nos ajudar agora.

Ele olhou para Jibaut, para as luzes brilhando em meio à chuva torrencial enquanto a noite caía.

— Musa deve mandar outro diabrete em breve — apaziguou Quil. — E então vamos enviar informações também.

— Sobre o quê? — Sufiyan estreitou os olhos diante das expressões derrotadas dos moradores de Jibaut. — Sobre o fato de até os piratas terem medo daqueles porcos voadores?

— As forças reservas kegarianas estão aqui. Quanto mais informações o Império tiver, melhor. Mas a tia Hel não sabe de quase nada. — Ele olhou nos olhos de Sufiyan. — Vamos mudar isso.

Sufiyan os guiou pelas ruas de paralelepípedos de Jibaut; com sua compleição, ele não chamava tanta atenção quanto Quil. Com a tempestade que desabava, era difícil ouvir conversas completas, mas o ataque a Navium e a destruição da marinha do Império estavam na boca de todos.

Depois de ouvir informações dezenas de vezes, os punhos de Sufiyan estavam tão cerrados quanto os de Quil.

— Quanto tempo acha que Serra resistirá ao ataque?

— Alguns meses — afirmou Quil. — A primavera, conforme o bilhete de Musa. Mas Elias sabe como sair de lá, se achar necessário.

— Ele sabe como sair de qualquer lugar — declarou Sufiyan com um ar de orgulho. — Sinto falta dele e da Ama. Vovó sempre me dizia para valorizar o que a gente tinha. — Sufiyan se referia à Bani al-Mauth. Ele era uma das quatro pessoas que ousavam chamá-la por um nome que não fosse seu título. — Eu devia ter escutado.

— Os idosos sabem coisas que não sabemos porque eles também não ouviram os mais velhos em algum momento da vida — argumentou Quil enquanto se abaixavam em um abrigo escuro cheio de feno mofado. — É uma tradição.

Sufiyan abafou uma risada. Não foi bem um riso, mas quase. Era melhor do que nada, de qualquer forma. Fazia séculos que Suf não ria.

— Espere aqui — pediu Suf. Uma luz brilhou em uma taverna do outro lado da rua quando a porta se abriu, e dois clientes saíram. — Alguém lá dentro deve saber onde os kegarianos estão acampados.

Quil esperou na chuva, odiando Jibaut cada vez mais sempre que via um pirata passar. Ele sempre *quis* visitar aquele lugar. Ainda mais depois que Laia e Elias foram visitar a cidade com o filho mais novo, Ruhyan.

Quando voltou da viagem, Ruh estava cheio de histórias de barcos cor de esmeralda com velas de um vermelho-rubi, mercados lotados de contrabandistas, malabaristas e feiticeiros. Ele levara um presente para Quil, o bracelete que ele ainda usava.

Ruh amava Quil como um irmão mais velho, exigindo que o ensinasse arco e flecha e que o carregasse nos ombros. Ele não se importava que Quil fosse o príncipe herdeiro. Sufiyan resmungava quando Ruh os seguia, mas Quil ria das histórias do menino e respondia às suas perguntas. Em troca, o menino nunca o importunava quando Quil ficava calado.

Foi Quil quem encontrou Ruh e Ilar. Ou o que restara deles, pelo menos, nos confins de um lugar que ele esperava nunca mais ver. Nunca contou a ninguém que havia brigado com Ilar antes de sua morte. Sabia que diriam que não era culpa dele, mas ele queria a culpa. Ele merecia. Se ele tivesse feito o que Ilar havia pedido, ela não teria fugido, de coração partido. Não teria sido dizimada. E Ruh…

"Pode tirar isso da cabeça, garoto." A Bani al-Mauth lhe dera uma ordem, e ele tentara ao máximo segui-la, mas parecia errado esquecer Ruh.

Ali, nas sombras de Jibaut, o príncipe tocou o próprio punho, em busca do bracelete que usava desde então em homenagem ao jovem amigo.

Mas descobriu que havia desaparecido.

Ele verificou a capa e a mochila antes de se lembrar daquela manhã. Sirsha, desequilibrando-se, tocando seu braço. Pelos céus, como ele era estúpido.

A tia havia lhe ensinado os pontos mais discretos do roubo para evitar exatamente esse tipo de furto. Ele pegara Sirsha no flagra uma vez e ficou se achando esperto, mas naquela manhã, ela olhou para ele com aqueles olhos castanhos, piscando os cílios longos e ele estava tão ocupado sonhando acordado com o círculo cinzento ao redor de suas íris que acabou baixando a guarda.

Onde quer que ela estivesse devia estar tirando sarro da ingenuidade de Quil.

Alguém saiu cambaleando da escuridão, afastando os pensamentos de Quil da Jaduna traiçoeira. Ele desembainhou a espada até a metade quando percebeu que era Sufiyan, com uma garrafa na mão. O amigo estava atuando em uma cena impressionante. Como muitos Tribais, Sufiyan não bebia.

Ele alcançou Quil em um instante.

— Encontramos nosso alvo — avisou ele. — Fala ankanês e tem patente. Ele deve sair em quatro, três, dois…

A porta da taverna se abriu. Um soldado kegariano de rosto pálido saiu tropeçando e vomitou na rua antes de caminhar para longe, trôpego.

Quil balançou a cabeça, enojado.

— Ele está bêbado demais para ser útil.

— Um pouco mais de fé em mim, irmão. — Sufiyan estapeou o ombro de Quil. — Dei Iltim para ele. É excelente para dores de cabeça, mas provoca náusea se misturado com cerveja barata. Os amigos vão presumir que ele está bêbado. Ele precisa esvaziar o estômago um pouco, e depois estará prontinho para um pequeno interrogatório.

Os dois seguiram o soldado kegariano cambaleante e, quando ele finalmente virou em um beco, Quil e Sufiyan aceleraram o passo. O príncipe avistou uma grande lata de lixo de madeira e a indicou com a cabeça. Ela fedia, mas esconderia suas atividades de qualquer um que passasse por perto. Sufiyan, que estava cantando desafinado, levantou a voz, falando ankanês.

— Ei, você aí. Porco voador!

O kegariano se virou, tateando em busca da arma, que Sufiyan já havia tirado dele. Suf empurrou o soldado contra a parede, prensando a lâmina contra o pescoço dele.

— A gente tem umas perguntinhas — falou Quil em ankanês e puxou o capuz para baixo enquanto a chuva caía. Seu sotaque era marinês porque seu tutor era de lá. Melhor ainda para despistar os kegarianos. — E você vai responder.

— *Rue la ba Tel Ilessi! Kwye asti falli!*

— Fale ankanês — rosnou Quil, e Sufiyan pressionou ainda mais a faca no pescoço do homem.

— Eu não falo com cobras metidas com Marciais — vociferou o kegariano. — Não vou contar nada para vocês.

— Ah, vai, sim, pedaço de bosta. — O ankanês de Sufiyan era mais limitado que o de Quil, mas, quando ele arrancou uma linha de sangue no pescoço do homem, o significado de suas palavras foi suficiente.

— Quantas tropas reservas existem? — perguntou Quil.

— *Rue la ba Tel Ilessi!* — rosnou o kegariano.

Perto do beco, vozes ressoaram. Se os transeuntes virassem naquela direção...

— *Quantas tropas reservas?* — grunhiu Quil.

— *Rue la ba Tel Ilessi* — sussurrou o soldado, dessa vez com medo em vez de ousadia.

Ele se lançou sobre Quil, e Sufiyan levantou a adaga em defesa, cravando-a na garganta do homem. Sufiyan pulou para trás, xingando enquanto o homem caía de joelhos, o sangue jorrando do pescoço. Em poucos instantes, ele estava caído de cara na lama. Morto.

— Vamos. — Quil agarrou Sufiyan, que encarava o cadáver, horrorizado. — Anda, Sufiyan.

O amigo nunca havia matado ninguém. Quil já, obviamente. Matar não ficava mais fácil com a prática, mas nada era pior do que a primeira vez, e Quil desejou ter tido o bom senso de levar isso em conta antes de arrastar Sufiyan para as ruas de Jibaut.

— Suf, anda.

À frente deles, perto da rua transversal seguinte, o grupo de pessoas que ouviram conversando passou apressado, sem perceber o corpo a poucos passos de distância. O olhar de Sufiyan estava desvairado, as mãos, trêmulas enquanto ele se afastava da poça de sangue que se espalhava sob o corpo.

— Anda!

Eles chegaram ao fim do beco e passaram pela praça quase vazia do outro lado. Uma patrulha kegariana se aproximou, as armaduras azuis brilhando na chuva, mas Quil e Sufiyan estavam fora de vista antes que os soldados pudessem chamá-los.

Quil queria socar a parede. Tinham fracassado em obter informações e mataram um homem por nada. Melhor evitar que a situação piorasse, pegar os suprimentos e dar o fora de Jibaut.

A maioria das cidades tinha ordem: bairros, distritos comerciais, mercados e praças. Mas Jibaut cresceu desordenadamente, como se uma criança brincando com blocos tivesse derramado tudo de uma vez e resolvido chamar aquilo de cidade. Quil fez várias curvas erradas, passando por bairros dilapidados quase tomados pela floresta, lojas fechadas e um estaleiro lotado até se deparar com luzes brilhando logo à frente e uma cacofonia de vozes. Era um mercado noturno.

O lugar ocupava os dois lados de uma ampla avenida e estava tão lotado de compradores encapuzados que Quil ficou mais preocupado em conseguir atravessar pela multidão junto com Sufiyan do que em ser reconhecido como Marcial. O fluxo intenso de pessoas mal notava a chuva. Os comerciantes sob as lonas vendiam seus produtos com um ânimo estridente; beberrões se espalhavam pelas ruas lotadas tomando cerveja.

— Um boticário. — Sufiyan apontou para um prédio a trinta metros de distância, com uma placa mostrando o desenho de um almofariz iluminado por uma lamparina crepitante. — Vamos lá pegar a willadonna.

A voz de Sufiyan estava inexpressiva, como tinha ficado depois que Quil encontrara Ruh. Como depois que Karinna, a irmã de quinze anos de Sufiyan, gritou com o irmão mais velho: "Você deveria estar cuidando dele!"

— Suf…

O amigo se virou para ele.

— Não quero falar disso! — rosnou Sufiyan. — Ele ia matar a gente, eu fui mais rápido. Sua tia fez isso mil vezes na guerra. Meus pais também. E você, nos conflitos na fronteira. Quantos anos você tinha? Treze? Eu tenho dezoito, pelos céus.

— É *por isso* que estou falando. Tia Helene conversou comigo sobre isso, e ajudou.

Sufiyan seguiu em frente, e Quil queria deixá-lo em paz. Não queria brigar com o amigo, principalmente enquanto corria por entre as aglomerações de moradores de Jibaut, muitos dos quais os venderiam de bom grado para os kegarianos pelo mero preço de um prato de comida.

Mesmo assim, ele tocou o braço de Sufiyan.

— Você não precisa falar disso agora — insistiu ele antes de Suf perder a paciência outra vez. — Mas em algum momento vai ter que falar. Se não comigo, então com Arelia. Não pode enfiar uma faca em alguém pela primeira vez na vida e fingir que não...

— Eu odiei, está bem? — retorquiu Sufiyan. — Sinto que a única coisa em que pensei no último ano foi morte e luto, e agora eu matei alguém. Eu só quero deixar isso tudo para trás, mas eu mesmo acabei de matar um homem e ainda não consigo lidar com isso. Talvez um dia, mas...

A voz dele falhou e Quil soltou o ar.

— Sinto muito, Sufiyan, eu não deveria ter...

— Quil... olha. — Sufiyan apontou para algo atrás de Quil, e o príncipe resmungou diante da tentativa de distração.

— Estou tentando me desculpar, tá bom? — retrucou Quil. — Parece... parece que você está distante há meses, e eu queria que a gente conversasse.

— Quil... vira *para lá*. Discretamente.

— Talvez você esteja bravo comigo, porque eu não protegi Ruh, mas...

Sufiyan finalmente encontrou o olhar de Quil.

— Está nítido que nós dois temos questões para discutir — afirmou ele. — Mas, por enquanto, você pode calar a boca e olhar ali?

O príncipe se virou e imediatamente viu o que tinha chamado a atenção de Sufiyan. Em frente a uma taverna com uma varanda coberta que contornava o estabelecimento, em uma mesa iluminada por uma fileira de lamparinas penduradas, uma mulher discutia com um jovem loiro. A mulher tinha o cabelo escuro preso em um coque alto. Um maxilar definido. Lábios cheios em formato de coração e maçãs do rosto tão proeminentes quanto uma cimitarra telumana. Usava botas vermelhas de cano alto.

Sirsha.

Sem falar nada, Quil e Sufiyan abriram caminho pela rua em direção à taverna. Sufiyan indicou com a cabeça a barraca de um sapateiro com um toldo largo à frente deles, a alguns passos da mesa de Sirsha. O comerciante estava preso em uma discussão com um cliente, que balançava um salto de bota quebrado na frente dele.

Quil foi para o lado esquerdo do toldo, Sufiyan para o direito. As sombras eram escuras e amplas o suficiente para que qualquer um que olhasse da varanda não conseguisse enxergar perfeitamente.

Uma vez abrigado no escuro, o olhar do príncipe se deteve na Jaduna. Foi a primeira vez que ele olhou para ela, devagar e de verdade, sem se obrigar a desviar os olhos. Havia algo diferente nela. Não, Quil tinha entendido: era a maneira como as pessoas olhavam para ela. Com cautela.

Jibaut era um lugar perigoso à noite. Quil percebeu que Sirsha era um dos perigos. Ela usava um cinto de facas transpassado no peito, punhais em ambos os quadris e em cada bota, e ele não vira nada daquilo no barco. A camisa que vestia tinha um decote generoso, a armadura de couro era justa e feita para acentuar suas curvas. Tinha uma silhueta que chamaria a atenção da maioria dos seres vivos. Quil notou que algumas pessoas a fitavam, todas de um jeito meio furtivo, porque havia nela uma ousadia, uma mordacidade.

Não estava exibindo aquele sorriso divertido que tanto o havia frustrado e fascinado enquanto estavam no paquete. Naquele momento, ela estava em sua versão profissional.

O príncipe tentou interpretar a inclinação da cabeça dela, o lampejo branco dos dentes enquanto ela mordia o lábio inferior carnudo no que poderia ser tanto ansiedade quanto um flerte.

Ao pensar na segunda opção, ele foi tomado por uma irritação repentina. Sufiyan, que se esgueirou ao lado dele, fitou o amigo.

— Ciúmes? — sussurrou ele.

Quil não estava disposto a mentir para Sufiyan, então deu de ombros.

— Vamos chegar mais perto.

Juntos, eles avançaram até perto do fim do toldo da barraca do sapateiro. A chuva encharcou o ombro de Quil. Ele mal conseguia ouvir a conversa por causa do ruído da tempestade.

— ... muito fundo. Deixa isso para lá, rastreadora.

— Não é uma opção — retrucou Sirsha. — Qual o seu *problema*, Kade? Você está estranho, parece péssimo. Está doente?

— Você não pode caçar esse assassino — afirmou o homem chamado Kade. De fato, ele tinha olheiras profundas e a pele sebosa de alguém que não estava bem. Ainda assim, era bonito, e o jeito como olhava para Sirsha fazia Quil imaginar que, se não eram amantes, já tinham sido em algum momento. — É muito perigoso, até mesmo para você, Inashi.

— Um assassino é um assassino. — Sirsha recostou-se na cadeira, de braços cruzados. — Tem fraquezas como qualquer outra pessoa. Deve haver algo nesses seus livros sobre a magia que essa criatura usa.

— Não posso ajudar. Arruma outra pessoa.

— A única pessoa que conhece a velha mitologia melhor do que você está a um mês de viagem ao sul, em um maldito pântano, e você *sabe* o que eu acho de pântanos. Além disso, a última vez que a vi, ela me disse para não voltar...

— Sirsha...

— Me dá uma pista, Kade. Pelos velhos tempos.

— Não fique brava comigo. E-eu...

Kade olhou para as próprias mãos, como se estivesse pensando. Mas Quil reparou que o rapaz olhou para algo rapidamente por cima do ombro de Sirsha, para o prédio ao lado da taverna. Foi tão rápido que, se Quil não estivesse olhando para o homem, sequer teria percebido.

— Ele está ganhando tempo — comentou Quil. — Tentando distraí-la.

— Malditos infernos.

Sufiyan olhou para a esquerda, onde uma sombra se destacou de um prédio escuro e se moveu depressa em direção à taverna. Outra silhueta cortou a varanda lotada com a paciência de um tubarão à caça. Uma terceira atravessava a rua em silêncio, a menos de três metros de Quil e Sufiyan.

Sirsha estava tão ocupada tentando persuadir Kade a ajudá-la que não viu as sombras se aproximando. Sufiyan estendeu a mão para pegar o arco, mas Quil agarrou seu braço.

— São os Jaduna que a estão cercando — retrucou ele. — Seu próprio povo. Não vão machucá-la.

— Você não se lembra do que ela disse sobre a família?

"Quando minha família me encontrar e me matar de um jeito brutal..."

Quil viu um lampejo dourado, um cocar de Jaduna. A mulher encapuzada que o usava parecia ameaçadora. Não se portava como um membro da família dando boas-vindas à filha perdida.

Momentos depois, as sombras, que se moviam lentamente até então, alcançaram a taverna com uma rapidez repentina e quase sobre-humana. Os clientes na varanda perceberam que uma briga estava se formando e começaram a zombar, mas alguém gritou "Jaduna!" e, em segundos, a multidão se estapeava para fugir.

— Vamos. — Quil tentou puxar Sufiyan para longe. — Não é seguro, Suf.

— Ela está caçando a pessoa que matou meu irmão. — Suf se desvencilhou de Quil. — Não podemos deixá-la à própria sorte.

— Ela é esperta, vai se virar.

Mas até Quil estacou enquanto observava Sirsha se levantar ao perceber que estava cercada. O olhar que ela lançou a Kade poderia ter estraçalhado uma rocha.

— Sinto muito, Sirsha. — Kade parecia genuinamente pesaroso. — Eu não queria, se isso vale de alguma coisa.

Sirsha rosnou para ele.

— Vale menos que uma carcaça de rato mofada, seu traidor...

— *Traidor* — repetiu a Jaduna que usava o cocar, tirando o capuz enquanto caminhava.

Era mais velha que Sirsha, tinha o mesmo cabelo preto-azulado liso e a pele marrom. Mas seu semblante era frio, e seus lábios, finos. Sua voz era baixa e melodiosa, como a de Sirsha, mas algo desagradável parecia fervilhar nas profundezas.

O cocar da mulher tinha uma moeda central do tamanho de um dente-de-leão pendurada na parte do cabelo. A moeda estava ligada a meia dúzia de correntes de cada lado, cada uma adornada com triângulos finos de ouro que pareciam dentes.

O estômago de Quil embrulhou com a visão. Ela era uma Raan-Ruku. "Possuem magia forte. Nunca devem ser desafiados."

Ela parou diante de Sirsha, e Quil prendeu a respiração enquanto a mulher olhava a garota de cima a baixo, com os lábios curvados.

— Traição — soltou a Jaduna, prolongando a palavra, quase saboreando-a. Ela sorriu, de orelha a orelha. — Você entende bem disso, não é, irmãzinha?

18
Sirsha

Os Jaduna haviam armado uma emboscada. Lógico que sim, não eram estúpidos e sabiam que Sirsha também não era. Mas, se estivessem em peso em Jibaut, já poderiam tê-la matado. E isso significava que ou sua irmã desejava transformar a morte de Sirsha em um espetáculo, ou ela queria alguma coisa.

Sirsha torcia para que fosse a última opção, mas com R'zwana nunca dava para saber.

— Amarre-a — ordenou R'zwana a quem quer que estivesse atrás de Sirsha. — Rápido.

Sirsha grunhiu.

— R'z...

— Não fale comigo, sua traidora — cortou R'zwana, com a voz inexpressiva. — Tudo que sai da sua boca de vadia é veneno.

Sirsha deu um passo para trás, o rosto quente, como se R'zwana a tivesse estapeado. Quase havia se esquecido de como era desagradável ser alvo de um insulto vindo de uma irmã mais velha, especialmente de uma irmã que costumava venerar.

Cada vez mais aterrorizada, Sirsha sentiu as lágrimas brotando enquanto os Jaduna a cercavam. Depois da humilhação de ser pega desprevenida, chorar seria demais. Sirsha se forçou a sorrir e, zombando, ergueu as mãos para D'rudo, seu antigo tutor e primo, que se recusou a encará-la nos olhos.

— Não sabia que você sentia tanto a minha falta, R'z — debochou Sirsha. — Podia ter me mandado uma carta.

— Pode amordaçar também — ordenou R'zwana. — Não quero ouvir as ladainhas dela.

Antes que Sirsha pudesse responder, a mordaça veio de trás dela e, em seguida, o capuz.

Ela testou a elasticidade das amarras, quase não havia espaço para mexer as mãos. A mordaça estava tão apertada que parecia estar enfiada na garganta. Maldito D'rudo. Ele sempre foi excelente em seguir ordens. Ela aguçou a audição, prestando atenção ao seu redor. Havia pelo menos três Jaduna por perto. Talvez quatro.

Se Sirsha quisesse fugir, aquela seria sua melhor chance, antes que a levassem para o complexo deles do outro lado da cidade. Não pela primeira vez, ela desejou ter nascido com uma das outras habilidades Jaduna. Deshma, com magia de batalha. Khind, capaz de desacelerar o sangue. Bij, que invocava fogo ou relâmpagos para proteção pessoal. Alguma combinação disso seria ideal.

Mas ela era Inashi, uma rastreadora, e só conseguia ler a terra, o vento e a água. Que inútil. Ainda mais porque estava tão acostumada com o complexo Jaduna de Jibaut estar vazio que ela não tinha verificado a presença de seu povo, presumindo estar segura.

Sirsha invocou a terra, o mais prestativo dos elementos. *Um terremoto, por favor. Um tremorzinho de nada?* A terra não respondeu. Quase no mesmo instante em que Sirsha pediu, os Jaduna se fecharam ao redor dela, sufocando sua magia. Ela não conseguia sentir um elemento sequer. A trilha que estivera seguindo, que a deixara tonta horas antes, também havia desaparecido.

Significava que havia um Deshma com eles, forte o suficiente para bloquear o poder de Sirsha.

— Por favor, venha sem fazer alarde, Sirsh.

A princípio, ela não reconheceu a voz masculina jovem. Até que sentiu uma mão fria envolver seu braço, de um jeito mais gentil do que R'zwana jamais seria capaz de fazer.

— J'yan? — murmurou ela, embora através da mordaça soasse mais como "Jrrggh?".

— Fique quietinha — disse ele, baixo o bastante para R'zwana não escutar. Ele afrouxou a mordaça para Sirsha falar. — Ou R'zwana vai ouvir.

Um misto de confusão, alegria e raiva se agitaram dentro dela. J'yan era um ano mais velho e treinado em magia de batalha. Quando ele nasceu, um vidente de almas Jaduna, um Songma, previu que ele seria o Jaduna de batalha mais forte em oito gerações.

A mesma vidente tinha assistido ao nascimento de R'zwana, dois anos antes, e não disse nada de importante. Mas, quando Sirsha nasceu, a vidente de almas transmitiu uma mensagem diferente.

"Alegre-se, Raani", dissera a mulher à mãe de Sirsha, "pois sua segunda filha mudará o mundo".

Poucas horas após o nascimento de Sirsha, ela foi prometida ao herdeiro Deshma: J'yan.

Não era um juramento feito de forma leviana. Um casamento na maioria dos lugares era uma troca de votos, mas os Jaduna uniam casais com magia — não como cônjuges, mas como Adah, *metades de almas*.

Sirsha e J'yan brincavam juntos, treinavam juntos, caçavam juntos. Ele era meigo e gentil e ria quando Sirsha o irritava. Nenhum dos dois entendia que estavam prometidos um ao outro, não até ficarem mais velhos e ouvirem as mães conversando sobre isso. Eles abafaram o riso enfiando cachecóis na boca até correrem para longe da aldeia e gargalharem sem que ninguém ouvisse.

Então, quando tinha doze anos, Sirsha foi banida. Sua mãe quase foi destituída como Raani, e a Raani Deshma ameaçou jurar a lealdade de seu kin a uma das outras quatro Raanis Jaduna, de preferência uma que fosse capaz de manter os filhos sob controle.

Sirsha viu J'yan pela última vez nas fronteiras das terras Jaduna, atrás de uma R'zwana radiante, o rosto dele molhado de lágrimas.

Havia pensado muito nele nos meses após sua partida. Ele tinha sido um amigo, às vezes parecia ter sido o único.

— Você foi tonta demais em vir até aqui — sussurrou ele para ela. — E confiar em um pirata devanês? É um milagre que tenha sobrevivido por tanto tempo.

— Como eu poderia saber que o seu bando viraria Kade contra mim? — murmurou Sirsha, receosa de sua irmã sanguinária ouvir. — Ele era bem confiável até agora.

Embora, pensando melhor, isso não fosse bem verdade. Sirsha e Kade eram amigos, às vezes mais. Contudo, a obsessão de Kade por línguas obscuras e conhecimentos ainda mais obscuros era sinal de que ele traficava itens roubados. Os Jaduna poderiam tê-lo subornado com alguns pergaminhos raros. Infernos, ela mesma já tinha feito isso uma ou duas vezes.

— R'zwana mudou — informou J'yan. — Ela não terá misericórdia, S'rsh... Sirsha.

Ela estremeceu ao ouvir o antigo título honorífico que a marcava como Jaduna, uma parada glotal que vinha bem do fundo da garganta. *S'rsha* era o nome adequado para ela. *Sirsha* era o que lhe fora imposto. Lembrar-se disso foi doloroso.

J'yan acelerou o passo, e Sirsha quase tropeçou ao tentar acompanhá-lo. Ela ouviu vozes por perto, mas não se incomodou em pedir ajuda. Ninguém em Jibaut era corajoso o suficiente para enfrentar um grupo de Jaduna totalmente caracterizados, com dois Raan-Ruku entre eles.

Ela bufou. Quando era criança, a magia de um Lobo emanava deles. J'yan era forte em magia de batalha e digno do título.

R'zwana, não.

Eles chegaram ao complexo Jaduna após uma caminhada de meia hora. O ar mudou, tornando-se mais silencioso e cheirando a seiva. Sirsha já tinha visto o complexo antes e conseguia imaginá-lo, as tábuas cobertas de musgo se misturando com a espessa floresta das montanhas.

— Degraus — alertou J'yan, aos sussurros.

O Jaduna se moveu em silêncio, mas as botas de Sirsha ecoavam alto ao pisar nas tábuas largas de madeira. Ela sorriu, sabendo que o barulho deixaria R'zwana possessa.

Uma vez lá dentro, J'yan a conduziu para um assento de madeira. O capuz e a mordaça foram enfim removidos, e ela semicerrou os olhos apesar da luz fraca. Nenhuma janela. Apenas uma porta. Uma mancha de aparência suspeita no chão de carvalho. Sirsha estava de costas para a parede com três Jaduna de olhos delineados com kajal dispostos em um semicírculo à sua frente.

D'rudo tinha o mesmo cabelo preto e espesso e o peito largo de quando era mais jovem. Tinha mais cicatrizes nos antebraços e a calvície na altura da testa começava a dar sinais, mas seu humor irritadiço era o mesmo de sempre.

J'yan, de cabelo encaracolado e corpo esguio, ainda era bonito como um djinn, mas tinha a feição severa de um Raan-Ruku. Sua posição era uma prova de seu poder. Os Lobos eram quase sempre mulheres.

O que J'yan via enquanto seus olhos escuros esquadrinhavam o rosto dela? Ele não revelou nada, *isso* havia mudado. O J'yan de que ela se lembrava era um livro aberto.

E lá estava R'zwana. Fria, arrogante e *perigosa*.

— Vigie a entrada, D'rudo — ordenou R'zwana.

D'rudo lançou um olhar de advertência a Sirsha e se afastou. *Não a desafie*, ele parecia dizer. R'zwana andava de um lado para o outro na frente dela, o acessório na cabeça tilintando.

— O que está fazendo em Jibaut? — perguntou ela.

— Cansei de fazer velas no Império. — Sirsha sorriu. — Pensei em tentar a sorte aqui. A cera é melhor, os pavios...

Sirsha esperava um tapa. R'zwana sempre teve um péssimo senso de humor. Mas *não esperava* que doesse tanto.

Ela cuspiu no chão. Nada de sangue.

— ... são mais longos — concluiu ela.

— As condições do seu banimento estipulavam que você nunca mais retornasse às terras Jaduna — disse a irmã, entre dentes. — Que nunca mais usasse sua magia Inashi. A punição por violar o banimento é...

— Morte por afogamento, meu corpo servindo de carniça para eu nunca mais retornar à terra que me nutriu, pois é, eu sei. — Sirsha bocejou, embora seu estômago revirasse só de pensar naquela possibilidade. — Imagino que saiba que as palavras exatas de nossa querida mãe foram: "Você nunca mais usará a magia Inashi para caçar como seu kin sempre caçou." Vocês caçam usuários de magia humanos que são uma ameaça à sociedade, certo? Karjad? Eu caço outras coisas.

Outro tapa, dessa vez mais forte.

— Dirija-se a ela como Raani, sua vira-lata. Ela é nossa soberana e mil vezes a Inashi que você é...

Um ímpeto de imprudência tomou conta de Sirsha, nascido de uma tristeza que havia enterrado bem fundo: a certeza de que sua única irmã nunca a respeitaria ou amaria. E não havia nada que ela pudesse fazer para mudar isso.

— Na verdade — Sirsha cuspiu outra vez e uma mancha avermelhada se espalhou pelo chão —, ela é uma das *seis* soberanas e mil vezes a Inashi que *você* é. Ela e eu somos iguais, praticamente. Foi aí que o problema começou, ou você não lembra?

O golpe seguinte foi menos um tapa e mais um soco, direto no olho de Sirsha. Sua cabeça foi jogada para trás e sua visão foi tomada por pontos brilhantes. Por um instante, tudo ficou branco.

Do lado de fora, o vento uivava. As paredes do complexo Jaduna chacoalharam.

— Nossa mãe sequer sabe que você está aqui, perdendo seu tempo comigo? — questionou Sirsha. — Você não acha que ela desaprovaria o fato de estar caçando a filha fav…

— Chega! — J'yan se colocou entre Sirsha e R'zwana, uma atitude com a qual ele tinha bastante prática. — Sirsha — disse ele —, você caça um assassino que usa magia. Sabemos disso porque o caçamos também. Estamos farejando o Karjad há seis meses e o rastro nos trouxe até aqui.

— Pelos infernos! — Sirsha não conseguiu se conter. — Vocês levaram seis *meses* para rastrear até agora? — *Eu só precisei de três semanas.* Ela deixou o comentário morrer quando J'yan franziu a testa, nitidamente entendendo o rumo que os pensamentos dela estavam tomando.

— Ele já matou muita gente, Sirsha — afirmou J'yan. — E vai matar ainda mais se não o destruirmos.

É ela! Sirsha reprimiu a resposta.

— Fiquem à vontade — retorquiu ela. — Só me deixem em paz.

— Talvez você possa nos ajudar — sugeriu J'yan, e Sirsha tentou esconder um sorriso. Então foi por *isso* que não a tinham matado ainda; eles precisavam dela. — Esse assassino… não conseguimos entender a magia dele.

R'zwana empurrou J'yan para longe de Sirsha.

— Ela é uma traidora e uma pária — rosnou ela. — Vou relatar esse desacato à Raani. E você… — R'zwana se virou para Sirsha, que se encolheu, odiando a si mesma por reagir assim.

"A ira entre laços de sangue é profunda", dissera D'rudo quando Sirsha confessou a crueldade de R'zwana, ainda criança. "Quando olha para você, ela se vê diante de um espelho que mostra tudo o que estava destinada a ser."

— R'zwana — replicou J'yan. — Não. Por favor.

A pele de Sirsha formigou com um medo familiar enquanto R'zwana caminhava em sua direção.

Ela tinha sido cruel quando eram crianças, nutrindo uma rivalidade unilateral bizarra que deixou marcas tanto na pele quanto na mente de Sirsha. "Vou te matar", dizia a irmã centenas de vezes pelos motivos mais mesquinhos: quando Sirsha olhava para ela de forma diferente ou comia mais do que sua parte. "Eu juro que um dia vou te matar."

A Raani revirava os olhos com as ameaças. "São irmãs!", dizia ela. Mas Sirsha tinha visto outras irmãs e elas não temiam as mais velhas como ela. A melhor noite de sono que Sirsha tivera em anos fora depois de ser banida, quando passou a haver um oceano de distância entre ela e R'z.

— Avisamos a você que, se usasse a magia Inashi para caçar como nós, você morreria — disse R'zwana. — Nós estamos caçando um Karjad. Você também. Portanto, desrespeitou a regra. Como Raan-Ruku, tenho o direito de aplicar a punição em nome das Raanis. Sua punição é a morte.

— R'z. — Sirsha riu, porque, apesar de toda a crueldade da irmã, suas ameaças de assassinar Sirsha nunca passaram disso: ameaças. — Se você fosse mesmo fazer isso, já teria feito. O que você quer? Ajuda? Tudo bem, eu ajudo. — Se os Jaduna a ajudassem a capturar a assassina mais rápido, seria melhor ainda. Eles não precisavam saber quanto Sirsha estava recebendo pelo serviço, e Elias não precisava saber que Sirsha conseguira auxílio para fazer o trabalho.

— Não quero sua ajuda — retrucou R'zwana baixinho. — Quero você morta.

Sirsha abriu a boca para responder, mas, quando olhou nos olhos vítreos de R'zwana, todas as respostas fugiram de sua mente. A irmã estava falando sério.

R'zwana tinha *mesmo* piorado.

— Eu teria te matado antes — afirmou R'zwana. — Se fosse por mim, as gaivotas do porto de Jibaut estariam fazendo um banquete do seu fígado a essa hora. Mas J'yan insistiu que eu te desse uma chance de se explicar.

— Espera um pouco. — Sirsha tentou controlar o pânico crescente. — Eu nunca disse que estava caçando um Karjad, eu disse *outras coisas*. Você não tem como provar...

— Pode amordaçar de novo — ordenou R'zwana a J'yan. — Quero isso concluído até o amanhecer. Vamos levá-la para a parte sul do porto. Fale com o capitão do porto para que o corpo não seja movido até restarem só os ossos.

— Você não tem como provar nada! — repetiu Sirsha enquanto R'zwana se dirigia à porta. Ela se debateu contra J'yan, que, como um bom soldadinho, estava tentando amordaçá-la de novo. Sirsha não permitiria. — Isso é errado, R'zwana! J'yan, fala para ela...

Ele parecia enjoado quando a fez se levantar.

— Eu tentei avisar a você — sussurrou ele. — Ela está muito pior do que...

Vozes no corredor silenciaram J'yan. Seu corpo ficou tenso, e Sirsha o sentiu usar a magia quando a porta se abriu bruscamente.

— Perdoe-me, Raan-Ruku. — D'rudo parecia ofegante. — Tentei impedi-los, mas este garoto... ele diz...

Uma figura esguia passou por R'zwana e entrou no cômodo. Era Sufiyan Veturius. Sirsha não fazia ideia de como ele ainda estava vivo. Havia rumores de que a morte perseguia a família Veturius como um predador faminto a sua presa.

— Você não tem permissão para entrar no complexo Jaduna. — R'zwana tentou ameaçar Sufiyan se impondo à frente dele, mas ele desviou com tanta elegância que ela ficou ali, encarando-o, confusa.

— Você está mantendo sob custódia uma cidadã do Império Marcial, e exigimos sua libertação. — Sufiyan falou em ankanês com sotaque, seu rosto bonito refletindo uma espécie de tédio teimoso. Ele avistou Sirsha e deu uma piscadinha. — Ah, excelente. — Ele gritou olhando para trás: — Ela está aqui!

Sirsha olhou perplexa quando uma pessoa alta passou por D'rudo e entrou no recinto. Era Quil. Mas não o mesmo Quil do paquete. De fato, ele *parecia* idêntico. A armadura estava um pouco apertada nos braços e no peito — não que Sirsha achasse ruim —, e ele tinha o mesmo cabelo ondulado e sedoso, a pele marrom-clara, os olhos castanhos, nariz aquilino e ombros largos. Mas algo na maneira como se portava era completamente diferente.

Como se o lugar e todos ali pertencessem a ele.

O olhar de Quil se deteve nela, parando por um instante na bochecha, onde sem dúvida estava se formando um hematoma feio. Por um momento, seus olhos claros faiscaram de fúria, e Sirsha sentiu um calor formigante percorrer o corpo. Ele estava com raiva não dela, mas por ela.

Um instante depois, a expressão indiferente retornou e ele se concentrou na irmã de Sirsha.

— Raan-Ruku-Ja'ira. — *Honrada Loba da Mãe*. Quil se dirigiu a R'zwana em um tom que beirava a ameaça. — Exijo a libertação desta mulher. De acordo com o Tratado de Nur, assinado pela Imperatriz Helene Aquilla e representantes das Raanis Jaduna no primeiro ano após a Batalha de Sher Jinaat, qualquer cidadão do Império que tenha infringido a lei de uma nação integrante será extraditado para o Império a fim de enfrentar o julgamento.

R'zwana já havia se recomposto e apoiava a mão na adaga em seu cinto.

— Ela *não* é uma cidadã do Império Marcial. É uma Jaduna e...

— Ela *era* uma Jaduna. No entanto, passou a ser uma cidadã Marcial.

— Mentiras — vociferou R'zwana, e Sirsha gemeu, porque Quil tinha escolhido a Jaduna errada para discutir jurisprudência. R'zwana amava as leis Jaduna. Ela devia ter memorizado todos os tratados já feitos por seu povo, incluindo os inscritos em paredes de pedra milhares de anos antes. Ela prosseguiu, em um tom animado: — Nenhum Jaduna pode se tornar cidadão de outra nação a menos que seja por casamento *e* decreto soberano. O processo leva meses, quando não anos, e não me diga — ela marchou até Sirsha e agarrou a corrente fina em volta do pescoço da irmã enquanto Quil abria a boca — que ela é casada, porque os Jaduna levam os votos muito a sério. Não somos meramente maridos, esposas ou parceiros. Somos Adah, *metades de alma*. Se ela tivesse se vinculado a outra pessoa, teria uma moeda de diamantes.

A corrente de Sirsha tinha uma mísera moeda, que se materializou quando ela fez seu voto a Elias, maldito fosse.

Quil cruzou os braços. Ele olhou em volta para a assembleia Jaduna com uma arrogância suprema.

— Por casamento ou *noivado* — enfatizou ele, e Sirsha percebeu que estava de alguma forma sendo resgatada pela única pessoa em todo o Continente do Sul que conheceria tantas leis quanto R'zwana. — Nenhum Jaduna pode se tornar cidadão de outra nação a menos que seja por casamento ou *noivado* e decreto soberano. E ela está noiva. De mim.

Sirsha se esforçou muito para manter o rosto... bem, com qualquer que fosse a expressão adequada quando seu suposto noivo anuncia seu falso noivado para a irmã que quer transformar a pessoa em comida de pássaro.

Ao lado de Sirsha, J'yan, que continuava usando sua magia, tentou trocar um olhar com ela. Sirsha o ignorou completamente.

R'zwana soltou uma risada que parecia um latido e ergueu a corrente de Sirsha outra vez.

— Esta não é uma moeda de noivado, Marcial. E você não tem uma. Se estivessem noivos, teriam.

— As tradições Marciais são diferentes — argumentou Quil. — Ela tem um bracelete meu. De couro preto. Pedra lápis-lazúli com um sol dourado. Vocês têm poderes. — Ele olhou de D'rudo para J'yan, mal conseguindo conter o escárnio na voz. — Um de vocês deve ser capaz de sentir que já pertenceu a mim.

Quando Quil a fitou, Sirsha sentiu o estômago embrulhar de desgosto. Ela havia roubado o bracelete, e ele sabia.

Ela ignorou a culpa e levantou os punhos ainda amarrados.

— Não importa — rebateu R'zwana. — Não me lembro de nada sobre noivado no tratado. Ela é uma traidora e você é um soldado sem qualquer título, certamente não é soberano o suficiente para fazer *nenhum* tipo de decreto…

— Ah — interrompeu Sufiyan, uma atitude tão corajosa e tola que Sirsha só podia admirá-lo e, ao mesmo tempo, sentir uma breve tristeza por ele estar prestes a morrer. — Perdoe-me — soltou ele. — Fui negligente em meus deveres. Ele, na verdade, possui um título. Permita-me apresentar Zacharias Marcus Livius Aquillus Farrar, futuro *Imperator Invictus* e Senhor Supremo do Reino, atual Tenente Comandante do Exército Imperial e Príncipe Herdeiro *Soberano* do Império Marcial.

19
Aiz

Na quinta noite fora de Sadh, com o vento de outono açoitando seu rosto, Aiz enfim encontrou a tribo Saif.

Eles haviam estacionado as carroças prateadas e verdes ao redor de um dos muitos poços que margeavam a estrada da costa. As paradas eram idênticas, com uma pequena hospedaria, um posto de suprimentos e duas fontes, uma para os animais e outra para as pessoas. O deserto para além de cada poço era amplo, com fogueiras para uma dúzia de caravanas. Todo o espaço estava tomado.

Laia de Serra está aqui, informou Madre Div. *E está bem protegida*.

A noite no deserto caiu rápida e fria, uma cortina recaindo sobre o sol. Logo, a única luz existente era a que emanava das fogueiras espalhadas pela escuridão. Uma das mulheres da tribo Saif começou a dedilhar um instrumento de braço alongado, enquanto outras se juntavam ao redor do fogo, cantando. Pouco depois, o cheiro de vegetais assados e manteiga encheu o ar. O estômago de Aiz roncou.

Tregan relinchou quando ela a amarrou.

— Eu volto logo, garota. — Ela acariciou a cabeça da égua e se aproximou da tribo Saif em silêncio, seus instintos de sobrevivência da favela de Dafra entrando em ação. Os arredores do acampamento estavam escuros e cheios de sombras, e Aiz se escondeu entre duas carroças para espiar, acariciando a cicatriz em formato de D em sua mão, um lembrete de seu povo. Do motivo de estar ali.

Aiz não tinha certeza de qual mulher da tribo era Laia. Havia várias fogueiras, e todos pareciam estar contando histórias, cantando ou cozinhando. Aiz observou uma pessoa em particular, um garotinho de olhos cinza e uma risada marcante, cantarolando uma história para um grupo de crianças mais velhas que ele.

O filho de Laia de Serra, disse Madre Div. *É a chave para ganhar a confiança dela. Ele vê o que os outros não veem e a mãe dele sabe disso.*

O vento mudou de direção, e Aiz se afastou da carroça, estudando a escuridão às suas costas. Era como se estivesse sendo observada. Quando teve certeza de que estava sozinha, desamarrou Tregan e se aproximou do acampamento, com o coração martelando.

Madre Div, fique comigo.

— Saudações, tribo Saif — gritou Aiz em ankanês, esperando que alguns deles falassem o idioma. — Estou procurando vocês há muito tempo. Posso entrar no seu círculo?

As risadas desapareceram e se transformaram em murmúrios. O som de lâmina pôde ser ouvido enquanto guerreiros sacavam as armas. Um clarão no entorno escuro a fez notar que alguém havia apontado uma flecha para seu coração.

— Chegue perto do fogo — instruiu uma mulher em ankanês com sotaque, em voz baixa, mas autoritária. — Deixe o cavalo.

Aiz se aproximou com as mãos erguidas e os ombros baixos, para que parecesse pequena.

— Estou procurando Laia de Serra. — Ela já havia aprendido que era melhor chegar o mais perto possível da verdade quando se tratava das tribos. Especialmente desta.

— O que quer com ela? — perguntou a mesma pessoa.

Aiz sentiu um toque gelado de um objeto de aço em seu flanco. Ela olhou para a esquerda, alarmada ao encontrar um rapaz de cabelo preto a encarando, a espada brilhando no escuro. Ele era alto como um nobre, mais alto até, e tinha o rosto anguloso. Aiz olhou para ele, incapaz de disfarçar a surpresa e a raiva.

Tudo o que Aiz conseguia ouvir era o estalo das chamas e o raspar da areia. Rostos a encaravam. Ainda não eram hostis, mas severos e alertas.

Aiz concentrou a energia em conter a ira que a fazia querer dar um tapa na lâmina. "Sua raiva vai acabar matando você". O alerta de Cero não servia de nada. Ela estava exausta e faminta, e desejava que essas malditas pessoas não fossem tão desconfiadas.

Você nunca deu ouvidos a Cero, falou Madre Div em sua mente. *Porque não se importa consigo mesma. Mas eu entendo você, filha de Kegar. Preste atenção em mim e controle sua raiva por enquanto. Sua raiva acabará com a sua vingança contra o farsante Tiral. Ela condenará seu povo à fraqueza e ao rancor.*

Aiz respirou fundo e encontrou a paz interior. Enquanto cavalgava, ela havia pensado na história que contaria. Nas muitas camadas que usaria para manter sua identidade segura, para conseguir o que precisava.

Era hora do teste para determinar se Aiz era mesmo digna o bastante para ser a escolhida de Madre Div, ou se todos os seus planos tinham sido em vão.

— Tenho uma pergunta sobre uma história — explicou Aiz. — Uma história que somente uma grande kehanni como Laia de Serra saberia. O assunto é importante para mim e meu povo, que foi cerceado e está sofrendo abusos. — Ela olhou para os rostos da tribo Saif. — Não quero fazer mal a ela.

Fez-se um silêncio longo e tenso, durante o qual Aiz teve certeza de que o garoto ao seu lado a atravessaria com a lâmina.

Mas aquela mesma voz líquida falou em meio à escuridão:

— Pode se afastar, Quil. Eu lido com ela.

O garoto afastou a lâmina e desapareceu na escuridão, deixando visível apenas um lampejo de seus olhos em um tom âmbar. Aiz soltou a respiração devagar, e uma mulher surgiu, iluminada pelo fogo, o cabelo escuro preso em um coque frouxo pouco acima da nuca. Ela usava um vestido verde e prata simples, apertado na altura da cintura estreita, e seus pulsos eram tatuados com desenhos geométricos. Aiz não tinha o dom da presciência, como videntes de Ankana tinham. Mas, quando o olhar dourado-escuro da mulher se fixou em Aiz, ela teve um desejo repentino de fugir. De montar Tregan e cavalgar para longe dali.

Aiz deu um passo para trás e, quase no mesmo instante, ouviu o inconfundível tilintar de dezenas de lâminas desembainhadas ao mesmo tempo.

— Eu não arriscaria correr — declarou a mulher, com calma. — Você não vai conseguir ir muito longe.

— É você — replicou Aiz. — Você é Laia de Serra.

A mulher assentiu.

— Não sei seu nome.

Aiz havia escolhido o nome com cuidado. Algo que nunca seria ligado a uma Narceja desprezível que morria de frio no claustro. Havia escolhido o antigo nome de uma estrela.

— Ilar — informou ela. — Ilar de Ankana.

— Bem-vinda, Ilar — saudou Laia de Serra. — Compartilhe o sal conosco. — Ela gesticulou para o fogo, e Aiz se juntou a ela, pegando uma pitada de sal de uma tigela que Laia ofereceu. Momentos depois, o rapaz chamado Quil apareceu com pão achatado e tigelas de lentilha e verduras. Aiz pegou o dela com cautela.

— Não está envenenado. — A voz de Quil era baixa, mas firme.

Mesmo com o fogo estalando e o vozerio das conversas, Aiz conseguia ouvi-lo bem. Ele falava ankanês praticamente sem sotaque, devia ser um dos linguistas da tribo. Com tanto comércio entre essas terras e Ankana, toda Tribo precisa ter um.

Ele rasgou um pedaço do pão, mergulhou na tigela de Aiz e comeu.

— Viu?

Ao lado de Aiz, Laia se aconchegou entusiasmada conforme os outros membros da tribo se acomodavam por perto para comer. Enquanto Quil ainda observava, Aiz deu uma mordida.

E quase explodiu em êxtase. Ela olhou para o garoto tentando agradecê-lo, mas ele havia desaparecido na escuridão outra vez. A tribo confiava nele, era a pessoa que a teria matado se considerassem Aiz uma ameaça. No entanto, ele servira a comida como um criado humilde. E não se parecia em nada com os demais. Nem Laia.

Embora todos sorrissem e gargalhassem ao redor, Aiz não tinha a ilusão de que confiavam nela. *Respire*. Ela deixou os ombros relaxarem e sorriu. Permitiram que ela se aproximasse. Precisava, então, ganhar a confiança deles e conseguir as respostas sobre a história de Madre Div.

— Desculpe, eu não falo ankanês tão bem quanto Quil ou meus filhos — começou Laia de Serra. — Fale-me de você. — Enquanto Laia falava, pequenos espelhos costurados nas bordas de suas roupas refletiam a luz do fogo, fazendo parecer que seu vestido estava em chamas. — Você tem… — Aiz percebeu que Laia estava com dificuldade para pensar na palavra adequada. — Pessoas? — completou ela, por fim.

— Família? Não — respondeu Aiz. — Minha mãe morreu quando eu era pequena. Não conheci meu pai e não tenho irmãos.

A expressão no rosto de Laia se suavizou.

— Ah. — Ela olhou nos olhos de Aiz e tocou o braço da garota, recuando quando Aiz se encolheu. — Sinto muito. De onde você é em Ankana?

As perguntas da kehanni eram gentis, mas não deixavam de ser um interrogatório.

— Da capital. — Aiz havia praticado a resposta na estrada. — De um bairro chamado Bisker.

Laia de Serra balançou a cabeça.

— Não conheço. Meu marido viaja para lá com frequência. Elias, meu amor…

Um homem grande de cabelo preto saiu de uma das carroças. Carregava duas espadas cruzadas nas costas.

Elias deu um beijo no topo da cabeça da esposa e se sentou ao lado dela. O garotinho que Aiz tinha visto contando uma história, quase um gêmeo daquele homem, até mesmo os idênticos olhos prateados, saiu correndo da escuridão e se jogou no colo do pai, tagarelando em sadês até que Laia disse algo a ele. O garoto olhou para Aiz, curioso.

— Aba, escute.

Ele passou a falar em ankanês para que Aiz pudesse acompanhar a conversa, o que era condizente com o que ela havia aprendido sobre as tribos durante seu breve tempo naquela região. Hospitalidade era primordial, e isso significava garantir que os convidados entendessem o que era dito.

— Sufiyan diz que não gostou da história que contei sobre os Durani e a parede de poeira. Agora ele não me deixa montar na égua dele. Mas ontem ele não me deixou cavalgar porque disse que sou meio lobo e vou assustar ela, mas *não sou* e ele não me *ouve*…

— Ruhyan, meu amor — interrompeu Elias com um sorriso, levantando a criança sobre os ombros com a mesma facilidade com que levantaria um saco de penas. — Sua mãe estava falando. Aprecie a vista aí de cima e, depois que ela terminar, você e eu vamos descobrir como enganar seu irmão, sim?

— Sim, Aba. — A criança deu um tapinha no cabelo escuro do pai. — Desculpa, Ama.

Laia abriu um sorriso indulgente para o menino e virou-se para o marido.

— Bisker, em Ankana. Você conhece? Ilar é de lá.

— Conheço. — O sorriso do homem se desfez, e ele fixou os olhos claros em Aiz como se ela fosse feita de cobras. — Você tem um belo cavalo — acrescentou ele com gentileza.

Aiz sentiu o pescoço ficar vermelho. Elias sabia que Bisker era uma região periférica. Havia escolhido o lugar de propósito. Aiz nunca conseguiria convencer ninguém de que era nobre. Mas Bisker era um lugar misterioso o suficiente, pelo menos de acordo com Dolbra, por isso Aiz achava que ninguém nas terras tribais o conheceria.

Muito menos um homem que poderia parti-la ao meio só com uma das mãos se ela olhasse para a esposa ou para o filho dele do jeito errado.

— Tregan foi um presente — contou Aiz. — De alguém com mais recursos do que eu.

Aiz sentiu um aperto no peito ao pensar em Cero. No claustro. Ela não podia colocar tudo a perder por causa da suspeita de um homem. Madre Div dissera algo sobre Ruhyan. "Ele é a chave para ganhar a confiança dela. Ele vê o que os outros não veem." Aiz olhou para o garoto.

Ruhyan sorria de um jeito travesso, lembrando Aiz de Hani. Ela não conseguiu segurar e sorriu de volta.

— Aquela ali é minha égua. — Ela apontou para onde Tregan estava. — Treg não se assusta com nada, nem mesmo com crianças pequenas que são parte lobo.

— Meio lobo — corrigiu o garoto, mas um sorriso tímido surgiu em seu rosto. — Posso montar?

— Claro que pode — permitiu Aiz. — Se seus pais permitirem. Ela ficaria feliz por transportar uma carga mais leve. E ela é mais rápida que a égua do seu irmão. Rápida como o vento.

Ruhyan suspirou, ansioso.

— Eu quero ir rápido como o vento.

— *Pffft*. — Uma voz surgiu para além do fogo. O garoto que apareceu era mais jovem que Aiz e muito bonito, com os olhos dourado-escuros de Laia. — Nenhum cavalo é mais rápido que Lili.

— Tregan é. — Aiz se concentrou apenas em Ruhyan. Ela piscou para a criança. — Confia em mim.

Ruhyan olhou para ela por alguns segundos, mas pareceu mais tempo. *Quero saber onde está Madre Div*. Ela deixou a verdade emergir na mente. *Quero ajudar meu povo.*

— Eu confio em você — afirmou ele, por fim, seu sorriso um lampejo na escuridão. — Posso correr com ela?

Com aquelas palavras, algo mudou no acampamento. Laia relaxou. Elias olhou para o garoto, sorrindo.

— De manhã, meu amor. — Elias se levantou, e Ruhyan desceu, deixando escapar um riso animado. — Eu mesmo julgarei a corrida, e quem perder vai dobrar roupa por uma semana. Agora, onde estão suas irmãs?

— Zuriya está com a fakira — respondeu Ruhyan. *Aqueles que cuidam dos mortos*, lembrou Aiz. — E Karinna está batendo naquele garoto da tribo Aish que ela odeia. Eu disse a ela para parar, porque ele é maior que ela, mas sabe como é a Kari.

Laia pareceu preocupada e passou a falar em sadês.

— *Pires?*

— Não se preocupe — tranquilizou Ruhyan. — Ela tá bem...

— Não é com *ela* que estou preocupada, Ruh — retorquiu Laia. — Elias...

— Eu cuido disso — disse ele, se espreguiçando devagar até Laia encará-lo.

— Sem pressa, então?

Ele deu de ombros.

— Se minha filha acha que é apropriado dar uma lição em um moleque Aish de boca suja, quem sou eu para me meter?

— Jaldi! — exasperou-se Laia, e o marido riu, abaixando-se para dar um beijo demorado nela.

Os filhos trocaram um olhar, fazendo caras idênticas de aversão, e seguiram o pai noite adentro. As demais pessoas da tribo retomaram suas conversas.

— Minha filha Karinna — explicou Laia — tem catorze anos. É a segunda filha, depois de Sufiyan. E é mais geniosa do que todo o resto da família junto.

Pode até ser a mais geniosa, pensou Aiz. *Mas o pai dela é mais letal.*

— Ruhyan, Ruh, me lembra uma garota que conheci onde eu moro — comentou Aiz. — Hani. Ela também ama o vento.

Laia inclinou a cabeça. A expressão em seu rosto era gentil, mas também havia certa severidade ali.

— Minha família é muito protetora — afirmou Laia. — Mas não acho que você esteja aqui para me matar.

— Não estou — assegurou Aiz, e se lembrou do que Dolbra dissera. — Você é a guardiã e contadora de histórias da sua tribo. Uma caçadora de histórias.

Imagino que já tenha contado histórias que algumas pessoas não gostariam que fossem contadas. E isso deve deixá-las furiosas.

Laia olhou para ela, surpresa.

— Sim — confirmou ela. — Você entende bem o papel de uma kehanni.

— Estou aqui por causa de uma história em específico — contou Aiz. — Mas só porque espero saber mais. Você a contou há muitos anos, eu acho. — Ela pegou a mochila para mostrar o livro a Laia, mas uma voz gritou em sua mente.

Não!, gritou Santa Div. *Ela não pode ver!*

— Ah. — Aiz paralisou. Laia o havia escrito. Perguntar a ela sobre o livro parecia a maneira mais rápida de descobrir mais. Enquanto Aiz pensava no que fazer, Laia ergueu uma sobrancelha, a preocupação em seu rosto se transformando em cautela.

— Você estava dizendo…?

— Me perdoe. — Aiz se recompôs e deixou o livro na mochila. Madre Div nunca a havia guiado da maneira errada. — Tem uma história que você contou há muito tempo e se chama "O Invólucro da Fonte". Eu gostaria de saber mais sobre ela.

— O Invólucro da Fonte — repetiu Laia, murmurando, pensativa.

Aiz prendeu a respiração, ansiosa para reunir o conhecimento de Laia e usá-lo para encontrar o espírito preso de Madre Div.

Mas Laia balançou a cabeça.

— Sinto muito, Ilar — replicou ela. — Eu nunca ouvi essa história. Talvez tenha sido atribuída a mim, mas eu não sou a fonte dela. No entanto, o fogo está aceso a as estrelas brilham no céu. Conte-a para mim.

Embora Laia não parecesse estar mentindo, Aiz não tinha certeza. Talvez fosse outro teste de Madre Div. A história não se revelaria sozinha. Aiz teria que provar que era digna dela.

— Se eu contar para você essa história, peço que não a compartilhe — requisitou Aiz, considerando as muitas maneiras pelas quais Tiral poderia rastreá-la. — Para minha segurança. Meu povo é um grupo pequeno. Somos perseguidos por nossas crenças.

— Em Ankana? — Laia franziu a testa, a curiosidade evidente. — Os videntes são conhecidos por respeitar a dignidade de todos. Eles não aceitaram abrir comércio com o Império até que a escravidão fosse abolida.

— Todo lugar tem seus párias — resumiu Aiz.

Laia assentiu e olhou ao redor do fogo. Ela falou uma frase e todos que estavam reunidos momentos antes se retiraram, como se tivessem tarefas urgentes para resolver em outros lugares.

— Não compartilharei sua história sem sua permissão — garantiu Laia. — Fale.

Aiz contou com cuidado, sem mencionar Kegar, apesar da promessa de Laia. Kegarianos não eram conhecidos tão ao norte e a presença de um seria comentada. Caso Tiral a estivesse caçando, ele a encontraria com facilidade.

Em vez disso, sem usar o nome de Div, Aiz contou a história de uma clériga sagrada fugindo de uma grande calamidade. Ela encontrou um novo lugar para seu povo, longe de sua terra natal, até deixá-los para trás e ser capturada.

Laia ouviu em um silêncio tão profundo que era como se estivesse queimando cada palavra no próprio sangue. Para ela, não se tratava de uma simples conversa diante da lareira.

— O corpo da clériga está morto há muito tempo, kehanni. — Aiz não havia planejado falar sobre sua missão sagrada, mas a história fez seu sangue ferver, e tinha certeza de que a honestidade de sua paixão convenceria Laia a ajudá-la. — Mas o espírito dela está aprisionado. Não posso aceitar isso, preciso encontrá-la e libertá-la. Sei que dirá que é apenas uma história...

— Sou a última pessoa no mundo a dizer que uma história não tem poder — afirmou Laia. — Às vezes, o poder de uma história pode ser maior do que qualquer outra coisa. Você diz que sua Santa Clériga está presa e precisa libertá-la. Me fale sobre a prisão outra vez.

— Encarcerada sob as presas de um gigante. Nenhuma criatura dotada de pelo ou pena ousa ir até lá. É... um vazio ressequido, sem chuva ou vento.

A kehanni traçou círculos em um bracelete de madeira que usava no bíceps, como se estivesse procurando uma memória naquelas gravuras intrincadas.

— As presas de um gigante — murmurou ela. — Um vazio ressequido... quando diz isso, eu sinto que já ouvi essas palavras. Mas não consigo me lembrar direito. Isso pode estar além da minha alçada, Ilar. Se minha instrutora Mamie ainda estivesse aqui... — Laia balançou a cabeça. — Nós a perdemos dois invernos atrás. Todo dia eu me deparo com uma pergunta para ela. Deixe-me pensar um pouco sobre isso. Você compartilhou o sal conosco. Até que eu tenha uma solução, é nossa convidada. Viva como nós.

Aiz percebeu que ficou ressentida. As tribos tinham tanta fartura que podiam dividir com qualquer estranho, enquanto os clérigos que cuidavam dos mais fracos de Kegar mal tinham pão para si próprios.

A inveja não serviria de nada para Madre Div. Aiz se forçou a sorrir.

— É muita generosidade, kehanni. Mas eu não gostaria de impor minha presença por mais do que alguns dias.

Sem dúvida Laia sentiu a impaciência de Aiz.

— Isso pode levar meses, Ilar — explicou ela gentilmente. — Não me importo em caçar uma história. Talvez isso estivesse destinado a acontecer, mas precisarei procurar outros kehannis que possam me aconselhar. Enviarei mensagens, pedirei reuniões em Nur, aonde vamos para o Rathana, o festival de solstício de inverno.

A mulher se levantou e gritou algo. Pouco tempo depois, as pessoas que haviam desaparecido retornaram, trazendo consigo uma sobremesa fumegante. Laia serviu uma tigela para Aiz.

— Isso é khiram — informou ela. — Pudim de arroz com açafrão, uma especialidade da tribo Saif. Coma. Descanse, fique em paz. Você está segura conosco. Nós conversaremos pela manhã.

Laia saiu e, em torno de Aiz, os membros da tribo Saif continuaram a conversar.

Meses. Aiz não tinha meses. Irmã Noa, Olnas e Hani estavam no Tohr *naquele momento.* Aiz precisava destruir Tiral. E depois...

Os Contos Sagrados diziam que a revelação do Nono Conto desencadearia o Retorno. Seu povo finalmente voltaria para casa. A impaciência tomava conta de Aiz. *Meses!*

Madre Div se pronunciou. *O que é um atraso de meses quando eu passei séculos esperando? Eu não trouxe você até aqui apenas para me libertar. Há muito que você pode conseguir das tribos. Você permanecerá aqui e aprenderá vivendo entre eles.*

Aiz estremeceu. Madre Div não estava tão compreensiva quanto havia sido em Kegar, ou mesmo no navio ankanês. Ela estava decepcionada. Aiz sentiu o ímpeto de consertar as coisas.

Claro, Madre Div, pensou ela. *Farei o que quiser.*

Quil apareceu perto do fogo, chamando a atenção da maioria dos jovens ali por perto, embora não se aproximassem dele. Ele tinha maçãs do rosto proeminentes, uma mandíbula bem marcada e uma leve protuberância no nariz, a pele mais escura que a dela e imbuída de um brilho marrom-dourado, como se ele passasse a maior parte dos dias ao ar livre.

A cor de seus olhos era clara, estranha e mutável. Em um segundo era brilhante como a de um gato; no outro, mais suave, como as folhas caídas de um pinheiro. Aiz nunca tinha visto olhos como aqueles.

Ele serviu uma tigela de khiram para si, que Ruh logo roubou às gargalhadas. A criança se sentou ao lado de Aiz.

— É minha comida favorita — falou ele. — Ninguém faz khiram melhor do que Quil.

O jovem conquistou a própria tigela. Quando Aiz olhou para ele, Quil desviou o olhar, com as bochechas coradas.

Interessante.

Aiz precisava de amigos ali. De âncoras e pessoas que a ajudassem a entender o lugar, de preferência sem exigir muito dela em troca.

Ela deu uma bocada no khiram. O sabor era suave demais para Aiz.

— Você que fez? — Ela olhou para Quil. — Impressionante. Como faz?

Quil se juntou a ela, mas, antes que pudesse responder, Ruh disse:

— Você gosta de histórias? Deve gostar, já que contou uma para Ama.

— Eu... Você não deveria ter...

— Um dia eu vou ser um kehanni — afirmou Ruh. — Eu tenho uma história boa para contar. Mas é assustadora, e você não é muito grande. — Ele olhou para ela, na dúvida. — Talvez fique com muito medo.

— Quil está aqui. — Aiz olhou para ele, o cabelo caindo no rosto. — Ele vai me proteger. — Ele ficou corado outra vez. *Perfeito.*

— Bom — concordou Ruh. — Não muito tempo atrás, em uma noite fria como esta...

Enquanto Ruhyan começava a história, Aiz descansou a cabeça na mão, lábios entreabertos, a blusa escorregando um pouco do ombro enquanto ouvia o menino e observava as estrelas, bem ciente de como sua pele ficaria iluminada pelo fogo.

Ela havia comprado uma garrafa de attar em Sadh e passou um pouco nos pulsos de manhã. Aiz tentou invocar sua magia para exalar o cheiro e fazer Quil associá-lo a ela. Mas o poder escapou de seus dedos em uma brisa com vontade própria.

Não exija, instruiu Madre Div a Aiz. *Sugira. Depois amarre.*

Aiz cantarolou para o vento em sua mente. *Você carrega fragrâncias tão maravilhosas. Chegue mais perto, por favor, quero compartilhar esta com você.*

O vento resistiu, mas Aiz foi persistente, ouvindo a história de Ruh sem muita atenção. Finalmente, Quil inalou o aroma, parecendo confuso.

— Rosas… — murmurou Quil. — Elas não costumam florescer nessa época.

Ruh levantou uma sobrancelha.

— Que rosas? Eu não falei nada de rosas. Você não está prestando atenção!

— Desculpa, Ruh.

O garoto continuou com a história. Quil tentava não olhar para Aiz, mas não conseguia.

Meio escondida pela escuridão, Aiz sorriu.

20
Quil

Sirsha parecia ter aceitado a revelação do título de Quil com certa calma, pelo menos, olhando-o com desconfiança enquanto tentava se libertar das amarras. Mas quando o príncipe se aproximou dela, R'zwana, que até então se mantivera em silêncio, voltou a falar.

— Não temos nenhuma prova de sua identidade. Qualquer um poderia recitar um nome Marcial ridículo desses e se proclamar príncipe.

— É ele, R'zwana — confirmou o Jaduna grisalho que guardava a entrada, olhando para Quil. — Fui parte da delegação para Antium oito anos atrás. Eu me lembro do rosto dele.

R'zwana poderia incendiar o homem com aquele olhar.

— Não me desafie, D'rudo.

— Parece que ele só está constatando um fato — ofereceu Sufiyan. — Mas vocês dois podem resolver isso sozinhos. Precisamos embarcar, então se puder desamarrá-la, vamos seguir nosso rumo.

— Você quer perdoar tudo e deixá-la se safar — retrucou a Raan-Ruku. — Depois de ela nitidamente ter desrespeitado a regra...

Quil suspirou lentamente enquanto R'zwana enumerava queixas sem parar. Ele tinha experiência suficiente na corte para saber que, se deixasse pessoas mesquinhas discutirem, elas jamais se calariam. Os Jaduna provavelmente poderiam transformar Quil em uma abóbora com um estalar de dedos. Mas Arelia estava sozinha por aí e os kegarianos rastejavam pela cidade feito baratas. Eles precisavam sair dali.

Ele era o príncipe herdeiro da porcaria do Império Marcial. Estava na hora dos Jaduna se darem conta disso.

Ele se lembrou do olhar severo que a tia lançava a seus conselheiros quando resolviam dificultar as coisas, a maneira como ela inclinava a cabeça e todos de repente pensavam três vezes antes de contrariá-la.

Quil sentiu o próprio corpo mudar, a coluna enrijecer-se como se fosse de ferro, a pressão dos polegares nos dedos ao cerrar os punhos. Todos ao redor perceberam e R'zwana, que ainda vociferava, logo se calou.

— Nossas duas nações têm um acordo. — Quil agradeceu mentalmente ao pentelho do tutor por ter insistido que o príncipe memorizasse tal acordo. — Honre-o. Ou serei obrigado a sacar minha arma, e você, a invocar sua magia. E aí teremos um incidente diplomático para resolver.

Os olhos de R'zwana eram escuros, como os da irmã, mas desprovidos do humor e da cordialidade de Sirsha. Neles, Quil enxergou uma insegurança crescente que ela se esforçava para disfarçar. Ele continuou falando, fazendo a irritação dela aumentar.

— Você odeia sua irmã, isso está evidente. Mas não é problema meu. — Devagar, Quil guardou a arma e aproximou-se de R'zwana, aproveitando a indignação da mulher, como havia visto a tia fazer centenas de vezes. Até que, em um movimento rápido, ele estava com uma adaga pressionada no peito dela.

— Solte-a. Minha paciência está acabando.

No instante seguinte, o jovem chamado J'yan usou a própria arma afiada para cortar as amarras de Sirsha.

— Eu também sou Raan-Ruku — revelou J'yan a R'zwana. — Não vou ficar contente se tiver que contar à Raani que a filha dela morreu em uma briga de faca com um Marcial. — Ele soltou a última palavra como se fosse veneno.

Quil suspeitou que aquele desprezo tivesse a ver com o fato de ter declarado que ele e Sirsha estavam noivos.

— Ela pode ter nascido Jaduna — prosseguiu J'yan. — Mas ela não é mais Jaduna. Melhor deixá-la ir, temos um assassino para caçar e não há tempo para bobagens.

Uma veia pulsou na têmpora de R'zwana, que sorriu. A mudança repentina foi tão irritante que Quil segurou a adaga com mais força.

— Se estão noivos — retrucou ela —, deixe-o recitar as palavras de fidelidade. As palavras *Jaduna*, testemunhadas pelas partes apropriadas.

— Sua Alteza não tem tempo para esperar um membro do clero Jaduna aparecer — assinalou Sufiyan, o desprezo emanando de cada palavra. — Ele é um príncipe Marcial, pelos céus. Sua palavra é honrada.

R'zwana olhou para Sirsha.

— A palavra dele não é o problema. Não precisa se preocupar. Qualquer Jaduna apropriado pode realizar a cerimônia com algumas palavras.

— Chega. — A voz de Sirsha falhou. — R'zwana, não tem necessidade...

— Eu *sabia* que você estava mentindo! — R'zwana agarrou o braço de Sirsha e a levantou. — *Noiva!* Como se alguém fosse querer se casar com *você*. — Sirsha estremeceu e, ao ver o sofrimento dela, Quil perdeu a paciência.

Ele não sabia por que achava o desprezo de R'zwana por Sirsha tão repugnante. Talvez porque ele não conseguia sequer pensar em tratar Arelia ou Sufiyan daquela maneira. Ou porque, apesar da dissimulação de Sirsha, havia algo estranhamente cativante na forma desastrosa como ela fazia isso, o que instigava seu ímpeto de protegê-la.

Qualquer que fosse o caso, ele confrontava R'zwana de maneira ameaçadora antes de se dar conta do que estava fazendo.

Sufiyan se aproximou e falou em voz baixa:

— Talvez você não devesse matar a Jaduna, Quil.

— Quais são as palavras? — Quis saber ele, que estava em completo silêncio. — Eu as direi.

Sirsha olhou para ele, surpresa, e R'zwana deu um passo para trás. A antipatia inicial de Quil pela mulher havia se transformado em algo muito mais próximo a aversão. Ela não estava interessada em acordos, leis ou lógica. Ela só queria matar a própria irmã. Em algum momento, ela encontraria uma razão para justificar tal atitude. Quanto mais prolongassem aquela situação, mais provável seria que ela achasse outra brecha e mais tempo ficariam presos naquela maldita cidade.

Ele não sabia muito sobre os votos dos Jaduna, porque seu tutor havia se concentrado em acordos e tratados. Um matrimônio Marcial levava algum tempo, porque envolvia famílias e bens. Mas *eram* acordos passíveis de dissolução, e Quil nunca havia se deparado com nenhuma informação indicando que um noivado para os Jaduna fosse diferente.

— Vamos logo — rosnou Quil. — Como Sufiyan disse, temos outros assuntos a resolver.

— Muito bem. — A surpresa de R'zwana era evidente. — J'yan, as palavras de testemunho.

O Raan-Ruku hesitou, e a irmã de Sirsha lançou um olhar tão feroz ao homem que Quil ficou admirado pelo fato de o Jaduna continuar vivo.

J'yan suspirou.

— Eu, J'yan Deshma, do Kin Deshma, testemunho esta união.

R'zwana pigarreou para D'rudo. Ele balançou a cabeça, mas falou:

— Eu, D'rudo Inashi, do Kin Inashi, testemunho esta união.

O rosto de Sirsha empalideceu quando R'zwana sorriu com malícia, sacando uma adaga e oferecendo-a a ela.

— Você já conhece as palavras, irmã — zombou. — Já as ouviu o suficiente.

— E-eu, Sirsha W-W-Westering, nomeio Quil meu...

— O nome completo dele — sibilou R'zwana. — E não se esqueça do sangue.

Sirsha fez uma careta e um corte na mão.

— ... nomeio Zacharias Marcus Livius Aquillus Farrar meu Adah, metade da minha alma. Entrego meu coração para que ele o guarde, um presente único.

R'zwana pegou a lâmina e entregou para Quil.

— Você decorou os tratados, então imagino que consiga repetir isso, não é?

Ele cortou a palma da mão com a faca.

— Eu, Zacharias Marcus Livius Aquillus Farrar, nomeio Sirsha Westering minha Adah, metade da minha alma. — Eram apenas algumas palavras, não significariam nada. Ele tentou olhar normalmente para Sirsha, mas desviou a visão ao perceber a evidente angústia dela. — Entrego meu coração para que ela o guarde, um presente único.

R'zwana analisou os dois.

— Mãos — pediu ela, e Sirsha suspirou ao oferecer a dela para Quil.

Ele a segurou. Enquanto o sangue de ambos se misturava, Quil sentiu o corpo ficar gelado e, logo em seguida, quente demais, como se estivesse com febre.

— Testemunhado. — R'zwana fungou.

J'yan e D'rudo repetiram. Sirsha soltou Quil. No instante seguinte, houve uma mudança no ar, como se uma janela tivesse sido aberta, embora o ambiente fosse todo fechado. Quil sentiu o pescoço ficar vermelho e olhou para baixo, alarmado. Esperava se deparar com um ferimento ou um dardo fincado na pele.

Em vez disso, ele encontrou uma corrente fina de prata brilhando no pescoço, com uma moeda presa a ela.

— O que é isso?

— Essa é a marca de um *verdadeiro* juramento Jaduna — replicou R'zwana.

— Excelente — cortou Sufiyan. — Vamos nessa.

Antes que alguém pudesse protestar, Sufiyan saiu apressado e Quil o seguiu. O príncipe agarrou a mão de Sirsha, percebendo que seria estranho não tentar ao menos tocá-la, já que em teoria estavam noivos.

— Vai, vai — murmurou Sufiyan enquanto eles corriam por um longo corredor e subiam um lance de escada. — Antes que eles mudem de ideia.

Empurraram as portas do complexo e saíram para a noite chuvosa. Uma figura surgiu na frente deles e Sufiyan estava com o arco e a flecha prontos para atacar antes que ela pudesse levantar as mãos.

— Sou eu! — Arelia estava encharcada e ficou ofendida ao ver o olhar assassino no rosto de Sufiyan. — Os kegarianos embarcaram no paquete. Bem quando eu estava começando a entender o motor. Escapei deles por pouco e consegui alcançar vocês no mercado, mas vi que foram atrás de Sirsha, e acabei ficando presa no meio da multidão.

Ela levantou uma sacola.

— Consegui uns mantimentos. Já que vocês esqueceram essa parte da missão.

Arelia olhou para a mão de Quil, ainda entrelaçada com a de Sirsha. Ele a soltou no mesmo instante, esperando que a Jaduna logo desaparecesse sem nem agradecer. Mas Sirsha só ficou olhando em volta, preocupada. Vozes ressoavam por perto.

— Precisamos sair de vista. — Sirsha apontou na direção de um beco.

Eles se abaixaram e entraram em outra viela estreita, mas se depararam com quatro soldados kegarianos, que arrastavam uma pessoa. Pelas roupas, parecia ser um Marcial. Quil não conseguia entender o discurso kegariano do soldado, mas um deles esfregava o maxilar e olhava feio para o prisioneiro; o Marcial tinha resistido à captura.

Quil levou a mão à cimitarra, analisando a situação. *Quatro soldados, a armadura tem pontos fracos no ombro e no pescoço.* Mas Sirsha o agarrou pelo braço.

— Não pode derrubar todos eles, Quil — falou ela. — Não se quiser sair de Jibaut vivo.

Ela o deteve tarde demais: um dos kegarianos olhou para cima e gritou.

— Corre! — exclamou Quil, mas um vento repentino soprou do céu, arrastando Sufiyan e Quil de volta para a rua de onde estavam tentando escapar. Arelia, ainda atrás deles, mergulhou em uma cerca viva.

— Ah, infernos... Quil! — Sufiyan agarrou uma parede próxima, mas perdeu o apoio e derrapou para o meio da estrada ao lado do amigo.

O instinto de Quil gritava para que corresse, mas ele não conseguia se mover. Não conseguia sequer falar. *Como é possível? Outra maldita invenção kegariana?* Ele tentou ver para onde Sirsha tinha ido, mas descobriu que não precisava, porque o colar estava quente, e ele podia *sentir* onde ela estava, escondida a alguns metros de distância.

Ele não teve tempo para refletir, porque uma figura surgiu em meio à escuridão do beco. Alto e encapuzado, de ombros largos e armadura cinza. Suas feições estavam quase totalmente escondidas, mas Quil conseguia distinguir a pele pálida, o maxilar angular e a boca zombeteira.

— Quil Farrar — identificou o homem, em um ankanês sem inflexão. — O próprio príncipe herdeiro Marcial. Faz muito tempo que desejo encontrá-lo.

Ele não usava nenhum indicativo de patente, mas a maneira como seus soldados recuavam, a maneira como ele andava, fazia Quil acreditar que ele não era um oficial qualquer. O próprio ar parecia crepitar ao redor do homem.

O príncipe tentou impor resistência ao vento e conseguiu se libertar por um instante, antes que um fio de metal branco se desenrolasse da mão do homem e se enrolasse ao redor dos ombros de Quil.

— Fique parado — ordenou o homem. — Deixe-me olhar para...

Uma lâmina fina voou da escuridão e se afundou no ombro do homem. Ele sibilou, estremecendo quando mais três passaram perto da cabeça e empalaram dois dos soldados atrás dele.

Sirsha apareceu no final da rua, arremessando outras adagas na direção do bando.

— Vão, eu dou cobertura.

O vento vacilou, Quil e Sufiyan dispararam para o beco, Sirsha e Arelia foram logo atrás. A Jaduna os alcançou e eles a seguiram enquanto ela cortava caminho por um jardim, saltava sobre um muro forrado de cacos de vidro e corria por ruas lamacentas e sinuosas, até parar em um vão estreito entre dois estábulos. Lá dentro, os animais estavam agitados. Arelia torceu o nariz para o cheiro forte de esterco de cavalo.

— Chegaram mais patrulhas — constatou Sufiyan depois de recuperar o fôlego. — Agora eles sabem que estamos aqui. E não temos um barco.

Quil se virou para Sirsha.

— Obrigado — disse ele. — Estamos quites. Boa sorte com a caçada. — Ele olhou para Sufiyan. — Nós, mais do que ninguém, esperamos que você tenha sucesso. Porém... — Seu olhar recaiu sobre o bracelete que ela havia roubado. — Eu queria isso de volta.

— Você não pode ir embora. — Ela o encarou como se ele tivesse sugerido que ela esfaqueasse o próprio olho. — Somos Adah agora, metades de alma. É um vínculo mais profundo do que um simples noivado. Até que nosso juramento seja estabelecido, devemos ficar próximos um do outro, ou será como se nossos ossos estivessem em chamas.

— Quão próximos? — perguntou Quil, alarmado.

— Na tradição Jaduna, *não mais longe do que o alcance de caça de um gato das nuvens* — respondeu Sirsha. — Na prática, isso dá uns dois ou três quilômetros.

Por um instante, ele não entendeu. Até que a ficha caiu. *Pelos céus ardendo em chamas!* Por que ele tinha deixado Sufiyan convencê-lo a salvar Sirsha? E por que, na única vez em que executou um plano sem nenhum planejamento, esse foi o resultado?

— Você poderia ter dito que as palavras de fidelidade me *acorrentariam* a você. — Quil tentou arrancar o colar, mas o acessório não quebrava de jeito algum.

— R'zwana teria me matado na hora! Nenhuma Jaduna resolve noivar com outra pessoa sem antes explicar o juramento Adah. Além disso, você conhecia nossos tratados de trás para a frente. Presumi que também soubesse do juramento.

— Eu... — Quil passou a mão nos cabelos encharcados pela chuva, olhando de Arelia, que estava com os olhos arregalados, para Sufiyan, que tentava expressar solidariedade. — Você sabe quem eu sou — acrescentou ele finalmente a Sirsha. — Não posso me comprometer com... com...

Com uma rastreadora que é interessante demais para o meu caminhãozinho. Ele não disse isso, mas pela expressão de Sirsha, estava evidente que ela tinha presumido o pior.

— Eu não *pedi* para ser resgatada, ó poderoso príncipe — rosnou ela. — Muito menos por um *noivo*. Você salvou minha vida, mas me arrastou pra sua por causa disso. Eu não *queria* dizer as palavras de fidelidade. Mas está feito, então, a menos que você queira desfrutar a dor e o sofrimento resultantes de tentar enganar uma moeda de juramento Jaduna, está preso a mim até encontrarmos uma Raani para quebrar o elo.

O alívio tomou conta de Quil.

— Não é para sempre, então — falou ele. — A gente *pode* desfazer.

— Sim. — Sirsha revirou os olhos. — Em algum momento. E quanto mais tempo passarmos juntos, mais distantes poderemos ficar sem causar qualquer sofrimento um ao outro. Por enquanto, eu vou com você. Não fique tão assustado. Eu sou ótima com adagas, conheço o Continente do Sul melhor do que qualquer um de vocês e sei de alguém que pode ajudar a gente a sair de Jibaut. Isso se a gente resolver parar de tagarelar e sair deste beco.

Ao analisá-la, Quil sentiu seu instinto vibrar. O desejo de usar sua magia, de entender Sirsha, seus pensamentos e memórias, parecia tão poderoso quanto a necessidade de respirar quando preso debaixo de água. Ele levantou um pouco a mão, pronto para tocá-la, para ceder.

Mas se lembrou de que estaria tomando à força, roubando como um criminoso vil, e forçou a magia a retroceder para o fundo da mente.

— Você está escondendo algo — observou ele.

— Estou escondendo muitas coisas, príncipe — retrucou ela. — Agora que estamos noivos, tenho certeza de que você descobrirá tudo. — Sirsha correu um dedo pelo peito dele, os olhos escuros insondáveis enquanto o encarava. Seu cheiro de pinho e céu encheu os sentidos de Quil e o olhar dela recaiu sobre os lábios dele.

Por um momento, Sirsha era tudo o que Quil conseguia ver. Até que ela sorriu, e ele lembrou com quem estava lidando.

— Pelo barulho, tem outra patrulha se aproximando. — Ela se virou para Sufiyan e Arelia. — Querem sair daqui, não querem? Venham comigo.

Kade não ficou feliz ao ver Sirsha. Talvez porque ela estava segurando uma adaga no pescoço dele. Ou porque Sirsha tinha dado um soco na cara dele uns três segundos depois de invadir sua casa. Decerto Quil achou a atitude tão satisfatória quanto ela.

Com os olhos arregalados e em pânico, Kade olhava em volta como se procurasse uma rota de fuga. Quil observou as janelas altas, os sofás de veludo e as mesas com entalhes intrincados repletas de livros e pergaminhos raros. Tudo muito bonito, mas péssimo para uma escapada rápida, a menos que Kade quisesse se jogar por uma das janelas. Quil não estava inclinado a impedi-lo se ele tentasse.

— Você vai conseguir uns cavalos e suprimentos pra mim e meus amigos aqui — exigiu Sirsha a Kade. — E vai fazer isso sem criar caso ou eu vou segurar suas pálpebras abertas enquanto Reli aqui vai tocar fogo no trabalho da sua vida toda.

Kade soltou uma risada curta e apavorada.

— Você não faria isso.

— Ah, eu faria pior — ameaçou Sirsha — se não estivesse com tanta pressa. Anda logo.

Kade se levantou com as mãos erguidas.

— Seus amigos... — Ele riu. — Que eu me lembre você disse que eles eram um bando de Marciais malditos que não iam durar nem sequer uma semana.

Quil olhou para Sufiyan, que deu de ombros. O príncipe percebeu que Sirsha queria mentir e negar a afirmação do homem, já que os "Marciais malditos" passaram a ser fundamentais para sua sobrevivência. Mas, em sua defesa, ela só levantou a cabeça.

— Os cavalos, Kade! — Ela pressionou a adaga contra o pescoço dele. — Agora.

Kade assentiu e desceu a escada na frente deles, saiu por um portão nos fundos e foi até um estábulo grande. Sirsha assobiou, admirada ao apreciar a abundância de montaria. Havia uma dúzia de animais ali tão bons quanto qualquer cavalo que um Máscara pudesse usar.

— Seu esnobe ridículo — xingou ela enquanto Sufiyan e Arelia selavam os cavalos. — Você não precisa de dinheiro. O que foi que a minha irmã ofereceu pra você trair uma amiga?

— Tira isso de perto de mim. — Kade olhou para a adaga. — Não quero que você tropece e me corte sem querer.

— Se eu te esfaquear, não vai ser sem querer.

Ela estava tentando soar sarcástica, mas Quil percebeu pela rigidez dos ombros e pela tensão da mandíbula que a traição de Kade a deixara magoada.

O que fez Quil querer enfiar uma adaga no sujeito com as próprias mãos.

— Por que me trair? — perguntou Sirsha a Kade baixinho, como se tivesse esquecido que Quil estava a poucos metros de distância. — Você sabe o que minha família fez comigo. Eu nunca teria traído você.

Kade olhou para suas mãos, manchadas de tinta e repletas de cicatrizes.

— Essa... assassina — começou ele. — Essa que você está procurando... Você não sabe, Sirsha... Não entende como... como ela é horrível.

O olhar de Quil disparou para Sirsha. *Ela?* A Jaduna não tinha compartilhado essa informação em nenhum momento durante todos aqueles dias que haviam passado juntos em alto-mar.

— Você nunca se interessou pelo meu trabalho — declarou Sirsha. — Por que agora?

— Porque é minha amiga — retorquiu Kade, e suspirou diante do escárnio de Sirsha. — Não quero que nada aconteça com você.

— Foi por isso que você me vendeu para a minha irmã? — questionou Sirsha. — Ela ia me matar, Kade. Ia me afogar e deixar meu corpo para ser janta de gaivota. Você ia passar pela sua *amiga* toda vez que andasse pelo cais pelos próximos três meses!

— Você acha que entende com o que está lidando, mas não faz ideia. Você... — Kade ficou estranhamente pálido, da cor de leite congelado. — Não posso... — Ele se afastou dela. Sirsha recuou, e pareceu tão surpresa com a angústia dele que parecia não ver sentido em ameaçá-lo. — Não posso dizer mais... — concluiu ele. — Não faça perguntas. Por favor... tenha cuidado.

— Pronto — avisou Sufiyan. — Vamos.

Sirsha agarrou um pedaço de corda de um dos ganchos no celeiro e jogou para Quil. Quando ele segurou o objeto, um pensamento lhe ocorreu.

— Você conhece a cidade — disse ele a Kade. — O que sabe sobre as forças de reservas kegarianas?

— Solte a corda e eu te conto.

Quil encostou a cimitarra na barriga de Kade.

— Mais uma palavra inútil, e eu vou te estripar.

— Eles têm cinco mil soldados ao sul da cidade. — Kade olhou para a cimitarra, nervoso. — Cinquenta Veleiros. Vão fazer varreduras procurando vocês.

Quil assentiu e soltou a corda, olhando de volta para Sirsha.

— Se ele estiver amarrado, vão suspeitar que estivemos aqui.

— Tira eles do nosso encalço, Kade. — Sirsha montou na égua. — É o mínimo que pode fazer.

Kade assentiu.

— Eu vou. E juro que não vou contar nada pra sua irmã. — Ele comprimiu os lábios. — Ela não cumpre as promessas mesmo.

— O que ela te prometeu? — perguntou Sirsha. — O que você precisava dela, Kade?

— Sirsha. — Quil olhou para fora. Tinham demorado demais. — Vai amanhecer em uma hora. Se quisermos sair daqui sem que os kegarianos nos vejam, precisamos ir embora agora.

Kade olhou para Quil como se o enxergasse pela primeira vez.

— Os kegarianos são o menor dos seus problemas. — Ele indicou Sirsha com um movimento de cabeça. — Principalmente se estiver junto com ela.

21

Sirsha

Quando o sol nasceu, Sirsha já havia conduzido o grupo pelo interior da floresta devanesa a sudoeste de Jibaut. Quando a cidade portuária estava fora de vista, ela sugeriu que diminuíssem a velocidade, mas Quil os fez seguir em frente, abrindo caminho pela mata e lançando olhares para o alto, tentando evitar que algum kegariano os avistasse através da copa das árvores.

O poderoso soldado kegariano, quem quer que fosse, tinha visto e identificado Quil. Os ratos voadores estariam à procura dele em todos os cantos.

Para piorar a situação, Sirsha estava inquieta, de um jeito desconfortável. Talvez fosse a presença repugnante de R'zwana. Sirsha escondeu seu incômodo dos demais, mas sabia que R'z a seguiria. Estavam caçando o mesmo alvo, e Sirsha era a melhor rastreadora. A irmã mais velha não arriscaria deixá-la ir muito longe.

Ela estremeceu ao se lembrar da expressão vingativa no rosto da Jaduna. Embora o relacionamento das duas sempre tivesse sido problemático, R'zwana parecia ter se transformado na pior versão de si mesma.

Mas a sombra pairando na mente de Sirsha não *parecia* ser R'z. Tinha a sensação de que outra coisa a estava perseguindo. Toda vez que Sirsha tentava rastreá-la, o espectro desaparecia.

Bem depois do pôr do sol, eles finalmente pararam. Assim que Sirsha avistou uma caverna que conhecia, ela se recusou a continuar.

— Os cavalos precisam descansar. — Ela olhou feio para Quil, que fitava ansioso o caminho adiante. — E eu estou morrendo de fome.

Ela estava rabugenta, de fato, mais porque o rastro da assassina estava fraco do que por fome. Quanto mais se moviam na direção errada, mais a moeda de juramento de Elias ardia, como se tentasse lembrar Sirsha de que ela não estava cumprindo sua parte do acordo.

Por enquanto, só incomodaria a pele. Mas, com o tempo, a necessidade de se dedicar à missão superaria todas as outras, em detrimento dela mesma e de todos ao seu redor.

Ela se preocuparia com isso quando chegasse a hora. No momento, precisava comer e dormir.

— Está bem — cedeu Quil, relutante, enquanto desmontava do cavalo. — Sufiyan, dá uma olhada na caverna. Vou fazer a ronda.

— Cuidado. — As palavras saíram da boca de Sirsha antes que ela pudesse impedi-las. — Não faça nada precipitado que revele nossa posição — acrescentou ela, para não demonstrar a ele que realmente se importava com seu bem-estar. — Para o caso... para o caso de os kegarianos terem nos seguido de Jibaut.

Quil assentiu, observando-a com atenção. Sirsha se retesou e se virou, desviando o olhar dele.

— Você está bem? — perguntou Quil.

— Estou morrendo de fome — retrucou ela.

Era verdade, mas não toda a verdade. Para alívio de Sirsha, ele aceitou. Quil sempre parecia tão magoado quando ela mentia, ficava como um cachorrinho ferido. E por razões que ela não entendia, enganá-lo fez Sirsha se sentir péssima. Talvez por causa do maldito juramento Adah.

Quando ele estava distante, Sirsha se deixou cair, exausta.

— Ele é sempre assim? — perguntou ela.

Após um instante, Sufiyan e Arelia se inclinaram sobre ela.

— Você quer dizer, tão protetor com os amigos a ponto de se certificar duas vezes se estão seguros — começou Arelia —, mesmo quando ele está tão cansado quanto todos nós?

Sufiyan abriu um sorriso irônico para Sirsha.

— Você vai aprender a gostar desse traço da personalidade dele.

— Eu não queria ser ingrata. — Sirsha se sentiu pequena e mesquinha enquanto se sentava. — E eu não preciso de um sermão de duas crianças.

Sufiyan ergueu as mãos e foi embora, mas Arelia parecia confusa de verdade.

— Tenho dezoito anos — informou ela. — Suf também. Nós não somos crianças.

— Eu não quis dizer *literalmente*...

— Entendo que você passou boa parte da sua vida sozinha — continuou Arelia com o tipo de gentileza destinada a animais estabanados ou criancinhas chorosas. — Mas você deve ter aprendido a não ser indelicada com aqueles que só estão tentando ajudá-la, não é?

E então levantou-se e seguiu Sufiyan até a caverna, o que foi bom, porque o rosto de Sirsha estava queimando de vergonha. Ela tentou pensar em algo rápido e mordaz para rebater, mas não conseguiu. Irritada, ela usou a magia para tentar vigiá-los, mas eles só estavam discutindo uma das invenções de Arelia, e Sirsha se sentiu ridícula por espionar.

Ela olhou para a floresta escura, virando a moeda Adah nas mãos. Se tivesse realmente escolhido Quil como seu Adah, isso seria uma fonte de conforto, a superfície dourada estaria delicadamente estampada para simbolizar seu voto. Ela seria capaz de sentir se ele estava seguro ou não, sentir a batida do coração dele no mesmo ritmo do dela.

Em vez disso, a moeda estava opaca, lisa e terrivelmente pesada.

Quando Quil retornou, ele parecia tão cansado quanto Sirsha, as sardas em seu nariz contrastando com a pele pálida. Ele precisava descansar.

Para tentar *não* parecer infantil, Sirsha se ofereceu para fazer o jantar. As sobras estavam cozinhando em uma pequena fogueira.

— Não encontrei nenhum sinal de que fomos perseguidos — avisou Quil baixinho, para não acordar Arelia e Sufiyan, dormindo no fundo da caverna. — Mas você devia ter alguém em mente quando mencionou essa possibilidade. É melhor falar logo do que se trata.

Sirsha pegou um pedaço de pão e o equilibrou sobre o fogo para aquecê-lo.

— Não sei do que está falando.

O cabelo de Quil caiu sobre o rosto dele e ela não conseguiu ler sua expressão.

— Você não está preocupada que sua irmã tenha seguido a gente? Talvez porque estão rastreando a mesma assassina e ela seja péssima nisso? Então, seria mais fácil para ela seguir você, que já está seguindo a assassina?

Infernos, ele era esperto.

— Meus sentimentos — replicou Sirsha. — Agora você consegue entender a mente doentia da minha irmã.

Diante da expressão cheia de expectativa de Quil, Sirsha suspirou. Ela deveria contar logo, ele descobriria a qualquer momento.

— Sim, ela está nos seguindo. Consigo sentir ela e J'yan. Parecem uma picada de pernilongo no meu cérebro.

Ela considerou mencionar aquela *outra* sensação, mas se deteve. Quil já pensava que ela era encrenca e, por enquanto, ela precisava da farsa do noivado para impedir que R'zwana a servisse como alimento para a população aviária da região. Se Quil a abandonasse, R'z entenderia que o noivado era falso, apesar do juramento Adah, e assassinaria Sirsha em um surto de fúria.

— Da próxima vez, me fale a verdade — exigiu Quil, puxando o colar. — Esta moeda de juramento. Ela... muda o comportamento? Cria... hum... emoções ou sentimentos do nada?

— A moeda Adah é a semente de um vínculo. — Sirsha se perguntou a quais emoções e sentimentos Quil estava se referindo — Mas a gente decide como isso se desenvolve. Ela não muda nossas emoções, só as reflete. Alguns Jaduna fazem o juramento quando crianças e nunca passam de amigos. Seus votos se dissolvem, em algum momento. Eu e J'yan fizemos nosso juramento ainda jovens. Quando fui exi... quando deixei a Floresta das Nuvens, nós revogamos o voto. Foi testemunhado por três de nossas Raanis e a moeda de juramento desapareceu.

Sirsha não mencionou a desolação que sentiu depois. Não contou como acordava todas as noites após aquele dia, agarrando o próprio pescoço como se não conseguisse respirar. Os juramentos dos Jaduna tinham um preço.

— Em circunstâncias normais — prosseguiu ela —, as gravuras na moeda se tornam mais intrincadas conforme os Adah aprendem a confiar um no outro.

— E, quando isso acontece, eles não precisam mais estar próximos?

O desprazer de Quil por ser Adah de Sirsha era tão óbvio que ela queria chutá-lo, e depois dar um chute em si mesma por se importar com isso.

— Sim. Há os Jaduna que cumprem contratos e viajam a milhares de quilômetros de seu Adah — explicou ela. — Se o vínculo deles for forte, não importa.

O que quer que Quil tenha pensado a respeito daquela informação, a respeito de qualquer parte de toda a situação, ele não manifestou. Pelo contrário, ele apenas acenou para a panela de ensopado.

— Pode deixar que eu limpo. Descanse, se quiser. A estrada até Ankana é longa.

— Que tipo de noiva eu seria se deixasse você montar guarda sozinho?

Sirsha pestanejou algumas vezes para ele, e ficou satisfeita ao ver surgir um breve sorriso no rosto de Quil. Quando ela serviu uma concha generosa na tigela de ensopado, ele olhou desconfiado para a comida.

— Se eu fosse envenenar você — falou Sirsha —, já estaria morto. — Para extinguir qualquer dúvida, ela deu uma colherada antes de entregar a refeição a ele. — Delícia.

Naquele momento, o rosto dele assumiu uma expressão estranha. Uma tristeza tão efêmera que ela desejou não ter notado. Porque, ao perceber, ela imediatamente ficou curiosa.

Sirsha não queria ficar se perguntando por que o príncipe herdeiro do Império Marcial estava triste.

— Obrigado — disse ele, meio ranzinza.

Quil não demorou muito para comer, o que deixou Sirsha contente. Ela gostava de misturar ingredientes e criar algo que fizesse as pessoas sorrirem. Mesmo quando criança, ela se orgulhava disso.

R'zwana tirava sarro dela, lógico.

Enquanto Quil foi até uma pequena fonte próxima para se lavar, Sirsha olhou para a escuridão da floresta, pedindo à terra que revelasse a localização de sua irmã. Em sua mente, ela sentiu uma vibração no solo ao seu redor. Ela encontrou R'zwana a quase dez quilômetros a nordeste, enquanto Quil retornava e se sentava na frente dela. Ele olhou para o bracelete outra vez, ainda no pulso de Sirsha, e ela começou a removê-lo.

— Eu deveria ter devolvido — comentou ela. — Achei que poderia me ajudar a rastrear a assassina.

Quil segurou a mão de Sirsha, e ela paralisou enquanto os dedos dele, quentes apesar da noite gelada, tocavam o couro trançado em seu pulso. Ele balançou a cabeça.

— Se ajuda a rastrear, fica com ela. Eu trouxe algo para você.

Ele desenrolou uma folha larga e grossa e mergulhou os dedos na pasta laranja dentro dela.

— Fiz enquanto vasculhava a redondeza. — Seu olhar recaiu no lado esquerdo do rosto dela, bem machucado pela surra de R'zwana. — Isso aí parece dolorido. Esta mistura aqui deve ajudar. Posso?

Sirsha era perfeitamente capaz de aplicar aquilo com as próprias mãos, mas ela estava cansada, e Quil se ofereceu para fazê-lo, então ela ficou parada enquanto ele aplicava a substância na pele dela com toques suaves. Aos poucos, a dor aliviava.

— Bancar o curandeiro é um passatempo bem incomum para um príncipe. — Sirsha achou melhor preencher o silêncio do que se demorar na sensação da pele dele tocando a dela.

— Aprendi com Suf — contou Quil. — Ele leva jeito nisso.

O timbre da voz de Quil prometia segurança, até mesmo quando falava baixo. Sirsha queria que ele continuasse falando.

Não seja tonta. Ele provavelmente passou anos aperfeiçoando esse aspecto confiável.

— A mãe dele, Laia de Serra, é curandeira também — disse Sirsha. Ela conhecia as histórias, embora soubesse que aquelas que ouvira de comerciantes entediados no Poleiro do Pirata tinham sido floreadas. — E kedim jadu. — *Magia antiga*, o termo Jaduna para os que carregavam poderes latentes no sangue. — Sufiyan ou os irmãos dele herdaram a magia?

Quil deu de ombros. Sirsha se perguntou se tinha imaginado a leve hesitação antes de ele responder.

— Acho que não.

— Seu povo tem uma visão tão ultrapassada das artes arcanas. Até mesmo as tribos. Os Jaduna traçam as linhagens por meio da magia.

— Os Marciais não têm estudos sobre isso — argumentou Quil. — Não é comum no Império, em Marinn, e nem mesmo nas terras tribais. Minha tia não tem ideia de como funciona a própria magia. A maioria dos Marciais nem sabe que ela tem poderes.

Sirsha franziu a testa, escandalizada com aquela ignorância.

— Toda magia tem ordem — explanou ela. — Vem da mesma fonte.

— Mauth. Também conhecida como Morte — replicou Quil. — A avó de Sufiyan é...

— A Bani al-Mauth. A Escolhida da Morte — completou Sirsha. — Todos os Jaduna a conhecem. Ela também usa magia e, como nós, sua magia tem regras. Devemos transpor nosso sentimento para algum dos elementos. Podemos fazer isso por meio de fala, música, poesia, movimentos do corpo. Alguns usam objetos, como um cajado, por exemplo.

— O que você usa? E qual é seu elemento?

Sirsha não falava de magia com ninguém desde que fora exilada. Nem mesmo Kade sabia direito o que ela fazia.

— Eu falo com o vento, a terra e a água — respondeu ela, ponderando sobre o que havia nele que a fazia querer responder todas as suas perguntas. — Meu sentimento costuma ser desejo ou curiosidade. Eu peço ajuda. Na maioria das vezes, os elementos me ajudam, contanto que eu diga o que estou procurando. Às vezes eles me mostram um rastro que só eu consigo enxergar. Ou um alerta. Às vezes a imagem de um lugar.

— A mente precisa ser flexível, e é preciso estar aberta — comentou Quil. — Talvez seja por isso que você é uma boa rastreadora e sua irmã, não. Quanto mais velha e mais apegada às próprias formas de ver o mundo, pior ela fica nisso.

Sirsha ficou surpresa. Não tinha pensado por esse lado.

— A assassina também tem poderes mágicos — revelou Sirsha, desconfortável com a quantidade de informações que estava compartilhando sobre si mesma. — Ela escondeu o próprio rastro. Não é fácil de fazer, mas é possível para quem tem um controle mental muito poderoso. Se eu soubesse mais a respeito dela...

Ela se interrompeu. Já tinha revelado muitas coisas. Até demais, talvez. No ramo em que ela trabalhava, confiar nos outros não era uma atitude sábia. Se tivesse ido sozinha até o Poleiro do Pirata em vez de confiar em um contrabandista de pedras preciosas adúltero, ela ainda teria dinheiro. Se sua relação com Kade tivesse se mantido profissional, R'zwana jamais o teria manipulado para traí-la.

— Para com isso — demandou Quil.

— Com o quê?

— Para de ficar se convencendo de que não pode me contar a verdade — retorquiu ele. — Não sou como Kade, nem como sua irmã. Não vou te trair nem te julgar. Não quer falar sobre a sua magia? Tudo bem, eu não pergunto de novo.

Quil terminou de espalhar a pasta no rosto de Sirsha e seguiu para os pulsos. Sob a luz fraca do fogo, enquanto ele examinava a queimadura da corda na pele dela, seus cílios longos faziam sombras nas bochechas. Meticuloso, ele passava a pasta lentamente no ferimento, as mãos fortes massageando a pele até que a dor se esvaísse.

— Ah, isso é... — Ela relaxou o corpo inteiro e deixou escapar um suspiro que foi quase indecente.

Os olhos claros de Quil encontraram os dela. O calor se espalhou pela pele de Sirsha, lânguido como o nascer do sol. Ela queria desviar o olhar, mas não conseguia. As mãos de Quil pararam, e ela começou a se afastar, mas ele a segurou.

— Ainda não terminei — reclamou ele com uma pitada de autoritarismo que causou nela um arrepio. Após uma breve pausa, ele prosseguiu: — Você falou que precisava saber mais sobre a assassina...

— Falei — confirmou Sirsha. — Se eu souber o sentimento e o elemento dela, pode ficar mais fácil rastreá-la. Elias disse que ela queima o coração das vítimas com um atiçador, mas é só o que eu sei. Ela tortura as pessoas primeiro? Foi assim que todos morreram?

— Não — respondeu Quil. — Não foi.

Naquele mesmo dia, Sufiyan tinha dito a Sirsha que ele e Quil haviam crescido juntos. Portanto, Quil também conhecera o outro filho de Elias, Ruh.

— Você... poderia me contar mais sobre essas mortes? — indagou Sirsha. — Como as vítimas morreram? Os corpos estavam, hum... dispostos de alguma forma específica?

Quil terminou de espalhar a pasta nos pulsos de Sirsha e a soltou, mas ficou em silêncio por tanto tempo que ela ficou encabulada.

— Desculpa — pediu ela, depois de um tempo. — Não devia ter perguntado.

— Uma das primeiras vítimas foi a primeira garota por quem me apaixonei. — Quil entrelaçou os dedos com firmeza, como se estivesse agarrando algo precioso. — O nome dela era Ilar. Fui eu quem encontrou o que restou dela.

22

Aiz

No dia seguinte, com a brisa suave do outono como companhia, a tribo Saif deixou o acampamento e Aiz a acompanhou. Enquanto a caravana se preparava para sair, Ruh levou Aiz para a carroça da mãe. O menino amarrou a guia de Tregan ao veículo, apresentando aos gritos os demais membros da Tribo que Aiz ainda não tinha conhecido.

— Aquela é a minha irmã, Zuriya. — Ele apontou para uma menina um pouco mais velha que ele, à frente de uma carroça preta. Tímida, ela acenou para Aiz. — Ela gosta de ficar falando sobre morte. Ali é a Karinna…

A segunda filha de Laia trazia consigo sua égua, analisando Aiz de cima a baixo. Ela era baixa, só alguns centímetros mais alta que o irmão mais novo, mas exuberante, com olhos azul-claros e o cabelo preto trançado no alto da cabeça como uma coroa.

— Você gosta de lutar? — perguntou ela a Aiz, erguendo o queixo. — Eu duelo com você quando pararmos hoje à noite. Com cimitarras. Quem perder paga um marco.

Quil os seguia logo atrás. Aiz tinha visto o rapaz escovar Tregan naquela manhã, conversando com a égua e dando a ela uma maçã escondido.

— Deixa a garota em paz, Kari — interpelou ele. — Nem eu gosto de duelar com você.

— Porque sabe que vai perder.

— Porque não gosto de humilhar você.

Karinna deu uma risada.

— Um dia ainda vou derrotar você, biyah. — *Irmão*. — Vamos apostar corrida?

As pessoas na tribo eram gentis e educadas. Mas Aiz havia passado a vida acolhendo órfãos no claustro de Dafra. Aqueles recebidos com mais apreço e aceitos como família eram os que encontravam uma maneira de ser úteis. Quando a caravana parou no final da tarde, Aiz se ofereceu para ajudar com os pratos, junto de Ruhyan, e para montar guarda, com Quil.

Sua primeira vigília foi naquela mesma noite, e ela encontrou Quil no limite do acampamento, conversando com Elias. Aiz hesitou a alguns metros de distância dos dois, cautelosa com o marido de Laia. Como de costume, o homem tinha um semblante inquisitivo, mas a cumprimentou com um gesto da cabeça, oferecendo a ela uma pequena cimitarra e uma bainha, do tamanho exato para Aiz.

— Quil é de longe meu melhor aluno — elogiou Elias. — Ele pode ensinar a você o básico, se quiser.

Enquanto caminhavam, Aiz observou Quil de soslaio. Ele era jovem, prestes a completar dezenove anos, pelo que Ruh dissera. Apesar de ter sido criado na tribo Saif, ele não se encaixava muito bem ali. Não era só pela aparência, porque a família de Laia também não se parecia com o restante da tribo. Não... era a maneira como a tribo o tratava: com respeito e, ao mesmo tempo, cuidado.

Ele havia sido gentil com ela. Gentil demais. Aiz ficava se perguntando o que ele queria. E o que ela poderia obter em troca.

— Quando não está cavalgando, você está lendo — comentou Aiz, enquanto caminhavam. *Estive te observando. Estou interessada.* — Ou escrevendo. Você também vai ser kehanni?

Quil soltou uma risada, mas era amargurada, e não divertida.

— Esse caminho não é para mim. A tribo Saif está cuidando de mim a pedido da minha tia, e tem muita coisa que ela quer que eu aprenda — afirmou ele. — A maior parte é interessante: história, política, filosofia, astronomia.

Então ele era rico. Ainda que não se parecesse em nada com qualquer nobre Falcão que ela havia conhecido.

— Vou te chamar de Idaka — anunciou ela. — Em ankanês, quer dizer...

— Filósofo. — Quil sorriu. — Pensador. Faz sentido.

— Seus pais estão...

— Mortos. — Sob a luz do luar, o rosto dele estava inexpressivo, como se estivesse falando da previsão do tempo. — Como os seus.

— Não conheci meu pai — contou Aiz. — Minha mãe morreu quando eu tinha quatro anos. Ela gostava de cozinhar, ainda que a gente não tivesse muitos ingredientes em casa para ela usar. Tinha cabelo comprido e claro. E cheiro de neve.

Aiz nunca tinha contado nada disso para ninguém, nem para Cero. Mas era necessário confiar para ganhar confiança, por isso ela ficou esperando Quil contar alguma memória semelhante.

— Ankana tem as mesmas estrelas? — A voz dele estava mais serena do que antes. — Não cheguei a reparar quando fui para lá.

A estranha resposta dele instigou a curiosidade de Aiz.

— São diferentes, Idaka, mas aquela ali — ela apontou bem para cima — é a mesma. Ilar. A Estrela da Tarde. Meu nome vem daí.

Aiz olhou para o alto e se sentiu à deriva, como se pudesse se desfazer na escuridão e sumir. Ela tocou o aaj, tranquilizando-se com o fato de que poderia usá-lo, se quisesse.

— Quem te deu o anel? — perguntou Quil. — Você mexe nele quando está inquieta. E isso acontece... bastante.

Então ele também a estivera observando. Ela sentia a pele arrepiar com a proximidade, sim, mas também com a sensação de vitória.

— Um amigo me deu — respondeu ela. *Deixe-o ficar curioso.* — E se com "inquieta" você quer dizer "impaciente", então é, acho que eu faço isso mesmo — acrescentou. — Preciso do auxílio de Laia para ajudar meu povo, mas isso vai levar um tempo. Algo que meu povo não tem.

Eles caminharam para longe das planícies rochosas e subiram por uma elevação, até chegarem a um penhasco coberto de creosoto uns cinco metros mais alto do que o terreno ao redor. O acampamento Saif era um aglomerado difuso de lamparinas brilhando à distância, envoltas pela enorme escuridão do deserto.

Quil ofereceu a mão para Aiz enquanto transitavam pelo solo rochoso para se sentarem na borda do penhasco. Ele a segurou sutilmente, mas uma faísca estranha dançou entre os dois. Era uma noite fria de outono e ambos estavam próximos o suficiente para que o calor de Quil se espalhasse por Aiz. Ele entrelaçou os próprios dedos e olhou para a terra.

— O tempo é diferente aqui — informou Quil. — Lento como a atividade de uma geleira e de repente passa galopando como Ruh, apostando corrida com o irmão. A tribo Saif... Eles são boas pessoas. Eu conheço Laia desde que nasci, ela fez meu parto. Qualquer que tenha sido a promessa que fez, ela vai cumprir.

Quil falava com uma tranquilidade que acalmava Aiz e, ao mesmo tempo, a tirava do sério. Ele podia se dar ao luxo de ter calma, não era o povo dele que não tinha o que comer e estava à beira da morte. As pessoas que ele amava não estavam sofrendo nas mãos de Tiral.

— Você não nasceu na tribo Saif — deduziu ela. — Você sente que esse não é seu lugar?

— Tenho poucos parentes de sangue próximos. — Ele deu um sorriso desanimado. — Eu aceito a família que puder ter.

— Mas e sua tia? Você é próximo dela?

Quil deu de ombros.

— Já fui, mas agora nem tanto. Ela passou por muitas coisas ruins, mas afasta as pessoas por causa disso. Laia me diz para ter paciência, que eu não estava lá quando...

De repente, ele ergueu a cabeça e se levantou, agarrando a cimitarra. Em um segundo, ele era um membro da tribo e, no outro, um soldado. A mudança de postura foi tão repentina que Aiz pensou estar diante de outro ser humano. Não era mais um Idaka, um pensador. Era um Shigaf, um guerreiro. Cada músculo de seu corpo estava rígido enquanto ele prestava atenção nos arredores. Aiz precisou de um tempo para ouvir o mesmo que ele. A trovoada de cascos distantes. Nas planícies, uma nuvem de poeira surgiu.

— Cavalos — observou ele. — Estão vindo rápido.

Quil tirou uma corneta do cinto e a soprou. Uma resposta ressoou do outro lado do acampamento e, quando ele e Aiz alcançaram a caravana Saif, um grupo de uma dúzia de Tribais em suas montarias formavam uma barreira cercando as carroças. Elias e o filho, Sufiyan, estavam entre eles, a atenção voltada para os cavaleiros que se aproximavam.

Com a luz do luar refletindo nas armaduras e nos armamentos, os cavalos estavam perto o bastante para que fosse possível ver quantos eram. Aiz segurou firme a espada, desejando poder convocar o vento e usá-lo como arma.

Você pode, garantiu Madre Div. *Tente atraí-lo para você. Depois diga por que deseja sua ajuda.*

Aiz hesitou, mas notou a impaciência de Madre Div e apelou ao vento. Após algumas tentativas, ele atendeu. *Me ajude*, pediu ela. *Me mantenha segura.*

Muito bem, disse Div. *Agora molde-o como uma flecha na mente. Se algum deles ameaçar você, ataque.*

Aiz começou a suar diante da ideia de usar o vento a seu favor, depois se agitou de empolgação quando ele atendeu aos seus desejos. Quanto poder! Ela sempre soube que tinha isso, mesmo não sabendo usá-lo. O vento parecia sólido como qualquer arma, mas controlável em vez de caótico.

Ela nem tinha libertado Madre Div ainda e já estava entendendo melhor a própria magia.

Imagine como será quando você conseguir me libertar.

Os cavaleiros estavam cada vez mais próximos, e Quil, de repente, relaxou. Um dos homens, de cabelo castanho e olhos escuros, gritou uma saudação, e Quil riu ao responder. Aiz soltou o vento e ele chicoteou para longe, assustando alguns dos cavalos.

Os demais soldados se aproximaram, seguindo o homem de olhos escuros, desceram de suas montarias e se ajoelharam diante de Quil. Ele fez um gesto de dispensa para os cavaleiros pouco antes de seus joelhos tocarem a areia. Aiz não pôde deixar de encará-los, pois todos usavam tinta prateada na metade superior do rosto.

— São máscaras — explicou alguém ao lado dela. Aiz olhou para baixo e viu Ruhyan. — Feitas de metal vivo. Os soldados recebem em Blackcliff.

Aiz não sabia o que era Blackcliff.

— Ruh — chamou ela. — Pode me dizer o que estão falando? Não entendo sadês.

Ruh se empertigou, satisfeito ao se sentir importante.

— Antes de mais nada — tornou Ruh —, eles estão falando em serrano. Tas, aquele ali abraçando Quil, achou que precisaria acordar Quil com um balde de água. Quil disse "até parece". Tas ficou contente por não ter sido necessário, porque a tia do Quil quer vê-lo e eles precisam ir encontrá-la. Agora Tas está perguntando quem é você…

Aiz analisou Tas, que a havia identificado com facilidade no meio da escuridão.

— Quil falou para ele não espantar você. E Tas disse que Quil só está com medo de você gostar mais de Tas, porque ele é mais charmoso…

— Por que Tas está chamando Quil de Eppar? — perguntou Aiz.

— Eppar é *príncipe* em serrano — explicou Ruh. — Acho que ninguém te contou, mas é que ninguém aqui dá muita bola para isso.

Aiz estava prestes a perguntar que tipo de príncipe, mas um dos homens mascarados se aproximou da luz das fogueiras da caravana, e Aiz notou que a máscara dele não estava pintada no rosto.

Era metal. Um metal estranho, que se movia. Mudava. Um metal com vida. Ruh continuou traduzindo, mas Aiz mal conseguia ouvi-lo, porque seu coração batia acelerado demais.

Antes de se dar conta do que estava fazendo, ela se aproximou do homem, a mão estendida. É provável que não a tivessem atacado apenas por conta da estatura baixa e pelo fato de aparentar estar desarmada. Ela tocou o rosto dele, o metal. Era como...

Loha.

Parecia loha antes de ser refinado por um metalúrgico kegariano. Aiz tinha testemunhado o processo quando trabalhou nas forjas do lado de fora do Ninho. Metalúrgicos pegavam uma bola de prata líquida do tamanho de um dedal e transformavam aquilo em loha suficiente para abastecer uma dúzia de Veleiros.

E esses soldados tinham o metal aos montes. O bastante para suprir centenas de Veleiros. Talvez o necessário para levar os kegarianos de volta à sua terra natal, de volta à Fonte.

Não te falei para ter fé? A voz de Madre Div invadiu seus ouvidos como fumaça. *Tem muito a aprender aqui, Aiz bet-Dafra. Muito a obter. Todas as suas esperanças vão florescer se você simplesmente me ouvir.*

23

Quil

Quando Quil tinha dez anos, tia Helene o levara para o quartel da Guarda Negra em Antium, a capital. O menino mal conseguia disfarçar a empolgação, porque ele havia nascido no quartel.

Tia Helene nunca havia mencionado esse detalhe para ele, claro. Foi Laia quem contara a história de seu nascimento. Ou, pelo menos, parte dela.

A Guarda Negra era, em sua maioria, composta por Máscaras de elite, e era responsabilidade deles eliminar os dissidentes. Enquanto tia Hel e os soldados conversavam, Quil foi dar uma volta, na esperança de encontrar o lugar em que havia nascido.

Ele lembrava exatamente o motivo de sua busca: pensava que isso o faria se lembrar da mãe. Já tinha visto retratos e esculturas dela. Mas nada daquilo era suficiente. Queria se lembrar do cheiro, das mãos, do amor.

"Bem no centro do quartel", contara Laia. "Subindo um lance de escadas. Havia um armário após passar em frente a duas portas..."

As instruções eram simples, mas havia três lances de escada. Quil logo se perdera. Em algum momento, ele se vira diante de uma passagem qualquer, idêntica a dez outras. Só que esta tinha o selo do Gens Farrar estampado na parede. Dois martelos cruzados pintados de preto e com bordas douradas, a cerca de meio metro do chão e descentralizados.

Perplexo, Quil ajoelhara-se perto do símbolo. Teria ficado mais bonito se fosse maior. Se estivesse mais alto. Mas ele se dera conta de que talvez estivesse assim de propósito, para ser mesmo ignorado. Havia passagens secretas por todo o palácio real em Antium. Isso também seria uma passagem? Quil colocara a mão sobre o símbolo, certo de que ouviria um ranger revelador de rochas que abririam as portas para novas aventuras.

Em vez disso, ouvira vozes logo atrás dele e, ao se virar, acompanhou a tia se aproximando.

Quil abrira a boca para se explicar, mas então percebera que tia Helene estava estranha. O rosto dela tinha um tom prateado, coberto por uma máscara. A trança do cabelo, em geral tão impecável, parecia desgrenhada. Ela estivera coberta de sangue.

Havia poças no chão por todos os cantos. O ar cheirava a fumaça e morte. Gritos ecoavam. De onde tinham surgido todos aqueles soldados mortos?

— Águia — chamara uma voz, baixinho.

Tia Helene tinha ignorado Quil completamente e seguido direto para a parede onde estava o símbolo. Só que não havia mais um símbolo ali. Em seu lugar, estivera um homem de armadura, sangrando por diversos ferimentos e preso à parede por uma cimitarra que atravessava sua barriga. Quil se afastara, apavorado.

Mas a tia parecia estar calma. Ela se ajoelhara ao lado do homem, falando rápido. Primeiro, Quil ficara com medo de se aproximar, mas depois de alguns minutos ele conseguira acalmar o coração acelerado e chegar mais perto.

— Acaba logo com isso, Águia — sussurrara o homem, tão baixo que Quil mal conseguia ouvir. — Ele está me esperando.

As mãos de tia Helene tremiam, ela também sangrava. Quil abrira a boca para avisá-la, mas tinha percebido que não conseguia falar.

— Por favor, Águia — murmurara o homem e, dessa vez, Quil conseguia enxergá-lo.

Ele era grande e tinha ombros largos, cabelo escuro e pele marrom mais clara que a de Laia. Tinha a mandíbula angulosa, lábios e nariz finos.

E os olhos dele... Os olhos dele eram cor de cobre, pálidos como as folhas do outono. Como os de Quil.

Mas aquilo era impossível. Tia Helene, Elias e até Laia tinham dito a ele que seu pai morrera na batalha de Antium, dez anos antes. Disseram que havia morrido lutando.

Não que havia sido desse jeito.

— O imperador está morto — sussurrara Tia Helene e, quando voltara a falar, sua voz estava firme. Fria. — Vida longa ao imperador.

Quil assistira à tia golpear o pai dele no pescoço. Havia observado o sangue se esvair do corpo dele. Ele tinha fechado os olhos para afastar aquela imagem, para esquecer, e quando os abrira outra vez, o mundo havia mudado. O homem havia desaparecido. O sangue. Os corpos. E tia Helene, sem máscara e impecável, tinha se ajoelhado ao lado dele.

— Você está bem, Zacharias? — Ele se contorcera ao ouvir o nome. Nunca parecera certo. — O que está fazendo aqui em cima?

— O que é aquilo? — Quil se afastara do símbolo, com medo de tocá-lo outra vez e voltar àquele pesadelo.

Tia Helene o pegara no colo com os lábios franzidos, um indicativo de que estava pensando na resposta certa àquela pergunta em vez de dizer a verdade.

— É uma marca para lembrar o passado, Zacharias — disse ela.

— Tia Hel — disse Quil. — Como meu pai morreu?

Uma sombra passou pelo rosto da tia, como um pássaro bloqueando o sol, deixando um resquício de escuridão.

— Em batalha, Quil — respondeu ela, e o garoto sabia que era mentira, porque ela só o chamava pelo apelido quando se sentia culpada. — Não fique pensando nisso, pequeno. O passado vai distraí-lo do presente, e é o presente que importa.

Na periferia de uma cidade devanesa a milhares de quilômetros de Antium, Quil tentava se lembrar do conselho da tia. "É o presente que importa."

Havia se passado mais de uma semana desde que Quil contara a Sirsha sobre a morte de Ilar. Falar disso trouxera tantas lembranças que ele desejava ter ficado com a maldita boca fechada. Lembrou-se de ameaçar Ilar com a espada quando ela chegou ao acampamento Saif. De escutar a voz dela, baixa e melodiosa. De como a pele dela brilhava à luz da fogueira. Do meio sorriso, raro e breve como uma estrela cadente.

"É o presente que importa."

Quil não havia contado tudo a Sirsha. Ela perguntara se Sufiyan tinha poderes mágicos, não Quil, e ele não forneceu por iniciativa própria essa informação.

Depois de ter a visão da morte do pai, Quil não tinha entendido a extensão da própria habilidade. Foi necessário absorver por acidente as lembranças e os pensamentos de outras pessoas, como de um professor de idiomas ou de um jardineiro do palácio, para entender a própria magia. Ela falava com ele, incitando-o a usá-la. Até que um dia, ele cedeu e a usou... com a tia.

Ela estivera com um humor sombrio e nada do que Quil dizia era capaz de tirá-la daquela situação.

Leia os pensamentos dela, a magia sussurrava. *Assim você vai conseguir compreendê-la*. Em um instante, ele desejava saber como ajudá-la. No seguinte, mergulhara em suas mágoas e seus arrependimentos, que tomavam conta da mente da tia feito mofo, alimentando-se da dor e do sofrimento pelos quais havia passado quando ele ainda era um bebê.

Quil não conseguia se livrar dos pensamentos e das memórias dela. Naquele dia, ela estivera especialmente concentrada em um: estava com um homem esbelto e de cabelos escuros em uma caverna, quebrando pedras com um porrete, até cair no chão, gemendo. "Estou desfeita", disse ela. "Estou destruída."

O príncipe nunca tinha visto a tia perder o controle. Aquela dor era crua e visceral, e ele sabia em seu âmago que ela odiaria vê-lo testemunhando o mais íntimo sentimento de seu coração. Ele não podia ajudá-la com o que havia descoberto. Não podia fazer nada além de desejar que ela não carregasse tamanho fardo.

Depois disso, ele jurara que nunca mais usaria a magia para ler os pensamentos de alguém. Mas as memórias eram diferentes. Muitas delas pareciam ter vontade própria. Elas *queriam* ser testemunhadas. Especialmente quando permeadas por violência ou dor. Quanto mais velho Quil ficava, mais difícil era resistir à atração que exerciam.

— Graças aos malditos céus — resmungou Sufiyan quando a cidade começou a surgir adiante, e a voz dele arrancou Quil do momento de meditação. — Preciso de uma refeição quente e de um banho.

— A gente não devia parar — orientou Quil. — Não é seguro.

Arelia emparelhou sua montaria com a de Quil. Ela persuadira Sufiyan a comprar para ela um macacão em uma aldeia devanesa pela qual haviam passado, e também algumas ferramentas básicas, por isso estava quase irritante de tão otimista.

— Primo, está tarde. Estamos cansados. A gente precisa tomar um banho que não seja em um rio congelante. Faz dias que não avistamos um Veleiro.

Quil olhou para o céu. O interior de Devan era um celeiro para o Continente do Sul e, portanto, ideal para invasões, nas quais comida e gado eram o alvo. Se os kegarianos quisessem aquela terra, poderiam tomá-la. Mas Arelia tinha razão, eles não viam um rato voador desde Jibaut.

— Conheço uma hospedaria. — Sirsha indicou com a cabeça uma rua de paralelepípedos à direita de onde estavam. — É movimentada o bastante para ninguém notar a gente.

Ela também estivera bastante calada ao longo da última semana. Assustada, olhando para trás o tempo todo. Quil havia feito uma varredura meticulosa nos arredores, fazendo a maior parte das vigílias e ocupado tanto a frente quanto a retaguarda do grupo. Mas a cada dia que passava, Sirsha parecia mais inquieta.

Enquanto tomava a dianteira do grupo, Arelia a observou.

— Ela não está agindo como de costume.

— Está acostumada a trabalhar sozinha — replicou Quil. — Ela tem dificuldade de confiar nas pessoas e não gosta de dever nada a ninguém, mas agora precisa fingir que tem um laço Jaduna sagrado comigo para a irmã não matá-la. Isso tiraria qualquer um do sério.

— Você fez uma ótima análise dela. — Arelia ergueu as sobrancelhas, interessada. — Só que está enganado. Não na parte da frustração, isso faz sentido, sim. Mas na parte de ela não gostar de você. Sirsha fica te olhando o tempo todo.

Quil sentiu a pele arrepiar. Não sabia dizer se era um sentimento bom ou ruim.

— Porque ela está pensando em jeitos de me matar?

— Ou ela gosta do que vê — rebateu Arelia. — A resposta mais simples costuma ser a correta, primo. — Ela se afastou, deixando Quil perplexo e um tanto satisfeito.

A hospedaria em que ficaram naquela noite tinha uma estrutura extensa de pedra com três alas separadas e uma sala de estar com quatro lareiras. Quase todas as mesas e quartos estavam ocupados, pois era o único alojamento disponível em um raio de oitenta quilômetros. Se estivesse por conta própria, Quil teria simplesmente encontrado um celeiro para dormir.

Sirsha rejeitou tal sugestão e, depois de uma breve conversa entre ela e o estalajadeiro, que tinha um porte intimidador, eles estavam todos sentados ao lado do fogo com duas chaves para os quartos, três frangos assados e uma montanha de legumes mergulhados em manteiga.

— Seu pai foi bem generoso no meu pagamento — disse Sirsha ao ver que Sufiyan estava admirado. — Provavelmente porque ele se sentiu mal por me mandar rumo à minha própria morte.

Sufiyan se remexeu, desconfortável, trocando olhares com Quil, mas Sirsha revirou os olhos e deu um tapa no ombro de Suf.

— Sem ressentimentos. Graças aos céus, não somos nossos pais. Você entenderia por que isso é bom se tivesse conhecido minha mãe. — Ela abriu um sorriso que fez o coração de Quil saltitar no peito, enquanto fulminava Sufiyan com o olhar por ele ter sido o alvo.

Arelia fechou a cara para Sirsha, igualmente irritada. O que foi uma surpresa para Quil, já que a prima havia rechaçado homens e mulheres poucos meses antes, depois que uma empregada do castelo partiu seu coração.

Sufiyan não pareceu perceber, erguendo uma taça em um convite para um brinde.

— Aos bons amigos em dias ruins.

Eles atacaram a comida e, depois de devorarem tudo, os quatro viajantes se debruçaram sobre um mapa que Arelia havia roubado de Kade.

— A gente vai levar três semanas para chegar à fronteira de Ankana — calculou Quil. — Mais uma para chegar à capital…

— Cinco semanas até a fronteira — corrigiu Sirsha. — Mais duas semanas até a capital. A gente consegue diminuir o tempo de viagem pela metade se formos pelas estradas principais.

— É perigoso demais — observou Sufiyan. — Os kegarianos devem estar patrulhando as estradas. O mapa…

— … não considera o tempo enorme que se leva para atravessar a selva de Thafwan, que está repleta de bandidos — cortou Sirsha. — Se quer evitar as estradas, é uma viagem de sete semanas. Se formos pelas estradas, levamos três semanas e meia, mais ou menos.

Ela se recostou, mastigando um galho de alecrim, e parecia indiferente demais para que eles acreditassem que sua sugestão não tinha segundas intenções.

Quil estreitou os olhos. Ela queria viajar pelas estradas principais e não estava compartilhando os motivos reais disso.

Sufiyan direcionou o olhar por cima do ombro de Sirsha.

— Olha só quem apareceu.

Quil estava observando seu rosto quando Sirsha viu uma R'zwana de olhos penetrantes adentrar a sala de estar, seguida por J'yan. Por um momento, ela pareceu desprotegida e aquela irreverência arrogante foi substituída por pânico.

— Sirsha. — Quil tocou o braço dela e seu olhar arisco fixou-se nos olhos dele. — Estamos aqui. Você não está só.

— Eu... — Ela pareceu confusa por um instante, depois se virou. Quil pôde vê-la erguendo uma muralha mental enquanto ela sacudia a trança para trás e girava os ombros. Ergueu a mão e acenou de um jeito zombeteiro na direção da irmã. R'zwana a encarou de volta, impenetrável como uma rocha.

Ao longo dos anos, Quil às vezes se perguntava que tipo de irmão ele teria sido se os pais dele estivessem vivos. Sua mãe fora uma pessoa atenciosa, gentil e sábia. Ele gostaria de ter sido como ela. Alguém em quem seus irmãos mais novos pudessem ter apoio. Alguém em quem pudessem confiar.

Não como seu pai, que havia esfaqueado o próprio gêmeo em um golpe para conquistar poder. Ou como R'zwana.

O grupo de Quil não havia sido o único a notar a chegada da Jaduna. Uma mesa próxima se esvaziou tão depressa que a comida ainda estava soltando vapor quando os recém-chegados se sentaram. Um silêncio tenso tomou conta do ambiente, até R'zwana sussurrar algo para J'yan e a conversa ao redor se reestabelecer.

— Achei que tínhamos conseguido despistá-la — comentou Arelia. — Até usei uma luneta que eu mesma fiz...

— Ela é esperta demais para ser vista por uma luneta — retrucou Sirsha. — R'z espera até a pessoa se sentir segura, e aí aparece do nada como um maldito ghul.

— Vocês dois vão ter que ficar no mesmo quarto — anunciou Arelia para Quil com a objetividade de sempre. — Vocês são metades de almas, afinal de contas.

Ao lado dela, Sufiyan deu uma cotovelada em Quil, abrindo um sorrisinho.

— Vê se cresce, tem duas camas — resmungou Quil, ficando ainda mais envergonhado ao sentir que o calor nas bochechas aumentava. — E nem adianta ficar aí todo convencido. Você vai ter que ficar no quarto com a Reli e ela demora *uma eternidade* no banho. Vai virar pó antes de ela sair.

O sorriso de Sufiyan desapareceu, e ele tentou pegar a chave do quarto. Arelia foi mais rápida.

— Vou deduzir que ela não é inconsequente o bastante para fazer algo em um espaço público como este. — Arelia olhou de relance para R'zwana. — De qualquer forma, se ela for, o máximo que eu posso fazer é arremessar uns móveis nela. Ainda estou trabalhando no meu estilingue autocarregável. Vou me recolher já.

— Espera aí. — Sufiyan se levantou de um pulo e foi atrás dela. — Você não pode só *presumir* que vai tomar banho primeiro. A gente vai tirar cara ou coroa...

— Pobre Suf... — Sirsha os observou enquanto se afastavam. — Ela é tão terrível assim?

— Pior. — Quil abafou uma risada. — Mas, se ele roubar o que ela estiver lendo, ela sai rapidinho.

Ele seguiu o olhar de Sirsha, que estava na irmã, encarando-os tão cheia de ódio que até Quil, acostumado ao veneno correndo solto na corte, achou desconfortável.

Sirsha estremeceu e levou a mão ao rosto. O ferimento tinha desaparecido; Quil havia aplicado a pasta nela todas as noites. Mas às vezes ele a via tocando a região onde o machucado estivera, fazendo uma careta. Ela afastou o prato, olhando para a irmã.

— Não consigo comer enquanto ela fica me encarando. Quase dá para ouvi-la gritando que quer quebrar meus ossos.

Vamos ver o que acontece se ela tentar. A ousadia do pensamento surpreendeu Quil. Ele pigarreou.

— Ela sempre foi assim tão...

— Homicida? — Sirsha abriu com um sorriso desanimado. — Quando éramos crianças, a gente se divertia também. Eu vivia atrás dela, arrumava encrenca por causa dela. Fazia tudo o que ela mandava, mas não foi suficiente. R'z foi ficando mais cruel. Eu fui ingênua demais para perceber.

Quil sentiu uma pontada de indignação e, ao olhar para R'zwana, teve uma ideia.

— Como os Jaduna se sentem a respeito de demonstrações públicas de afeto? São mais puritanos que os Marciais, não são?

— A única forma de união é o juramento Adah — declarou Sirsha. — Os casais não podem nem se beijar até a cerimônia terminar. E, claro, só entre quatro paredes depois disso.

— Excelente. — Quil falou rápido, porque, se não o fizesse, ele sabia que acabaria desistindo da ideia. — Vamos convencer a sua irmã a parar de olhar para a gente e pensar duas vezes quando quiser fazer isso de novo.

Ele pegou uma mecha do cabelo macio e pretíssimo de Sirsha, ajeitou-a atrás da orelha e acariciou a bochecha dela. A respiração dela vacilou com o toque de Quil, que ficou bastante satisfeito.

— Precisa confiar em mim — pediu Quil. — Levanta.

— Que mandão — resmungou Sirsha, mas obedeceu.

Ele segurou os dedos dela, aos poucos puxando-a para mais perto, centímetro a centímetro. O coração batia de um jeito estranho, algo em que tentava não pensar, e ele não desviou o olhar dela em nenhum momento. Ela sorriu devagar, entendendo seus planos.

— Ora, ora, Quil — ronronou Sirsha —, isso é uma desculpa pra me beijar?

Quando ela se inclinou, aproximando-se, algumas mechas soltas do cabelo recaíram sobre o rosto dele, exalando o aroma de pinho e céu. Ele inspirou profundamente e olhou bem fundo nos olhos castanhos dela.

— Pareceria óbvio demais — replicou ele e a puxou, fazendo-a sentar-se em seu colo enquanto a abraçava pela cintura.

Só a proximidade do corpo dela era suficiente para aquecer sua pele e fazê-lo ansiar por mais. Para não ficar para trás, Sirsha passou a mão pelo maxilar de Quil, devagar, até entrelaçar os dedos no cabelo dele.

Ele não estava preparado para sentir o calor do toque dela, para sentir a curva da cintura sob o seu toque. Quil tentou não pensar em quando vira essa mesma curva da cintura, quando Sirsha levantara a camisa semanas antes, mas falhou todas as vezes. Ali, naquele momento, só uma camada fina de couro separava as mãos dele da pele dela.

É tudo encenação, repreendeu a si mesmo. *Seja convincente, mas não caia nessa.*

— A gente deveria estabelecer um nível mínimo de afeto. — Ele pigarreou. — Eles vão acreditar, por enquanto, eu acho...

Mas Sirsha também tinha ideias. Ela segurou a mão dele, o pulso acelerado enquanto ela acariciava a palma, calejada por empunhar espadas, mas sensível ao toque. Ela se inclinou para a frente, a respiração fazendo cócegas na orelha dele e provocando uma onda de desejo em seu baixo ventre.

— Príncipe — sussurrou ela. — Você está presumindo que eu nunca seduzi homem algum.

Ele queria assegurá-la de que, na verdade, ele não estava presumindo nada, não havia sequer cogitado porque não queria saber disso, só estava preocupado em deixar a irmã dela desconfortável. Mas a atenção dele foi capturada pelos lábios dela, cheios e rosados, curvados em um sorriso provocante que estava tornando muito difícil a tentativa de se concentrar no que ele deveria fazer a seguir... *beijar Sirsha... sim...*

Não! Ele deveria se soltar dela e ir para o quarto.

Ela afastou a cabeça e ergueu o queixo dele. Percorreu seu rosto com o olhar, como se fosse uma região que ela gostaria de conhecer melhor. Com o indicador, traçou espirais no peito dele, na barriga, então mais abaixo.

Ele a segurou pelo pulso.

— Se comporta — sussurrou ele.

— Nunca me comportei — replicou ela, os lábios a um suspiro de distância dos dele. — Por que começaria agora?

Ela ficou ali por um tempo enlouquecedor, arranhando-o na nuca, até se afastar um pouco, com os olhos faiscando. Com certa satisfação, Quil sentiu o colar no pescoço ficar um pouco mais quente.

— Pois bem. — Ela olhou por cima do ombro. Os Jaduna haviam desaparecido. — Acho que funcionou.

Quil se mexeu, subitamente consciente de como se sentia estranho, de como os dois estavam próximos. Depois de uma semana na estrada, ele jamais conseguiria se manter tão cheiroso quanto ela estava, mas por que estava prestando atenção no cheiro dela mesmo, e por que ele não havia pensado em nada disso *antes* de passar a mão nela toda?

— A gente devia... é...

— Sim. — Ela se levantou tão rápido que quase derrubou a mesa. — Claro.

Os dois foram para o quarto em silêncio, e Quil ficou aliviado por, pelo menos, Sirsha estar tão quieta quanto ele.

O cômodo era pequeno, mas limpo, com uma câmara de banho separada e duas camas. *Droga*, Quil se pegou pensando, até amassar esse pensamento em uma bolinha e jogá-lo por uma janela imaginária. *Que bom* que havia duas camas. *Excelente*, na verdade. Quil deixou a mochila na cama mais próxima à porta, e Sirsha, sem falar nada, ocupou a outra.

— Pode tomar banh...

— Pode ir...

Os dois falaram ao mesmo tempo, e Quil de repente se sentiu desconfortável.

— Pode ir você primeiro — disse ele. — Vou lá ver se o Suf e a Reli ainda não se mataram.

Então saiu do quarto para tentar se recompor. Sim, Sirsha era inteligente, engraçada e linda. Ele não conseguia parar de pensar no calor da pele dela, nem na intensidade daquele olhar. Ele queria mais. Queria tirar a roupa dela devagar e beijá-la. Não beijava ninguém desde Ilar…

Pensando nisso, Quil sentiu a pele esfriar, como se tivesse mergulhado na neve. Ele conhecia Ilar. Ela tinha segredos, mas era uma boa pessoa. Honesta. Sirsha, por outro lado, mentia e manipulava os outros.

Depois de Quil se certificar de que Sufiyan e Arelia estavam, por algum milagre, vivos, e de se vestir após seu banho, ele se sentiu mais calmo. Uma sensação que desapareceu no segundo em que um diabrete entrou pela janela.

A criatura soltou um pergaminho na cabeça de Quil, que o deteve antes que a criatura desaparecesse.

— Espera.

Ele entregou ao diabrete uma mensagem que havia escrito na semana anterior, dando detalhes do que Kade havia contado a respeito das forças kegarianas em Jibaut. Com um bater de asas, o diabrete se foi.

Quil abriu o recado com as mãos trêmulas, amassando-o no segundo seguinte.

> *Silas destruída. Antium evacuada. Serra resiste.*
> *Precisamos do que ele tem. Rápido. — TH*

Silas *destruída*. A casa em que seu pai havia crescido ficava lá. Silas era onde Quil havia conhecido os avós. Onde ficava o Gens Farrar. Onde os pais de Arelia ainda moravam. E os kegarianos a eliminaram do mapa. Ele sequer sabia se alguém havia conseguido fugir, ou quantos teriam morrido em Silas.

Quil se sentiu desamparado. Inútil. Furioso. E isso, ele viria a pensar mais tarde, era a única explicação para o que aconteceria a seguir.

Ele saiu da câmara de banho. Sirsha havia deixado a lamparina ao lado da cama dele acesa, mas apagado a do lado dela, e estava encolhida sob as cobertas, respirando em um ritmo regular. Ele estava prestes a apagar a lamparina quando ela falou:

— Quil. — Sirsha se virou para ele e sentou-se na cama, o cabelo úmido caindo sobre os ombros. — Eu... Preciso contar uma coisa.

Ele esperou, apreensivo.

— Não fui completamente sincera quando falei por que queria pegar a estrada principal para Ankana — disse ela, apressada. — Seria mais seguro, mas também tem uma pessoa que preciso encontrar e ela mora a dois dias da Estrada das Palmeiras, não muito longe da fronteira. Ela vai poder me falar mais sobre a magia da assassina. Mas... acho que ela pode te ajudar também.

Sirsha se aproximou de Quil e seu aroma invadiu os sentidos dele.

— Você está tentando entender melhor os kegarianos, mas não sabe nada sobre a magia que abastece os Veleiros deles.

— Magia? — Parecia que Quil tinha levado um soco no estômago. Porque, se os kegarianos tinham poderes, o Império estava mais ferrado do que ele imaginava. — Que magia? Arelia disse que os Veleiros são invenções impressionantes da engenharia. Os armamentos deles são superiores...

— Eles mantêm os Veleiros no ar com magia. — Sirsha mordeu o lábio, sentindo que estava pisando em um terreno incerto. — Eu... eu sinto. Os Marciais não sabem disso?

Quil ficou boquiaberto, a mente enfim alcançando o pavor que se acumulava em suas entranhas.

— Por que não falou disso antes? Faz semanas que estamos viajando juntos.

Ela pareceu pega de surpresa.

— O vento que aquele homem em Jibaut usou em você, aquilo foi magia. Nem passou pela minha cabeça que você não soubesse.

Lógico. Quil tinha achado que o vento era mais uma inovação kegariana terrível. "A resposta mais simples costuma ser a correta."

— Talvez tenha passado pela sua cabeça — Quil perdeu a paciência —, mas você não podia ter usado essa informação a seu favor até agora.

Sirsha tentou se explicar, puxando as cobertas para mais perto de si.

— Não! Quer dizer, sim, mas estou falando agora para você porque quero ir ver essa pessoa e podemos ir juntos. Eu posso perguntar da assassina e você pode...

— Eu vi minha cidade ser incendiada — rosnou ele. — Vi meu povo morrer. Sei que isso pode não significar nada pra você, que *não tem* um povo. Se a gente soubesse que os kegarianos têm poderes mágicos...

— Como isso ajudaria? — A expressão de Sirsha se tornou severa e a voz assumiu um tom zombeteiro. — Você estava fugindo deles. *Ainda* está fugindo. Só o que você fez desde que te conheci foi fugir.

— E salvar sua pele — retorquiu ele. — Se bem que estou me arrependendo disso agora.

Ele se jogou na cama e apagou a lamparina, mergulhando-os na escuridão. Estava fervendo de raiva com o pretexto que Sirsha usara. Com o que os kegarianos haviam feito com o Império. Consigo mesmo por não ter impedido. Com seu coração desonesto pelos sentimentos que tinha por Sirsha e por ter esquecido Ilar tão rápido.

— Essa pessoa — insistiu Sirsha após um longo momento, com cuidado — pode ajudar. Pensa nisso, conversa com os outros.

— Vão achar interessante quando souberem que você escondeu isso deles também — afirmou ele, consciente de que era uma alfinetada.

Sirsha gostava de Suf e Reli, e vice-versa. Ficariam tão frustrados quanto ele por ela ter sido duas caras.

Mesmo que ele também guardasse um segredo. Nenhum deles sabia de sua magia. Nem de...

"Pode tirar isso da cabeça, garoto." A ordem da Bani al-Mauth ecoou na memória, e Quil forçou a concentração em Sirsha.

— Acho que eu devo agradecer por ser honesta agora. — Ele encarou o teto, hesitante. *Magia, pelos infernos. A imperatriz não deve saber disso.* — Mas não consigo imaginar o que te fez mencionar o assunto.

— Foi uma coisa que você disse — comentou ela, em voz baixa.

Ele resmungou, irritado.

— E o que foi?

Ela não respondeu, mas horas depois, quando ele acordou, lembrou-se de um sonho em que ouviu a voz dela, um leve sussurro.

Estamos aqui. Você não está só.

24
Sirsha

Na manhã seguinte, enquanto selava o cavalo, Sirsha decidiu que culpa era um sentimento inútil. Um sentimento que só a roubava do merecido descanso depois de ter passado uma semana cavalgando como um djinn, sem parar nem reclamar.

Está bem... Reclamando um pouquinho.

Nos últimos tempos, ela andava se sentindo culpada com frequência. E tudo por causa de Quil. Já estava farta da culpa e dele.

No frio da madrugada que tomava conta dos estábulos da hospedaria, ela xingou as fivelas dos alforjes, escorregadias ao toque de seus dedos dormentes e desajeitados. Ela deveria saber que uma pessoa tão habilidosa com as mãos seria horrível em todos os outros aspectos.

Quil havia escondido bem, com uma atitude nobre e principesca. Fazendo aquela maldita pasta para ela e aplicando-a no machucado todos os dias. Olhando para ela daquele jeito dele, como se não sentisse nada e sentisse tudo, como se pudesse desejá-la da mesma forma que ela o desejava.

Argh. Pronto. Estava enfim admitindo para si mesma.

Mas ele era como qualquer outro homem: culpava os outros pelos próprios problemas, era muito mesquinho e narcisista para perceber que talvez também fosse culpado às vezes. Era ultrajante, de verdade. De uma grosseria imperdoável.

Sirsha não precisava mais dele. Maldita moeda de juramento. Ela preferiria sentir desconforto e dor a um único momento a mais com aquele...

— Sirsha.

Ela quase morreu de susto e fulminou Quil com o olhar, ainda mais irritada ao perceber que ele a havia pegado desprevenida.

— Não esquenta — rosnou ela. — Estou de saída. Nem precisa se preocupar com a Sirsha, a terrível e detestável mentirosa…

Ela olhou para ele e… *o desgraçado estava sorrindo?*

— Pode parar. — Ele tocou a mão dela e Sirsha ficou paralisada.

Não porque o toque havia causado um arrepio que tomou conta de todo o seu corpo, mas porque a pele dele era agradável e quente, e ela queria absorver aquele calor.

— Sirsha, eu te devo um pedido de desculpas.

— Ah. — Foi só o que ela conseguiu pensar em dizer.

Sirsha olhou para as mãos dele e se distraiu, porque eram fortes, bonitas e lembravam-na de como, na noite anterior, ele a havia puxado para perto com um mais interesse do que o estritamente necessário para afastar R'zwana.

— Eu não devia ter perdido a paciência daquele jeito — assumiu ele. — Costumo controlar melhor meus sentimentos, mas eu… — O cabelo dele caiu sobre o rosto quando olhou para baixo. — Odeio o que fizeram com a gente. — Ele falava em voz baixa, mas ela conseguia sentir a raiva retumbando por dentro. — Os kegarianos. Odeio não estar com a minha tia, lutando. Odeio ter fugido.

Ele afastou as mãos, e Sirsha precisou se esforçar para não segurá-las de volta.

— Pouco antes de os kegarianos aparecerem, eu quis abdicar — revelou ele. — Meu pai foi um péssimo imperador, cruel, egoísta e violento, e acho que eu tinha medo de acabar como ele.

— Não vai acabar como ele — declarou Sirsha. — Você pode ser misterioso e mandão, talvez, mas impiedoso? Não faz seu estilo.

Quil sorriu com a resposta.

— Não faz diferença. Passei a vida toda hesitante quanto a governar, mas quando me tiraram essa possibilidade… — Ele suspirou. — Fiquei perdido. *Estou* perdido.

Sirsha perdeu o fôlego diante da honestidade dele, da familiaridade do que ele estava dizendo. Ela sabia como era se sentir à deriva.

— Nada disso me dá o direito de ficar irritado com você — continuou Quil, e suas palavras a fizeram se sentir segura. Valorizada. Como se merecesse ouvir a verdade. — Queria ter ficado sabendo dessa questão da magia, mas isso é problema meu, não seu. — Ele olhou para trás, onde Sufiyan e

Arelia estavam bisbilhotando de um jeito nada discreto. — A gente conversou — acrescentou Quil. — Achamos que encontrar essa pessoa que você sugeriu pode ajudar.

— Com uma condição — interveio Sufiyan. — Sem segredos daqui pra frente, pelo menos os importantes. Claro, se você tiver alguma fantasia de se transformar em um cão pastor Nevennes e sair correndo e uivando pela floresta, pode guardar isso pra você.

— Então, Sirsha — tornou Quil. — Tem mais alguma coisa que a gente precisa saber antes de retomar a viagem com você?

Sirsha olhou para os três, ficando irritada. Ela se sentiu acuada.

— A gente gosta de você. — Arelia interrompeu seu fluxo de pensamento. — Muito. Mas precisamos confiar uns nos outros.

Diante da honestidade de Arelia, a raiva de Sirsha se esvaiu. Ela não sabia explicar aquela sensação de que havia uma sombra pairando em sua mente, como se estivesse sendo observada.

Devia ser R'zwana, talvez a irmã tivesse adotado novos métodos.

— Sem segredos — concordou Sirsha. — De verdade. E é em um dragão. — Ao ver o olhar confuso dos demais, ela sorriu. — Meu sonho é me transformar em um dragão. E levantar voo e sair uivando por aí depois de tostar cada um dos meus inimigos.

— Boa ideia — murmurou Arelia.

Sirsha sorriu e olhou para Quil, no fundo dos olhos dele, para não deixar dúvidas de que não tinha nada a esconder. Ela se arrependeu no mesmo instante, porque o olhar dele se tornou mais penetrante. Por um momento, ela pensou que Quil a acusaria de alguma mentira. Mas ele só deu de ombros.

— Uma pena que você não é um dragão, viria a calhar agora. Vamos andando. — Ele foi em direção ao cavalo, enquanto Sufiyan e Arelia o seguiram.

— Um cão pastor Nevennes, sério? — zombou Arelia enquanto saíam do estábulo. — Meio limitado, não acha, não?

— Não disse que *eu* sonho com isso! — exclamou Sufiyan.

— Não sei, não, Suf, foi meio específico demais para você não ter nem cogitado isso antes. — A voz de Quil foi sumindo conforme os três se afastavam com os animais.

Sirsha afundou o rosto no pelo do cavalo para se recompor, porque de repente ela se sentiu soterrada em sentimentos.

— Não mereço isso — sussurrou ela na pelagem marrom e macia.

— Não — disse uma voz atrás dela. — Não merece.

Sirsha se virou e viu J'yan nas sombras. O rosto dele estava cauteloso como nunca estivera quando eram crianças.

— Que bela performance você e seu *noivo* encenaram.

— Se quer contar para R'z, só vai logo.

J'yan pegou Sirsha pelo ombro, e ela agarrou seu pescoço antes que ele pudesse se mexer mais um centímetro sequer. Mas a magia dele emergiu tão rápido que a garota logo sentiu os dedos dormentes e abaixou o braço.

— Não quero te machucar, Sirsh.

— Vai se ferrar! — Ela o empurrou, e ele se afastou, com as mãos erguidas, encarando a moeda de Elias.

— A quem você fez esse juramento? — perguntou ele.

Sirsha guardou a moeda na camisa.

— R'zwana manda você fazer o trabalho sujo agora que é o cachorrinho dela?

— Eu não deixei que ela matasse você.

— Quil que não deixou que ela me matasse! — exasperou-se Sirsha. A égua relinchou, irritada, e Sirsha a acariciou na cabeça, tentando acalmá-la. — Você ia garantir que ninguém tocasse nos meus ossos enquanto as aves me destroçavam, lembra? Qual o problema dela, afinal? Ela não virou uma superassassina da noite para o dia. Aconteceu alguma coisa.

O expressão no rosto de J'yan ficou mais tensa. Ele não disse nada, o que fez Sirsha perceber que ela tinha razão em alguma coisa. Pensou nas palavras de Quil quando saíram de Jibaut. "Quanto mais velha e mais apegada às próprias formas de ver o mundo, pior ela fica nisso."

— Pelos infernos — sussurrou ela quando enfim entendeu. — R'z está perdendo os poderes.

Às vezes acontecia. Os Jaduna que nasciam com uma quantidade razoável de poder e descobriam que ele ia desaparecendo com a idade. Ainda havia lugar para essas pessoas na sociedade.

Só não como Raan-Ruku.

— Quem quer que tenha contratado você para rastrear este ser letal fez você criar um vínculo. — Resoluto, J'yan ignorou o comentário sobre R'zwana. — Foi só por isso que você conseguiu chegar tão perto das terras Jaduna. Como você pôde ser tão inconsequente, Sirsha? Você pelo menos sabe o que estamos caçando?

— E você sabe? — devolveu ela.

J'yan a encarou com o mesmo ar de sabedoria de quando eram crianças. Haviam caçado juntos, afinal de contas. Eram o par perfeito.

— Eu não sei — admitiu ele. — Esse é o problema. Faz seis meses que estamos nessa caçada, Sirsh. Quem quer que seja esse assassino, não é como nada que caçamos antes. Parece que você não entende isso.

— Eu entendo que tenho mais chances de pegar essa pessoa do que você e R'z. — Sirsha se afastava com o cavalo. — E é por isso que vocês estão me seguindo.

— Seu noivo sabe o que vai acontecer se você não pegar o assassino? — indagou J'yan. — Não achou que valeria mencionar *isso* para ele?

Sirsha foi embora sem olhar para trás.

Durante os dias que se seguiram, Sirsha não conseguiu, por mais que quisesse, se livrar da sensação de estar sendo observada. A moeda de juramento havia parado de queimar, porque ela estava outra vez focada em localizar o alvo e cumprir com seu voto. Mas isso não tranquilizou o incômodo na mente.

Maldita R'zwana. Talvez o poder dela tivesse mudado, mas ele ainda era opressivo. Sirsha acordou assustada no meio da noite, certa de que algo malévolo a estava rondando, mas se deparou com os enormes pinheiros imóveis da floresta devanesa, os demais companheiros de acampamento dormindo e um deles montando guarda.

Sufiyan passava a maior parte de seus turnos andando de um lado para o outro e reunindo itens para o kit de suprimentos medicinais que ele estava montando. Arelia acendia uma lamparina de fogo azul e trabalhava no estilingue autocarregável, tremendo de frio no ar gelado da noite.

Quil era o único que parecia apenas montar guarda, caminhando pelo perímetro em círculos concêntricos, sempre vigilante.

Ele também foi o único que notou que Sirsha acordava assustada todas as noites.

Certa vez, depois de terem saído das florestas devanesas e entrado no matagal que levava para o sul em direção a Thafwa, Sirsha acordou de um sobressalto, levantando-se bruscamente. Sentiu o coração disparar, e já estava com a adaga na mão antes que pudesse se dar conta de que estava segura.

Quil caminhou da beira do acampamento com uma caneca de chá fumegante nas mãos. Em silêncio, ofereceu-a para Sirsha, que, depois de aceitar, fez companhia a ele pelo restante da vigília. Na noite seguinte, ele preparou uma tigela quente de khiram para ela, que comeu quase com reverência, maravilhada com o equilíbrio entre o doce e o picante.

Aquela se tornou uma tradição noturna bem específica: pesadelo. Acordar. Beber ou comer. Montar guarda.

Às vezes eles conversavam, ou brigavam, mas só sobre assuntos irrelevantes. Quil tinha curiosidade sobre a política do Continente do Sul, sobre a forma como cada país governava. Sirsha queria saber como era a vida nas tribos. Certa vez, ela revelou a ele a vontade que tinha de comprar uma pequena pousada nas Ilhas do Sul.

Não falavam sobre assassinos, irmãs, nem magia. Sirsha gostava de explicar coisas para ele e, com certa arrogância, corrigir as ideias equivocadas que ele tinha acerca do Sul. Às vezes, eles sequer falavam. De modo geral, Sirsha sentia necessidade de preencher silêncios, mas não com Quil. Não com as estrelas sobre os dois e a floresta ao redor deles, vibrando, cheia de vida.

Passavam horas juntos, e ele até ria quando ela comparava o formato das constelações com atos carnais. Mas, a não ser nos momentos em que suas mãos se tocavam quando ela pegava uma caneca ou tigela da mão dele, Quil se mantinha fisicamente afastado.

Talvez por causa daquela garota que ele amara, Ilar. Sirsha ficava arrepiada quando pensava na forma como Ilar havia morrido, na tristeza na voz de Quil enquanto ele descrevia o momento em que encontrou Ruh e ela.

Quil devia se sentir culpado por estar atraído por outra pessoa. Fazia sentido com a personalidade dele.

Ah, que seja. Sirsha não precisava de distrações. Ainda assim, ela não conseguia parar de pensar no toque das mãos dele em sua pele, no braço forte envolvendo seu quadril. Na forma como ele havia olhado para ela naquela noite na hospedaria, não com o costumeiro olhar distante, mas com um calor, uma curiosidade e um *desejo*.

Ela lembrava daqueles instantes muito mais vezes do que era saudável. Tinha certeza de que ele havia gostado. Ela *sentiu* no pulsar do próprio sangue. Que mal faria se ela o fizesse dar uma escapadinha da guarda em uma noite dessas? Não significaria nada.

Mas então ela se lembrou do que J'yan dissera. "Seu noivo sabe o que vai acontecer se você não pegar o assassino?" Pelos céus, o que ela diria? *Quil, se eu não encontrar a assassina, a necessidade de caçá-la vai tomar conta da minha mente, me levando à insanidade.* Não era uma conversinha-fiada.

O problema era que Sirsha não desgostava de Quil. Ele era uma pessoa difícil de entender e passava tempo demais mergulhado nos próprios pensamentos. Além de bastante gracioso para alguém daquele tamanho. Mas ela gostava do timbre grave da voz dele, de como ele amava os amigos e o próprio povo, e de como sempre dava tudo de si. Gostava de como ele era atencioso sem precisar de elogio nem reconhecimento e da confiança inabalável e discreta que tinha ao dar ordens.

Quil não merecia sofrer, mas ela sabia que ele não trataria um momento de intimidade com indiferença. E isso significava que, em algum momento, ela o *faria* sofrer.

Então ela aceitava a comida que ele oferecia, acompanhava-o enquanto montava guarda e aproveitava aquela amizade, sem se importar com o quanto ela duraria.

Depois de dez dias, eles alcançaram a fronteira de Thafwa. O clima ficou um pouco mais quente, a paisagem mais exuberante, até atravessarem estradas estranhamente imaculadas, apesar de se estenderem em meio a quilômetros de selva.

O caminho deveria ter se tornado mais fácil. Em vez disso, Sirsha se sentia péssima. A pele queimava. A cabeça latejava a cada trote da égua.

— A vila está pertinho. — Sirsha se concentrou no objetivo mais próximo para se distrair. — A pessoa que pode nos ajudar, o nome dela é Loli Temba...

— *Filha da Videira,* em ankanês — traduziu Arelia. — Então ela não é de Thafwan?

— Ah... — Sirsha sabia que precisaria explicar a origem de Loli em algum momento, mas esperava que eles a encontrassem primeiro. — Não exatamente.

— Você tem certeza de que há bandidos na floresta? — questionou Sufiyan, olhando para os viajantes tranquilos que passavam por eles, as áreas de pasto bem limpas, a vila bucólica que avistavam logo adiante. — Aqui é muito melhor que Devan.

— Thafwan é governada pelo exército, que mantém as rédeas curtas sobre a população. — Sirsha guiou sua égua por um caminho estreito que fazia uma curva entre as árvores e subia por uma colina de vegetação densa. — Principalmente cobrando impostos para que não possam parar de trabalhar. Se não puderem pagar em ouro, pagam com trabalho.

As árvores por baixo das quais passavam tinham troncos grossos e cheios de musgo. Suas sombras deixavam o ar fresco, o que Sirsha só percebeu quando sentiu o suor escorrendo pelo rosto. Que estranho... ainda não estava na época de calor forte. Céus, como a cabeça doía. Ela bambeava na sela, sentindo-se tonta, e diminuiu a velocidade do cavalo.

— Vão... vão subindo a colina por mais ou menos um quilômetro — gritou ela para os outros. Ou era um quilômetro e meio? Ela não lembrava. — Vocês vão passar por uma cachoeira e... eu vou precisar de um minuto.

Ela sentiu a boca se encher de água. Talvez fosse o mingau que Sufiyan havia feito de manhã. Ela deveria ter conferido os suprimentos que pegaram na cidade anterior. Malditos devaneses vendendo grãos de segunda mão...

— Sirsha?

Quando Quil se ajoelhou ao lado dela, Sirsha percebeu que devia ter cambaleado do cavalo e que os demais não tinham seguido adiante, mas estavam ao redor dela. Uma cobra verde brilhante estava pendurada em uma árvore próxima, sua cor tão vibrante que Sirsha sentiu os olhos doerem e precisou desviar o olhar.

— Vocês querem tanto assim me ver vomitar?

— Você não parece bem. — Sufiyan pegou alguma coisa da mochila. Um graveto de lilângia. — Mastiga isso. Arelia, me passa o cantil, por favor.

A garota Marcial entregou o objeto e soltou um arquejo de susto.

— Sufiyan... os olhos dela...

O mundo estava girando. Sirsha sentiu um peso enorme pressionando o peito. De repente, um som: asas cortando o vento. Lembrou-se dos Veleiros e quis gritar um alerta. Ela deveria ter avisado aos amigos para tomarem cuidado, mas não conseguia explicar o que sentia. Então Quil deduziria que Sirsha o enganara de propósito, e ela não conseguia entender por que essa ideia a chateava tanto, mas certamente piorava tudo.

Uma onda de dor atingiu Sirsha no estômago com tanta força que ela agarrou a adaga. Por que era para ela que Quil olhava horrorizado em vez de quem quer que a tivesse atingido? *R'zwana*. Será que a irmã tinha descoberto um jeito de ficar invisível? Sirsha queria gritar para todos eles que estavam sendo atacados.

Mas a dor tomou conta dela de tal maneira que não conseguia sequer falar. De relance, ela viu algo enorme, tão grande que bloqueava a luz solar. O mundo explodiu em uma onda vermelha.

Ela tentou se agarrar em Quil, em Arelia. Em qualquer um. Mas a última coisa que ouviu foi uma voz do passado, suave e etérea, marcada por tristeza e preocupação. Era de Loli Temba.

— Sirsha, criança, eu disse para não voltar. Sabe o que trouxe consigo?

25
Aiz

Aiz não esperava que pudesse aprender sobre o mundo com uma criança de dez anos. Mas nas três semanas que se seguiram, depois de Quil ter partido com Tas, foi Ruh quem aplacou a falta que ela sentia de Kegar, de Cero e do claustro.

A tribo seguiu para noroeste em direção a Nur, deixando os alunos de Elias pelo caminho ou reunindo novos, negociando mercadorias e coletando notícias, contando histórias ao redor da fogueira no fim do dia.

Ruh a ensinava sadês, comia junto dela, fazia companhia nas vigílias e a encantava com histórias. As favoritas dele eram sobre Durani.

— Narradores do Caos — sussurrou ele para ela certa manhã, enquanto o vento silvava ao redor da carroça da família. — Eles contam mentiras e as repassam como verdades, semeando o caos por onde vão.

Quinze dias depois da partida de Quil, Aiz estava com a criança nos arredores do acampamento, as tortas de carne fumegantes em suas mãos não estavam conseguindo afastar o frio. Aiz releu o livro de Tiral mais uma vez na noite anterior, esperando encontrar algo que pudesse contar a Laia, algum trecho para refrescar a memória da kehanni. Embora Aiz tivesse compartilhado a história de novo, Laia ainda alegava não se lembrar dela.

Aiz olhou melancólica para o sol que descia depressa no horizonte, mal prestando atenção à história de Ruh. O vento soprou de leve e ela sentiu um arrepio no pescoço. Sentou-se mais ereta.

Havia algo na areia. Observando-os.

— Ruh… — Ela se colocou entre ele e o deserto. — Acho que não estamos sozinhos aqui…

— São só djinns. — Ele sorriu para Aiz. — Eles ficam me olhando, de vez em quando. Sempre ficaram. Mas não se preocupa, eles não vão machucar você.

— Djinns! — exclamou Aiz. — São criaturas de fogo, não? Como você sabia que estavam aqui?

O menino deu de ombros, ansioso para continuar a história, mas uma ideia surgiu na mente de Aiz.

— Ruh — disse ela. — Será que você consegue me ajudar com a história que estou procurando? Você ouve e vê coisas que outras pessoas não conseguem, certo?

— Acho que posso tentar. — O garoto se empertigou. — Mas você precisa me dizer o que está procurando.

— Se eu te contar — prosseguiu Aiz —, você precisa guardar segredo.

Ruh hesitou. Aiz estava certa de que os pais do garoto o haviam alertado que qualquer pessoa pedindo para esconder algo deles não merecia confiança.

— Sua Ama já sabe bastante sobre isso, Ruh — explicou ela —, mas ela é uma pessoa ocupada e... acho que, para você poder me ajudar, vou precisar te contar mais do que contei à sua Ama. Você vai precisar saber das histórias que são especiais para o meu povo, mas não são compartilhadas com qualquer um.

— Eu não sou qualquer um! — exclamou Ruh. — Sou seu amigo e o futuro kehanni da tribo Saif. Sei guardar segredo.

Ele fixou os olhos claros nela, o queixo erguido em teimosia, e parecia tanto Hani que Aiz sentiu um aperto no coração. Ela se perguntava se Ruhyan e Hani se dariam bem. Se, em algum mundo, eles seriam amigos.

Aiz esperou um pouco para ver se Madre Div se oporia. Ela não se manifestou.

— Certo — falou Aiz. — Juntem-se, juntem-se e ouçam bem...

Narrar os Contos Sagrados outra vez foi um bálsamo para a alma de Aiz. No curso dos muitos dias que levou para contar as histórias, sua preocupação se esvaiu dominada pela verdade estrondosa de suas palavras. As perguntas e os comentários de Ruh só aprofundaram sua fé, fazendo-a valorizar os Contos Sagrados como nunca.

Certa noite, uma semana depois de começar a compartilhar os Contos Sagrados, ela completou o Oitavo Conto enquanto ela e Ruh caminhavam ao redor do acampamento Saif.

— Então, o Nono Conto — começou Ruh. — É isso que você está procurando?

Aiz assentiu.

— O Nono Conto vai me dizer como libertar Madre Div. Eu acho que a sua Ama o conhece, mas, por algum motivo, ela não se lembra.

Coçando o queixo, Ruh parecia um idosinho minúsculo e com cara de bebê analisando um problema filosófico.

— Vou conferir nos pergaminhos de histórias dela — informou ele. — Às vezes ela guarda umas anotações sobre contos que ela ainda não terminou.

— Sua Ama deixa você fazer isso? — Laia não havia sequer mencionado os pergaminhos para Aiz, muito menos dito que os consultaria.

— Não — respondeu Ruh. — Mas isso é importante para o seu povo, certo?

— A coisa mais importante de todas.

— Então eu vou olhar. Ama não precisa saber. São só histórias. Ama conta histórias verdadeiras, então elas não vão fazer mal a ninguém. É com as histórias falsas que devemos nos preocupar.

Aquele era o sentimento inocente de uma criança, mas a ideia não saía da cabeça de Aiz por nada e ela precisou se lembrar de que suas mentiras tinham um propósito. Ela as contava por um bem maior. *Consiga o que precisa. Esqueça o resto.*

No acampamento, o Zaldar Shan tocou o sinal anunciando a mudança de turnos de vigia. Aiz e Ruh retornaram e encontraram Laia e Elias à espera.

Aiz sentiu o estômago se revirar, como costumava acontecer quando era criança e Irmã Noa a flagrava roubando porções extras de comida. *Eu não fiz nada de errado*, Aiz lembrou a si mesma. *Só pedi ajuda a Ruh, já que a mãe dele parece incapaz de fazer isso.*

Laia sorriu, acolhedora, e Elias deu o costumeiro aceno de cabeça. Aiz não considerava esses gestos hostis. Mas também não eram amigáveis.

— Qual é a graça, grilo? — perguntou Elias a Ruh, que fez uma imitação carrancuda do rosto do pai antes de rir e sair correndo.

Elias foi atrás dele, divertindo-se com as risadas contagiantes de Ruh.

— Ei, Ankana! — gritou o Zaldar Shan de perto do fogo, onde estava trançando o cabelo da filha. O homem chamava as pessoas de qualquer coisa, exceto por seus nomes corretos. — Vem resolver uma questãozinha aqui para mim, pode ser? Você é a única imparcial neste lugar.

Aiz sorriu.

— Vejo você depois do jantar.

— Você está se adaptando bem — comentou Laia. — O Zaldar Shan disse que você é uma excelente ouvinte. Tem que ser mesmo, para aguentar uma conversa com ele. — A kehanni elevou a voz para que o Zaldar ouvisse, e ele retribuiu com um gesto rude. Depois olhou em volta para se certificar de que Elias não tinha visto.

— O Zaldar me ensinou muito sobre políticas intertribais — replicou Aiz. — Especialmente sobre o fato de que ele não confia em um membro sequer da tribo Rahin. E eu gostei de aprender a usar cimitarras com Karinna.

Laia bufou.

— Você é gentil, Ilar, por deixá-la te ensinar. Ela não é uma instrutora muito paciente.

— Mas é eficiente — afirmou Aiz, erguendo os braços machucados pelas lições brutais de Karinna.

Laia sorriu.

— Ouvi dizer que você pegou um ladrão de cavalos...

— Ele não era um ladrão lá muito inteligente. — Aiz havia notado que Laia não gostava muito de arrogância e sentiu-se grata diante da aprovação da mulher. — Eu só gritei e pedi ajuda.

— Você não se dá o devido crédito, querida — declarou Laia. E, após uma pausa, acrescentou: — Quero que você saiba que estive procurando sua história. Tenho uma pista. Pedi à kehanni da tribo Nasur que nos encontre em Nur. Ela é uma das mais sábias entre nós. E não viaja por qualquer pessoa, mas aceitou me encontrar.

Aiz logo se virou para Laia.

— Ela ouviu a história?

— Ela disse que reconhecia o formato como é contada. Vamos ver o que ela nos diz pessoalmente. Chegaremos lá em dois meses, pouco antes do Rathana, para descarregar nossas mercadorias do outono e providenciar estoque para o inverno.

Aiz foi tomada por uma sensação de alívio, mas foi breve e logo substituída por impaciência. Ficaria longe de casa por mais dois meses. Estava desesperada para saber se os clérigos já haviam sido libertados. Se Hani, Jak e Finh estavam vivos. Ela daria qualquer coisa para estar no claustro de Dafra, debaixo de uma coberta com Cero, dividindo uma tigela de ensopado de lentilha.

— Ilar, você tem certeza de que essa história não está escrita em algum lugar? — Laia franziu as sobrancelhas. — Se eu pudesse vê-la, sinto que tudo ficaria claro para mim, mas…

Aiz não entendia por que Madre Div se opunha tanto a mostrar o livro a Laia. Era óbvio que não era uma mulher gananciosa. Aiz tinha certeza de que ela não roubaria o livro.

Não questione, sibilou Madre Div.

Aiz se incomodou com a ordem, o que não havia acontecido antes. Ela sabia que Madre Div tinha seus motivos, mas…

Você tem uma dívida comigo, criança. Sem mim, você nunca teria conseguido fugir do Tohr.

— Desculpe, Laia. — Aiz tocou o "D" na própria mão, um lembrete da sabedoria de Div. — Só sei o que ouvi.

— Claro — concordou Laia. — Você me falou isso, mas… — Ela balançou a cabeça, como se estivesse tentando desanuviar os pensamentos. — Quil vai voltar amanhã, você o conheceu naquela primeira noite.

— Conheci. — Aiz estava se perguntando quando o príncipe retornaria, estava se preparando para isso. — Estou ansiosa para vê-lo outra vez.

A kehanni deu um sorriso astuto e olhou para Elias, que estava com Ruh. Eles brincavam de lutinha, e Elias estava perdendo feio.

— Não é engraçado? — comentou Laia. — Que o coração já sabe quando você conhece alguém especial, mesmo que a mente ainda não saiba?

Laia podia estar sorrindo, mas Aiz sabia que precisava agir com cautela. Quil era o príncipe herdeiro dos Marciais e Aiz, uma estranha de terras distantes. As tribos sabiam que Aiz era pobre e não teriam piedade de quem quisesse se aproveitar da posição de Quil. As leis da hospitalidade tinham limite.

— Quem sabe um dia — Aiz voltou o olhar para baixo, de um jeito recatado — vou ter a sorte de vivenciar isso.

Aiz pediu licença e retirou-se às pressas para a tenda. Diferentemente do que Laia poderia imaginar, não para suspirar pelo retorno de Quil, mas para planejar exatamente o que ela precisava obter do príncipe e como iria conseguir.

Na manhã seguinte, Aiz se juntou a um grupo de Tribais que estavam à espera do Zaldar Shan com as atribuições da guarda daquele dia.

— Ilar — disse Shan —, lado sul, vigília ao nascer da lua...

— Vou com ela. — Quil se movia de um jeito fluido por entre a multidão, cumprimentando outros membros da tribo em voz baixa enquanto davam-lhe as boas-vindas. O cabelo ondulado estava meio jogado para trás e bagunçado, as roupas surradas da viagem. Ainda assim, havia algo nele que atraía a atenção e não tinha nada a ver com o sangue nobre.

Ele parou diante do Zaldar, mas olhou para Aiz. O coração dela bateu mais rápido.

— Se ela concordar, óbvio.

Aiz deu de ombros, demonstrando despreocupação.

— Sem problema — concordou ela.

Ao ouvi-la, um sorriso iluminou o rosto de Quil. A pulsação de Aiz acelerou e, quando ela sorriu de volta, foi espontâneo. Ele se aproximou.

— Torci para você ainda estar aqui quando eu voltasse — disse ele. — Está tudo bem?

— Eu... Sim.

Pelas Torres, o que era essa timidez repentina? Ela sabia que Quil estava prestes a voltar. Ela havia pensando em perguntas, comentários, até mesmo certa sedução, se fosse necessário.

Mas, naquele momento, diante dele, ela queria saber para onde ele tinha ido. Como tinha sido. E se ele havia pensado nela.

— Sim, tudo bem — respondeu ela. — Estou feliz por você estar de volta.

Não foi a mais encantadora das respostas, mas Quil sorriu de novo e, embora outras pessoas na tribo assistissem, interessadas, Aiz se deu conta de que não conseguia desviar o olhar dele. Por um segundo, ela se esqueceu completamente de Kegar.

As palavras de Laia na noite anterior retornaram à mente de Aiz, e ela estremeceu. "O coração já sabe quando você conhece alguém especial, mesmo que a mente ainda não saiba."

— Finalmente! — Sufiyan apareceu do acampamento na hora certa, dando um soco no braço de Quil. — As aulas têm sido um pé no saco sem você. Onde está Tas?

— Aqui, irmãozinho. — Aiz pulou de susto, não tinha notado o homem loiro no meio da multidão. — Ilar de Ankana! — Ele sorriu para ela com um charme natural. — Que bom te ver outra vez. Você causou um *baita* impacto no nosso Quil aqui…

— Pelo infernos, Tas, *cala a boca*… — Quil parecia estarrecido, e Aiz percebeu que estava sorrindo.

— Ah, eu *não devia* ter falado isso…

Quil arrastou Tas para longe, e Aiz aproveitou a oportunidade para escapar até sua tenda. Ela precisava se recompor. Estava desconcertada pelo retorno de Quil. Pela ansiedade que sentiu ao vê-lo. Ela podia facilmente se imaginar nessa vida maravilhosa.

Ela se jogou no saco de dormir, girando o aaj no dedo mindinho.

Cero a instruíra a não usar o aaj exceto em caso de emergência. Ele temia que, caso alguém a estivesse rastreando, o uso revelasse sua localização. Mas a tribo Saif estava no meio do deserto e ela não tinha visto sinal dos Jaduna. Ela precisava ouvir a voz de Cero, precisava de um pouco de casa.

— Cero. — Ela segurou o aaj e falou: — É… é uma emergência.

Espero que você esteja morrendo, Aiz, respondeu ele.

Aiz riu com a irritação na voz do amigo, familiar e agradável.

— Pior — disse ela. — Sinto sua falta. Sinto falta de casa. — Ela pensou que dizer isso em voz alta a faria se sentir melhor, mas a dor no peito só aumentou.

Onde você está?

— Estou…

Não responda se não confirmou minha identidade!

Aiz tentou lembrar de algo que apenas Cero saberia, e havia tanta coisa.

— Quem foi seu primeiro amor?

É uma pegadinha. Sou muito coração gelado para amar alguém. Conta tudo.

Aiz logo o atualizou sobre tudo o que havia acontecido, impaciente não para compartilhar suas histórias, e sim para saber o que se passava no mundo dele.

Os clérigos foram libertos. Junto de um grupo de presos do Tohr. Mas, Aiz…

— Tinha três crianças — cortou Aiz. — Hani, Jak e Finh…

Noa e Olnas conseguiram sair. Jak, Finh e Hani também. Mas depois Tiral foi até o claustro e Hani… Tiral a matou.

— O quê? — gritou Aiz, com a mão na boca.

Ela pensou no rosto doce de Hani, em como ela nunca pedia histórias apesar de amar ouvi-las, em como ela tentava proteger Jak e Finh.

Tiral sabia que atingiria os clérigos. Ele esperava que culpassem você, imagino. Ele é Tel Ilessi agora. Tudo aconteceu conforme você disse. Dovan o apoiou depois que ele ameaçou os clérigos. O restante do clero seguiu. A Triarquia teve que aceitá-lo ou correriam o risco de serem mortos. Especialmente porque as incursões providenciam comida.

— Diga aos clérigos e aos órfãos que eu vou voltar, Cero — declarou Aiz. — Quando eu voltar, não irei sozinha. Levarei comigo o espírito de Madre Div. Vou matar Tiral.

Cero ficou em silêncio por um instante e, quando falou de novo, parecia estar cansado.

Tiral não procurou por você, Aiz. Ele não enviou pilotos atrás de você, não contratou nenhum Jaduna. Ele falou que não precisava e, por mais que eu não consiga entender a mente doentia dele, isso significa que você está livre. Não volte. Viva sua vida. Essas pessoas que estão viajando com você parecem boa gente.

— Eles são um meio para um fim.

Até esse príncipe de quem você me falou?

Aiz se viu gaguejando.

— Ele… Cero, ele é um príncipe. E eu sou eu.

Exatamente. Se ele tem algum juízo, já está meio apaixonado.

Ele estava sorrindo, Aiz podia sentir. Mas a expressão não seria de plena alegria. Ele estaria encarando as próprias mãos ou contemplando as Torres, a mandíbula tensionada e quase travada. O silêncio se expandia entre eles, carregando o peso daquilo que nenhum dos dois teve a oportunidade de dizer.

Aiz respirou fundo.

— Cero, eu não quero viver aqui — admitiu ela. — Não quero uma vida com mais ninguém. Eu… eu quero você. E…

O aaj ficou gelado.

Ele havia desaparecido. A dor, a saudade que sentia dele e de casa, tudo o que ela tanto tentava reprimir a dominou por completo e esmagou seu coração.

Naquela noite, enquanto Ruh e Aiz terminavam de lavar a louça, Quil apareceu. Ele estava de banho tomado, de barba feita e com o cabelo preso em um coque. *Para ela.*

— Quem é essa criança? — Ele olhou para Ruh com uma confusão zombeteira. — Não é Ruh, com certeza. *Ruh* vem para cima de mim exigindo os presentes assim que eu volto de Antium. Deve ser outra pessoa.

Ruh levantou o queixo.

— Estou bravo com você. Era pra você ter me levado junto dessa vez.

Quil se ajoelhou diante de Ruh.

— Vai ajudar se eu te disser que só fiquei ouvindo um monte de gente velha falar sobre assuntos muito chatos?

Ruh tentou não sorrir e fracassou. Seu semblante se iluminou diante da caixa que Quil tirou do bolso.

— Tia Hel escondeu alguma coisa para você aí dentro — disse ele. — Falou que você ia levar dois meses para conseguir abrir. Eu respondi que você levaria duas semanas.

— Dois dias — apostou Aiz.

Ela havia passado tempo o bastante com Ruh para saber que o menino era muito esperto.

Enquanto Ruh se afastava com a caixa, Quil se levantou.

— Pronta para montar guarda?

Aiz secou as mãos e removeu o avental. Havia escolhido o traje com cuidado, o vestido verde contrastava bem com sua pele clara e a cor destacava o verde de seus olhos. Quil respirou fundo quando ela se aproximou dele.

— Esse cheiro… — notou ele.

— Rosas do deserto. — Ela sorriu. — Exagerei?

Quil balançou a cabeça e, ao andar na direção dele, ela acentuou o movimento dos quadris, sentindo-se satisfeita quando percebeu que ele estava olhando.

Também sentiu uma pontada de culpa. Ela o estava enganando para conseguir informações. *Por Hani*, ela se lembrou. *Por todos os órfãos que Tiral assassinou. Por todos aqueles que ainda vivem.*

— Estão falando que há espectros aqui hoje à noite — comentou Quil. — Você já viu algum?

Aiz balançou a cabeça.

— Karinna me falou sobre essas criaturas. Disse que a gente precisa arrancar a cabeça deles. — Aiz desembainhou a cimitarra. — Ela está tentando me ensinar, mas acho que ainda não peguei o jeito.

— Segura a espada com o pegada mais flexível do que você segura uma adaga. — Quil diminuiu o passo e ficou ao lado dela, envolvendo a mão na dela e fazendo-a segurar firme. — Assim.

Os dois se entreolharam. Aiz deixou o olhar recair sobre os lábios dele. Ela deveria ter desviado rápido, deixando-o instigado. Em vez disso, percebeu que estava fascinada com formato deles, o de cima um pouco mais cheio, em forte contraste com o queixo bem marcado e os traços angulares do rosto.

Quil pigarreou.

— A gente pode praticar amanhã — sugeriu ele. — Com espadas de madeira. — Ele apontou para uma colina cheia de pedras logo adiante. — A vista é bonita dali. Mais bonita do que em qualquer lugar de Antium, pelo menos.

Aiz reprimiu um franzir de sobrancelhas. Ela achou que ele a beijaria. Devia ser mais tímido do que ela imaginara.

— Só teve reuniões chatas em Antium mesmo?

— Mais ou menos. Minha tia está me envolvendo mais nas questões do governo. Ela queria que eu ficasse mais tempo, mas Tas e eu conseguimos convencê-la a nos deixar partir.

— O que ele faz na tribo?

Quil riu.

— Me faz passar vergonha e arrasa o coração de um monte de gente.

— Arrasar corações. Não é uma preocupação que eu devo ter com você, é?

Aiz o encarou por entre os cílios, sorrindo quando ele enrubesceu e balançou a cabeça.

— Sua tia é jovem, não? Ela quer que você assuma logo?

— Ela nunca quis ser imperatriz. — Eles subiram a colina por uma trilha bem demarcada. Havia um desfiladeiro à esquerda. À direita, a colina se erguia em uma confusão de penhascos rochosos, bloqueando a visão do acampamento Saif. O vento fustigava Aiz como se estivesse mandando um alerta, e ela se manteve longe da beirada do precipício. — Desde que sou pequeno, ela diz que está guardando o trono para mim.

— E você quer?

— Ninguém nunca me pergunta isso. — Quil olhou para ela, admirado. — Não sei. Acho... acho que não tenho escolha.

— Isso te incomoda — ela observou o rosto dele — pelo fato de que você não vai ficar com as tribos?

— Vou ficar na capital. Antium. Em algum momento devo me casar, ter herdeiros e... tentar ser um líder tão bom quanto a minha tia. Mas acho que não vou conseguir. Acho que não tenho nem um pouco da capacidade de liderança que ela tem.

Ele nunca havia sido tão honesto com ela, e isso a deixou tão comovida pela sinceridade quanto determinada a conseguir mais informações.

— Diz isso porque se sente despreparado? — pressionou ela. — Ou porque ela foi treinada para ser uma Máscara e você, não?

Quil olhou para ela surpreso, e Aiz se arrependeu. Talvez o salto da conversa tivesse sido muito repentino.

— Apesar de eu não um Máscara, ela me treinou como um.

— As máscaras são estranhas — expressou Aiz. — De metal, mas... não.

— É metal líquido — afirmou Quil. — Elias sempre odiou. Arrancou antes que se fixasse nele.

— O metal — insistiu Aiz. — De onde ele vem? E ele... está vivo?

Quil assentiu.

— Nenhuma pessoa viva sabe de onde ele é extraído. E, segundo Elias, esse metal é senciente. Talvez ele ainda tenha a máscara. Tenho certeza de que ele mostraria a você se pedisse. Imagino que não tenha nada assim em Ankana, certo?

Aiz balançou a cabeça.

— A gente tem videntes. Não precisamos de Máscaras.

— Então, o seu povo... seu grupo é governado pelo Olho de Ankana?

Aiz, como a maioria das pessoas que cresceram nos claustros, sabia bastante sobre Ankana. Ainda assim, ela sentiu uma gota de suor escorrer pelo pescoço.

— O Olho não deve ser questionado.

— Seria possível convencer o Olho a ajudar seu povo? Eu conheci o Alto Vidente. Talvez se eu soubesse mais sobre o que seu povo está enfrentando, eu poderia conversar com ele e tentar ajudar.

Surpresa, Aiz olhou para Quil e quase caiu no desfiladeiro. Ele a segurou pelo braço, o toque quente, e a afastou da beirada.

— Cuidado! — exclamou ele.

O coração dela disparou com a proximidade dele. E, de repente, ela ficou confusa. Ele ofereceu usar sua influência para ajudá-la com tanta facilidade...

Talvez fosse por pura bondade, o que era difícil para ela reconhecer, já que testemunhara poucas atitudes como aquela. Mas a parte dela que havia sobrevivido às sarjetas de Kegar sussurrava que ele devia ter segundas intenções.

— Talvez o Alto Vidente possa ajudar — respondeu Aiz, por fim, à pergunta. — Mas, para falar a verdade, eu gostaria de falar com a sua imperatriz sobre os problemas do meu povo.

Era a imperatriz quem detinha poder. Era ela quem poderia ajudar os kegarianos, se estivesse disposta a ouvir.

Aiz pretendia fazer mais perguntas sobre a tia de Quil quando uma brisa se manifestou e sua magia acendeu um alerta. Alguma coisa — alguém — se aproximava.

Percebeu que ela e Quil estavam no lugar perfeito para uma emboscada. Não podiam fugir pela montanha nem pelo desfiladeiro. Ela se curvou depressa, a fim de se tornar um alvo menor, assim que uma onda de dardos surgiu na direção dos dois. *Sicária!*

Quil se postou na frente dela.

— Ilar, corre!

Aiz atacou controlando o vento, mentalizando a palavra *escudo*. Os dardos caíram no chão. Quil também.

A sicária apareceu, descendo pela trilha. Aiz se lembrou do que Madre Div havia ensinado a ela. Convocar o vento, segurá-lo e moldá-lo como uma flecha. Ela seguiu as instruções, lançando o vento na direção da sicária. A mulher se assustou com o golpe, escorregou no caminho estreito e deslizou na direção do desfiladeiro. Ela gritou e o som se dissipava enquanto ela caía. Ao longe, Aiz ouviu um baque.

Então se virou para Quil, cujos olhos pareciam vidrados e sem foco, e ela não tinha certeza se ele conseguia enxergá-la.

— Onde você foi atingido, Quil? — Ela se inclinou sobre ele, tentando distinguir o corpo dele na luz da lua. — Consegue dizer?

— P-pescoço. Veneno. Pode ser erva-da-noite. Pode ser Anithas.

Aiz tateou o pescoço dele com cuidado e atenção. Os dardos eram pequenos.

— D-desculpa p-por nem sempre saber o que te dizer — gaguejando, Quil continuou: — Quando a gente conversa, sinto que não sei o que estou fazendo. Você sorri e eu fico estranho, o que é esquisito, porque a gente passou tão pouco tempo junto. E Tas me disse para ter cuidado, e eu quero dar ouvidos ao que ele diz...

Não havia nada do lado esquerdo do pescoço. Aiz levou os dedos para o lado direito.

— Mas Tas não entende nada de amor, sofreu uma desilusão uma vez e, desde então, só sabe pular de cama em cama. Quer dizer, eu não estou apaixonado! Pelos céus, eu nem te conheço. Mas você se dá bem com Ruh e... Eu estou falando demais? Por que estou falando tanto?

Aiz não fazia a menor ideia, mas encontrou o dardo. Com cuidado, ela o removeu. Era fino e leve como uma pena, quase impossível de enxergar.

— Pelos infernos! — exclamou Quil. — É Anithas *mesmo*. Por isso estou falando tanto. Hum... você vai ter que... tirar o veneno. — Ele desviou o olhar e, sem querer, Aiz sorriu.

— Quer dizer que o honorável Príncipe do Império Marcial está envergonhado porque eu vou ter que chupar o veneno do pescoço dele?

Antes que ele pudesse responder, ela aproximou os lábios do ferimento e sugou o veneno, cuspindo o líquido amargo no chão.

— Muito... muito obrigado.

Quil estremeceu, como se tentasse se livrar dos efeitos do veneno. Depois de um tempo, ele se levantou com a ajuda dela. Um pavor repentino tomou conta do rosto do príncipe.

— Pelos infernos — repetiu ele, sussurrando. — Não sei o que eu estava dizendo, me desculpa...

— Nada com que precise se preocupar — replicou Aiz, aliviada por vê-lo bem. — Acho melhor a gente voltar, ver se o curandeiro pode dar uma olhada em você. E Elias deve querer conferir os arredores...

— Não — rejeitou Quil. — Eu tenho um antídoto na minha tenda, não preciso do curandeiro. E não quero que Elias saiba, ele vai contar para a minha tia. O que aconteceu com a sicária?

— Morreu. — Ela movimentou a cabeça na direção do desfiladeiro. Bem lá embaixo, uma mancha escura estava esparramada sobre as pedras, com uma poça de sangue espalhando-se por baixo do corpo. — Escorregou quando estava descendo a colina.

— Hum. Pensei ter visto...

Ele balançou a cabeça, e Aiz falou rápido:

— A gente devia contar ao Elias — disse ela, porque isso a faria parecer uma pessoa honesta. — Ele iria querer saber e... quem sabe dar um rumo para o corpo.

Mas Quil se recusou.

— Carniceiros vão dar conta do corpo e, além disso, ela tentou me matar, então não merece um destino melhor — rebateu ele. — Só nos últimos anos eu já enfrentei treze tentativas de assassinato. Às vezes, é de algum outro gens Marcial. Às vezes, um karkauns. Não importa quem está tentando me matar. Depois de toda tentativa, eu e minha tia brigamos porque ela acha que eu deveria ter guardas me escoltando. Eu odeio me sentir enjaulado, Ilar. Odeio quando não posso fazer minhas próprias escolhas.

— Eu também odiaria. — Ela pensou no Tohr. — Não vou falar nada.

Ela tentou se convencer de que estava aceitando porque assim ele passava a lhe dever um favor, mas parte dela também se sentiu grata ao ver o alívio no rosto dele.

Ao nascer do sol, quando voltaram para o acampamento, Elias, que até então estava afiando a cimitarra e conversando com Tas antes de assumir a vigia, aproximou-se dos dois.

— Alguma coisa?

Quil negou e Elias voltou o olhar para Aiz. Ela se sentiu acuada e forçou-se a sorrir.

— Tudo tranquilo! — exclamou ela, com facilidade, em ankanês. Tas olhou para ela, a cabeça inclinada como se ela tivesse dito algo fascinante.

Elias estreitou um pouco os olhos, e Aiz sentiu uma pontada de frustração. De alguma forma, ele havia conseguido farejar a mentira.

— Tenho uma pergunta — acrescentou ela, na esperança de distraí-lo. — Sobre... sobre a sua máscara. Quil estava me falando delas. Você... ainda tem a sua?

Aiz deu um sorriso inocente, torcendo para Elias achar que ela era uma criança sonhadora ouvindo histórias do menino de quem gostava. Uma criança doce. Estrangeira. Inofensiva.

— Não — retorquiu o grande Marcial, guardando a cimitarra na bainha. — Sufiyan está cuidando do café da manhã — informou ele a Quil. — Vão arrumar alguma coisa para comer.

— Pelos infernos, Elias, não assusta a coitada da garota. — Aiz ouviu Tas murmurar enquanto ela e Quil se afastavam. — Ela acabou de conhecer a gente.

Quil alcançou a mão de Aiz e a apertou enquanto caminhavam.

— Obrigado. Te devo uma.

Aiz deu de ombros, com um ar de superioridade. Quando olhou para trás, por cima do ombro, Elias estava de olho nos dois, com uma das mãos sobre a adaga na cintura. Aiz logo desviou o olhar, mas a mensagem havia sido bem clara.

Ela estava sendo observada.

26
Quil

A mulher apareceu do nada. Suas roupas em tons de verde se misturavam tão naturalmente à vegetação que, a princípio, Quil pensou estar imaginando a cabeça flutuante.

Ela se abaixou ao lado de Sirsha. Uma amálgama de penas cor de esmeralda entrelaçadas no cabelo loiro dava a ela a aparência de um pássaro delicado. Quil sacou a cimitarra, mas Sirsha conseguiu balbuciar "Loli Temba" antes que as pálpebras dela, trêmulas, se fechassem sobre as íris que assumiram uma tonalidade branca fantasmagórica.

Quil se ajoelhou e tentou sentir o pulso de Sirsha, suspirando aliviado quando conseguiu encontrá-lo, forte e ritmado.

— Ela está viva.

Ele mal havia terminado de falar, e Arelia virou-se para Sufiyan:

— O que raios você enfiou naquela comida hoje cedo?

— Nada! — Sufiyan se abaixou ao lado de Sirsha, tentando entender o que estava acontecendo com ela. — Todos nós comemos. Deixa eu ver se ela se machucou em algum lugar.

— Garoto. — Loli Temba falou tão baixo que, só quando viu os olhos azul-claros da mulher se fixarem nele, percebeu que ela falava com ele. — Desde quando aquilo está rastreando vocês?

Para a surpresa de Quil, ela falava serrano fluente.

Com sotaque de Karkaun.

Arelia notou o detalhe no mesmo instante que Quil e fechou a cara na hora. A temperatura na pequena clareira pareceu cair alguns graus.

A maioria dos karkauns tinha o bom senso de manter distância dos Marciais. Quil ainda se lembrava do dia em que soubera dos horrores que aquele povo havia infligido a Antium vinte anos antes. Sua tia fizera questão de contar a história a ele.

"Eles mutilaram e assassinaram as próprias mulheres e crianças, e ressuscitaram seus espíritos com magia profana, usando-os para nos atacar. Tivemos que nos render em poucos dias."

Quil havia nascido no meio daquela guerra, enquanto a capital desmoronava. Ele fora levado em segredo às pressas para um local seguro, mas os que foram deixados para trás aguentaram atrocidades que ainda assombravam a região.

Loli Temba olhou Arelia com desinteresse.

— Você odeia o meu povo — disse ela. — Ótimo. Eu também os odeio. — Ela voltou a atenção para Quil. — Vou perguntar de novo. Desde quando aquilo está rastreando vocês?

— A irmã de Sirsha vem seguindo a gente — declarou ele —, mas faz dias que não a vemos. Estávamos te procurando. Temos perguntas...

Loli sibilou como se tivesse sido acometida por uma dor repentina e ergueu a mão para interrompê-lo. Ela cantarolou baixo, de lábios fechados, e o ar começou a reluzir, exibindo um estranho padrão em formato de diamantes, como uma rede feita de orvalho.

No céu, as nuvens se moveram e bloquearam o sol. A selva, sombria devido à densa cobertura vegetal, ficou ainda mais escura.

Perto da curva da estrada em que haviam virado, algo se mexeu.

Quil não conseguia distinguir a silhueta, muito menos o rosto, mas ele sentiu os pelos da nuca se arrepiarem e logo desembainhou a cimitarra. O som familiar do metal deslizando contra couro foi um conforto singelo. Ao lado dele, Arelia deu um passo à frente, olhando para a estrada.

Balançando a cabeça, Loli Temba agarrou o braço de Arelia.

No momento seguinte, a frustração rabugenta de Arelia se transformou em medo. Quil tentou erguer a cimitarra, mas o pavor tomou conta dele.

A sensação era terrivelmente familiar, embora ele a tivesse experimentado apenas uma vez na vida: quando tinha doze anos e uma assassina quase o derrotara. Ele nunca esqueceria o rosto sorridente dela enquanto ajoelhava-se em seu peito, pressionando seus pulmões.

Naquele instante, na selva de Thafwan, ele sentia o mesmo medo profundo outra vez. O rosto de Sufiyan ficou pálido, os lábios, azuis. Ele abriu e fechou a boca do mesmo jeito que fizera naquele fatídico dia um ano antes, quando tinha entendido que seu irmão mais novo estava morto. Quil tentou se livrar do próprio medo e segurou o ombro do amigo.

— Estou aqui, Suf — murmurou ele. — Estou aqui.

Encaixando a cabeça entre os joelhos, Arelia começou a tremer, e Quil segurou sua mão. Com Loli Temba pairando por perto, os três se agacharam ao redor de uma Sirsha vulnerável, esperando, incapazes de suportar o terror crescente ou sequer explicar aquela sensação, que era como se o próprio ceifador sussurrasse todas as maneiras pelas quais eles poderiam sofrer. Todas as maneiras pelas quais eles poderiam morrer.

As nuvens se moveram. O sol penetrava, tênue, as árvores e qualquer criatura doentia com quem brevemente haviam compartilhado a selva parecia ter seguido em frente.

— Pelos malditos céus — praguejou Sufiyan —, o que foi aquilo?

Loli não respondeu a nenhuma pergunta. Em vez disso, ordenou a Quil que carregasse Sirsha e desapareceu na selva tão rápido quanto havia surgido, na expectativa de que os demais a seguissem. Quando Arelia tentou conversar com Loli, ela respondeu com um rosnado proibitivo.

Quil sabia que deveria questionar Loli Temba a respeito dos kegarianos o mais rápido possível, mas ele só conseguia pensar em como Sirsha estava leve em seus braços. Como era horrível não escutar seus murmúrios irônicos. O rosto raivoso de Ilar lhe surgiu na lembrança. A última vez em que a vira.

Sirsha não. Sirsha vai ficar bem. Mas e se ela não ficasse bem? Pelos céus, ele nem sequer conseguia ajudá-la. Dependia de uma karkaun que parecia nem os querer ali. *Que idiota, Quil.* Ele devia ter percebido que algo estava errado com Sirsha. Ele devia ter *feito* alguma coisa.

Eles tomaram um caminho tortuoso pela mata, em direção a uma catarata estrondosa de espumas brancas. Ela cascateava por uma fenda estreita até cair em uma piscina rasa trinta metros abaixo.

Loli os guiou por uma trilha úmida e abafada por videiras até uma plataforma rochosa na parte de trás da cachoeira. Lá, ela apoiou a mão na pedra e cantou algumas notas graves. Quil pensou no que Sirsha havia dito sobre a magia. *Transpor um sentimento para um elemento.* A pedra se partiu bem no centro, criando uma abertura larga o suficiente para que eles passassem.

Quil soltou um palavrão. Arelia e Sufiyan ainda pareciam mal e fracos, e ele estava carregando Sirsha. Se Loli tivesse planejado uma emboscada, aquele seria o lugar perfeito para colocá-la em prática. Mas ela apenas fechou a pedra e gesticulou para que a seguissem.

O barulho da cachoeira desapareceu em um zumbido distante, e eles emergiram em um ambiente com paredes cinzentas ásperas e grossos feixes de luz vindos do alto. Havia um sofá em um canto, com um cobertor de tricô dobrado, e tapetes felpudos no chão. Ao lado de prateleiras abarrotadas de utensílios de cozinha, uma lareira apagada desembocava em uma chaminé que desaparecia pelo teto da caverna.

Loli Temba fechou a porta, passando a mão sobre ela uma vez. Depois guiou Quil para um quarto lateral, que era pequeno, mas iluminado como o restante da casa, com um amplo feixe de luz.

— Tira essa cara de bobo e deita ela ali. — Loli apontou para uma cama de corda amaciada com cobertores grossos e tecidos bordados à mão. — Ela vai precisar de descanso e silêncio para se recuperar.

— Mas... ela vai ficar bem? — sussurrou Arelia, da porta, a pergunta que Quil estava prestes a fazer.

Loli não respondeu, e Quil não se mexeu.

— Vou ficar junto com ela — disse ele.

Quil não a deixaria sozinha. Não permitiria que nada a destruísse como aconteceu com Ilar.

Loli tocou o braço dele com firmeza.

— Só a machucarão por cima do meu cadáver — declarou ela.

Quil estava prestes a mandar a mulher à merda, mas algo naquele olhar peculiar amenizou sua apreensão.

— A porta fica aberta — decretou ele.

Loli assentiu e mandou que se sentassem no sofá.

— Ela é forte — garantiu a karkaun. — Ainda que seja uma tola. — Ela analisou Quil. — Vocês não perceberam mesmo que estavam sendo rastreados por aquilo?

A frustração de Quil finalmente explodiu. Ele estava preocupado com Sirsha, não sabia o que raios os estava perseguindo e não queria ter de responder a pergunta nenhuma. Ele queria respostas.

— Do que está falando? — Ele perdeu a paciência. — O que era aquela *coisa*? O que queria da gente?

Diante da rara demonstração de irritação, Reli e Sufiyan trocaram olhares. Loli balançou a cabeça.

— Eu não sei. Só o senti quando cruzou as barreiras que deixei perto da minha casa. Tem cheiro de morte. — Loli estremeceu. — E de maldade.

— Você tem poderes mágicos, então. — Arelia se inclinou para a frente. — Qual é o sentimento que você usa? E o seu elemento?

— Vejo que Sirsha ensinou a vocês. — A voz de Loli estava apática. — Ela não ensinou que perguntas assim são como questionar o que se passa no seu coração? Quem você ama? Como você se sente?

Arelia corou e cruzou os braços.

— Estou só tentando entender.

— Você busca compreender as fibras que compõem meu mundo — afirmou Loli Temba —, mas não a sua própria dor, nem a dos outros. Seria melhor tentar entender essa última.

Com isso, Loli caminhou apressada até uma bancada ao lado da lareira, acima da qual estavam pendurados potes e panelas de cobre de vários tamanhos, bem como maços secos de lavanda e coentro, além de alho e pimentas amarradas a fios. Ela pegou uma tigela de madeira e a levou para Sufiyan, entregando-a a ele enquanto Suf se afastava dos demais e vomitava dentro do objeto.

Quil logo se aproximou e ficou ao lado do amigo, dando tapinhas nas costas dele. O próprio Quil havia se sentido assim depois da primeira vez que matou um karkaun. Depois que encontrou Ilar e Ruh.

— Põe pra fora, irmão — disse ele. — Você vai se sentir melhor rapidinho.

— Talvez tenha *mesmo* sido a comida — gemeu Sufiyan.

— Não foi. — Loli pegou a tigela, dispensando as desculpas de Sufiyan. Uma bomba foi ligada em um cômodo próximo, e Loli retornou alguns minutos depois segurando uma bandeja com copos de água.

— Suspeito que, quanto mais sua alma sofre — falou ela, com um tom mais gentil do que já tinha sido até então —, pior você se sente quando aquilo está por perto.

— Precisamos de ajuda, não de enigmas. — Quil não se importava que estivesse beirando a grosseria. — Seja direta. Você deve imaginar o que é essa coisa.

Pela primeira vez, Loli Temba pareceu surpresa.

— É a primeira vez que vocês veem. Mas Sirsha deve ter sentido. Ela não avisou?

— Ela tem agido de um jeito estranho — comentou Arelia, apesar de claramente desconfiar de Loli. — Já faz dias.

— Sirsha não tem andado bem — acrescentou Sufiyan. — Ontem eu dei pó de iltim para ela por causa da dor de cabeça. Você acha que ela sabia e estava escondendo da gente?

— Se foi isso — interpelou Quil —, vai ver ela tinha um motivo. Se bem que... — Ele se virou para Loli. — Essa criatura está seguindo a gente? Ou ela?

Loli procurou na despensa até encontrar uma pilha de pratos.

— Ela, eu acho. Quando foi embora, eu avisei que ela não devia voltar. Disse que atrairia alguma coisa se viesse.

— Você tem como ajudar? — indagou Quil. — Ela disse que já te procurou antes, há muito tempo. Que você a curou.

— Não a curei — falou Loli Temba. — Eu dei tempo e amor a ela. O povo dela não deu nada disso. Mas essa história é ela quem deve contar.

— Não temos tempo. — Quil se levantou, andando de um lado para o outro enquanto espiava o corpo vulnerável de Sirsha pela porta entreaberta. Ela ainda estava tão imóvel que, por um instante, ele pensou que ela não estava respirando e sentiu o próprio coração quase parar. Até que notou um movimento bem sutil das pálpebras.

— Ela vai acordar — garantiu Loli Temba. — E, quando acordar, vamos entender mais sobre o que ela sabia ou não. Vocês têm outras perguntas. Diferentes. Perguntem.

Quil ficou tão preocupado com Sirsha que se esqueceu do motivo de estar ali. Ele precisava se recompor. Era o príncipe herdeiro de um Império em colapso. Seu povo dependia dele.

— Sirsha contou que você conhece os kegarianos — começou ele. — E a magia deles.

— Há muito tempo — Loli dispôs quatro pratos na mesa de jantar —, os Marciais atacaram os Eruditos. Tomaram suas terras e escravizaram seu povo. Por que fizeram isso?

— Foram manipulados pelo Portador da Noite — respondeu Arelia.

A expressão no rosto de Loli Temba assumiu uma expressão amarga.

— Foram gananciosos — complementou Quil. — Queriam o que os Eruditos tinham.

— Depois foram gananciosos, sim. — Loli Temba puxou uma fruta longa e escura da despensa, tirou a casca grossa e fatiou a parte interna, rosada e macia. — Mas, no princípio, os Marciais eram só pobres e famintos. É o mesmo caso dos kegarianos. A população está morrendo de fome. Os líderes atacam vizinhos para se alimentar. Não podem cultivar grãos nem criar gado. Por isso, eles sofrem.

— Eles não voaram milhares de quilômetros para o norte do Império porque estão passando fome — retorquiu Arelia, ríspida.

Quil nunca a havia visto reagir assim antes.

— Ora! — Loli Temba curvou os lábios. — Por que eu deveria falar sobre eles se vocês não querem me ouvir? Talvez, como os Eruditos, vocês também mereçam ser derrotados.

— Para uma pessoa que odeia os karkauns — retrucou Sufiyan —, você fala como um dos feiticeiros deles.

— Chega — ordenou Quil aos companheiros. — Vocês dois. — Ele se virou para Loli. — Fale, por favor. Precisamos saber. Meu povo...

Loli Temba bufou de desgosto enquanto lavava um maço de folhas verdes e grossas.

— Sim, seu povo — cortou ela. — Seu povo mal sabia da existência de Kegar. Quando descobriram, a primeira coisa que a sua imperatriz fez foi exigir que revelassem os segredos para voarem. Quando os kegarianos não entregaram, seu povo se recusou a falar com os enviados. *Seu povo* não é assim tão digno quanto você pensa.

A magia de Quil, que estivera adormecida por todos os últimos dias, se aqueceu no peito. Uma lembrança vivia no âmago dessa mulher. Ele conseguia sentir. Uma dor que a fazia ser quem era.

Quil a analisou. Era uma pessoa solitária, mas havia ajudado Sirsha. Sabia o que era ser abandonada. Pela primeira vez, Quil notou as cicatrizes espalhadas na pele clara. Linhas pequenas, como se tivesse sido cortada inúmeras vezes. Ele pensou na maneira como ela crispou os lábios quando disse: "Você odeia o meu povo. Ótimo. Eu também os odeio."

— Quando descobri que os kegarianos estavam nos atacando — revelou Quil —, odiei todos eles. Ainda odeio. Mas isso não resolve nada. — Ele se inclinou para a frente. — Preciso saber o que eles querem do Império. Se têm poderes mágicos, por que estão nos atacando? Se eles só estão em busca de comida, tem uns dez países que eles podem atacar que ficam quilômetros mais próximos do que o Império.

Loli o encarou, firmemente.

— Você é um Aquillus, certo? — questionou ela. — Sobrinho da imperatriz?

Quil ficou surpreso, e irritado, por ser sido reconhecido. Loli sorriu, mas não havia alegria enquanto ela explicava:

— Quando meu povo atacou o seu há vinte anos, eu estava lá como sacrifício. Eu vi a Águia de Sangue andando pelos muros. E outro que andava nas sombras, com sua metade o acompanhando. O primeiro fantasma na cidade.

— Meu pai — reconheceu Quil, a voz sem emoção como a da tia quando ela falava de Marcus Farrar. — O fantasma era o gêmeo que ele matou.

Pelo menos era o que diziam os boatos. O Imperador Marcus era conhecido por caminhar pelos muros da cidade, falando com alguém que somente ele enxergava.

Quil afastou os pensamentos do pai e foi tomado pela tristeza diante do que Loli havia sofrido.

— Você diz que foi um sacrifício, mas os karkauns matavam os sacrifícios. Acorrentaram os fantasmas com magia de espíritos e os usaram para atacar a cidade.

— É verdade — confirmou Loli Temba. — Os feiticeiros me cobiçavam, porque o fantasma de um humano imbuído de magia, como eu, é muito mais poderoso. Mas eu consegui fugir.

Ela gesticulou em direção à mesa. A refeição estava com um aroma agradável e fresco: uma salada coberta com sementes, legumes salteados e um óleo de nozes; um pão grosso e macio coberto com manteiga; uma montanha de frutas cor-de-rosa doces misturadas com pimenta-vermelha.

Quil não tinha percebido como estava faminto até devorar a comida. Loli estava servindo uma segunda porção e sentando-se para comer.

— Você pergunta por que os kegarianos atacaram vocês — retomou ela. — Você é descendente do Gens Aquilla. Quaisquer que sejam seus infortúnios, eles não incluem ver seu povo morrer de fome. A fome *faz parte* disso. — Ela olhou para Arelia. — Mas talvez esse seja só o começo do motivo de terem escolhido vocês.

— A magia deles — tornou Quil. — É magia de espíritos, como a dos karkauns?

— Não seja tolo, garoto — repreendeu-o Loli Temba. — Eles mantêm os Veleiros no ar manipulando o vento.

Arelia fez uma careta.

— Isso não faz sentido. — A prima suavizou o tom, apesar de Quil perceber que ela fez um grande esforço. — Mesmo se eles pudessem controlar o vento, isso só os faria levantar os Veleiros. Eles precisariam de impulso também para manobrar e movê-los adiante. Não consegui olhar de perto, mas sei que vi um motor.

— E os armamentos? — perguntou Sufiyan. — Eles usam magia também? Nunca vi armas que parecem se mover sozinhas daquele jeito. Como se estivessem vivas.

— Não sei muito sobre as armas — afirmou Loli Temba. — Me escutem: mesmo com a magia, os kegarianos não eram nada. Eram menos que nada. Eles invadiam, saqueavam e mal resistiam. Até que, muitos meses atrás, isso mudou. *Eles* mudaram. Começaram a se organizar ao redor de um homem. Dizem os boatos que é um líder nobre. Eles o chamam de Tel Ilessi.

As palavras soaram como um trovão nos ouvidos de Quil.

— *Rue la ba Tel Ilessi* — sussurrou ele.

Havia ouvido aquelas palavras inúmeras vezes. Não tinha ideia do que significavam. Loli Temba assentiu.

— É um honorífico ou uma prece — explicou ela. — Não sei o significado das palavras, mas ouvi dizer que elas o invocam, que chamam o nome dele quando matam. Ou quando morrem.

— O que ele quer? — indagou Sufiyan.

— Talvez o que eles sempre quiseram — replicou Arelia. — Comida. Segurança. Mas, diferente dos líderes que vieram antes, esse sabe como conseguir.

— Então, o Tel Ilessi é tudo para eles — declarou Quil. — Não só um líder, mas… um salvador.

— Sim — confirmou Loli. — O povo dele o seguiria até o mar se ele pedisse. Sem ele, essas pessoas não seriam nada.

— Nós o encontramos — afirmou Quil, virando-se para Sufiyan. — Em Jibaut. O homem que nos parou, que prendeu a gente com o vento.

Suf balançou a cabeça.

— Aquele pode ser qualquer um.

— Era ele. — A certeza pulsava nas veias de Quil. — Ele me conhecia. Sabia que eu era o príncipe herdeiro e que atendia não por Zacharias, mas por Quil.

"Faz muito tempo que desejo encontrá-lo."

— É com ele que precisamos falar — afirmou Arelia. — É com ele que precisamos lidar.

Lidar. Como se Quil pudesse fazer as pazes com o homem que havia destruído Navium e Silas e assassinado milhares de pessoas. Como se Quil estivesse disposto a ouvir qualquer um que tivesse feito algo assim, por qualquer motivo. O príncipe balançou a cabeça. Seu ódio era mais forte do que o desejo de compreender.

— Ele não é a pessoa com quem vamos negociar — declarou Quil. — Ele é a pessoa que vamos matar.

Loli Temba desapareceu em um cômodo dos fundos, e Arelia e Sufiyan pegaram no sono pouco tempo depois. Suf se mexia e se virava de um lado para o outro, atormentado por algum sonho. Quil jogou um cobertor sobre ele e apoiou a mão no ombro do amigo, como Tas costumava fazer com ele próprio. Quando Sufiyan enfim se acalmou, Quil foi até o quarto de Sirsha, incapaz de dormir sabendo que ela estava sozinha.

Loli Temba deixou um banco baixo ao lado do estrado de corda. Quil sentou-se nele e ficou se sentindo um pouco ridículo. Pensou em pegar a mão de Sirsha, mas não tinha certeza se ela gostaria disso.

— Você precisa acordar — sussurrou ele. — Eu tenho um plano. Talvez você até goste dele.

Ele não tinha intenção de tocar o estrado. Na verdade, ele nem tinha se dado conta do que havia acontecido até erguer o olhar e perceber que a luz no quarto havia se alterado. A mudança foi tão imperceptível que, como antes, Quil não tinha entendido que via uma situação do passado até que era tarde demais para sair dali.

A garota na cama não era Sirsha.

Ou melhor, não era a Sirsha que ele conhecia. Era uma criança, de doze ou treze anos, no máximo. Franzina e pequena, com hematomas nos braços e no pescoço. Ela olhava para cima, sem piscar.

Loli Temba surgiu atrás de Quil, inclinando-se através dele como se ele não estivesse ali. Ela apoiou a mão na testa de Sirsha.

— Você precisa dormir, pequena — declarou Loli com ternura. — Não vai melhorar se não dormir.

— Quando eu durmo — sussurrou a Sirsha criança —, eu vejo o vilarejo. Vejo todo mundo que eu... que eu...

As lágrimas escorreram até o cabelo dela. Os olhos de Loli Temba estavam vermelhos e suas cicatrizes, mais aparentes. Ela parecia muito mais nova, pouco mais velha do que Quil naquele momento.

— Me diga o que você vê — pediu Loli Temba. — Coloque para fora.

— Vejo todos eles — sussurrou Sirsha. — Mães e filhas. Amantes e... as i-irmãs. Vejo todo mundo que matei.

— Você é uma criança — consolou-a Loli Temba. — Não é sua culpa.

— Devia ter ouvido a Raani — resmungou Sirsha, e Quil ficou se perguntando se ela estava se referindo à mãe. — Eu mereço isso que aconteceu. Me deixa sofrer. Me deixa sentir a dor, Loli Temba. Eu mereço.

— Não merece, criança...

— Você não entende — retrucou a Sirsha criança, baixinho. — Agora eu estou sozinha. Vou ficar sozinha pra sempre.

Outra vez houve uma mudança no ambiente, como se uma brisa passasse por eles. Quil não sabia que estava de volta ao presente até perceber que olhava nos olhos de Sirsha, abertos.

Ela ergueu a mão e tocou o rosto dele. Estava molhado, ele percebeu, mas no rosto dela não havia dúvida quanto ao motivo.

— Estou aqui — sussurrou ele. — Você não está sozinha, Sirsha.

Pela primeira vez, ela não fez nenhuma gracinha nem comentário.

No pescoço, ele sentiu arder a moeda de juramento.

27
Sirsha

Sirsha ainda sentia uma dor de cabeça retumbante quando Quil se levantou para chamar Loli Temba. Ela sentia o murmúrio da magia da amiga karkaun, que havia sido lançada como uma rede protetora sobre a caverna.

Tenta passar por isso aqui, R'zwana.

Sirsha não sabia por que R'z havia atacado ou como a irmã havia conseguido segui-la sem que ela percebesse.

Mas, enquanto estivesse na casa de Loli, estaria segura em relação aos Jaduna. Mais importante ainda: se havia alguém que poderia saber algo a respeito da assassina, era Loli.

— Sentiu minha falta? — Sirsha abriu um sorriso fraco e ficou surpresa quando Loli permaneceu em silêncio.

A feiticeira karkaun estava ajoelhada ao lado da cama, colocando uma bebida na mão de Sirsha. A garota sentiu o cheiro do líquido e estremeceu. Cheirava a fruta podre. Mas ela sabia bem do poder das misturas de Loli, portanto bebeu. Quase no mesmo instante, ela sentiu um alívio. Ficou mais uma vez maravilhada com a habilidade de Loli. A mulher tinha explorado magias das quais a maior parte dos Jaduna sequer ouviram falar. Loli tinha uma ligação tão profunda com a terra que plantas, e até animais, recorriam a seu auxílio como se fossem uma extensão dela própria.

— Eu disse a você para ficar longe — retrucou Loli quando Sirsha devolveu a xícara. — Eu avisei.

— Você sabe que eu sou péssima em seguir ordens.

— Sabe o que trouxe junto com você?

— Barriga vazia e roupa pra lavar? — Com dificuldade, Sirsha se sentou, livrando-se dos cobertores que a cobriam.

Sufiyan e Arelia estavam ao lado de Loli, carrancudos. Ela procurou Quil e o encontrou encostado em uma parede atrás dos demais, de braços cruzados e expressão indecifrável como sempre. Ficou confusa. Quando acordou, minutos antes, ele pareceu receptivo. O Marcial a encarava como se os segredos dela fossem o mar e, em águas escuras, ele estivesse em casa.

— Trouxe para você um bando de Marciais. — Sirsha voltou a atenção para Loli Temba. — Não vai me dizer que você também tem aqueles preconceitos retrógrados! Sem falar que aquele ali é só meio Marcial. — Ela gesticulou na direção de Sufiyan.

Loli nunca foi de sorrir ou gargalhar muito. Pelo menos, não com humanos. No momento, a testa dela estava toda franzida.

— Você trouxe o mal junto com você, Sirsha. Senti minha ruína na trama da terra, e te avisei para não vir. Por que não me ouviu?

Sirsha sentiu a fisgada da rejeição no peito. Ela achava que Loli se importasse mais com ela.

— Eu... Tem razão. Vamos embora. Minha irmã não é problema seu.

— Eu enfrentaria a sua irmã mil vezes por você, criança! — exclamou Loli Temba. — Não temo os Jaduna, mas sim a assassina que você procura. Porque foi ela que a seguiu até aqui, até mim. É ela quem está atrás de você agora.

De olhos semicerrados, Quil olhou para Loli Temba.

— Você disse que não sabia o que era aquela coisa.

Loli Temba manteve o olhar fixo em Sirsha.

— Eles me falaram que você estava agindo de um jeito estranho. — Loli olhou para os companheiros de Sirsha. — Mas que não disse o motivo.

Sirsha sentiu os dedos formigarem de ansiedade ao entender por que todos pareciam incomodados. Eles sabiam que ela os estava enganando. Depois de prometer que não tinha mais segredos.

— Eu... — *Fiz o que foi necessário*, ela quase respondeu na defensiva.

Mas algo mudou na postura de Quil, e ele não parecia irritado nem prestes a repreendê-la. Ele parecia... intrigado.

— Me sentia estranha, mas não sabia por quê — explicou Sirsha. — Assombrada. Doente. Sentia... alguma coisa na minha cabeça. Pensei que fosse R'z. Não tenho a menor ideia do que ela é capaz...

— Você conhece a magia da sua irmã — grunhiu Loli Temba. — Como pôde ser tão burra?

— Estamos fugindo há semanas — retrucou Quil, firme, mas com o lampejo de frieza que Sirsha achava instigante. — Ela estava cansada e J'yan havia bloqueado a magia dela em Jibaut. Agradeço se parar de insultá-la. Ela tem consideração demais por você para pedir isso por conta própria.

Loli olhou Quil de cima a baixo e assentiu com a cabeça, em um movimento discreto. O que, para ela, era praticamente uma declaração de lealdade.

— Conte tudo o que sabe sobre essa criatura que você está caçando. — Ela se virou para Sirsha. — Não deixe nenhum detalhe de fora.

— Não conheço a magia dela. A maioria das vítimas dela é jovem. Adolescentes, crianças. Queima o coração deles com um atiçador. Deixou um rastro de ossos nas terras tribais, na cordilheira Serrana e até em Jibaut. Consegui senti-la em Navium, foi quando percebi que não é humana.

— Foi a primeira vez que os olhos de Sirsha ficaram brancos — observou Quil. — A segunda foi pouco antes de você nos encontrar.

— Magia de espíritos — sussurrou Loli Temba, e Sirsha sentiu um aperto no peito.

Ela havia passado tempo suficiente com Loli para saber que ela não era capaz de enfrentar magia fantasma.

— Mas por que Sirsha desmaiou? — perguntou Arelia. — É uma força reativa? A quinta lei de Rajin diz que toda ação evoca uma reação igual e oposta. A magia de espíritos poderia interagir assim com a de rastreamento?

Quando era mais nova, Sirsha gostava de discutir teoria da magia. Mas o incômodo de Loli era crescente, e Sirsha não acreditava que a quinta lei de Rajin ajudaria naquela situação.

— Talvez a assassina seja karkaun — considerou Sirsha.

Isso explicaria por que Sirsha não tinha conseguido rastrear a magia com tanta facilidade. Os karkauns se envolviam em assuntos que os Jaduna proibiam. Fazia anos que Sirsha havia caçado um deles.

— Se a assassina for karkaun, você precisa ir embora. Sinto… sinto que ela está rondando. Não posso ser descoberta pelo meu povo. Vão me levar de volta e me fazer pagar pela audácia de tantos anos atrás. Você sabe disso, Sirsha.

Ela assentiu. Se estava mesmo caçando uma feiticeira karkaun, e se a feiticeira passara a perseguir Sirsha, ela daria um jeito de encontrar e derrotar aquela vaca.

— Nós vamos embora. — Sirsha largou as cobertas e se levantou, cambaleando um pouco. Quil ofereceu o braço e ela o aceitou, grata, já que sentia a cabeça girando. — Não podemos arriscar, Quil. Se eu soubesse, nunca teria vindo até aqui.

Ele assentiu, visivelmente cansado, e Sirsha ficou se perguntando se ele havia conseguido dormir enquanto ela estava apagada. Pelas olheiras profundas, ela imaginou que não.

— A gente descobriu o que precisava — afirmou ele. — E o mais importante, descobrimos que os kegarianos estão sendo liderados pelo Tel Ilessi.

— *Rue la ba Tel Ilessi.* — Aquela frase horrorosa logo surgiu na mente de Sirsha. — Ficaram repetindo isso.

— Ele é uma figura sagrada — explicou Quil. — Nós o conhecemos. Em Jibaut.

O homem que Sirsha havia enfrentado com suas lâminas, aquele que crepitava com magia.

— Pena que eu não mirei melhor.

— Não — retorquiu Quil, categórico. — Prefiro eu mesmo matar esse sujeito.

Sirsha tinha visto Quil lutar em Navium. Pelos infernos, ela mesma tinha a própria cota de cadáveres acumulados. Ainda assim, ficou incomodada com a objetividade e a calma nas palavras dele. Mas, até aí, estavam em guerra, e ele era príncipe do povo derrotado. Lógico que ele iria querer matar quem havia arquitetado tanto sofrimento.

A moeda de juramento de Elias ardeu, lembrando-a de que tinha sua própria missão.

— Vamos embora — disse Quil, como se ele tivesse acabado de ser acometido pelo mesmo impulso que Sirsha. — Discutiremos os próximos passos no caminho. Seguiremos quando estiver pronta. — Quil se afastou, Sufiyan e Arelia o seguiram até o cômodo principal da casa de Loli Temba. Conversavam em um volume baixo demais, por isso Sirsha recorreu à terra, quase que por instinto, na tentativa de ouvir o que estavam dizendo.

Mas se deteve. Se Quil quisesse confiar a ela o conteúdo de uma conversa particular com os amigos, assim seria. Do contrário, ela se concentraria no trabalho. Estava farta de desonestidades.

Céus, se ela soubesse que se tornaria tão mole depois de passar um tempo com os Marciais, ela teria nadado para bem longe do porto de Navium.

Sirsha se arrastou até a câmara de banho e jogou água no rosto. Uma rápida olhada no espelho de Loli Temba mostrou que ela precisava de um chuveirada, roupas limpas e uma semana inteira de sono.

Ela se contentou com um pente e o bálsamo de cheiro doce que Loli usou em suas cicatrizes. Quando saiu de lá, sentindo-se quase humana de novo, Loli Temba estava a postos, com a mochila de Sirsha na mão.

— Que sutil — resmungou Sirsha.

Loli Temba ignorou a provocação.

— Fique atenta à magia da criatura — advertiu ela. — É rápida e aparece de repente.

Sirsha recorreu à terra, à rocha. Permanecia em silêncio. Mas, enquanto se aproximavam da entrada, Sirsha sentiu um arrepio no pescoço. Um sussurro. Um alerta.

— Talvez seja melhor vocês ficarem aqui enquanto eu dou olhada. — Ela se virou para Quil e os demais. — Vai ser mais seguro. Se a assassina está atrás de mim…

— Você tem mais chance de sobreviver se a gente der cobertura. — Quil sacou a cimitarra, Sufiyan pegou o arco e Arelia ergueu uma engenhoca que parecia um cruzamento entre um estilingue e uma adaga.

Os olhos de Sirsha ficaram estranhos e quentes. *Deixa de ser ridícula*, ela se repreendeu. *Você logo vai se separar deles, então não se apegue.*

Loli sussurrou para a pedra, e o som do rugido da cachoeira tomou conta do ambiente. Para além dela, um coro de sapos entoava uma ode no lago abaixo e insetos noturnos chilreavam. Um lagarto de escamas cintilantes disparou pela rocha atrás das quedas-d'água.

Loli Temba tomou a dianteira, o luar refletindo em sua pele clara. Sirsha seguiu primeiro, depois Sufiyan, Arelia e Quil, fechando a retaguarda, o maxilar tenso enquanto esquadrinhava a selva.

Eles seguiram até alguns degraus na borda das quedas-d'água que levavam a uma fenda quase imperceptível em meio à espessa vegetação rasteira. Era uma trilha. Loli apurou a audição, uma brisa balançava as penas no cabelo. Então assentiu.

— Vão — sussurrou ela. — Rápido. A selva se lembra de você, Sirsha. Deixe que te ajude se precisar.

— Obrigada, Loli Temba — agradeceu Sirsha. — Desculpe por trazer problemas.

Loli Temba revirou os olhos e, apesar de sorrir apenas muito levemente, sua feição se alterou por completo.

— Você me agradece se nunca mais voltar aqui, pequena — replicou ela. — Pelo menos não até...

Sirsha teve a impressão de ouvir um alerta. Um instante em que o ar pareceu gemer de dor e a terra, tão silenciosa, de repente berrou para Sirsha.

Corra!

A voz de Sirsha falhou, e ela empurrou Arelia na direção de Sufiyan, que cambaleou contra Quil. Ela se virou para avisar Loli.

Mas era tarde demais.

Em um instante, Loli Temba estava levantando a mão para segurar a de Sirsha e despedir-se. No seguinte, estava gritando diante da aparição cinza que surgiu logo à frente. Exceto por ter uma silhueta semelhante à de Sirsha, não parecia humana. A criatura lançou uma garra em direção aos amigos dela, derrubando-os de costas no chão. Depois, virou-se para Loli. Uma fenda se formou no peito da mulher karkaun e, lentamente, a assassina abriu o corte, deixando seu coração exposto.

A criatura sibilou e o coração de Loli brilhou: vermelho, depois laranja, até ficar branco de tão abrasador e se desfazer em cinzas.

Loli caiu no chão, morta, as penas ainda balançando no cabelo.

Sirsha tentou gritar. Mover-se. Mas cada nervo do corpo estava imobilizado pelo terror.

A aparição se curvou sobre Loli, e Sirsha ouviu um som vil. Um gemido obsceno e ganancioso, como se a criatura estivesse desfrutando em êxtase da refeição mais deliciosa de todas. Até que fez silêncio, e Sirsha pôde sentir a repentina atenção daquele monstro mudando de forma, fixando-se nela.

O olhar da assassina parecia tão pesado quanto uma relha abrindo sulcos na terra. A consciência da criatura parecia arranhar a mente de Sirsha. Sua forma se solidificou em uma figura humana vestindo uma túnica familiar, estampada com o bordado roxo e dourado de uma Raani Jaduna.

A figura abaixou o capuz, e Sirsha se viu olhando para a própria mãe.

Não... Sirsha captou os olhos castanhos da criatura e estremeceu. Não era sua mãe. Era algo usando o rosto dela. Sirsha não via a Raani do Kin Inashi havia oito anos, mas conhecia bem a magia dela, seu escrutínio gélido. Aquela *coisa* não era Jaduna.

Sob a pele da assassina fervilhava uma monstruosidade, e sua vastidão era algo que Sirsha sequer conseguia compreender. Não era humana, embora usasse o disfarce de uma. Talvez tenha sido por isso que o vento se referira à criatura como *ela*, tempos antes.

Sirsha arriscou um olhar para trás. Quil, Arelia e Sufiyan estavam inconscientes.

— A mente e o corpo deles são fracos — afirmou a assassina em uma voz assustadoramente idêntica à da mãe de Sirsha. — Mas você, não. Como eu suspeitava.

— Não se atreva a olhar para eles. — Sirsha se colocou diante dos amigos, punhais a postos, embora suas mãos tremessem tanto que seriam inúteis. — Por que você a matou?

— Uma pergunta muito melhor é: por que você não me impediu? — devolveu a assassina.

A mente de Sirsha girava enquanto seu olhar examinava a criatura. Ela a encarava de volta com a cabeça inclinada. Não sabia o nome de Sirsha ou quem ela era. E, ainda assim, assumiu o rosto e a voz de sua mãe. A terra ao redor dela… o ar… parecia haver algo errado ali. Como se uma ferida aberta estivesse diante dela, manifestando-se na forma de uma pessoa.

A criatura exalava o cheiro fétido do mundo espiritual. Mas não parecia karkaun de forma alguma. Sirsha pensou que poderia ser uma projeção de algum lugar próximo. Mas como uma projeção poderia causar tanto estrago?

— Ah, é fascinante observar sua mente trabalhando. — A assassina respirou. — Eu queria entrar nela. — Ela baixou a voz, e havia algo vulgar na maneira como ela falava. Na maneira como usou o rosto e a forma da mãe de Sirsha para encará-la como se a garota fosse algo a ser devorado.

— Não sei por quê — retrucou Sirsha. — Não há nada aqui além de mágoas e mentiras.

— A sua magia é… especial? — A assassina experimentou a palavra, como se fosse estranha. — Isso. Especial. Nunca vi nada assim.

Sirsha não dava a mínima. Mas, enquanto aquele ser falava, ela sentiu, por meio da terra, um fluxo de magia que a criatura se esforçava muito para ocultar. Um fio amarrado à sua fonte.

Em algum lugar, havia alguém manipulando as cordinhas da assassina. Ela tinha um mestre.

— O que você é? — questionou Sirsha na esperança de fazê-la falar de si mesma.

— Que pergunta interessante. — A criatura sorriu, uma expressão que parecia, de alguma forma, deturpada. — Nunca me perguntam, sabia? Já tentei conversar com alguns antes de devorá-los, mas eles só ficam gritando, na maior parte do tempo, e nem querem saber quem eu *sou*...

Enquanto assentia para a tagarelice da assassina, Sirsha sussurrou para a terra. *Siga as amarras até a fonte. Quem é a fonte?*

A mente de Sirsha ficou cheia de imagens. Ela se moveu em direção ao sul, passando por de uma cordilheira verdejante que assumia uma tonalidade amarelada até virar pastagem. Então, a terra a levou para o leste, saltando sobre um rio azul e em direção a um vasto acampamento costeiro. Soldados patrulhavam nas sombras, para além da luz lançada por centenas de pequenas fogueiras. Bandeiras tremulavam em uma brisa forte, o sol dourado brilhava intenso em meio ao céu azul.

No acampamento, uma tenda. Ali dentro, uma figura alta de ombros largos e cabelo escuro inclinada sobre uma mesa, falando com uma jovem mulher. Atrás deles havia um grupo de homens e mulheres em familiares armaduras de escamas azuis.

— Santo Tel Ilessi — disse um deles. — Não podemos dividir as forças desse jeito. Se ao menos você...

A tenda escureceu. Uma voz humana ressoou: *volte para mim. Agora.*

A consciência de Sirsha foi puxada de volta para a clareira da selva. A assassina gritou para ela, enfurecida com o que Sirsha havia feito, e a criatura irrompeu de sua pele humana e desapareceu, arrancada dali pelo mestre.

— Sirsha.

Ela sentiu alguém tocar seu ombro e, quando se virou, viu Quil, aturdido, olhando para o corpo de Loli Temba. Atrás dele, Arelia lutava para ficar de pé, atordoada. Sufiyan encarava Loli, em transe.

— Céus! — Arelia arquejou ao ver o peito dilacerado de Loli Temba. — O que aconteceu?

— Sufiyan, não olhe — alertou Quil.

Mas Suf já tinha visto e rastejava em direção a Loli. Quando ele encontrou o olhar de Quil, Sirsha sentiu um aperto no peito.

— Foi assim que Ruh morreu, não foi? — sussurrou ele. — Você nunca me disse. Ele deve ter... ele deve ter ficado tão assustado...

Arelia se ajoelhou ao lado de Sufiyan, falando baixinho com ele enquanto Quil se virava para Sirsha.

— Precisamos ir embora. Se ela voltar...

Sirsha assentiu. Não sabia por que a assassina tinha desaparecido, mas havia algo assustador na maneira como ela olhara para Sirsha, para seus amigos.

Sim, amigos, percebeu ela. Postou-se diante deles, pronta para defendê-los com a própria vida contra aquela *coisa*. Não eram mais meros companheiros de viagem ou conhecidos.

— Pegue os ombros dela. — Sirsha reprimiu qualquer sentimento que pudesse ter diante do corpo de Loli. — Vamos jogar o corpo dela na cachoeira. Os karkauns queimam seus mortos, e ela os odiava mais do que tudo na vida. Mas ela amava o rio. A selva. Ela... ia gostar de retornar a eles.

Quil levantou os ombros de Loli, Sirsha seus pés, e eles a jogaram na cachoeira, observando enquanto o corpo desaparecia na escuridão.

— Sinto muito, Sirsha. — Quil segurou a mão dela e a apertou. — Eu sei que você a amava.

— A culpa é minha — tornou Sirsha. — Ela me disse anos atrás para nunca mais voltar, mas eu não levei a sério, porque...

Ela ouviu a voz de R'zwana na memória, repreendendo-a quando eram crianças. "Tudo é uma piada para você, mas um dia você vai parar de rir um pouco e então vai descobrir que é um fracasso para o seu kin!"

— A assassina é algum monstro karkaun? — Sufiyan estava de pé, as mãos firmes empunhando o arco. Seu tom de voz era objetivo. — Foi por isso que ela matou Loli?

— Não. — Sirsha entendia por que a assassina estivera em Navium, disseminando tanta destruição, e depois outra vez, em Jibaut. — Não é karkaun — prosseguiu. — Ela não age por conta própria. Aquela coisa que matou Ruh, Ilar e Loli Temba... está sendo controlada pelos kegarianos, pelo homem que vocês querem matar. Ela responde ao Tel Ilessi.

28
Aiz

Após a tentativa de assassinato, Quil ficou mais à vontade na presença de Aiz e passou a contar histórias sobre a tia e as cidades do Império. Sobre os enormes navios repletos de mastros no porto de Navium e as muralhas reforçadas de Antium. Contou das teias políticas dos gens, da beleza da arquitetura de Serric, dos tambores que retumbavam mensagens por todo o Império.

Cada história era uma oportunidade de conhecer Quil — e suas fraquezas — melhor. De se inserir de forma cada vez mais profunda na consciência dele como a garota que entendia sua essência.

Conforme a tribo rumava para o oeste, em direção a um distante declive de montanhas, Quil e Aiz se adiantaram ao grupo, para explorar o deserto que se descortinava diante deles.

— Eu falo demais, Ilo. — Quil usou um apelido do qual Aiz passou a gostar bastante. — Deve estar cansada de mim.

— Nunca — rebateu Aiz e, para sua surpresa, não era mentira.

Ele falava demais, *sim*, mas só com ela. O restante da tribo Saif já ocupava espaço suficiente e fazia barulho o bastante, quer fosse Tas, contando suas histórias infames, ou Karinna, xingando enquanto treinava.

Aiz percebeu que Quil não sentia que tinha direito àquele espaço. A tribo Saif não era sua família, não importava o quanto o amassem. Ele guardava suas opiniões para si mesmo e, assim como Aiz, sempre se esforçava para ser prestativo, de algum jeito.

Com Aiz, Quil ficava mais relaxado. Aberto. Era útil, claro, já que ele respondia a tudo que ela perguntava sobre ele mesmo, o Império, as tribos. Mas, no meio da noite, quando esperava que Madre Div não pudesse ver sua mente, Aiz também admitia para si mesma que essa confiança parecia um presente.

Assim como a atração dele por ela. Os olhares logo se tornaram toques. Os toques passaram a se demorar: a mão dele na cintura de Aiz enquanto ele a erguia para a sela. A dela, nos ombros dele, quando passava por perto.

Com frequência, a kegariana pensava no que Laia havia dito. *O coração já sabe, mesmo que a mente ainda não.* Aiz não estava certa a respeito do coração. Mas o corpo estava ciente do calor do olhar dele, do timbre profundo da voz, da fluidez dos movimentos. Percebeu a facilidade de fazer com que ele a desejasse, porque ela também o desejava.

Apodere-se, Aiz, sussurrava Madre Div nos momentos de fraqueza. *Não entregue nada. Nem para ele, nem para ninguém.*

Ruh, enquanto isso, roubava alguns pergaminhos de sua Ama quase todos os dias e, sempre que conseguia fugir das aulas e tarefas, escondia-se junto com Aiz para traduzi-los para ela.

— Encontrei um promissor! — exclamou ele, depois de terem saído de Nur fazia apenas cinco semanas.

Eles estavam responsáveis pelo trato dos cavalos, o que consistia, principalmente, em Ruh dar guloseimas aos animais enquanto Aiz cuidava deles. Era um bom momento para conversar, porque todos os demais estavam preocupados em preparar tônicos, curativos e o chá da tribo Saif para trocar por outras mercadorias.

Ruh olhou em volta, com cuidado e discrição, antes de falar:

— O pergaminho tinha anotações sobre a história de duas pessoas que se apaixonam — prosseguiu Ruh. — Eles se casam, mas algo dá errado... Uma Durani aparece de seu castelo mal-assombrado, cercada de poeira... É uma das mais fortes de sua ordem.

— Uma Narradora do Caos. — Aiz terminou de cuidar de um cavalo bem teimoso e foi até Tregan. — Contadora de mentiras, disseminadora de inverdades. Existe uma ordem? E o que isso tem a ver com Madre Div?

— A Madre Div foi presa, certo? Mas quem criou a prisão? Você diz que ela é uma clériga. Poderosa em magia. Não é qualquer um que conseguiria prendê-la.

Talvez a criança tivesse razão. Aiz tinha passado a respeitar sua inteligência. "Ele vê o que os outros não veem."

— Me conta mais, então. — Aiz deu um torrão de açúcar para Tregan antes de pegar a escova. — Você disse que os Durani têm uma ordem... Onde moram?

— As histórias não dizem, mas tem uma área inteira ao norte de Nur aonde o Zaldar Shan se recusa a ir porque existem rumores de que é onde Durani vivem. Até o Aba fica perto das carroças quando vamos para lá. E a Ama odeia aquela parte do deserto.

Ele começou a contar uma história que culminou com Durani atraindo uma criança desavisada para um castelo no deserto com a intenção de se banquetear com sua carne.

— Por que é sempre uma mulher se banqueteando? — Aiz coçou entre as orelhas de Tregan quando a égua a cutucou com o focinho. — Nunca ouvi falar de um bruxo que devore umas pernas.

— Kehannis geralmente são mulheres, então Durani também devem ser. E não é só uma história. Um dos meus amigos encontrou uma Durani certa vez. — Ruh baixou a voz, e Aiz se esforçou para ouvi-lo por causa do vento. — Da tribo Nur. Você sabe o que ele disse?

Aiz baixou a voz também, entrando no espírito da história.

— O que ele disse?

— Ele disse que a Durani o atraiu para o deserto. A Constelação do Arqueiro os guiou aos picos do deserto. Lá, eles encontraram um buraco que levava até o céu.

— Como um buraco no chão pode levar até o céu?

— Não sei, foi o que ele contou. A Durani o levou para lá, mas ela estava tão cansada depois da viagem que pegou no sono. Ele era pequeno para o buraco em que ela tinha deixado ele, como...

O garoto fez uma pausa, o olhar pálido disparou direto para o deserto.

— Ruh?

No instante seguinte, ele saiu correndo pelas areias.

Aiz largou a escova, o coração palpitando de medo. Havia coiotes lá, bandidos, até espectros. Uma semana antes, Quil havia encontrado um deles, vagando perto do acampamento, até Elias arrancar sua cabeça. O grito sobrenatural ficara ecoando nos ouvidos de Aiz por horas a fio. Andavam por aquelas bandas até djinns, cuja habilidade de manipular pensamentos, fogo, pedra e sangue deixava Aiz desconfortável. Ruh não estava seguro sozinho e, quando Aiz chamou seu nome novamente, percebeu a voz falhando, em pânico.

Ouviu um baque na escuridão, um corpo colidindo contra outro. Uma voz rouca falou:

— Tenha um pouco de decoro, menino. Lembre-se da minha posição, pelos céus.

Cuidado, criança, sussurrou Madre Div para Aiz. *Essa é uma criatura de tremendo poder. Oculte sua magia. Fale pouco.*

Momentos depois, uma mulher emergiu da escuridão, segurando Ruh pela mão. O cabelo branco caía em ondas grossas até os ombros, e ela estava vestindo uma túnica bordada e calças largas nas cores da floresta, a tradicional vestimenta dos Eruditos. As cicatrizes que marcavam seu rosto tornavam difícil distinguir suas feições além dos olhos escuros e penetrantes.

Conforme a mulher se aproximava do fogo, todos os membros da tribo pararam o que estavam fazendo e inclinaram a cabeça como se fossem um só, com as mãos entrelaçadas. Todos, exceto Karinna, Zuriya e Sufiyan, que cercaram a idosa em um abraço tumultuado.

Os filhos de Laia e Elias falavam todos ao mesmo tempo, Ruh contando sobre a caixa de quebra-cabeça que a imperatriz havia enviado, Karinna falando de um movimento, um mortal para trás, que ela havia dominado, e Zuriya relatando seu avanço nos Mistérios sagrados da tribo. Até Sufiyan, mais indiferente aos dezesseis anos, deu um abraço apertado na mulher.

— Você tem tempo para ser derrotada em uma competição de tiro com seu neto favorito, vó?

A avó deu-lhe um tapinha na bochecha, o olhar cheio de afeição.

— Claro, meu amor — respondeu ela. — Mas eu só vou fazer você passar vergonha de novo.

A mulher não olhou para Aiz, ela não precisava. Embora estivesse beijando os netos e rindo das brincadeiras, a garota conseguia sentir o escrutínio da mulher. Parecia, de certa forma, com o escrutínio de Elias, mas de um jeito mais sutil, como se ela fosse uma leoa rondando Aiz à distância, nada além de um par de olhos insondáveis no escuro.

A garota sentiu algo leve como uma pena invadindo a mente, como um sussurro do outro lado de um cômodo.

— Bani al-Mauth. — Laia se dirigiu à mulher formalmente em sadês, antes de abraçá-la. — Mãe. Junte-se a nós, perto da fogueira. Está com fome?

— Nada de comida para mim, filha.

Aiz olhou para baixo, tentando esconder a surpresa. Aquela era a mulher quase tão sagrada para as tribos quanto Madre Div para os kegarianos? Aiz imaginava uma pessoa... mais alta.

Ruh havia contado a Aiz sobre a avó, a Bani al-Mauth: a Escolhida da Morte. Ela vivia na Floresta do Anoitecer, bem ao leste, e guiava espíritos atormentados para a vida após a morte. Ela pegava a dor e angústia deles e lançava-as em um lugar que Ruh chamava de Mar do Sofrimento.

Está falando de Kegar?, pensara Aiz enquanto conversara com o menino, caçoando da ironia sozinha, mas sem contar a piada para Ruh. Ele era uma criança, afinal de contas.

De acordo com Ruh, os fantasmas surgiam de todos os lugares, até mesmo de Ankana. Os kegarianos tinham rituais fúnebres simples. Uma mortalha, uma oração. *Que Madre Div o receba na Fonte.* Aiz ficou se perguntando se a Bani al-Mauth já tinha encontrado algum fantasma kegariano. Havia preparado uma história se fosse o caso.

A Bani al-Mauth disse algo em serrano, um idioma que Aiz não dominava completamente. A atenção de Laia se voltou para Ruh. Ela assentiu uma vez e desapareceu nos limites da caravana. A mulher mandou os demais netos embora com promessas de encontrá-los mais tarde, antes de se virar na direção de Aiz.

— A amiga ankanesa de Ruh — observou ela.

— Nunca vi trabalhadora mais esforçada que ela, Bani al-Mauth — falou Tas. — E tem ótimo senso de humor.

A mulher sagrada bufou, sabendo bem o que Tas via como humor.

— Não há muitos espíritos ankaneses na Floresta do Anoitecer. — A Bani al-Mauth virou o rosto cheio de cicatrizes para Aiz. Qualquer gentileza que ela havia mostrado aos netos havia desaparecido. — Seus videntes têm um controle severo dos rituais de morte.

— Os videntes nos guiam. — Aiz pensou no tempo que passou no navio de Dolbra. — As orações que cantamos iluminam o caminho para o nosso além.

A Bani al-Mauth emitiu um murmúrio, mas Aiz não sabia se estava concordando ou desaprovando.

— Minha filha comentou que você procura uma história. Tem certeza de que ela deseja ser encontrada?

— Não sei.

Ser honesta era a única opção de Aiz. Aquela mulher sabia identificar uma mentira a quilômetros de distância. Até esconder a verdade era perigoso.

— Nem todas as histórias devem ser contadas, garota — alertou a mulher. — Às vezes, elas causam mais danos do que benefícios. Não gostaria que você prejudicasse minha família. Pelo seu próprio bem.

A mulher se retirou e desapareceu por entre as carroças. Aiz aqueceu as mãos perto do fogo, um sorriso plácido no rosto, como se a mulher mais sagrada — e poderosa — das terras tribais não tivesse acabado de ameaçá-la. A raiva de Aiz, tão prudente nas semanas anteriores, ressurgiu. Como de costume, ela conteve os impulsos, porque perder o controle não a ajudaria em nada.

Quando parecia que todos haviam se ocupado das próprias tarefas, ela se levantou e seguiu a Bani al-Mauth.

Furtivamente, Aiz passou pelas carroças e tendas mais próximas até as mais distantes, onde Laia e Elias estavam acampados. Ela se moveu devagar, até avistar três figuras de pé ao redor de uma fogueira perto da carroça prateada e verde de Laia. Uma das figuras era alta e tinha ombros largos: Elias.

Aiz sabia que aquele homem grande se movia rápido. Mais rápido do que o comum. Imaginava que ele tivesse algum tipo de magia. Ela andou com cuidado, passando de carroça em carroça até conseguir ouvir a conversa.

Que era em serrano.

Uma voz soou ao lado dela, e Aiz tampou a boca com a mão para não gritar.

— Da próxima vez que quiser espionar — sussurrou Ruh —, me traz junto com você. Eu posso traduzir a conversa.

— Você me assustou!

— Vovó está dizendo que alguém… ou alguma coisa está presa na Floresta do Anoitecer.

Ele passou a traduzir frase por frase, o tom de voz pouco mais alto que um sussurro.

— Tem certeza de que não viu nem sinal de magia nele?

— Nada além do que você já sabe. — A voz grave de Elias estava suave. — O que os djinns disseram?

— Pouca coisa. — A Bani al-Mauth parecia zangada. — Os poucos que passam pelos fantasmas falam comigo a respeito de nosso trabalho, mas não de seu povo. Alguma coisa está acontecendo. Alguma mudança. E ele está no coração disso, mas não consegui descobrir nada mais.

De repente, Ruh pareceu constrangido.

— Agora, é... agora eles estão falando de você.

— De mim? Por que falariam de mim?

— Vovó quer saber por que Laia dá abrigo a qualquer pessoa abandonada que aparece. — Ruh apertou a mão de Aiz. — Você não é uma pessoa abandonada — murmurou ele. — Você é minha amiga.

Aiz não entendeu por que um bolo havia se formado na garganta. Talvez porque soubesse da honestidade daquelas palavras. Talvez porque Ruh também fosse seu amigo e, nas semanas anteriores, ela houvesse começado a se importar de verdade com ele.

— Ruh, você largou os malditos pratos sujos aqui! — A voz irritada de Sufiyan ecoou pela escuridão, ficando mais próxima a cada palavra. — Se você não vier com esse seu traseiro magrelo até aqui, eu vou jogar tudo na sua cama!

O menino deu um pulo.

— Tenho que ir!

Boquiaberta e indignada, Aiz ficou o encarando enquanto ele se afastava, depois se voltou para Laia, Elias e a Bani al-Mauth.

Mas só restaram duas pessoas ao redor do fogo.

Elias havia desaparecido.

Aiz praguejou, afastando-se da carroça em que havia se escondido. Não tinha visto quando ele sumiu. Ela se abaixou para contornar um pequeno grupo de tendas, vasculhando a escuridão à procura do Marcial. Ele estava por perto e certamente seria capaz de encontrá-la. Ela precisaria se ater à verdade: *a Bani al-Mauth me disse para não ir atrás dessa história. Eu queria perguntar o motivo.* Será que ele acreditaria? Pelos infernos, se ele a expulsasse da tribo, tão perto de Nur...

— Ilo?

Aiz tropeçou e trombou direto com Quil. Ele a segurou, as sobrancelhas erguidas em uma expressão alarmada. Ao mesmo tempo, ela sentiu os pelos da nuca se eriçarem. A poucos metros de distância, ela enxergou um lampejo de metal. *Elias!*

Aiz pensou rápido, imaginando que Elias poderia desconfiar de qualquer desculpa que inventasse. Ela agarrou o rosto de Quil e o beijou.

Aiz esperava que ele ficasse surpreso, considerasse a situação por um instante e talvez até se afastasse. Não esperava que a faísca que havia dançado entre os dois durante semanas se transformasse em chamas. Não achava que ele retribuiria o beijo como se já tivesse imaginado aquilo antes, que seu próprio corpo se arqueasse contra o dele, sedento por mais…

Ou pelo constrangimento afobado, pouco tempo depois, quando a voz irônica de Elias ecoou na noite.

— Não é melhor vocês acharem um outro lugar? — sugeriu ele antes do som de seus passos desaparecer.

Quil soltou uma risadinha, e Aiz o acompanhou, sentindo mais alívio do que divertimento. Seus lábios se separaram e ela quase podia ver as perguntas na ponta da língua dele. *O que está fazendo aqui? Você está bem?* Mas ela não queria responder nada daquilo, porque não queria mentir para Quil.

Ele é um meio para um fim, a voz de Div soou na cabeça de Aiz, mas pela primeira vez, a garota não respondeu, não concordou.

Em vez disso, ela tocou os lábios de Quil com o dedo. Ela havia memorizado o formato e, ao toque, Quil fechou os olhos, respirando fundo. Aiz sentiu o poder percorrer seu corpo, pulsante e delicioso. Quil a desejava ainda mais do que ela a ele. Estava evidente em cada célula de seu corpo, e Aiz poderia usar isso a seu favor.

— Vem, Idaka — sussurrou ela, levando-o para longe do esconderijo, e em direção ao lado sul do acampamento, onde ele sempre armava sua tenda.

Ele estava com o rosto corado, os olhos cor de cobre brilhantes de desejo ao fitá-la, enquanto Aiz o guiava tenda adentro e o empurrava para a cama dobrável. Ela o beijou outra vez, deliciando-se ao pensar que quaisquer perguntas que ele tivesse logo seriam esquecidas.

29
Cero

Quando Cero baixou o Veleiro no campo de pouso central de Kegar, a fragrância inebriante de rosas das Torres tomou conta de seus sentidos. Ele abriu um pequeno sorriso ao pensar em Aiz, porque ela adorava trançá-las e fazer coroas para os órfãos. "Têm cheiro de vida", dizia ela. Cero também costumava achar isso.

No momento, tudo fedia a morte, até as rosas das Torres. Especialmente nos dias em que Cero voltava de incursões de bombardeio.

Pelas Torres, ele odiava aquelas missões. A covardia de lançar explosivos sobre uma população aos gritos, lutando para sobreviver, era como chafurdar em excrementos. Ficar observando e ouvindo enquanto as forças terrestres kegarianas invadiam outros povos para roubar comida e bens, assassinando qualquer um que resistisse, tornava impossível dormir à noite.

Fazia muito tempo que ele havia alterado os lançadores de mísseis de seu Veleiro, permitindo mais controle sobre os lançamentos das bombas. Quando os esquadrões de Veleiros iniciavam os ataques, a carga de Cero caía em celeiros vazios e praças das cidades evacuadas. A sede de sangue dos demais pilotos de Tiral garantia que nunca houvesse poucas baixas, então, por muitos meses, a mira questionável de Cero passou despercebida.

Não mais. Quando Cero desceu do Veleiro, Tiral atravessou o campo de aviação na direção do piloto. O suor colava o cabelo claro de Tiral à cabeça — estava mais calor do que o normal naquela primavera —, e suas bochechas estavam em um tom desagradável de vermelho. Talvez fosse por causa da temperatura, mas era mais provável que fosse por raiva mesmo. O autoproclamado Tel Ilessi tinha um temperamento forte. Mas isso não era nenhuma novidade para Cero. Afinal, ele crescera com Aiz.

Naquele momento, seu aaj esquentou. *Cero!* Aiz gritou por meio dele como vinha fazendo havia dias, semanas. Ele se recusou a responder. Não queria que ela voltasse.

Cero-Cero-Cero-Cero. Ela chamava o nome dele com tanta constância que parecia haver um ninho de cobras vivendo em seu cérebro.

Ele *queria* conversar com ela. Saber tudo sobre aquela tribo que a acolhera, sobre a tal criança que ela tanto amava, Ruh, até mesmo o maldito príncipe com quem ela afirmava não se importar. *Entregue seu coração a ele*, Cero queria dizer, *porque é precioso e merece ser estimado por uma pessoa boa.* Mas Cero também queria que ela resguardasse o coração. Que esperasse.

Por ele.

Pensar nisso era absurdo. Nenhum filho de Dafra se permitiria tamanha fraqueza. Porque era na fraqueza que residia a morte. *Então pare de pensar nela, seu tonto.*

— É a quinta vez que você erra o alvo nos seus ataques. — Tiral andava rápido em seu encalço, havia saliva voando da boca enquanto ele tirava as roupas de voo. — Você destruiu meia tonelada de alimentos. Explique!

— Os canais em alguns dos Veleiros estão com defeito. Eu te disse.

Cero se recusava a rastejar por qualquer pessoa, ainda mais por um falso Tel Ilessi. Mesmo assim, ele manteve a voz neutra. Tiral já havia destruído o claustro de Dafra. Ele ainda poderia ir atrás dos clérigos e dos poucos órfãos sobreviventes, só para dar uma lição em Cero.

Pela milésima vez, Cero amaldiçoou o próprio coração. Amor era sinônimo de sofrimento. Se não fosse por isso, ele já teria partido daquele inferno de lugar muito tempo antes.

— Já relatei essas falhas à engenheira-chefe — informou Cero. — Não é culpa minha se ela não consertou.

A engenheira-chefe era uma Falcão megera duas caras que maltratava os pilotos Narcejas por diversão. Cero não tinha problema nenhum em jogá-la nas chamas do humor instável de Tiral.

Porém, enquanto avaliava a expressão de Tiral, Cero ficou pensando que talvez devesse ser mais cauteloso. Tiral acreditava que governar era simples, bastava sentar-se no trono e declarar-se o escolhido de Madre Div. Mas, enquanto os carregamentos dos ataques diminuíam, o descontentamento crescia. Alguns chamavam Tiral de falso Tel Ilessi. A paciência do povo estava acabando, e Tiral sabia disso. Poucas semanas antes, ele havia massacrado centenas de Narcejas que protestaram contra ele na favela de Dafra. Estava mais volátil do que nunca.

— A engenheira-chefe me garantiu que seu Veleiro está em perfeitas condições de funcionamento — afirmou Tiral. — Então amanhã, Narceja, você vai acertar todos os alvos direitinho. Do contrário, vou fazer uma visitinha aos seus clérigos. — Notando a apreensão de Cero, ele sorriu. — Não dá para pregar muito bem sem a língua, dá?

Ninguém cumprimentou Cero quando ele deixou o campo de aviação, nem enquanto caminhava pelas ruas a caminho da favela de Dafra. Aiz era amiga de todos os órfãos e transeuntes da cidade, mas Cero preferia manter-se no anonimato.

Ele encontrou Irmã Noa no mercado principal de Dafra, distribuindo vasilhas de grãos para uma fila enorme de Narcejas exaustos e famintos. Ele cogitou ajudá-la, mas dispensou a ideia. Odiava ouvir agradecimentos.

Cero caminhou para longe até encontrar abrigo nas sombras, observando seu povo. A maioria parecia pior do que a última vez que estivera em Dafra, uma semana antes. Se estavam famintos antes, agora estavam morrendo por inanição.

Às vezes, Cero pensava que se morresse em um ataque, se algum aldeão assassino atingisse seu corpo com uma foice, não seriam seus órgãos que se espalhariam pela terra, na verdade sairia um desalentado grito de fúria. Um grito cuja semente havia sido plantada quando ele era criança e percebeu que seu povo estava condenado por causa da estupidez de seus líderes.

Não precisava ser daquele jeito. Se os malditos Triarcas tivessem um pingo de criatividade, veriam o que Kegar tinha a oferecer ao mundo, e tudo o que poderiam receber em troca. Tantas possibilidades perdidas porque aqueles três frutos podres tinham uma capacidade de imaginação coletiva equivalente à de um toco de árvore.

A Irmã Noa avistou Cero encostado nas ruínas de uma parede da velha taverna Cerveja do Defunto. Ela entregou a vasilha de grãos à Irmã Olnas e correu na direção dele.

Cero! A voz de Aiz soou de novo. Mais insistente dessa vez.

— Graças à Madre Div. — Noa o abraçou com força. — Toda vez que você vai embora, eu me preocupo que...

— Estou bem — interrompeu Cero. — Mas é capaz de você não ficar caso as coisas sigam a vontade de Tiral.

Noa ficou pálida.

— O que é agora?

— Eu cometi uns erros, e por isso ele está ameaçando os clérigos e os órfãos de Dafra de novo. Precisamos tirar todos daqui. Tenho um lugar em mente. É até melhor, o edifício em que estão agora não tem saída nos fundos se...

— Não — recusou a Irmã Noa. — As crianças precisam de estabilidade. Podemos tirar os mais novos rápido, se Tiral aparecer. Quanto aos clérigos, ele já nos prendeu e nos torturou. Ele destruiu... — Noa respirou fundo, o queixo tremendo enquanto olhava para o horizonte de Dafra, desprovido dos campanários do claustro. — Ele destruiu nossa casa. Matou nossos companheiros, outros clérigos. Se ele também quer matar os que restaram de nós, que assim seja.

— Então, estão prontos para a morte? — Cero se afastou, dando passagem para um bêbado que cambaleou para fora da taverna. — Não foi você quem me disse semanas antes que deveríamos ter esperança?

— Para você, com certeza. — Noa acariciou a bochecha dele. — Ainda é jovem. Tenha fé em Madre Div...

Cero bufou. Noa tinha boas intenções. Era uma mulher gentil, esperançosa, com uma coragem inabalável. Mas não era realista.

Cero, fale comigo. Aiz de novo.

— Irmã Noa, por favor, considere a possibilidade de se mudar. — Cero tentou de novo. — Se não for por você, então...

— Teve notícias dela? — Noa olhou para o aaj de Cero.

Além de Aiz, apenas Noa sabia o que o objeto era capaz de fazer. Semanas antes, ao receber notícias de Aiz, ele teve um momento de fraqueza e contou a Noa, sabendo como a clériga estivera preocupada. A mulher ficou tão feliz que nem perguntou como Aiz tinha conseguido o aaj. Noa não sabia do envolvimento de Cero na fuga da amiga. Ninguém sabia, além de Aiz.

Nem mesmo ela sabia de tudo.

— Não tive notícias dela — retorquiu Cero.

Pelo jeito, mentir quando criança ("Imagina, eu não matei aula, Irmã Noa") fez dele um dissimulado nato na vida adulta.

— Ela vai voltar. — O rosto da Irmã Noa foi tomado por uma aura familiar e beatífica, típica de quando ela narrava os Nove Contos Sagrados. — E estará transformada. Madre Div a escolheu...

Isso de novo, não. Cero soltou um grunhido, e Irmã Noa o encarou, com um demorado olhar de sofrimento.

— Não consigo entender como se tornou alguém de tão pouca fé mesmo sendo criado nesse claustro — censurou ela. — Mas eu não temo, criança. O claustro levou o amor de Madre Div para o seu coração, quer você o reconheça ou não. Um dia, você se voltará para ela em busca de conforto. Como todos nós fazemos.

Ela plantou um beijo na bochecha dele e retornou para a distribuição dos grãos com Olnas. Cero a observou por mais um momento antes de seguir caminho pelas ruas com cheiro de rosas de Kegar e voltar para o Ninho.

Cero, pelas Torres, fale comigo.

Seu Veleiro fora levado para um hangar, e Cero passou o restante da noite mexendo nos lançadores de mísseis o bastante para que, no dia seguinte, depois de errar os alvos de bombardeio, Tiral pudesse examiná-los e constatar que estavam com defeito. Ele nunca suspeitaria de Cero, afinal o que um Narceja poderia saber a respeito da sofisticada arte da engenharia de Veleiros?

Sei que você está me ouvindo, insistiu Aiz. *Por que não responde?*

Fazia uma noite agradável. Como as noites que ele e Aiz costumavam passar nas docas, sonhando acordados com outra vida. As estrelas no céu limpo, o ar fresco, ainda não tão quente como no verão. Cero ajeitou a lona do Veleiro para formar algo parecido com uma cama e se deitou, as mãos cruzadas atrás da cabeça. Uma raposa cinza correu pela borda do campo de aviação e insetos gordos zumbiam pelos ares. Ao longe, vozes ressoavam do Ninho, discutindo, rindo.

Cero. Cero. Cero.

Ele poderia remover o aaj. Ficar um pouco em silêncio. Em vez disso, escutou a voz dela, o mundo ao seu redor e todas as outras vozes, com um sentimento de desprezo por si próprio pela quantidade de inocentes que morreriam no dia seguinte.

30

Quil

Quil fugiu da selva com Sirsha, Arelia e Sufiyan. A morte brutal de Loli Temba estava fresca na memória de todos, o que levou os quatro a manter um ritmo frenético. Não pararam para comer, beber ou deixar os cavalos descansarem. Não depois do que aconteceu com Loli.

Mesmo quando o diabrete de Musa apareceu, Quil não diminuiu a cavalgada e leu a mensagem montado no cavalo.

Grande parte de Serra arrasada, mas resistimos. Menos suprimentos, o suficiente para cinco semanas. Sadh sob ataque. Tribos dispersas. Nur rejeitou trégua. Foi destruída. Envie notícia de progresso. Tudo o que ele precisa o aguarda. — TH

Arrasada. Dispersas. Destruída. A devastação era interminável. O príncipe queria escrever uma carta e contar à tia o que tinha acontecido e tudo o que ele temia. Ele queria estar perto de sua sabedoria e seus conselhos. Por anos, não valorizara isso. Que tolo.

Por fim, enviou uma resposta curta. *Vivo. Chegando a T.*

Ele sabia que os companheiros esperavam que o movimento seguinte partisse dele. Mas não conseguia aceitar que o assassinato de Ruh e Ilar também era obra de um fantoche do Tel Ilessi. Perguntas rodeavam sua mente como corvos famintos: como o Tel Ilessi soube de Ruh e Ilar? Por que foram seus primeiros alvos em uma guerra que tomaria a vida de milhares de pessoas?

Nada daquilo fazia o menor sentido. Quil queria analisar com cuidado cada migalha de informação antes de decidir o passo seguinte. Mas ele também estava consumido por uma fúria feroz com a qual não sabia lidar. Uma raiva movida pela tristeza, que obliterava qualquer pensamento racional.

Ele não queria prendê-la no fundo de seu âmago, como fazia com todas as outras emoções. Ele queria gritar, destruir, atacar.

Em vez disso, canalizou sua ira para cavalgar mais rápido, para focar a mente e o corpo em qualquer perigo que poderia surgir nos caminhos deles. Cavalgaram durante toda a noite e o dia seguinte, sem parar, até saírem da selva de Thafwan e entrarem nas terras altas que caracterizavam a região central do país.

Tinham deixado a estrada para trás havia muito tempo, e era impossível atravessar o terreno rochoso com as nuvens tão carregadas. Ao avistar um bosque de árvores e rochas que os protegeriam da chuva, Quil finalmente sinalizou para que parassem.

— Posso preparar um e-e-ensopado — ofereceu Sufiyan, os dentes batendo de frio — se encontrar algo para acender o fogo.

— Sem fogo — alertou Arelia. — Estamos muito expostos. Aquela coisa viu a gente. Ela sabe que somos quatro e, se estiver trabalhando para o Tel Ilessi, os kegarianos também saberão. Você disse que o Tel Ilessi te viu em Jibaut. Que ele tentou te capturar...

Quil assentiu.

— Teria conseguido, se não fosse por Sirsha.

— Consegui encontrar o rastro da assassina. — A voz de Sirsha estava estranhamente fria, como se nunca mais fosse sorrir outra vez. — Ela está longe daqui, bem ao sul. Quanto aos kegarianos... — Ela inclinou a cabeça para o céu carregado de chuva, fechando os olhos por um momento enquanto a água encharcava sua pele. — Não sinto nada. Mas o vento é difícil de ler. Não dá para saber se estão por perto. E-eu não confio na minha capacidade de rastreamento agora. Arelia está certa. Melhor não acender nenhum fogo.

Quil percebeu o quanto Sirsha estava arrasada, entendia em seu âmago que até mesmo falar era um esforço enorme para ela. Perdera uma pessoa que amava. E se culpava por isso. Nada que ele dissesse resolveria. Só o que ele poderia fazer era cuidar bem dela e ouvir se precisasse conversar.

Ele a ajudou a descer do cavalo e pediu a Arelia que cuidasse dos animais. Sufiyan distribuiu o pão e o queijo que Loli havia embalado e, depois de colocar um cobertor extra ao redor de Sirsha, Quil verificou o perímetro do acampamento, procurando evidências de que estavam sendo seguidos e tentando não pisar nas pilhas enormes de esterco de cabra espalhadas por ali. Pelo menos haveria o que caçar quando eles pudessem acender uma fogueira.

Quando retornou ao abrigo, a chuva havia parado e o semblante de Sirsha já parecia menos o de um espectro. Arelia acendeu uma lamparina de fogo azul, mantendo a chama baixa e escondida sob uma capa, e ela e Sufiyan abriram um mapa sob uma lona que haviam pendurado. Eles gesticularam para Quil se aproximar. Sirsha recostou-se em uma pedra, observando.

— Estamos aqui. — Arelia apontou para o extremo sul de Thafwa. — A poucos dias da fronteira com Ankana. A imperatriz disse que Tas está na capital, Burku. — Ela apontou para um ponto a sudeste da localização deles. — Sirsha… agora que saímos das estradas, qual a distância?

— Uns dez dias, talvez — respondeu Sirsha e, diante dos olhares desanimados, deu de ombros. — As terras altas são difíceis. Dá para fazer uns vinte quilômetros por dia se forçarmos os cavalos.

Dez dias para chegar a Burku. Um dia, no máximo, para encontrar Tas. Se ele tivesse o que Helene queria — Quil imaginava que fosse algum tipo de arma —, eles pegariam o primeiro navio rumo ao Norte. Quil teria que convencer o Alto Vidente a deixá-los navegar sob uma bandeira ankanesa, caso contrário, os kegarianos os encontrariam. Se tudo corresse bem, estariam de volta ao Império em cinco semanas. Antes que Serra ficasse sem suprimentos.

O plano era consistente. Mas a mente e o corpo de Quil se rebelaram contra ele quando uma oportunidade melhor se apresentou.

— Vou atrás do Tel Ilessi — declarou.

Arelia olhou para ele alarmada.

— Não temos ideia de onde ele está — interveio ela. — E a imperatriz te disse para…

— A imperatriz não está aqui — cortou Quil. — Ela me disse para salvar o Império e finalmente sei um jeito de fazer isso. — Ele se virou para Sirsha. — Você está rastreando a assassina. Disse que ela está ligada ao Tel Ilessi. Qual a força desse vínculo? E qual a distância da ligação?

— Ela não pode ficar muito tempo longe dele. — Sirsha lançou a Quil um olhar avaliador. — Só algumas horas. Quanto à ligação, não tenho ideia. O acampamento que a terra me mostrou ficava perto do mar. — Ela se inclinou para examinar o mapa e tocou em uma ampla faixa de terra ao leste. — A pradaria de Thafwa. O acampamento era enorme, deve estar lá há bastante tempo.

— Talvez os thafwanos tenham se rendido aos kegarianos — conjecturou Arelia. — Como aconteceu em Jibaut.

— Thafwa tem quilômetros de litoral — ponderou Sirsha. — O acampamento pode estar em qualquer lugar.

Arelia olhou de Sirsha para Quil, balançando a cabeça.

— Se formos atrás do Tel Ilessi, não podemos ir até Tas — concluiu ela.

— Vocês podem, sim — rebateu Quil.

Sufiyan foi o primeiro a entender, e sua expressão demonstrava a compreensão, mas logo foi substituída pela raiva.

— A gente não vai se separar.

— O Tel Ilessi tem um Veleiro, Quil — pontuou Arelia. — Usa a cabeça, primo! Ele pode ir para qualquer lugar.

Sufiyan observou Quil e, quando falou, havia um tom de hostilidade na voz.

— Você vai ficar rastreando sem ter a menor ideia da localização certa. Ele pode até estar em Ankana e, se estiver, a gente vai se separar à toa.

Quil balançou a cabeça.

— Ankana é nossa parceira comercial. Eles têm sido honestos e imparciais nos negócios. Não abrigariam o responsável pela destruição do Império. Os kegarianos precisam de uma base permanente para os Veleiros, e o Tel Ilessi deve visitá-la vez ou outra.

— Sim — retrucou Sufiyan. — E qualquer idiota seria capaz de deduzir isso, então você vai cair direitinho no jogo dele.

— A última vez que encontramos o Tel Ilessi, estávamos indo para oeste. E ele sabe que Ankana é nossa aliada. Ele espera que eu vá para lá. Arelia, você mesma disse: ele sabe que nós quatro estamos juntos. Vamos ficar mais seguros se a gente se separar.

Sufiyan andava de um lado para o outro, agitado.

— A gente *não vai* se separar.

Quil não queria que as coisas chegassem àquele ponto. Em todos os anos de amizade, ele nunca tinha se aproveitado de seu lugar na hierarquia. Mas a sobrevivência do Império dependia dele e, apesar de odiar o que diria a seguir, ele não conseguiu pensar em outra forma de fazer Sufiyan cooperar.

— Não estou pedindo, Suf — declarou ele. — Você foi criado na tribo Saif, mas seus pais são um Marcial e uma Erudita, e você ainda é um cidadão do Império.

Sufiyan ficou boquiaberto. Quil ficou se perguntando se tia Helene também tinha a sensação de estar afundando em areia movediça quando dava ordens para algum amigo.

— Alguém precisa encontrar Tas. — Quil esperava que a sensatez pudesse ajudar. — Temos que contar a ele o que aconteceu, conseguir um navio e garantir que tudo esteja preparado para retornarmos ao Império com o que quer que ele tenha consigo e de que nosso povo precisa.

— Você não está errado — constatou Arelia e, diante da surpresa de Sufiyan, ela ficou agitada. — Ele não está — insistiu ela. — É uma decisão lógica para o próximo passo, por mais que eu deteste essa ideia. Vamos precisar definir um ponto e horário de encontro. E um plano para o caso de algum de nós falhar.

— Isso é ridículo! — exclamou Sufiyan. — E se acontecer alguma coisa com você? Eu já perdi…

Um irmão.

— A gente não vai perder ninguém — afirmou Quil. — Vocês vão para o sul, nós vamos para o leste. É um desvio. Estaremos poucos dias atrás de vocês.

— Eu consigo rastrear você, Suf. — Sirsha ergueu a moeda Adah. — Estou presa a Quil por mais um tempinho, de qualquer forma. Quando ele derrotar o Tel Ilessi e eu dominar a assassina, vai ser fácil encontrar vocês.

Quil observou Sirsha girar a moeda dourada entre os dedos e ficou se perguntando se algo havia mudado no objeto na posse dela desde o juramento que o conjurou. A moeda dele tinha pequenos entalhes na superfície prateada e, quando ele se afastou do grupo, adiantando-se no caminho, percorreu cinco quilômetros e não sentiu nada além do leve calor da presença dela, em algum lugar atrás dele. Como se estivessem a poucos metros de distância em vez de quilômetros.

Talvez não precisassem mais viajar juntos. Uma vez que os kegarianos fossem derrotados, Quil poderia pedir a uma Raani para desfazer a ligação. Sirsha receberia o dinheiro de Elias e poderia enfim se mudar para as Ilhas do Sul. Comprar uma hospedaria e nunca mais rastrear. Ele queria que ela conseguisse tudo isso.

Mesmo que isso signifique que você nunca mais a veja?

Quil afastou o pensamento, apesar do aperto que sentia no peito. *O Império vem primeiro*, ele se forçou a lembrar. *Leal até o fim.*

— Se tem alguém que deve ir atrás do Tel Ilessi — falou Sufiyan —, sou eu. O bichinho de estimação dele matou o *meu* irmão, não o seu.

— Parece que você está esquecendo que...

— Da Ilar. Ah, tá. Vocês se conheciam fazia o que, uns meses?

— Eu ia dizer que você parece estar esquecendo que eu também amava Ruhyan. — Quil perdeu o controle e ficou vermelho. — Pelos céus, Suf, eu sei que ele era seu irmão. Sei que você o amava. Mas eu o ensinei a amarrar um laço. Ensinei a cavalgar. A ler. Você nunca teve paciência com ele ou com as histórias dele. Era meu irmão mais novo tanto quanto era seu, então não se atreva a dizer que eu não me importava com ele ou que não entendo.

Sufiyan ficou calado, com o olhar distante, e Quil soube que tinha ido longe demais. Ele se repreendeu. Era por isso que a tia o havia ensinado a se controlar. Era por isso que se esforçava tanto para manter os sentimentos guardados.

— Ruh sabia que você o amava — declarou Quil, exausto. — Ele sabia, Suf...

— Mas não sabia, na verdade — replicou Sufiyan. — Ele ficou próximo de Ilar, porque ela o ouvia e adorava as histórias dele. Ela o entendia de um jeito que eu nunca consegui. Quem sabe se eu tivesse me esforçado um pouco ele não teria ido com ela naquela noite. Aba nunca confiou nela. Apesar de nunca ter dito isso, eu percebia.

Quil franziu o cenho. Elias tinha suas reservas em relação a Ilar, mas nunca alertou Quil para ficar longe dela.

— Já chega — apartou Arelia. — Não assuma a culpa por algo que você não fez, Sufiyan. Foi aquele monstro que matou Ilar e Ruh, não você. Agora a gente pode garantir que ela nunca mais mate ninguém.

— Tudo bem. — Sufiyan encarou o chão, o cabelo preto encharcado da chuva. — Vamos para Ankana, Arelia e eu. De manhã. É isso que você quer também, não é? — Ele olhou para Arelia, que o encarava de volta, firme.

— Porque é a decisão mais sensata. Sim.

— E sensatez é só o que importa. — Aquele diante de Quil parecia o Suf dos meses após a morte de Ruh. Como se não ligasse para nada.

Ele deu as costas para o abrigo e se afastou, descendo a colina e adentrando a floresta. Quil ameaçou segui-lo, mas sentiu um toque leve no braço.

— Deixa ele. — Sirsha estava com o olhar perdido na escuridão. — Você só vai piorar a situação. Vou rastreá-lo. Se houver alguma ameaça, eu vou saber. Dorme um pouco. Eu fico no primeiro turno.

Ele assentiu e deu um leve aperto no ombro dela.

— Estou aqui — afirmou ele. — Se precisar de mim.

O sono foi inquieto, mas Quil deve ter conseguido apagar em algum momento, porque, mais rápido do que o esperado, Arelia o acordou para assumir o turno do alvorecer. Quando o céu carregado já estava claro o bastante para começar a iluminar os arredores, todos estavam prontos para partir e com os cavalos selados.

Quil deu um abraço para se despedir de Arelia e explicou para Sufiyan como encontrar Tas. O amigo apenas deu de ombros e virou-se para ir embora. Era evidente que ele estava pronto para partir sem trocar mais uma palavra sequer. Mas Quil já havia cometido o erro de deixar alguém partir sem ter feito as pazes antes. Ele nunca mais cometeria esse erro de novo.

— Caramba, olha pra mim — pediu a Sufiyan, que olhou de volta com raiva e um tremendo mau humor.

— Sim, Príncipe Herdeiro Zacharias. Como quiser, Príncipe Her...

— Ah, cala a boca — interrompeu-o Quil. — Quero agradecer por fazer isso. Nós dois sabemos que você é teimoso o bastante para ignorar minhas ordens se quiser.

Sufiyan ajeitou a postura e manteve a mandíbula cerrada.

— Você é um babaca — retrucou o amigo. — Mas vê se não morre. Eu não tô nem aí, se quer saber. Mas Ama vai me matar se alguma coisa acontecer com você.

— O mesmo vale para você — devolveu Quil —, porque ela vai *me* matar se alguma coisa acontecer com *você*.

— Se Laia te matar, Quil, a única escolha que eu tenho como sua prima preferida é matá-la também. O que significa que Elias teria que me matar — brincou Arelia.

— E aí — continuou Quil, com a mão no queixo —, a tia Helene teria que matar Elias.

— E eu teria que acabar com ela por ter matado o meu pai — concluiu Sufiyan. — Mas aí ela me mataria, óbvio. E aí meu pai ia ter que *ressuscitar* pra matar tia Hel e, conhecendo bem a peça, ele seria capaz de descobrir como...

— Bom… quem sobra na minha vez de matar? — inquiriu Sirsha, e Quil ficou aliviado ao ver que o olhar apático havia desaparecido, dando lugar a uma pequena faísca de traquinagem por trás da tristeza. — Não é justo vocês ficarem com toda essa vingança enquanto eu só assisto da arquibancada.

— Vamos ter que envolver sua irmã nisso. — Arelia esporeou o cavalo, levantando a voz conforme se aproximava do bosque. — Ao que tudo indica, R'zwana instigaria qualquer um a cometer assassinato.

— Não diga o nome dela! — O semblante de Sirsha ficou tão carregado quanto as nuvens de tempestade. — Os céus sabem que ela é um demônio que pode ser invocado.

PARTE III

Madre Div

31
Aiz

Na manhã seguinte à noite que passara na tenda de Quil, ele levou para Aiz uma xícara de chá.

— Fico grata por me trazer um pouco de calor, Idaka. — Ela tremia conforme a areia golpeava o exterior da tenda, erguida por um cortante vento de outono. — Mas o cheiro disso é péssimo.

— É para... é... evitar gravidez. — Quil se sentou ao lado dela. — Me disseram que não dói nada.

Aiz ficou olhando para aquele líquido verde turvo. Era evidente que Quil já havia feito aquilo antes.

— Acho que não pegaria bem para o príncipe da corte Marcial ter um herdeiro meio-ankanês — disse ela, com ironia.

— Você... não precisa tomar — afirmou Quil, um tanto alarmado diante da conversa sobre ter um herdeiro. — Se você não quiser...

— Estou só brincando, Quil. — Aiz afastou uma mecha de cabelo do rosto dele. — Não tenho pressa nenhuma de ter filhos. E duvido que sua tia aprovaria essa ideia. Você contou para ela? — perguntou Aiz. — Sobre mim?

— Ainda não. — Quil deu um beijo na mão dela. — Mas vou contar.

— Estava pensando — tornou Aiz. — Você poderia me levar junto da próxima vez que for visitá-la... Não por causa disso — ela apontou para Quil e, em seguida, para si —, mas ela é imperatriz. Talvez consiga ajudar meu povo.

Mais especificamente, Aiz queria perguntar à governante sobre o metal líquido usado para fazer as máscaras. Quil não entendia muito do assunto, o que a deixava frustrada. Mas a imperatriz devia conhecer bem os recursos do próprio povo. Talvez houvesse algo que Aiz pudesse oferecer em troca. Até uma quantia ínfima do metal poderia mudar o destino de Kegar.

"E Tel Ilessi guiará seu povo de volta à terra natal de onde fugimos, há tanto tempo."

— Fico envergonhado por eu não ter pensado nisso antes — replicou Quil.

Depois disso, Aiz raramente montava a própria tenda. Tas sorria para Quil, erguendo as sobrancelhas ao perguntar por que o rapaz parecia tão cansado o tempo todo. Karinna e Sufiyan faziam sons de vômito quando Quil demonstrava carinho por Aiz. Mas, em geral, a tribo parecia achar fofo o relacionamento dos dois.

Todos, exceto Elias. Ele não falava nem fazia nada. Era só uma sensação que Aiz tinha quando ela e Quil estavam juntos. A forma como a mandíbula de Elias se contraía ao vê-los. Como ele parecia surgir do nada enquanto ela e Ruh conversavam sobre Madre Div ou os Durani.

Quando Aiz despertou, no dia em que chegariam a Nur, Quil já havia partido. Tremendo com o frio do início do inverno, ela desmontou a tenda e a jogou na carroça de suprimentos. Ruh apareceu logo que ela começou a selar Tregan.

— Posso ir com você, Ilar? Quil saiu com Tas e Elias antes do amanhecer. Não disseram quando voltariam. Mas você vai conhecer Nur hoje! Todos a chamam de Cidade da Luz por causa das luminárias…

Ruh contou tudo sobre Nur, que, ao longe, tremulava como uma miragem no horizonte, até que Aiz conseguiu enxergar nitidamente as construções douradas e as palmeiras verdes do lendário oásis. Pelos arredores da cidade, enormes planaltos rochosos lançavam sombras imensas no chão, dando ao deserto uma aura etérea.

Aiz só voltou a ver Quil à noite, quando já estavam quase nos portões de Nur, esperando em uma longa fila de caravanas para garantir um lugar para levantar acampamento no exterior das muralhas da cidade.

— Ilo — chamou ele, ofegante ao se aproximar, com uma expressão tensa no rosto. — Sinto muito por ter ficado longe o dia todo. Preciso partir com Tas para a capital ainda hoje.

Aiz xingou mentalmente. Lógico que a chance de falar com a imperatriz iria coincidir com o tão esperado encontro com a kehanni da tribo Nasur. Que *sorte*.

— Podemos partir de manhã? Estou esperando há meses…

Ela parou quando Quil coçou a nuca e ficou inquieto.

— Acho que não posso levar você comigo — comunicou ele. Ao redor, a caravana se aglomerava, avançando sem paciência na direção do local de acampamento, todos ansiosos para se instalar e descansar à noite. Quil baixou a voz. — Não posso dizer muito sobre o que está acontecendo, mas...

— Para quem eu contaria, Quil? — Aiz lutava para manter a compostura. — Eu não tenho ninguém. E, mesmo que tivesse, por que não confia em mim?

— Me perdoe. — Ele estendeu a mão para segurar a dela. Quase imediatamente, ela ficou mais calma. — Foi um dia longo — desabafou ele. — É óbvio que confio em você. Já ouviu falar dos kegarianos?

A menção foi tão inesperada que Aiz mal conseguiu controlar a expressão no rosto.

— Só de nome — respondeu ela.

— Eles vivem na ponta do Continente do Sul. São conhecidos por serem saqueadores. Muito reservados. Quase isolacionistas. Os ankaneses dizem que eles saqueiam porque estão morrendo de fome. Mas nossas fontes dizem que aconteceu algo terrível por lá.

— Por que isso importa? — perguntou Aiz. — Você é amigo dos kegarianos?

— Não — disse Quil, bufando. — Eles... eles não são amigos de ninguém. Vivem num pedaço de rocha sem nada para negociar, nada para oferecer. O mundo os ignorou por anos, e eles parecem estar tranquilos sendo ignorados.

Aiz reprimiu o impulso de falar. "Eles saqueiam porque estão morrendo de fome." "Nada para oferecer." "... tranquilos sendo ignorados." Como Quil estava enganado! Como estava redondamente enganado, ele e qualquer um que subestimasse tanto um povo sobre o qual nada sabiam.

— Houve um massacre lá, recentemente. Centenas de mortos, Aiz. Cometido pelo próprio rei deles.

— U-um massacre? — O coração de Aiz começou a acelerar, e ela pensou em Tiral. Em como ele odiava Narcejas. Mas se conteve, porque uma refugiada de um bairro pobre ankanês não entenderia nada sobre a política dos kegarianos. — Por que um rei mataria o próprio povo?

— Os ankaneses são os únicos que comercializam com os kegarianos, e eles não têm nenhuma teoria. Estamos enviando uma pessoa para investigar, mas levará semanas para chegar. Talvez sejam como os karkauns, que têm a morte como condutor de magia. Não sei. O emissário disse que figuras religiosas viraram alvos, junto de umas crianças.

Noa. O claustro. Cero não dissera nada… talvez Noa e os órfãos estivessem bem e isso fosse só um boato, mas Aiz estremeceu. A paisagem ao redor deles de repente ficou opressiva, os planaltos e as montanhas pareciam cobrir tudo em sombras.

— Sua tia… — Aiz desistiu de esconder a preocupação; Quil pensaria que ela estava apenas refletindo a preocupação dele. — Por que ela se importa com o que acontece com os kegarianos?

— Ela não se importa. Mas Ankana é um dos nossos maiores parceiros comerciais. Os kegarianos estão atacando as fronteiras ao sul. Um dos nossos tratados estabelece que o Império enviará soldados e maquinário de cerco em caso de ameaça à segurança dos ankaneses. Minha tia precisa de alguém para falar com o Alto Vidente.

— Então ela vai mandar você.

— Ou vai ela mesma. Eu cuidaria das coisas em Antium enquanto ela estivesse fora. Já tenho quase idade suficiente.

Aiz amaldiçoou o fato de não ter contado a Quil desde o início que era kegariana. Isso teria lhe dado a desculpa perfeita para ver a imperatriz. Mas não podia contar ali, porque suas mentiras seriam reveladas, e não importaria o quanto tentasse explicar, ele nunca confiaria nela outra vez.

— Ainda posso ir com você — argumentou. — Eu sou ankanesa…

— Ela não conhece você, Ilo — contrapôs Quil. — Mas vou explicar sua situação. Me diga exatamente o que…

— O que tem de errado comigo, Quil? — disparou Aiz, semanas de raiva acumulada correndo nas veias. — Você acha que eu não saberia me portar diante da sua preciosa imperatriz?

— É lógico que não acho isso. — A tensão no rosto dele dizia o contrário. — É só que… minha tia tem certas expectativas para mim.

— Você diz que quer ficar comigo, Quil, mas, se quisesse mesmo, contaria à sua tia sobre mim. E me levaria com você para a capital. Você me apresentaria à imperatriz.

Ele ficou em silêncio, lógico. Quil tinha nervos de aço. Só não tinha quando se tratava dela.

O som de cascos fez os dois se virarem ao mesmo tempo, e Aiz se forçou a sorrir ao ver Laia se aproximando, montada no cavalo que pertencia ao marido. Os espelhos nos trajes bordados da kehanni refletiam a luz que se se punha depressa. As estrelas já cintilavam no horizonte.

— Ilar — chamou Laia, erguendo um pedaço de pergaminho dobrado. — A kehanni da Tribo Nasur nos aguarda. Vamos encontrá-la na caravana ao norte da cidade, depois do anoitecer. Se nos apressarmos, chegaremos a tempo.

— Ama! — Ruh se aproximava depressa no pônei. — Me leva também! Eu sou o tradutor da Ilar!

Laia balançou a cabeça.

— Eu posso traduzir para ela. A kehanni Nasur é bem velhinha e, meu amor, você é muito agitado. Talvez na próxima.

— A kehanni Nasur gosta de mim. Ela não vai se importar se eu for! Da última vez, ela falou que eu era tão bom contador de histórias que devia ser parte djinn.

— Sim, ela falou mesmo — admitiu Laia. — Mas, Ruh...

O instinto de Aiz se aguçou. *Ele vê o que os outros não veem*. Havia algo naquela história que Laia não percebia. Mas talvez Ruh pudesse enxergar.

Sim, reiterou Madre Div. *Leve o menino.*

Aiz olhou para Ruh, estranhando o interesse de Madre Div na criança.

Tudo o que faço tem uma razão. Leve o menino.

Elas só iriam encontrar uma contadora de histórias. O garoto estaria perfeitamente seguro.

— E-eu acho que Ruh devia ir com a gente — apoiou Aiz. — Ele pode ir comigo e com Tregan.

Laia olhou para o rosto esperançoso do filho e suspirou.

— Venha, então.

A caravana dos Nasur não era tão diferente da caravana da tribo Saif, embora fosse menor e suas carruagens, mais antigas, com pinturas desbotadas. Aiz segurou Ruh bem perto de si, lembrando-se de que não era Aiz, a humilde Narceja, mas Ilar, uma mulher ankanesa lutando por seu povo, e hóspede da tribo Saif.

— Deixe que eu fale, se me permite, Ilar — solicitou Laia em um tom de voz baixo. — Kehanni Nasur é uma mulher apegada à tradição. Mas é muito sábia, e tenho certeza de que pode ajudar. Ruh...

— Fale baixo, observe e escute — enunciou Ruh. — Eu sei. A Ilar me ensinou.

Eles desceram das montarias, e um rapaz os encontrou, conduzindo-os até o centro do acampamento. A carroça que os esperava era adornada com imagens de céus desérticos e constelações em tons de dourado e azul que lembravam Aiz da bandeira de Kegar. Um bom presságio, talvez. Era o maior dos veículos ali, iluminado e aconchegante, com o aroma de incenso de creosoto emanando da entrada.

— Venham, venham! — A voz que ecoou do interior do transporte não combinava com o pequeno corpo deitado sobre um banco acolchoado, envolto em um cobertor de lã. A mulher era tão velha que seu rosto parecia mais rugas do que pele. Era pequena, de pele escura, com uma auréola de cabelos brancos e crespos. Aiz já achava complexas as tatuagens de kehanni de Laia, mas as da kehanni Nasur ocupavam completamente seus braços finos.

A carroça estava repleta de pergaminhos, livros, desenhos e gravuras, além de um mapa do Império preso à parede atrás dela. As conhecidas luminárias da tribo Nur cintilavam em todas as cores que Aiz podia imaginar.

— Kehanni Nasur — cumprimentou Laia. — É uma honra para nós.

— Laia de Serra. Você e sua família são muito bem-vindos, minha querida.

Com a mão trêmula, a senhora estendeu uma tigela com sal cor-de-rosa, e Aiz imitou Laia e Ruh, colocando um pouquinho na língua. Depois do ritual, a kehanni pediu que se sentassem no banco em frente ao dela. Ela havia preparado uma mesa com duas xícaras fumegantes de chá e um grande copo de suco, um líquido magenta.

— Para você, pequeno — ofereceu ela, acenando com a cabeça para o garoto. — Ainda conta histórias?

Ruh assentiu e tomou o suco.

— Mas hoje, não. Hoje estou aqui pela minha amiga. — Ele olhou para Aiz com um orgulho que a fez se esquecer por um instante da raiva que sentiu de Quil.

A kehanni voltou o olhar para Aiz.

— Ouvi dizer que você tem uma história para contar.

— Sim — confirmou Aiz. — Mas... meu sadês... Entendo melhor do que consigo falar.

— Eu traduzo para ela — declarou Ruh, cutucando Aiz com carinho. — Já estou acostumado.

Aiz havia contado a Ruh a história do aprisionamento de Madre Div tantas vezes que ele já começava a traduzir antes mesmo que ela terminasse as frases. Mas a narrativa fluía bem; Aiz já sabia como focar menos nas viagens de Madre Div e mais na descrição de sua prisão.

Quando terminou, Aiz mal conseguia respirar enquanto esperava pela resposta da idosa kehanni.

— Eu já ouvi esse conto — afirmou enfim a kehanni Nasur, e a pulsação de Aiz disparou em expectativa.

Ela quase quis sacudir a mulher, exigindo saber se tinha mais detalhes sobre a prisão de Madre Div.

— A versão que ouvi era diferente — continuou a kehanni. — Era do extremo sul.

— Ankana — Aiz se apressou a dizer.

— Talvez, sim — ponderou a idosa. — Talvez, não. Na versão que lembro, a história termina quando a Clériga Sagrada nomeia seus três filhos como governantes da terra dela. Onde você ouviu essa história, menina?

Aiz abriu a boca para responder o mesmo de sempre: uma contadora de histórias em Ankana havia lhe contado. Mas as palavras ficaram presas na garganta. Esconder a verdade não lhe trouxera nada até o momento.

— Eu vejo a história — prosseguiu a kehanni, olhando *para além* de Aiz. — Ela vive em você, em todo o seu ser, e mesmo assim está presa. Como sua Clériga Sagrada. Diga-me a verdade sobre como você soube desse conto, menina, e eu caçarei a história para você.

Laia e Ruh olharam para Aiz com curiosidade. Ela se lembrou de quando fugiu do Tohr. O momento em que se revelou à tribo Saif. Quando narrou para Ruh os Contos Sagrados. Todas as vezes, sentiu-se como se estivesse à beira de algo; e que, se desse sequer um passo adiante, as correntes de ar a sustentariam. Sentia-se exatamente do mesmo jeito diante da mulher.

Ela pegou a mochila e puxou o livro envolto por um pano.

Não, menina!, advertiu Madre Div, mas, dessa vez, Aiz não queria escutar.

Confie em mim, Madre Div.

— Laia contou a história original. Está neste livro.

Laia olhou para o livro, confusa.

— O que... o que é isso, Ilar? Por que nunca me mostrou isso antes?

A anciã soltou um longo suspiro, silenciando Laia com um gesto.

— Mostre-o para mim.

— Você não vai conseguir ler… está em outro idioma — explicou Aiz, apostando que a mulher não reconheceria uma língua tão distante como o kegariano. Abriu o livro na primeira página, onde estava o nome de Laia, e depois no título da história: *O Invólucro da Fonte*.

Enquanto Ruh olhava de Aiz para a mãe, Laia balançou a cabeça.

— O livro está em branco, Ilar.

— Não — tornou a kehanni Nasur, examinando o livro. — As histórias estão em sadês. Seu nome está na primeira página, Laia.

— Eu… não… — Uma fina camada de suor cobria o rosto de Laia. Ela agarrou a mão de Ruh. — E-eu já vi isso antes. Mas tem algo errado. Não podemos ficar aqui. E você… — ela se virou para Aiz — você mentiu para mim. Nunca me disse nada sobre esse livro. Se tivesse dito… — Ela levou a mão à testa, como se sentisse dor. — V-vamos, Ruh.

— Mas, Ama…

— Nós vamos embora!

— Espera, Laia, me deixa explicar… — Aiz tentou segui-la, mas a kehanni Nasur segurou seu braço, a mão firme como uma garra.

Os olhos dela estavam completamente brancos.

— Mas o vento ainda a puxava, até que um dia ela encontrou a traição e o encarceramento na forma das presas de um gigante. — A kehanni grunhiu as palavras em kegariano, uma língua que ela não deveria conhecer. — Div chorou, pois nenhuma criatura dotada de pelo ou pena ousava sequer pisar perto de sua prisão. A chuva não chegava àquele vazio ressequido, nenhum vento soprava ali para refrescar o ar estagnado. Ela havia seguido o arqueiro até o Norte, cruzando o céu desde a Cidade da Luz, mas foi abatida pela flecha dele.

Arfando, a kehanni caiu para trás, os olhos voltando ao normal aos poucos.

A porta bateu, e Aiz pôde ouvir os protestos de Ruh cada vez mais distantes enquanto sua mãe o arrastava para longe.

— Esse livro é abominável, criança — alertou a kehanni, passando a falar em sadês, movendo a mão em direção ao exemplar como a garra de um abutre. — Não é destinado às criaturas do nosso mundo.

Aiz bet-Dafra!, gritou Madre Div tão alto na mente de Aiz que ela se encolheu. *Por que você não ouve? Esconda o livro.*

As lamparinas na carroça piscaram quando um vento fétido soprou. Aiz recuou, enfiou o livro na mochila, e a corrente de ar diminuiu assim que ela guardou o volume. A luz se apagou por um instante, depois voltou a brilhar, e a mulher abriu os olhos, como se tivesse acordado de um sonho.

Aiz a observava com medo, esperando que chamasse as demais pessoas da tribo. Que exigisse que o livro fosse arrancado dela. Mas a idosa tremia.

— Que sonho ruim... — murmurou, com o olhar confuso na direção de Aiz, como se não se lembrasse do que havia acabado de acontecer. — Você... você estava procurando uma história. Não posso ajudar. Estou cansada. Preciso descansar. Por favor... a porta...

A mulher empurrou Aiz porta afora, em meio à ventania noturna. A mente de Aiz estava um turbilhão com o pouco que acabara de descobrir, e com tudo o que ainda não sabia.

Como, Madre Div?, perguntou ela. *Como você fez a kehanni esquecer? Por quê?*

Usei cada migalha de força que havia guardado para esvaziar a mente dela. A voz de Madre Div tremia de raiva. *Não posso ajudá-la agora. Preciso me recuperar. Até que me encontre, filha de Kegar, você está por conta própria.*

Sempre estive por conta própria!, devolveu Aiz.

A raiva que a assolava era o resultado de longos meses de controle, repressão e negação, que estava ricocheteando dentro de Aiz. Queria gritar com aquela kehanni inútil de antes, exigir saber por que Laia reconhecera o livro, mas não vira nada nas páginas. Estava furiosa até mesmo com Madre Div.

Por que eu?, gritava ela na própria cabeça. *Por que me escolher se não confia em mim? Se não acha que posso libertá-la?*

Madre Div não respondeu.

Aiz apressou-se pelas ruas em direção à caravana da tribo Saif, protegendo o rosto das nuvens densas de poeira levantadas pelo vento. Quando as conhecidas carroças apareceram, ela endireitou os ombros e ergueu o queixo. Já fazia semanas que estava ali. Laia a conhecia, e confiava seu filho a ela. E Aiz já estava pensando em uma explicação a respeito do livro.

Era sagrado, kehanni. Um presente que não era para pessoas de fora. Minhas crenças são diferentes das suas. Você quer que eu abra mão delas?

Ao passar pelos arredores do acampamento, uma sombra se assomou sobre ela, seus braços foram puxados para a frente, e ela foi arrastada para o vão entre duas carroças. Olhou para cima, encarando os olhos claros e inquisitivos de Elias Veturius. A ponta de sua cimitarra pressionava o peito dela enquanto uma criatura uivava nos arredores. Ela contraiu os dedos, mas sabia que não conseguiria invocar o vento antes que ele a atravessasse com a lâmina.

— Ilar — disse ele. — Precisamos conversar.

Nada na expressão de Elias lembrava o pai que pegava o filho nos ombros, o homem que ensinava tudo a dezenas de crianças, desde história até arco e flecha, com bom humor e paciência.

Aquele era o soldado. O assassino. O monstro.

— Minha esposa voltou ao acampamento há menos de dois minutos — continuou ele. — Estava confusa e mal conseguia falar. Mas disse que você não era confiável.

— Ela está abalada. — A raiva de Aiz cedeu lugar à preocupação, e ela lutou para controlar a respiração. — Eu entendo. Só que não fiz nada de errado.

A cimitarra se afundou ainda mais.

— Acho difícil de acreditar.

— Aba, não! — Ruh surgiu correndo do acampamento. Aiz quis abraçá-lo, aliviada. Se havia alguém que aquele Marcial bruto escutaria era a criança de dez anos que tinha mais juízo que ele.

— Ruh. — Elias baixou a cimitarra, mas Aiz não se atreveu a fazer qualquer movimento, temendo que ele decidisse empalá-la com a lâmina. — Volte para a carroça da sua Ama. Uma tempestade de areia está se aproximando rápido, meu amor. Não é seguro ficar aqui fora.

— Solta a Ilar.

Ruh segurou a mão do pai, e Elias cerrou a mandíbula, lutando para manter o autocontrole.

— Ruh! — exclamou Elias. — Sua mãe não está se sentindo bem. Você precisa ir até ela. Diga que está tudo bem. Eu não vou machucar Ilar. Prometo.

Ruh olhou para o pai, preocupado, e então correu. Aiz teve vontade de gritar para ele voltar.

— Você tem o hábito de mentir para o seu filho?

A mandíbula de Elias se contraiu.

— Laia disse que você é perigosa. Que não é confiável. Disse que devemos mandá-la embora. Mas ela não fala mais nada. Está confusa… parece não se lembrar do que aconteceu. Diga por quê. Minha família corre perigo com você?

Ela se forçou a encarar Elias, mas o olhar dele era tão implacável que ela desviou os olhos quase imediatamente. Quil se aproximou, diminuindo o ritmo ao ver a cena diante dele. Elias balançou a cabeça para Quil. A expressão do homem era severa o suficiente para fazer o jovem recuar.

Fraco! Quil jamais enfrentaria Elias. Certamente não por Aiz.

— Responda à pergunta, Ilar — insistiu Elias. — E não cometa o erro de mentir para mim.

— Vocês não estão em perigo por minha causa — retorquiu Aiz. — Estou procurando minha Santa Clériga. Encontrei a história dela em um livro, mas ela... ela fala comigo na minha mente, e me disse para não mencionar o livro.

Elias assentiu.

— Acho que essa foi a primeira frase realmente honesta que você disse nesses três meses que passou conosco — declarou ele. — Você não é ankanesa. De onde você é?

— Sou de um lugar esquecido — replicou Aiz, a raiva deixou seu rosto quente, e suas mãos, trêmulas. — Um lugar sem esperança. Vim para cá em busca de um futuro para o meu povo. Mas você, Marcial, não tem como entender isso, tem?

— E o meu filho Ruh? — Quis saber Elias. — Você o envolveu na busca por essa história. Foi o que ele me contou. Você o mandou esconder isso de nós?

Aiz assentiu, olhando em volta, torcendo para que Quil aparecesse, ou o Zaldar, ou até mesmo um dos outros filhos de Elias.

— Nós a recebemos nesta Tribo — prosseguiu Elias. — Compartilhamos o sal. Minha esposa estava caçando uma história para você. Confiamos em você. E ainda assim disse ao meu filho para esconder algo de mim, sem falar das mentiras que contou sobre quem é e de onde veio. Chega! Você vai juntar suas coisas e pegar seu cavalo, e vai embora. Não vai falar com ninguém. E nem pense em dizer uma palavra sequer à minha família, e isso inclui Tas e Quil. Eu estarei de olho. Vá.

Aiz se arrastou até a tenda, sentindo o inclemente olhar de Elias em suas costas. Ela queria se virar e arrancar as armas das mãos dele, deixar o vento erguê-lo e fazê-lo desaparecer. Como Elias ousava falar com ela como se fosse uma criminosa qualquer? Como ele ousava expulsá-la da tribo, como se os últimos meses não tivessem importância alguma?

Enquanto Aiz jogava seus pertences de qualquer jeito na mochila, a areia chicoteava as laterais da tenda. A tempestade estava próxima, onde ela e Tregan se abrigariam? Será que algum lugar em Nur a acolheria? Decerto Elias não teria como deixar a cidade inteira contra ela em uma única noite.

— Ilar!

Uma faca rasgou a lona traseira da tenda, e o rosto de Ruh surgiu da abertura, o cabelo bagunçado como um ninho de pássaro.

— Não, Ruh — afligiu-se Aiz. — Você... Eu não posso falar com você. Seu pai...

— Ele está do outro lado do acampamento, vigiando. Ilar... eu ouvi o que a kehanni disse no fim. "Ela havia seguido o arqueiro até o Norte, cruzando o céu desde a Cidade da Luz, mas foi abatida pela flecha dele."

— Ela falou em outra língua — espantou-se Aiz. — Como você entendeu...? — Não importava. Ela não queria que Ruh se prejudicasse. — Vai, Ruh. Antes que seu pai...

O menino alargou o rasgo na tenda e puxou Aiz para fora.

— Ilar, olha. — Ele apontou diretamente para o céu. Uma parede de poeira avançava na direção deles, mas ainda não tinha encoberto as estrelas, e ela viu a constelação que ele indicava antes que desaparecesse.

— Aqueles astros — explicou Ruh por cima do vento —, aquela é a flecha, a flecha do arqueiro.

Ele olhou para as formações rochosas ao norte de Nur.

— Eu não terminei de contar a história para você — continuou tão depressa que as palavras tropeçavam umas nas outras. — Sobre Durani. E o garoto da tribo Nur.

Já fazia semanas desde que ele mencionara isso.

— A Narradora do Caos o atraiu para o deserto. Eles... eles seguiram uma constelação. — A pele de Aiz se arrepiou enquanto ela falava: — Aquela constelação: o arqueiro. E... havia um buraco que levava...

— Para o céu, sim! — completou Ruh. — A Durani queria comê-lo, mas ela era velha e pegou no sono. Ele era pequeno para o buraco onde ela o colocou, e ficou imóvel como o próprio ar. O cheiro era horrível, parecia que tinha algo podre. Ele tinha medo das sombras da montanha, mas esperou até ter *certeza* de que ela dormia, e então fugiu. Mas ele não era o mesmo quando voltou. Ele estava... vazio.

— A chuva não chegava àquele vazio ressequido, nenhum vento soprava ali para refrescar o ar estagnado — sussurrou Aiz, citando *O Invólucro da Fonte*.

Seu olhar se voltou para o oeste, para a imensa cadeia de montanhas que irrompia da terra.

— Na forma das presas de um gigante…

O vento gritou, como se estivesse em júbilo. De repente, com uma certeza que só poderia vir do além, de Madre Div em pessoa, Aiz *soube*. Ela sabia onde o espírito de sua clériga estava preso.

32
Sirsha

Sirsha só queria uma coisa: tirar a cena da morte de Loli Temba da cabeça. Mas, quando olhava para o fogo, enxergava o coração incinerado da amiga. Quando limpava um peixe para comer, pensava em como o corpo de Loli desaparecera no rio.

Os pensamentos da rastreadora falavam mais alto, e ela acabava imersa em lembranças antigas. Dos dias antes de ser expulsa das terras Jaduna. De seus fracassos e da destruição que causara.

Quil a deixou ditar o ritmo, e ela os conduziu com firmeza e rapidez pelas terras altas, mantendo distância das trilhas para que aqueles porcos voadores kegarianos não os vissem. Todo o seu foco estava em rastrear, em se comunicar com a terra, o vento e a água.

A terra revelava seus segredos por livre e espontânea vontade, sussurrando sobre a monstra e os lugares por onde ela havia passado. Quem ela havia matado. Uma jovem à beira de um rio, a poucos quilômetros de onde estavam passando. Uma criança thafwanesa que se aventurara perto demais da floresta ao entardecer. Todas as vezes, Sirsha se encolhia, enojada e furiosa. Todas as vezes, a terra gritava diante da ferida, e a guiava para o leste, rumo à costa de Thafwan.

Quil entendia o silêncio de Sirsha e lhe dava espaço durante o dia. Mas, na primeira noite em que pararam, quando ela se enroscou perto de uma árvore, ele se ajoelhou ao lado dela, o cabelo escuro caindo sobre os olhos. Apesar do frio das montanhas, suas mãos estavam estáveis quando a puxou para perto, envolvendo-a em seus braços. Por um instante, ela ficou tensa. Mas ele era quente e robusto, e por fim ela entrelaçou os dedos nos dele e se aconchegou contra seu peito.

— Estou aqui, Sirsha — murmurou ele no ouvido dela, que não conseguiu segurar o calor que percorreu seu corpo. — Você não está só.

Sua moeda Adah se aqueceu, espantando o frio. A superfície, antes lisa, estava marcada por linhas finas e entrelaçadas. Quanto mais próximos ela e Quil se ficavam, mais profunda e intrincada se tornava a gravação. E mais difícil seria quando, mais cedo ou mais tarde, tivessem que romper a ligação.

Sirsha sabia disso. Mas, nas noites sombrias, ela não se importava.

No quinto dia de viagem, com a proximidade de uma tempestade, eles se abrigaram em uma casa abandonada, que ficava diante de um vale envolto em névoa.

A estrutura de pedra era maior do que parecia por fora. Havia uma sala principal espaçosa com uma mesa empoeirada e cadeiras amontoadas em um canto, dois cômodos menores, sem móveis, e um lavabo. Parecia que alguém tinha acendido a lareira, mas isso havia sido muito tempo antes, e a câmara de banho tinha uma bomba manual de água, uma banheira e um poço de pedra para aquecê-la.

Sirsha largou sua mochila no chão quando o vento invadiu seus sentidos, levando consigo um cheiro bastante indesejado.

Era um sinal de R'zwana.

Ela praguejou em voz alta, e Quil se virou de onde estava acendendo o fogo.

— É a R'z — explicou ela. — Ela está por perto.

— Nenhum kegariano?

Sirsha balançou a cabeça.

— R'z vai querer ficar aqui. — Sirsha esfregou a têmpora, inquieta. — É o único abrigo por perto.

Quil inclinou a cabeça, e havia compaixão no olhar dele.

— Ela vai, mas não por causa da tempestade. Ela quer chegar até você. Eu lido com ela quando aparecer. Fique com um dos quartos dos fundos. Saia se achar que deve, ou simplesmente não fique por lá se preferir.

— Eu… Vamos ter que dividir o quarto de novo. — Ela segurou a moeda, encontrando um estranho consolo ao passar os dedos no entalhe.

— Eu posso ficar no outro quarto — replicou Quil. — Talvez seja bom você ficar um tempo sozinha. Eles podem dormir aqui e, se tiverem algum problema com isso, que venham falar comigo.

Ela quis chorar, agradecer ou xingá-lo por entendê-la tão bem, mesmo quando ela só queria que ele se fizesse de desentendido, porque então seria mais fácil deixá-lo para trás. Mas Quil não era essa pessoa, e isso a irritava, portanto Sirsha só conseguiu encará-lo com um olhar furioso e torcer para ele recuar.

Em vez disso, ele se aproximou, e a curta distância entre os dois mudou algo dentro de Sirsha. *Mais perto*, ela queria dizer. Como se pudesse ler seus pensamentos, ele ergueu a mão até o rosto dela, inclinando-o levemente em direção ao rosto dele, quase sem tocá-la. Ela canalizou em seu olhar toda a raiva que sentia da irmã, de si mesma. Ele a encarou imperturbável, absorvendo tudo, ciente do que havia por trás daquilo.

Até que o ódio se esvaiu, e ela olhou para as próprias mãos, que não fizeram nada enquanto Loli morria.

— Vi coisas terríveis, Quil — declarou ela. Sua voz estava trêmula, mas continuou falando, porque precisava colocar aquelas palavras para fora: — Talvez muito mais do que você conseguiria imaginar. Mas, mesmo depois de tudo, o que eu fico relembrando foi como… como aquilo se *alimentou* dela. Aqueles sons. Não consigo tirá-los da cabeça.

— Quanto mais você tentar não pensar nisso, mais vai te assombrar — garantiu ele com a certeza de alguém que vivia cercado pelos próprios fantasmas. — E, se você esquecesse, seria injusto com ela. Eu não esqueço o que aconteceu em Navium, por mais que eu queira. Eu lembro, lamento, fico furioso comigo mesmo e depois juro que haverá vingança.

As palavras de Quil eram tão intensas e ferozes que ela ergueu o olhar, surpresa ao perceber que a raiva dele se igualava à dela. Mas, no fundo, fazia sentido: quem se detestaria mais do que um príncipe incapaz de impedir a queda do próprio Império?

Ele não desviou o olhar, e ela entendeu o gesto como um desafio, mesmo sabendo que era justamente o que não deveria fazer: olhar bem nos olhos de alguém por quem não podia sentir nada, ardendo na intensidade dourada daquele olhar.

Lá fora, o trovão ribombou, quebrando o feitiço entre os dois. Quil se afastou e foi até o quarto dos fundos para arrumar a cama e preparar o banho para Sirsha. A chuva deixara o cabelo preto dele grudado à testa, e as roupas realçavam os músculos fortes dos ombros e braços. Ela já ouvira Quil brincando com Sufiyan sobre o amigo ter herdado a beleza e Quil, o legado real.

Mas isso só porque ele não se via com nitidez. Quil, com aquele nariz aquilino, a mandíbula definida, como se fosse esculpido em cristal, e o corpo magnífico... Era viciante olhar para ele. Sirsha achava que nunca se cansaria.

Algo bastante inconveniente, ela se deu conta, enquanto ele a encarava e dizia alguma coisa.

— Ah... O quê?

— O fogo está aceso — avisou ele, assentindo na direção do banho. — A água deve ficar quente logo. Você está be...

— Tudo bem! — exclamou ela, horrorizada com o quanto a resposta soou mais como um guincho do que como uma frase. Ela o empurrou para fora do quarto, fechou a porta e ficou impressionada com a própria capacidade de encontrar formas novas e criativas de se humilhar na frente do garoto que queria beijar enquanto estava em plena crise emocional. Se Loli estivesse ali, teria zombado, falando, *vá logo para os finalmentes e vire essa página*. Sirsha riu, e o aperto no peito diminuiu um pouco.

Depois do que pareceu uma eternidade, a água do banho esquentou, e ela se despiu e se lavou enquanto os pensamentos se voltavam involuntariamente à criatura que caçava. Sentiu um arrepio ao se lembrar do olhar fixo e ávido da assassina. A terra havia informado que ela estava longe. Mas Sirsha ainda se sentia enojada, como se houvesse um tentáculo se arrastando pelos recantos mais profundos da mente.

Em dado momento, ela ouviu vozes; R'zwana e J'yan chegaram. Ela se levantou da banheira a contragosto, vestiu roupas limpas e trançou o cabelo. Cumprimentaria a irmã, para que a insuportável não pensasse que Sirsha estava com medo dela, e então se retiraria.

Fácil assim.

Ela entrou no cômodo principal e colidiu com J'yan, que estava puxando uma cadeira para que ela se sentasse. Tentou estabilizá-la, mas ela o dispensou com um tapa.

R'zwana, sentada de frente para Quil, abriu um sorrisinho.

Quanto ao príncipe, ele parecia quase entediado. Estava com as pernas esticadas e afundado na cadeira, como um grande predador tentando deixar a presa à vontade. Também havia tomado banho — com um balde, provavelmente — e trocado de roupa. O cabelo escuro ainda estava molhado e penteado para trás, longe do rosto.

Mas que rosto...

— Irmã — cumprimentou R'zwana, e Sirsha desviou o olhar de Quil. — Demorando tempo demais no banho, como de costume.

— R'z — disse Sirsha com uma doçura mordaz. — Deixando o trabalho duro para os outros porque você é uma Inashi de merda, como de costume. Por que ainda está me seguindo?

— Vai ver eu não confio em você — respondeu R'zwana. — Vai ver eu acho que esse noivado é uma farsa.

— Esse não é o motivo — retrucou Quil, e Sirsha reconheceu o tom firme na voz dele, que a deixava de pernas bambas. Céus, ela amava quando ele agia como o príncipe frio, indiferente, desdenhoso. Seu olhar estava fixo em R'zwana, e ele não fazia questão de esconder seu ódio. — Você sabe o que ela está caçando. Está atrás da mesma coisa, mas não consegue resolver isso sozinha.

— Então você admite! — O rosto de R'zwana se iluminou com uma satisfação maliciosa, mesmo quando J'yan resmungou, frustrado. — Você caça como uma de nós. J'yan, leve-a…

— É a minha noiva que você está ameaçando — rosnou Quil, já com a lâmina no pescoço de R'zwana; Sirsha nem sequer o vira sacar a arma. — Se tocar em um fio de cabelo dela, você vai ver o que acontece.

— Ela admitiu…

— Ela pode admitir que ateou fogo no seu traseiro, se quiser, e você não vai poder fazer nada, porque ela é minha Adah e uma cidadã Marcial — interrompeu-a Quil. — Para alguém que afirma entender a lei, você é bem esquecida quando se trata de aplicá-la a quem não lhe convém.

— Pode me seguir, se quiser — retorquiu Sirsha, tentando conter o riso ao imaginar R'zwana com o traseiro em chamas —, mas não se meta no meu caminho, irmã. Esta não é uma caçada comum.

— É Karjad, como qualquer Karjad…

— Você não viu, viu? — Sirsha percebeu enquanto falava. Ninguém que tivesse visto aquilo chamaria de Karjad, um termo Jaduna genérico para um portador de magia perigoso. — Não viu do que é capaz. Não faz a menor ideia.

— Tenho J'yan berrando no meu ouvido umas dez vezes por dia que é perigoso — zombou R'zwana. — Estou bem ciente de que vocês dois estão com medo.

— E é mesmo algo a temer. — Sirsha não conseguia elevar o tom de voz muito acima de um sussurro, pensando em como Loli havia morrido. Em como R'zwana era imprudente. E, embora parte dela quisesse que a irmã visse por conta própria, fosse como fosse, R'z ainda era sangue do seu sangue. Ainda era sua irmã. Não importava o que havia entre elas, Sirsha não queria que ela se machucasse. — É de outro mundo, do mundo espiritual — completou Sirsha. — Se não respeitar isso, se não *entender* como é perigoso, vai acabar morta.

— Você é covarde, irmã. Sempre foi.

— E você — disse Quil, aparentando estar entediado de ouvi-las discutir — é patética. Está nos seguindo porque não tem capacidade para capturar essa criatura sozinha. Nunca nem sequer a viu. Quando sua irmã tenta alertá-la, em vez de agradecer, você a insulta. Para uma Jaduna, é inacreditável como você é fraca, Raan-Ruku. Que vergonha para seu povo.

Ele se levantou enquanto os demais, até mesmo Sirsha, ficaram atônitos com o insulto.

— Minha noiva e eu vamos nos retirar agora. — Ele segurou a mão de Sirsha, dando um leve aperto. — Aproveite a noite para pensar se podemos ajudar uns aos outros, ou se prefere continuar agindo como um cão com o rabo entre as pernas, ganindo nos calcanhares de quem é melhor do que você.

Eles caminharam pelo corredor até o quarto que Sirsha havia ocupado. Quando Quil fechou a porta, ela se virou para ele.

O Marcial suspirou.

— Me des…

Ela o interrompeu.

— Eu não precisava que você me defendesse.

— Ela foi irritante pra cacet…

— Eu *não precisava* — cortou Sirsha. — Mas foi maravilhoso. — Ela balançou a cabeça. — Não acredito que você comparou uma Raan-Ruku Jaduna a um cão com o rabo entre as pernas.

— Não acredito que ela ainda não entrou aqui e me transformou num esquilo.

— Se ela tivesse um poder desses, eu estaria feliz da vida colhendo nozes na Floresta das Nuvens.

— Hmm… Acho que você daria um bom esquilo. — Era raro ver um sorriso de Quil, então, quando sua covinha apareceu, o coração de Sirsha disparou. — Você deixaria todos os outros esquilos encantados.

— Teria meu próprio exército de esquilos — acrescentou Sirsha. — A gente faria um estoque de sementes e jogaria em R'zwana.

A cena era tão ridícula que ela deixou escapar uma risadinha e, quando Quil não conseguiu se conter, os dois caíram na gargalhada até lágrimas escorrerem pelos cantos dos olhos, entregando-se às risadas histéricas de duas pessoas em uma dança com a morte, conscientes da própria realidade. Medo, exaustão e graça se misturavam, e Sirsha agarrou o braço de Quil para se manter firme.

Mais tarde, ela ficaria se perguntando se aquele havia sido o momento em que a chama entre eles se acendeu. Talvez já tivesse começado antes, na sala, quando ela se perdera no olhar dele. Ou naquela hospedaria em Devan, com as mãos dele firmes em sua cintura, o sangue pulsante nas veias sob toque dela. Ou antes disso, quando ele salvara sua vida no Effie, em Navium.

Mas nada daquilo importava. Porque, como se o toque de Sirsha tivesse libertado qualquer coisa que pudesse estar contida, ele a agarrou pela cintura, puxou-a para si e levou a boca à dela.

Ou teria sido ela que se inclinou para beijá-lo? Ela não dava a mínima. Tudo o que importava eram os lábios de Quil em um beijo ansioso e ávido, a vontade frenética de sentir a pele dele, de arrancar suas roupas. Ela ofegou quando ele segurou os braços dela e a pressionou contra a parede, afastando-se um pouco, os beijos leves no maxilar e no pescoço. Quando ele recuou, ela deixou escapar um som de protesto e viu o canto da boca dele se curvar em um sorriso satisfeito.

Uma parte da mente de Sirsha gritava, dizendo que aquela era uma péssima ideia. Seus casos nunca tiveram nenhuma importância. Era melhor assim. Melhor que fossem irrelevantes.

Mas Quil, aquele homem paciente, belo, zangado, furioso e, ainda assim, sempre no controle, tornava aquilo importante. Ela deveria afastá-lo, dizer que aquilo era uma loucura. Mas ele a fazia se derreter com aqueles beijos lentos e deliciosos.

— Cama — arquejou ela, porque era o mais próximo de uma superfície horizontal, e ela o queria tanto que doía.

— Não — sussurrou ele contra sua pele, abrindo os cordões da camisa dela, da calça, tirando ambas, deixando uma trilha ardente no pescoço e na barriga, devagar, uma tortura tão lenta como se estivesse se vingando por todas as vezes que ela o enfrentara, por todas as discussões e rompantes que tiveram.

— Quil... — O nome dele saiu dos lábios dela como uma prece. — Por favor...

— Hmm — resmungou ele. — Você devia dizer isso mais vezes, Sirsha. Eu te daria qualquer coisa.

— Então me d...

— Ainda não.

Ele se ajoelhou, segurando os quadris dela com as mãos, sussurrando contra sua pele palavras que ela não conseguia entender, mas que cantavam em seu sangue como magia.

Ela passou os dedos pelo cabelo macio dele com uma das mãos, agarrou o ombro com a outra, e agradeceu aos céus por ter onde se apoiar, porque ele a levava ao limite com os lábios hábeis, as mãos grandes, o calor do corpo dele junto ao dela, a forma como a segurava como se ela pertencesse a ele, e sempre tivesse pertencido.

Sirsha queria dizer: *não para*. Queria dizer: *mais*. Queria jogá-lo no chão e montar nele, tomá-lo do jeito que ele a tomava, mas não conseguia pensar em nada além de *sim*. Quando o prazer atingiu o ápice, ela levou a mão à boca para abafar o grito e relaxou nos braços dele, trêmula e leve.

A chuva batia na pequena janela, um *tap-tap-tap* que desfocava o mundo lá fora, tornando o quarto uma ilha só deles. Quil parecia satisfeito demais consigo mesmo, as bochechas coradas, a boca entreaberta em um sorriso lânguido. Ele estava, notou ela, irritada, ainda completamente vestido.

Ela passou a perna sobre a cintura dele e subiu em seu colo, observando a cor dos olhos dele mudar, escurecendo sobre folhas douradas. A respiração dele acelerou quando ela tirou a camisa dele, devagar.

— Agora estamos quites — declarou ele, as mãos firmes na pele nua das costas dela.

Sirsha deslizou os dedos até o cós da calça dele, desenhando triângulos na pele com a ponta dos dedos.

— Ainda não.

Ela tirou toda a roupa dele. À luz tênue do lampião, ela ergueu e segurou os pulsos dele de cada lado da cabeça, beijando-o devagar, mantendo o restante do corpo a um centímetro da pele dele. Cada músculo do corpo de Quil estava tenso de desejo, e ele gemeu, impaciente.

— Sirsha... — clamou ele, a voz grave, como o som de um alaúde ecoando pelo deserto.

— O jeito que você fala meu nome... — ela arranhou levemente as costas dele com as unhas, beijando-o ao longo do ombro — é indecente.

— Sirsha — repetiu ele, mais baixo dessa vez, e segurou o rosto dela com as mãos, o toque tão terno que fez o queixo dela tremer. Quando ela tentou desviar o olhar, Quil a puxou de volta, mas ela balançou a cabeça.

— Não posso — sussurrou Sirsha. *Não posso te amar. Não posso, porque um dia vamos ter que nos separar.* Ela esperava que ele entendesse. — Por favor.

Ele assentiu, entendendo o que ela não teve forças para dizer. Quando ele a beijou de novo, não havia mais autocontrole, só necessidade. Ela retribuiu do mesmo modo, derretendo-se nele. Desejo, luxúria, vontade: isso ela entendia bem.

Mais tarde, naquela noite, os dois estavam deitados juntos na cama dela, olhando para o céu chuvoso através da janela quebrada.

— Quanto tempo faz que você estava planejando fazer isso? — perguntou ela.

— Desde o segundo em que você me disse que eu provavelmente gostaria se te amarrasse.

— Gostaria mesmo?

Quil se virou para ela com um meio sorriso que a deixou corada.

— Talvez você descubra.

Sirsha passou o dedo ao longo do maxilar marcado dele, mostrando no próprio olhar o que achava daquilo. Ele soltou um som na garganta que a deixou sedenta por ele outra vez.

Você está gostando demais disso, pensou Sirsha. *Vai acabar se arrependendo.*

Então Quil a puxou para outro beijo, que a fez se esquecer de tudo, menos dele.

Na manhã seguinte, Sirsha acordou antes de Quil, antes de todo mundo, e saiu de fininho, passando pelos Jaduna adormecidos até o alpendre da cabana. Tinha parado de chover e a névoa se dissipava conforme o sol nascia.

Ela perdeu o fôlego por um instante diante da beleza do vale no horizonte. A neblina o havia escondido no dia anterior, mas com o sol expulsando a noite, sua glória se revelava por inteiro: formações de granito enormes e quedas-d'água constantes rugindo com a força de uma tempestade. Um rio cortava a base do vale, seu azul se destacando em contraste com o verde-escuro das colinas. Sirsha desejou poder descer até lá com Quil. Passar horas à sua margem.

Ela ouviu o ranger de uma bota atrás de si e virou-se, sorrindo, esperando encontrar Quil.

Mas se deparou com R'zwana.

— Ele sabe o que você fez? — perguntou R'zwana. Sirsha ficou quase admirada com a capacidade da irmã de arruinar um bom clima mais rápido que uma flecha no traseiro. — Ele sabe que tem uma cova com mil e duzentos aldeões Brijnan porque você foi uma baita covarde?

— Cala a boca — mandou Sirsha, mas não conseguia pensar em mais nada. Era isso que ela odiava acima de tudo em R'zwana. Não o que ela dizia, mas como a fazia se sentir uma criança indefesa, outra vez à mercê da vingativa irmã mais velha.

— Pois bem… — R'zwana abriu um sorriso maldoso. — Talvez eu tenha a chance de contar a ele. Já que decidimos viajar com vocês.

— R'zwana. — J'yan surgiu, o cabelo ainda bagunçado de sono. — Deixe Sirsha em paz.

R'zwana resmungou, irritada.

— Ainda caidinho por ela, pelo visto — soltou ela, antes de voltar para dentro da cabana.

Sirsha e J'yan a observaram por um instante, enquanto se afastava. Em seguida, ele se virou para Sirsha.

— Não estou — ressaltou J'yan. — Caidinho por você.

Sirsha sorriu.

— Eu sei — replicou ela. — Já vi você ficar caidinho. O que aconteceu com N'ral?

— Ela e uma filha do Kin Songma fizeram um voto. — J'yan suspirou teatralmente. — Meu pobre coração partido.

— Não posso culpá-la. Quem vai querer ficar com uma criatura feia como você?

J'yan riu, um som singular, entrecortado. Foi a primeira vez em anos que Sirsha o ouviu rir daquele jeito. Olhando para ela, o sorriso dele era caloroso.

— Senti sua falta — revelou baixinho. — Tanto. Meu maior arrependimento é não ter defendido você. Isso me assombra, Sirsha.

— Já passou — disse ela, lançando um olhar à irmã. — Diferente de certas pessoas, eu não fico remoendo feridas antigas. Vou fazer uns biscoitos. Você sela os cavalos?

— Sirsha…

— Não quero falar disso — cortou ela. — Já faz muitos anos. Deixei tudo no passado.

— Talvez isso não pertença ao passado — ponderou J'yan. — Cedo ou tarde, vai ter que contar a ele.

Sirsha começou a se afastar.

— Mas não agora.

33
Aiz

Quando Aiz percebeu onde estava o espírito de Madre Div, e que devia ser uma Durani quem mantinha a clériga presa, a muralha de areia que rugia em direção a ela e Ruh finalmente os alcançou. O turbilhão destruiu carroças, arrancou estacas do chão, lançou lamparinas pelo ar.

Mas Aiz não se importou, porque sabia, pelo formigamento na pele, que Madre Div estava próxima.

— Onde está Tregan? — gritou ela para Ruh.

— No curral! Ah... — Os olhos de Ruh se arregalaram ao ver o homem que atravessava a nuvem de poeira, determinado, em sua direção.

Era Elias.

Aiz invocou o vento e o lançou contra ele, uma parede que o jogou longe.

— Obrigada, Ruh! — Ela segurou os ombros dele, atraindo o olhar da criança para si mesma enquanto ele tentava ver o que havia acontecido com o pai. — Vá para a carroça da sua Ama! Fique seguro!

O curral não ficava longe. Quando Aiz se aproximou, membros da tribo puxavam os cavalos assustados para fora, amarrando-os entre as carroças para protegê-los da tempestade. Todos estavam com a cabeça baixa e o rosto coberto.

Ninguém estava prestando atenção nela. As estrelas estavam bloqueadas pela poeira. Aiz mal conseguia enxergar a própria mão. Se ela estivesse disposta a montar sem sela, poderia sair dali e ninguém sequer notaria. O curral ficava na ponta ao sul do acampamento.

Mas para onde ela iria? Onde *estava* Madre Div naquele labirinto de picos, desfiladeiros e cânions?

Madre Div, chamou ela em pensamento. *Eu sei que está com raiva e fragilizada. Me perdoe. Mas estou perto. Me guie. Me diga para onde devo ir.*

Silêncio. Então escutou algo próximo de um sussurro. *Para o norte. Próximo ao pico mais alto.*

Aiz procurou entre os animais restantes a pelagem castanha de Tregan. Alguém, imaginou que fosse Tas, fez um gesto para ela, mas Aiz o ignorou e agarrou a rédea de Tregan, guiando-a para fora do curral.

Aiz afastou o vento do caminho. Uma lamparina se acendeu, um dos sentinelas tentando chamar sua atenção.

Mas precisavam enfrentar a tempestade, e Aiz não se conteve. Ela convocou seu poder, e fosse por Madre Div estar próxima ou por finalmente ter aprendido a controlá-lo, o vento obedeceu seu comando, dobrando-se à sua vontade como seu próprio corpo. Ela limpou a poeira do rosto e do de Tregan, e abriu um caminho em meio ao turbilhão.

Ainda tenho mais a oferecer, prometeu Madre Div. *Venha, Aiz bet-Dafra. Encontre-me.*

Ilar! Ilar! O vento chamava o nome que ela escolhera, e ela se lembrou de quando caíra do Ninho, meses antes, e ouviu-o do mesmo jeito, aos gritos: *Aiz! Aiz!*

Uma mãozinha encostou na sua. O vento de Aiz falhou.

— Ilar! Por que não me esperou?

— Ruh, volte para a carroça da sua família. Não é seguro.

O vento os açoitava, e o corpinho de Ruh tremia de frio, mas ele não se mexeu.

— Deixei um travesseiro no meu lugar na cama. Sufiyan nem vai perceber! Ele nunca percebe. Você vai encontrá-la, não vai? A Madre Div. Eu vou acompanhá-la. Você confiou em mim pra ajudá-la a caçar essa história, Ilar. Confia em mim agora também.

— O vento…

— Você fala com o vento. Eu vi!

Maldito garoto, ele era atento demais. Aiz foi tomada pela urgência. Algo enorme passou voando ao lado deles, uma tenda ou parte de uma carroça. Aiz não conseguiu distinguir.

— Se me mandar embora, eu vou te seguir mesmo assim! Quero vê-la, Ilar. Madre Div… Eu sinto… Eu sinto que estou esperando por ela há muito tempo.

Ele se agarrou a ela, mesmo com todos os esforços de Aiz para afastá-lo. Ele era surpreendentemente forte.

Lágrimas escorriam pelo rosto dela, o vento as enxugava. A tempestade passaria. Quando passasse, Elias iria encontrá-la e ela duvidava que o Marcial fosse ser piedoso o suficiente para deixá-la viver. Precisava ir embora.

— Tudo bem! — gritou ela mais alto que o retumbar do vento —, mas você precisa prometer que vai fazer exatamente o que eu disser. Sem perguntas. Sem histórias. Fique em silêncio e siga meus comandos. Não temos ideia do que tem aqui e precisamos agir com muito cuidado.

— Eu prometo!

Siga o vento, filha de Kegar. A Santa Div falou na mente de Aiz, ansiosa. Esperançosa. *Deixe que ele a traga até mim.*

Aiz ergueu Ruh para cima de Tregan, posicionando-o à sua frente. Desceram por um barranco, atravessaram um leito de rio seco e seguiram por uma vasta extensão de deserto. O vento empurrava Aiz para a frente, ajudando-a, e ela usou apenas um pouco de sua habilidade para manter o caminho livre de areia.

Ao longe, uma enorme torre que lembrava Aiz de sua terra natal erguia--se como um dedo quebrado tocando o céu.

Isso, sussurrou Div. *Venha.*

Quando se aproximaram da torre, Tregan recuou e começou a relinchar, nervosa.

— Tudo bem, garota — murmurou Aiz, acariciando o pescoço da égua. — Seja corajosa, por mim.

Tregan prosseguiu, relutante, e, quase no instante em que chegaram à base da torre, Ruh apontou para o que parecia, à primeira vista, uma sombra na rocha. Ao se aproximarem, brilhou num tom de azul sobrenatural, como o interior de uma nuvem iluminada pela tempestade.

Um buraco no deserto que leva ao céu...

— É um portal — sussurrou Ruh e, então, Aiz percebeu que podia ouvir o sussurro.

O vento havia cessado.

Com cuidado, Aiz se aproximou do portal; o som dos cascos de Tregan de repente ficou alto demais. Quando se aproximaram, um feixe de luar penetrou das nuvens por tempo suficiente para que Aiz enxergasse uma trilha pedregosa que serpenteava rumo à escuridão.

Tregan abriu caminho por cerca de quatrocentos metros, até que as rochas acima estreitaram-se e se uniram, transformando a trilha em um túnel.

Deveriam estar imersos em completa escuridão, mas as paredes cintilavam, sulcadas por um minério azul luminescente. O teto estava esculpido com símbolos intrincados que Aiz não conseguia decifrar. Pareciam se contorcer, como se estivessem em agonia.

— Isso está em sadês, Ruh?

A criança ergueu o olhar, a luz azul refletindo no prateado de suas íris.

— Nunca vi essa língua. Ilar... esse lugar parece estranho.

— Eu acho... Ruh, eu acho que uma Durani prendeu o espírito de Madre Div aqui — sussurrou Aiz. — Precisamos libertá-la. Como os heróis das suas histórias fariam.

O túnel se alargou até chegarem a um portão esculpido. Em vez de runas, era adornado por figuras, e Aiz se encolheu. Fogo esculpido lambia as laterais das colunas de pedra vermelha, e rostos agonizantes de animais e humanos emergiam das chamas, tão reais que ela cobriu os olhos de Ruh, temendo que aquelas faces torturadas lhe trouxessem pesadelos.

Quando cruzaram o portão em segurança, Aiz começou a tremer, um chacoalhar tão intenso que fez Ruh, até então inabalável, virar-se alarmado.

Para Aiz, era como se tivessem entrado em outro mundo com menos ar, menos vida, menos esperança. Um vazio que penetrava seus ossos, hostil. Já se sentira assim antes: quando tinha catorze anos e estava aprendendo a controlar o vento. Perdera o controle de um Veleiro e despencara no ar, rodopiando em queda livre com o vento como inimigo. Seus ouvidos estalavam devido à pressão, o estômago fora parar na boca e, conforme o chão se aproximava, ela acabara desmaiando.

Foi Cero quem a encontrara, pálido e com lágrimas escorrendo pelo rosto enquanto chamava por ela, com a voz rouca.

— Vamos em frente, Ilar — sussurrou Ruh, trazendo sua atenção de volta para a caverna. — Olha ali. Há luz.

Aiz desmontou, com a rédea de Tregan em uma das mãos e os dedos de Ruh na outra. A criança a guiou pelo caminho, e Aiz ouvia as batidas do coração, mais fortes a cada passo.

Mas não eram os seus batimentos. Ao entrar na câmara circular, com o teto e a parede ao fundo perdidos nas sombras, o ar imóvel, Aiz percebeu que o som, aquela sensação, vinha de um buraco no centro do ambiente.

O Vazio.

A pulsação era opressiva. Arrebatadora. Em seguida, Aiz foi tomada pelo cheiro fétido, da poeira de crânios esmagados e de sangue seco. O chão estava coberto de ossos de animais e humanos, alguns com pedaços de carne ainda presos.

— Ruh... — Aiz respirou fundo. — Vai. Volta por onde a gente veio. Leva Tregan.

O que quer que estivesse ali, Aiz enfrentaria sozinha.

— Il-Ilar... — A criança se escondeu atrás dela. — Olha.

Nas profundezas das sombras, algo se moveu.

Uma silhueta esquelética emergiu da escuridão, e Aiz teve certeza de que se tratava de algum tipo de espectro. Mas não. Ela era de carne e osso, principalmente osso, e não era muito mais velha que Aiz.

— Salve, irmã da sombra — saudou a mulher com a voz rouca, como se estivesse tentando se lembrar de como falar. — Você veio me substituir? Esperei por longos anos, servindo ao nosso mestre.

Irmã da sombra? Então ela deve ser uma Durani. Uma Narradora do Caos. Ela pensou que Aiz fosse mais uma de sua ordem. Quando Aiz não respondeu, a garota deu um passo à frente e perguntou:

— Por que você não fala?

Ruh estava aos prantos, aterrorizado.

— Ilar, não estamos seguros...

— Ah, um sacrifício — disse a garota. — Traga-o mais perto, irmã.

Aiz balançou a cabeça.

— Não. — Com a mão trêmula, ela sacou a cimitarra. — Onde está Madre Div? Que lugar é esse?

A Durani olhou em volta, para o chão coberto de ossos e as paredes marrom-sangue. Seu olhar se fixou no buraco no centro do espaço e, quando voltou-se para Aiz, seus olhos estavam completamente brancos.

— Este é o lar da primeira história — respondeu ela, com a voz mais grave, gutural. — Em outros lugares vive a história da alegria e da sabedoria. Mas aqui reside a desolação e o sofrimento, a única língua universal, porque a dor não precisa de tradução.

— Ilar! — Ruh a puxava, desesperado. — Precisamos sair daqui!

— Você não quer ouvir a história? — A garota abriu um sorriso debochado. Ruh choramingou. — Achei que crianças adorassem histórias, e você — ela fungou — está mergulhado nelas.

A garota levantou as mãos para Aiz e deu passos trôpegos para a frente, como se fosse abraçá-la.

— Ah, irmã, você trouxe ao nosso mestre um grande prêmio. Uma criança de magia ancestral.

Aiz agarrou Ruh, jogando-o sobre o dorso de Tregan, e bateu forte nas ancas da égua, rezando às Torres para que a criança se segurasse.

E se virou para encarar a Durani.

— Você vai libertar Madre Div. — Ela ergueu a cimitarra. — Ou vou destruí-la.

A Durani curvou o lábio.

— Quem é vo...

Aiz atacou e, embora a criatura fosse ágil o suficiente para se esquivar, ela tropeçou e Aiz a atingiu no peito. Foi um ferimento leve, nada além de um fio de sangue. Mas a Durani arquejou como se Aiz tivesse enfiado a espada em sua barriga.

— Não... — sussurrou ela. — Sua tonta!

Aiz sentiu o sangue gelar. Uma onda se aproximava... Não, já estava ali. O vazio se comprimiu e se expandiu em um único ponto até explodir, derrubando Aiz de joelhos. A dor subiu por sua coxa, os ossos estalaram com a força da explosão.

A câmara redonda, iluminada pelas estranhas paredes azuladas, mergulhou em trevas. Aiz agarrou a perna machucada, gemendo, e tentou rastejar para longe. A escuridão avançava como um oceano revolto, as silhuetas em seu interior eram aterrorizantes em sua imensidão.

A morte se aproximou, até envolvê-la: a dor queimava através dos seus músculos, dos ossos e do sangue, e a visão de Aiz se escureceu.

Ela havia passado a vida toda escapando da morte, e naquele momento soube o motivo. A morte era dor. A morte era sangue. Morrer era tão violento e cruel quanto viver. Não era um alívio, mas uma perpetuação infinita do sofrimento da vida.

Como é terrível, pensou ela, *que a injustiça da vida perdure após a morte.* Sempre pensou que o véu entre os mundos indicava que eles mudavam. Que as regras eram diferentes.

Mas a morte ainda não a havia levado. A mão enorme de alguém se estendeu a fim de arrastá-la para uma noite eterna, mas uma explosão de branco dissipou a escuridão. Aiz despertou com um lampejo de luz, que ficava cada vez mais forte. Da cúpula de sombras no centro da caverna, uma figura envolta em azul se aproximou.

Um toque suave no rosto de Aiz. A voz cheia de ternura.

Filha, você me encontrou.

A figura era estranhamente familiar e a aparência, tão similar aos contornos de pedra que Aiz contemplara a vida inteira que era como se Madre Div tivesse saído diretamente de um pátio gélido e devastado em Kegar e aparecido naquela caverna desolada. Sua pele era clara como a lua, seu cabelo, castanho, e os olhos, luminosos. Como Aiz sempre imaginara.

— M-Madre Div?

Ela assentiu, e Aiz chorou, porque mesmo tendo dito a si mesma tantas vezes que esse dia chegaria, no fundo, nunca havia realmente acreditado nisso.

Aiz, onde está o livro?

— Aqui... — Aiz remexeu na mochila e pegou o volume.

Leia a primeira página.

Era o fim do Nono Conto Sagrado. Aiz sabia disso em seu âmago. Ela abriu o livro com reverência. Havia conseguido. Aiz bet-Dafra havia libertado a salvadora dos kegarianos. Não havia sido um nobre Falcão. Nem um dos grandes Triarcas, oriundos da própria linhagem de Madre Div. Mas sim uma humilde Narceja. Uma órfã desprezada.

Uma filha da Estrela da Tarde.

Ela não conseguia enxergar nada na câmara. Nada da Durani que havia feito aquilo com Madre Div. Apenas a escuridão e o brilho azul cintilante de Madre Div.

Aiz abriu o livro na primeira página. Ali havia apenas um parágrafo. Ela o leu à luz do brilho de Madre Div.

— Juntem-se, juntem-se e ouçam bem — leu Aiz —, pois a minha voz não deve ser esquecida. Uma contadora de histórias se deparou com um fragmento de escuridão tão sombrio que abriu um vazio no tecido da terra. E em vez... em vez de virar as costas e se afastar dele, ela ouviu seu conto.

A história acabou. Aiz virou a página, desesperada, mas o livro estava em branco.

— Madre Div — exasperou-se Aiz —, eu juro, sua história estava aqui...

Com cuidado, a clériga pegou o livro das mãos de Aiz.

— Nada tema, filha. — A voz da Sagrada Div assumiu uma estranha ressonância, um eco que reverberava pelas paredes estreitas da câmara até se tornar insuportável. — Agora ela vive em mim.

— Madre Div, por favor, me ajude a entender — implorou Aiz, porque o que estava acontecendo era demais para sua compreensão. — Aquele era o Nono Conto Sagrado? A… A Durani era a contadora daquela história?

Madre Div apenas sorriu, sua pele brilhando cada vez mais até que seus traços se tornassem indiscerníveis.

De repente, muitas coisas aconteceram ao mesmo tempo.

A luz na câmara se esvaiu, transformando Madre Div em uma sombra cinzenta. Ela avançou em direção à figura encolhida da Durani, que estava atrás de Aiz, balançando-se para a frente e para trás. A sombra estraçalhou a mulher em pedaços, as partes de seu corpo foram espalhadas pela câmara, como em uma colheita infernal. Aiz arfou e tentou recuar. A dor na perna era tão forte que mal conseguia rastejar. Madre Div segurava o coração da Durani, pulsando e brilhando com um fulgor profano.

— Ahhhh — suspirou a Santa Div, como se estivesse saboreando uma deliciosa refeição. Ela largou o coração, uma mera casca vazia, e voltou seu olhar ardente para Tregan, que se debatia em pânico na entrada da câmara.

Tregan! A égua já devia ter ido embora muito tempo antes e levado Ruh consigo. Aiz procurou a criança pela câmara. Não sabia se ele havia escapado ou sido atingido pela explosão. Aiz rastejou em direção ao animal. Mas Madre Div foi mais ágil.

Os olhos de Tregan se reviraram de terror. E a fiel companheira de Aiz, que estivera com ela durante tantos meses, tornou-se apenas uma polpa de sangue, e seu enorme coração estava na mão de Madre Div. Outra vez, soltou aquele suspiro obsceno e voraz, e o resto do coração foi lançado ao chão.

— Quero humano — gemeu Madre Div. — Não animal. Preciso de mais.

Farejando, ela se afastou de Aiz, seus olhos brancos cada vez mais brilhantes conforme focavam em algo, em alguém, para além das vísceras de Tregan espalhadas no chão.

Para Ruh. Coberto pelo sangue de Tregan. Paralisado de medo enquanto a sombra de Madre Div disparava em sua direção.

— Ilar, socorro!

Não o Ruh. Não desse jeito. Madre Div estava tomada pela sede de sangue. Devorando corações, dilacerando aquela Durani. Estivera trancada por tempo demais. Corrompida, de algum modo.

Aiz se arrastou em direção à voz dele, desesperada para alcançá-lo.

— Não, não... — balbuciava ela, emitindo sons incoerentes. — Corre, Ruh...

Div foi mais rápida. Ouviu um estalar de ossos. Um grito. Madre Div segurava algo pequeno e incandescente. Naquele momento, Aiz soube: o doce Ruh, que só conhecia a maldade por meio de suas histórias, havia partido.

Por culpa de Aiz. Porque Aiz o havia envolvido na busca pela história de Madre Div, por seu espírito. Porque Aiz não teve forças para dispensá-lo. Porque Aiz era uma idiota.

A garota kegariana gritava. Rugia. Queria morrer. Ela queria ser consumida para não sentir aquela dor, aquele horror causado por suas próprias ações. Ela tinha procurado Madre Div. E a havia libertado, sem compreender que Madre Div já não era mais uma clériga, mas algo completamente diferente.

Ela rastejou pelos restos de Tregan até Ruh, ainda inteiro e perfeito, exceto pelo coração, reduzido e fumegante dentro do peito.

— Ah... Ah, não... — Aiz abraçou corpo da criança junto de si, a voz se elevando em um grito. — Ruh...

A voz de Madre Div envolveu Aiz.

— Obrigada, filha de Kegar. Por me libertar.

Segurando o pequeno corpo do menino, Aiz soluçava.

— Isso não é liberdade — gritou ela. — Isso é assassinato! Você o matou. Você...

— Eu disse que não seria fácil, criança. Disse que haveria sacrifícios.

— Mas não o Ruh — chorou Aiz. — Você nunca disse que seria ele! E... e Tregan...

— Tudo tem um preço, Aiz bet-Dafra. — A voz de Madre Div ficou mais firme. — Você aceitou pagá-lo. Meu aprisionamento foi obra da Primeira Durani, uma mulher cruel e vingativa que usou de uma vil feitiçaria para me enclausurar. Ela impôs uma condição à minha liberdade: para viver, sobreviver em um corpo e usar magia, eu preciso de auxílio.

— Auxílio...? — Aiz sentiu a bile subir pela garganta ao pensar em Tregan e Ruh. — Os... os corações.

— É uma magia antiga e profana — complementou Madre Div, a malícia exalando de sua voz. — Mas aqueles que eu tomo estão em paz. Eles se tornam parte de mim no instante em que os tomo. Esta criança… não morreu em vão. Ele morreu para que você tivesse sucesso.

— Você vai precisar de mais — deduziu Aiz. — Mais corações. E se… Animais, você poderia…

— Animais não são suficientes — cortou Madre Div. — Para ter poder, poder de verdade, os sacrifícios precisam ser humanos e de coração puro. Você e eu estamos… ligadas. Acorrentadas uma à outra, da mesma forma que loha liga um piloto a um Veleiro durante o voo. Tenho certa liberdade, mas estou ligada à sua vontade. Não posso me alimentar a menos que você permita.

Finalmente, Aiz compreendia o que Div queria dizer com *sacrifício*, e seu coração estremeceu com o horror de tudo aquilo. Era a antítese do que Div representava. E, ainda assim, fazia certo sentido perverso que uma Durani fizesse exatamente isso com o espírito de Div.

— Você está me pedindo vidas.

— Estou pedindo que pense no coletivo. Deixe-me mostrar o que você receberá em troca. Talvez ainda não tenha entendido.

Madre Div se ajoelhou e, ao ver Aiz recuar, apavorada, a clériga deu um suspiro e tocou o rosto da jovem à força. Aiz estava de volta aos quatro anos de idade, indefesa enquanto sua mãe era levada por soldados, sabendo, de alguma forma, que nunca a veria de novo; em seguida, tinha seis anos e tremia de frio, já não se lembrava mais o que era calor; tinha sete anos e, faminta, seu estômago parecia querer devorar a si mesmo; tinha oito e o claustro de Dafra ardia em chamas, Tiral gargalhava e tudo queimava, até que…

… chuva. Sol. Luz sobre os túmulos de Tiral e dos Triarcas. Um claustro reconstruído com pedras amarelas. Os órfãos irreconhecíveis com roupas limpas e bochechas rosadas, como as crianças das terras tribais. Campos de trigo e milho e fileiras de árvores que se estendiam até um horizonte de colinas. Uma cachoeira distante alimentando um vasto rio verde que serpenteava por uma cidade maravilhosa. Aiz, amada por seu povo, caminhando em direção a um triângulo de luz brilhante: a Fonte.

— Sua terra natal — observou Madre Div. — Seu futuro. Se fizer essa escolha.

— E-eu… — Aiz olhou para o corpo em seus braços. Pensava que Ruh talvez um dia pudesse conhecer Hani ou Cero. Que seu povo e o de Ruh poderiam ser aliados.

— Que futuro você escolhe para seu povo, Aiz? De morte? Ou de vida?

Por um momento, a visão de Aiz piscou em preto e amarelo. Ela ouvia o ranger de dentes e o gemido de feras, um mar revolto de fome voraz. Mas… tudo sumiu tão de repente que ela ficou se perguntando se tinha mesmo visto aquilo.

Ela olhou para o pobre Ruh, dilacerado. *Isso não é justo*, pensou. *Por que ele teve que morrer? Por que não Elias ou Laia, ou um dos demais, inúteis?*

Mas Aiz ouviu a voz ríspida de Cero em sua cabeça. "Você nasceu sabendo que o mundo não é justo. E você sempre se vira."

Com a pergunta de Madre Div ecoando em seus ouvidos, Aiz deitou Ruh no chão. Ela enxugou as lágrimas. Durante meses, havia planejado e se preparado para esse momento. Ela sabia que haveria sacrifícios. "Dar um salto no abismo e saber que Madre Div estará lá para segurar você… isso é fé." Irmã Noa havia dito essas palavras meses antes, citando o Sétimo Conto Sagrado.

Aiz não poderia se dar ao luxo de sofrer pela morte de Ruh ou de gritar pela destruição da própria humanidade. Como antes, aquilo era um teste. Ela precisava se planejar outra vez. Matar Tiral e os Triarcas. Tomar o governo de seu povo. Enviar emissários à imperatriz dos Marciais e negociar usando loha como troca.

E levar seu povo para casa.

Aiz se afastou da carnificina na câmara, imaginou a imagem da terra natal dos kegarianos e voltou o olhar para Madre Div, que a encarava, atenta.

— Vida — respondeu Aiz, por fim. — Eu escolho a vida. Para mim. Para os kegarianos.

— Ótimo. — Madre Div assentiu. — Vamos começar, então.

34
Quil

Sirsha já não estava por perto quando Quil acordou. Por um momento, ele temeu que ela tivesse partido, fugindo de qualquer constrangimento que pudesse ter com ele ou de uma briga com a irmã. Mas alguém — Sirsha, ele presumiu — havia deixado um biscoito ainda quente sobre sua mochila. Se estivesse planejando ir embora, ela provavelmente não teria se preocupado em deixar o café da manhã para ele.

Ele a encontrou do lado de fora, perto dos cavalos selados, terminando uma xícara de chá e folheando o exemplar de *Lembranças*, de Rajin de Serra, franzindo a testa ao discordar de algo que estava escrito.

Quando Sirsha se virou para Quil, ele perdeu o fôlego. Seu cabelo escuro estava preso no topo da cabeça e havia algo em sua expressão altiva e fria, porém mais acolhedora ao encará-lo, que fez seu sangue ferver. Ele pensou na noite anterior, no calor daquela pele, na curva do pescoço dela ao jogar a cabeça para trás, na languidez de seu corpo ao se aninhar em seus braços, entregue.

Tudo parecia mais nítido com ela, mais forte. Ficava maravilhado com isso. Fazia muito tempo que seu corpo não sentia nada além de tristeza e exaustão.

Ao notar algo no rosto dele, a postura severa de Sirsha vacilou e a garota franziu a testa.

Deve ser porque você está devorando ela com os olhos.

Ele olhou em volta, como se estivesse avaliando o estrago causado pela tempestade, embora não se importasse nem um pouco.

— R'zwana já foi?

Naquele exato momento, a Raan-Ruku apareceu nos limites da floresta como um demônio que acabou de ser invocado.

— Terminou de se emperiquitar, príncipe? Vamos logo.

Quil olhou para a expressão fechada de Sirsha.

— Talvez não seja a pior ideia do mundo — comentou ele. — Você mencionou que a assassina era diferente de tudo que já tinha encontrado antes. R'zwana é inútil, mas talvez J'yan possa ajudar.

— J'yan é um Jaduna de batalha, príncipe — explicou Sirsha. — Ele vai ajudar a lutar contra aquela coisa, mas não a rastreá-la. E eu não consigo localizá-la direito. Às vezes está a leste, às vezes ao sul. Às vezes simplesmente desaparece. Podemos perder dias vagando pela costa de Thafwan à procura desse acampamento. Dias que teremos que passar com *ela*.

— Vamos continuar indo para o leste. — Quil se agarrava à pouca calma que costumava surgir quando alguém de quem gostava ficava agitado demais. — Ficar nas florestas. A costa não está longe. Mas temos pouco tempo. Quanto mais ficarmos por aqui, expostos, maior a chance de os kegarianos nos avistarem.

Sirsha o encarou, a cabeça levemente inclinada. Devagar, um sorriso surgiu em seu rosto.

— Isso, sim — concordou ela —, é uma excelente ideia.

Quatro tardes depois, Quil e Sirsha estavam escondidos em uma clareira cercada por árvores e arbustos. R'zwana e J'yan encontravam-se a meio quilômetro dali, junto dos cavalos, enquanto Quil e Sirsha acendiam uma fogueira.

A costa ficava a quilômetros de distância, e as terras altas de Thafwan haviam se transformado em colinas baixas e um mosaico de terras agrícolas. Era uma região belíssima, marcada por celeiros queimados e colunas de fumaça que escureciam o horizonte.

Os thafwanos, ao que parecia, haviam se recusado a abrigar um acampamento de guerra kegariano. E, assim como em Jibaut, os kegarianos pareciam ter insistido.

Em silêncio, Sirsha deixou dois coelhos sobre uma pedra ao lado do fogo e começou a prepará-los para assar. Quil olhou para o rosto dela. Sirsha ficava ainda mais bonita concentrada daquele jeito, como estivera ao longo dos dias anteriores. Durante a viagem, ela parava por um bom tempo, apoiava a mão no chão, inclinava a cabeça e tentava ouvir os sussurros dos elementos, tão absorta nesses momentos que ele sentia vontade de estender a mão e tocá-la no ombro, só para ter certeza de que ela voltaria.

Mas, à noite, era ela quem o encontrava. Geralmente depois que ele terminava o turno de vigia, às vezes até antes.

Quil sempre sabia o que Sirsha queria, porque ele queria o mesmo: o desejo era tão intenso que o deixava tonto. Na noite anterior, ela o havia levado para longe do acampamento, empurrou-o contra uma árvore e os dois se beijaram como se o mundo estivesse acabando. Exploraram o corpo um do outro com as mãos e, no fim, ela mordeu o ombro dele para não acordar os demais, o que o levou ao êxtase.

Foco, Quil.

Paciente, ele cuidou da fogueira enquanto Sirsha montava um espeto e, em menos de uma hora, dois coelhos giravam sobre o fogo e cebolas assavam na brasa.

O cheiro da carne assada fez Quil salivar. E ele não era o único. A fumaça se erguia, branca e espessa, em direção ao céu. Um Veleiro, antes apenas um pontinho no horizonte, aproximou-se, voando em círculos sobre eles e, em seguida, afastou-se.

— Ele vai voltar — avisou Quil.

Sirsha assentiu, pensativa, até que finalmente lançou um olhar para Quil por cima do fogo.

— Enquanto esperamos, precisamos conversar sobre uma coisa. Tenho pensado nisso nos últimos dias. — Ela girou o espeto e a gordura pingou no fogo, levantando uma nova nuvem de fumaça. — A gente… Os nossos… encontros.

— Ah. É assim que chama?

Sirsha ergueu a cabeça, e Quil já havia percebido que aquele era o gesto típico de quando se via diante de um impasse.

— Acho que a gente devia combinar algumas regras.

Na verdade, estou mais interessado nas punições por quebrá-las.

Quil teve o bom senso de não dizer isso em voz alta, mas Sirsha entendeu o que havia transparecido no rosto dele. Ela ficou com as bochechas coradas.

— Para de pensar besteira — censurou ela.

— Tá, desculpa.

Ele não estava arrependido. Nem tentou esconder. Sirsha desviou o olhar, ainda corada, e tocou a moeda do juramento.

— O entalhe está ficando complexo demais — afirmou ela. — Você é um príncipe herdeiro que precisa voltar para o seu povo. Eu sou uma rastreadora tentando me afastar o máximo possível do meu próprio povo. É melhor a gente não deixar tudo mais difícil ainda.

— Tudo bem — disse Quil, embora não estivesse nada bem. — O que mais?

— Nada de... romance, nem poesia ou flores. Sem demonstrações de afeto. Nem dormir de conchinha.

— E quando estiver frio? — Quil não conseguiu não perguntar e, ao ver a irritação no rosto dela, ergueu as mãos. — Brincadeira!

— Apelidos, tudo bem — declarou ela. — Podem ajudar a convencer R'zwana do nosso juramento Adah, pelo menos. Contato físico casual de vez em quando é aceitável. Mas nada... fofinho. Nada de toques demorados, nem beijinhos gentis ou colocar mechas do meu cabelo atrás da orelha, ou...

Quil se levantou e ajoelhou-se ao lado dela. Ela fixou o olhar nele e abriu a boca para protestar. Mas não emitiu nem um som sequer.

Ele sustentou o olhar. Enfiou uma das mãos no cabelo escuro de Sirsha e, com a outra, levantou a blusa dela até que a palma tocasse sua pele quente.

— Então — disse ele, em voz baixa. — Nada disso.

— Sei muito bem o que você está fazendo.

O lampejo de desejo nos olhos dela fez o sangue dele correr para lugares inconvenientes, e Quil a puxou para perto, devagar, até que seus lábios ficassem a um fio de distância dos dela.

— Sabe mesmo? — sussurrou ele. — Me diz, Sirsha, como devo saber quando você me quer, se você nunca puder me tocar?

— Presuma que eu sempre quero você — murmurou ela, e ele não conseguiu segurar o palavrão que escapou de sua boca antes que seus lábios encontrassem os dela. Ela passou a perna em volta da cintura dele e o puxou para si...

Uma rajada de ar ressoou no alto. Quil se afastou de repente. O Veleiro kegariano estava voltando. Rápido demais, o desgraçado. Voou em círculos outra vez e, em seguida, pousou em um trecho plano ali perto.

Quil afastou o cabelo dela do rosto e lhe deu um beijo leve, nitidamente desobedecendo às ordens dela.

— Estarei por perto.

Ele desapareceu na floresta, o coração ainda disparado, o perfume de Sirsha impregnado em seus sentidos. *Veleiros. Kegarianos. Interrogatório.* Ele avançou até um grupo de árvores a uns dez metros de Sirsha, silenciando o próprio corpo até que fizesse parte dos sons da noite: grilos chilreando, folhas farfalhando e o estalar do fogo. Precisaria ter uma boa visão dos kegarianos, caso causassem problema. Mas, para isso, precisava se manter por perto sem ser notado.

Sirsha começou a cantarolar, de forma quase hipnótica, e Quil abriu um sorriso ao notar isso, nada surpreso ao descobrir mais uma habilidade em que Sirsha Westering era excelente.

Um arrepio subiu pela nuca, e ele se virou, com cimitarra em punho. Deu de cara com J'yan caminhando por entre as árvores. Ele olhou para cima e viu um segundo Veleiro no ar.

— Não gosto nada desse plano — sussurrou J'yan.

Quil voltou-se para a clareira.

— Da próxima vez, pense você num plano melhor.

J'yan se acomodou ao lado de Quil. Conseguiam enxergar o cabelo de Sirsha, preso no topo da cabeça.

— Ela gosta de você — declarou J'yan. — Mais do que demonstra.

— Bom saber, já que sou noivo dela.

— Você é tão noivo dela quanto eu. — J'yan revirou os olhos. — Vou guardar segredo. Não importa o que você pensa, eu me preocupo com Sirsha. E quero entender o que há entre vocês. Por que aceitou fazer o voto de fidelidade? — A voz dele era baixa e comedida.

Era uma pessoa acostumada a conter a raiva. Quil era capaz de reconhecer a personalidade semelhante.

— Porque R'zwana ia matá-la.

— Um juramento Adah não é pouca coisa. Por que decidiu salvá-la? — J'yan se inclinou para a frente, e Quil então percebeu que o sentimento emanando do homem não era ciúme. Era medo. — A outra moeda de juramento dela, para caçar essa criatura, foi com você que ela fez esse pacto ridículo? Sabe o que vai acontecer se...

Começaram a ouvir o som de galhos e gravetos se quebrando. A pilota kegariana não se preocupava em esconder sua aproximação. Ela surgiu na clareira, armada até os dentes, igual aos monstros que haviam causado o inferno em Navium.

— *Angh ot ma?*

Sirsha balançou a cabeça.

— Eu falo ankanês — disse ela.

A pilota assentiu.

— Saudações — ela cumprimentou Sirsha. — Posso me juntar a você nessa fogueira?

Sirsha assentiu e a mulher se sentou de pernas cruzadas, erguendo as mãos para as chamas.

— Muita carne para uma garota só.

— Minha família vem me encontrar à noite — informou Sirsha.

— Vai ser uma festa, então. — A mulher kegariana abriu um largo sorriso, revelando a boca repleta de dentes podres.

Não havia alegria naquele sorriso, apenas um cansaço amargo. Algo brilhou em sua mão: um apito. Ela soprou uma nota demorada.

Em instantes, outro Veleiro apareceu. E mais um. Até que um pequeno esquadrão deles descia do céu como corvos em círculos.

De maneira admirável, Sirsha aparentava estar apenas um pouco curiosa conforme oito kegarianos, todos armados até os dentes, juntaram-se à companheira na clareira.

— A gente adora uma festa — falou a primeira mulher, enquanto os demais se reuniam atrás dela. — Não se preocupe, garota. Vamos deixar um pouco para a sua família.

Um deles deu uma risada. Sirsha apenas sorriu.

— Você vem de onde?

— Jaduna — respondeu Sirsha. Os kegarianos trocaram olhares. Mas, em vez de desconfiança, outro sentimento se espalhou entre eles. — Tenho um trabalho em Farth.

— Uma Jaduna a caminho da capital de Thafwan — comentou a mulher. — Fascinante. Sabe, ouvimos uma história bem interessante lá em Jibaut, não foi?

Alguns dos demais kegarianos murmuraram em concordância.

— Ouvimos dizer que tem uma Jaduna viajando com, imagina só, um príncipe Marcial. Por acaso você não ficou sabendo de nada a respeito disso?

Sirsha deu de ombros.

— Está vendo algum príncipe por aqui?

— Não — retrucou a mulher kegariana. — Mas isso não quer dizer que você não conheça nenhum.

Duas pessoas kegarianas começaram a rodear Sirsha, um enorme homem loiro e ume dona'i, puxando do cinto um chicote. Todos os cidadãos kegarianos eram pilotos, então todos ali podiam controlar o vento, mas Quil não sabia da dimensão da força deles. Ele sacou as armas, assentindo para J'yan. Em seguida, respirou fundo e deixou as finas e leves facas de arremesso voarem. A primeira atingiu o loiro e a segunda cravou-se no abdômen de dona'i. A terceira encontrou uma parede de vento, que teria lançado Quil longe, mas J'yan a conteve para que o Marcial conseguisse chegar até Sirsha.

Ele não estava longe, era uma questão de segundos. Mas esse era o risco, porque no tempo em que ele e J'yan levariam para chegar até ela, Sirsha precisaria continuar viva.

Quil irrompeu na clareira e, de lâminas em punho, abriu o caminho por entre uma mulher kegariana avançando contra ele e desviando das flechas lançadas pelos pilotos que corriam para a floresta. Foi fácil, irritantemente fácil. *Esses* eram os grandes guerreiros que haviam subjugado o Império? Quil queria poder dizer à tia que sem os Veleiros, as bombas e aquele maldito metal líquido, os kegarianos não eram nada.

— Quil! — gritou Sirsha em alerta.

Um corpo pesado se chocou contra suas costas, arrancando o ar de seus pulmões. Ele quase riu, porque tinha oito anos quando Elias o ensinou a rolar para longe de um golpe, a se mover enquanto recuperava o fôlego. Quil já estava de pé pouco tempo depois, o punho voando direto no rosto do homem que o atacara, derrubando-o de joelhos. Em segundos, Sirsha cravou uma lâmina nas costas da pessoa que os atacou.

A clareira estava mais silenciosa, os únicos sons eram os da respiração ofegante de Sirsha e Quil, o estalido da fogueira e os gemidos dos kegarianos que jaziam no chão, à beira da morte.

Um grito ecoou da floresta e de repente cessou.

R'zwana surgiu segundos depois, arrastando um kegariano desfalecido pelos cabelos, franzindo o rosto em uma expressão de desprezo. J'yan apareceu de onde estivera escondido com Quil, olhando com indiferença para os corpos espalhados ao redor.

— Esse aqui vai falar — afirmou R'zwana, amarrando o prisioneiro. — J'yan, acorde-o.

— Só isso? — indagou Quil, olhando por cima do ombro de R'zwana, na esperança de ter contado errado. — Você devia ter trazido dois.

— Se queria eles vivos — rosnou R'zwana —, não deveria ter matado tantos, Marcial.

J'yan se ajoelhou ao lado do homem e balançou a cabeça.

— Não consigo despertá-lo. Precisaria de khind para curá-lo primeiro — declarou. — Vamos ter que esperar ele acordar por conta própria.

R'zwana tirou um par de batedores de latão da bolsa que carregava cruzada ao peito.

— Saia da frente.

— Não. — Quil se virou para impedir que ela se aproximasse do kegariano. Se não conseguissem respostas daquele piloto sobre o acampamento de guerra e sobre Tel Ilessi, toda a operação teria sido em vão. Quil não tinha tempo para discutir com ela sobre métodos de interrogatório.

Depois de várias semanas em silêncio, a magia dele despertou. *É a única maneira*, parecia sussurrar.

— Preciso que vocês saiam de perto. — Ele olhou para os três. — Todos vocês. Queimem os Veleiros.

— Você não vai me dar ordens, Marcial...

— Anda — Sirsha cortou a irmã. — Ou eu vou deixar vocês para trás. Você não consegue rastrear. Não vai conseguir nos encontrar.

R'zwana olhou para Sirsha com repulsa, mas havia algo além. Medo, talvez. Ela pegou um galho da fogueira e se afastou, J'yan e Sirsha a seguiram.

Refletindo, Quil se acomodou diante do piloto inconsciente. Ele podia considerar todas as consequências do que estava prestes a fazer. Ou só fazer de uma vez.

Ele ergueu a mão até a testa do homem e deixou um fio de magia fluir, torcendo para que Sirsha estivesse distraída demais para perceber o que estava acontecendo. *Mostre o acampamento.*

Quil nunca havia feito um pedido desses à própria magia. Mas com toda aquela conversa de Sirsha sobre sentimentos e elementos, ele passou semanas se perguntando se não acabava recorrendo à magia sem nem perceber, pedindo memórias.

Por favor, acrescentou.

Sua magia se acendeu e uma série de imagens tomou conta de sua mente. O homem caminhando até uma extensão plana de terra, as ondas do oceano quebrando-se ao fundo. Ele entrou no enorme Veleiro enquanto os tripulantes carregavam os compartimentos de armas.

O homem enfiou os braços em duas mangas, os dedos da mão direita mergulhando em um recipiente de metal branco e sólido bem no centro.

Assim que a tocou, a substância se tornou líquida e deslizou pela pele do piloto, passando pelos tubos ocos do Veleiro, dando vida ao veículo. O líquido parecia se fundir ao homem, tornando-se não apenas parte da estrutura do Veleiro, mas do próprio piloto.

Um motor roncou e o piloto se ergueu, espiralando em direção ao céu, enquanto se distanciava do solo. Quil vislumbrou uma praia, uma ampla enseada com uma enorme formação em arco além da praia, e um estuário espalhando-se ao sul.

Agora, pensou Quil, *Tel Ilessi*.

De repente, ele foi expulso da mente do homem. Estava de volta à ravina, a lâmina frouxa na mão. Os olhos do homem kegariano estavam abertos, avermelhados.

— Rue la ba Tel Ilessi! — O homem projetou o queixo para a frente, como se dizer o nome de seu líder lhe desse forças. — Pode me matar se quiser, Marcial — rosnou ele em ankanês. — Pode matar todos nós. Mas não vamos trair nosso Tel Ilessi.

O piloto se curvou para a frente. R'zwana não o havia amarrado direito, e Quil estava envolvido demais com a própria magia para perceber. Ele arrancou a adaga do cinto de Quil e cravou-a na própria garganta. Quil pressionou as mãos contra o corte para estancar o sangramento. Mas foi inútil. O homem estava morto, assim como qualquer chance de descobrir mais informações sobre Tel Ilessi.

35
Sirsha

De uma elevação na pradaria onde a grama alta ocultava sua presença, Sirsha e os demais olhavam para o acampamento de guerra kegariano, uma confusão de tendas e fogueiras, varais e carroças com suprimentos. Os porcos voadores haviam se estabelecido em uma planície a cerca de meio quilômetro da costa de Thafwan. O topo do terreno estava repleto de pedregulhos, arbustos e rochas, portanto havia muitos lugares de onde podiam montar vigília sem serem vistos.

A única parte do acampamento que não estava caótica era o campo de pouso em uma faixa de terra limpa ao norte, onde centenas de Veleiros repousavam em grupos ordenados de lona e junco, aguardando seus pilotos e, Sirsha suspeitava, o metal líquido que lhes dava vida.

Parecia qualquer outro acampamento militar. Sem nenhum indício de algo sobrenatural.

Mas Sirsha sentia a assassina naquela náusea que a atormentava, no odor desagradável que pairava no ar. A criatura estava à espreita como um segredo de família em algum lugar daquele labirinto lamacento, junto do Tel Ilessi. Se Sirsha queria encontrar seu alvo, teria que chegar mais perto.

Ela olhou para Quil agachado ao lado dela, a luz poente contornando-o com um brilho dourado. Ele disse que havia persuadido o kegariano a revelar a localização do acampamento, mas Sirsha suspeitava de outra coisa. Ela sentiu um vestígio de… algo… vindo da direção de Quil durante o interrogatório. Quando ela procurou aquela sensação outra vez, ela havia desaparecido. E, quando pedira ajuda aos elementos, em vez de atender ao pedido, eles mostraram o caminho da monstruosidade que ela buscava, porque estavam focados na missão.

— Assim que matar o Tel Ilessi, saia correndo — dizia ela a Quil. — Vá até os cavalos, e a gente se encontra lá. — Ela olhou para J'yan e R'zwana, que sussurravam entre si a alguns metros de distância. — J'yan deve conseguir nos manter escondidos o tempo todo.

— Quanto tempo a ligação levará?

Sirsha balançou a cabeça.

— Não vou estabelecer uma ligação, Quil. Vou matá-la. Por Loli.

Ela havia decidido isso dias antes, após mais uma noite em que sonhou com a amiga, rastejando como um animal ferido pelo solo esponjoso da selva de Thafwan, com uma cavidade no peito enquanto procurava desesperada por um coração que pudesse ressuscitar o seu.

Mas não era apenas a morte de Loli que fazia Sirsha querer acabar com a criatura. Eram os mortos que ela vira em Navium, em Jibaut, no interior de Thafwan. Era a maneira como a criatura atacava pessoas jovens e saudáveis. A forma como ela parecia se deliciar com o mero ato de matar.

O vento soprou o cabelo de Sirsha, cobrindo seu rosto, e ela o puxou para trás com impaciência. Tinha perdido os grampos na cabana e ficara tentada a cortar o cabelo uma dezena de vezes desde então.

— A guarda que cuida do perímetro é uma porcaria — observou Quil. Com a noite chegando, o acampamento estava acinzentado, enquanto lamparinas e fogueiras lentamente eram acesas. — São muitas entradas possíveis e só metade delas está sendo vigiada.

— Você está reclamando que o inimigo tem uma proteção péssima?

Quil franziu a testa.

— É estranho que tenham conseguido tomar o Império quando não dominam o básico para manter um exército na trincheira.

— Eles conquistaram este território. — Sirsha pensou nas vilas devastadas de Thafwan e nos corpos encontrados pelo caminho enquanto percorriam o interior. — Eles não têm uma vigilância rigorosa porque acham que não precisam. Além disso — ela apontou para um Veleiro, erguendo-se em direção às nuvens —, é *aquilo ali* que guarda o perímetro.

— Ou eles são mesmo o exército mais mal administrado da história, ou isso aqui é uma armadilha — ponderou Quil, com uma serenidade tão convincente que Sirsha quase olhou para trás, como se os kegarianos estivessem se aproximando.

— Isso muda o plano?

— Precisamos de mais de uma rota de saída.

— Fale por você, príncipe. Só eu identifiquei quatro saídas. E... — ela lançou um olhar avaliador para Quil — eu apostaria metade do meu dinheiro que você mapeou o dobro disso. O que está deixando você tão nervoso?

Enquanto observava o acampamento, Quil manteve a mandíbula cerrada. Ele voltou o olhar para Sirsha.

— Eu sei que você precisa matar ou capturar aquele monstro para cumprir o seu acordo com Elias — disse ele. — Mas J'yan me contou que, se outra pessoa matar aquela criatura, seu juramento de sangue se dissolve. E você não recebe o pagamento.

Sirsha o observou, desconfiada.

— Eu preciso do pagamento, príncipe.

— Você acha que pode fazer isso sozinha. — Sirsha nem se deu ao trabalho de contradizê-lo porque, se mentisse, ele ficaria triste. — Deixe R'zwana e J'yan ajudá-la.

— J'yan vai me levar até lá, e R'z...

— Estou falando sobre o assassinato em si, Sirsh — interrompeu Quil. — Não vá lá sozinha por causa do dinheiro. Se Elias não cumprir com o pagamento, eu pago. Dou o dobro. O triplo. O que você quiser. Só... só não a enfrente sozinha.

— Deve ser bom ter tanto dinheiro que você pode...

Quil tocou o rosto dela com tanta ternura que ela ficou em silêncio. Sirsha sentiu os olhos arderem, porque aquela não era mesmo a maneira como uma pessoa deveria encarar a outra se o laço entre elas não tivesse importância, e a moeda de juramento dos dois estava quase queimando, *maldito*...

— Por favor, Sirsha. — Pelos céus, como ela adorava o jeito como ele dizia seu nome. — Cuide de si do mesmo jeito que você cuida de quem ama. Tanto quanto... quanto nós cuidamos de você.

Atrás deles, R'zwana bufou como um cavalo.

— A gente vai? — perguntou ela. — Ou vamos ficar aqui nos despedindo por mais três horas?

Quil a fuzilou com o olhar e se levantou. Sirsha agarrou a mão dele, dominada por um medo repentino de que não o veria de novo. *Vocês terão que se separar em algum momento*, ela fez o lembrete a si mesma. *Ele não é certo para você. Nem você para ele.* Ela sentiu o sangue gelar com tal pensamento.

Sirsha se conteve para não dizer algo de que se arrependeria.

— Não morra, príncipe. — Sua voz soou mais dura do que ela pretendia.

Um sorriso revelou as covinhas de Quil ao levar a mão dela aos lábios em um beijo rápido. Sirsha desejou que aquele gesto não instigasse todas as suas terminações nervosas. Em seguida, ele se foi, desaparecendo em meio à grama, rumo às entranhas do inimigo.

Sirsha voltou-se para a irmã, irritada porque Quil havia descoberto sua intenção: despistar R'z e matar o monstro sozinha.

Mas, como ela era uma tonta com uma fraqueza por Marciais de ombros largos e lábios habilidosos, precisava repensar o plano.

— Onde está a assassina? — perguntou R'zwana. — Você não disse, e estou começando a suspeitar de que não quer que eu saiba.

— Você está perdendo sua magia — declarou Sirsha, porque precisava de algo para usar contra a irmã.

R'z virou-se para J'yan, praticamente espumando pela boca.

— Não rosne para ele — disparou Sirsha. — Eu descobri isso sozinha.

— Escuta a Sirsha, R'z, pelo menos uma vez na sua vida — pediu J'yan. — Ela não é inimiga.

— A mãe não sabe disso. Do contrário, você não seria mais Raan-Ruku. — Sirsha ignorou a pontada de culpa que sentiu ao ver o desamparo tomando conta do rosto de R'z. — Então, é assim que vai funcionar a partir de agora: eu te digo o que fazer e você faz. E, depois de matarmos essa criatura, *irmã*, você nunca mais vem atrás de mim. Entendido?

R'zwana rangeu os dentes, um som profundamente desagradável. Mas, por sorte, ela assentiu. J'yan suspirou baixinho, tão aliviado quanto Sirsha.

— Sei que você não consegue rastrear — afirmou Sirsha. — Consegue dominar, estabelecer ligações?

— Foi só a magia de rastreamento que desapareceu — murmurou R'zwana. — Eu não... não sou tão boa em estabelecer ligações quanto você.

— Juntas vocês são mais fortes — afirmou J'yan. — Sempre foram, por mais que isso irrite vocês. — Ele se virou para Sirsha. — Qual é o plano?

Eles esperaram até o cair da noite para se aproximar do acampamento pelo lado oeste. Até então, nenhum alarme havia soado; Quil não havia chegado até o Tel Ilessi.

As ruelas estreitas estavam mal iluminadas, o que tornava a entrada mais tranquila. Mas não era fácil, de forma alguma. Soldados patrulhavam, comiam, cozinhavam, treinavam, conversavam, discutiam. Estavam por toda a parte, e havia dezenas de pilotos entre eles. Embora Sirsha não duvidasse que conseguiria lançar a ligação sobre eles com tranquilidade, o acampamento estava tão lotado que eles teriam sido descobertos dezenas de vezes se não fosse J'yan ocultando as evidências da passagem do trio.

À medida que avançavam, Sirsha *sentiu* a assassina. Mas a presença dela estava sob controle. Quieta. Sirsha viu uma distorção no solo à sua frente. *Ela a aguarda*, a terra falou. *Cuidado*. Sirsha continuou movendo-se para o leste, os fios dispersos da trilha se reunindo, espessos e viscosos como uma gosma na mente, levando à área mais distante do acampamento.

Atrás dela, R'zwana ofegou.

À frente, nas sombras de uma colina baixa, passando por uma fileira de carroças de suprimentos, havia uma tenda solitária de lona. Idêntica às demais. No entanto, estava afastada. Sirsha agachou-se em meio a uma pilha de caixotes, observando. Não havia guardas. Ninguém entrando ou saindo. Os kegarianos que passavam pela tenda evitavam até mesmo olhar para ela, mantendo certa distância.

Morte. Dor. Sobrenatural. Agita-se, devora, nunca está satisfeita, sussurrou a terra, parecendo assustada. Um espasmo de pânico atravessou o corpo de Sirsha ao ver como a terra estava danificada, distorcida. A magia natural que repousava como uma teia fina sobre todas as coisas cedia, frágil, como se dilacerada por um animal raivoso.

R'zwana olhou para a tenda como se fosse veneno.

— Consigo sentir.

— É uma armadilha — advertiu J'yan, e até mesmo ele estava afetado, as sardas destacando-se na pele clara. — Não se esqueçam disso, e assim vamos encontrar uma saída.

Sirsha assentiu.

— Esperem pelo meu sinal.

Enquanto se movia furtivamente pelo acampamento, com a lama esguichando quando pisava, ela tocou a moeda de juramento de Elias e falou com os elementos. *Estejam comigo*. Eles zumbiram em resposta, um tremor que apenas seus ossos podiam sentir. Antes que seu instinto pudesse mandá-la correr o mais rápido possível para longe da tenda, ela entrou.

O ambiente era claro e alegre, em um contraste estranho com a sensação opressora do lugar. Havia uma cama de madeira elevada com um fino colchão. Uma cadeira e mesa de Thafwan finamente entalhadas em um canto, e tapetes grossos no chão, em vez de terra fria. O braseiro no centro da tenda crepitava, enquanto o fogo aquecia o ar. Havia até mesmo um espelho em um canto.

Apesar de todo o conforto, a tenda estava vazia. No entanto, Sirsha podia sentir algo fluido, pegajoso e escorregadio. Algo vigilante.

O tilintar de moedas alertou-a para a presença da assassina, mas Sirsha não se virou, apenas olhou para o espelho e observou-a, à espreita. A pele de Sirsha se arrepiou. A criatura havia outra vez assumido a silhueta de sua mãe, de rosto orgulhoso e forte, totalmente caracterizada. Era a Raani, centímetro por centímetro. Exceto pelo olhar faminto, amplo demais, que não pertencia ao rosto de nenhum humano.

Sirsha sentiu repulsa, como se precisasse rastejar para fora da própria pele. Queria assassinar aquele monstro ali mesmo. Envolvê-la tão forte com a magia até que ela sufocasse e morresse, assim como acontecera com Loli Temba.

— S'rsha Inashi-fa. — A assassina fez uma reverência demorada. — Estava ansiosa para vê-la outra vez.

Ouvir seu nome completo na voz da própria mãe quase fez Sirsha esquecer por que estava ali.

Domine-a. Ela é uma abominação.

Os elementos a trouxeram de volta a si, e Sirsha se virou para encarar a assassina, sem se preocupar em esconder o nojo em seu rosto.

— Sabia que eu viria e nem preparou um chá? É evidente que você não conhece a minha mãe.

Ela se jogou em um dos assentos e gesticulou para o outro.

— Quer se juntar a mim?

O monstro inclinou a cabeça para o lado, algo que a mãe de Sirsha nunca havia feito na vida, e a rastreadora ficou se perguntando onde ela teria aprendido aquele truque. De outro humano, talvez.

— Me diz seu nome — pediu Sirsha. — Estou cansada de chamar você *aquela assassina maldita*. É muito entediante.

— Você pode me chamar de Madre Div, Santa Clériga e Invólucro da Fonte.

— Estou vendo que temos diferenças filosóficas quanto ao significado da palavra *santa*, então vou chamá-la de Div. Ou talvez de Desprezível Div, se eu estiver de mau humor. Por que está presa aqui, então? — Sirsha recostou-se, recorrendo a anos de frieza ensaiada, enquanto tentava compreender aquela criatura, para descobrir como a dominaria. — Quer dizer, podia ser pior. Faz dois meses que estou dormindo em cima de pedras e galhos por sua causa. Mas uma criatura do seu... alcance deveria ter acomodações melhores, não?

— Meu alcance tem sido limitado nas últimas duas semanas.

Céus, que truque. Div falava mesmo como a Raani. De um jeito gentil, mas tão gentil, que a criatura jamais perceberia, Sirsha sondou a terra.

O elemento se encolheu. *Domine-a*, disse. *Domine-a, criança, ou corra.*

Sirsha engoliu em seco, a garganta de repente ficou seca.

— Deve ser desagradável para um ser como você. Acostumada a vagar pelo interior, assassinando qualquer pobre coitado que encontra pelo caminho.

Enquanto falava, Sirsha recorreu à magia de ligação que havia ignorado por oito anos. *Transpor um sentimento para um elemento.* No caso, o elemento era a própria magia. Ela a evocou, impelindo-a como um laço até se tornar uma corrente brilhante ao redor do pescoço de Div. Com uma onda de satisfação, Sirsha puxou. Permitiu-se sorrir, pois conhecia a força da própria magia. Era firme e implacável, um jugo que Div não poderia quebrar. Sirsha não era R'zwana, afinal.

Div olhou para baixo, pensativa.

— Diga, criança. Você acreditou mesmo que conseguiria me acorrentar?

Um som estranho, um estalo na mente de Sirsha, como se ela tivesse despencado de um lugar muito alto. Seu poder se esticou, tensionado, antes de abandoná-la. Algo o estava arrancando, devorando-o.

Por um breve e aterrorizante momento, Sirsha notou seu poder ligado ao de Div. Era como olhar para um vazio, para algum abismo onde a única emoção era a fome. Uma *voracidade* avassaladora.

Deveria haver algo mais naquele espaço. Algo para equilibrá-lo. Mas estava escancarado e irracional, e roía as entranhas de Div, não porque fosse cruel, mas simplesmente porque não conhecia outra forma de existir.

Div sorriu e pareceu inchar como um carrapato cheio de sangue. Ela encarou Sirsha, e a Jaduna percebeu que estava e não estava na tenda. Seus pés estavam plantados, mas a mente era arrastada para a frente, para os olhos brancos da criatura que se parecia com sua mãe. Sirsha olhou fixo para o abismo, inclinando-se para baixo, como se estivesse atraída por um vazio dentro de si mesma.

Uma parte sua se partiu naquele dia em que sua família a exilou, cantarolou uma voz na mente de Sirsha. *Sua humanidade foi drenada e restou apenas uma casca. Você está contaminada. Nunca amará ninguém. Venha, criança. Venha para alguém que entenderá, pois eu também estou vazia.*

Aquela era a voz da Raani e ela soava sensata, parecia sua mãe quando tentava persuadir Sirsha a obedecer, a ajudar o kin no rastreio de algum Karjad quando a garota não queria.

Mas, ali, em vez de se opor com firmeza, Sirsha escutou. Pois estava mais velha e mais sábia. Entendia como era a solidão de deixar o kin, de trocar um momento de fraqueza por anos de solidão forçada.

Sirsha deu um passo à frente, estendendo a mão para a Raani, quando outra mão agarrou-a pelo pescoço e puxou-a para trás.

Era R'zwana.

— Traidora! — gritou ela. — Você deveria dar o sinal. Eu sabia que não podia confiar…

J'yan puxou as duas para longe de Div, atacando-a com a magia de batalha. O simulacro de Div se dissolveu e ela desabou em uma massa fervilhante e barulhenta de sombras cinzentas torturadas. A criatura criou a própria tempestade, um vento uivante que girava ao redor da pequena tenda como um ciclone minúsculo e feroz.

— Domina essa coisa! — exclamou R'zwana, tentando falar mais alto que o ruído do vento. — Domina!

Sirsha lançou sua magia de ligação ao redor de Div outra vez, mas ela se desintegrou como se estivesse sendo devorada.

— Eu… eu não consigo…

J'yan se esforçava para manter Div no lugar, mas Sirsha havia sentido o poder da criatura. Sabia que Div só estava brincando com ele.

— J'yan, para! Ela é forte demais. Ela *quer* que você use a magia! Ela se alimenta disso!

— Então vai, covarde! — R'zwana a empurrou. — Foge, como você sempre faz!

R'zwana recorreu à própria capacidade limitada de estabelecer ligações, mas não era suficiente. Seu poder sempre fora só uma gota em comparação ao oceano de Sirsha.

Div deu passos lentos em direção a J'yan, como um animal à espreita da presa. Sirsha agarrou a mão dele e o puxou, mas era como se seus pés estivessem enraizados na terra.

— Solta, J'yan! — gritou Sirsha. — A gente tem que correr!

— Segure enquanto eu a domino, J'yan! — R'zwana cerrou os dentes, sua magia era como um fio de lã esfarrapado ao redor da forma crescente e contorcida de Div. — Ou vamos acabar morrendo!

— Não dá, R'z! — J'yan caiu de joelhos, sua magia desvanecendo. — Sirsha tem razão.

Mas todos eles foram puxados para o estranho e pulsante entorno da criatura, incapazes de recuar.

A voz de Div se transformou em um rosnado ameaçador e profundo, e embora ela não tivesse rosto, Sirsha conseguia sentir que sorria.

— Quem vai primeiro?

R'zwana agarrou Sirsha e a empurrou na direção de Div.

— Leva essa aqui! Ela é mais poderosa!

Sirsha já estava acostumada às rejeições de R'zwana. Aos insultos dela. Mas a tentativa de entregá-la a um espírito devorador de almas era um tipo de violência inédito cometido pela irmã.

Não teve tempo para lamentar. Porque Div ignorou R'zwana e Sirsha, avançando em direção a J'yan.

O suspiro dele foi devorado pelos rosnados famintos de Div. Seu corpo ficou flácido e desabou no chão enquanto Div se curvava sobre ele, o coração pulsando sob os lábios dela.

Sirsha abriu a boca para gritar, mas não conseguiu sequer puxar o ar. Enquanto o coração de J'yan se desfazia em cinzas, um grito dilacerante rasgou seu peito.

R'zwana encarava a cena, horrorizada.

— Não... era ela que você devia ter tomado — balbuciou. — Por que não pegou ela?

Enquanto Div se alimentava, R'zwana se virou para Sirsha, e o ódio em seu olhar poderia ter arrancado a casca de uma árvore. Sirsha cogitou a possibilidade de deixar a irmã na tenda para morrer. Mas J'yan jamais permitiria isso, e ela faria esse último favor a ele. Seu instinto de sobrevivência falou mais alto, e ela agarrou o cotovelo de R'zwana com força, arrastando-a para fora da tenda.

— Me solta! Me...

— Cala a boca! — sibilou Sirsha. — A gente vai morrer por sua culpa!

R'zwana passou o olhar pelo acampamento movimentado, atordoada. Só então, talvez entendendo a precariedade da situação, caiu em silêncio, imitando Sirsha e seguindo-a quando ela se abaixou atrás de uma carroça de feno e as conduziu por todo aquele tumulto, desesperada para abrir a maior distância possível da criatura e de seu apetite insaciável. Conseguiram escapar sem serem notadas por pura sorte.

Sirsha parou perto dos limites do acampamento, com as mãos apoiadas nas coxas enquanto tentava recuperar o fôlego.

R'zwana finalmente falou:

— O que... o que era aquela coisa?

— Eu não faço a menor ideia! — Sirsha empurrou a irmã, a raiva e a dor dominando seus movimentos. — Eu te *disse* que era forte demais! Você não me ouviu, sua *maldita* cabeça-dura...

— Se você tivesse dominado quando eu mandei, J'yan ainda estaria...

Antes que R'zwana pudesse terminar a frase, Sirsha recuou e acertou um soco no rosto da irmã, que cambaleou, aturdida, e desabou. Sirsha resistiu à vontade de chutá-la, resolvendo arrastar a irmã para baixo de uma carroça de armamentos, fora de vista. Ela logo acordaria e daria um jeito de sair do acampamento. Se sobreviveria ou não...

Bom, isso seria problema dela. Sirsha olhou uma última vez para a tenda de Div.

— Desculpa, J'yan — soluçou. — Me desculpa mesmo.

E ela correu.

36
Aiz

Aquele era o som que Aiz mais odiava: o estalo selvagem de um corpo humano se partindo, seguido pelos rosnados da gula de Div.

Tinham deixado a caverna dos horrores, Div segurando Aiz como se fosse uma criança adormecida, voando como se tivesse em um Veleiro. Mas não havia lona inflada no ar, nem assento, nem loha.

— Como isso é possível? — havia perguntado Aiz enquanto o vento açoitava seu rosto, tremendo, receosa de que Div a deixasse cair.

— Eu sou o espírito da Sagrada Div renascido, criança. A maior controladora de vento que já existiu. Não preciso de um Veleiro para voar. Você também não.

O deserto tribal se estendia abaixo, a terra marrom reluzia como o dorso peludo de um animal, as árvores cintilavam em tons de dourado e rosa enquanto o sol nascia.

— Como assim — perguntou Aiz —, "eu não preciso de um Veleiro"?

— Você tem meu poder à sua disposição. — O cabelo escuro de Madre Div esvoaçava como uma bandeira. Ela lançou a Aiz um sorriso beatífico.

Então a soltou.

Aiz gritou enquanto caía, tentando agarrar o vento. Estava prestes a morrer, e quando o rosto apavorado de Ruh surgiu em sua mente, ela percebeu que *merecia* morrer...

Uma onda de poder percorreu seu corpo, como luz solar aquecendo suas veias. Ela arquejou, freando a queda com tanta força que, antes de se estabilizar, foi arremessada alguns metros para o alto. Madre Div flutuou com a graça de uma pétala caindo no ar até chegar ao lado dela.

— Isso foi só uma amostra — anunciou ela.

Na semana seguinte, Madre Div curou a perna quebrada de Aiz e ensinou-a o domínio do vento, não apenas para voar, mas também para usá-lo como arma. Em poucos dias, o singelo controle de Aiz melhorou. Ela derrubou árvores. Arrancou o telhado de um celeiro. Quebrou o pescoço de um boi. Tinha deixado tudo na caverna: seu livro, sua mochila, até seu *aaj*. Não precisava de mais nada daquilo.

À noite, elas cruzavam o campo depressa e, durante o dia, buscavam abrigo. Nas poucas vezes em que cruzavam com outros viajantes, Aiz interagia com eles enquanto Madre Div apenas observava.

— Minha maldição não é só me alimentar de jovens e inocentes — explicou Madre Div. — Também sou invisível para todos, exceto para você.

Ao ouvir isso, Aiz olhou de relance para Madre Div. Já a tinha visto se alimentar, e certamente as vítimas de Madre Div viam *alguma coisa* antes de morrerem.

Mas a garota não pediu explicações, pois quais horrores Madre Div ainda poderia revelar? Seu sono já era assombrado por pesadelos, quase todos envolviam Quil cambaleando em meio a uma tempestade de areia. *Ilar!*, gritava ele. *Ilo!* No sonho, ele encontrava seu rastro e a seguia por um desfiladeiro de rochas azuladas, passando por runas e inscrições estranhas, até chegar à câmara da Durani.

Pare, ela tentava gritar. *Não olhe.*

Ele corria e sacava a cimitarra. Então deixava a lâmina cair, os dedos frouxos, ao adentrar o ambiente. Em choque, ele ofegava ao se deparar com o horror das paredes manchadas de sangue, a cimitarra de Aiz abandonada no chão, sua mochila cobertas de vísceras.

Ela observava enquanto Quil encontrava Ruh.

Ah, Idaka, se você conhecesse o horror de ver uma criança morrendo de fome, ou o silêncio terrível de uma favela da qual todos os adultos foram recrutados à força, talvez entendesse por que permiti tamanho sacrifício, pensou.

Enquanto Quil segurava o corpo de Ruh e contorcia-se em sofrimento, ela sentia vontade de se aproximar. De abraçá-lo. Tinha usado o Marcial, mas também se importava com ele. A dor dele reacendia a de Aiz, e ela sempre acordava com o rosto cheio de lágrimas.

— Foi real? — perguntou a Madre Div na primeira noite em que teve o sonho.

A clériga assentiu.

— Os últimos vestígios da magia da Primeira Durani — respondeu. — Ainda nos assombra. Deixe-me acalmar esses sonhos, criança. Como controlo a mente, uma tarefa dessas é simples para mim.

Mas Aiz balançou a cabeça. O sonho a fazia se lembrar do sacrifício. Fazia doer. E ela merecia sentir aquela dor.

Uma semana após deixar a câmara, Aiz esperava na praia, na ponta sul do Império, enquanto, felizmente, Madre Div encontrava subsistência bem longe dali.

Aiz sentiu um puxão no peito; era sua ligação com Div. Quanto mais distante a clériga estava, mais tênue ficava, mas nunca desaparecia por completo. Quando Aiz desejava, Madre Div voltava. Mas ela só podia oferecer poder a Aiz se estivesse alimentada.

Era um alívio tê-la longe. As duas não conseguiam ler os pensamentos uma da outra, mas ambas sabiam da vontade e da essência dos sentimentos da companheira. Era sufocante.

Como naquele momento, por exemplo. Aiz era consumida por uma fome dilacerante, do tipo que exalava o cheiro da morte e que ela aprendera a temer desde pequena. Mas de repente sentia-se saciada, como se tivesse ingerido uma refeição maravilhosa e nutritiva. A sensação sumia rápido, mas sempre voltava, todas as vezes. Até que, enfim, Div ficava saciada e retornava para Aiz. Ao vê-la se aproximar, Aiz desviou o olhar do sangue em sua veste.

— Trouxe um presente para você, filha.

Algo cintilava na mão de Div, e ela a abriu para revelar um bloco de loha do tamanho de um ovo de ganso. Era mais do que Aiz já tinha visto de uma vez só, mesmo nas forjas do Ninho, onde o metal era fundido. Aquilo era suficiente para cem Veleiros.

— Você pegou isso de um soldado do Império? De um Máscara?

— De dois — replicou Div, o rosto radiante de orgulho.

Aiz buscou dentro de si algum resquício de paciência, o pouco que ainda restava dela. Aiz já tinha notado que Div tinha o hábito de fazer tudo à base da força. Talvez fosse o resultado de tanto tempo encarcerada.

— Não vamos roubar o loha — rebateu Aiz. — Ainda devemos negociar com a Imperatriz dos Marciais. Se todos os Máscaras estiverem mortos e aparecermos para pedir o metal do rosto deles, ela não estará muito aberta a ouvir nossa proposta. Vamos, você já se alimentou o suficiente. Vamos para Kegar.

Div baixou a cabeça e, embora Aiz a analisasse em busca de ressentimento, não sentiu nenhum.

— Você também precisa comer, minha filha — salientou a clériga com uma ternura maternal. — Deixe-me trazer comida, depois vamos descansar para que você tenha forças para a próxima etapa da nossa jornada.

Elas seguiram rumo ao sul, com Div viajando longas distâncias em busca de sustento. Aiz sentia cada morte. Com o tempo, elas se tornaram mais frequentes. Embora não mais necessárias.

Logo Aiz percebeu, por meio do vínculo entre elas, que Div estava tomando mais do que precisava.

Não muito tempo após deixarem o Império, chegaram à fronteira entre Diyane e Kegar, marcada pelos picos azulados cobertos de neve de uma enorme cordilheira. A alvorada se aproximava, e elas desceram até uma clareira antes que os primeiros raios de luz rompessem o horizonte. Madre Div deu para Aiz pão e frutas que havia roubado de algum lugar, e esperou ansiosamente que garota a libertasse para se alimentar.

Depois que Div desapareceu, Aiz deixou a comida de lado e concentrou-se no laço entre as duas. Esperou pela fome, depois pela saciedade. Na terceira vez em que isso aconteceu, puxou o laço com toda a força possível.

Div apareceu quase subitamente, caindo no chão e levantando uma nuvem de poeira e agulhas de pinheiro. Seu rosto e suas mãos estavam cobertos de sangue, e um frenesi voraz parecia tê-la consumido.

— Já chega. — Aiz tentou conter o tremor na voz. — Nada mais. Eu conheço sua força. Três corações são mais que o suficiente para cruzarmos as montanhas.

— Não serei forte o bastante para você! — alertou Div, enquanto a sede de sangue se esvaía de sua expressão. Ela torceu as mãos. — E se você cair porque eu não consigo mantê-la no ar?

A expressão preocupada da clériga parecia genuína para Aiz, que suavizou o tom.

— Acho que você não percebe o quanto toma, Madre Div. Eu culpo a Primeira Durani e o que ela fez com você. Aquela era de fato uma criatura rancorosa, porque esses sacrifícios não são naturais, e vão contra quem você foi em sua primeira vida. É por isso que estou com você. Decidirei o quanto você precisa. E digo que não pode se alimentar em Kegar. A mãe do nosso povo não pode ferir os próprios filhos.

— Como vamos repelir seus inimigos? Como vamos derrotar Tiral, o falso Tel Ilessi? — suplicou Madre Div.

— Vamos dar um jeito — reiterou Aiz. — Do mesmo jeito que você deu um jeito de salvar nosso povo. Mas não se alimentando do sangue de inocentes. Se você precisa tomar os jovens, tome aqueles que estão à beira da morte ou famintos.

Aiz estremeceu, lembrando-se dos próprios momentos de necessidade. Teria recebido a morte de bom grado, se isso pusesse fim à constante dor no estômago. Talvez, para alguns, Div fosse uma libertação bem-vinda.

Poucas noites depois, as duas estavam diante das luzes de Kegar. Aiz chorou ao avistar aquela paisagem. O ar cheirava a rosas e pinheiros. No norte, era pleno inverno, mas ali em Kegar o verão coroava as montanhas com arbustos de frutas verdes e cor-de-rosa que surgiam por apenas alguns meses.

— Por que está chorando, minha filha? — indagou Madre Div quando estavam perto de um riacho ao norte da cidade. — Pensou que não veria seu lar outra vez? Mesmo depois de eu ter te guiado com tanta dedicação?

— Nosso lar. — Aiz enxugou as lágrimas.

Estava tomada por um desejo avassalador de ir até o claustro, para ver se Noa, Olnas e Cero tinham sobrevivido.

— Você sente falta dos seus amigos. — Madre Div estava recolhendo madeira para acender uma fogueira.

Às vezes, a dinâmica entre elas era assim: Aiz só precisava pensar em algo e Madre Div captava no ar. Aiz se perguntava se mães e filhas eram sempre parecidas daquele jeito. Madre Div tivera três filhos, muito tempo antes. Talvez os enxergasse no rosto de seus descendentes, os Triarcas.

— Tentei entrar em contato com Cero antes de chegarmos a Nur, quando ainda estava com o aaj — comentou Aiz. — Mas talvez ele tenha me esquecido.

— Ele costuma ignorar quando você precisa dele?

Aiz achava que não. Mas, depois de tantas semanas de silêncio, já não tinha certeza.

— Ele não queria que eu voltasse para Kegar — explicou ela enquanto Madre Div acendia uma fogueira com um estalar de dedos. — Mas... mas talvez eu possa vê-lo antes de enfrentar Tiral. Conversar sobre o plano.

— Não foi Cero quem sobreviveu às terras tribais — lembrou Madre Div. — Nem foi Cero quem me libertou. Você não precisa dele, Aiz. Estamos juntas para o que der e vier.

Contudo, os esforços de Div lhe custavam energia. E só havia uma maneira de preencher esse poço profundo.

— Você não quer que eu tome sacrifícios do povo — ponderou Madre Div, andando de um lado para o outro na clareira. — Mas eles deveriam se orgulhar de dar a própria vida por sua Santa Clériga, sua Mãe, o Invólucro da Fonte.

— Uma coisa é tomar de populações estrangeiras, Div — alegou Aiz. — Lamento pelos inocentes, mas eles não são meu povo. Seus líderes sabem há muito tempo que os kegarianos estão passando fome e ninguém fez nada para nos ajudar. Eu *conheço* o nosso povo. E eles já sofreram o bastante.

Madre Div assentiu, mas Aiz percebeu um lampejo de fome selvagem em seus olhos. Sumiu logo depois, mas Aiz notou. Ela não podia permitir que Madre Div perdesse o controle em meio à batalha que se aproximava.

Em sua mente, Aiz encurtou a coleira de Madre Div. A clériga resistiu, ainda que brevemente, mas cedeu.

— É o melhor, Madre Div — garantiu ela. — Confie em mim. Agora venha, sente-se. Você consegue controlar mentes, não é? Invadir sonhos? Vamos ver até onde sua habilidade alcança.

Quatro dias depois, Aiz estava pronta.

Era um dia claro. Ainda fazia frio, porque em Kegar nunca fazia calor de verdade, nem mesmo no primeiro dia do verão. Mas era belo. Era um dia de promessas. Um dia de morte.

Madre Div havia levado muitas informações para Aiz desde a chegada em Kegar. O claustro de Dafra fora reduzido a cinzas, seu clero dispersado. Mas Olnas, Noa e muitos dos demais clérigos e órfãos haviam se abrigado nas casas abandonadas da favela de Dafra.

O reinado de Tiral como Tel Ilessi era conturbado. As incursões no fim da primavera tinham dado errado. Os vilarejos de Bula se rebelaram contra os kegarianos, incendiando os próprios campos e cobrindo o céu de fumaça. A maioria dos Narcejas passava fome, e até mesmo os Pardais, geralmente em condições melhores do que os cidadãos das favelas, estavam com dificuldades para arranjar comida. Tiral havia destruído Dafra, dizimando ruas inteiras cheias de pessoas por desafiarem sua autoridade.

— O povo está pronto para expulsar o falso Tel Ilessi — informou Madre Div quando chegou o dia dos Ritos de Verão. — E mais ainda depois dos sonhos que lhes dei, com promessas de dias melhores.

Aiz sorriu. Fora ideia dela que Madre Div usasse o poder de controlar mentes para espalhar esperança entre os Narcejas. Visões do Retorno e de Aiz liderando-os.

A garota se lançou aos céus, Madre Div a seu lado, e observou a capital de Kegar. Milhares de pessoas estavam reunidas no campo de pouso do Ninho para ouvir a Alta Clériga Dovan recitar os Nove Contos Sagrados e pedir a Madre Div que abençoasse o povo durante os meses de calor.

Aiz fervilhava de expectativa e determinação. Naquele dia, seu povo se libertaria do falso Tel Ilessi e das mentiras da Triarquia. Naquele dia, não receberiam apenas a bênção de Madre Div; eles testemunhariam o poder da santa através da própria Aiz.

Ela escolhera suas vestes com cuidado, deixando de lado os bordados de linho e o couro das tribos, optando pelo vestido cinza e rústico de uma Narceja. Queria que o povo soubesse que era parte deles, que não os havia esquecido.

Aiz ouviu a multidão antes de vê-la, o zumbido de dezenas de milhares de vozes vindo dos campos que cercavam o Ninho. Um palco coberto por um véu de seda azul erguia-se a quase quatro metros do chão, diante do povo. Os Triarcas — Oona, de rosto pálido; Ghaz, de cabelo encaracolado; e Hiwa, de olhos penetrantes — acompanhavam o evento de seus tronos com expressões impassíveis, enquanto a Alta Clériga Dovan concluía o Oitavo Conto Sagrado.

Num trono acima deles, Tiral observava, o sol refletindo-se em seu cabelo loiro. Seus pilotos vestidos de azul estavam enfileirados de um lado do palanque. Aiz tentou, mas não conseguiu localizar Cero entre eles.

Tiral se levantou do trono do Tel Ilessi e caminhou até o púlpito.

Aiz poderia matá-lo ali mesmo. Bastaria empurrá-lo do palanque e usar o vento para estourar os miolos dele e vê-los cair no chão. Seu corpo ansiava por isso, a ponto de já ter erguido as mãos, até se lembrar de que, antes de qualquer coisa, precisava denunciar os crimes que ele cometera. Não podia deixá-lo morrer como mártir.

— Está comigo, Madre Div?

A clériga pareceu inflar ao seu lado.

— Sempre, Aiz.

A garota mirou com cuidado e explodiu o púlpito em pedaços. Tiral gritou, afastando-se, acuado, e Aiz pousou no palanque com o vento, que a seguia furioso, prendendo Tiral ao trono que ele havia usurpado.

Na multidão, alguns gritaram, outros ofegaram. Clérigos vestidos com mantos cinza se ajoelharam, orando a Madre Div. Ela estava ao lado de Aiz, observando os Triarcas com um interesse que beirava a fome.

— Eles são poderosos — sussurrou Div. — Quanta magia! Mas a mente deles é cruel demais. Não seriam bons sacrifícios.

— Não — murmurou Aiz, olhando de um Triarca para o outro, lembrando-se da última vez que estivera ali. De como a trataram como lixo.

Aiz ergueu a voz e invocou o vento para que levasse suas palavras ao povo.

— Eu sou Aiz bet-Dafra, da favela de Dafra — anunciou. — Sou filha de Kegar e filha da Estrela da Tarde. E você, Tiral bet-Hiwa, é um traidor do seu povo e da sua fé.

Tiral rosnou como um cão feroz e tentou se levantar do trono, onde estava tão vergonhosamente imobilizado. Mas Aiz o manteve no lugar, canalizando o poder de Div.

— Você sacrificou inúmeras crianças, clérigos e Narcejas para alimentar sua sede de guerra. — A voz de Aiz ecoou na multidão silenciosa. — Você aprisionou inocentes no Tohr e tirou suas vidas com as próprias mãos. Mas o mais vil de tudo: reivindicou o manto do Sagrado Tel Ilessi. Você blasfemou contra Madre Div e, por isso, eu o declaro apóstata e transgressor. E, por isso, você merece a morte.

Os Triarcas ficaram atônitos. Mas Tiral?

Ele apenas riu.

— Já não foi humilhada o suficiente, Narceja? — Ele evocou o próprio vento e empurrou Aiz, sorrindo ao vê-la resistir. — Quer mais?

Aiz invocou mais poder de Div, empurrando-o outra vez. Só que havia se esquecido da força de Tiral, que foi mais rápido. Girou para o lado, e Aiz cambaleou no palanque. Ele a atingiu por trás, derrubando-a de joelhos, e envolveu uma corda apertada de vento ao redor de seu pescoço.

Aiz rangeu os dentes e lançou um míssil de ar direto na testa dele. O aperto de Tiral se afrouxou, e ela se levantou, cambaleando.

— Lute com toda a sua força, Aiz! — A doçura de Div azedara e tornou--se impaciência tão depressa que ela parecia outra pessoa. — Você não pode morrer. Se morrer, ficarei sem âncora neste mundo. Acabarei me tornando um espírito perdido.

— Mais poder! — gritou Aiz, porque Tiral havia transformado o ar ao redor dela em agulhas quentes, e Aiz lutava para contê-las. Div obedeceu, e Aiz rebateu o ataque com um escudo como o que usara para salvar Quil semanas antes.

Ela avançou contra Tiral com facas de ar, tentando acabar com ele de uma vez. O comandante ergueu o próprio escudo e Aiz recuou, perdendo a força, seu controle sobre o vento falhando. Como ele conseguia resistir aos ataques de Aiz, mesmo com o poder de Div?

— Eu disse que precisávamos de mais! — exclamou Div, e estava nítido o que ela insinuava. *Mais crianças. Crianças kegarianas.*

— Os Triarcas! — ofegou Aiz quando Tiral lançou o próprio trono contra ela. — Tome deles!

— A impureza deles me enfraquecerá! Permita que eu me alimente e vou conseguir canalizar tanto poder em você que poderá arrancar a pele de Tiral dos ossos!

— Os kegarianos, não! — sussurrou Aiz, em pânico. — Não as nossas crianças.

— Não temos tempo, menina! Prefere que elas sofram com esse tirano?

Aiz gritou sua objeção e usou o último fiapo de força para rolar para longe do ataque de Tiral, uma rajada de vento que quase a arremessou para fora do palco. Suas unhas se fincavam na madeira enquanto ela se agarrava a alguma coisa, desesperada para não cair.

— Você não resistirá a outro golpe — advertiu Div. — Se quer vencer, Aiz, precisa me deixar ajudá-la!

A morte estava a poucos centímetros. Poucos segundos. Se Aiz entregasse as crianças de Kegar à Sagrada Div, estaria sacrificando o próprio povo. Mas, se não o fizesse, Tiral continuaria sendo Tel Ilessi, e só os deuses sabiam os horrores que aquele homem lançaria sobre todos eles.

— Ele está vindo, Aiz — insistiu Madre Div. — Decida!

37
Quil

Quil prometeu a si mesmo que não ficaria remoendo pensamentos sobre Sirsha. Ela sabia se cuidar. Sempre soube.

"Assim que matar o Tel Ilessi, saia correndo." O medo de Quil era não conseguir matar o homem. Que o Tel Ilessi usasse a própria magia para vencê-lo em batalha.

Ele teria que agir rápido, sem piedade. Antes que o desgraçado pudesse invocar sua feitiçaria. Primeiro, porém, Quil precisava encontrar algum sinal dele: muitos guardas cercando um perímetro, um amontoado de bandeiras, uma pilha de crânios...

O acampamento se estendia pela base de um vale costeiro oculto, e Quil deu duas voltas ao redor dele. Notou os pequenos Veleiros aterrissando e decolando do campo de pouso, além de Veleiros de transporte grandes o bastante para mover tropas e armas em massa.

Os kegarianos só pareciam organizados nos campos de pouso. Ao entrar no acampamento, esgueirando-se pelas sombras, a já negativa opinião de Quil sobre o inimigo ficou ainda pior. O lugar parecia dividido em pequenas áreas de acordo com classe social e divisões internas, em vez de guiado pelas necessidades estratégicas de um grande exército.

No quadrante norte havia tendas impermeáveis, vias limpas e soldados com armaduras de qualidade. Já nos quadrantes ao sul, as tendas estavam rasgadas, com cabras e cães circulando entre elas. Os soldados vestiam roupas que os Marciais não usariam nem como pano de chão.

Quil ficava todo arrepiado diante de tanta desorganização. Havia passado anos estudando protocolo de acampamento militar: onde deixar os cavalos e o gado, onde cavar as latrinas, onde posicionar a infantaria em relação à cavalaria. Em dado momento, chegou a revirar os olhos para Elias.

"Não é para isso que eu vou ter generais?", questionara.

Elias dera uma risada, depois fizera Quil e os demais aprendizes passarem duas semanas montando um acampamento "teste", com direito a latrinas e valas que eles mesmos precisavam cavar e usar. Quil havia xingado o tutor na época, assim como os outros alunos de Elias xingaram Quil.

Mas ele passou a entender por que Elias insistia nas lições. Um exército Marcial poderia destruir aquele acampamento inteiro com uns dez Máscaras e algumas centenas de legionários.

Quil avançou mais para dentro do acampamento, roubando um manto kegariano esfarrapado e uma braçadeira azul. De perto, não enganaria ninguém. Mas, de longe, era só mais um soldado exausto.

Ele vasculhou os arredores em busca de algum sinal do Tel Ilessi e já quase completava a terceira volta no acampamento quando avistou um reflexo no setor mais nobre, próximo ao campo de pouso. Era um pavilhão quadrado, com uma bandeira hasteada do lado de fora: um sol com quatro raios e uma mulher ao centro. Bem escondido. Bem guardado. Estava encostado em uma falésia baixa e havia carroças pesadas de cada lado, na tentativa de impedir que qualquer um tentasse entrar escondido.

A tenda estava bem iluminada e, lá dentro, uma sombra familiar de ombros largos se moveu. Uma voz arrogante ressoou.

O Tel Ilessi.

O corpo de Quil enrijeceu de ansiedade. *Finalmente*. Ele precisava entrar. Sua melhor chance era pelo lado da tenda encostado na falésia. Tendas grandes sempre cediam um pouco quando apoiadas em superfícies irregulares. A lua se escondera atrás de várias nuvens, e as tochas na entrada da tenda deixavam os fundos nas sombras. Ninguém o veria se ele fosse no momento certo.

Quil observou as patrulhas e, logo depois de uma delas passar, esgueirou-se para fora do esconderijo e passou pela carroça grande.

Assim que chegou à falésia, percebeu que, na escuridão, a tenda apenas *parecia* encostada na rocha. Na verdade, ela formava uma parede, e a tenda havia sido cortada e costurada a ela. Era impossível entrar pelos fundos.

Quil abafou os xingamentos, paralisado enquanto as nuvens se dissipavam e o luar incidia sobre o acampamento, incluindo o intruso parado bem perto da tenda mais protegida do local.

— *Ih! Va tu fi arda!*

Por um instante, Quil e o guarda kegariano, a cerca de seis metros de distância, apenas se encararam, incrédulos.

O príncipe se recuperou mais rápido. *Missão suicida, lá vamos nós.* Sacou a cimitarra e rasgou a lona da tenda.

Atrás dele, um grito de alarme ressoou. Ao se enfiar na tenda, Quil embainhou a cimitarra com uma das mãos e puxou o arco com a outra. Em um piscar de olhos, disparou três flechas na direção da única pessoa ali, sentada de costas para ele diante de uma escrivaninha.

As flechas não atingiram o alvo.

Pararam no ar, a poucos centímetros das costas da figura. Depois caíram no chão, e Quil sentiu de novo aquela estranha pressão no ar que já havia experimentado em Jibaut. Tentou se mover, mas mal conseguia respirar.

O líder kegariano se levantou. Não portava espada. Nenhuma arma que Quil pudesse ver. Estava nítido que ele não precisava delas. Quando três soldados entraram correndo na tenda, o Tel Ilessi ergueu a mão.

— Ivashk.

Os soldados recuaram sem trocar um olhar sequer entre si, fazendo uma reverência.

O Tel Ilessi deu um passo à frente, saindo da sombra, enquanto Quil lutava contra as amarras invisíveis que o mantinham preso no mesmo lugar. A pele clara e os traços retilíneos do homem eram familiares a Quil desde o encontro em Jibaut. Como da primeira vez, o Tel Ilessi tinha um olhar frio, mas, em vez de desdém, era divertimento que emanava de sua expressão.

— Me disseram que você era um sujeito determinado — declarou ele, em um ankanês perfeito. — Mas espero que tenha juízo. Vou liberar o vento. Confio que não sacará sua arma. Sente-se, temos muito a discutir.

Quil não se sentou. Fingiu que faria isso, mas, puxou uma lâmina escondida da manga e a lançou direto no ombro do Tel Ilessi.

O homem arquejou quando a lâmina penetrou sua pele e cambaleou para trás.

Quil encurtou a distância entre os dois em uma questão de instantes, com adagas pequenas em punho. Aproveitou-se da surpresa do Tel Ilessi para derrubá-lo. O desgraçado morreria ali mesmo. Morreria com a garganta dilacerada, e o sangue encharcaria os tapetes daquela maldita tenda.

Mas o vento atacou Quil, e dessa vez o lançou contra uma rocha nos fundos da tenda. A dor atravessou sua coluna, a visão se embaçou e os joelhos quase cederam. Ele se apoiou em uma mesa, tentando se manter de pé.

— Chega, Cero. Não brinque com ele.

Quil paralisou, não por causa do vento, mas por causa da voz. Ergueu o rosto e viu a figura de armadura entrando pela frente da tenda. Pequena. Cabelo castanho curto. Pele e olhos claros.

— Olá, Idaka.

— Não...

A mente dele não conseguia compreender aquilo, porque, da última vez que a vira com vida, ela estivera conversando com Elias em meio a uma tempestade de areia. Da última vez que a vira *de fato*, ela estava em pedaços, seus membros espalhados por uma caverna em um dos lugares mais assombrados do Império. Ele encontrara um livro que a vira lendo algumas vezes, mas o exemplar estava completamente em branco. O anel que ela nunca tirava. A mochila.

E Ruh.

Mas agora ele entendia o que era a *coisa* diante dele. Não era a garota que ele ameaçara com uma cimitarra da primeira vez que a encontrara, para depois descobrir que não conseguia parar de pensar nela. Não era a garota que ele beijara sob a luz das estrelas do deserto. Não era a primeira garota por quem se apaixonara, cujos olhos estavam cheios de segredos que ele adorava desvendar. Não era Ilo.

— Seu monstro — sibilou Quil. — Onde está Sirsha?

A criatura deu um passo adiante. Pelos céus, ela se parecia tanto com a verdadeira Ilar. A assassina havia feito o mesmo com Sirsha quando assumiu a forma da mãe dela.

Eu sabia que era o monstro por causa dos olhos. Não eram os olhos da minha mãe, havia revelado Sirsha.

Quil a encarou, esperando enxergar um lampejo de malícia. Mas os olhos da falsa Ilar estavam apenas cansados, tristes e dolorosamente familiares. A magia de Quil se agitou. *Use. Olhe dentro dela.*

— Onde está Sirsha? — repetiu ele, ignorando o chamado do próprio poder.

A falsa Ilar desviou o olhar.

— A Jaduna com quem você tem viajado?

Quil lutou contra o vento que o mantinha preso, as veias saltando no pescoço e nos braços enquanto fazia força contra a pressão do ar.

— Droga, onde ela *está*?

— Eu não estou com ela, Idaka — respondeu a falsa Ilar. — Provavelmente está com Madre Div. Se for tão esperta quanto Div acredita, talvez até sobreviva.

— Quem é Div?

— Senta, Idaka...

— Para de me chamar assim!

— Por favor, Quil. Eu queria tanto falar com você, há tanto tempo. Para... para explicar. — Ela se virou para o homem alto. — Por que não me chamou quando ele apareceu?

O homem, Cero, deu de ombros e fez uma careta ao pressionar um pano contra o ferimento sangrando.

— Queria ver que tipo de homem tinha conquistado seu coração.

A criatura suspirou e chamou:

— Tvho Ina!

Dois guardas apareceram na entrada da tenda, no entanto, ao contrário de Cero, inclinaram a cabeça em reverência e bateram o punho no peito três vezes.

— *Rue la ba Tel Ilessi!*

Quil os encarou, eles estavam tratando aquela imitação de Ilar como se ela fosse o próprio Tel Ilessi. Após receberem as ordens daquela criatura, eles obedeceram de imediato e escoltaram Cero para fora.

Quil tentou resistir ao vento, só para testar, mas o elemento o mantinha preso com a mesma força de antes.

— Você me conheceu como Ilar — começou a criatura. — O único nome que escolhi para mim mesma. O nome com que nasci foi Aiz bet-Dafra. E o nome que meu povo me deu é Tel Ilessi. Eu imploro, se amou a garota que fui, se você se importava comigo de verdade, ouça o que tenho a dizer.

Seja lá o que fosse aquela criatura, ao menos ela acreditava no que dizia. O príncipe assentiu uma vez. Quil podia fingir que ouvia e atacar quando ela menos esperasse.

— Armas no chão, por favor.

Ela afrouxou o vento o bastante para que ele conseguisse desembainhar a cimitarra e a adaga presa à cintura.

— As das mangas também, Idaka.

Ela falou com ele como a verdadeira Ilar, com um leve sotaque no primeiro "a", o suficiente para fazer Quil se sentir enjoado.

Ele largou no chão as armas escondidas nas mangas. Mas não a que estava na bota. Ela não disse mais nada e se sentou em uma cadeira de três pernas, gesticulando para que Quil tomasse o assento à sua frente.

Então, o monstro que parecia Ilar começou a contar uma história, com a mesma voz firme de quando viajava com as tribos. Falou sobre uma tentativa fracassada de assassinar um comandante cruel. Sobre definhar na prisão que seu povo chamava de Tohr; uma fuga, um navio, uma vidente. A chegada às terras tribais. O pedido de ajuda a Laia dizendo que era ankanesa, quando na verdade era outra coisa. A descoberta sobre a Primeira Durani, uma contadora de histórias cheias de mentiras, que havia aprisionado o espírito de uma clériga kegariana.

Talvez Quil nunca tivesse acreditado nela. Teria inventado mil desculpas para justificar por que ela não era a Ilar.

Mas então ela descreveu Ruh:

— Eu soube que ele era especial desde o primeiro momento em que o vi — declarou. — A maneira como contava histórias, o jeito como o próprio deserto prendia a respiração para escutá-lo. Ah, Quil, como eu fiquei de luto por ele. Mas, não... estou me adiantando...

A noite se adensava enquanto ela falava, o cheiro de comida, suor e ferocidade se dissipou com a brisa do mar. Os sons do acampamento se tornaram um zumbido distante. A magia de Quil voltou a pulsar.

Leia a mente dela. Assim saberá a verdade. Entre na cabeça dela. Se não for humana, você saberá.

Quil tentou resistir. Tinha medo do que encontraria. Mas sabia que era a única forma de descobrir se aquela era mesmo Ilar ou se o monstro havia criado uma ilusão muito bem-feita. Enquanto a criatura continuava falando, Quil recorreu à magia.

Mostre, pediu ele. *Mostre para mim o que ela é.*

Seu poder se aguçou e se expandiu, como uma flor desabrochando para o sol. Logo ele estava dentro das memórias da falsa Ilar como se *fosse* ela, sua própria consciência em estado de suspensão enquanto a magia o guiava por completo pelos pensamentos dela.

Tiral morreu mais rápido do que Aiz pretendera.

Depois de libertar Div para se alimentar, depois que a primeira onda de poder percorreu seu corpo, ela envolveu o vento ao redor do pescoço de Tiral e apertou. Ele arfou e caiu de joelhos enquanto todo o campo de pouso observava, em silêncio. Tantos Narcejas entre eles, famintos, esfarrapados e debilitados. *Não por muito mais tempo*, jurou Aiz em sua mente. *Não enquanto eu respirar.*

Tiral sorriu, arfando.

— Você usou... o livro... — falou ele, com dificuldade. — Sabia que usaria. Por isso não a cacei. Não precisei.

O controle de Aiz sobre o vento enfraqueceu.

— Eu fui escolhida — asseverou Aiz. Tiral parecia pequeno, tão perto da morte. Aiz só o temera porque havia sido uma criança fraca. Mas ela se tornou uma força que nem mesmo o poderoso Tiral bet-Hiwa podia derrotar. — Madre Div *me* escolheu em vez de você. Você ousou reivindicar o manto de Tel Ilessi, e Div *sabia*.

Tiral ofegava, lágrimas escorrendo pelo rosto, e ela pensou tratar-se de um prenúncio da morte, até vê-lo sorrindo.

— Pelas Torres, como você é tonta — escarneceu ele. — Queria poder estar vivo só para ver isso devorá-la viva.

— Pode assistir dos infernos, traidor.

Aiz se lembrou de sufocar com a fumaça do incêndio causado por Tiral anos antes, do choro enquanto a ala dos órfãos queimava, dos gritos de seus amigos, de sua família, se desvanecendo. Por muitos anos ela quisera aquilo. Vê-lo sofrer. Sofrer de verdade.

Mas, enquanto esmagava a vida de Tiral até que se esvaísse, enquanto o silêncio tomava o corpo dele, ela não ficou satisfeita. Só se viu tomada por um confuso vazio. Uma avidez por algo mais.

A mão de Div repousou nas suas costas, pesada e fria. Aiz suspirou, grata pelo consolo.

Então usou o vento para arrancar a cabeça de Tiral do corpo. A multidão soltou um arquejo quando ela a ergueu, o sangue jorrando do pescoço.

— Eu sou Aiz bet-Dafra — bradou, com a mesma convicção com que narrara os Nove Contos Sagrados no Tohr. — Filha da Estrela da

Tarde, contadora de histórias do Tohr e escolhida de Madre Div. Eu sou sua Tel Ilessi.

Ela dizia aquelas palavras porque sabia que eram verdade. Não havia se curado da própria queda no Ninho, meses antes? Não sonhara com Quil descobrindo a câmara, enxergando dentro da mente dele? As habilidades podiam estar enferrujadas, talvez, mas...

— Você vai aprender — garantiu Madre Div. — Eu vou ensiná-la. Seu povo precisa de uma líder, Aiz. Eles precisam de você.

Os kegarianos rugiram em aprovação; os esquadrões aéreos observavam, incertos do que fazer diante de seu comandante, morto. Aiz se perguntou o que Quil diria se pudesse vê-la ali. *Minha Ilo.* Parecia outra vida quando ele dissera essas palavras.

Ainda sou sua Ilo, coberta de sangue, Quil?

Um dia, ela viajaria até o Império, não como uma fugitiva, mas como emissária dos kegarianos. Quil e ela poderiam falar de igual para igual sobre os sacrifícios necessários para salvar o próprio povo. Se alguém entenderia por que ela fez o que fez, esse alguém era outro líder.

Passos se aproximaram. Eram os Triarcas. Ela atirou a cabeça de Tiral aos pés deles enquanto alguns no meio da multidão gritavam:

— Mate esses três! Morte aos Triarcas!

Aiz não se surpreendeu quando o Triarca Hiwa, pai de Tiral, passou por cima da cabeça, demonstrando apenas um leve incômodo.

— Agradecemos por nos libertar da farsa que meu filho impôs com o apoio — ele lançou um olhar furioso para a Alta Clériga Dovan, ajoelhada e incrédula, encarando Aiz — desses chamados clérigos. Você será recompensada.

Div estava logo atrás de Hiwa, com a mão cobrindo o nariz como se tentasse repelir um mau cheiro.

— Ele planeja matar você e os clérigos — avisou ela. — Já fez pacto com os demais. Acabe com ele, Aiz. Antes que o veneno se espalhe.

Um fluxo de poder tomou conta de Aiz, doce e refrescante. Ela não o usou. Por mais detestáveis que fossem os Triarcas, eles compreendiam o funcionamento de Kegar e de seus exércitos. Depois de ouvir Quil falar sobre tudo o que teve de aprender, Aiz sabia que os Triarcas seriam úteis.

— Tiral manipulou os Nove Contos Sagrados para benefício próprio — afirmou ela aos Triarcas. — Queimou o claustro, assassinou crianças Narcejas, aprisionou e torturou nossos clérigos. — Aiz olhou para a Alta Clériga Dovan, que abaixou a cabeça. — Eles o apoiaram por medo. Isso não quer dizer que são fracos, só que dizer que Tiral foi perverso.

— Sim, sim — replicou a Triarca Oona. — Ele foi um tolo e um traidor, mas foram os clérigos que…

— Vocês não são melhores do que ele! — Aiz explodiu, tomada pela raiva. — Vocês descartaram Narcejas e Pardais como se fôssemos nada.

Um rugido de concordância ecoou da multidão.

— Vocês deveriam nos liderar. Cuidar de nós. Mas não fazem isso. São os clérigos que nos protegem. Há tantos que não teriam nada se não fosse pelos claustros.

Aiz envolveu os Triarcas pelo pescoço com o vento. Os três imediatamente tentaram convocar seu próprio domínio sobre o elemento, mas Aiz tomou o poder deles.

— Chega. — A voz de Aiz falhava. — Eu sou a Tel Ilessi, e por isso declaro que somos todos filhos da Estrela da Tarde. Todos somos amados por Madre Div. Nenhum kegariano sofrerá mais por causa de algo tão simples quanto o lugar onde nasceu.

O silêncio dos Triarcas foi estratégico. Em algum momento, eles conspirariam contra ela. Mas ela e Div estavam prontas para enfrentá-los. Se os Triarcas se ajoelhassem, os demais nobres fariam o mesmo.

Ela transformou o vento em punhos, que lançou contra as costas dos Triarcas. Oona arfou, resistindo; Hiwa empalideceu. Mas o Triarca Ghaz caiu de joelhos, abaixando a cabeça. Os demais o seguiram, e Aiz não precisou impor sua vontade sobre os clérigos nem os pilotos, nem sobre as pessoas no campo de pouso ou sobre aquelas que, ao saberem que algo grandioso estava acontecendo, saíam das ruas da cidade para assistir.

Dezenas, centenas, milhares de pessoas, seu povo se ajoelhou.

Uma voz conhecida e querida se ergueu entre os pilotos. Cero estava de pé, com a mão no coração. Bateu no peito três vezes.

— Tel Ilessi! — gritou ele. — Tel Ilessi!

Uma segunda voz se juntou à dele em meio à multidão, a força surpreendente contrastando com o corpo frágil que a entoava. Era Irmã Noa.

— Tel Ilessi! Tel Ilessi!

Outra voz se juntou ao coro, depois outra, até que se tornou um bramido que fez o palanque estremecer.

— Tel Ilessi! Tel Ilessi! Tel Ilessi!

Lágrimas escorriam pelas bochechas de Aiz enquanto ela olhava para os rostos diante dela. Ela não os deixaria permanecer naquela terra traiçoeira e estéril. Não os deixaria morrer de fome ali. Eles dariam um jeito de voltar para seu verdadeiro lar. Aiz providenciaria Ioha para cumprir seu objetivo.

Precisariam de Veleiros maiores e melhores. Cero era esperto o bastante para projetá-los. Aiz estenderia a mão ao Império em busca de ajuda e, se não a atendessem, ela os forçaria a entregar Ioha com seu novo poder.

Div havia levado seu povo até ali mil anos antes. Era a vez de sua Tel Ilessi levá-los de volta para casa.

— Reúna os clérigos — ordenou Aiz a Dovan. — Quero falar com eles. E vocês — virou-se para os Triarcas —, convoquem os líderes dos clãs Falcão. Quero que conheçam o futuro que vislumbro. Há algum ankanês na cidade? Algum vidente?

Triarca Ghaz foi o primeiro a assentir.

— O embaixador Danil e sua comitiva.

— Diga ao embaixador que a verdadeira Tel Ilessi deseja falar com Dolbra. — Aiz pensou em tudo que a mulher lhe contara, na sinceridade do rosto firme enquanto falava: — Precisaremos de aliados externos, e ela já me ajudou uma vez. Acredito que o fará de novo.

— Tel Ilessi?

A voz de Noa soou tão tímida que Aiz quase não a reconheceu. Mas, ao se virar, viu sua querida amiga subindo devagar os degraus do palanque, com Olnas ao seu lado.

Aiz abraçou as duas, inspirando o cheiro familiar de lã úmida que as envolvia.

— Eu não sabia se veria você de novo — sussurrou ela. — Eu temia…

— Nossa pequena Aiz, a Tel Ilessi! — Olnas chorava muito, como se testemunhasse um milagre. — Como, minha criança? Como isso...

— Não a incomode com um monte de perguntas, meu amor! — Noa afastou Olnas com um tapinha. — Deixa eu ver você direito, minha menina...

Seu rosto enrugado se encheu de ternura quando segurou Aiz pelas bochechas. Mas seu sorriso desaparecia conforme a observava, até que, após um instante, ela abaixou os braços.

E deu um passo para trás.

— Aiz — disse baixinho. — O que isso te custou?

Naquele momento, Aiz poderia ter respondido de umas dez formas diferentes. Poderia ter mentido. Poderia ter ignorado a pergunta de Noa por completo. Mas ela já estava mentindo havia meses. Diante da mulher que fora como uma mãe, só lhe restava a verdade.

— Demais, Irmã — admitiu. — Mas já é tarde para voltar atrás.

Cero parecia visivelmente desconfiado. Ele teria perguntas a fazer, Aiz sabia disso. Mais do que qualquer outra pessoa, ele a pressionaria para saber a origem do poder de Madre Div. Mas isso ela resolveria depois. Precisava pensar apenas no que viria a seguir para seu povo. Não nas perguntas que Cero faria. Nem na sombra do garotinho que a ajudara a descobrir Madre Div. Nem nas crianças kegarianas que haviam morrido momentos antes para alimentar as necessidades de Madre Div. Nem em Noa, que vira o que ninguém mais via, a podridão no âmago de Aiz.

Mas, mesmo tentando afastar o desconforto, uma palavra dita por Madre Div a corroía por dentro.

"Seu povo precisa de uma líder."

Não disse *nosso povo*.

E sim *seu povo*.

As imagens se dissiparam, e a consciência de Quil retornou ao acampamento de guerra, para a Tel Ilessi que andava de um lado para o outro à sua frente, ainda imersa nas desculpas esfarrapadas que inventava para si mesma.

Era estranho que o mundo todo ainda existisse fora daquela tenda, quando tudo em que ele acreditava havia sido destruído. Quil parecia estar fora de si, como se fosse um mero espectador, porque o horror de estar no próprio corpo e vivenciar aquela traição era insuportável.

A memória dela lhe dissera tudo do que precisava saber. Ilar, ou Aiz, estava falando a verdade. Ela não fora possuída por nenhum demônio além da própria ambição. Tinha se mantido firme enquanto a criatura a quem se entregara, Madre Div, assassinava Ruh e tantos outros. Trocara sua humanidade por poder.

Ruh! Doce, inocente Ruh, que tentara *ajudar* Aiz. Os olhos de Quil ardiam ao lembrar dos soluços desesperados de Elias quando contou que o filho havia morrido. Do lamento doído de Laia. Do silêncio de Sufiyan. Tudo por causa dessa… *coisa* parada diante dele, lamuriando-se.

Ela podia até usar a pele de Ilar, mas não era mais Ilar. Nunca fora Ilar. Nunca amara Quil, não de verdade. E não era só a traição que fazia Quil recuar. Os ankaneses foram aliados dos kegarianos o tempo todo. Quil reconhecera a vidente nas memórias de Aiz assim que ela pensara no rosto da mulher. A embaixadora Ifalu, suposta amiga dos Marciais. Só os céus sabiam o tamanho da destruição que ela havia causado.

Um asco crescente dominou Quil por inteiro. Ele havia sido um completo idiota. Céus, tudo o que contara a ela sobre Navium, Antium e Serra. Sobre a tia. Sobre os tambores e os Máscaras. Tia Hel achava que havia um espião entre eles. Mas fora ele. E ele nem fazia ideia.

Sentiu um aperto no peito enquanto sofria de novo, não apenas pela garota que morrera naquela câmara terrível, mas pelo garoto que ele fora, ingênuo e esperançoso o bastante para acreditar que ela era quem dizia ser. Por Ruh, que confiou em todos, sem saber que permitiram que um demônio se infiltrasse entre eles.

Mas enfim Quil sabia. E não tinha tempo para perguntas, para negação nem mesmo para o horror. O instinto que lhe fora incutido desde o nascimento dizia que teria uma chance de matá-la. E que só funcionaria se ela estivesse com a guarda baixa.

Por isso, Quil se forçou a encarar a Tel Ilessi, escutar… e esperar.

38
Aiz

No acampamento de guerra, cercada por seu exército, a lembrança da morte de Tiral parecia distante. Agora Aiz observava Quil, desarmado e impotente, e sentia um aperto no peito. Ele fora gentil. Ele a havia amado. Se não fosse por Quil, ela não saberia nada sobre loha ou o Império.

Aiz não era indiferente. Mesmo ali, queria tocá-lo. Queria buscar consolo em seus braços.

Consiga o que precisa, Tel Ilessi, disse a si mesma. *Esqueça o resto.*

— Tenho a missão sagrada de salvar meu povo, Quil. — Aiz traçou o "D" entalhado na mão. — Há centenas de milhares de kegarianos, mas já fomos milhões. Antigamente, enviávamos emissários para todos os cantos. Quando oferecemos nossos Veleiros para comércio, disseram que não valiam nada, porque só nós conseguíamos convocar o vento. Quando oferecemos nossos motores, os mehbahneses roubaram nossos segredos e não nos deram quase nada em troca. Só Ankana nos ajudou, mas não podemos depender deles para sempre.

Após uma pequena pausa, ela prosseguiu:

— Não sou tola. Sei que saquear nossos vizinhos não nos dará sustento. Mas, se retornarmos à nossa terra natal, do outro lado do mar, conseguiremos subsistir. Essa é a essência da minha missão sagrada, é o que chamamos de O Retorno.

— Como sua missão pode ser *sagrada* se causa a destruição de outro lugar?

— Você nunca viu seu povo passar fome — retrucou Aiz, ansiando por compreensão com a mesma intensidade com que Div ansiava por corações. — Nunca ouviu crianças gritarem enquanto seus pais eram recrutados ou morriam nas sarjetas de frio e fome.

— Não — respondeu Quil com calma. Calma demais. — Mas vi implorarem por misericórdia enquanto seu exército jogava bombas sobre eles e os dilacerava.

— Por uma boa razão! Para o meu povo voltar para casa, precisamos de loha para mover os Veleiros. Loha suficiente para transportar todos. O Império tem isso, o metal vivo que os Máscaras usam no rosto. Tentei negociar. Mandei mensagens à imperatriz por meio de Ankana, mas ela se recusou a negociar conosco.

— Há outras maneiras de viver — retorquiu ele. — Outros lugares para onde poderiam ir.

Aiz estava fascinada com o modo como ele lutava contra a raiva para manter a razão. Algo nisso a deixava triste, e até decepcionada. Mesmo naquele momento, ele buscava manter a serenidade. O controle.

— Está tentando negociar comigo? Afugentamos seu povo. Destruímos suas cidades. Você não está com raiva?

— Meu povo está morrendo. Claro que estou com raiva. Mas raiva não vai nos ajudar a chegar a um acordo...

— Se sua tia tivesse negociado conosco, tudo seria diferente. Ofereci mostrar como manipulamos o loha, vocês mal sabem usá-lo! — O sangue de Aiz fervia ao lembrar do tom condescendente das cartas da imperatriz. — Ela oferecia um casamento de aliança, ofereceu você como um cordeiro ao matadouro. Tudo enquanto nos espionava e certamente escondia os estoques de loha...

— *Não existem* estoques de loha — cortou Quil, enfático. — Só temos as máscaras que nossos soldados usam. Quando um morre, a máscara é passada adiante. Não há como entregá-lo a você sem matar nossos próprios soldados.

Aiz podia sentir o nojo emanando de Quil. Ela havia contado sobre Madre Div para que ele pudesse compreender. Mas isso só o fizera odiá-la ainda mais.

— Esse Retorno de que você fala vale a vida das crianças de Kegar? — perguntou Quil. — Vale o coração delas?

Aiz paralisou. Ela não havia contado a Quil sobre o preço de Madre Div.

— Como você...

— Responda à pergunta, Tel Ilessi. O coração de suas crianças vale o poder que esse monstro está te dando?

— E-eu não queria que elas...

— Morressem pela sua causa? — Ao vê-la abalada, Quil balançou a cabeça com desgosto. — Quando você sacrifica os filhos dos outros no altar da sua ambição, é só uma questão de tempo até sacrificar os próprios. É assim que o mal funciona, Aiz.

— Fui obrigada a dobrar os Triarcas e os Falcões à minha vontade! — explodiu Aiz. — Eu tinha que vencer as primeiras batalhas contra Bula e Armaana. Precisávamos de comida, Quil. A morte de alguns para salvar muitos não é uma escolha que alguém deva fazer. Mas eu fiz, e vou carregar esse fardo se isso der ao meu povo uma chance de ter um futuro. Não pense que eu encaro o sacrifício de Ruh de forma leviana...

Os olhos de Quil ficaram inexpressivos e, de maneira quase inconsciente, Aiz deu um passo para trás.

— Tire o nome dele da sua boca — rosnou. — Ruh não era nada seu para ser sacrificado.

O rosto de Aiz queimava com uma súbita vergonha. Havia tanto que ela queria dizer a Quil. Sobre sua solidão. A fome dentro dela, o vazio. Desde que matara Tiral, aquela ânsia a corroía por dentro como um rato voraz. Às vezes, antes de Madre Div se alimentar, Aiz era tão consumida pela fome que queria despedaçar quem estivesse próximo.

Contudo, ao olhar para Quil, Aiz sabia que ele não sentiria empatia por ela. Tinha sido tola por sequer procurar. Aprumou-se. Afinal, o único valor que os Marciais respeitavam era a força.

— Ofereci à sua tia a chance de salvar nossos povos. Estou oferecendo o mesmo a você. Entregue o loha e deixaremos o Império.

— Nós não fazemos a extração desse minério — retrucou Quil, com a mandíbula contraída. — Não sabemos de onde ele vem. Te falei isso no deserto e, ao contrário de você, cada palavra que saía da minha boca não era mentira.

Aiz olhou para ele, os braços fortes e delineados pelos músculos. Lembrou-se de como, um dia, se esquecera das próprias dores ao fitar aqueles olhos cor de cobre. Lembrou-se dos dias quentes e das noites frias. E dos lábios dele nos dela.

Ela se perguntou se aquela mulher, Sirsha, dormia com ele. Se sabia *como* ele amava, com o corpo todo.

Aiz desejou que pudessem ter se encontrado em outras circunstâncias. Ela, uma clériga representando um povo forte em busca de aliança. Ele, o príncipe sábio, aberto ao compartilhamento mútuo de conhecimentos.

Mas afastou o desejo. Esses eram pensamentos da garota que fora um dia. Não os da Tel Ilessi que se tornara.

— Esse metal veio de algum lugar — rebateu Aiz. — Você vai me contar. Ou vai dizer cada um dos seus segredos aos meus interrogadores e agradecer por ainda ter língua para fazer isso.

Quil desviou o olhar, como se vê-la fosse repulsivo.

— Era melhor quando eu achava que você estava morta.

Aiz suspirou. Ele era um bom homem. Gentil e generoso. Digno de amor. Mas ingênuo e esperançoso, e fraco por causa disso.

Então ele avançou contra ela.

Aiz invocou o vento de modo atabalhoado, e a faca dele — *de onde ele havia tirado a faca?* — estava a meros centímetros de sua garganta quando conseguiu jogá-lo de volta na cadeira com tanta força que ela se estilhaçou.

Sua mente se retorceu e, com a violência súbita que sempre a deixava perplexa, a fome a dominou, pior que antes, incontrolável. Ela não suportaria, aquilo a mataria...

Logo veio a plenitude, forte e saciante, uma sensação tão prazerosa que ela mordeu o lábio para não gemer.

Div havia se alimentado. E Quil não era nada diante do poder de Aiz. Ela o imobilizou com a facilidade de uma criança esmagando uma formiga, em seguida lançou a arma dele para longe com um chicote de vento.

— Lamento que não tenhamos chegado a um acordo — disse ela. Então chamou: — Cero.

Em um instante, o amigo entrou na tenda. O ferimento estava enfaixado, e ela ficou aliviada ao ver o rosto dele corado outra vez.

— Leve Quil para o curral. Faça os interrogadores trabalharem. Quero aquele loha.

Cero inclinou a cabeça, em seguida inclinou-se e sussurrou algo para ela. Aiz se virou para Quil.

— Tenho notícias que podem interessar a você — anunciou. — A cidade de Serra caiu. As armas anti-Veleiros deles foram destruídas.

Sua tia, Aiz não acrescentou, havia revelado sua localização. As tropas kegarianas estavam apenas aguardando a ordem de Aiz para atacar.

Quil ficou imóvel, e essa reação era a mais próxima do medo que ele deixaria transparecer.

— Não vou ver você de novo, Quil. — Ela se aproximou dele. As feições do Marcial se contorciam de frustração. Mas não era só isso. Era tristeza também. Mesmo sabendo que fora Aiz quem liderara o ataque ao seu povo, ele ainda se via de luto por ela.

Ela, por sua vez, sentiu apenas um leve arrependimento por ter se importado tanto com alguém tão patético.

Aiz saiu da tenda enquanto Madre Div emergia do acampamento, saciada de sua última refeição.

Madre Div não falou nada. Já conhecia a mente de Aiz e, portanto, forneceu a ela um fluxo intenso de poder. Em poucos segundos, a pele de Aiz era atingida pela força do vento e a costa de Thafwan já havia ficado para trás, longe dela. Serra havia sucumbido. A imperatriz logo estaria sob seu domínio, para ser interrogada como Aiz desejasse. Quil conhecia sua história, e assim ela havia se desprendido do último pedaço de sua antiga identidade. Deveria estar confiante. Centrada.

Mas não era o bastante. Aiz ainda sentia um incômodo.

Ainda sentia fome.

39
Sirsha

Uma parte egoísta de Sirsha queria, mais do que qualquer outra coisa no mundo, dar o fora do acampamento kegariano. *Essa* era a Sirsha que sobrevivera ao exílio imposto pelo próprio kin e aos anos difíceis que vieram depois. *Essa* era a Sirsha que esqueceria o coração fumegante de J'yan e a traição de R'zwana. Esqueceria a criatura cuja mente ela ousara tocar, toda sua vastidão, todo seu horror.

Mas ela não podia fugir, porque algo mais pulsava em seu coração além da sobrevivência. Sua moeda Adah ardia; seu sangue clamava por Quil. Ele estava ali, em algum lugar naquele acampamento. Com sorte, sobrepujando o cadáver do Tel Ilessi. Sirsha precisava encontrá-lo.

Forçou-se a agir com cautela. Agradeceu aos céus por estar escuro e pelos kegarianos serem um povo negligente com patrulhas e fogueiras. Um passo em falso e haveria dois corpos de Jaduna ali naquela noite.

Sirsha estremeceu, afastando da mente o rosto inexpressivo e o peito rasgado de J'yan. *Quil. Encontre Quil.*

Ela tentou usar magia, mas a terra só mostrava um caminho até Madre Div. *Rastrear, caçar, dominar!* O vento a empurrava, tentando forçá-la a voltar pelo caminho de onde viera.

— Querem que eu morra? — rosnou para os elementos. — Eu não consigo derrotá-la! Vocês viram a nossa tentativa, vou ter que tentar de outro jeito, mas agora preciso encontrar Quil. Me ajudem, por favor!

A terra e o vento só a empurraram com mais força na direção da tenda de Madre Div.

Ela parou de tentar usar magia e correu, procurando por qualquer sinal do Tel Ilessi. Uma bandeira, um Veleiro, um grupo de guardas engomadinhos. Líderes arrogantes adoravam quando todos sabiam exatamente seu posto, porque alimentava seu ego. Tinha que haver *alguma coisa* que indicasse onde estava aquele desgraçado.

Quil, pensou ela. *Onde está Quil?* Era um mantra, um fio de esperança para não ficar remoendo uma pergunta ainda mais aterrorizante: o que era aquela maldita coisa na tenda?

Se fosse um espírito possuído, era o mais poderoso que Sirsha já tinha enfrentado. Mas ela já caçara espíritos antes, e sua magia nunca se distorcera do jeito que acontecera com Div. E os olhos de J'yan tinham ficado brancos antes de ele morrer, o que era um sinal evidente de contato com o mundo espiritual. Sirsha também tinha passado por isso, nas duas vezes em que se aproximou da criatura. Sem contar o fato de que fedia a terra podre.

Importava saber o que era? Ela não conseguiu matar aquilo. Não conseguiu sequer dominar aquela maldita coisa. Não seria capaz de cumprir a missão. Estava entrando em pânico.

Cace a criatura, sussurraram os elementos, insistentes, implacáveis. *Você deve caçá-la.*

A menos que Elias a libertasse do voto, o juramento tomaria o controle dela aos poucos, até se tornar a única coisa em que pensava. Até ela mesma se lançar contra o monstro, e morrer, em vez de deixar de cumprir o voto.

Maldito Elias, e maldita Div também. Sirsha amaldiçoou o dia em que fez aquele juramento. Amaldiçoou a si mesma por ter achado que Elias era só mais um cliente com uma missão fácil.

— Chega — murmurou.

O juramento a prendia até que Elias o rompesse. Quando chegasse a Ankana, pegaria o primeiro navio para o Império e o encontraria. Faria com que ele quebrasse o voto. Como se fossem um só, vento, terra e até a água sibilaram diante daquele pensamento, empurrando-a de volta na direção de Div.

Pelos céus, era como ter três irmãs mais velhas mandonas. Diferente de R'z, os elementos ainda não estavam tentando matá-la — ainda —, então ela os ignorou e se esgueirou por trás de uma tenda grande, enquanto um grupo de pessoas passava por ali.

A maioria dos soldados usava trajes de combate surrados, mas havia uma que se destacava. Pequena e magra, com cabelo castanho curto que emoldurava um rosto bonito. Sirsha a fitou das sombras, sentindo que deveria reconhecê-la.

A terra se encolheu diante da garota e o vento abriu caminho para ela, curvando-se à sua vontade com profunda relutância. Madre Div se ergueu como um miasma de sua tenda e seguiu a garota à distância. No mesmo instante, Sirsha reconheceu o rastro da jovem.

Aquela era a Tel Ilessi.

Viva. E sem sinal algum de Quil. *Pelos malditos céus em chamas.* Se Quil estivesse morto, ela arrastaria o corpo dele até a Floresta das Nuvens e exigiria que uma Songma, uma Jaduna espiritual, convocasse seu espírito só para que Sirsha pudesse gritar com ele.

A Tel Ilessi se aproximou. Sirsha não era uma Deshma, como J'yan. Era uma rastreadora, habilidosa com armas perfurantes e dotada de um faro aguçado para sobrevivência. Com esse instinto ativado, ela se esgueirou nas sombras da tenda.

Um poder maligno pulsava da mulher, mais poder do que Sirsha jamais sentira. Mais do que qualquer um deveria ter.

A Tel Ilessi desapareceu na direção do campo de pouso, e Div a seguia, levando sua escuridão disforme consigo.

Cace!, gritaram os elementos.

Vão à merda, rosnou ela de volta. Ainda não conseguia dominar aquela coisa. E a moeda de juramento ainda não a controlava. Não se mataria por isso.

Quando Sirsha teve certeza de que a mulher e sua criatura monstruosa tinham ido embora, saiu das sombras da tenda e deu de cara com a arma afiada de um humano.

— Ah! Se não é a amiguinha do príncipe… — disse o homem. Ela reconheceu a voz e a aura de poder que crepitava ao redor dele. Era aquele que ela *achou* que fosse o Tel Ilessi. Ele assentiu, satisfeito ao vê-la. — Exatamente quem eu procurava.

O homem — alguém o chamara de Cero — arrastou-a para o lado leste do acampamento. Seus guardas, um barbudo e outro sem barba, prenderam-na com algemas. Eles a encaravam com olhares lascivos, apalpando seu corpo como os porcos que eram. Sirsha tentou se desvencilhar, mas eles riram e não pararam até Cero gritar uma ordem.

Ela deixou o ódio ferver no olhar. Iria adorar enfiar uma faca nas tripas deles assim que escapasse com Quil.

Cero enxotou os guardas assim que se aproximaram de uma grande tenda adornada com bandeiras. Lá dentro, os joelhos de Sirsha quase cederam de alívio. Quil estava lá, acorrentado, amordaçado e cercado por guardas, mas vivo. Através da moeda Adah, Sirsha sentiu emanar a alegria de Quil ao vê-la.

— Ivashk — ordenou Cero aos soldados, que saíram prontamente da tenda, deixando-o a sós com Quil e Sirsha.

Pelo jeito, aquele kegariano não era tão esperto quanto bonito.

Mal ela pensou isso, o ar ao seu redor se tensionou, forçando-a no lugar para que não pudesse mover nem um mindinho.

Cero arrancou a mordaça de Quil.

— Não podemos correr o risco de você fugir. Não antes de responder às minhas perguntas.

— Pensei que você tivesse interrogadores para isso — retrucou Quil, girando os ombros com a voz perigosamente neutra. — Estava ansioso para me divertir com eles.

Para surpresa de Sirsha, Cero lançou a Quil um sorriso irônico.

— Eu estava ansioso para ver como eles se sairiam mal — tornou Cero. — Mas infelizmente nada de interrogadores para você. Só eu e o vento.

O ar ao redor deles ficava cada vez mais quente, de um jeito quase doloroso, mas não chegava a tanto. Era um alerta.

Não que fosse um alerta que Sirsha tivesse intenção de acatar. Cero era poderoso, mas ela era capaz de dominá-lo. Começou a reunir seu poder.

— Se isso é sobre loha… — começou Quil, mas Cero balançou a cabeça.

— Eu sei que, se quisermos loha, teremos que destruir seu Império e assassinar os Máscaras, um por um — cortou Cero. — E mesmo isso talvez não baste, porque a Tel Ilessi deseja que voltemos à nossa terra natal do outro lado do mar. — Ele não parecia muito contente com essa perspectiva. — Odeio guerra. Odeio o que ela provoca nas pessoas. Mas há algo que odeio mais: ver minha melhor amiga ser manipulada.

Sirsha, focada quase que inteiramente na iminente tentativa de dominação, hesitou quando Cero se voltou para ela.

— Essa criatura que se autodenomina Madre Div — completou ele. — Você já enfrentou essa coisa. É o espírito da Clériga Sagrada ou alguma outra coisa demoníaca?

Ele poderia ter puxado uma lira e começado a fazer perguntas em verso, mas a cena não teria surpreendido Sirsha tanto quanto aquelas perguntas.

— Eu te conto, bonitão — respondeu ela, liberando sua magia. Talvez ele soubesse algo útil sobre Div. — Mas preciso de um pouco mais de contexto.

— Aiz, nossa Tel Ilessi, que seu príncipe a conhecia como Ilar, roubou um livro há mais de um ano — começou Cero.

O queixo de Sirsha caiu com a revelação.

— Espera... Tel Ilessi... Ilar... e Aiz...

— São a mesma pessoa, sim — explicou Cero. — Escuta. Aiz me deu o livro para destruir certa vez, mas aquela porcaria não queimava de jeito nenhum. Acho que ele afetou a mente dela. As... as coisas que ela fez...

— As coisas das quais você deixou ela se safar — rosnou Quil. — É isso que você quer dizer?

A mandíbula de Cero se retesou.

— Aiz disse que o livro a levou a libertar Madre Div, a clériga mais sagrada de Kegar — continuou rapidamente. — Ela afirmou que o espírito de Div lhe dá poder. Mas, para isso, se alimenta de crianças. Ela se uniu a essa... coisa. Seja lá o que for isso. Você é uma Jaduna. Consegue libertar Aiz dessa ligação?

— Consigo. — Não era exatamente mentira. Era mais como uma meta que Sirsha ainda não tinha conseguido tornar realidade. — Preciso sair daqui. Falar com um dos meus contatos em Jibaut.

Cero bufou de frustração.

— Você quer dizer o livreiro? Ele leu o livro muito antes de Aiz e está sob o controle da criatura que se disfarça de Madre Div, assim como Aiz. Tem uma vidente ankanesa que também leu. Quando perguntei a eles, nenhum conseguiu falar sobre o livro sem empalidecer e passar mal.

"Você acha que entende com o que está lidando", dissera Kade. "Mas não faz ideia."

— Quem quer que tenha escrito esse livro é um ser maligno. O que quer que viva entre aquelas páginas *usou* Aiz. E quer alguma coisa. Preciso saber o que é. Porque seu objetivo não é ajudar nosso povo. Tudo o que fez foi matar os nossos jovens. Se alimentar de nós.

— Já ouvi falar de magias assim — revelou Sirsha, embora tivesse que vasculhar os cantos mais longínquos da memória para lembrar. Uma lição incrivelmente entediante que D'rudo entoou uns dez anos antes. — Minha mãe é a mais poderosa Inashi viva. Ela consegue dominar... o que quer que seja isso. Mas eu teria que enviar uma mensagem a ela. E não posso fazer isso dentro de um acampamento kegariano — concluiu, olhando para as algemas.

Cero a encarou com um olhar firme.

— Se eu quiser continuar com meu coração batendo — alegou ele —, não posso libertá-la. No entanto, eu posso sair da tenda. — Ele olhou para Quil com certa zombaria. — Imagino que, como príncipe dos Marciais, alguns segundos sejam o suficiente.

Quil assentiu levemente. Cero o fitou por um instante, depois se virou e saiu. Dois kegarianos, os mesmos que haviam algemado Sirsha, entraram na tenda segundos depois, sorrindo. Uma mulher os acompanhava, olhou de Sirsha para Quil e comentou algo que fez o guarda barbudo cair na risada.

Do outro lado da tenda, Quil observava com uma expressão assassina.

O guarda sem barba pegou a cimitarra de Quil de uma pilha de armas ao lado da entrada da tenda e fingiu limpar os dentes com ela. Disse algo a Quil em kegariano, que Sirsha interpretou como "Minha espada é maior que a sua".

O homem sem barba se aproximou de Quil, cuspindo nele, com um sorriso ridículo crescendo quando a gosma atingiu a armadura de Quil.

Ele retribuiu o sorriso.

Então suas algemas caíram no chão. Lógico que ele havia arrombado a trava. Ele agarrou o kegariano sem barba com uma só mão e esmagou a cabeça do homem contra o poste de madeira que sustentava a tenda, e o golpe foi tão forte que a estrutura inteira tremeu. O guarda despencou no chão.

O guarda barbudo já corria para a saída, gritando por ajuda, enquanto a mulher invocava o vento. Ainda algemada, Sirsha lançou um feitiço de contenção, suprimindo a magia dela tão rápido que ela ainda encarava as próprias mãos, atônita, quando Quil enfiou uma adaga em sua barriga.

O príncipe agarrou sua cimitarra e empurrou algo nas mãos de Sirsha ao passar por ela: seus grampos de cabelo.

— Era *com você* que eles estavam esse tempo todo?

— Peguei na cabana — informou ele. — Na manhã seguinte ao dia em que você admitiu que me desejava desde que me viu.

— *Eu não* te desejava!

— Seu corpo disse outra coisa, Jaduna.

O alarme soou, e um grupo de kegarianos invadiu a tenda. Sirsha arrombou as algemas, mas um soldado a derrubou no chão de terra batida. Ela o acertou na virilha e enfiou a faca nele enquanto o sujeito gritava e rolou para se levantar.

— Depois me devolva! — gritou Quil enquanto lutava contra quatro kegarianos ao mesmo tempo. — Os grampos.

Sirsha não podia *acreditar* que estavam tendo uma conversa daquelas. Pegou uma faca e rasgou a lateral leste da tenda.

— Por que essa obsessão com meus grampos?

— Gosto de ver como você fica irritada quando não os encontra. — Ele socou um kegariano que avançava, derrubando-o. — É fofo.

— *Fofo?*

Quil não respondeu, ocupado demais em derrotar o novo grupo de kegarianos que se aproximava. Sirsha achava que havia kegarianos demais, mas vira como Quil lutava. Espiou para fora da tenda e, entre carroças, fogueiras e soldados que gritavam, buscou uma rota de fuga pelos declives que cercavam o acampamento.

Avistou uma trilha de terra e pedra que contornava a borda da cratera, a uns trinta metros de distância. A terra estremeceu, e uma explosão distante lançou uma nuvem de poeira ao céu. R'zwana devia estar criando uma distração para que escapassem. Quando os kegarianos fora da tenda se voltaram para o som, Sirsha retornou correndo para agarrar a mão ensanguentada de Quil e puxá-lo para longe da luta.

Alguns kegarianos atravessaram o rasgo na tenda atrás deles, berrando para seus companheiros, mas outra explosão lançou todos, incluindo Quil, ao chão.

— *Levanta*, Marcial! — rugiu Sirsha, quase o arrastando.

Eles conseguiriam se esconder na escuridão se saíssem de vista.

— Onde estão os outros? — perguntou ele. — Você...

— Não conseguimos dominar Div — explicou Sirsha enquanto alcançavam a encosta e cambaleavam por entre a grama alta da costa. — E J'yan. Ele... ele...

À distância, o oceano arrebentava contra as pedras da costa de Thafwan. A primeira vez que Sirsha viu o mar, tinha oito anos, e J'yan estava com ela. Passaram o dia inteiro sendo arrastados pelas ondas, encantados com aquele companheiro de brincadeiras que nunca se cansava deles.

Depois. Depois. Lamente a morte dele depois. Ali, precisava de raiva, contra R'zwana, Div e a maldita Tel Ilessi.

— J'yan está morto — relatou Sirsha. — Conto o resto no caminho, os cavalos estão a oeste. Precisamos seguir ao norte, atravessar o campo de pouso.

Meio rastejando, meio escalando, subiram a trilha como lobos à caça. Aos poucos, qualquer sinal de perseguição ficou para trás, graças, em parte, às explosões no acampamento. Pela primeira vez, R'zwana fizera algo útil.

— Tudo isso por absolutamente nada — lastimou Sirsha, ofegante, ao chegar aos cavalos. — Div não foi dominada. A Tel Ilessi está viva, e ela é... Ilar?

— Vou explicar tudo — avisou Quil, segurando a cintura de Sirsha e ajudando-a a subir na sela. — Mas antes tem algo que você precisa saber sobre mim. Algo que eu devia ter contado há bastante tempo.

Todas as emoções dele transbordavam através moeda de juramento: amor, alívio, raiva, preocupação. E outra coisa: *magia!*

— Você... você... — Ela *sabia* que tinha sentido algo naquela emboscada contra os pilotos kegarianos! — *Magia*, príncipe? Que raios...? E depois sou *eu* que guardo segredos!

Ele suspirou e montou no cavalo.

— Grita comigo depois — retrucou. — Melhor sairmos deste maldito lugar logo.

40
Cero

Cero circulou o perímetro três vezes antes de pousar na cidade de Serra, repleta de fumaça e crateras. Mesmo alto no céu, o fedor da morte impregnava o ar.

Deveria ter pousado uma hora antes, mas Aiz o aguardava, e Cero não estava nada animado para contar que o príncipe herdeiro Marcial havia escapado.

Quil Farrar não era nada do que Cero esperava. Aiz o descrevera como um garoto gentil, dócil e ingênuo, como um cachorrinho mimado.

Ela nunca fora boa em analisar as pessoas. O Quil Farrar que invadira a lateral da tenda da Tel Ilessi com ódio no olhar era um homem tomado de raiva e ávido por vingança. Não havia nada de gentil nele. O mesmo valia para sua companheira Jaduna.

E talvez fosse melhor assim. Seriam necessárias uma arma afiada e uma mente astuta para separar Aiz de Madre Div.

Cero nunca havia esperado ter esse tipo de pensamento. Muito menos sobre a garota por quem fora apaixonado desde que aprendera o que era amor. Mas nada no último ano saíra como ele imaginava.

No dia em que Aiz retornou à capital, o coração de Cero se partiu ao meio: alegria ao vê-la e pesar por ela ter retornado à miséria de Kegar. Após o milagre da vitória sobre Tiral, Cero começou a se perguntar se as histórias que ouvira na infância eram verdadeiras. Talvez ele fosse apenas um tolo por não ter fé quando todos ao seu redor viviam pelos Nove Contos Sagrados.

Mas poucos dias após a morte de Tiral, Noa surgiu nos aposentos de Cero no Ninho.

— Há quatro crianças assassinadas na favela de Dafra — sussurrou ela como se, apavorada, pensasse que o assassino, quem quer que fosse, pudesse matá-la também. — E tem algo errado com Aiz…

Rapidamente mais crianças surgiram mortas. A morte delas era sempre acompanhada por uma exibição espetacular do poder de Aiz. A tempestade que ela desencadeara em Mehbahn. Os assassinos da elite Falcão, que ela destruíra um mês após voltar para Kegar.

Durante meses, nem Cero nem Noa ligaram os pontos. Até que um dia se deram conta do que estava acontecendo.

Levaram semanas para tocar no assunto com Aiz. Nem precisavam ter pisado em ovos.

"Madre Div honra as crianças ao escolhê-las como sacrifícios", justificara ela. "Não diminua o martírio delas só porque vocês não entendem."

Que absurdo! Aquelas pobres crianças não escolheram morrer. Madre Div, ou o que quer que alimentasse o poder de Aiz, infligira isso a elas.

Quando Cero pousou no campo de voo central de Serra, uma antiga praça mercantil, cogitou ir embora de vez. Ele tinha loha. Falava ankanês fluente. Sua magia podia levá-lo aonde quisesse.

Mas então viu Aiz se aproximando, e seu peito se contraiu ao ver aqueles ombros curtos tão rígidos, como se ela fosse uma marionete com os fios sempre tensionados. *É por isso que você não vai embora*, pensou, irritado. *Porque é estúpido o bastante para acreditar que ainda pode salvá-la do que ela se tornou.*

Poderia salvar a si mesmo? Improvável. Ele projetou aeronaves gigantescas para Aiz, criou armas à base de loha como nunca se vira em Kegar, ajudou a montar o plano de ataque com base em tudo que Aiz descobrira com Quil. Não foi ele quem jogou as bombas, mas poderia muito bem tê-lo feito.

Era tão responsável quanto Aiz por cada Marcial morto. Era culpado. Todos eram, todos que ficaram chocados, amedrontados ou se acovardaram demais para dizer a Aiz que o reinado de horror dela precisava acabar.

— As tropas do Triarca Ghaz cercaram o complexo da imperatriz e já têm uma cela pronta — anunciou Aiz ao alcançá-lo.

Ele desistiu da ideia de contar a ela sobre Quil. O humor de Aiz ficaria melhor depois que conseguisse capturar a imperatriz.

— É bom que a gente tenha muitos guardas — murmurou Cero.

Helene Aquilla segurou sozinha um exército de karkauns. Não era a Imperatriz dos Marciais à toa.

— Não precisamos de guardas. — Aiz ergueu o queixo, e Cero desejou às Torres que a confiança dela viesse de qualquer outra coisa que não fosse o demônio a quem estava conectada. — Madre Div está conosco, e nossa causa é justa. Lembre-se do motivo de estarmos aqui, Cero. Não é para causar sofrimento, mas para salvar nosso povo. Levar nosso povo para casa. Se a imperatriz tivesse cooperado, nada disso teria sido necessário.

Com certeza alguém que ama tanto seu povo pode encontrar redenção, pensou Cero. E, no instante seguinte, bufou consigo mesmo. "Pelo povo" era o escudo encharcado de sangue que tiranos brandiam em todos os cantos.

Aiz não era diferente.

Cero sentiu um arrepio. Madre Div devia estar por perto. Nunca se mostrava diretamente a ele, mas a criatura parecia ter um fascínio especial por sua presença, como a língua de uma serpente sondando o ar. Ele disfarçou um calafrio.

— Certo — concordou. — Vamos acabar logo com isso.

O Triarca Ghaz, em quem Cero confiava tanto quanto em uma bússola quebrada, os aguardava nos alojamentos dos pilotos. Em menos de uma hora, os três assistiram às tropas do Triarca invadindo o complexo da imperatriz.

Cero quase torceu para que a mulher não estivesse lá. Quanto mais descobria sobre ela, mais começava a respeitar alguém que perdera tudo e ainda assim sobrevivera.

Mas, infelizmente, o Triarca confirmou que ela estava lá dentro. Aiz arrancou o telhado do complexo, destruiu as paredes externas com o vento, e mesmo assim a imperatriz continuou firme e forte. Teria vencido também, por sua enorme astúcia e habilidade quase sobrenatural em prever o passo seguinte de seus inimigos.

Mas ela não era Aiz. A Tel Ilessi acabou por imobilizar a mulher com o vento, e os soldados do Triarca algemaram seus pulsos e seus pés com pesadas correntes de ferro, arrancando-lhe as armas.

Aiz fez um discurso para os soldados ali reunidos, sem dúvida dizia algo inspirador. Mas Cero não ouviu.

Ele observava a imperatriz, envergada entre dois guardas, visivelmente derrotada. Quase deixou passar despercebido o jeito como a boca dela se curvou por trás da massa de cabelo loiro-prateado que caía no rosto. Não foi exatamente um sorriso. Tinha sido rápido demais. Mas algo parecido.

Cero cogitou avisar Aiz que aquela mulher era bem mais perigosa do que todos naquele local estavam preparados para enfrentar.

Talvez, se ela ainda *fosse* Aiz, ele tivesse dito. Mas ao vê-la puxar a cabeça da imperatriz para trás e sussurrar algo em seu ouvido, Cero percebeu que a garota com quem crescera, por quem fora apaixonado, já não existia mais. Talvez não estivesse morta. Mas adormecida, em um poço escuro e profundo. E ele não sabia como acordá-la.

Mas havia uma pessoa que talvez soubesse.

41

Aiz

Aiz estava cercada por muros de pedras que a faziam se lembrar do Tohr. De todos os lugares do Império, aquele era o que ela mais odiava. Chamavam de *Blackcliff*. Era uma construção de granito do mais puro preto, no alto de penhascos que davam direto em um deserto a perder de vista.

Aiz esperava encontrar loha ali. Precisavam de uma grande quantidade para transportar milhares de kegarianos além-mar. E fora ali, afinal, que os Máscaras haviam sido treinados.

Mas a Academia Militar Blackcliff fora saqueada antes de debandarem. Os kegarianos não encontraram nem uma ponta de flecha, muito menos um estoque de loha.

Ainda assim, era útil, principalmente porque suas masmorras eram as mais seguras da cidade.

— Sagrada Tel Ilessi. — Aiz se virou e viu o Triarca Ghaz cruzando o pátio, seguido por soldados de seu clã. O luar tingia sua pele de um azul pálido e leitoso.

Ghaz se ajoelhou e bateu três vezes no peito. Ele e os demais Triarcas ainda se ressentiam da autoridade dela. Ela notara pequenas insubordinações: Oona chamando-a de Aiz em vez de Tel Ilessi; Hiwa instalando sem permissão seu clã em uma grande vivenda; Ghaz torturando Marciais capturados em busca de informações.

Esta última ela deixara passar. Afinal, o ato havia resultado na captura da imperatriz.

Depois de permanecer ajoelhado por tempo suficiente para saber que desagradara Aiz, ela o mandou se levantar com um gesto.

— A imperatriz está pronta para o seu interrogatório — comunicou Ghaz. — Há dois guardas na sala e quatro do lado de fora. E ela foi... preparada. Acredito que vai falar.

Os dedos de Aiz se contraíram, e ela considerou chamar Div. Mas a clériga estava longe, buscando sustento após ajudar em um ataque a uma cidade Tribal naquela manhã.

— Gostaria de lhe pedir algo, Tel Ilessi — prosseguiu Ghaz, enquanto caminhavam por um corredor de pedra arqueado. — Uma parte de nosso povo gostou das terras do Império. Alguns falam em ficar. Em buscar um novo lar nos campos férteis ao norte do deserto. Eu pensei...

Aiz balançou a cabeça.

— O Império se curvou por causa das nossas bombas. Os generais deles já planejam uma retaliação. Se ficarmos, enfrentaremos décadas de insurgência. Mais importante ainda — a voz dela se intensificou —, não fomos feitos para ficar aqui, Triarca Ghaz. O espírito de Madre Div fala comigo porque jurei que levaria nosso povo de volta para casa. Essa é minha missão sagrada, e a honrarei até o fim.

— Claro, Tel Ilessi. Só queria compartilhar os sentimentos do povo.

Aiz o encarou por alguns segundos para que visse sua determinação. Então se aprumou.

— Me leve até a prisioneira.

O Triarca Ghaz a conduziu por uma escadaria até um corredor úmido no subsolo. Passaram por tochas que exalavam fumaça e mal iluminavam o espaço, degraus desmoronando. Aranhas e ratos corriam pelas sombras. E, de algum lugar, o som de água pingava.

Aiz puxou a gola da armadura escamada, sentindo-se sufocada. Logo chegaram a uma porta baixa e estreita. Do lado de dentro, correntes tilintavam e se arrastavam.

Ela tentou sentir Div, ainda distante, e ficar tranquila. Não precisava da ajuda de Div. Nem queria ouvir os sermões da clériga, que sempre tinha opinião sobre tudo, e nos últimos tempos eram raras as vezes em que Aiz concordava.

— Eu a acompanho — afirmou Ghaz. — Caso ela...

— Fui eu quem a capturou, Ghaz — interrompeu-o Aiz. — Vou falar com ela sozinha. — E acenou para os guardas, que abriram a porta.

Ali dentro, estava frente a frente com a Imperatriz dos Marciais.

A Imperatriz Helene Aquilla não tinha a aparência de uma monarca arruinada, embora liderasse um império arruinado. Tinha sido despida da armadura e vestia apenas uma túnica rasgada, suas cicatrizes bem visíveis.

Estava sentada de pernas cruzadas, com as mãos algemadas sobre o colo. O cabelo parecia recém-trançado. Se não fossem os hematomas e cortes pelo corpo e o ódio emanando no olhar, Aiz jamais saberia que ela sobrevivera a um interrogatório kegariano.

Mas não foi isso que deixou Aiz sem palavras. Foi o quanto ela se parecia com Quil.

Ao capturá-la, ela não notara a semelhança. Mas já enxergava: embora o cabelo de Quil fosse escuro e ondulado, e o de Helene, loiro-platinado, ambos tinham as mesmas maçãs do rosto proeminentes, a mesma boca, com o lábio superior mais cheio que o inferior. Até as sardas espalhadas pelo nariz eram idênticas. Aiz poderia estar olhando para a mãe de Quil, se não soubesse que a mulher estava morta.

Ainda que desconsiderasse essas características, bastava encarar a imperatriz nos olhos para saber que era parente de Quil: os dois tinham o mesmo o olhar hostil, implacável.

Consiga o que precisa, Aiz lembrou a si mesma. *Esqueça o resto.*

— Faz meses que quero conhecê-la — comentou Aiz. — Desde que Quil me contou sobre você no deserto.

A imperatriz não respondeu.

Aiz se manteve longe dela. Estar no mesmo espaço que aquela mulher era como estar presa dentro de uma tempestade.

A imperatriz a observava andar de um lado para o outro, com o rosto inexpressivo. Aiz examinava sua pele, procurando as cicatrizes onde ficava a máscara antes de ter sido arrancada. Quil dissera que a tia via as cicatrizes como marcas de força.

— Não espero que vá responder às minhas perguntas. Acho que vou precisar arrancar as respostas de você. Mas, assim como eu, você é líder de uma nação — falou Aiz. — Assim como eu, teve que lutar para chegar onde está. Por respeito, vou pedir antes de tomar à força: é possível retirar as máscaras dos seus soldados sem matá-los? Assim como removeu a sua vinte anos antes?

A imperatriz continuou em silêncio.

— Sabemos que, se arrancarmos a cabeça dos Máscaras — continuou Aiz —, o metal se desprende. Eu mesma já fiz isso. Mas quero acabar com a violência. Quero remover o metal sem matar ninguém.

A imperatriz apenas a encarava.

— Eu encontrei com o Quil — A imperatriz tentou se manter impassível, mas a contração na mandíbula a traiu. Aiz sentiu um triunfo pulsar no sangue. — Falei com ele, contei tudo. E, acredite, ele ouviu. Nem tentou me matar de cara. Tentou negociar. Será que isso a envergonha?

Aiz seguiu:

— Eu disse a ele que, se conseguíssemos o loha, iríamos embora. Não queremos ficar aqui, imperatriz. Aqui não é nossa casa.

A imperatriz parecia mais interessada. O ódio dera lugar a uma frieza calculada.

— Tenho uma missão sagrada: levar meu povo de volta para casa. Partiríamos amanhã, isso *se* você me dissesse onde está seu loha. Não quero mais machucá-la. Eu me importo com Quil…

A imperatriz se moveu tão rápido que Aiz nem sequer entendeu o que estava acontecendo. Em um instante, ela estava a um metro e meio de distância. No outro, Aiz estava no chão, silenciada, com a mão da imperatriz apertando seu pescoço.

— Essa é a terceira vez que você invoca o nome do meu sobrinho e herdeiro. — A voz dela estava baixa, para que os guardas não ouvissem. Mas isso só a tornava mais assustadora. — Três vezes mais do que deveria — acrescentou ela. — Quil lhe ouviu porque um dia amou você. Talvez ele achasse que ainda havia algo aí dentro… — Ela sacudiu Aiz. — Que ainda houvesse um coração batendo. Ou, pelo menos, um cérebro funcionando. Alguém que entendesse que não podemos minerar loha e que, então, convocasse de volta seus porcos voadores do céu, para evitar a morte de mais inocentes. Ele tentou negociar porque ama o povo dele. Isso não o torna fraco. Torna ele um líder melhor do que você jamais sonhará em ser.

Aiz não conseguia respirar. Pontos brancos se formavam em sua visão periférica. Ela arranhava o braço da imperatriz, clamava mentalmente pelo vento, desejando arrancar a cabeça dela em retaliação pela audácia.

Mas o vento não apareceu.

— Você acha que, só porque passou alguns meses com minha família, me conhece — prosseguiu a imperatriz. — Acha que somos fracos porque temos tanto a perder. Mas isso só nos dá mais motivos para lutar. Entenda uma coisa, *Tel Ilessi*. A única razão de você ter me capturado foi porque eu deixei.

Então ela sorriu, e seu sorriso era como uma lâmina brilhando na escuridão.

Finalmente, Aiz ouvia a história de Helene pelo tom da voz da mulher: tudo o que ela perdera, tudo o que dera, tomara e sacrificara por seu povo.

E Aiz soube que cometera um erro terrível ao achar que a imperatriz estava arruinada.

— Eu também queria encontrar você, ratazana do céu. — Helene virou a cabeça de Aiz para encará-la, o ódio transbordando de cada poro. — Queria olhar nos seus olhos na hora em que a luz se apagasse. Achou mesmo que podia matar Ruhyan — sua voz falhou —, nosso lindo Ruhyan, e que a família dele não iria atrás de vingança?

Desesperada, Aiz recorreu ao elo mental. *Div. Socorro.*

— Você não é nada — rosnou a imperatriz. Ela se calou e, com calma, cerrou o punho, olhando bem no fundo dos olhos de Aiz à espera de sua morte.

Div! Por favor!

Ela gritou em pensamento e, de repente, o poder a inundou como se Div estivesse ali, em vez de longe, se alimentando. A magia de Aiz explodiu de repente e descontroladamente como não acontecia desde o Tohr. As paredes da masmorra tremeram, rachaduras se espalharam. A imperatriz voou para trás, deslizando pelo chão, mas se levantou quase no mesmo instante.

Aiz lançou outra rajada de vento para afastá-la, mas precisava de mais poder de Div. A porta se despedaçou, e Aiz ficou aliviada. Esperava que os soldados entrassem e imobilizassem a imperatriz.

Mas o que viu foram corpos sob os escombros no corredor. E uma figura enorme e familiar entrando, duas cimitarras ensanguentadas em punho.

— Você — grunhiu Elias Veturius.

Aiz lançou todo seu poder contra ele, com uma satisfação sombria a preenchendo quando ouviu a cabeça de Elias bater na parede. Passou correndo por ele, saiu pela porta e saltou por cima dos corpos, seguindo pelo corredor escuro.

Sentiu uma fisgada; algo a atingira nas costas. Tentou apalpar, mas não alcançava o que quer que fosse aquilo. Girou o ar atrás de si com violência, sugando tudo de Div e fazendo o teto desabar para impedir que os Marciais a seguissem.

Quando chegou à escada e começou a subi-la, engatinhando, já não sentia mais as pernas, e caiu antes de alcançar o topo, o fôlego escapando.

Uma figura se agachou ao seu lado, o rosto prateado e luminoso a repreendendo.

— Da próxima vez, criança — advertiu Div —, me chame antes de entrar em um cômodo com uma Máscara.

— D-desculpe — arfou Aiz.

— Não importa — retrucou Div. — Estou aqui agora, vou ajudá-la. Olhe para ela. Para a imperatriz. Invada a mente dela.

Aiz vasculhou com o olhar em meio a poeira e viu a imperatriz emergindo dos escombros, escapando.

— Faça uma flecha da sua intenção — comandou Madre Div. — Perfure-a com isso. Busque a localização do loha. Está ali, dentro dela.

Como no deserto, Aiz não pensou, apenas agiu. *Loha, loha, mostre o loha.*

A imperatriz caminhava por um pomar. Via escombros atrás dela. Adiante, à sombra das palmeiras, havia uma casa pintada com as cores opacas do deserto. Estava vazia. Abandonada. Mas, no centro do cômodo, tinha um tapete. E, debaixo dele, um alçapão. Ali dentro…

Havia Máscaras. Mais de vinte. Todos eles eram crianças.

42
Sufiyan

A capital de Ankana, Burku, era uma cidade de beleza tão impressionante que era difícil não se deixar levar pelos arcos majestosos, colunas delicadas, pontes flutuantes e janelas de vidraças geométricas.

Mas Sufiyan Veturius não ligou. Na verdade, ficou ofendido. A milhares de quilômetros dali, havia diversas cidades tão belas quanto, agora reduzidas a destroços. E nenhum dos ricaços de Burku parecia saber, ou se importar.

— Devíamos verificar primeiro a Embaixada Marcial — sugeriu Arelia.

Sufiyan ficou aliviado por ela também não parecer muito encantada pela cidade. Talvez fosse só exaustão. Cavalgaram sem descanso desde que deixaram Thafwa, e ainda assim demoraram mais de uma semana para chegar a Burku.

Sufiyan havia sido uma companhia horrível. Quando Arelia mencionou Quil, ele explodiu. "Não quero falar sobre um príncipe egoísta e metido a espertalhão!", exclamara.

Foi satisfatório colocar para fora. Mas, depois de Arelia passar dias em silêncio, Sufiyan percebeu que talvez tivesse sido um pouco infantil. Precisava se redimir com ela.

Talvez pudesse perguntar sobre aquedutos. Pelo jeito como ela encarava o de Burku, seria um assunto de grande interesse. E ele gostava de ouvi-la falar. Era estranhamente reconfortante.

— Quil disse que Tas não estaria na embaixada — rebateu Sufiyan. — Ele gosta de gastar o dinheiro da imperatriz. Precisamos achar o bordel mais caro da cidade.

— O Bellflower — indicou Arelia, dando de ombros ao ver Sufiyan erguer as sobrancelhas. — Eles têm um sistema subterrâneo de fontes que é uma maravilha da engenharia hidráulica — explicou ela. — A imperatriz mandou a corporação dos engenheiros para estudarem isso há mais ou menos um ano.

Apesar do desprezo por Burku e da irritação geral por ter sido enviado como um criado por Quil, Sufiyan se pegou sorrindo. Arelia sempre conseguia surpreendê-lo.

Duas horas depois, chegaram ao Bellflower. Tinham se arrumado, deixado os cavalos em um estábulo e fingiam ser recém-casados, animados com uma visita divertida ao bordel. Arelia entrelaçou o braço no de Sufiyan, que se distraiu com a forma como os dedos dela envolveram seu pulso, como o corpo dela roçava no seu.

— Nosso querido amigo Rano disse para perguntar por ele — informou Sufiyan, com o nariz empinado para o porteiro, usando o nome falso que Quil havia fornecido. O porteiro, para imenso desprazer de Sufiyan, não conseguia desviar os olhos do decote de Arelia. — Você *conhece* o Rano?

— Quarto andar, no lado nordeste — transmitiu o porteiro, cobrando a entrada e evitando o olhar furioso de Sufiyan. — Sala verde.

Passaram por um ambiente com teto alto de vidro e corredores longos de mármore. Uma fonte ocupava o centro da rotunda, com jatos de água sendo expelidos de um lado para o outro, alternando a posição a cada poucos segundos. Sufiyan quis pegar o caderninho de desenhos que Quil tinha lhe dado de aniversário. Rabiscava aqui e ali, mas aquilo merecia um ou dois dias de contemplação.

— O sistema de pressão embaixo dos azulejos é o que permite que os jatos alcancem essa altura — comentou Arelia, admirada. — A força... — Ela se interrompeu, como fazia às vezes. — Desculpa.

— Por mim, tudo bem — garantiu Sufiyan, olhando ao redor, a fim de se orientar. — Queria amar alguma coisa desse jeito. Já amei, mas... — Ele já tinha amado muitas coisas. Desenho. Medicina. Arco e flecha.

— Você vai amar alguma coisa assim de novo — replicou Arelia, apertando o pulso dele até que Suf a olhasse, surpreso. — Só vai levar um tempinho.

Sufiyan não soube o que responder, por isso segurou a mão dela, um gesto com o qual ela não pareceu se importar, e a puxou adiante como um recém-casado apressado.

Risos e sons mais sugestivos vinham dos muitos quartos pelos quais passaram. Arelia esticava o pescoço, tentando captar um vislumbre do que acontecia lá dentro. Pouco depois de deixarem o salão da fonte, passaram sob uma escultura de duas — ou talvez três — pessoas tão entrelaçadas que era impossível distinguir onde começava um corpo e terminava o outro. Arelia parou para encarar, de testa franzida.

— Mas como isso funcionaria, anatomicamente, se a perna dele está ali, mas a dela está...

— Agora não é hora. — O rosto de Sufiyan ficou quente, o que era ridículo, considerando que ele devia ter bem mais conhecimento de atos carnais do que Arelia. E, mesmo assim, desviou o olhar como um vovô moralista. Então pigarreou. — Volta depois e pede por uma aula, se estiver tão interessada.

— Hum, talvez eu volte.

Ele corou ao imaginar a *cena* que a resposta evocou e se concentrou em procurar a escada.

Encontraram Tas alguns minutos depois, cercado por um bando de acompanhantes seminus, que riam alto de alguma piada que ele fizera. Sufiyan quis afastar todas aquelas pessoas e abraçar o homem que era como um irmão mais velho para ele. Quis se alegrar pelo fato de que, após tantas semanas de busca, Tas estava exatamente onde Quil dissera que estaria.

Exceto, lógico, pelo fato de estar cercado de prostitutos. E visivelmente bêbado.

— Pelos infernos — murmurou Sufiyan. — Será que ele vai reconhecer a gente...?

— Meus queridos! — Tas os avistou e abriu os braços. Arelia corou, pois ao se levantar, ele estava praticamente nu. — Vocês vieram! Ah, vocês me dão licença, belezuras — disse aos cortesões mais próximos —, meus amigos chegaram.

Tas cambaleou até eles, passou um dos braços por Sufiyan e o outro por Arelia, cheirando tanto a vinho que Sufiyan, que evitava álcool, quase se engasgou.

— Já era hora — soltou Tas. Sufiyan olhou bem nos olhos do amigo, claros e vívidos. — Estou esperando vocês faz semanas. Riam, pelo amor dos céus, porque há espiões nestes corredores.

Arelia deu um tapa no peito de Tas, rindo de maneira convincente. Tas os conduziu por um corredor e subiram um lance de escada, falando sobre o clima, a comida e os prazeres da casa, até entrarem em um quarto mais simples. Tinha móveis elegantes de pinho e uma lareira grande, e felizmente nada de pessoas nuas.

Assim que a porta se fechou, Tas vestiu um roupão, para alívio de Sufiyan e decepção evidente de Arelia.

— O que está fazendo num bordel? — perguntou Sufiyan. — Achei que estivesse espionando. Não… — Ele terminou a frase fazendo um gesto sugestivo com a mão.

— Eu *estava* espionando — assegurou Tas, com um olhar fatal. — Passei um mês tentando me aproximar do prostituto favorito da mestra do porto. Ele é bem volúvel e geralmente só se encontra com ela. Vocês dois quase arruinaram tudo.

Ele olhou com mais atenção para Arelia.

— Acho que a gente ainda não se conhece — indagou Tas. — Você é a engenheira, não é? Não passo muito por Navium. Quil diz que você é brilhante. Não comentou que também era bonita.

Tas sorriu, e Sufiyan precisou se segurar para não dar um chute nele.

— Provavelmente porque eles são primos — falou Sufiyan, ríspido. Já tinha esquecido que Tas podia ser tão irritante.

Arelia corou, Tas riu e ergueu as mãos.

— Não precisa ficar com ciúmes, irmãozinho — disse ele. — Prefiro me envolver com pessoas da minha idade. Agora, cadê o Quil? Senta, senta. Me conta tudo.

Depois de duas horas, uma refeição e uns dez bate-bocas com Arelia, Sufiyan tinha deixado Tas a par de tudo. O espião andava de um lado para o outro no piso já desgastado. Sufiyan se perguntava quanto tempo Tas já passara ali, cumprindo as ordens da Imperatriz Helene.

— Vocês chegaram no pior momento — explicou Tas, enfim. — Quando não apareceram há umas semanas, achei que tinha dado tudo errado e parti para o plano B.

Sufiyan conhecia Tas a vida inteira. Aquele homem não tinha virado o espião mais notável do Império por fazer as coisas pela metade.

— E você não pode voltar atrás nesse plano, né? — deduziu Sufiyan.

Tas balançou a cabeça e se sentou à mesa, puxando de uma das gavetas uma corrente fina e cintilante de metal preto-arroxeado.

Era hipnotizante de tão estranho, e Sufiyan se pegou tocando na corrente sem nem perceber. Se encolheu ao sentir o toque gelado do metal.

— É estranho — comentou Arelia, pegando o metal. — Morto.

— Esse metal é o motivo de eu estar aqui — revelou Tas. — Só é encontrado em Kegar e anula magia.

A compreensão e a esperança atingiram Sufiyan de repente.

— Precisamos de uma montanha disso — declarou ele. — Para derrubar os porcos voadores. Diz que você tem mais.

— *Eu* não tenho nada — respondeu Tas. — Já os ankaneses... Eles negam que esse metal exista, mas uma fonte me avisou que estão esperando uma remessa em breve. Mas não sabia dizer quando nem onde...

— Por isso você queria seduzir o... amigo da mestra do porto — emendou Arelia. — Por que não pedir ao Alto Vidente? Temos um tratado com Ankana. Eles têm o dever de nos ajudar.

— Isso era para ser o trabalho do Quil — frisou Tas. — Foi por isso que a imperatriz me mandou pra cá. Como espião, não posso falar por ela. Mas o Alto Vidente gosta do Quil. Ele deveria falar do metal e alegar que as fontes do serviço de inteligência confirmaram a existência dele. Quil é um príncipe, não podem expulsá-lo do país por ter informações que um monarca deveria saber. Estava tudo encaminhado. Mas agora...

— Agora você vai ter que roubar — completou Sufiyan.

— Minha fonte confirmou que a mestra do porto está preocupada com uma carga que vai chegar em nove dias. O veleiro vai estar com uma bandeira verde, o que significa que há um vidente a bordo. Interceptar o navio seria um ato de guerra. Se ligarem isso à imperatriz...

— Lá se vai nosso tratado — suspirou Sufiyan. Nada era fácil. — Não dá pra chantagear o vidente? Subornar?

— Os ankaneses são irritantemente íntegros — contrapôs Tas. — Suborno e chantagem rendem prisão perpétua. E eu não gosto muito de cadeia. — Ele estremeceu, uma memória antiga passando por seu rosto. — Além disso, eles veem o futuro. Não sei como contornar isso.

— A visão deles é imprecisa — ressaltou Arelia, olhando pensativa pela janela. Sufiyan praticamente ouvia as engrenagens girando na cabeça da garota. — Funciona bem para ameaças grandes, como guerras. Eles não são como os djinn, que veem coisas específicas. São leitores de estrelas.

Adivinham o futuro. Podem ter pistas de uma sabotagem, mas não saberiam como, nem quando.

— A guarda deles vai relaxar depois da entrega — afirmou Sufiyan. — Em vez de roubar o navio…

— Podemos roubar a carga. — Tas abriu um mapa dos portos ankaneses. — Pensei nisso. Mas a carga seguirá direto para um pequeno barco e, então, para as docas. — Ele apontou no mapa. — Depois, para o Cofre dos Videntes. Uma vez que estiver lá dentro, não sairá mais. Videntes vão providenciar tropas inteiras para escoltar o metal. Eu só tenho um capitão pirata ranzinza que me deve um favor, e vocês dois. Mesmo que a gente consiga derrubar centenas de soldados ankaneses, iriam nos caçar até o Império.

Sufiyan examinou o mapa do porto. A água era rasa demais para os veleiros mais robustos. Daí o uso dos barcos. Pela cor do oceano, parecia ter fundo arenoso.

— Tive uma ideia. — Sufiyan virou-se para Arelia. — Tem a ver com aquilo que você falou antes… sobre engenharia hidráulica…

Nove noites depois, logo após o pôr do sol, com a tempestade ensopando suas roupas enquanto Arelia resmungava ao seu lado, Sufiyan começou a duvidar da própria sanidade.

— Isso não vai funcionar — declarou Arelia. — Existem cem formas de isso dar errado. Mil.

— Não vai dar errado — respondeu Sufiyan, embora achasse que ela provavelmente tinha razão.

Ele já conseguia se imaginar em uma cela ankanesa antes do fim da noite.

— Prontos, vocês dois?

Tas apareceu por trás deles, animado de um jeito quase indecente. Estava em seu habitat natural. "Quanto mais absurdo o plano", costumava dizer a Ama de Sufiyan, "mais feliz ele fica". O espião apoiou uma das mãos no ombro de Sufiyan e, a outra, no de Arelia.

— Vai dar certo — garantiu ele. — Eu sinto que vai.

— E se não der? — Arelia virou-se para ele, em pânico, os cílios pingando gotas da chuva. — As roldanas… Não sei como a tempestade afetará o funcionamento. Eu… eu não esperava esse tempo…

— Não se preocupe. — Tas sorriu. — As prisões ankanesas nem são tão ruins assim. Dizem que têm até janelas. E poucos ratos.

Com essa despedida tranquilizadora, ele saiu, e Sufiyan se viu encarando a expressão apavorada de Arelia.

— Vai dar certo — assegurou ele.

— Você não sabe se vai!

Sufiyan entrelaçou seus dedos nos dela, mais por Arelia estar tremendo tanto que *ele também* começou a tremer. E ele precisava das mãos firmes aquela noite.

— Mas eu conheço você. Você é uma engenheira incrível. Era aquela aluna da corporação de engenheiros que irritava todo mundo por ser a mais inteligente. Nem adianta negar — cortou ele quando ela tentou protestar. — A gente sabe que é verdade. Você pensou nisso, analisou, debateu...

Pelos infernos, como ela tinha debatido. Ele até sonhava com alavancas e fórmulas, de tanto que ela falava disso.

— Confia no plano — destacou ele. — Vejo você já, já. Vai ser perfeito.

Ele apertou as mãos dela e o tremor diminuiu, só um pouquinho.

Dez minutos depois, ele estava agachado entre pilhas de caixotes, no alto de um prédio abandonado com vista para o cais. Seu arco estava pronto. Dali via tudo: o porto longo com suas docas, guindastes e escorregadores. O barquinho discreto no canto do cais, tão maltratado que parecia prestes a afundar. E o veleiro ankanês se aproximando, suas velas verdes firmes contra a tempestade.

Passos ecoavam nas ruas vazias; eram os soldados que se aproximavam com uma carroça para escoltar a carga. Sufiyan se abaixou. Havia mais de trezentos homens lá embaixo. Se o vissem, ele estaria perdido.

Trabalhadores de Marinn conduziram uma embarcação robusta até o veleiro, que balançava pesadamente nas águas agitadas. Após o que parecia ter sido uma eternidade, carregaram um grande palete e remaram de volta.

A própria mestra do porto supervisionou tudo, amarrando a carga com uma rede e conectando-a ao gancho de um guindaste por meio de roldanas e uma corda.

Uma corda gasta. Gasta demais para aguentar tanto peso, diriam alguns.

A mestra do porto gritou para o operador erguer a carga. Ela subiu, passou por cima do o veleiro e seguiu sobre a água.

Sufiyan ergueu o dedo. Sentiu o vento. A direção. Abaixo, uma briga irrompeu de uma taverna próxima; um grupo de piratas desordeiros gritava obscenidades e trocava socos. A mestra do porto, os soldados e até mesmo o operador do guindaste pararam para olhar.

Foi quando Sufiyan soltou a flecha. Ela cortou silenciosamente a corda, e a carga despencou no oceano com um estrondo enorme. Gritos de consternação ecoaram, acusações de trabalho malfeito foram lançadas contra a mestra do porto, e também contra o operador do guindaste, responsável pela corda.

Sufiyan só ouviu o início do caos antes de saltar para o telhado próximo, depois descer para as ruas do porto. Puxou o manto para mais perto do corpo, apressando-se sob a chuva até estar a quase três quilômetros dali, em segurança, instalado em uma taverna movimentada chamada Pennybrush. Quando o movimento da hora do jantar começou, reservou um quarto com três beliches, pediu que a refeição fosse levada e esperou por Tas e Arelia.

Após uma hora, sentiu o coração apertar de preocupação. Duas horas depois, andava de um lado para o outro, praguejando. À meia-noite, mal conseguia respirar. Tas deveria ter chegado logo depois de Sufiyan. Arelia, pouco tempo depois disso. Ele verificou a janela inúmeras vezes. Nada.

Tinham sido capturados. Presos. Mortos. E ele estava ali, deitado naquela estalagem enquanto as pessoas que amava sofriam.

Assim como Ruh. O pensamento fez seu corpo tremer e sua visão embaçar. Ruh, seu irmãozinho, que o divertira e o irritara na mesma medida. Ruh, que confiara nele e o enganara, deixando um travesseiro debaixo do cobertor. Sufiyan nem sequer olhara direito para a cama do irmão na noite em que ele havia sido assassinado. Viu o volume sob os lençóis, ficou tranquilo achando que o garoto estava dormindo, e voltou a jogar cartas com Tas.

Ele já tinha deixado Tas e Arelia para trás. Quil e Sirsha sumiram fazia semanas. Nunca chegou a se reconciliar com o amigo... e se ele estivesse morto...

Quando Sufiyan passou diante da janela, sentiu o sangue gelar. Quatro figuras encapuzadas se aproximavam da porta da frente da estalagem. Ele não conseguia enxergar o rosto de nenhuma delas, mas percebeu em meio à chuva o brilho das armaduras, o reflexo das armas. Passos apressados subiram a escada.

Sufiyan sacou a cimitarra, porque podia até ser péssimo protegendo os amigos, mas seus pais ficariam arrasados se perdessem outro filho. A porta se escancarou e...

— Suf? — soou uma voz familiar.

Sufiyan encarou a figura por um longo e confuso momento antes que ela abaixasse o capuz.

Era Quil.

Sufiyan não soube como reagir, porque, se aquilo fosse uma alucinação, era uma das mais cruéis. Mas seu amigo mais antigo o abraçava, e Arelia também. Tas fechou a porta e mandou todos se calarem com um sussurro apressado.

— Os soldados fecharam o porto inteiro — avisou ele. — Achei que tinham pegado vocês...

— Escapamos por pouco — contou Arelia. — Tivemos que nos esconder por horas. Depois percebemos que estavam seguindo a gente...

— Era eu — afirmou Sirsha com ironia, embora a voz estivesse exausta. — Rastreando... Esse aqui quase enfiou uma faca em mim. — Então fez um gesto na direção de Tas.

Arelia continuou falando, eufórica de alívio porque o plano tinha funcionado. As roldanas submersas moveram a carga de metal uns dez metros até um cais próximo, de onde os piratas de Tas a carregaram para dentro do barco assim que a mestra do porto foi embora.

Após uma busca breve, a mestra do porto içou o palete perdido, ou algo que se parecia muito com isso. A carga foi retirada da água e transportada para o Cofre dos Videntes.

— Eles logo vão descobrir — alertou Tas. — O metal já foi. Nós também iremos. O porto de Burku já está fechado, mas deixei um paquete esperando em uma das vilas costeiras. Fica a uns dias de viagem para o norte. Partiremos pela manhã.

Sufiyan tentava absorver todas as informações, mas mal conseguia acreditar que tudo tinha acabado bem. Que seus amigos — sua família — estavam a salvo.

— Respira, Suf — falou Quil em sua voz gentil. — Estamos aqui. Está tudo bem.

— Desculpa — falou Sufiyan, enquanto os outros falavam. — Desculpa por ter ficado bravo com você, Quil. Eu... eu não vou fazer isso de novo...

Quil suspirou e, pela primeira vez, Suf reparou em como ele estava péssimo: cabelo bagunçado, olhos vermelhos e as roupas, que costumavam permanecer impecáveis mesmo depois de muitos dias de estrada, completamente desalinhadas.

— Você vai ficar bravo de novo, Suf — replicou Quil. — E vai ter todo o direito. Ainda mais depois de ouvir o que eu tenho para te contar.

43
Sirsha

Enquanto Quil contava aos amigos não só sobre o que havia acontecido em batalha, como também sobre sua própria magia, Sirsha lutava para silenciar as vozes em sua mente.

A terra estremeceu e uma brisa arranhou a janela do quarto. Os ouvidos de Sirsha se encheram com o rugido do mar. Os três elementos falavam como um só.

Deixe este lugar. Vá embora e cace Div.

Aquelas vozes a atormentavam desde que fugira de Thafwa, e quanto menos ela pensava em Div, mais insistentes ficavam. Quando ela e Quil chegaram a Burku, mal conseguia cavalgar em uma linha reta. Cada parte de seu corpo queria seguir o ímpeto do juramento e deixar a cidade.

Um impulso que só se tornaria mais forte nos dias seguintes, até substituir a necessidade de comida, água, sono. Até consumi-la por completo. Ela tinha semanas, no máximo.

O plano era seguir para os portos de Burku. Conseguir uma passagem, encontrar Elias e convencê-lo a libertá-la do juramento. Ela já havia resistido a um juramento de sangue antes. Não fora fácil, mas conseguia resistir até chegar ao Império.

Mas uma semana na estrada com Quil deixou evidente que ele ainda pretendia caçar a Tel Ilessi. E não apenas pelo rastro de destruição que havia deixado no Império. Aquela vaca havia traído Quil e matado o irmãozinho de Sufiyan. Para Quil, era pessoal. Ele não descansaria até que ela estivesse morta.

E isso era um problema para Sirsha.

Ele não conseguiria matar a Tel Ilessi enquanto Madre Div estivesse viva. Aquela criatura fornecia poder demais à Tel Ilessi. Div acabaria matando Quil.

A não ser que Sirsha matasse Div primeiro.

— Como assim você tem *magia*? — Sufiyan praticamente gritou, e Sirsha se sensibilizou ao sentir a tristeza e a vergonha por meio da moeda de juramento de Quil. Ele quase desabou quando contou a Sufiyan a verdadeira identidade da Tel Ilessi. Para lhes fazer justiça, os amigos de Quil ficaram furiosos com aquela cobra kegariana e se compadeceram dele. Sirsha não teria aceitado menos do que isso. Não era culpa de Quil que sua ex-namorada fosse uma maldita mentirosa.

O fato de ter ocultado sua magia, no entanto, parecia ter tocado em um ponto sensível.

Uma onda de exasperação passou por ela. É óbvio, se havia uma pessoa capaz de suprimir magia a ponto de nem um Inashi percebê-la, essa pessoa seria Quil. Ele nunca teria a intenção de sobrecarregar ninguém com esse fardo. Isso também explicava por que ele não exibia os traços típicos dos Marciais, que suspeitavam de pessoas dotadas de magia. Explicava por que ele parecia entender Sirsha, desde o início.

Quando Quil explicou sua magia, Sirsha soube na hora o que ele era. Um Yaad. Um tipo de usuário de magia tão raro que ela nunca tinha conhecido um. A maioria havia sido exterminada.

— Se você tem magia — dizia Arelia —, então deveria reagir a essas...

Ela tirou de seu macacão algumas correntes e algemas preto-arroxeadas. Quil fez uma careta, e Sirsha, que até então estava distraída da conversa, recuou ao ver o objeto.

— Ikfa — exclamou ela. — Você não deveria ter isso!

Tas, por sua vez, tentou e falhou em arrancar os itens das mãos de Arelia.

— Isso deveria ter sido enviado para o Império.

— E vai, em algum momento — afirmou Arelia. — Mas agora está com a gente, e podemos estudá-lo. Sirsha, imaginei que você conhecesse esse metal, já que é uma Jaduna...

— Não usamos Ikfa — falou Sirsha, puxando Quil, que parecia doente, para longe do metal. Quase de imediato, a cor voltou ao rosto dele. — Usamos magia para suprimir magia. Só confiamos a posse do Ikfa aos djinns. Quando o encontramos, entregamos a eles. Não me diga que foi *isso* que você enviou para o Império...

— Falamos sobre forças reativas antes — insistiu Arelia. — Isso seria a quinta lei de Rajin? O metal...

— Não importa — cortou Sirsha, agradecendo aos céus por R'zwana não estar presente. A cabeça da irmã teria explodido ao ver tanto daquele metal horroroso. — Ikfa é perigoso para qualquer um que tenha magia...

Quil se animou de repente.

— Então vai funcionar na Tel Ilessi — considerou ele. — Você acha que funciona com Div?

— E-eu não sei — respondeu Sirsha. Ela nunca tinha cogitado a hipótese, porque jamais vira tanto Ikfa junto. Quando encontrado, costumava ser em porções mínimas. — Eu...

Div. Cace-a. Os elementos a possuíram. Tomaram o controle de seu corpo. *Levante-se. Mexa-se. Cace. Cace. CACE...*

Sirsha só percebeu que tinha saído do cômodo quando Quil segurou sua mão, tirando-a do transe.

— Sirsha. — Quil a deteve no meio do corredor estreito da Pennybrush. O que ele tinha pensado ao vê-la sair no meio da conversa daquele jeito? — Você está bem?

Ela nem pensou em mentir. Não via mais motivo para isso.

— O juramento que fiz a Elias está afetando minha mente, Quil. Eu devia ter contado antes, mas fui arrogante demais. Achei que conseguiria pegar a assassina. Um juramento desses precisa ser cumprido. Se não for, vai ser a única coisa em que conseguirei pensar, vou me tornar um perigo para você e para todos ao meu redor.

— Eu sei — admitiu ele, após uma pausa. — J'yan me contou uma noite antes de morrer. Achava que o juramento era comigo, queria que eu o quebrasse. — Quil desviou o olhar, o rosto enfurecido. — Elias vai ouvir umas poucas e boas da próxima vez que eu o encontrar.

— Bem-vindo à fila. — Sirsha suspirou e levou a mão à têmpora. — Preciso tomar um ar.

— Quer companhia?

Sirsha sorriu, lançando um olhar por sobre o ombro.

— Não tanto quanto Arelia quer saber cada detalhe do mecanismo interno que você usa para ativar sua magia. Vai lá. Tenho a impressão de que vocês quatro ainda têm muito o que conversar. Diga a ela para manter esse Ikfa longe de você. Já volto.

Enquanto Sirsha caminhava pelas ruas de Ankana, com a mochila pendurada no ombro, pensava em algo que Arelia havia dito sobre magia semanas antes. "A quinta lei de Rajin diz que toda ação evoca uma reação igual e oposta."

Sirsha aprendera o mesmo conceito ainda criança. Depois de muita insistência de sua parte, sua mãe, a Raani, contou-lhe a história do Portador da Noite, o mais habilidoso e ardiloso dos djinns. Mil anos antes, um rei inimigo aprisionou os djinns e roubou seus poderes. O Portador da Noite, o único a escapar do genocídio, passou um milênio tentando libertar seu povo.

"Foi a indiferença de Mauth, criador do Portador da Noite e fonte de toda a magia, que colocou os djinns nesse caminho", explicara a mãe de Sirsha. "E foi o amor de Rehmat, sua esposa querida, que o libertou. Às vezes, a única forma de conter a violência de uma magia corrompida é enfrentá-la com seu oposto."

Estrelas ainda permeavam o céu escuro, visíveis mesmo com os lampiões das ruas. No norte, era fim do inverno, mas ali em Ankana fazia um verão ameno, de noite fresca, flores e árvores cheias, a capital quase ofensivamente bela.

Fazia Sirsha se lembrar da Floresta das Nuvens. Em poucos meses, a primavera estaria em toda sua plenitude por lá. As videiras ficariam carregadas de flores melíferas e das abelhas que as amavam. As Raanis se lamentariam pelo pólen sujar todas as janelas de suas casas nas árvores Gandafur.

Para os Jaduna, a primavera e o verão eram estações de doação. Amigos faziam coroas de margaridas, namorados faziam pedidos, juramentos Adah eram celebrados. Sirsha tinha vinte anos, já era uma adulta pelos padrões dos Jaduna. Este teria sido o ano em que ela e J'yan fariam a cerimônia Adah completa, em honra ao voto que haviam feito ainda crianças.

Levaria semanas até R'zwana alcançar a Floresta das Nuvens. Semanas até que os parentes de J'yan soubessem o que acontecera com ele. Sirsha esperava que R'z tivesse contado à mãe sobre a magia que se esvaía. Esperava que a irmã tivesse feito as pazes com o que havia perdido.

E talvez isso incluísse Sirsha, se aquele juramento, ou Div, a matasse.

Preciso de mais informações, pediu Sirsha aos elementos. *Onde posso encontrar?*

Cace, ribombou a terra.

Cace, rugiu o mar.

Leia, sussurrou o vento.

As ruas estavam vazias, e as lojas, fechadas. O que o vento queria que ela lesse, droga? Um letreiro?

Então se lembrou de que *tinha* um livro. *Lembranças*, de Rajin de Serra. Ela o havia roubado de Quil algumas semanas antes.

Sim, sibilou o vento, e Sirsha encontrou um banco sob um poste de luz e tirou da mochila o livrinho maltratado.

O velho filósofo que vivera cinco séculos antes adorava se alongar nos discursos. Mas suas ideias valiam a verborragia, desde que se aceitasse que ler sua obra era como procurar agulha num palheiro.

Até mesmo os instrutores Jaduna guardavam algumas das obras dele nas bibliotecas. A maioria gostava sobretudo dos capítulos em que ele reclamava da juventude de sua época, aqueles inúteis contribuindo para a ruína da sociedade.

Sirsha nunca havia lido *Lembranças*. Ao folheá-lo para chegar à seção sobre teoria mágica Jaduna, lamentou não ter lido antes.

> ***Os Jaduna laçam sua magia com um sentimento e usam-no para controlar um elemento. O sentimento mais comum é o desejo, uma manifestação de força de vontade. Compreendem a terceira lei, que estabelece que a magia não pode ser destruída, apenas contida ou transformada.***

Ele divagava entusiasmado sobre como o povo Jaduna desprezava o acúmulo de poder. Pelo visto, aquele velho tagarela nunca conheceu R'zwana. Sirsha continuou lendo.

> ***Os Jaduna valorizam a comunidade acima do indivíduo. A humildade acima da ostentação. O serviço e a doação acima da ganância. O sacrifício acima do egoísmo e da gula por magia.***

Sirsha fechou o livro, sua mente presa à terceira lei de Rajin: *a magia não pode ser destruída, apenas contida ou transformada*.

Ela não conseguira dominar Div, muito menos matá-la. Se a criatura não podia ser destruída ou contida, talvez pudesse ser transformada. Em um cogumelo venenoso, talvez. Ou em uma tarântula bem feia.

"Às vezes, a única forma de conter a violência da magia corrompida é enfrentá-la com seu oposto."

Ela não sabia a origem da maldade de Div. Mas já havia aprendido o suficiente sobre os tipos de magia existentes no mundo para arriscar um palpite.

Toda magia originava da mesma fonte. De uma força envolta em lendas, sussurrada, mas nunca comprovada.

Mauth. *Morte*, no idioma rei antigo. A presença de Mauth era sentida com mais intensidade no Lugar de Espera, onde humanos e djinns desafortunados o bastante para serem seus servos guiavam espíritos traumatizados deste mundo até um repouso pacífico, para que não atormentassem os vivos com seus lamentos. A avó de Sufiyan, a Bani al-Mauth, era uma dessas servas. Assim como os outros intérpretes dos mortos, ela lançava o sofrimento e o tormento dos espíritos para outra dimensão fervilhante que se avizinhava à deles.

As tribos chamavam esse lugar miserável de Mar do Sofrimento. Sirsha preferia o nome Jaduna: Owa Khel. O Vazio. Um lugar de pálidos céus amarelados e de mares assombrados. J'yan e ela contavam histórias assustadoras sobre esse lugar quando eram crianças, enquanto D'rudo os fazia decorar textos inteiros sobre o assunto.

Uma frase desses textos voltou à mente de Sirsha: "E mesmo que o Mar do Sofrimento se agite, inquieto e incessante, é Mauth quem o controla, uma barreira contra sua fome."

Div não estava com fome. Div era *a própria* fome. Um desejo de consumir que ignorava qualquer senso ético ou moral. Egoísmo puro.

Sim, os elementos sussurraram.

— A indiferença foi enfrentada com amor — murmurou Sirsha. — Então Div, com sua ganância, com sua fome…

"Sacrifício acima do egoísmo e da gula por magia."

Enfim entender aquela realidade era como uma faca cravada na barriga, girando em suas entranhas. Sirsha queria gritar. Ou talvez bater palmas lentas para a justiça do universo. Suas ações, afinal, haviam levado à morte de mais de mil inocentes. Intencionalmente ou não, ela os havia matado. E um desequilíbrio daqueles não ficaria impune.

Pois bem, ali estava. A resposta. Se Sirsha quisesse prender Div, teria que sacrificar a própria vida para isso.

Agora, disseram os elementos em uníssono, *você está começando a entender.*

Pelos malditos infernos. Queria ter nascido um gato. Ou uma perdiz. Algo fofo e inofensivo que não tivesse que pensar em leis mágicas e desilusões amorosas.

Quando voltou para a estalagem, o salão de jantar ainda estava vazio. Era cedo demais até para o estalajadeiro. Mas Quil, ainda com o cabelo úmido do banho, se apoiava no balcão vazio do bar, absorto em pensamentos. Devia estar exausto, mas a determinação que o definia, calma e inabalável, era algo que ela conseguia sentir mesmo à distância.

Chega de segredos. Precisava contar a ele que, se quisessem matar Div, ela teria que pagar com o próprio sangue. Ele ia reclamar, lógico, tentar dissuadi-la de todas as formas possíveis. Mas ele tinha o direito de saber. Ainda mais porque, quando ela morresse, a moeda de juramento amplificaria terrivelmente o luto dele.

Ah, as alegrias da magia Jaduna...

— Sirsha.

Ele se virou para ela, e o som de seu nome nos lábios dele ressoou por suas veias como se tivesse sido dito por um trovão, não por um homem. Desde pequena, ela era S'rsha. Aquela pausa no fundo da garganta era a maior honra daquele mundo, significava que ela era uma Jaduna, uma das primeiras dotadas de magia. Sua linhagem era antiga; seus ancestrais, titãs da época em que viveram. Quando ela perdeu aquela pausa, quando se tornou *Sir-sha*, e não mais *S'rsha*, foi como se tivesse sido arrancada do próprio corpo e enfiada para dentro de outro que não lhe pertencia.

Mas, nos lábios de Quil, seu nome voltava a soar bonito.

— Quil — disse ela.

Diga a ele. Diga que você precisa morrer. Que precisa se despedir.

Contudo, Sirsha sabia que ele analisaria e reviraria cada palavra até se convencer de que havia outro jeito. Pela primeira vez, ela não queria discutir.

Sirsha pegou a mão dele, desejando conseguir expressar o anseio que a inundava, algo mais do que *eu preciso de você e queria não precisar*. Subiram a escada aos tropeços, e qualquer palavra que ainda estivesse na cabeça dela tornou-se desnecessária quando Quil fechou a porta e a ergueu nos braços, com facilidade. Sirsha suspirou enquanto ele a pressionava contra a parede, beijando-a como se alguma parte dele soubesse que não tinham muito tempo, como se quisesse compensar naquele momento tudo o que jamais teria de novo.

Ela mergulhou os dedos no cabelo dele e, afastando-se dos lábios dele, beijou a linha do maxilar, o pescoço, sorrindo ao ouvir o palavrão que ele soltou. Ele a carregou até a cama, e ela girou o corpo para ficar por cima dele, vendo surgir a covinha enquanto ele dava um sorrisinho. Seu coração disparou.

As lamparinas os banhavam com uma luz azulada. Ela o despiu devagar e quase não olhou para ele, quase não prestou atenção àquela elegância esbelta e forte, mas então se obrigou a olhar, porque, bem... aquele momento era só o que teriam, não era?

— Você é lindo — sussurrou ela.

Montou nele e soltou os grampos do cabelo, deixando que os fios formassem uma cortina ao redor dos dois. Seu corpo ansiava por ele, pela completude que sabia que Quil lhe daria, mas ela resistiu à urgência e o beijou devagar, do jeito que sabia que ele gostava.

Quil tirou as roupas dela e, devagar, muito lentamente, os dois se uniram, a respiração ofegante, os dedos dele apertavam sua cintura até quase o ponto da dor, os olhos dourados fixos nela, recebendo o que ela dava, entregando a ela tudo o que tinha.

— Mais — disse Sirsha, arquejando. — Mais perto.

Ele atendeu — e aqueles sons vinham dela ou de outro lugar? Ele mordeu o lábio inferior para não deixar escapar nenhum ruído. As paredes eram finas, estava tudo em silêncio e aquela era uma hospedaria familiar, pelos céus, mas ele merecia o direito de gritar de raiva e gemer de prazer.

Sirsha se inclinou e tomou seus lábios entre os dela para que pudesse abafar os sons dele, para que pudessem gritar um dentro do outro, deixando escapar tudo o que não conseguiam dizer em palavras, tudo o que se acumulava no fundo do coração de ambos.

Depois, deitados lado a lado, ela se virou para vê-lo olhando para ela.

A moeda ardia de tão quente quando ela tocou o rosto dele com uma das mãos. Sirsha sabia que o entalhe estava florescendo. Foi tomada por uma dor terrível, porque se ele era seu Adah, sua outra metade, o que seria dele quando ela se fosse? Seria doloroso, mais do que ele jamais poderia compreender. Não só pela dor do coração partido, mas pela ruptura de um juramento de sangue. Anos depois, ela ainda sentia o vazio onde o voto de J'yan estivera.

Mas ele não ficaria sozinho. Tinha Sufiyan, Tas e Arelia. Eles o ajudariam. Quil conseguiria superar.

— Sirsha. — Ele olhou bem no fundo dos olhos dela e a puxou para mais perto. — Pelo seu olhar, parece que você está se despedindo. Volta para mim. Fique aqui comigo.

Ela assentiu, desviando o olhar para ele não perceber que *sim*, ela estava se despedindo. Só não tinha forças para dizer isso em voz alta.

44

Quil

Ainda estava escuro quando Quil deixou Sirsha dormindo. Ele beijou sua testa e se esgueirou para fora, mas encontrou Tas saindo de fininho dos aposentos do cavalariço no pátio da estalagem.

Tas sorriu.

— Eu guardo seus segredos se você guardar os meus.

Quil deu uma risada.

— Bom ver que algumas coisas nunca mudam.

— Tudo parte do trabalho, irmãozinho. Aquele cavalariço conhece todos os guardas do distrito. Se alguém vier atrás da gente, saberemos. Para onde você vai?

— Ver o Alto Vidente — replicou Quil. — Gostaria de ter uma palavrinha com ele sobre a Embaixadora Ifalu.

Tas assentiu.

— Fique de olho aberto. O porto está fechado e o número de guardas nos turnos dobrou. Eles sabem que alguém roubou o Ikfa.

Meia hora depois, Quil estava cara a cara com o Olho de Ankana, um dos homens mais sagrados ainda vivos. Porém, por mais que o Alto Vidente Remi E'twa de Ankana se apresentasse como onisciente, a expressão de surpresa em seu rosto quando Quil entrou em seus aposentos monásticos indicava uma onipotência mais limitada.

Talvez porque Quil tivesse entrado por uma das poucas janelas do local, em vez de usar meios diplomáticos mais formais.

— Príncipe Herdeiro Zacharias. — Remi se levantou de uma escrivaninha simples de carvalho, onde repousava um bule de chá de camomila. — É um prazer revê-lo. Não sabia que estava visitando Burku.

— Talvez o senhor precise de informantes melhores, Alto Vidente Remi.

— Talvez, Príncipe Herdeiro.

O Alto Vidente abriu um sorriso genuíno, mas observava Quil com cautela enquanto pegava outra caneca do armário. O príncipe corria um enorme risco estando ali. Se o Alto Vidente fizesse parte da conspiração contra os Marciais, Quil poderia ser preso ou morto. A Embaixadora Ifalu certamente não teria escrúpulos quanto a isso.

O Alto Vidente serviu chá para Quil e lhe ofereceu a caneca.

— Permita-me expressar minha solidariedade pelo sofrimento do seu povo — começou ele. — Lamentamos profundamente ao saber...

— A Embaixadora Ifalu tem enviado informações erradas ao meu povo, Alto Vidente. — Quil não tocou no chá, tampouco fez menção de reconhecer a declaração do homem. Melhor ir direto ao ponto. — Ela fez isso enquanto fingia ser uma aliada e representante do seu povo. A traição dela acarretou diretamente a morte de milhares de Marciais, Eruditos e Tribais, bem como a ocupação das nossas terras pelos kegarianos.

— A Embaixadora Ifalu? — A surpresa de Remi era sincera o bastante para Quil acreditar. — Impossível. Ela é uma de nossas videntes mais respeitadas, Príncipe Herdeiro. Perdoe-me, mas deve estar enganado.

— Não estou — retrucou Quil. O Alto Vidente de Ankana não precisava saber da magia de Quil. — Conheço a embaixadora como Ena Ifalu. Ela já usou outro nome? Dolbra, talvez?

Remi empalideceu.

— Dolbra era o nome da filha dela, que morreu ao nascer. Pouquíssimas pessoas sabiam que Ena a havia nomeado assim. Como soube dessa informação?

— Por fontes confiáveis.

Quil notou a suspeita na expressão do Alto Vidente. Ele não acreditava em Quil. Mas também não o expulsara dali ainda.

— Alto Vidente, tenho o mais profundo respeito por você e por sua opinião. No ano passado, a imperatriz me disse que o senhor estava buscando um sucessor. Todos esperavam que nomeasse a Embaixadora Ifalu. Os seus conselheiros e assessores. Seu povo. A família da embaixadora. Até a própria Ena. Mas o senhor não a nomeou. Por quê?

Remi tomou um gole de chá, mas segurava a caneca com tanta força que Quil achou que ela fosse se estilhaçar.

— Ainda não estou pronto para me afastar.

— Sua habilidade de analisar as pessoas é lendária — ressaltou Quil. — O motivo pelo qual apoiou a abertura comercial dos ankaneses com o Império foi porque conheceu a imperatriz. Viu quem ela era e quem poderia se tornar. O que vê quando olha para a Embaixadora Ifalu?

A xícara do Alto Vidente tilintou quando ele a apoiou no pires.

— A embaixadora não tem nada a ganhar aliando-se aos kegarianos — argumentou ele. — Certamente não arriscaria a relação de Ankana com o Império. Se rompermos o tratado com vocês, também rompemos com Marinn. Com os Tribais. Diga-me, príncipe, por que ela faria algo assim?

— Talvez ela não se importe com o Império ou com os kegarianos. — Quil passara a noite toda remoendo isso. — Talvez ela sirva a outro mestre. Conheço a liderança kegariana, Alto Vidente. Conheço a Tel Ilessi. O poder dela é imenso, terrível. Pergunto-me se ela se aliou a algo... que não é humano. E se Ifalu fez o mesmo. Então eu pergunto novamente: quando olha para Ifalu, o que vê?

— Nada — murmurou o Alto Vidente. — Não vejo nada. O futuro dela está velado. Está assim há anos, e por mais que eu tente ver algo, sempre acabo falhando.

— E não contou a ninguém. Porque isso significaria que seu poder está enfraquecendo, e temeu ser forçado a abdicar por causa disso.

— Se ela traiu seu povo...

— Não foi só o meu povo. O seu também. Havia uma remessa que deveria ter chegado ao Cofre dos Videntes...

— Sim — confirmou Remi. — Motores de minério mehbahnês, para nossas embarcações. Não costumo dar atenção a essas coisas, mas foi roubado ontem à noite...

— Não — interrompeu-o Quil. — Não eram motores. Era Ikfa.

Remi recuou da mesma forma que Sirsha.

— Impossível — balbuciou ele. — Essa substância é proibida. E, de qualquer forma, quase não se encontra mais dela no mundo...

— Há minas cheias dela em Kegar.

Quil contou o que Tas lhe dissera. Se o Alto Vidente estivesse aliado aos kegarianos, já saberia disso.

— Ifalu mandou trazer Ikfa para cá. Fico aqui pensando: o que os Jaduna achariam disso? Eles são seus aliados também, não são?

Quil apoiou as mãos na mesa.

— Olhe nos meus olhos, Alto Vidente Remi. Me diga se estou mentindo sobre a perfídia da embaixadora. Se estiver, peço desculpas e vou embora. Mas se o que compartilhei despertou ao menos uma leve suspeita de que Ifalu possa ter enganado os Marciais e traído o próprio povo, imploro que a convoque. Descubra a verdade. Partirei assim que o fizer. Mas só lhe peço uma coisa.

Remi suspirou.

— O príncipe está pedindo muitas coisas.

— Isto é justo. Se eu estiver certo e sua embaixadora for culpada, como digo que é, então vou precisar de um favor.

Quil voltou a Pennybrush algumas horas depois. O sol já estava alto e Tas, Arelia, Sirsha e Sufiyan o esperavam no pátio da estalagem, prontos, com os cavalos selados e impacientes do lado de fora dos estábulos.

— Antes tarde do que nunca! — exclamou Tas, levantando-se quando Quil entrou. — Não faço ideia de como vamos sair daqui, fecharam quase todos os portões. O que o Alto...

— Tas — chamou Sirsha, erguendo a mão. — Escuta.

Ele se calou. Além das vozes que ressoavam do salão de jantar da estalagem, todos ouviram um som inconfundível: botas, marchando em sincronia, na direção da hospedaria.

— Você trouxe os malditos guardas atrás da gente? — Tas olhou para Quil, com os olhos arregalados de incredulidade. — De todos os erros mais amadores, esse é o...

Antes que pudesse continuar com um vocabulário mais delicado, soldados invadiram o pátio. Um capitão de aparência autoritária, usando uma armadura dourada ricamente entalhada, aproximou-se de Quil sem hesitar.

— Príncipe Zacharias, do Império Marcial — bradou ele. — O senhor está sob suspeita de roubar uma carga de bens pertencente à nação de Ankana. Precisa me acompanhar para ser interro...

— Fomos nós. — Quil sacou a espada e a deixou aos pés dos guardas, gesticulando para os demais. — Todos nós. Somos ladrões. Vamos confessar.

45

Aiz

Levou mais de uma semana para encontrarem as crianças.

Não são crianças, lembrou-se Aiz, enquanto ela e Cero, com quem voava, se aproximavam de Serra pelo ar. *São assassinos. São Máscaras.*

Afinal, aqueles pequenos selvagens haviam enchido de armadilhas os campos ao redor da casa onde estavam escondidos, no coração da cordilheira Serrana. Aiz perdeu trinta soldados antes que suas tropas sequer alcançassem a construção, e mais cinco quando conseguiram entrar. No fim, fora obrigada a explodir o telhado com a força do vento e a imobilizá-los um por um. Só então os kegarianos conseguiram capturar os Máscaras.

Naquele instante, sob o olhar atento do Triarca Ghaz, os prisioneiros a aguardavam no alojamento dos pilotos, amordaçados e fortemente acorrentados. Aiz havia vencido. Mas estava exausta, os ossos esgotados de conjurar tanto poder.

— Por que está demorando tanto? — perguntou ela a Cero, que manobrava o Veleiro pelas montanhas com todo o cuidado do mundo. Ainda estava furiosa com ele por ter perdido Quil. Depois da fuga da imperatriz, as notícias sobre o príncipe herdeiro tinham sido um golpe brutal. Aiz mandara que Cero se afastasse dela, temendo a própria ira. — Já deveríamos ter pousado a essa altura.

— Tel Ilessi, são jovens. Crianças. Têm só catorze anos.

— São cobras, Cero. Você viu quantos soldados nossos eles mataram.

— Só porque os cercamos. Não demos escolha.

Aiz crispou os lábios. Cero vinha a pressionando com frequência nos últimos tempos. Desprezava a maneira como Madre Div lhe concedia poder. Questionava sobre as crianças desaparecidas em Kegar. Criticava o tratamento dado aos prisioneiros.

— Aquelas *crianças* — enfatizou Aiz — são máquinas assassinas treinadas. Vamos cortar a cabeça delas, arrancar suas máscaras e não vamos sentir culpa nenhuma.

Cero não disse mais nada até chegarem a Serra. Depois de algum tempo, a cidade surgiu abaixo deles, uma sombra arruinada do que já fora um dia. O rio Rei estava repleto de destroços. Os sinalizadores autorizaram o pouso e, quando começaram a descer até o campo improvisado, o cheiro de fumaça, sangue e podridão invadiu as narinas de Aiz.

A culpa lhe dominou o peito como enxames de abelhas sob a pele. Ruh amava aquela cidade; ele dizia "As fontes são enormes e tem uma rua inteira de contadores de histórias, outra de fabricantes de pipas, e outra que vende seda de todas as cores..."

Aiz se perguntou se Laia ainda estava viva. Se Elias, Kari e Zuriya haviam sobrevivido. Depois se deu conta de que não se importava tanto assim. Ruh era o único que ela tinha amado.

Algo cintilou na sua visão periférica. Era um brilho prateado. Ouviu uma risada familiar. Aiz se virou ao saltar do Veleiro, alarmada, procurando a criança entre as ruínas de Serra. Por um instante, teve certeza de que Ruh estava ali.

— Tel Ilessi?

A voz de Cero a chamou de volta, e ela se lembrou. Ruh estava morto.

— Venha — ordenou ela. — Os Máscaras estão no alojamento. É perto daqui.

— Se quiser matar aquelas crianças — Cero estava parado à sombra do Veleiro, mexendo nas correias da cadeira do piloto —, vá em frente. Mas eu não vou fazer parte disso.

Enquanto os Veleiros decolavam e pousavam ao redor, Aiz observou seu amigo mais antigo. Ele estava esgotado. Ficara ao lado dela por meses, cumprindo ordens, ouvindo-a falar sobre Madre Div, ajudando a planejar a derrocada do Império. Ele tinha acreditado. Mas ali parecia exausto. Tanto quanto muitos dos soldados. Todos estavam cansados. Precisavam de uma vitória.

Loha seria a vitória.

— Está bem. — Ela tentou manter um tom comedido. — Eu cuido disso. Por que não tira uns dias de folga...?

— Antes de assassinar aquelas pobres crianças — Cero empurrou os óculos de voo para o topo da cabeça —, tem uma pessoa com quem você precisa falar. — Estendeu a mão na direção da de Aiz, hesitante, como se temesse levar um tapa. — Não fique irritada comigo. Você não está sendo você mesma, Aiz...

— Tel Ilessi — corrigiu ela. O campo de pouso fervilhava de aeronaves, mas isso não impedia que as pessoas escutassem. O respeito precisava ser mantido. — E eu nunca fui tanto eu quanto agora. Não tenho tempo para...

— Aiz, meu amor.

Ela se virou e encontrou a figura encurvada da irmã Noa. Fazia semanas que não a via, desde o início da guerra. Em Kegar, nos meses de preparação, Aiz havia se afastado dela. Enquanto a Alta Clériga Dovan, Olnas e o restante do clero olhavam para Aiz com reverência, irmã Noa sempre a observava com cautela. Às vezes até com frieza.

— É Tel Ilessi, Irmã — corrigiu Aiz.

— Venha comigo. — Noa segurou Aiz pelo braço. A mulher era tão frágil, tão pequena, que ela se deixou guiar sem resistência.

Seguiram em silêncio até o final do campo e começaram a cruzar as ruas silenciosas, cercadas por escombros.

— Tanta morte... — murmurou irmã Noa. — Um apocalipse para este povo. Um genocídio. Me pergunto se, daqui a mil anos, vão olhar para nós e nos enxergar como o cataclismo deles.

— Daqui a mil anos, eles já terão matado uns aos outros — retrucou Aiz, fazendo careta ao avistar um cachorro roendo algo grande e branco entre as ruínas de uma casa. — São violentos e ofensivos, Irmã Noa. E, de todo modo, isso não será mais um problema nosso. Estaremos longe. Do outro lado do mar. Em casa.

— Em casa, sim — concordou Noa, diminuindo o passo diante do que um dia fora uma escultura enorme cercada por uma fonte. A água estava escura, cheia de cinzas, e lascas de argila emergiam como ossos. — "Uma bela terra verde que era só nossa. No coração dela, havia a Fonte de luz dourada, e essa era a origem da nossa magia." — Noa sorria enquanto recitava um dos Nove Contos Sagrados. — Você conhece as histórias sobre o que causou o cataclismo, Aiz?

— Isso não está nos Nove Contos Sagrados. Madre Div não queria que soubéssemos.

— Ou talvez *Dez* Contos Sagrados não tivesse o mesmo apelo — tornou a Irmã Noa, com um tom sarcástico. — Mas temos registros. Fontes confiáveis, porque Madre Div era bastante meticulosa. A lenda diz que a Fonte foi envenenada. Corrompida por magia sombria. Não aconteceu da noite para o dia. Foi um processo lento, ou então Madre Div não teria tido tempo de encontrar uma nova terra para seu povo.

Aiz tentou puxar Noa para longe da fonte quebrada, mas a anciã resistiu.

— As pessoas de nosso povo viraram-se umas contra as outras — continuou Irmã Noa em voz baixa. — A magia corrompida os enlouqueceu. Colocou pais contra filhos, irmãos contra irmãos, líderes contra o próprio povo. Dezenas de milhares morreram. A Primeira Cidade, o Lar da Fonte, foi consumida. Apenas os povoados e distritos mais distantes puderam ser salvos por Madre Div. "Quando a humanidade se volta contra suas crianças", dizia ela, conforme os rumores, "então sabemos que estamos perdidos".

Um arrepio percorreu Aiz. Ela se lembrou do que Quil dissera no acampamento de guerra: "Quando você sacrifica os filhos dos outros no altar da sua ambição, é só uma questão de tempo até sacrificar os próprios."

Irmã Noa virou-se para Aiz, que se encolheu ao ver a decepção nos olhos da clériga.

— Você está perdida, Tel Ilessi. Quantos já morreram para alimentar essa criatura que lhe dá poder? E não a chame de Madre Div. Nossa Clériga Sagrada jamais apoiaria tamanha violência. Nem contra os culpados, e muito menos contra os inocentes.

Noa apertou as mãos de Aiz com o mesmo afeto que oferecera a ela durante toda sua vida.

— Expulse essa coisa de dentro de você, minha menina. Você ainda pode nos liderar. Ainda pode ser nossa Tel Ilessi. Mas não desse jeito.

A fúria de Aiz ardia, à flor da pele e constante, como um tapete de formigas de fogo. Algo mais fervia sob ela: desespero.

— Talvez eu esteja perdida — retrucou ela. — Talvez eu tenha feito sacrifícios que ninguém esperava. E... e serei assombrada por muitas coisas. Mas, se for pelo meu povo, vale a pena. Não posso voltar atrás agora, Irmã, nem expulsar Madre Div da minha cabeça. Não farei isso.

— Isso não pode ser quem você é — implorou Irmã Noa. — Você se lembra da pergunta que eu sempre lhe fazia? Com o que você sonha? É com isso mesmo que você sonha? — Ela indicou os escombros ao redor. — Me conte, Aiz. Me conte um sonho.

A fome perturbou Aiz. Depois veio a satisfação. Ao longe, Madre Div se alimentava.

Aiz encarou a destruição que causara.

— Eu sonho com a vitória — respondeu. — E a morte.

Ela puxou o braço com força, desvencilhando-se de Noa, e partiu para reivindicar seu loha.

Os jovens Máscaras estavam ajoelhados no pátio do alojamento dos pilotos, amordaçados, vendados, espancados. Aiz ordenou que as vendas fossem retiradas. Os rostos prateados reluziam na luz fria do inverno.

A cor do cabelo, da pele, o gênero, tudo variava. Mas todos usavam os mesmos uniformes escuros, tinham a mesma postura rígida, a mesma expressão desafiadora. Como se estivessem prontos para massacrar cada kegariano que encontrassem.

Ghaz andava de um lado para o outro diante deles e parou quando Aiz apareceu. Ao comando dela, ele retirou a mordaça e a venda da primeira Máscara.

A jovem que olhou para ela tinha cabelo ruivo e olhos castanhos. Seu lábio se contorceu quando Aiz entrou, e ela cuspiu nas pedras do pátio.

— Se vai nos matar e pegar nossas máscaras, anda logo — rosnou.

— Está tão ansiosa para morrer?

— Ansiosa para você me soltar pra eu enrolar essas correntes no seu pescoço e assistir enquanto sufoca. — A voz da garota era fria e calma.

Uma presença atrás de Aiz a fez sorrir, assim como a onda fria de poder que percorreu seu corpo.

— Permitirá que essa cachorrinha insolente fale com você assim? — A raiva legítima de Madre Div acariciava o ego machucado de Aiz. — Faça seus interrogadores trabalharem com ela. Talvez ela saiba onde há mais loha.

— Prefiro tirar a máscara dela, Madre Div.

A clériga considerou.

— Deixe eu me alimentar dela — pediu. — Ela é violenta, sem dúvida, mas ainda é jovem. E pura.

Aiz estava prestes a responder quando uma comoção na extremidade do campo de pouso chamou sua atenção. Um Veleiro pousou apressado, como um grou ferido, e uma mensageira cambaleou ao sair dele. Ofegante, estava com o cabelo bagunçado e o peito arfando em pânico.

— Tel Ilessi! — gritou ela, trôpega. — Uma revolta no sul da cidade. Quase uma legião inteira se aproxima. Eles... eles simplesmente apareceram. Do nada! Estamos esperando outro carregamento de armas vindo de Kegar. Não temos bombas o bastante para detê-los. A... a imperatriz os lidera.

— Por que não fomos avisados? — exigiu Aiz. — De qual clã era o turno de vigia?

Ghaz havia se juntado a ela quando a mensageira chegou, e respondeu:

— Do Clã Hiwa.

Aiz quase o matou ali mesmo. Mas o que precisava naquele momento era poder. Muito mais poder.

Madre Div percebeu, antecipando a necessidade de Aiz.

— Alguns corações não serão suficientes para deter uma legião Marcial, filha de Kegar — alertou. — Preciso de mais do que isso. Se está tão contrária a me permitir tomar mais corações, posso extrair o poder de outra forma. Mas isso exige... dor.

— Estou pronta — afirmou Aiz, erguendo o queixo.

Madre Div inclinou a cabeça, os dentes reluzindo.

— Não a sua dor, Aiz. A deles. — Ela gesticulou com a cabeça para os Máscaras.

Havia um brilho cruel nos olhos de Div. Uma empolgação crescente que Aiz não conseguia ignorar.

— Você quer torturá-los?

— Sim. Eu posso extrair dor desses Máscaras — respondeu Div e, ao ver o olhar inquieto de Aiz, ergueu a mão. — Não é algo que eu vá apreciar, criança. É por isso que nunca mencionei antes.

— Tel Ilessi. — O Triarca Hiwa emergiu dos escombros, acompanhado por uns vinte combatentes.

O pânico em seu rosto era vergonhoso. Aiz mal podia acreditar que aquela criatura covarde descendia de Madre Div.

— Há uma legião Marcial completa...

— Estou ciente — interrompeu Aiz. — Diga à Triarca Oona que lidere suas arqueiras. Triarca Hiwa, você vai liderar o ataque terrestre.

— M-mas… Tel Ilessi — gaguejou Hiwa. — Seremos massacrados!

— Pelos Marciais ou por mim — respondeu Aiz, invocando o vento e pressionando-o contra a traqueia de Hiwa. — Eu diria que suas chances de sobrevivência são maiores enfrentando os inimigos.

Aiz o soltou, e ele a encarou, invocando o próprio vento. Aiz sabia que Hiwa não ousaria atacá-la. Era fraco demais.

— Triarca Ghaz — chamou Aiz. — Leve seus homens para lutar ao lado dos de Hiwa. Segurem-nos o máximo que puderem. Já irei encontrá-los.

— Os Máscaras, Tel Ilessi. Não é seguro…

— Eu consigo contê-los. Vá.

Ghaz fez uma mesura e partiu com seus homens. A ruiva, percebendo que não havia guardas por perto, tentou se levantar com um sorriso. Mas Aiz a derrubou, junto com seus companheiros, com punhos de vento.

Div as circulava.

— Deixe-me ajudar, Tel Ilessi. Você sabe que seus soldados sozinhos não conseguirão destruir essa legião. Posso lhe dar o que você precisa. Ainda mais.

"Você está perdida, Tel Ilessi." Aiz olhou para os jovens Máscaras. Pensou nos olhos prateados de Ruh. O que ele diria se a visse naquele momento?

Uma emoção antiga, presa junto aos restos de quem Aiz fora um dia, ameaçou emergir. Uma dor aguda, fina como a garra de uma águia. Um som escapou de sua garganta, o lamento de um pássaro atingido, o último resquício de humanidade que se agarrava ao seu coração.

Sim, ela estava perdida. Irremediavelmente perdida.

Mas Ruh morreu para que Aiz pudesse chegar aonde estava. Que sentido faria desistir a essa altura?

Aiz olhou para Div. Deixara a Santa caçar e matar por meses e, até então, conseguira controlá-la. Talvez, ao fazer isso, Aiz também tivesse limitado a si mesma, contendo o poder que ela podia lhe oferecer. Talvez só agora começasse a entender o tamanho da força que Div carregava.

— Sim — murmurou Div. — Agora você entende.

Aiz assentiu.

— Pode fazer.

Momentos depois, o primeiro Máscara começou a gritar.

Mais tarde, os soldados kegarianos que testemunharam a destruição da legião Marcial diriam que a própria Madre Div havia descido do céu, espalhando ruína sobre o inimigo quando tudo parecia perdido. Os arqueiros de túnicas vermelhas da Triarca Oona haviam sido dizimados e a própria Triarca sucumbiu diante da lâmina da Imperatriz Helene. As tropas do Triarca Hiwa fugiram em pânico, embora seu líder não tivesse tido a mesma sorte: uma flecha cravou-se em suas costas enquanto o covarde fugia.

Apenas os soldados do Triarca Ghaz mantiveram posição. E, quando parecia que até eles seriam esmagados, Tel Ilessi surgiu, brilhando furiosa. Uma sombra se erguia atrás dela, usando a coroa de raios de sol.

O vento avançou, feroz e impiedoso. Dilacerou os Marciais até reduzi-los a pedaços. Eles recuaram, a imperatriz os acompanhava.

Aiz mal se lembrava do que veio depois. Acordou mais tarde, na enfermaria. O quarto era simples e branco. Uma lembrança lhe veio à mente: Irmã Noa ao lado da lareira ampla do claustro, Cero de um lado, Aiz do outro.

"A Santa Clériga Div era muito querida pelas crianças, sabia? Ela odiava a política do poder. Sempre que podia, vinha até este claustro, este aqui mesmo, e brincava de pique-pega com crianças como vocês", contava ela.

Madre Div andava em círculos ao redor de Aiz naquele momento, os traços familiares se suavizaram ao vê-la desperta.

— Achei que talvez fosse poder demais para você — comentou, sentando-se ao lado de Aiz. — Pensei que talvez a tivesse machucado. Achei que, ao salvar seu povo, você pudesse ter se destruído.

Seu povo.

Aiz se lembrou do poder. E de como o havia conquistado. Lembrou-se dos gritos das crianças.

— Você não é ela, é? — Aiz finalmente indagou em voz alta a questão que vinha evitando desde a morte de Tiral. Uma pergunta ressurgira após a conversa com Noa.

Ela não olhou para o ser que se fazia passar por Div.

— Eu sou quem você precisar que eu seja — respondeu a criatura, puxando o cabelo para o lado e começando a trançá-lo.

— Mas você não é *ela*. — Aiz lutou para respirar. — Você não sabe nada sobre o meu povo. Você não se importa com a gente.

Lembrou-se das últimas palavras de Tiral: "Queria poder estar vivo só para ver isso devorá-la viva."

— Tiral sabia — acrescentou Aiz. — Por isso não foi atrás de mim. Você falou com ele também?

— Tiral era um fraco. Ele está morto — respondeu a criatura, terminando a trança e apoiando uma mão leve demais sobre o ombro de Aiz. — Você é forte, por isso eu a ajudei. Encontrei aquilo que você mais desejava: loha.

— Você encontrou um motivo para torturar crianças.

— Porque você precisava de ajuda. — A criatura apertou o ombro de Aiz, forte demais. — E você está errada. Eu me importo com seu povo. Porque me importo com você. Deixe que isso seja suficiente.

Não era um pedido. Era um aviso. E Aiz viu nitidamente dois caminhos diante de si. Em um deles mergulhava ainda mais fundo no que despertara naquela maldita noite no deserto tribal. E no outro aceitava tudo o que Div tinha a oferecer e dava ao seu povo a chance de uma vida longe da dor, da fome e da miséria que os corroíam por dentro.

Aiz colocou as pernas para fora da cama e calçou as botas. O corpo latejava, mas Div — porque Aiz precisava que ela fosse Div — alimentava-a com poder constante até que a dor se esvaísse.

Ouviu uma batida à porta. Era Cero.

— Estou bem. — Ela se levantou. — Na verdade, estou ótima. Capturamos um dos generais, não foi? Vamos ver se ele sabe…

— Você recebeu uma carta. — Cero mal olhou na direção dela, como se seus ferimentos nem fossem de sua conta. Ele ergueu um pergaminho. — Chegou por um de nossos mensageiros em Ankana. Do próprio Alto Vidente.

Ele entregou o rolo para ela, observando enquanto Aiz lia.

— Mudança de planos — avisou ela —: vamos para Ankana.

PARTE IV

O VAZIO

46
Quil

As prisões de Ankana, no geral, não eram tão terríveis quanto as Marciais. Depois que o soldado cheio de pompa acomodou Quil e os demais em uma fileira de celas, o príncipe viu apenas um rato. Tas até tinha uma janelinha que dava para a costa de Burku.

O interrogatório durou horas, provavelmente porque Quil confessou tudo e os outros negaram o roubo. Mas os equipamentos e as armas foram confiscados, ordens sussurradas, papéis preenchidos e, até o fim da tarde, os cinco estavam trancados atrás das grades de ferro. Sufiyan ficou com Quil; Arelia com Sirsha, de frente para eles; e Tas sozinho, ao lado delas. As outras seis celas estavam vazias.

Exatamente como Quil havia solicitado.

Mesmo assim, seus amigos não ficaram *nada* empolgados com a nova hospedaria. Logo que os guardas saíram, Tas se virou para Quil:

— Entendo que esse até podia *parecer* um bom plano — começou ele, através das barras —, mas os ankaneses não levam roubo na brincadeira...

— Eca, tem uma aranha enorme aqui — murmurou Sufiyan atrás de Quil.

— Ele deve ter um motivo — ponderou Arelia. — Por que você não explica, Quil?

— Ele não pode — deduziu Sirsha.

Quil sorriu ao ver que ela descobrira o que ele havia escondido no bolso dela: um grampo de cabelo. As algemas dela caíram no chão com um estrépito.

— Se pensar bem, vai entender. Mas seria melhor pensar em outra coisa. Div pegou a silhueta da minha mãe da minha mente. Vai saber o que mais ela pode fazer? — acrescentou ela, massageando os pulsos, e se virou para Arelia. — Tas, olha no seu bolso.

Enquanto Tas lidava com as próprias algemas, Quil abriu as de Sufiyan.

— Tenho uma pergunta para você — começou Suf e, ao ver Quil balançar a cabeça, adicionou rápido: — Não é sobre o plano. É sobre depois. — Ele olhou para os amigos a fim de ter certeza de que ninguém ouvia. — Se... se a gente matar a Tel Ilessi e expulsar os kegarianos, você volta comigo até o lugar onde Ruh morreu? Vai me contar o que aconteceu com ele de verdade?

Quil ficou imóvel. O teto da cela parecia baixo demais. A luz, fraca demais. Passara o último ano tentando esquecer aquela noite, como a Bani al-Mauth o havia mandado fazer. Mas ali as imagens voltavam com tudo. O sangue. A violência. O espaço estranho no centro da sala, que parecia prestes a liberar uma garra de outro mundo para segurar quem se aproximasse.

"Pode tirar isso da cabeça, garoto. Você sabe muito bem como é. Sabe o preço disso."

— Sim — respondeu Quil. — Eu volto lá com você.

De algum modo, Quil convenceria a Bani al-Mauth a contar a verdade ao único neto vivo: embora Quil tivesse sido o primeiro a chegar à câmara, ele não estivera sozinho. A Bani al-Mauth aparecera momentos depois dele e levara o corpo destroçado de Ruh embora.

"Diga à família dele que ele caiu lá dentro." A Bani al-Mauth tinha apontado para uma fenda aberta na rocha, profunda demais para ser explorada. "Diga que viu o corpo dele cair. Não fale nada sobre mim. Entendeu? O destino do nosso mundo depende da sua capacidade de contar bem essa mentira, garoto."

E então Quil mentira. Primeiro para Elias, que chegara minutos depois da partida da Bani al-Mauth. Depois, para o restante da tribo. Mais tarde, quando a Bani al-Mauth chegara para lamentar a perda de Ruh, Laia havia implorado para falar com o espírito do filho no Lugar de Espera. "Ele tem que estar lá", gritara ela. "Tem que estar! Você tem que descobrir quem fez isso com ele!"

A Bani al-Mauth tinha recusado o pedido de Laia com uma frieza cortante. "O menino está morto. É melhor aceitar isso."

— Quil! — Sufiyan o cutucou, fazendo sinal para Sirsha, cujo rosto contorcia-se de repulsa.

— Elas estão se aproximando — afirmou Sirsha. — Div e a Tel Ilessi. Estou sentindo as duas.

De barco, a viagem de Serra até Ankana levaria semanas. Pelo ar, e com os ventos sobrenaturais de Div, a Tel Ilessi levou apenas um dia.

Quil foi até a cama e puxou dois sacos pesados deixados ali por ordem do Alto Vidente. Ali dentro estavam o Ikfa, suas mochilas e armamentos. Ele jogou a mochila de Sirsha, a cimitarra de Tas e os pertences de Arelia, assim como as algemas de Ikfa e uma corrente. Guardou outra para si.

Sua pele ficou úmida ao tocar o metal, e ele sentiu a cabeça girar. *Você está bem.* Não era pior do que a vez em que tia Hel o jogou no rio Rei em meio a uma nevasca.

— Reli, fique com as algemas — disse ele. — Dê uma das correntes para Sirsha.

— Quil — murmurou Sirsha, empalidecendo. — Eu não consigo…

— Só por um tempinho — insistiu Quil. — Para despistar. Para que não saibam que você está aqui. Fique escondida e espere até o último segundo. Deixa que ela acredite que venceu. Eu vou ganhar tempo. Sufiyan — Quil se armou e entregou a Sufiyan o arco e as flechas —, você vai saber o que fazer quando a hora chegar.

O ar estava carregado de tensão, mas eles não tiveram que esperar muito. À distância, um portão rangeu ao se abrir, seguido por outro mais próximo. A porta no fim da ala se abriu com força, e o Alto Vidente Remi entrou, seguido pela Tel Ilessi e por Cero.

O último ergueu os olhos e encarou Quil. "Odeio guerra… Mas há algo que odeio mais: ver minha melhor amiga ser manipulada."

Quil sustentou o olhar. Cero inclinou a cabeça em um aceno breve, quase igual ao que Quil lhe dera dias antes no acampamento.

— Como prometido — disse Remi, aparentemente para a Tel Ilessi, embora Quil soubesse a verdade.

— Meus agradecimentos, Alto Vidente Remi — replicou ela. — Sou grata por você enxergar a verdade.

Remi fez uma mesura e recuou até sair da ala das celas. A porta rangeu atrás dele.

Quil se aproximou das barras da cela, encarando a Tel Ilessi com fúria contida. Ele deixou que a frustração ficasse à flor da pele, mas manteve, bem no fundo, um pequeno centro de calma. *Deixe-a pensar que venceu. Deixe que ela se gabe.*

A Tel Ilessi avançou, triunfante.

— Achou mesmo que era espert… — Ela parou de repente e olhou para além de Quil, para Sufiyan, cujas flechas voaram, uma após a outra, tão rápidas que a Tel Ilessi deveria estar caída em uma poça do próprio sangue.

Mas ela evocou o vento quase que imediatamente, alertada, sem dúvida, pela criatura à qual estava ligada. Acertou Sufiyan com força contra a parede, e ele desabou.

Quil arrombou sua cela no instante em que Tas fazia o mesmo. O príncipe lançou as correntes de Ikfa contra a Tel Ilessi, aliviado por se livrar delas. Quando as correntes deixaram de tocá-lo, a força que percorreu seu sangue o impulsionou até a Tel Ilessi em três passos.

Ela gritou quando o Ikfa a atingiu e sua magia a abandonou imediatamente. Quil sacou a cimitarra. Pensou na justificativa miserável dela, nos assassinatos em massa que cometeu para alimentar a própria sede de poder. Pensou nas crianças mortas. E brandiu sua lâmina em direção à nuca dela sem hesitar.

O movimentou da arma foi interrompido com um baque metálico. As correntes se soltaram da Tel Ilessi e Quil viu uma cimitarra se materializar. Depois, uma das mãos. Um braço. Um corpo.

Um rosto.

— Saudações, meu filho.

O homem que surgiu do nada era alguém que Quil só havia visto uma vez na vida, em uma visão que ainda o assombrava. Alto, de ombros largos, cabelo curto e olhos dourados. Um rosto severo demais para ser bonito, uma voz cruel demais para ser paternal. E, mesmo assim, Quil o reconheceu. Teria reconhecido mesmo que nunca o tivesse contemplado naquela visão.

Era Marcus Farrar. O pai de Quil.

47
Sirsha

Sirsha não reconheceu a forma que Div havia assumido. Era alta, corpulenta e encapuzada, e Quil cambaleou para trás como se tivesse visto um maldito djinn, as costas contra as grades de uma das celas.

— Você luta bem, meu menino — elogiou Div com uma voz arrastada, empunhando uma arma tão bem quanto qualquer Máscara.

Os olhos, Sirsha queria gritar. *Olhe para os olhos!* Mas ela não podia chamar a atenção de Div até ter certeza de que conseguiria dominá-la. As correntes drenavam as forças de Sirsha — ficar atenta era tudo o que conseguia fazer para lembrar que ainda tinha magia.

— Você não é ele — declarou Quil, que havia se recuperado e contra-atacava Div, golpe por golpe. — Ele está morto.

— É óbvio que está. — Div sorriu, mostrando mais dentes do que seria possível para um humano. — O espírito dele seguiu adiante. Mas a dor dele? O sofrimento e o ódio? Fiquei com tudo isso. Não seria melhor conhecer ao menos uma parte do seu pai, rapaz, em vez de nada?

Quil golpeou Div com a lâmina, e ela chiou quando a arma a cortou. Em seguida, a criatura riu quando o ferimento cicatrizou. Tas atacou Div por trás, mas a criatura o lançou ao fim do corredor com um peteleco.

A Tel Ilessi, já livre do Ikfa, convocou o vento e prendeu Tas contra a parede. Estava tão focada no intruso que não notou Arelia até as duas colidirem, e a prima de Quil derrubar a Tel Ilessi.

— Sabe o que seu pai desejou para você antes que sua tia matasse o imperador, garoto? *Um irmão ao seu lado.* Mas seus irmãos não são irmãos, são? Você deixou um deles morrer. Aquele ali — ela apontou Tas com a cabeça, que desviava dos ataques da Tel Ilessi — só ouve porque você é o príncipe herdeiro e ele não tem escolha. O outro está tomado por um ódio abrasador…

— Mentira! — Sufiyan havia se levantado e disparava flechas, uma após a outra, contra Aiz, cada uma ricocheteando no escudo de ar dela. — Eu descreveria meu humor como irritação abrasadora, no máximo, sua filhote de demônio horrorosa. O Quil nem é tão ruim assim na maior parte do tempo… Aaah…

Cero, com duas flechas no peito, conseguiu se levantar cambaleando e atacar Sufiyan. Claro, ele até podia querer ver a amiga livre de Div, mas não queria que ela morresse no processo.

Sirsha rosnou na escuridão de sua cela. Queria muito conter Div, extrair todo o fel do monstro e devolvê-la ao lugar de esquecimento de onde veio. Seus amigos estavam sofrendo. Tas sangrava muito por causa de um ferimento na cabeça enquanto tateava o chão à procura da cimitarra. Arelia estava caída de costas, a boca aberta em um grito silencioso enquanto a Tel Ilessi sugava todo o seu ar. Cero e Sufiyan se embolavam no chão, e Suf chutava, arranhava, mordia para ganhar vantagem.

Espere até o último segundo.

— Você é uma criatura de dor, nascida de uma onda de morte… — A voz de Div se elevou e sua silhueta se transfigurou conforme assumia o rosto e o corpo da Tel Ilessi. Mesmo enquanto a cimitarra de Div tilintava contra a de Quil, ela o olhava com lascívia, em uma caricatura distorcida de uma amante. Sirsha se encolheu, certa de que a criatura a sentiria. Mas ela estava completamente maravilhada por Quil, que, de ombros firmes, movimentava-se com fluidez e rapidez ao se defender dela. — Hummm, não tinha percebido isso antes! Você tem magia própria, escondida bem lá no fundo. É memória, mas também é mais do que isso, muito mais. O que há dentro dessa sua cabeça?

— Que tal você largar a cimitarra e descobrir, hein? — provocou Quil, com um desprezo tão fora do comum que parecia nem se importar com a própria vida.

Com Div tão distraída, Sirsha convocou os elementos. *O que ela é?*, perguntou. *Mostrem.* O vento uivou, a terra estremeceu e uma imagem da água preencheu sua mente, um oceano em fúria repleto de criaturas imensas, um relance de céu amarelo.

Era Owa Khel. O Vazio. O lugar que abrigava a dor e o sofrimento de milênios. As suspeitas de Sirsha estavam certas.

A monstruosidade de algo como aquilo vagando pelo mundo humano fez a pele de Sirsha se arrepiar de horror. O Portador da Noite havia liberado o Mar do Sofrimento na Batalha de Sher Jinaat, vinte anos antes. Embora tenha durado apenas um instante, matou milhares de pessoas e quase consumiu o mundo todo.

Div deve ter surgido quando o véu entre os mundos estava frágil. Fez um lar no deserto tribal e atraiu pessoas até ela. Assassinou-as, alimentou-se do sofrimento, tornando-se cada vez mais forte até encontrar alguém perverso ou desesperado o suficiente para libertá-la.

Como ela entrou na mente das pessoas? *O livro*. Ainda assim, Div precisaria de uma primeira âncora. Alguma alma perturbada com quem fez contato ao chegar neste mundo. Sirsha se lembrou da história que a Tel Ilessi contou a Quil. Da Primeira Durani, a monstruosa contadora de histórias que aprisionou Div.

Sim, sussurrou a terra para ela. *A Primeira Durani contou uma história que não deveria ter sido contada. Ela se tornou a âncora de Div. Agora, finalmente, você entende.*

Compreender por si só não ajudaria os amigos de Sirsha. Eles deveriam ter matado a Tel Ilessi, mas ela era forte demais. Arelia e Tas estavam imóveis no chão, e a Tel Ilessi havia lançado Sufiyan para longe de Cero, arremessando-o contra a porta da cela. Só Quil permaneceu firme, enfrentando os horrores que Div sussurrava, com a resistência entremeada em cada músculo. Destemido. Sozinho.

Não mais.

Sirsha avançou, lançando as correntes contra a Tel Ilessi, apertando-as com força. Como antes, elas cortaram a magia da mulher como faca quente em manteiga. Ela cambaleou para trás, fraca. Sirsha recolheu as algemas, caídas das mãos de Arelia, e as prendeu aos pulsos da Tel Ilessi.

Ela gritou. Sirsha teve dificuldade para não gritar também ao prender aquelas correntes amaldiçoadas, para que Div não a percebesse. A dor seria insuportável para alguém com o poder de Aiz e, apesar da repulsa pelas ações da Tel Ilessi, Sirsha sentiu uma pontada de pena dela.

Mas não o bastante para deixá-la viver. Sirsha sacou uma adaga do cinto, decidida a matar a Tel Ilessi. Mas Sufiyan, livre da magia dela, nocauteou Cero. Os rosnados que Sufiyan soltava ao correr em direção à Tel Ilessi deixaram o pescoço de Sirsha arrepiado. Ela só teve tempo de sair da frente antes que ele cravasse a lâmina no peito da kegariana.

— Por Ruh... por Ruh... por Ruh...

Aiz gritou por Div, mas o monstro a ignorou, concentrada em Quil. Ele sibilava para Div, atraindo a criatura para si, mesmo enquanto ela o envolvia com um tentáculo de magia, sugando sua vida devagar, saboreando a maneira como ele lutava antes de inevitavelmente arrancar seu coração.

"Às vezes, a única forma de conter a violência da magia corrompida é enfrentá-la com seu oposto."

Sirsha invocou toda a sua magia de domínio em um laço e o lançou ao redor de Div, puxando-a sem qualquer misericórdia.

A criatura chiou e se desvencilhou, virando-se. Ao ver quem havia interrompido seu ritual macabro, ela sorriu.

— Ah, é a bruxinha. — Div transfigurou-se para a forma da mãe de Sirsha, paralisando Quil com um gesto da mão. — Veio salvar seu namoradinho? Terá que se esforçar mais do que isso.

A magia de Sirsha se despedaçou quando a criatura lançou o peso de sua maldade sobre ela.

— Me mate — gritou Sirsha para Div. — Não mate o Quil.

A criatura a observou com um sorriso crescente, como se não acreditasse na própria sorte.

Isso, pensou Sirsha. *Mais perto.* A Jaduna enterrou sua magia de domínio bem fundo, como Quil havia feito com a dele. Ali, no canto mais sombrio de seu coração, ela deixou aquilo crescer, porque saber o momento era crucial. Precisava libertar quando Div atacasse, na esperança de que, ao alimentar seu poder de domínio com um sacrifício — um sentimento muito mais forte do que o desejo —, conseguiria destruir Div.

A criatura agarrou Sirsha e inspirou fundo em seu pescoço.

Ainda não, sussurraram os elementos. *Segure o feitiço de domínio.*

Div gargalhou e aquele som atingiu Sirsha como facas invadindo sua mente, porque era o riso de uma criatura saciada de almas inocentes. Um riso entremeado com gritos.

Sirsha suava enquanto despejava cada vez mais de si na magia, pensando: *Eu, não Quil. Eu, não Quil.*

Sirsha, o vento, a terra e o mar falaram em uníssono. *É verdadeiro seu sacrifício? Você se oferece no lugar do príncipe Marcial?*

— Sim! — gritou Sirsha, mesmo sentindo uma dor terrível no peito: Div tentando alcançar seu coração. — É claro que sim!

Por quê?

Pensar nas palavras era mais fácil, lógico. Amor era dor. Amor era ferida e traição. Mas era também o motivo de ela estar ali, enfrentando uma criatura de fome antiga e insaciável, em vez de estar em um navio a centenas de quilômetros de distância. O amor era o motivo pelo qual, pela primeira vez desde que fora expulsa pela família, Sirsha não se sentia sozinha.

— Porque eu o amo, suas velhas ranzinzas! Por que mais seria?

A magia de Sirsha se expandiu, cintilando como se preenchida por relâmpagos. Por um instante, ela enxergou a verdadeira identidade de Div: uma massa raivosa de sofrimento. Sirsha sentiu um alívio profundo ao saber que estava destruindo algo tão abominável. Sentiu um alívio profundo ao saber que Div não teria mais permissão de existir neste mundo.

Ela extravasou sua magia para lançar seu domínio, triunfante, enquanto o poder crescia, crescia, até que tudo e todos fossem engolidos por sua luz.

48
Quil

"Porque eu o amo, suas velhas ranzinzas! Por que mais seria?"

Quil ouviu o rompante de Sirsha, viu-a falando com vozes que ele não conseguia escutar. A moeda em seu pescoço ardia em um branco incandescente, mas ele não conseguia *fazer* nada. Sentiu uma súbita consciência da presença de Sirsha, um vislumbre do que havia dentro dela. Toda a dor que ela mantinha enjaulada como um animal selvagem que não podia correr o risco de soltar. Mas, além disso, o amor: infinitas tonalidades de amor pulsavam em sua alma.

Por um segundo, ela estava resplandecente, envolta na própria magia com seu poder finalmente libertado. A luz se tornou tão intensa que ele precisou desviar o olhar e proteger a visão.

Até que sentiu um vazio. Um abismo absoluto na forma da garota por quem percebeu estar apaixonado. Embora a lua brilhasse através da janela de uma das celas, sua luz parecia pálida. As sombras da ala se contraíam, lentas e pesadas como um lamento.

Sirsha não estava mais ali.

Quil voltou a se mover, não mais paralisado por Madre Div. Sufiyan e Arelia andavam com dificuldade em sua direção.

— O que aconteceu aqui? — perguntou Suf.

Suas roupas estavam cobertas de sangue. As mãos dele tremiam, e Suf não conseguia tirar os olhos dos dois corpos estirados no chão de pedra.

Cero e Aiz. Mortos. Quil pensou no primeiro, tão desesperado para libertar a amiga, desesperado para protegê-la. E em Aiz. *Não, ela não é Aiz. Nem é Ilar. Ela é a Tel Ilessi. O monstro que lançou os infernos sobre povo dele, e sobre o dela própria.*

— Precisamos ir embora — declarou Tas, cambaleando até Quil, com um corte na cabeça que sangrava muito. — Se os soldados do Alto Vidente nos encontrarem aqui junto dos corpos, vamos ter que passar dias dando explicações. Precisamos voltar para o Império. Imagino que ele tenha dito a você como sair daqui.

— Disse, mas não podemos ir — retrucou Quil, olhando de um lado para o outro na ala das celas. — Não vamos sem a Sirsha.

Arelia balançou a cabeça.

— Não sei se foi a magia dela que a consumiu ou se foi a de Div, mas eu a vi desaparecer. Em um instante ela estava aqui e no outro...

Quil tocou a moeda de juramento. Estava intricadamente entalhada, com um padrão tão complexo que ele mal conseguia compreender. Também estava quente.

— Ela está viva — afirmou ele. — Eu sei que está. Precisamos encontrar...

— E nós vamos. — Tas o puxou para longe dos corpos dos kegarianos. — Mas não aqui.

Quil passou dias procurando Sirsha. Foi a todos os mercados de Ankana. Foi até o Alto Vidente. Mas Remi E'twa estava mais preocupado com o fato de que a Embaixadora Ifalu, apesar de ter sido presa, não estava em lugar algum do que com o desaparecimento da Jaduna.

Ifalu estava desaparecida assim como Sirsha. Ninguém a vira. Quando ele a invocou com a mente, tudo o que ouviu foi um silêncio zombeteiro.

— Talvez ela tenha usado a magia para levar o monstro embora — sugeriu Arelia em dado momento. — Ela conseguiu dominar, todos nós vimos. Talvez tenha levado para Elias.

Mas Quil sabia que isso não era verdade. Ele sentia em seu âmago. E, a cada dia que passava, mais agitado ele ficava. Sirsha não o teria abandonado. "Porque eu o amo, suas velhas ranzinzas!" Não era a declaração de amor dos sonhos de ninguém, mas ainda assim aquelas palavras eram preciosas demais para ele.

A memória de Quil continuava voltando àquela última noite que passaram juntos. A tristeza nos olhos de Sirsha. Como se a garota soubesse que eram suas últimas horas.

Não! Sirsha estava viva. Ele sentia isso na moeda juramento e no próprio sangue. Não importava o que custasse, eles se reencontrariam. Ele a amaria se ela o deixasse, daria o próprio corpo se ela exigisse, seria o lar que sabia que ela tanto desejava. Ele a encontraria. *Precisava* encontrá-la.

Mas seu povo também precisava dele. E ele não podia abandoná-lo às garras dos kegarianos.

Musa enviou um diabrete que descreveu a quase aniquilação de uma legião inteira. E embora Sirsha tivesse destruído Madre Div e Sufiyan tivesse matado a Tel Ilessi, aquilo era apenas o primeiro passo para expulsar os invasores do Império. Assim, depois de cinco dias de buscas, Quil pediu a Tas que providenciasse um navio. Pela manhã, ele e seus companheiros observavam a costa de Ankana sumir no horizonte.

Quil ainda tinha esperança. Sirsha apareceria a qualquer momento, subindo os porões. Bocejando, revirando os olhos. Dizendo que achou engraçada toda aquela busca frenética.

Mas ela não apareceu e, conforme os dias passavam e quilômetros de distância se estendiam atrás deles, Quil voltou-se para a imensa tarefa que o esperava: libertar o Império dos kegarianos, que haviam se instalado por toda a sua terra como tumores malignos.

Quil ordenou que o navio seguisse para as terras tribais, para uma das vilas pesqueiras menores que ficara fora do radar dos kegarianos. Musa os encontraria lá. Sua mensagem recente informava que o Ikfa tinha chegado, e os ferreiros estavam trabalhando na criação de armamentos.

Os amigos piratas de Tas navegavam rápido, e nenhum kegariano ou saqueador se aproximou da embarcação. Três semanas depois de partirem de Burku, enquanto a noite fugia da aurora que se aproximava, o capitão gritou:

— Terra à vista!

Quil era o único acordado quando a costa sul das terras tribais despontou no horizonte. O sol brilhante de primavera iluminava os campos de flores silvestres que se estendiam pelo deserto, seu aroma se misturando ao cheiro do mar. Por baixo de tudo havia o cheiro de poeira e creosoto, e Quil respirou fundo. Estava em *casa*.

Ele guardou no bolso os dois grampos de cabelo nos quais estava mexendo. As construções brancas como osso da vila de pescadores, ainda despertando, surgiram ao longe. Os ancoradouros estavam vazios. Já era tarde demais para os barcos de pesca, que já haviam partido para o mar, e cedo demais para o mercado. Quil sentiu um aperto no peito quando se aproximaram da costa. Assim que pisasse em terra firme, significaria que tinha de fato deixado Sirsha para trás. A parte da sua jornada que pertencia a ela estaria encerrada.

Eu vou encontrá-la. A moeda de juramento brilhou em um branco incandescente, como se concordasse.

Depois que o capitão baixou a prancha, Quil, encapuzado, desceu do navio com o andar instável de quem passou semanas no mar. Só quando chegou ao mercado vazio no fim do ancoradouro foi que uma figura em trajes escuros surgiu por trás de uma polia de carga.

Havia algo familiar na maneira como ela se movia e, por um breve e eufórico instante, Quil teve certeza de que Sirsha o havia encontrado.

Mas levou menos de um segundo para perceber que não era ela. Aquela mulher era menor, tinha a passada mais curta.

Ela se aproximou de Quil e, quando ele levou a mão à cimitarra, a figura abaixou o capuz.

— Laia?

A kehanni acenou em saudação, abrindo os braços, e Quil a abraçou, aliviado por encontrá-la sã e salva. Virou-se para o veleiro para chamar Sufiyan. Quil sabia que o amigo estava ansioso para reencontrar a família. Mas Laia balançou a cabeça.

— Eu quero ver meu filho mais do que tudo, Quil — disse ela. — Mas isso vai ter que esperar. Venha comigo. Preciso contar a você algo sobre a criatura que matou Ruh. Aquela que você ajudou a caçar.

— Você sabe dela? — perguntou Quil, enquanto seguiam por uma trilha que se afastava da vila e adentrava o deserto. — Como...

— Eu sei disso faz muito tempo, embora tenha me lembrado de que sabia apenas quatro semanas atrás — respondeu Laia, e Quil congelou.

Foi quando Sirsha erradicou a Div, quando o poder da criatura finalmente foi extirpado.

Laia diminuiu o passo ao chegarem aos limites da vila, e ficaram olhando para um deslumbrante tapete de flores silvestres, brancas feito ossos.

— Existem histórias que não devem ser contadas, Quil — começou ela, com os olhos dourados tomados pela angústia. — Há uma em especial que nunca deveria ter sido narrada. Anos atrás, eu cacei essa história. Encontrei-a, escutei-a e depois a libertei no mundo. E, ao fazer isso, plantei as sementes da morte do meu próprio Ruh. Sente-se, criança. Deixa eu contar a você sobre a Primeira Durani. A primeira Narradora do Caos. Que fui eu.

49
Aiz

Para surpresa de Aiz, a morte foi gentil. Ela não sentiu dor. Não sofreu. Foi um momento silencioso e pacífico, e seu corpo parecia um sorriso; como naquelas breves semanas com os Tribais, quando tivera roupas para aquecê-la, comida para alimentá-la e Quil para amá-la.

Suas memórias estavam estranhas: o Alto Vidente de Ankana convocando-a; Quil armando uma emboscada.

Sufiyan a esfaqueando repetidas vezes. "Por Ruh... por Ruh... por Ruh..."

Aiz esperou pela ajuda de Div, mas ela nunca veio. Aiz assistiu, estranhamente alheia, enquanto a arma de Sufiyan afundava em seu peito. Achava que sentiria medo de deixar seu povo, raiva de Sufiyan por tê-la tirado deles.

Tudo o que sentiu foi alívio. Pela primeira vez desde que vira Madre Div arrancar o coração de Ruh, o grito horrorizado ecoando em sua mente se calou, à espera da morte.

Mas a morte não chegou. Não ainda.

Só a dor. Uma dor abrasadora e dilacerante. Ela acordou sob um céu noturno enevoado, com cheiro de sangue, e um vazio que não conseguia compreender ou nomear. Piscou, tentando enxergar melhor enquanto observava a pessoa ao seu lado.

Cero.

Ela despertou por completo. A mão de Cero estava pousada sobre sua cintura. Seu rosto estava mortalmente pálido, e o sangue se espalhava ao redor dele no chão de pedra de uma prisão.

Aiz se ajoelhou e o sacudiu, mas ele não se mexeu. Precisava do poder de controle do sangue. Precisava comandar que seu sangue voltasse à vida. Ela era a Tel Ilessi, pelas Torres.

Mas, ao tocar a pele quente dele, percebeu que já devia ter feito isso. Embora estivesse inconsciente, o peito dele se movia. As flechas que o haviam transpassado jaziam no chão perto dos dois.

Ela olhou para o próprio peito. Tinha *sentido* Sufiyan esfaqueá-la. Repetidas vezes, até se perguntar como ainda havia carne a ser perfurada. Mas, embora sua roupa estivesse em farrapos, seu corpo continuava intacto.

Aiz pôs as mãos sobre Cero e ordenou que despertasse, envolvendo-o com o vento como se fosse um cobertor. O vento respondeu hesitante.

Ela tentou invocar a magia de Madre Div e, quando não a sentiu, quando tudo o que encontrou foi a própria força, enfraquecida, sofreu diante do pensamento de que Div voltaria a exigir alimento.

Aos poucos, foi tomada pela compreensão da realidade. E, com essa consciência, um pânico atravessou seu corpo como febre. O vazio em seu âmago, ela sabia o que era isso.

Div se fora.

Aiz olhou para as celas vazias ao seu redor. Para as flechas, para o sangue e, através da janela, para as estrelas que brilhavam.

— A-Aiz… — A voz de Cero a despertou do horror.

— Cero! — Ela o puxou para si. — Pelas Torres, você está vivo. Eu… vi você cair. Eu devo ter trazido você de volta com a magia do sangue, por mais que não me lembre…

— Aiz, precisamos sair daqui. O Alto Vidente Remi nos traiu. Não estamos seguros. Você tem como entrar em contato com a vidente que ainda é leal a você?

Ele estava se referindo a Dolbra. Aiz não respondeu, pois o que acabara de acontecer a atingiu como se o peso das próprias Torres tivesse desabado sobre seu peito.

— Cero… — sussurrou ela. — Div se foi.

Os olhos de Cero brilharam, não de surpresa, mas de esperança.

— Como… como você sabe? Tem certeza…?

Mas Aiz balançou a cabeça. Pensou em Ruh, gritando enquanto morria. Pensou nas promessas sedutoras de Madre Div. Pensou na fome que a consumira por meses e no vazio que estava se instalando. Lembrou-se do alerta da Irmã Noa. “Você está perdida.”

— A pergunta é: como vou governar? Se não tenho Div, não sou Tel Ilessi. Sem ela, não posso levar nosso povo de volta para casa. Sem ela, Cero, eu não sou nada.

50
Sirsha

A primeira coisa que Sirsha percebeu ao recobrar a consciência foi o rugido do oceano, tão alto que ela ficou se perguntando como ele ainda não a havia engolido. A areia cedeu sob seus dedos, seca e fria. O céu brilhava como ônix. Na água, não havia nenhum barco de pesca. Na costa, nenhuma luz. Nenhuma cabana. Nada que indicasse qualquer proximidade com a civilização.

Mas aquilo fazia sentido. Ela estava morta.

Seu corpo parecia estranho. Leve. Ela levou a mão ao colar: só uma moeda permanecia ali, intricadamente entalhada, cravejada de diamantes. A moeda de Quil. A de Elias havia desaparecido.

Ela conseguira. Tinha destruído Div.

Um alívio a invadiu, e ela deu um gritinho de alegria que foi engolido pelo som das ondas. Por um instante, no final, temera que a tentativa de a dominar não funcionasse. Que Div se libertasse e arrancasse seu coração. Mas a moeda não teria desaparecido se Sirsha não tivesse conseguido.

Só que ela não entendia bem por que ainda se importava com o juramento, já que estava morta. Pensando bem, por que ainda teria consigo a moeda de Quil, se estava morta? A Raani sempre disse que o voto Adah transcendia a morte. Talvez fosse isso que ela queria dizer.

Uma onda fria lambeu seus pés, seguida de outra que estapeou seu rosto. Ela engatinhou pela praia, cuspindo água salgada.

— Não estou morta — murmurou, certa de que a morte não seria tão humilhante. — Já entendi.

De algum modo, ela destruíra Madre Div sem morrer. Um belo brinde. Teria rido de si mesma por todos aqueles pensamentos tão melodramáticos sobre sacrifício, se não estivesse encharcada e começando a tremer de frio. Pelos céus, *onde* estava?

A areia estava entrando em lugares inconvenientes. Ela se sacudiu o quanto pôde, resmungando o tempo todo. Enfiou a mão na bolsa ainda presa ao corpo. E, para sua sorte, ainda cheia de moedas de ouro. Viu um reflexo no pulso: ainda estava com o bracelete de Quil.

— Quil? — chamou ela. — Sufiyan? Arelia?

A única resposta foi o rugido incessante das ondas. Talvez ela estivesse perto de Burku. Olhando ao redor, avistou uma trilha esburacada que se afastava da água. Talvez houvesse uma vila de pescadores por ali. Ou uma cabana.

As pernas estavam fracas, e ela levou vários minutos para conseguir se erguer e cambalear pela trilha. Avistou um brilho estranho. Era uma fogueira? Seu estômago roncou. Com sorte, seria uma fogueira de verdade, com comida.

Quanto mais perto chegava, porém, mais inquieta ficava.

Não parecia haver ninguém perto do fogo. Mesmo assim, um animal inteiro assava em um espeto sobre ele. Quando se aproximou, percebeu que era uma raposa. A boca do animal estava aberta, como se tivesse morrido gritando.

— Qu-Quil?

O brilho do fogo pareceu vacilar, como se estivesse sendo intimidado. Uma figura envolta em luz azul pálida a observava. O estômago de Sirsha se revirou. Ela tentou invocar a magia, não para se proteger, mas para ver. Para sentir o que quer que estivesse diante dela. Mas, mesmo ao invocar seu poder, Sirsha recuou. Havia algo errado ali, algo corrompido. Estranho.

— Saudações, S'irsha Inashi-fa. — A figura se levantou, puxando o capuz para trás. O rosto era o de Sirsha, mas lógico que não era ela. Era Div, e Sirsha sentia o elo entre as duas, um laço que as unia como se tivessem sido fundidas. Quando o sentiu, uma fome imensa a dominou. Uma necessidade voraz, infinita. Viu um mar revolto e um céu amarelado, as ondas imensas borbulhando com sombras sob a superfície. Estava em Owa Khel. No *Vazio.*

— Estava esperando você acordar, querida — declarou Div. — Agora que somos uma só, juntas, faremos tantas coisas lindas.

Agradecimentos

Muito obrigada a você, pessoa leitora, por ter me acompanhado em mais uma aventura. Eu não conseguiria fazer nada disso sem você.

Meu amor e gratidão:

À minha família, por toda a paciência e apoio. Um agradecimento especial para Kashi, a melhor cuidadora de dragões que existe; aos meninos, por serem minha razão de tudo; a Amer, por leituras de última hora dos rascunhos e por ser simplesmente incrível; aos meus pais e sogros pelas orações; e a Tala, por vinte e cinco anos de verdadeira irmandade, torcida, "baybays" e tudo mais.

A Alexandra, como sempre, pela fé e pelo amor; a Nicola, pelas ligações, pelas conversas que me mantiveram sã, pelas risadas e por dizer: "Olha só, talvez você não devesse mandar esse e-mail"; a Lauren, por me ajudar a enfrentar esta jornada, e por todos os memes e gracinhas; a Renée, por uma década de parceria incrível, por revisar minha escrita com precisão cirúrgica e pelos conselhos maravilhosos; a Haina, pela honestidade; a Abby, pela generosidade; e a Adam, por ser tão... Adam.

Ao meu grupo maravilhoso de amigas: Heelah, Lilly, Anum, Uzma, Isra, Saira, Nyla e Sana. E a tantas outras amizades incríveis, cujo carinho e apoio eu tenho tanta sorte de ter.

A Ruta, minha editora extraordinária, que abraça minhas ideias malignas de enredo e cujo entusiasmo, percepção aguçada e humor são um verdadeiro presente.

A Casey, por tudo.

À equipe fabulosa da Penguin: tenho muita sorte por meu trabalho ter encontrado um lar tão acolhedor com vocês por uma década. Do fundo do coração, obrigada a todos vocês que trabalharam nos meus livros e fizeram parte dessa jornada.

À minha equipe de direitos estrangeiros e aos editores internacionais, que levam meu trabalho às mãos de leitores do mundo todo com tanta empolgação e dedicação.

A Cathy, por acreditar em mim mesmo quando eu estava aos prantos e aos gritos.

A Deonna, por rir das minhas piadas bobas e me ajudar a manter a sanidade (e a organização).

A Micaela Alcaino, por ser tão gentil e amar tanto meus livros e criar capas tão extraordinárias para eles.

E, por fim, a Al Haqq, que lança a luz da verdade, mesmo nos lugares mais sombrios.

Este livro foi composto na tipografia Minion Pro,
em corpo 11/15, e impresso em
papel off-white no Sistema Cameron da
Divisão Gráfica da Distribuidora Record.